中国当代文学经典导读

主　编　刘跃进　李建军　田　泥

中国社会科学出版社

图书在版编目(CIP)数据

中国当代文学经典导读/刘跃进,李建军,田泥主编.—北京:中国社会科学出版社,2021.10
ISBN 978-7-5203-8714-9

Ⅰ.①中… Ⅱ.①刘…②李…③田… Ⅲ.①中国文学—当代文学—文学研究 Ⅳ.①I206.7

中国版本图书馆 CIP 数据核字(2021)第 136924 号

出 版 人	赵剑英
责任编辑	张 玥
责任校对	李 莉
责任印制	戴 宽

出　　版	中国社会科学出版社
社　　址	北京鼓楼西大街甲 158 号
邮　　编	100720
网　　址	http://www.csspw.cn
发 行 部	010-84083685
门 市 部	010-84029450
经　　销	新华书店及其他书店

印刷装订	北京君升印刷有限公司
版　　次	2021 年 10 月第 1 版
印　　次	2021 年 10 月第 1 次印刷

开　　本	710×1000　1/16
印　　张	30.25
字　　数	481 千字
定　　价	168.00 元

凡购买中国社会科学出版社图书,如有质量问题请与本社营销中心联系调换
电话:010-84083683
版权所有　侵权必究

目 录

前言 …………………………………………………………（1）

一 小说

（一）长篇小说

《铁道游击队》：侠义爱国的不朽传奇 ……………………（3）
今天为什么还要读《红旗谱》………………………………（10）
革命的激情与青春的觉醒
　　　——读王蒙《青春万岁》……………………………（18）
世纪回眸《创业史》：初心不改创业路 ……………………（23）
绽放在乡野沃土中的"茶子花" ……………………………（31）
作为革命生活教科书的《红岩》……………………………（37）
《黄河东流去》：不折不挠的民族精神 ……………………（44）
"初心"的动力与源泉
　　　——重读《许茂和他的女儿们》……………………（49）
《沉重的翅膀》：理想之光照进现实 ………………………（55）
《平凡的世界》：守护初心的精神宝藏 ……………………（60）
悄然飘送古典伦理的回声
　　　——读《南渡记》……………………………………（65）
《活泉》：文学的初心与作家的甘泉 ………………………（70）
刚健笃实，辉光日新：重读《白鹿原》……………………（75）
灵魂搏斗与生死抉择 ………………………………………（80）
笨花到底是一种什么花？
　　　——读《笨花》………………………………………（86）

· 1 ·

（二）中篇小说

革命、人的改造与文学的使命
　　——重读孙犁《铁木前传》 …………………………………（92）
《宝葫芦的秘密》：助力儿童精神成长 …………………………（97）
从革命战争到社会主义建设
　　——读《在和平的日子里》 ……………………………………（103）
如画的白洋淀 "嘎" 气的小英雄 …………………………………（109）
青春、信念与女性成长
　　——重读《追赶队伍的女兵们》 ………………………………（114）
《人到中年》：一个崭新的女性形象的诞生 ……………………（119）
《蒲柳人家》：充满真情与诗意的革命叙事 ……………………（126）
《犯人李铜钟的故事》：一部体现人民立场的佳作 ……………（131）
人生的选择与歧途
　　——读路遥《人生》 ……………………………………………（138）
在暴风雪中淬火成钢
　　——读《今夜有暴风雪》 ………………………………………（143）
《北方的河》："文学" 与 "科学" 的二重奏 ……………………（149）
《活着》：生命的韧性与抗争 ……………………………………（154）

（三）短篇小说

《党费》："写尽红军英雄志" …………………………………（161）
锻炼什么？如何锻炼？
　　——读赵树理《"锻炼锻炼"》 ………………………………（167）
一曲理想与美的牧歌
　　——读《百合花》 ………………………………………………（174）
《城南旧事》：永恒的心灵童年 …………………………………（179）
改革开放的文学先声
　　——读《乔厂长上任记》 ………………………………………（186）
《乡场上》：改革开放的一曲赞歌 ………………………………（191）
为农民寻找 "精神生活" 的帽子
　　——重读《陈奂生上城》 ………………………………………（196）

阿城与《棋王》 …………………………………………… (201)

二 散文、报告文学、非虚构

"最可爱的人":一个具有历史坐标意义的命名 …………… (209)
《小橘灯》:尺水兴波,文短意长 …………………………… (214)
《哥德巴赫猜想》:"科学的诗篇" …………………………… (220)
《怀念萧珊》:沉思往事立残阳 ……………………………… (226)
《我与地坛》:古园、存在与思想 …………………………… (232)
在钩沉抉微、审慎探究中追寻"精神特质" ………………… (239)
历史·革命·传奇 ……………………………………………… (246)
《中国在梁庄》:乡村生存图景的呈现 ……………………… (253)
《毛乌素绿色传奇》:瞩目生态建设 ………………………… (259)

三 诗歌

《时间开始了》:奏响新时代乐章 …………………………… (267)
《到远方去》:时间的"远方"与空间的"远方" ……………… (272)
赤子情深:一曲写给延安"母亲"的赞歌 …………………… (277)
《"小兵"的故事》:少年心事当拿云 ………………………… (283)
《一个和八个》:一场特殊的精神较量 ……………………… (291)
"祖国"的"存在"及其"意象" ………………………………… (297)
何以"思念大山"? …………………………………………… (303)
《太阳和他的反光》:神话符号与民族文化记忆 …………… (308)

四 话剧、戏剧

《马兰花》:一部里程碑式的儿童剧 ………………………… (317)
《茶馆》:为时代留影存照 …………………………………… (323)
"布谷鸟":唱响青春理想之歌 ……………………………… (329)
《绝对信号》:开启新时期小剧场话剧新航程 ……………… (336)
狗儿爷的"梦"与农村改革 …………………………………… (343)
《恋爱的犀牛》:诠释"恋爱"之道 …………………………… (349)
《刘胡兰》:让英模戏生出艺术翅膀 ………………………… (357)

《红岩魂》：塑造可亲可敬的英雄形象 …………………………………（365）

五 电影

《红孩子》的"英雄"叙事 …………………………………………（379）
《青春之歌》：激进的生命与意志 …………………………………（384）
《英雄儿女》的"崇高"风景 …………………………………………（391）
为什么《烈火中永生》是一部"好看"的电影 ……………………（396）
《闪闪的红星》："红色"意蕴与奇观 ………………………………（402）
"三位一体"的优美《小花》 …………………………………………（409）
《庐山恋》：爱国主义的时尚恋歌 …………………………………（415）
人性之美与民族精神底蕴的展示 ……………………………………（421）
《一个都不能少》的"纪实"冲动 ……………………………………（428）
烽火岁月的妇女解放华章 ……………………………………………（434）

附录一 新中国文学大事记（1949—2019） ……… 石 佳 整理（441）
附录二 《博览群书》"重读红色经典"栏目编者按 ……… 刘跃进（466）

前　言

　　新中国成立70年之际，中国社会科学院文学研究所当代文学研究室与光明日报《博览群书》杂志合作，开辟了"重读红色经典"专栏，以"导读"的形式，重新解读和评价那些具有特殊价值的当代文学经典。《中国当代文学经典导读》一书，就是由这些文章衷辑而成的。全书按其类别分为五个部分：第一为小说类，第二为散文、报告文学、非虚构文学类，第三为诗歌类，第四为话剧、戏剧类，第五为电影类。书后附有《博览群书》"重读红色经典"栏目的编者按，以及新中国文学大事记（1949—2019）。

　　温故而知新，鉴往而知来。重读过去几十年所创作的文学经典，既有助于我们重新认识和总结中国当代文学的丰富经验，也有助于我们重建文学创造的价值基础和文学判断的价值体系。

　　中国当代文学是具有鲜明的时代色彩的现实主义文学。热情地关注现实，深入地体验生活，是中国当代文学的重要品质和鲜明特征。

　　革命和建设是中国当代文学前三十年最重要的题材内容。20世纪五六十年代的文学多以革命和建设为主题。其中，最具影响力的史诗性长篇小说"三红一创"（《红旗谱》《红日》《红岩》和《创业史》）和"保林青山"（《保卫延安》《林海雪原》《青春之歌》《山乡巨变》），描绘了革命战争和经济建设的波澜壮阔的生活画面，塑造了一系列崭新的人物形象，极大地影响了无数读者的人格意识和生活理念。

　　表现方法和艺术形式的多样化，也是当代文学繁荣的一个标志。《我们夫妇之间》《党费》《百合花》等短篇小说，《到远方去》《回延安》《"小兵"的故事》《一个和八个》等诗歌，《为了六十一个阶级弟

前言

兄》《毛主席的好战士——雷锋》《南京路上好八连》《县委书记的榜样——焦裕禄》等报告文学，《战斗里成长》《万水千山》《布谷鸟又叫了》《霓虹灯下的哨兵》等话剧，就显示出了探索生活和艺术的创造力。这些作品的产生，极大地丰富了当代文学的风格构成，也极大地改变了读者的文学意识。

1978年，杂花生树，草长莺飞，中国进入了改革开放的"新时期"，中国当代文学也进入了又一个春天。人人握灵蛇之珠，家家抱荆山之玉，作家的创造力得到了空前的解放，文学创作则呈现出极为活跃的局面。从"伤痕文学""反思文学"到"改革文学""寻根文学"，从"朦胧诗"、现代派、"先锋派"到"新写实主义"、女性主义、新历史主义，新的探索不断出现，新的思潮不断兴起，一大批颇富创新意识的作家和作品应运而生。《哥德巴赫猜想》点燃了全社会学习科学的热情，《乔厂长上任记》发出了推进改革的呼唤；《棋王》《受戒》典雅而蕴藉；《人生》《老井》悲慨而凝重；《我的遥远的清平湾》《我与地坛》细腻而深沉；《南渡记》与《平凡的世界》雅健而崇伟。《爱，是不能忘记的》《人到中年》《玫瑰门》《女人（组诗）》等小说和诗歌，显示出了女性意识的觉醒；《丹心谱》《于无声处》《报春花》《血，总是热的》等话剧作品，表达了改革开放时期人们的心声和愿望；《狗儿爷涅槃》和《桑树坪纪事》等话剧作品，则显示了戏剧艺术探索和创新所取得的成就。

进入20世纪90年代，商业文化和娱乐文化极大地影响着严肃文学。囿于风会，一些作家为了迎合市场的消费主义需求，写了一些病态且狭隘的颓废主义作品。尽管如此，仍有很多作家苏世独立，依然坚守自己的文学信念和写作原则，创作出一批独具色彩的作品，如《白鹿原》《活着》《九月寓言》《务虚笔记》《黄金时代》《长恨歌》等。进入21世纪，宗璞的《西征记》和《北归记》、王蒙的《狂欢的季节》、蒋子龙的《农民帝国》、张洁的《无字》、迟子建的《额尔古纳河右岸》、铁凝的《笨花》、李佩甫的《生命册》、梁晓声的《人世间》、叶广芩的《采桑子》、毕飞宇的《平原》、格非的《江南三部曲》等长篇小说，赵瑜、胡世全合著的《革命百里洲》、梁鸿的《中国在梁庄》、李娟的《羊道·牧场》、肖亦农的《毛乌素绿色传奇》、萧相风的《词典：南方工业生活》等非虚构写作，或反映现实生活，或叙写历史生活，各个显示着独特的风貌和价值。话剧《商鞅》《地质师》《虎踞钟山》等体现现实主义话剧，则在题材开拓、主题深化方面也取得了令人瞩目的成就。网络技术的成熟，也为新型文学的产生和发展提供了契机。科幻文学和网络文学异军突起。刘慈欣的《三体》、郝景芳的《北京折叠》等作品，通过大胆的创造性想象，对人类生活的现实困境和未来图景，进行了深刻的反思和叙述。

在新媒介迅猛发展的今天，人类生存面临危机，文学边界不断拓展，但是文学的本质并未改变——文学依然是人认识自身及其处境的最好方式。所以，作家应该坚守怎样的立场？文学应该以怎样的方式介入现实？这些问题，依然值得人们深入思考和认真对待。

文学是一种探索性和建构性的精神创造活动。探索当代生活的根本意义，建构精神生活的价值基础，是当代作家的重要任务，也是中国当代文学的重要使命。

培养读者的热情而健康的生活态度，培养他们参与社会生活的积极性和责任感，是许多当代作家的写作目的。柳青的《创业史》、罗广斌和杨益言的《红岩》、杨沫的《青春之歌》、赵树理的《锻炼锻炼》、杜鹏程的《在和平的日子里》、刘绍棠的《蒲柳人家》、张洁的《沉重的翅膀》、路遥的《平凡的世界》等小说，聚焦现实生活，充满理想激情，传达出人们对美好生活的向往，对读者的精神生活产生了积极的影响。

优秀的文学是一种高度自觉和成熟的文学。它要对读者的心灵成长和人格发展发挥积极的作用。中国当代文学就是这样一种具有自觉的道德意识和责任意识的文学。那些表现美好感情优秀的当代文学作品，深刻地影响了几代人的人格和价值观。

我们编纂《中国当代文学经典导读》，就是想为读者阅读当代文学优秀作品，提供一个比较简便的读本。

一

小 说

（一）长篇小说

《铁道游击队》：侠义爱国的不朽传奇

陈夫龙

"西边的太阳快要落山了，微山湖上静悄悄。弹起我心爱的土琵琶，唱起那动人的歌谣……"这首在20世纪五六十年代妇孺皆知且传唱至今的电影插曲《弹起我心爱的土琵琶》，歌唱的是一支被称为"飞虎队"的抗战队伍；而人们知道"飞虎队"的英勇事迹，知侠小说《铁道游击队》功不可没。《铁道游击队》以高昂的革命激情和富有英雄传奇色彩的革命故事情节，集中体现了抗战时期活跃在鲁南地区的一支抗战队伍打击日寇、惩戒伪顽的侠义爱国壮举，歌颂了抗日军民不畏强暴抵御外侮、不甘屈辱勇于抗争的革命精神和英雄气概。这部长篇小说描写的抗日武装力量是历史上真实存在的鲁南铁道大队，这支闻名中外的抗战队伍曾被肖华将军誉为"怀中利剑，袖中匕首"，作品就是在真人真事基础上创作出来的。在作家知侠笔下，铁道游击队队员们化身为一个个有血有肉、热情豪爽、英勇杀敌、义薄云天的"车侠"，演绎出一段侠义爱国的不朽传奇，成为共和国文学雕像群中独特的"这一个"。

在《铁道游击队》接受史上，曾创造了一个又一个辉煌，在社会上引起了极大轰动，发行量巨大，曾被改编成多种艺术形式，至今畅销不衰，成为红色经典，更被译成英、俄、法、德、朝、越等多国文字在海外传播。我认为这首先归功于作家知侠立足民间立场，在特定时代主流意识形态规约下，以现代知识分子的精英意识和侠义情怀关注这支来自大地民间的抗战力量，并精心形塑他们的革命侠义英雄形象。

一 小说

铁道游击队

一 知"侠"者，知侠也：为文学献身的义侠风范

铁道游击队抗战发生于20世纪30年代国民党统治时期，正值中国人民全面抗战的初始阶段，事件的参加者不仅包括觉醒了的铁路工人、煤矿工人，还有不甘受侵凌而奋起抗争的农民和渔民，他们出身草莽，义薄云天，不畏强暴，敢作敢为，大有侠客风范，在中国共产党领导下从秘密到公开地开展抗日游击战，主要活动于临枣铁路、津浦铁路鲁南段和微山湖地区，护送过刘少奇、陈毅、肖华等革命家和军事家安全通过津浦铁路与微山湖一带的敌人封锁线，在抗战结束时接受临枣日军投降，开创了侵华日军直接向共产党领导下的一支地方游击队缴械投降的壮举。抗战的铁道游击队英雄们，大都是土生土长的枣庄人。也许正是这样一种原发于民间的朴素的侠义精神，在枣庄这块大地上滋养着一辈辈人，使得他们仗义执言、不求回报，尤其是在惨遭日寇侵凌的民族危亡之秋，他们能够铤而走险，奋起抗争。铁道游击队抗战作为享誉中外的重要历史事件，早在1943年的一次战斗英模会上就引起了革命作家

知侠的关注。知侠将发生于抗战时期枣庄大地上的这段侠义英雄故事，以文学的方式铸就了一座屹立于历史和民间的精神丰碑。可以说，知"侠"者，知侠也。

知侠出身于一个铁路工人家庭，1938年赴延安投身革命后易名痴侠，后改为知侠。从他的名字的变迁，可以发现他对侠客英雄的痴迷与崇拜。知侠与铁道游击队结缘始于1943年夏天山东军区在莒南县的坪上所召开的全省战斗英雄、模范大会上，他认识了铁道游击队的英雄人物，由衷地钦佩这些抗日英雄，并被他们的英勇事迹所感动，自然也就产生了把他们驰骋于铁路线上打鬼子的战斗业绩以文学的方式表现出来的创作冲动。在知侠眼里，"铁道游击队的英雄人物，都具有热情豪爽、行侠好义的性格，多少还带点江湖好汉的风格"。① 在知侠笔下，这些来自大地民间的草莽英雄，一个个粗犷豪放、义薄云天，英勇顽强地与外来敌人作生死决战，成为活跃在铁道线上的"车侠"，他们豪侠的性格和神奇的战斗生活铸就了一段抗日救国的不朽传奇。知侠是一位严肃的创作者，1945年日本鬼子投降前后，为了获得第一手资料，呈现和宣扬他们本色的抗战事迹，毅然以不怕牺牲的义侠风范冒着生命危险越过敌占区深入鲁南铁道游击队及其战斗过的地方去作战地采访，并与他们一起生活了一段时期。知侠曾两度到过他们那里，走遍了他们所有曾经战斗过的地方，也曾深入铁路两侧、微山湖边的人民群众中，去了解他们的艰苦斗争怎样得到人民的支持，并在人民群众中留下深刻的影响。在草创阶段，知侠在真人真事的基础上以《铁道队》为题，在1945年《山东文化》第二卷第三、四期上发表了有关章节，并于1947年2月《山东文化》第五卷第一、二期上又发表了《铁道队》中的《李政委和他的部下》等。② 就在知侠准备动笔写作时，国民党反动派对山东解放区进行了重点进攻，在战火蔓延的危难时刻，知侠打消了写作计划，和一批文艺工作者投身于支援前线的斗争中。新中国成立后，知侠从1952年到1953年集中精力以铁道游击队的战斗生活为素材，写了一部长篇

---

① 知侠：《〈铁道游击队〉创作经过》，《新文学史料》1987年第1期。
② 傅冰甲：《刘知侠的生平和创作事略》，《山东文史集粹》（文化卷），山东人民出版社1993年版，第124页。

一　小说

小说，"为了点明它的战斗性，所以就加上'游击'二字，标题就改为《铁道游击队》了"。[①] 更难能可贵的是，知侠在写作前又特地到枣庄、微山湖去了一趟，重温抗战时期铁道游击队的英雄们曾在这里战斗的情景。就这样，长篇小说《铁道游击队》在真人真事的基础上，经过艺术加工和提炼，最终于1954年1月由上海新文艺出版社正式出版，并很快于1956年改编成同名电影搬上荧幕，产生了全国性影响，由此奠定了知侠在中国当代文坛上的地位。

《铁道游击队》是中华人民共和国成立后较早出版的长篇力作之一，其史诗般的艺术特征、独具传统文化底蕴的民族形式、来自大地民间的革命侠义英雄塑造、为人民群众树碑立传的历史使命感、避免欧化词句的创作责任意识，极大地彰显了中国特色和民族风格。在我看来，《铁道游击队》是以传统文学形式、地域民风书写和纪实性特征向中国呈现枣庄地方抗战图景、向世界讲述"中国故事"的典范文本，它不仅引领人们重返那段激情燃烧的岁月，去深情缅怀那些为抵御外侮、寻求解放自由之路而不怕牺牲、浴血奋战的革命先烈，而且以巨大的艺术张力和思想内涵使得曾活跃于铁道线上和微山湖畔的那支游击队及其光辉事迹广为流传，甚至成为举世闻名的英雄象征符号。一部《铁道游击队》，让知侠蜚声中外，奠定了他的文学史地位，更使枣庄——这个鲁南大地上曾经默默无闻的小镇成为世界反法西斯战争史上的重要地标。文学的力量是巨大的，影响是深远的。知侠亲自编剧的同名电影及其插曲《弹起我心爱的土琵琶》，曾让亿万观众痴迷、陶醉，在几代人心里留下了美好的记忆。除了电影之外，《铁道游击队》也不断被改编成连环画、山东评书、交响诗、交响音乐、水墨画、舞剧等艺术形式，构成了艺术文本的系列工程，这与作为历史文本的"铁道游击队"相得益彰，形成了一种互文性关系。在各种艺术文本和历史文本的合力作用下，《铁道游击队》最终不仅成为中国当代文学史上的红色经典，而且成为世界反法西斯战争文学中的传奇经典，在世界各国拥有众多的读者。可以说，《铁道游击队》不仅属于中国，也属于世界；不仅属于过去，更属于现在，也必将属于未来。

---

① 知侠：《〈铁道游击队〉创作经过》，《新文学史料》1987年第1期。

知侠是一位忠诚于党、忠诚于祖国的革命作家。尽管在"文化大革命"中,《铁道游击队》曾被定位"反党反社会主义的大毒草",知侠也被打成"文艺黑帮",小说被查封,他为此历经磨难,但他对党和国家的忠诚却矢志不渝。"文化大革命"结束后,知侠和《铁道游击队》都获得了解放。知侠夫人刘真骅先生曾紧跟伤痕文学的潮流,写了一些小说和散文,以揭示心灵的创伤,宣泄对社会的愤恨。从文学的意义上讲,这本无可厚非,但知侠却把这些文章全部撕掉,并说:"母亲的孩子多了,就不免有心烦的时候,就伸手打了你几下,难道你可以还手打母亲吗?"[①] 1991年9月3日上午,青岛市政协组织召开老干部座谈会,讨论东欧局势,知侠不忘初心,捍卫马列主义和社会主义,在呐喊中发出"相信群众"的呼声,在义愤和悲痛中,突发脑溢血猝然倒地。作为一位革命作家,作为一个革命战士,知侠在呐喊中誓死捍卫自己的信仰,这值得我们永远敬佩和深切缅怀。知侠倾注了热血和生命的《铁道游击队》与《红嫂》等经典作品为枣庄、为山东乃至为全国的红色文化基因图谱的建构做出了卓越贡献,枣庄乃至山东也因"铁道游击队"和"红嫂"的故事而驰名中外,并逐渐演化成一种具有象征意义的文化符号。

二 铁道线上的 "车侠": 革命侠义英雄形象塑造

作为"十七年"革命英雄传奇的代表作,《铁道游击队》带有浓厚的侠义成分,活跃在文本中的游击队员完全可以称为仗义行侠的梁山好汉,他们在铁道线上神出鬼没,在微山湖畔纵横驰骋,这是属于他们伸张正义、杀敌报国的江湖世界,大有"车侠"风范。这使得小说侠的意味很浓,当然这是经革命思想改造过的侠义精神,且上升到了民族大义的高度。小说中的革命侠义形象及其侠义行为和历史上真实存在的侠客传奇存在着内在联系,这得益于作者对传统侠文化的利用、借鉴和改造。

知侠在民间传统和现代革命之间采取的是以革命思想改造侠和侠文

---

① 刘真骅、邢军、海江:《苦难使我的生命倍感光辉——记〈铁道游击队〉作者刘知侠与妻刘真骅的惊世恋情》,《党史纵横》2008年第3期。

一 小说

化，用侠和侠文化资源来充实革命叙事、丰富革命英雄形象塑造，从而形成潜在的民间侠文化趣味和显性的现代革命主题相得益彰的独特叙事风格。《铁道游击队》的队员们一开始都是散居民间的侠客式人物，以朴素的正义观念和侠义心肠做自己认为应该做的事。尤其是刘洪，作为他们的带头大哥，不仅身怀扒车绝技，而且勇敢、讲义气，能为穷兄弟们撑腰壮胆，这种侠义行为和侠义形象深得众人拥护。革命前的车侠们吃两条线，过着逍遥自在的日子；接受了革命思想改造的车侠们虽然干着同样的事，但这是为了抗战，为了消灭敌寇，为了给山里的部队提供紧缺物资，其行为具有了革命的意义；这样侠客的特立独行精神和革命的伟大目标得以紧密结合，扒车成为革命的手段，破坏铁路变成打击敌人、消灭敌人的斗争方式。一旦革命思想进入车侠们的现实生活，他们的行为和形象都将要发生质的变化，不由自主地进入革命的逻辑而接受革命的改造和提升。当这些车侠因为沾染了嗜酒、赌博、打架等旧社会的习气而缺乏组织性、纪律性时，党为他们派来了政委李正——精神领袖和革命引路人。政委李正通过观察及时发现了车侠们的散漫作风和不良习气，他们没有树立明确的方向，生活上尚未步入正轨；了解到他们豪爽、勇敢、重情重义，深知"他们可贵的品质，使他们在穷兄弟中间站住脚，而取得群众的信任；但是那些习气，也往往成了他们坏事的根源"。这些问题的存在，是党对车侠们进行革命性改造的重要前提。于是，李正着手对他们进行革命性改造。他首先以侠客的方式主动邀请鲁汉喝酒，与他推心置腹。在取得队员们的接受和认可之后，再对他们进行阶级觉悟和革命思想的启蒙工作也就顺理成章了。经过革命的教育和改造，逐渐使车侠们的个人仇、家族恨向阶级仇、民族恨转变，使他们的哥们儿义气成为同志情义，不断引导他们走上革命正道。于是，这个散兵游勇式的民间组织变成了团结抗日的革命队伍。尤其是经过"进山整训"，进一步增强了他们的革命信念，使他们更加明确了斗争的方向，终于完成了由传统民间侠客向现代革命战士的身份转变。革命与侠义是对立的，但又是可以互相借重和包容的。革命思想对侠和侠文化的改造，就主流意识形态而言，是要消泯侠和侠文化中不利于革命的因素；但从民间立场来看，则是使侠和侠文化中的积极因子融入革命思想和革命行为，成为革命的有机构成要素。正是经过了这一系列的改造,铁道游击队才焕发出更加昂扬的革命激情,经受住了更加残酷的斗争考验,取得了更加辉煌的战斗业绩。而这,无不体现出激荡天地的革命豪情和革命侠义的铮铮铁骨。

毛泽东早在《中国社会各阶级的分析》中就已经指出,失去了土地的农民和丧失了工作机会的手工业工人是人类生活中最不安定者,"他们在各地都有秘密组织,如闽粤的'三合会',湘鄂黔蜀的'哥老会',皖豫鲁等省的'大刀会',直隶及东三省的'在理会',上海等处的'青帮',都曾经是他们的政治和经济斗争的互助团体。处置这一批人,是中国的困难的问题之一。这一批人很能勇敢奋斗,但有破坏性,如引导得法,可以变成一种革命力量。"[①] 这正是被讥为"山沟里的马克思主义"比当年那些所谓马克思主义经典理论家高明的地方!小说《铁道游击队》中体现的革命对侠和侠文化的改造,进一步说明抗战时期传统侠文化是民族抗战精神的重要构成因素,尤其是我党深入底层民间发掘抗战力量的不可或缺的黏结剂:以民族大义晓谕逐渐觉醒的民众,这种原发于民间的文化精神经过革命性改造焕发为侠义爱国、救亡图存的伟大力量。

作家知侠和他精心塑造的这些来自民间的革命侠义英雄形象,以其生命和行动铸就了独具特色的"铁道游击队精神":"听党指挥,不怕牺牲的革命精神;敢于亮剑,攻坚克难的担当精神;机智勇敢,敢为人先的创新精神。"这种独特的抗战精神既具民族文化底蕴又有现代革命意涵,体现了现代革命精神的纯粹性和永恒性,成为不忘初心、牢记使命的新时代精神航标和价值引擎。我们应清醒地意识到小说《铁道游击队》内蕴的革命英雄理念和乐观主义精神依然值得景仰与坚守,其作为红色经典的价值和意义,永远散发着璀璨的光芒。

(作者系山东师范大学文学院教授)

[①] 毛泽东:《毛泽东选集》第一卷,人民出版社1991年版,第8—9页。

今天为什么还要读《红旗谱》

张 勇

在我的阅读视野中，以《红旗谱》为代表的创作于20世纪50年代的一系列革命历史叙事类作品，一直都是一部部很难忘却的经典。它们在看似简单的情节描述和历史叙事的背后，却隐含着特殊的时代命题和史学价值，特别是随着时代的前移和变迁，作为革命历史叙事题材代表的《红旗谱》也不断生发出崭新的美学内涵，具有时读时新的现实魅力。

《红旗谱》完成于1954年，经过了两年多的修改后于1957年11月出版，自问世以来它即收获了出版后社会各界一致赞誉之声，迅速成为时代文化的焦点，甚至文艺界的领导人周扬将其誉为"全国第一部优秀作品"，茅盾更是将作品称为"中国当代文学史上里程碑"。但也因鲜明的主题阐释，在特殊历史时期一度成为批评的焦点，被当作"写错误路线""黑谱"的代表，随着历史拨乱反正和思想解放运动的到来，《红旗谱》很快恢复本有的进步价值，重新获得了社会各界的普遍赞誉，并荣膺"百年百种优秀中国图书之列"，新时代《红旗谱》的阅读依然具有无限阐释的空间和现实意义。

一

《红旗谱》从创作者和文本本体两个角度来讲，它的最大价值便是表现出强烈的历史使命感和自觉的时代进步性。它借助于完美的艺术形式构造，展现了波澜壮阔的历史画卷，并且融多种历史事件于一体，确立了中华人民共和国成立后现代小说创作的基本模式。《红旗谱》之所以能够取得如此高的成就，得益于作者梁斌秉承着强烈的使命感，在激

红旗谱

越的情感追述中进行了作品的构思和创作。

　　作者丰富的革命斗争经历是《红旗谱》创作的现实基础。作为革命历史题材的作品，《红旗谱》以真实的历史叙事手法，全面真实客观地展示了冀中平原地区所进行的轰轰烈烈的"反割头税"斗争和保定二师的学生爱国运动，特别展现了在第一次国内革命战争到"九一八"事变时间段内，中国北方社会中波谲云诡的阶级关系和斗争形势，借此还原了20世纪二三十年代在中国共产党领导着中国人民进行艰苦卓绝革命斗争的伟大历程。既然是宏大历史主题的叙事，那么就要求作者必须具备熟稔的历史事件阐释能力。对于《红旗谱》中"反割头税""学生爱国运动""武装暴动"等重大历史事件，梁斌都再熟悉不过了，有些甚至亲身参与其中，即便是没有参与其中，他也与历史的亲历者相熟。1929年在他的家乡就爆发了农民群众自发进行的"反割头税斗争"，时为共青团员的梁斌便义无反顾地参与其中，到了保定二师上学期间，他在轰轰烈烈的抗日救亡斗争氛围的感召下，积极投身这场声势浩大的进步活动之中。如此丰富的人生阅历和残酷革命斗争的人生经

一 小说

历，不仅仅为梁斌的创作提供了厚实的素材，更形成了他展示历史场景的严肃心态。

中华人民共和国成立后，梁斌先后担任了湖北襄樊地委宣传部长，《武汉日报》社长，河北省文联副主席等职务，但是为了专心完成《红旗谱》创作，他辞去了所有的行政职务，只保留了河北文联的编制，专心进行素材的收集和作品的构思。他为此曾表示"如果我写不好这部书，无颜见家乡父老"。强烈的历史使命感，促使梁斌废寝忘食，夜以继日的沉寂于创作之中，在此情境下《红旗谱》得以顺利的完成。

梁斌把自己全部的感情都投入作品创作之中，并将人物的塑造与现实的经历相对照，发现事中之情，揭示情中之理，反映出革命斗争历史时期人物关系的特殊性和情感的复杂性，特别是"在那个时代，在他们之间存在着伟大的爱情：父子之爱，夫妇之爱，母子之爱。在他们之间存在着伟大的友情，敦厚的友谊。当我发现了旧中国时代这些宝贵的东西，我不禁为之钦仰，深受感动，流下了眼泪"。[①] 他深深地被自己所要描述的对象感动，他也抑制不住自己激越的情感，因此《红旗谱》中我们随处都可以阅读到诸如"泪眼对着窗外的天空……照着她惨白的脸庞"的虔诚表达。

作者炙热的情感不仅仅映射到对人物形象、故事情节等方面的描述上，而且还对在紧张革命斗争之外的自然环境描写也投入了最真挚的情感。"滹沱河打太行山上流下来，像一匹烈性的马。它在峡谷里，要腾空飞窜，到了平原上，就满地奔驰。夏秋季节，涌起吓人的浪头。到了冬天，在茸厚的积雪上，汩汩细流。"[②] "黄色的平地，屋舍的树林，土地河流，正落向车后。路旁柳树青青，阳光通过绿柳，射进车窗，将淡绿色的影子照在他们身上。"[③] 将一条普通的河流赋予了强大的生命力，给裸露在大自然的植物赋予了斑斓的色彩，对于这些存在于艰苦社会环境中的一草一木，一水一山，如果没有强烈的情感投入是难以有如此的词句表达。

---

① 梁斌：《我怎样创作了〈红旗谱〉》，《文艺月报》1958年第5期。
② 梁斌：《红旗谱》，中国青年出版社2000年版，第6页。
③ 梁斌：《红旗谱》，中国青年出版社2000年版，第15页。

就《红旗谱》文本本体而言，明确而强烈的使命感一直贯穿于始末，作品的开头与结尾遥相呼应的情节设置，也进一步凸显了作品崇高使命感的内涵，作品是以便充满紧张的情境描述作为起始，朱老忠与父亲一起进行了保钟护地的斗争，但最终却以失败而告终，因此朱老忠不得不流亡于外，姐姐也因此含冤而亡。复仇的火种在朱老忠的心中扎下了根，"他一个人，在关东的草原上走来走去：在长白山上挖参，在黑河里打鱼，在海兰泡淘金。受了多少年的苦，落下几个钱，娶下媳妇，生下孩子，才像一家人了。可是，他一想起家乡，心上就像辘轳一样，搅动不安"。如此浓重的复仇意识，便生成了朱老忠明确的使命感，在使命感的催促下朱老忠对于完成复仇的使命是有清晰地认识和明晰地规划的，"将来我叫大贵当兵去，这就是一文一武。说知心话，兄弟！他们欺侮了咱多少代，到了咱这一代，咱不能受一辈子窝囊。可是没有拿枪杆子的人，哪能行？你看大财主们的孩子，不是上学堂，就是入军队"。[①]

《红旗谱》采取了开放式的结尾写作模式，它并没有将人物的结局明确化和固定化，而是采用意犹未尽描述方式，展示了故事本有的多元化走向。"这时，朱老忠抬起头来，看着空中，辽阔的天上，涌起一疙瘩一疙瘩的浓云，风云变幻，心里在憧憬着一个伟大的理想……这句话预示，在冀中平原上，将要掀起壮阔的风暴啊！"[②] 朱老忠由文本开始时自发的复仇意识，成功地转换成自觉的革命使命，使命感的心理机制的变化，完成了《红旗谱》作为经典读本价值内涵的建构和美学意蕴的考量。

难怪洪子诚在其《中国当代文学史》中，不无感喟地写道：这样鲜明的主题，不仅使我们看到作者对那个时代中国农民命运的思考和对社会现实的认识，也使我们体会到革命战争小说的创作理念和时代背景。

[①] 梁斌：《红旗谱》，中国青年出版社2000年版，第47页。
[②] 梁斌：《红旗谱》，中国青年出版社2000年版，第477页。

一 小说

二

在阅读《红旗谱》时感觉到除了曲折故事情节发展引人关注外，朱老忠等系列人物形象的塑造更是栩栩如生，让我印记深刻。我时而服膺于梁斌对于朱老忠理想化塑造以及带来的持续性震撼；时而惊讶于朱老忠百折不回的坚定复仇信念；时而又折服于他热情洋溢的斗争激情；时而更是感受着朱老忠关键时刻总能以清醒的理性思维对复杂关系和形势的预判与分析。

梁斌认为"对于中国农民英雄的典型的塑造，应该越完善越好，越理想越好"。[①] 在此种明晰而刻意的创作意识和理念的支配下，具有理想化人物形象的朱老忠便呈现于读者面前，他也成为了中国红色革命人物画廊中最光彩夺目的人物形象之一。

朱老忠身上具有理想化英雄人物形象的所有质素。当他很小时就经历过荡气回肠的抗争，情绪和思维一直浸染于惨烈的斗争场景之中无法忘却，由此也自觉生发出了英雄主义的情怀，在抗争中时为小虎子的朱老忠"在一边看着，他气呀，急呀，两眼睁得滴溜圆。看着冯兰池，凶煞似的，拽得父亲流星波拉地。他眼角上掉着泪珠子，攥紧两只拳头，撑在腰上，左右不肯离开他爹。……小虎子一看，油锤就要击在父亲的脑壳上。他两步蹿上去，搂紧爹的脑袋，哭出来说：'要砸死我爹，得先砸死我！'"[②] 义无反顾的反抗意识开启了他由复仇到革命的英雄抗争人生。

长大后的朱老忠英雄斗争气概更加强烈，特别是在"反割头税"的斗争中，"朱老忠看那两把刺刀，在江涛眼前闪着光，眼看要戳着他的眼睛，把大棉袄一脱，擎着两条三节鞭闯上去，两手向上一腾，咣啷啷，把两把刺刀打落在地上。一下子又上来五六把刺刀，照准朱老忠冲过来。朱老忠气冲冲走上去，拿起三节鞭，劈劈啪啪打着，迎挡着。"[③] 他以自己实际行动，诠释了传统农民所本有的英雄潜质以及抗争的心理基础，也形成了革命时期英雄主义的特殊内涵。

---

① 梁斌：《漫谈〈红旗谱〉的创作》，《人民文学》1959 年第 6 期。
② 梁斌：《红旗谱》，中国青年出版社 2000 年版，第 10 页。
③ 梁斌：《红旗谱》，中国青年出版社 2000 年版，第 321 页。

朱老忠的英雄形象不仅仅呈现于他以暴易暴的硬汉精神气概，他为了帮助运涛凑足学费，卖掉了自家唯一的牛犊，为了到济南探望入狱的运涛，他毅然决然的奋力前行，他率先在自家门前义务为乡亲杀猪，以对抗冯老兰的"割头税"，为了营救在学潮运动中被困的学生，他冒死成功救出了学生的骨干张嘉庆。越是在困难的时刻，越是显现出朱老忠果敢的性情。这种性情的展示明显是经过作者理想化处理和加工后的革命典型形象，使朱老忠在百折不回中锤炼意志，明确了方向，尤其是在他入党仪式时，江涛只是"找了一张年联的纸来，剪面红旗贴在墙上"，[①]虽然形式简陋，但意义重大，由此生成足够克服一切困难和险阻的革命初心和信念，是坚不可摧的。

作为面朝黄土背朝天的中国传统农民，一直以来受到封建思想桎梏的压制，对于自身的解放缺乏信心。他们深爱土地，受命于土地，但又受制于土地，他们希望拥有幸福的生活，但他们却在一次次抗争失败后甘于沦为底层的命运，严志和在将自己祖传下来的宝地抵押给冯老兰后，手捧着曾经属于自己土地上的泥土塞到自己嘴里，他的那种绝望无助的神情恰恰便是失去土地流离失所的中国传统农民的真实写照。而朱老忠的形象出现后，无异于使他们看到了未来的希望。朱老忠不仅仅只是一个简单抗争着，而是一个时代的代表者，代表着经过思想改造后理想化的农民出现与存在，他给读者阅读带来的不应是一个简单人物形象快意恩仇的行为，而应是一段有关民族理想精神记忆的复现与寄托。总之，朱老忠是旧中国农民典型的代表，也是新中国农民成长的方向，他有传统老中国农民坚毅、执着的优良品质，更有新时代中国农民理性、先进的新质内涵，他的存在价值和教育意义远远超越了曲折故事情节的推演和复述。朱老忠身上所展现出理想化基因对于当下社会民众增强民族自信心、凝聚力都将具有深远的影响。

三

顾名思义《红旗谱》的书名有明确地树立红色革命旗帜，在党的领导下取得胜利的明确指意，它具有鲜明时代图标色彩，但除此显在的

---

① 梁斌：《红旗谱》，中国青年出版社2000年版，第333页。

一 小说

意蕴之外，它其实还预示着红色革命的基因将以谱系的模式生发、长成和延续，它通过一连串斗争事件的链接、一系列人物关系的建构等创作手法，勾勒出一幅完整的、多元化的谱系结构，如借助于"砸钟保地""夺鸟换地""反割头税斗争""二师学潮""高蠡暴动"等历史事件的串联，将革命运动由自发转变为自觉，由小事件转变为大革命。从内在情感关联的角度来看，《红旗谱》的最显在谱系特征是，通过朱老忠、严志和、朱大贵、朱二贵、严运涛、严江涛等人物形象，明确地预示了革命薪火的代代相传，革命斗争方式的多样选择和主题内涵的深刻性。特别是对于张嘉庆形象的塑造，进一步说明了红色革命基因和谱系生成的开放性和包容性。

多年以来，在我的阅读体验中一直把《红旗谱》主要描写人物本能界定为以朱老忠为代表的中国农民阶层上，的确朱老忠是《红旗谱》中最主要的人物形象典型，但如果仅仅是这一条人物发展线索《红旗谱》也不可能具有如茅盾所言的"深厚而豪放的风格"。以朱老忠为代表的农民反抗压迫的革命运动，由小及大，由自发转为自觉，并最终走向党的领导是革命历史主义叙事作品的叙事策略，也是此类题材作品的作者所惯用的创作手法。但如果仅此而已，《红旗谱》便会落入浅显而生硬的革命书写的窠臼和一般化的模式之中，其实在朱老忠等农民形象之外，《红旗谱》还着力构建了另外一条线索，也就是以贾湘农、张嘉庆等为代表的青年知识分子观念的转变和思想成长的书写，这种类型人物谱系的建构，也解析了中国革命之所以能在中国共产党领导下取得全面胜利的重要因素。

在众多知识分子中，梁斌着力塑造的便是张嘉庆这一人物形象。张嘉庆出身于"十亩园子百顷地，住的是青堂瓦舍，穿的是绫罗绸缎"的家庭之中，但是他完成了本应是被改造、被革命的对象到先进革命典型的巨大转变。在转变途中，特别是在他即将远离家乡投身实际的战斗之中时，他"回过头看了看他住了几年的城池。贾老师还独自一人站在土岗上，呆呆地愣着。他要亲眼看着年轻的同志走远。张嘉庆看着他严峻的形象，暗暗地说：'父亲……父亲……'"[①] 张嘉庆与贾湘农的关

---

① 梁斌：《红旗谱》，中国青年出版社2000年版，第340页。

系，从简单师生间人际关系到潜意识中亲情认同的转变，表明了以张嘉庆为代表的青年知识分子已经从谱系上，纳入了中国共产党所领导的先进队伍之中，从而在人类伦理谱系的更高层级上重新界定了党与群众之间的血脉相连的密切关系。因信仰的变化和现实革命的洗礼，"张嘉庆像出了笼的鸟儿，两手握着车杠，伸开长腿跑得飞快。……正当夏日时节，平原上庄稼长得绿油油的。张嘉庆拉着这辆洋车，在田野上跑，像撑着一只自由的船，冲破千层巨浪，浮游在绿色的海洋上，飘摇前进！"[①] 轻松愉快词语表述，映衬和预设着革命理想最终取得成功的可能。

如果说，以朱老忠为代表的人物谱系的思想观念转变与成长，是农民阶级历史发展必然性的话，那么张嘉庆接受并投身于共产主义事业，更加显示出以马克思主义为指导的革命观念和方略的历史先进性和强大的生命指征。

微观到单一家庭生活模式的维持，宏观到民族国家整体发展运行的秩序，都是通过某种完整谱系的建立和扩展，才能维持其基本运行的规律和方向，并最终形成普遍共识性的历史脉络走向。《红旗谱》的创作便通过诸多完整谱系的建构，牢牢把握住了繁复深奥的新时代、新社会良好秩序发展的方向。从这个角度来看，《红旗谱》的更大意义和价值在于它为我们当下文化秩序的运行和发展提供了可供借鉴的路途和方式。

作为曾经红极一时的革命历史叙事题材典型代表的《红旗谱》，并没有因时代的变迁而削弱它本有的独特价值，今天读来鲜活依旧。它以鲜明的主题思想和坚定的革命信念，增强了全民族的历史使命感，特别是对新历史时期社会文化秩序全面的建构和理想主义的宣扬，《红旗谱》超越了具体特定历史阐述和精神塑造，是一部既具有时代特性，又保有历史价值的典范之作，无愧于历史给予的高度评价。

（作者系中国社会科学院郭沫若纪念馆研究员）

---

① 梁斌：《红旗谱》，中国青年出版社2000年版，第476页。

革命的激情与青春的觉醒
——读王蒙《青春万岁》

徐 刚

1953年10月，刚刚过完19岁生日的王蒙，购买了几个16开的大笔记本，开始写下了一页页潦草的小说草稿。这便是此后被传为经典的长篇小说《青春万岁》。今天，我们重读王蒙先生的这部作品，依然会让人心生感慨：半个多世纪过去了，那群朝气扑面，意气涌动的一代人，连同那个年代的青春与激情，好像从来都不曾退去。

那是共和国最初的日子，用王蒙先生的话说，是"高屋建瓴也是脚踏实地的日子"。这燃烧着他和他的同代人的青春的日子，这日子的光明与火热，催促着他把它们写在纸上。因为凝聚在这最初的日子里的，"是革命的激情，也是建设的期待；是青春的觉醒，也是奋斗的决心；是对梦魇似的旧中国的告别，也是对共和国愿景的畅想；是从来没有写过小说的孩子气的冲锋，也是一个已经入党五年的少年布尔什维克的壮志雄心"。[①] 恐怕再也找不到将自身的青少年内心与革命的胜利，以及共和国的百废待兴结合为一的文学心境了！

那是一个改天换地的时代。在一盘散沙、灾难深重的旧中国的废墟上，新的人民共和国拔地而起。作为历史的见证者，王蒙有幸参与其中，小说《青春万岁》无疑也是对他本人心路历程的记录。当然，不仅仅是作者王蒙，这里凝聚的也是整整一代人的初心与初情。他们经历了从旧社会到新中国的历史变迁，朝气蓬勃的年纪，赶上了朝气蓬勃的时代。"我好像忽然睁开了眼睛，第一次感觉到解放了的中国是太美好

---

① 王蒙：《所有的日子都来吧》，《光明日报》2019年8月2日第15版。

青春万岁

了，世界是太美好了，生活是太美好了。"① 小说一开始，便是革命成功之后，一派欢乐的节日庆典场面。这是一个巨大的狂欢化的现场，革命成功的欢悦，让我们的青年被巨大的幸福感所笼罩，所有的人都唱着跳着，为新生活热烈欢呼。正是在这样的火热生活中，王蒙的创作欲望喷涌而出，"我要写日子，我要写革命，我要写青春，我要献身文学，我要镌刻我们的时代，我要温习与演奏历史上从未出现的共和国序曲。越写越知道共和国的伟大、艰难、崭新、开天辟地"。②

对于小说而言，中华人民共和国的成立，一方面固然带来了巨大的幸福感，以及与此相伴的，躬逢盛事的一代青年油然而生的自豪感；但另一方面，革命成功之后，国家转入和平建设时期，相对革命时代的动荡来说，整个社会势必进入一个相对平稳的新阶段。在这样的阶段里，

---

① 王蒙：《倾听着生活的声息》，《王蒙文存》第21卷，人民文学出版社2003年版，第41页。
② 王蒙：《所有的日子都来吧》，《光明日报》2019年8月2日第15版。

一 小说

社会将何去何从，曾经的革命青年们似乎失去了用武之地，他们又将如何自处？这是《青春万岁》提出的问题。就像王蒙所说的，"一九五三年以后，当国家局势变得更加安定、正常，学校生活日益恢复了自己惯有的以教学为中心的日常秩序，而当中学生们纷纷回到课堂里坐稳自己的座位，埋头学文化、向科学进军的时候"，[①] 当时的他有一种"预感"："眼看着我所熟悉的那批从地下时期就参加了人民革命运动的'少共布尔什维克'也都转向了和平建设时期的文化科学与各门业务的攻关学习，我预感到了一个旧的历史时期的结束与新的历史时期的到来。"[②] "我怀恋革命运动中的慷慨激越、神圣庄严，我欢呼大规模的、有计划的社会主义建设的绚丽多彩、蓬勃兴旺，我注视着历史转变当中生活与人们的内心世界的微妙变化与大千信息，我为我们这一代人、经历了旧社会的土崩瓦解、解放的欢欣，解放初期的民主改革与随后的经济建设的高潮的一代少年—青年人感到无比幸福与充实，我以为这一切是不会再原封不动地重现了，我想把这样的生活和人记录下来。"[③]

面对历史翻开的新一页，他们似乎是既兴奋又遗憾，兴奋的是一个新世界的展开，它荡涤了旧世界的所有污秽；遗憾的则是，一切都结束了，再也没有惊心动魄的斗争生活了。随着中华人民共和国的成立，一个崭新的世界让人万分憧憬，随之而来的当然是革命岁月的告一段落，"职业革命者"们不得不以新的方式投身到各自的学生与生活之中。《青春万岁》便涉及"少年布尔什维克"的重新抉择，是继续革命，还是认真学习？就像小说里的郑波，那位典型的"少年布尔什维克"，14岁就参加青年联盟地下组织，出色地完成各种任务。在她那里，革命年代的浪漫与激情，就让她无比怀念，北平解放，郑波狂热地激动地工作着……一边忙碌，一边还幻想自己被派到台湾做地下工作。然而，过去神秘而刺激的地下斗争经历，终究成为饶有意味的回忆。她必须调整心态，迎接新的生活。过去团的工作，是发动大家参与政治运动；而现在一切都变了，但工作会以新的方式展开，她要迎接新的生活与挑战。

[①] 王蒙：《谢谢你，爱读〈青春万岁〉的朋友》，《语文教学通讯》1982年第4期。
[②] 王蒙：《谢谢你，爱读〈青春万岁〉的朋友》，《语文教学通讯》1982年第4期。
[③] 王蒙：《我的第一部小说》，《王蒙文存》第21卷，人民文学出版社2003年版，第88页。

于是，当曾经的"少年布尔什维克"坐到教室，重新做回学生时，纵然是有千般的失落，但也能够重新适应。她们终究会明白，过去的革命与现在的学习并不矛盾。在向科学进军的新时代，革命和学习不应该对立起来，尤其是对于落后的中国来说，百废待兴的艰难时刻，学习成了革命之后最重要的活动。对于投身其中的建设者们来说尤其如此，努力学习科学文化知识，是新时代的青年们继续发扬革命精神的有效方式。

不忘初心与初情的一代青年，他们找到新时代自我安顿的有效方式之后，革命就顺理成章地转入日常生活之中。这在某种程度上意味着，如何在日常生活中永葆革命者的意志，发挥党员、团员的先锋模范作用，成为一个新的时代课题。对于一代青年来说，日常生活之中的革命，也意味着荡涤旧时代的污垢，带领人们共同进步，这并不比为建立政权而展开的革命轻松多少。

旧社会的污秽，精神奴役的创伤，以及人性深处的幽暗，这都是摆在青年们面前的问题。对此，有志青年们显然不会甘愿像太平盛世的温顺良民一样过安稳日子，他们要继续奋斗，向着理想的社会迈进。半个世纪以后，王蒙在追忆《青春万岁》的创作初衷时，不无感慨地说：大家都相信从这一代人起将会过一种全新的、无私的、非常光明美满的生活，我们需要清洗的，只是旧社会残留下来的污垢，而且我们觉得，这样一种清洗未必比做几次大扫除更困难。

小说之中，贯穿全书始终的郑波、杨蔷云、袁新枝等青年身上集中了人性的诸多优点，她们善良、正直、热情且积极进取。而与她们相对的"落后分子"其实都有着各自的不同原因。围绕小说，那群活泼的中学生们，展开了一场声势浩大的新与旧的冲突。呼玛丽从小是孤儿，因受神父收养而不得不信仰天主教，她也曾遭受修女的剥削和虐待；出身资产阶级家庭的苏宁，有时候会堕入精神空虚的境地，甚至会看在杨蔷云看来是颓废读物的《鬼恋》，这是因为她有着不堪回首的过往。小说结尾，在郑波、杨蔷云的帮助下，呼玛丽、苏宁等人勇敢地与旧家庭决裂，顺利地融入到集体之中。

除了需要清理的旧时代污秽，那些自私可怜的个人主义，显然也无处藏身。小说里的李春，原本是一个埋头于自己的学习，不愿参加政治

一　小说

运动的学生。她学习成绩确实出类拔萃，但却过于自私且我行我素。她精心编写的《独幕剧》以影射中学集体生活也遭到退稿，编辑委婉地指出："好像你是主张各人按各人的意思办事，不要集体，也不要组织。你是写学生，但是有点不像现在的学生，倒像好些缺点的堆积。"[①]班主任也批评她："你会读书，可是不会做人。"李春在经过一番心理挣扎之后，也终于意识到了自己的错误，并诚恳地自我批判，最终被集体重新接纳。

甚至是在郑波这里，为了不至于滑向个人主义的泥潭，她勇敢地斩断了与田林的朦胧爱恋。因此小说最后，似乎所有的人都提升了自身的觉悟，改正了自身的缺点，"用青春的金线"和"幸福的缨珞"编织属于她们的日子。于是，一种新的更加壮阔，也更加激动人心的生活，向他们发出了深情召唤，所有的人都将为此感到从未有过的充实和从未有过的坚定。

这恐怕正是半个多世纪之后的今天，《青春万岁》依然令我们激动不已的重要原因。小说让我们重新看到了那群可爱的青年，他们曾经万分珍爱他们的时代，他们的新中国，他们坚定的理想——共产主义。他们曾经万分珍爱青春与友谊，他们曾经愿意奉献一切，使自己和自己的时代变得更完美一些，也更高尚一些。

（作者系中国社会科学院文学研究所副研究员）

---

① 王蒙：《青春万岁》，作家出版社2009年版，第132页。

世纪回眸《创业史》：初心不改创业路

咸立强

小说《创业史》的扉页上，作家柳青写了一句农村格言："家业使弟兄们分裂，劳动把一村人团结起来。"劳动神圣，它不仅能够团结人，是剩余价值的源泉，更是创业的不二法宝。古今中外，正统的社会无不强调劳动的价值和意义，不劳无获是人类社会的基本认知。若一个社会不劳而获、少劳多获蔚然成风，这个社会就是一个有问题的社会。

创业史

《创业史》中，任老四一家生活困窘，住的是草棚屋，东墙上破了一个大窟窿。在修补房屋的季节里，任老四却没有功夫修补自家的东墙，而是忙着给别人家打土坯，挣几个钱买粮吃。小说第四章叙述任老四走在街门外的土场上，"贪婪地吸着早春清晨的新鲜空气"，"他理直气壮地吸空气，因为眼时空气还没被什么私人所占有，不需要掏钱买，他怕什么？"接着又以饱含诗意的抒情文字写道："温暖的初春的阳光

一 小说

啊！你从碧蓝的天空，无私地照着所有上身脱光的庄稼人打土坯。"在这人世间，人能够不劳而获的，唯有空气与阳光。除此之外，人都需要通过劳动获取必需的生活物资。

《创业史》中的创业，主要指的就是通过劳动创家立业。劳动神圣，但是神圣的劳动却并不一定能够让穷苦的老百姓创家立业，即便不谈阶级压迫与阶级剥削，只是多子、饥荒、疾病等，都会轻易地让那些想要通过个人劳动创家立业的人倾家荡产，重新变得一无所有。长工高增福土改时分了地，拿政府的耕畜贷款买了小牛，刚想要为创立家业奋斗，结果老婆就难产死了，他只能把耕牛卖掉，埋葬了自己的女人，带着一个四岁的孩子苦熬。但是，无论日子过得如何艰难，像梁三老汉、梁生宝、任老四、高增福等忠厚淳朴的庄稼人，从没有想要通过斗地主分浮财发家致富，而是一直想要通过自己的劳动创家立业。

梁三老汉一家住的是草棚院，梁三老汉和梁生宝父子虽然都想着靠自己的劳动创家立业，但是对创家立业的理解并不相同。梁三老汉想的是"小家"，最盼望的便是将拆掉的房子重新盖起来，这也就是人们常说的个人先富起来。梁生宝心里装的是"大家"，想的是村子里的贫困户，渴盼的是互助组共同脱贫致富，努力的是一起创业共奔社会主义富裕路。父子两个人，象征着新旧社会两代人，他们的创业梦想，同中有异，小说"题叙"称为"梁三老汉草棚院里的矛盾和统一"。有矛盾，但不是敌我矛盾，是大我和小我、先富和共富的矛盾。有统一，他们对富裕的追求是一致的，他们关心穷人爱人民的心是相同的。

站在21世纪的今天，重读《创业史》，回眸梁三老汉和梁生宝一家的创业历史，依然有许多沉甸甸的值得当下学习和珍惜的地方。这部表现农业合作化运动的小说，并不因为所表现的时代的远逝而泯灭了自己的价值。在社会分层日趋明显、收入差距越来越大的今天，人们不断地呼唤着梁生宝式的人物出现：一个能够全心全意地为生活穷困的人着想的人，一个能够让人们相亲相爱共同走向富裕道路的人。在梁生宝这个人物形象面前，那些先富起来却忘记了先富帮后富最后实现共同富裕的人应该感到羞愧。

从古到今，社会上总不乏为富不仁者、炫富者。"有财"成了"有才"的判断标尺，至于是否是歪才、斜才，至于财富的来路是否正当，这些问题却越来越被人忽略。其实也不是忽略，是财富造就了新的权势，新的权势掌握了话语权，使得普通人难以像《创业史》里的贫雇农那样提出质询：为啥辛勤劳动的人两手空空，有些人凭啥就能不劳而获？这样的质询不是仇富，而是源自劳动神圣的观念。除了阳光与空气，其他财富都应该由劳动获得。如果豪富者的财产来源成了不能追问的禁忌，如果普通人辛苦一生却如梁三老汉一样两手空空，试问社会主义革命的初心何在？

谈到社会主义新人形象的塑造，窃以为像梁生宝这样的人物才是真正的社会主义新人形象。至于当下有些人所谈论的社会主义新人形象的塑造，本质上已经偏离了社会主义的思想，这些人物径直从梁生宝退步到了梁三老汉的层次，一心想的是个人的发家致富，想不到身边还有一帮穷朋友，这样的人对于某些阶层的人来说可能是新人形象，却决不是什么社会主义的新人形象。从梁生宝代表的新人形象系列来看，那些瞧不上穷苦人的"高级人物"形象的不断涌现，其实是社会沉渣的泛起。铁凝小说《谁能让我害羞》里的高级女人，看不起送水少年，那位自以为是的高级女人正是当下某些现实人物和文学人物的代表。高级女人是小说用语，高级用在这样的女人身上，若不是语带反讽，则说明这个物质化社会对高级的判断出现了问题。社会沉渣不断泛起，真正的社会主义新人却在不断地消退。

世纪回眸《创业史》，一个重要的价值和意义便是追问创业的初心何在。初心不改创业路，社会主义的道路才能够越走越宽。忘却了身边的穷朋友，甚或以嘲弄或鄙视穷朋友为乐，这样的创业者无疑偏离了社会主义的道路，他们窃据了社会主义的道路用方便他们去走自己的路，结果不仅挡住了穷人们的创业路，还要让别人无路可走，不断固化的阶层让社会主义的道路越走越窄。这便是初心的失落，但真正失落的只是梁生宝那类人物的初心，至于梁三老汉那类人物的初心，却是越来越盛，至于姚士杰、郭世富那类人的初心，时下更是甚嚣尘上。因此，追问初心，其实追问的是怎样的初心。倡导人们应该不忘初心，首先也需要辨析不应该忘却的，又是怎样的初心。

一　小说

一　初心不改梁三老汉

"创业难……"这是《创业史》扉页上写的乡谚。这个乡谚也是梁三老汉一辈子的概括。

梁三老汉的父亲从西梁村到下堡村做佃户，从一无所有到盖起了三间正房，给梁三娶了媳妇，算是立下了最初的基业。但是梁三的命运不济，接连死了两回牛，媳妇也死于产后中风，千辛万苦盖起来的三间正房不得不拆掉还了债。梁三伤了心，再没了继续创业的念头。个人的力量，有时候太过微弱，死头牛、得场病，创业梦想顿成空。没有健全的社会保障体系，没有良好的社会秩序，穷人想要创家立业，大概也就只能靠运气了。

1929年陕西闹饥荒，梁三在饥民中间觅来一个带娃的外乡女子，重新组建了家庭。梁三再次鼓起了创家立业的雄心壮志。然而，十年过去了，拆掉的三间正房还是没有能够重新盖起来，已经五十多岁的梁三老汉却已经累弯了腰，再也没有力气进终南山找活路去了。梁三老汉第二次的创业梦在事实上再次宣告破碎了。

梁三老汉的创业时代结束了，接下来是属于梁生宝的创业时代。梁三老汉已经老了，不能继续担起创家立业的大梁，但是当他看到哪怕一丝一毫新的创家立业的可能，都会付出自己的全力。当梁生宝买下的地主家的小牛犊长成了大黄牛，当梁生宝租下吕老二的十八亩稻田，梁三老汉又看到了创业的希望。为了能更好地照顾稻田，梁三老汉不顾蚊虫叮咬，通夜睡在渠岸的青草上。当年，他们获得了大丰收。然而，交过地租，还过欠债，剩下的粮食全都被保公所来的保丁装走了。努力创业的结果，依然是两手空空。这是人祸。这时候梁三老汉的家里都是能干的人，没有幼小的孩子拖累，没有疾病之类的难题，可是创家立业依然只是梦想。没有整个社会的改变，只要恶人依然当道，对穷苦人来说，靠勤劳致富就是美好的理想，也只能是可触不可及的美好理想。

梁三老汉的创业经历了三起三落。小说中写道：从此，"他们再也不提创家立业的事了"。梁三老汉的创业史，让人想起了老舍小说《骆驼祥子》中的祥子。骆驼祥子经历了三次买车三次卖车后，也不再梦想成家立业，而是快速地堕落成为个人主义的陌路鬼。梁三老汉虽然不再提创家立业的事了，但是却没有走骆驼祥子那样的堕落的道路。家累家累，家人既是累赘，也是防止人堕落的一层保障。不提创家立业的事，并不意味着梁三老汉不想。土改时，梁三老汉家分到了十来亩稻地，让梁三老汉凉下去的心重新变得温热起来。小说特意写了梁三老汉的一个梦境，梦里梁三老汉成了一个三合头瓦房院里的长者了。醒来的时候，依然躺在破草棚屋炕上的梁三老汉对生宝妈说："告诉你吧！用不了多少年，我年轻时拆了的那三间房就新盖起来了。稍有办法，就不盖草房了。要盖瓦房！咱老两口住不到新瓦房里去，我就是死下也闭不上眼睛。"虽然经历了三起三落，但是梁三老汉想要重新盖起三间正房的初心始终未改。

住在三合院里，过自足的生活，这就是梁三老汉的创业梦。梁三老汉的创业梦，比照的是他见过的地主大院里的生活。梁生宝给梁三老汉分析大家富裕的道路和自发道路之间的区别，追问梁三老汉说："咱成了财东，他们得给咱做活！是不是？"梁生宝说的正是梁三老汉的梦想，为了表示自己心善，不赞成残酷的剥削，于是告诉梁生宝：将来自家发达了，不雇长工，只是图个富足，给子孙创业。梁生宝毫不客气地揭开梁三老汉想不到却在发家后必然会发展到的地步："人一不爱劳动，还有好思想吗？成天光想着对旁人不利、对自己有利的事情！"梁三老汉无言以对。

无言以对并不能够说明梁三老汉被梁生宝的理论折服。梁生宝谈到的大家富裕与自发道路，既是对父子两代人矛盾的叙述，也是对父子两条不同的创业道路的概括。最初的时候，梁生宝继续的是梁三老汉的创业梦。但是，梁三老汉渐渐地发现梁生宝"迷失了庄稼人过光景的正路"，"他已经对发家淡漠了，而对公家的号召着了迷"。梁三老汉自觉初心不改，一门心思想要发家。至于梁生宝，在梁三老汉看来，已经失掉了发家创业的初心，机灵的小伙子现在却变成了一个"傻瓜"！变与不变，小说对梁三老汉与梁生宝父子两代人的叙述构成了对创业初心的辩证式追问。

二 初心渐长梁生宝

用初心渐长形容梁生宝，突出的是梁生宝创业思想的变化。创业的

一 小说

初心不是童心，作为理论的预设，童心自然不能变更。创业的初心却不同，若是追问梁生宝的创业初心，最初之心其实和梁三老汉并没有什么区别。这样的创业初心，便是自发创业之心。梦想的是拥有自己的大家院，能够过上地主老财那般自足的生活。这样的创业初心是低级的初心。等到梁生宝先入团后入党，他的创业初心便发生了变化，从自发道路走上了大家富裕的道路。初心不改是梁三老汉，初心渐长是梁生宝。初心变好，还是不变好？问题的关键不在于变与不变，而在于初心是什么，若有变化又会是怎样的变化。若是创业初心如梁三老汉，对普通人来说，没有什么不好，但对共产党人来说，这样的初心却需要变一变。若是党员初心便是大公无私，人民期盼的自然是初心不改。初心之改变，若是向着自私自利的方向变，便是不好；若是向着大公无私的方向变，自然很好。前者我们称为初心的失落，后者则称为初心渐长。

梁三老汉听说梁生宝入党的时候，"老汉受了最大的震动，在炕上躺了三天"。柳青用了"最大"这个词形容梁三老汉受到的震动。这时候的梁三老汉已经老了，发家的希望全都寄托在梁生宝身上，当他看到梁生宝当初"种租地立庄稼的那个心"换上了"热衷于工作的心"，这个变化让梁三老汉慌了。

变了心的梁生宝，对于发家创业有了崭新的看法。在他眼里，固守传统发家思想的梁三老汉，"那是个没出息的过法"。梁三老汉的做人标准是：自私自利是精明、弄虚作假是能人、大公无私是愚蠢。这样的做人标准是梁生宝不能认可的。入党后，梁生宝所热衷的工作，是为大众谋福利，让穷苦人都有饭吃，过上幸福的生活，而不只是盖自己家的小院子，过上自足的生活。梁三老汉认为大公无私是愚蠢，梁生宝信奉的思想恰恰是大公无私。当梁生宝说梁三老汉的过法是"没出息的过法"时，小说中写道："小伙子用十几年前买吕老二的牛犊时同样的话回答他，口气比那时更大、更傲。"租种吕老二地的时候，梁生宝相信的是自己的眼光智慧，还有自己的力量和技术，这是建立在小我基础上的自信，创业的结果仍然是两手空空。现在，梁生宝相信的是党和政府，"口气比那时更大、更傲"，"更"不是因为骄傲，而是因为有了信仰，新的信仰使梁生宝对大家富裕的道路坚信不疑。

如何才能走大家富裕的道路？理想的状况自然是富人帮穷人。家有余粮的富农借粮给吃了上顿儿没下顿儿的贫农。政府为了帮助贫农,发动"活跃借贷"。最初的时候富农害怕斗争,积极参与借贷。等他们拿到土地证,看到政府并没有斗争他们的意思,就变得嚣张起来,在"活跃借贷"问题上推三阻四,口喊家中无粮,同时却又偷偷地以亲戚家的名义放高利贷。在土改中很威风的郭振山,在土改风浪过后拿不愿意参加"活跃借贷"的富农们毫无办法。穷人如何改变自身的命运?主任郭振山说的话很有道理:"人们都该打自个人过光景的主意了。兄弟!共产党对穷庄稼人好是好,不能年年土改嘛!要从发展生产上,解决老根子的问题嘛!"斗地主挖浮财分田地,这些手段并不是彻底解决"老根子"的办法,真正能够解决困难的,就是发展生产。

对于高增福这些吃了上顿儿没下顿儿的穷苦人来说,发展生产只是一句空谈。穷苦人之所以穷苦,并不是因为天性懒惰,有些懒惰的穷苦人如堕落后的骆驼祥子,乃是经过最刻苦的奋斗后依然看不到希望,生活绝望之后才变得懒惰起来的。穷苦人真正想要发展生产,不能寄希望于富人,靠自个儿奋斗也难以成功,惟有联合起来实行自救才有希望。互助组便是穷苦人的自救之路,也是穷苦人发展生产的正确的道路。然而,建立互助组,走自救之路,并不是一件容易的事。梁生宝买稻种,吃的是自家准备的馍,他要计算好自己的行程,让这些馍能够他回程吃的。他睡在车站的地板上,喝一分钱的开水,用尽了一切办法省下钱来买稻种。先有全心全意为互助组着想的人,然后才会有互助组的成功。人非圣贤,为何有人能够大公无私地为互助组服务,为大家富裕奉献自己的一切力量?买稻种的路上,梁生宝有段心理活动:"照党的指示给群众办事,'受苦'就是享乐。只有那些时刻盼望领赏的人,才念念不忘自己为群众吃过苦。"这便是梁生宝无私精神的最佳诠释。能够切实地给群众办事,将"受苦"视为享乐,若是能够不忘此初心,何事不成?

将梁生宝与梁三老汉作对比,点出两种初心的差异,意在说明我们更需要维持呵护的是梁生宝那样的初心。初心不改梁生宝,这才是中国梦能够早日实现的真正的脊梁。梁三老汉的初心虽然不如梁生宝那般高大上,但是比起那些遍地风流的吕老二、姚士杰一类人物,梁三老汉的初心仍是可贵的,因为他的初心只是想要靠自己的双手劳动创家立业,

一　小说

过上富足的生活，从来没有损人利己的念头，从来没有想着去害人、剥削人、压迫人。如果丢掉了梁生宝那样的初心，也就丢掉了革命的初心。如果连梁三老汉那样的初心也达不到，那就是连做人的底线都丢失了。

（作者系华南师范大学文学院教授）

绽放在乡野沃土中的"茶子花"

邓玉环

20世纪50年代末60年代初是我国长篇小说创作的丰收期，作品在反映生活的深度广度、人物形象塑造及艺术风格的探索上都取得了突出的成就。周立波发表于1958—1960年的《山乡巨变》是《暴风骤雨》的续篇，小说描写了湖南一个僻静山乡实现农业合作化所经历的复杂斗争和发生的变化。小说分上下篇，上篇写1955年清溪乡建立农村初级社的过程和乡村变化，下篇则是写1956年高级社成立后斗争的深入和合作社的巩固发展，这是继农村土地改革后又一次规模宏大的历史变革。周立波是一个对革命有着高度认同感的作家，小说始终充满着高昂积极的革命热情，但在创作《山乡巨变》时，他扎根于家乡湖南乡村，带着对乡土最深沉热烈的情感，不仅以现实主义的创作态度直面现实，而且艺术个性鲜明地书写了"非意识形态"的民间景象。经过60年风雨洗礼，这部长篇小说于2019年入选"新中国70年70部长篇小说典藏"。《山乡巨变》鲜明的时代性和政治意识形态因素并没有影响其典藏价值，它就像一树绽放在乡野沃土中清幽的"茶子花"，在中国当代文学史中以其独特的魅力吸引读者，历久弥新。

时隔60年重读《山乡巨变》，年轻一代读者首先须回到历史现场，了解中华人民共和国成立之初农业社会主义改造政策，否则会对小说人物的精神追求、思想感情、心理状态产生"隔膜"，价值判断失据。农业合作化是在中国共产党领导下，通过各种互助合作的形式，把以生产资料私有制为基础的个体农业经济，改造为以生产资料公有制为基础的农业合作经济的过程。这一社会变革的结果是完成了由农民个体所有制到社会主义集体所有制的转变，土地公有，消除了产生剥削制度的经济

一 小说

山乡巨变

基础,避免了两极分化;促进了农田水利基本建设和农业机械化;最低限度地保证了城乡人民对农产品的需要,为国家工业化做出了贡献。可以说农业合作化在历史上作用功不可没。

波澜壮阔的农业合作化运动触及了乡村的每一个角落,也引发了巨大的矛盾冲突,每个人的内心都受到时代风云的激荡。宣传鼓动农民加入合作社、进行农业社会主义改造是一项艰巨的任务,偏僻山乡农民的封建思想、私有观念根深蒂固,受知识水平和眼界所限,对国家政策缺少认识,包括谢庆元为代表的老党员也因前期互助组出现的一些问题,对合作社心存疑虑。担心进合作社吃亏的中农王菊生、张桂秋等人迟迟不肯入社,还有一小撮隐藏的敌对分子不甘心失败,想方设法造谣破坏,合作化运动遇到了重重阻力。邓秀梅、李月辉、刘雨生为代表的优秀党员干部深入群众宣传发动,对落后分子进行耐心细致的思想教育,挫败了敌对分子的破坏活动,合作社最终赢得了秋季丰收。

《山乡巨变》善于在尖锐的矛盾冲突中塑造个性鲜明的人物形象。邓秀梅、李月辉和刘雨生都是党的优秀干部,但他们各有各的特点。邓秀梅冷静镇定、头脑清晰,做事干脆利落、果敢有侠气,特别同情关心妇女，也有年轻女性的性格特点。李月辉性格温和、行事稳重、人情味浓，很多棘手的事情在他那里都得到转圜缓冲，是具有丰富经验和高情商的基层干部代表。常青农业社社长刘雨生则性格比较刚直，他舍生忘死，铁面无私，工作中勇挑重担，情感上又受到离婚打击，但他对党和人民始终忠诚如一，他奋不顾身堵水管，动员爱人献肥猪，耐心说服菊咬筋入社，粉碎反动人物龚子元的密谋武装。在他身上，农民的诚实"本真"与共产党员"只许争先"的精神品格结合在一起，铮铮铁汉令人钦佩。

　　周立波作为站在时代立场上的知识分子，他还成功塑造了众多的"中间人物"，如老脑筋的贫农陈先晋、盛佑亭（绰号"亭面糊"），私心重的中农王菊生、张桂秋、符贱庚，立场不坚定的党员谢庆元等，写出了人物性格的丰富性和复杂性。这些人虽然有缺点和不足，但作者从"民间的角度写出了他们身上纯朴的人性，给予他们善良的同情"。① 小说中诙谐幽默的"亭面糊"这一典型形象取得了巨大成功，甚至被赞誉为文学史上的"第二个阿Q"；谢庆元不是一个先进的党员干部，但他也是种田好手，不歧视妇女，夫妻和睦。因为龚子元堂客故意挑拨使谢庆元夫妻反目成仇，在工作生活双重压力下谢庆元竟然想不开寻短见，小说合情合理地剖析人物心理纠葛，获得了读者对他的同情和谅解；泼辣积极的盛淑君、性情急躁的陈大春、调皮机灵的盛清明等可爱的年轻人形象也给读者留下深刻印象。小说中的许多人物都有作者故乡人们熟悉的生活原型，周立波以宽阔的胸怀深深地理解和包容着他笔下的人物，赋予他们鲜活的生命，仿佛用笔描绘了一幅超级现实主义风格的人物群像，那么清晰逼真、血肉丰满、生机勃勃。

　　《山乡巨变》运用现实主义的创作手法，继承中国古典小说讲故事传统，将合作化运动开展过程叙述得一波三折。工作困难、情感冲突、敌我矛盾，精彩的故事一个连着一个，读起来引人入胜、欲罢不能。虽然小说中政治主流意识存在不可避免，但鲜活的人物、精彩的故事、丰富的民俗、真实的生活细节、优美的景物描写起到了重要的弥补作用。周立波观察力强，熟悉农村生活，小说不厌其烦地描写了农民驾牛犁

---

① 陈思和：《中国当代文学史教程》，复旦大学出版社2005年版，第39页。

一　小说

地、播种插秧、挖泥肥田、抢收稻谷，妇女们在家里洗衣做饭、浇菜洒扫、烧茶待客、缝纫编筐的每一项劳动过程。小说饶有兴致地描述农民们编草鞋、抽烟袋、打嘴仗、喝酒聊天等生活细节，有滋有味、细细密密地展示民俗风情，工笔描画乡土生活画卷。这种高度还原现实真实性的写作带来一种纤毫毕现、精细入微的画面感，读之令人叹为观止。创作来源于生活，"周立波说过，一个作家应该不断扩大自己的生活圈子，而且要汗爬水流地和群众一起劳作，深刻地体会他们的感情，研究他们的日常生活、习惯和语言，他的创作源泉，就会取之不尽用之不竭"。①

作家擅长讲故事，故事讲得简洁明了、通俗易懂，细致入微的生活细节、恰当的叙事节奏使读者产生阅读的愉悦感。小说细节描写功力一流，例如盛淑君和陈雪春匆忙向李月辉汇报龚子元和张桂秋的动向，小说这样写道：

"有么子事呀，你们两位这样冒冒失失的？"小房间里，灯光底下，李月辉正在跟刘雨生商量口粮的标准，看见两人冲进来，这样忙问。因推门过急，门板鼓起的气浪，把煤油灯盏的烟焰吹得一摇一晃的。②

事件紧急，两位姑娘的心情也非常焦急，然而小说在前面已经细致叙述了事情的原委，此时重心转向了生动再现姑娘们汇报时有趣的小细节。盛淑君复述：

"秋丝瓜说：'我想托符贱庚在株洲找点事情。'"
"他是说的'托我妹夫'。"陈雪春连忙纠正。
"那不一样？"盛淑君看她的姑娘一眼。
"汇报应该一个字不差。"
"龚子元还说了什么？"李月辉问。

---

① 克里左左夫：《〈山乡巨变〉正篇俄译本者序言》，《周立波研究资料》，湖南人民出版社1983年版，第458页。
② 周立波：《山乡巨变》，人民文学出版社2019年版，第543—544页。

绽放在乡野沃土中的"茶子花"

"还说：'你敢，没有得到我允许，你离开试试！'"①

煤油灯盏的烟焰被风吹得摇晃，盛淑君汇报时陈雪春的较真，这些小细节的插入让紧张的叙事节奏放缓，读者神经得到适当放松，故事节奏从容不迫张弛有度。人物的语气神态真切如在眼前，细节描写增强了小说故事的趣味性，也衬托出了人物个性。这种工笔细描式的、精彩的动作、语言、心理描写贯穿整个上下篇，支撑、丰满了小说宏大的叙事架构。

有学者把周立波及其影响下的湖南乡土文学称为"茶子花派"，这一流派既强调对时代风云和社会变革的记录，更强调对自然风光、历史传统，特别是南方农村的节令习俗、婚丧嫁娶、迷信禁忌等民俗风情的表现。《山乡巨变》中处处浸染着多姿多彩的民间文化，小说中有对农村过春节"封财门""接财神"节日风俗的描写，还有婚丧嫁娶民风习俗的详细记载，一整套婚俗如"哭嫁""送亲""婚礼""闹房""听壁脚"等都写进了作品，但读之绝不给人庸俗之感。

民间文艺因素是意识形态之外的叙事亮点，时常成为情节发展的"润滑剂"。例如在一次开会时，付贱庚在别人的挑拨下和陈大春发生口角，剑拔弩张之时，会议室隔壁却传来亭面糊睡觉的呼噜声——紧张的政治场面被这一戏剧性情节消解在具有民间喜剧色彩的生活场景中。亭面糊被邓秀梅指派去龚子元家进行监督，却因贪酒而糊里糊涂忘记使命。湘楚地区民风古朴，尚鬼信神，谢庆元吃水莽藤寻短见，亭面糊认为他一定是冒犯了什么神灵或禁忌，于是热心地、不厌其烦地追问谢庆元："你在堂客晒小衣的竹竿底下过过身吗？""你用女脚盆洗过澡没有？""两公婆打架，你挨过她的鞋底吧？"……这番不着边际的追问让人忍俊不禁，产生了民间喜剧效果。民俗风情、民间文艺因素是文学作品焕发艺术生命力的根源。

"茶子花"派将乡土化与诗意化相结合，风格细腻明丽、含蓄质朴。周立波是驾驭语言的巨匠，《山乡巨变》语言洗练流畅、干净自然，所描绘的湖南山村乡风水色清丽俊美，例如描写雨天山村景色：

---

① 周立波：《山乡巨变》，人民文学出版社 2019 年版，第 545 页。

一　小说

> 远远望去，塅里一片灰蒙蒙；远的山被雨雾遮掩，变得朦胧了，只有两三处白雾稀薄的地方，露出了些微的青黛。近的山，在大雨里，显出青翠欲滴的可爱的清新。家家屋顶上，一缕一缕灰白的炊烟，在风里飘展，在雨里闪耀。[1]

小说运用了大量的湖南方言土语，人物对话幽默风趣，含蓄传神，富有浓郁的地方色彩，乡土生活气息浓厚。虽然有人指出小说中的方言俚语过多，但对作家来说一定是有意为之，因为，非如此不能畅快淋漓、原汁原味地再现家乡生活场景，对熟悉方言的读者而言，风趣生动的乡音是最欢快悦耳的民歌，最能唤起藏在血液里的乡情。小说虽用方言写作，但能做到雅俗共赏，俗处仿佛闻得到乡间的牛粪和泥土味，雅处能见作家被古典文学熏陶出来审美韵味。[2]

《山乡巨变》将生活与时代紧密结合起来，读者看到了乡村生活最为亲切、真实的面貌。正如陈思和[3]说，"作家拥有独立的精神立场，他把对时代某种精神现象的思考融化到个人独特的经验中去，或者说，以作家对时代敏锐而强烈的个人感受，包容以致消化了时代主题。"清幽茶子香，浓浓乡土情，周立波成功地以其鲜明的艺术个性，"从自然、明静、朴素的民间日常生活中开拓出一个与严峻急切的政治空间完全不同的审美艺术空间。"这正是《山乡巨变》能够超越时代局限，得以经典永流传的原因所在。

（作者系华南师范大学文学院副教授）

---

[1] 周立波：《山乡巨变》，人民文学出版社2019年版，第489页。
[2] 参见陈思和《中国新文学整体观》，上海文艺出版社2001年版，第80页。
[3] 陈思和：《中国当代文学史教程》，复旦大学出版社1999年版，第37页。

作为革命生活教科书的《红岩》

钱振文

1961年年底,《红岩》排出清样并赶在年终之前装订出40册样书,这样的时间安排,使得《红岩》成为业绩平平的1961年长篇创作的"颇有分量"的"压卷之作"。

红岩

1962年2月中旬,中国青年报召开了小说《红岩》的读者座谈会,2月17日,《中国青年报》在第四版以一个整版的篇幅发表了座谈会的

一 小说

发言记录。整组文章显然经过编辑的精心策划和安排,头条《不怕鬼的英雄谱》总述小说的思想内涵和与当下现实的主要关联:一不怕鬼,二不怕死,三不怕困难。一、二、三、四条分别从不同角度讲述江姐、许云峰对青年的教育意义;倒头条和二条是关于反面典型刘思扬和甫志高对当代青年思想改造的教育意义,中间一小篇由"中美合作所烈士家属"所写的《难忘的仇恨》,叙述作者自己的亲人们在集中营遭到的血腥屠戮。

1961年年底,《文艺报》分管小说评论的副主编侯金镜带领"专职负责长篇小说"的年轻评论家阎纲躲到清净的北京颐和园,对1961年全年的长篇小说进行"巡视"和"盘点",在阅读了全年生产的长篇小说之后,阎纲他们得出的结论是:"《红岩》是1961年的长篇小说中,值得向读者、特别是青年读者们推荐的好作品。"在笔者对阎纲的电话访谈中,阎纲说:"我们在颐和园看稿,这时候李希凡来约稿,我说《红岩》不错。我们觉得在三年困难时期,我们在经济上很困难,不能在精神上也垮下来。我就给他写了《共产党人的'正气歌'》,发表以后很轰动,有人叫我'阎红岩'。后来我又在中央人民广播电台讲了一次,也是稿子中的内容。我觉得《红岩》写得好,它把矛盾冲突推向了生死关头,给人相当的震撼;而且作品有可读性,因为所描写的内容有神秘性。《共产党人的'正气歌'》发表后,《文艺报》又组织了一个'五人谈',这样'《红岩》热'就掀起来了。"从1962年3月2日《人民日报》发表阎纲的评论文章开始,全国各地的报纸开始长篇累牍地发表有关《红岩》的评论文章和"读后感",这样的势头一直延续到了1962年年底,发表评论文章的报刊几乎包括了全国所有的省市级党报,不少报纸的评介采用了开辟"专版""专栏"的"重点报道"的形式,如《四川日报》从3月11开始在第三版发表了一系列和《红岩》相关的文章,每篇都在题目位置刊发一个以小说《红岩》封面制作的小刊头;如《云南日报》从1962年3月22日开始在第三版"文化生活"专版就开设了"《红岩》人物赞"专栏,《浙江日报》在副刊开设了"红岩风格赞"专栏,《新华日报》的"新华副刊"开辟了"我读《红岩》"专栏。在各地发表评介文章的同时,不少地方的报纸如《重庆日报》《成都晚报》《河北日报》《河南日报》《浙江日报》等开始对小说进行连载。这样,《红岩》的名字和小说《红岩》极富象征意味的"青松、红岩"封面图案成为1962年报纸副刊上一再重复出现的象征符号,以至于我们可以把1962年的报纸副刊称为"《红岩》年"。

在对《红岩》的各种评价中,"教材""教科书"是一种普遍的说法。1962年2月17日《中国青年报》专版的"编者按"中就说《红岩》"是一部向青年进行革命传统和共产主义品德教育的生动教材";1962年2月25日《大公报》上发表的吉墨寅的文章题目即是《〈红岩〉——鼓舞革命斗志的教科书》,作者在文章中说:"《红岩》的前身,是回忆录《在烈火中永生》。根据这些无产阶级战士的英雄事迹,《红岩》塑造了光辉的英雄群像。这些英雄身上焕发出了'人类最伟大最高尚的一切美德'。……而我以为最宝贵的是'忘我'、'慎独'和革命的乐观主义。"《文艺报》1962年第三期"《红岩》五人谈"中罗荪的文章就直接以《最生动的共产主义教科书》为题,文章说:"《红岩》是一本用生命写下来的书,是一本杰出的共产党员的最生动的教科书。"朱寨在评论文章中说:"《红岩》不仅吸引了广大的读者,而且深深地激动了他们的革命心弦,激起了他们参与当前国内阶级斗争的政治热情,激起了他们在建设社会主义工作岗位上的更大干劲,我们从出版社编辑部那里读到很多《红岩》读者表白这种心态的来信。从读者的来信里可以看出,读者把《红岩》当作了一部生动的革命教材。如果说'文学作品是生活的教科书'的话,那么《红岩》是一部革命的生活教科书。"①

罗广斌、杨益言他们的"可贵"之处就在于他们把"小说"形式和"教材"功能进行了最好的结合,他们并不重视小说传统中情节、主人公这样的基本要素,转而完全把精力投放在了对一个政治组织所提倡的核心价值观的演绎和解释。《红岩》传达思想的"教科书"性质最明显地体现在小说中人物所说出的那些带有哲理性的语言,在1962年7月15日的《新华日报》副刊上就有一篇小文章《〈红岩〉人物语录》,专门辑录了这类哲理语言。如"△……我们共产党人有更丰富、更崇高的感情,那就是毛主席讲的:'全心全意为人民服务!'(许云

---

① 朱寨:《时代革命的光辉——读〈红岩〉》,《文学评论》1963年第6期。

一 小说

峰）△不能把对党的忠诚，变成对某个领导者的私人感情，这是危险的，会使自己迷失政治方向！……（许云峰）△……你还得注意身体，我们的日子还长得很呢！我们这一代，要实现马克思主义的伟大理想，亲手建成共产主义社会。那时，你还是要像今天这样年轻有为才好。（江姐）△真正的无产阶级先锋战士，应该敢于和自己的非无产阶级思想做斗争，而不是逃避这种斗争。灰尘不扫会越积越厚，敷敷衍衍，终会为历史所抛弃。（许云峰）△人民革命的胜利，是要千百万人的牺牲去换取的！为了胜利而承担这种牺牲，是我们共产党人最大的骄傲和愉快！（许云峰）"①

但是，小说所传达的"思想"毕竟主要是通过故事和人物的言行体现出来的，这种方式传达的思想形象还很隐晦，因此，普通读者要想有效地吸收"教材"中的"思想"，就需要权威专家对作家埋藏在故事背后的思想进行解析，这些专家有从故事中抽象出思想的能力，从《文艺报》发表"《红岩》五人谈"开始，文学界的权威就一直在对这部"教科书"进行解读。而在所有的专家解读活动中，最集中的成果就是天津人民出版社1963年2月编辑出版的《永葆革命青春——从〈红岩〉中学习些什么》，如果说《红岩》是一部"教科书"的话，那么天津人民出版社出版的《永葆革命青春——从〈红岩〉中学习些什么》就是针对"教科书"的"辅导教材"。在翟向东为该书所写的"序"中，作者说："天津人民出版社为了帮助读者加强对《红岩》的理解，不止于了解故事的情节，更重要的是从中吸取深刻的教育，约请一些同志撰写了这本《永葆革命青春》。"该书所收的18篇文章显然经过了精心的策划，每篇集中阐释在《红岩》中表现出来的"革命精神""共产主义世界观"的某一个方面，如第一篇《飞翔吧，永远向着东方》，阐释的是《红岩》故事中体现出来的"每一个革命者应该首先解决的政治方向问题"，即"对党、对共产主义事业、对革命前途的信赖问题"；第二篇《颂革命烈士的自我牺牲精神》，阐释的主题从题目即可看出；第三篇《至人无忧，斗争最乐》，阐释的主题是"革命的乐观主义精神"等。本来，《红岩》就是对抽象的革命理论主要是毛泽东思

---

① 《永葆革命青春——从〈红岩〉中学习写什么》，天津人民出版社1963年版，第1页。

想的形象化、具体化，而《永葆革命青春——从〈红岩〉中学习些什么》则是从形象再回到抽象，目的是防止读者专注于小说中的故事情节，而影响对其思想内涵的领略。

除了专家解读文章，报刊上发表的文章更多的是普通读者的"读后感"，这些"读后感"和专家们的解读活动所致力的目标是一样的，都是从人物和故事中抽象出一种"思想"，只不过普通读者所"发现"的"思想"往往是大理念下的一些小道理，分析的对象也是小说中所描写的一些小细节。这些小道理，有的是革命者应该具有的某种精神品格，有的是革命者应该掌握的某种斗争方法。例如，作者冯健男通过分析甫志高在家招待工人余新江时两个人的对话，来解析甫志高叛变革命的内在原因，"甫志高由共产党员一变而为共产党的死敌，自然还有别的原因，但他喜欢龙井、香片之类的爱好也要承担一定的'责任'"。所以，作者得出的结论是："所以说，保持艰苦朴素的生活，对于一个革命者来说，是非常必要的，也是很自然的事情。"① 如作者筱山在《李敬原刻蜡纸的启示》一文中说："《红岩》真是一本好书。读了一遍，还不过瘾，再读第二遍、第三遍才好。一句话，爱不释手。如果有人问：'你读了一遍，有没有受到启发？'我会立即答：'有，有，李敬原同志帮助成岗刻写蜡纸的那件事，对我启发最大。'"作者从这段小情节所得到的最大"启发"是革命斗争的一个工作经验和工作方法，即对于一个领导者来说最好的领导方法是："亲自动手，以一个普通劳动者的身份出现。"因此，作者建议大家，"仔细读读这段书，学学李敬原同志的领导方法和领导作风。"② 当然，这些革命道理的解析是和对小说人物的分析结合在一起的，小说所表现的革命精神和小说中的人物是相对应的，因此，《浙江日报》开设的"《红岩》风格赞"和《云南日报》开设的"《红岩》人物赞"内容上是相似的，都是分析人物所体现的某种或几种风格，这些风格如"忠诚""乐观""坚强""勇敢""智慧"等都是党性内容的具体化，《红岩》中的主要人物如许云峰、江姐和非主要人物的区别就是从他们身上体现出的党性。除了正面人物

---

① 冯健男：《龙井、香片和冷水》，《人民日报》1962年8月21日。
② 筱山：《李敬原刻蜡纸的启示》，《新华日报》1962年7月15日。

一 小说

以外，反面人物甫志高也是众多读者经常分析的对象，不过常常是把他和另外一个正面人物如工人余新江、陈然、知识分子刘思扬等进行对比，从对比中来显示出美与丑、是与非的区别。

  作者们在解析了小说中的思想之后，一般还会联系"当前斗争和生活"的实际情况，来说明《红岩》所描写的革命精神在今天的教育意义。很多读者都会联系60年代初期"国内外反动势力给国家造成的"种种困难，把《红岩》中的革命英雄在更艰苦的条件下勇于克服困难的革命精神和善于克服困难的革命智慧当作学习的榜样。1962年年初出版了一本书叫《不怕鬼的故事》，对这本书，黎之说："据我所知毛最初提出编不怕鬼的故事是说不怕帝、修、反，不怕国内困难。要战略上藐视敌人，战术上重视敌人。"① 而《红岩》正是一部"不怕鬼的英雄谱"。作者陆石说："它写出了革命者的气魄：一不怕鬼；二不怕死；三不怕困难。毛主席教导我们，共产党人不要怕鬼。《红岩》写出了这个精神。"② 作者江平在《读"红岩"随感》中说："比起烈士们所经历的艰辛和曲折的生活道路，眼前我们所遇到的困难又算得什么！"③ 作者徐立尧在《忍辱负重赞》的文章中先对《红岩》中华子良的"忍辱负重"精神进行了一番解析："忍的是由于失败而蒙受的损失、痛苦，敌人的折磨、摧残；负的是革命的重担。任何时候，没有忘记自己是一个革命者，把一切艰难困苦，毅然担当起来。"然后就是由此所受到的"教育""启发"："当然，在今天，我们不再忍辱而生，但是，我们却还需负重。就是说，在任何时候都要听党的话，自觉地承担一切任务。见到困难就上，见荣誉就让，埋头苦干，竭尽忠诚。"④ 作者益木在《为保卫红旗而贡献问心无愧的一生——长篇小说〈红岩〉读后》一文的最后写道："现在，凶焰不可一世的牛鬼蛇神、魑魅魍魉已被驱除殆尽，我们再也不是生活在天是棺材盖、地是棺材底的活棺材里，而是沐浴着毛泽东时代的幸福的阳光。和革命前辈比较起来，我们

---

  ① 黎之：《回忆与思考——所谓"全民文艺社论"和知识分子"脱帽加冕"》，《新文学史料》1997年第1期。
  ② 陆石：《不怕鬼的英雄谱》，《中国青年报》1962年2月17日第4版。
  ③ 陆石：《不怕鬼的英雄谱》，《中国青年报》1962年2月17日第4版。
  ④ 徐立尧：《忍辱负重赞》，《人民日报》1962年7月12日第6版。

的生活实在太美好了，在前进的道路上遇到的一些困难真是算不上什么，我们完全有条件对党、对人民做出更大的贡献。"①

　　这样，我们也就可以看出，"革命历史小说"的写作和阅读的动力与目的不仅是出于对历史本身的关怀，而是出于更为急迫的现实需要。从民主革命取得成功的过程中挖掘可以利用的精神资源，来调动全体国民的政治热情，投入正在进行的社会主义革命事业当中去，是这些小说回顾历史的动力和目的所在。而"革命历史小说"所承担的这种文化使命很大一部分是通过阅读来实现的，正是通过阅读，把革命前辈和需要接受教育的广大读者联系了起来，把"革命传统"和"当前斗争"联系了起来，正是这种"联系"潜力的巨大使人们把《红岩》称为是"最生动的共产主义教科书"。

（作者系北京鲁迅博物馆研究馆员）

---

① 益木：《为保卫红旗而贡献问心无愧的一生——长篇小说〈红岩〉读后》，《宁夏日报》1962年3月31日第3版。

《黄河东流去》：不折不挠的民族精神

陈浩文

在小说《黄河东流去》的代后记里，作家李準回忆了1942年自己作为流亡学生在逃荒途中的所见所闻："当时的陇海铁路线，是一条饥饿的走廊，成千上万的难民，向西边缓缓地移动着，他们推着小车，挑着破筐，挎着篮子，小车上放着锅碗，筐子里坐着孩子，篮子里放着拣来的草根树皮。"饥饿，是中国历史上所有灾荒年代的主题。饥饿，不仅意味着死亡，还意味着秩序的混乱，意味着作为尊严的丧失。

《黄河东流去》写的正是赤杨岗七户普通农民家庭在灾荒与饥饿中的生活。小说开头便是历史上著名的"花园口事件"。黄河堤坝被挖，直接导致河南、江苏、安徽三省被淹。上千万百姓流离失所，赤杨岗的农民便是其中之一。在"花园口事件"之前，赤杨岗的村民虽然贫苦，但是有固定居所，有家人朋友，日子有盼头。李麦是死了父亲和丈夫的寡妇，为人直爽刚强，儿子海天亮在黄河上跟着艄公梁恩老汉学艺；徐秋斋是赤杨岗村的蒙学先生，虽然私塾没落，他在村中仍能靠算命糊口，也颇受村民照拂；海老清、海长松、春义、王跑等人是家庭和睦，基本能自给自足的农民；陈柱子、蓝五等人，则靠着自己的手艺在赤杨岗长期定居……

"花园口事件"发生后，赤杨岗一众村民在逃难途中离散，每家每户的故事各有不同，但大都是不幸的。李麦和儿子海天亮成为抗日队伍中的一员，但小女儿嫦娥流落他乡，下落不明；长松、海老清等家庭失去了赖以生存的土地，被迫在城市流浪。这些传统观念根深蒂固的农民，在进入城市之后，原有的伦理关系遭到破坏，引发了一系列的矛盾。海老清的女儿爱爱为养家糊口，成了女说书人。这直接导致父女关

黄河东流去

系破裂，邻里关系疏远，海老清最后饿死在伊川县的农村。春义的妻子凤英努力适应城市生活，在金钱的驱动下，自力更生开饭馆，却因为春义无法认同妻子抛头露面的行为，二人的夫妻关系逐渐恶化，最终离异。在李準的笔下，这些失去了土地和家园的流民，没有一个人在灾荒和饥饿面前，能够维持自己身为"人"的体面。

　　当代作家的作品中不乏对灾荒年代人性沦丧的描写，如莫言的《丰乳肥臀》里那些为了一个馒头抛弃贞操的女性，又如刘震云的《温故一九四二》中那段20世纪40年代河南饿殍千里，老百姓为了一口救济粮可以随意向传教士下跪，甚至为了活下去不惜人吃人的历史。虽然在这些作家的笔下，不幸的家庭各有各的不幸，但灾难有时似乎沉重得过分轻易了。李準的难得之处在于，他没有一味地去塑造人间地狱般的图景，造成读者心灵上的恐惧，赚取善良读者的眼泪，而是着重表现了中国普通劳动人民在困境中迸发出来的惊人生命力。这种生命力不仅仅是求生的欲望，还是任何时候都没有熄灭的人性之光。

一 小说

李準曾这样自述自己的写作目的："我所以介绍这些过去的生活，当然不是为那个惨绝人寰的事件进行控诉，也不是为那个失掉生命的农民们唱挽歌。我只是想把中国农民的伦理道德和精神，重新放在历史的天平上再称量一下。"中国农民的道德、品质、智慧和创造力，是李準在这部小说中想要探索的主题。正因为有了这样一份初心，有这样一份对农民、对民族甚至可以说对"人"的信仰，作家在处理"难民"题材时，才不至于把小说变成再现历史惨景的冷冰冰的媒介，而给读者带来了一幅厚重而充满人文关怀的历史画卷。

从整篇小说来看，《黄河东流去》的人情味体现在老百姓质朴的家国观念、人伦情感和道德原则中。作为中国社会中的"细胞"，他们真挚地热爱着自己的土地和国家，痛恨着日本侵略者。小说中海老清和长松是中国农民的典型。他们一生的信念就是在自己的土地上劳作。长松耗尽家财，就是为了拥有十亩属于自己的土地。花园口决堤，洪水淹没的不仅是土地，还是"他的心血和希望"。[①] 海老清相信只有在土地上劳动，才能"活得干净、活得清白"。他对土地的眷恋，除了劳动的信念之外，还表现在对牲畜的情感上。农民喂养的牲畜对他们而言已经超越了耕作工具的意义。在海老清眼里，买回来的小牡牛"简直成了他的大孩子"。小说对海老清的小牡牛用了许多拟人化的词语来描述人与动物之间的感情。当牡牛被胡乱征用致死时，海老清的愤怒达到了顶点："在你看来，它是畜牲，你是人，在我看来，它却是人！你们知道我们做庄稼人的心吗？你们知道我们把牛当作一口人的？……"[②] 海老清对崔副官的声声质问，既有不能挽救牡牛生命的痛苦，又有对国民党部队在抗日上不作为，只会一味压榨百姓的痛恨。小说中农民的家国观念，就是这样通过他们对土地的深厚情感传递出来的。

在李準的理解中，中国的"国家"观念里，"国"与"家"是分不开的。可以说，"家"是组成"国"的基本单位。《大学》讲"家齐而后国治"，可见在中国传统文化中，家庭的经营是治理国家的一个重要前提。而家庭的经营，离不开夫妻、父子、兄弟之间的伦理情感、血缘

[①] 周克芹：《许茂和他的女儿们》，人民文学出版社2004年版，第17页。
[②] 李準：《黄河东流去》，百花洲文艺出版社1999年版，第252页。

亲情。中国儒家文化传统将"孝悌"视为"仁之本","君子务本,本立而道生"。中国人正是在这一套文化传统的熏染之下,形成了不同于世界其他民族的伦理道德观念。《黄河东流去》这部小说不同于一般"难民"小说的地方,恰恰是作家极为细腻地写出了失地流民家庭的这种伦理情感。

小说中无论是海老清还是海长松,都是极其疼爱子女的父亲。海老清只有两个女儿,但是"平常他待这两个女儿特别娇,从没打过一巴掌,骂过一句,家里不管再困难,过年时总要给两个女儿买一双袜子,扯两尺头绳"。[①] 当女儿爱爱沦为农民观念中的"下九流"说书人时,海老清也努力地去理解她的行为,但爱爱与军官关相云的纠缠最终使他失望离去。然而即使海老清和女儿在生活观念上产生了巨大的冲突,父母子女之间的亲情也无法割舍。海老清临死之前最终原谅了女儿,说出了"她没有罪……我都能体谅她们……"的遗言。

《黄河东流去》中的家庭伦理情感的动人之处,不止父母对子女的爱,还有家庭成员面对灾难彼此牺牲的勇气。海长松一家在洛阳遭遇大旱灾快要饿死的时候,女儿秀兰和玉兰先后为救家人自卖其身,为家人换来了维持生计的粮食。小说中刻画了许多坚毅的女性,她们命运坎坷,却可以为家人牺牲一切。而这些家庭中的男性,并不是心安理得地接受女性的牺牲的。当他们被灾难打压得无力承担起家庭的重担时,面对女性的牺牲,他们是自责而愧疚的。小说中当长松要面对卖女儿来维持家人生活希望的困境时,"他感到自己犯了弥天大罪,他浑身哆嗦了一下,好像有一根无形的皮鞭,在抽打着他的灵魂"。[②] 李準笔下的这些人物,并不是"高大全"的化身,各有各的性格缺陷。但这些普通人物,都不是为生存本能折磨的"鬼",在灾难面前,依然有对亲人的无私感情。正因为如此,小说中长松一家的悲剧才有了光彩,显得深刻而隽永。

在家庭之外,小说还写出了赤杨岗村民的邻里之情,以及男女间忠贞不渝的爱情。当家园被淹时,赤杨岗村民没有"各人自扫门前雪",

---

① 李準:《黄河东流去》,百花洲文艺出版社1999年版,第60页。
② 李準:《黄河东流去》,百花洲文艺出版社1999年版,第588页。

而是努力互帮互助。徐秋斋在赤杨岗村，是一个平时爱在各家蹭饭，占点小便宜的滑头。在逃难途中，他却展现了中国传统下层知识分子的智慧和情操。当王跑的驴子被缉私队讹走时，他能够挺身而出为王跑讨回买驴子的钱；当梁晴、嫦娥和李麦失散时，他担起了照顾晚辈的责任。李麦作为小说中贯穿始终的正面人物，她的行为最为典型地反映了赤杨岗村民的人性之善。她敬爱老人，当申奶奶不愿拖累乡亲，打算死在家中时，她坚定地表示"走不动路，我们背着你；要不动饭，我们给你要"；她善待晚辈，在赤杨岗，她是唯一平等对待周围的人；在逃难途中，她是主持晚辈家务事的主心骨。而梁晴和天亮，蓝五和雪梅，这些年轻人尽管长年分别，但他们始终为对方保留了最纯粹最忠贞的感情。赤杨岗村民面对灾难表现出来的团结友爱，青年男女爱情的至死不渝，正是中国劳动人民道德观念中最为光辉的一面。

李準的《黄河东流去》发表之后，曾获得了80年代评论界的高度赞扬，被誉为"新时期我国长篇小说的重要收获之一"。三十多年后的今天，再来读这部小说，可以说它的光彩是没有褪色的。这不仅是因为作家在创作上的现实主义立场和严肃的艺术态度，还因为他通过塑造一系列的典型人物，让读者发现了中华民族传统和民族精神的重要性。而这，正是当下实现"中国梦"，建设当代中国文化不可或缺的一部分。

（作者系中国社科院研究生院文学博士，北京语言大学文学院博士后）

"初心"的动力与源泉
——重读《许茂和他的女儿们》

杨 早

1980年八一电影制片厂、北京电影制片厂同时决定将《许茂和他的女儿们》搬上银幕,并于1981年同期放映。这可能算是中国电影史上一次空前绝后的创举,此后,由于版权等原因的限制,也不太可能出现这种景象。这一现象,也从侧面反映出《许茂和他的女儿们》出版后"洛阳纸贵"的大热局面。作者周克芹在给责编的信中诉苦道:"我现在被吵得焦头烂额,藏也不是,躲也不是,那些记者、编辑、评论家,电影厂,出版社,整天追踪我,从乡下老家追踪跟踪到成都……我怎么能静下心来修改作品呢?"[①]

两部同期改编的电影,侧重点各有不同。八一厂版侧重于"许茂",北影厂版侧重于"四姑娘"。由于八一厂版有作者周克芹参与编剧,而且小说名和片名都叫《许茂和他的儿女们》,有评论认为"只有抓住许茂,才能把"文化大革命"造成的农村悲惨境地反映出来,抓住其他人都会产生舍本求末的结果",也有人提出不同意见,质问"难道抓住四姑娘就不能反映作品的主旨?四姑娘与郑百如的离婚、复婚仅仅是一般的婚姻问题?四姑娘与金东水的爱情纠葛,仅仅只是一般的爱情描写吗?不是的,他们之间的矛盾纠葛都有着特定的历史背景和深刻的社会内容,反映出由于'四人帮'的倒行逆施给农村的政治、经济直至家庭关系中造成这样难以忍受的苦痛,这也正是原著所要表达的主旨。"[②]

---

① 刘铁柯:《〈许茂和他的女儿们〉编辑出版补遗》,《中国编辑》2008年第5期。
② 翁世荣:《从〈许茂和他的女儿们〉谈改编》,《电影新作》1982年第5期。

一 小说

许茂和他的女儿们

　　事实上，这两种不同的改编策略，也反映了当时读者对《许茂和他的女儿们》这部小说的认知重点与解读方式。不管重点放在许茂，还是四姑娘身上，都是人们对"拨乱反正"的期盼，都是对美好明天的向往之情。

　　《许茂和他的女儿们》描写了1975年四川沱江岸边的一个农村葫芦坝，从工作组进村开始，直到工作组离开，这中间以"许茂和他的女儿们为中心"发生的种种故事。这些故事的核心确实落在两个点上，一是"许茂老汉的转变"，二是"四姑娘的绝处逢生"，这是这两个点的组合，共同凸显了作品的主旨。

　　如果说何士光的《乡场上》是对改革开放"重拾初心"的一曲赞歌，那么周克芹写作于1978年，发表于1979年的《许茂和他的女儿们》，则是对"重拾初心"的一种向往。

　　周克芹长期担任农村基层干部，他通农活，懂生产，"不开黄腔"

"不摆官架",农民都叫它"官儿农民""农民官儿"。① 因此《许茂和他的女儿们》也做到了"不醉心于对那个苦难年代中撼天动地、溅泪惊心的重大事件的直接描绘,而致力于对农村中普通人的普通生活的细致描写,从生活的丰富多样性的诸多侧面烘托出一个具体的历史时代来"。② 也正是这种独异的气质与追求,让《许茂和他的女儿们》荣获1982年首届茅盾文学奖。

从周克芹后来发表的创作笔记来看,《许茂和他的女儿们》最初的动因确实在许茂身上:"是的,就这样决定了。只需把我最熟的几个生产队的百十户人家,稍加概括,即可以写成一部长篇。不是么?许茂是一个受人尊敬的、还有一些缺点的老头子,他一辈子养了许多女儿,女儿们个个都是挺能干的,可日子依然过得不如意,很痛苦,他没有一个儿子,他年轻时饱经沧桑,中年时有过一番雄心壮志……现在他的家境比别人也富裕一点,但他害怕回到旧社会去,他和他的女儿们,全是能人,个个都有自己的性格——这就构成了复杂的矛盾纠葛。……有女儿,就要女婿。女婿们加上女儿们,各家各户,就形成了一个'社会'……"③

就当时的农村状况来说,许茂家的条件相当不错。他拥有一座相当出名的许家大院,虽然没有儿子,但九个女儿,三个女儿嫁到外地,八姑娘在外面工作,七姑娘在供销社,九姑娘是村里的团支书,五姑娘家庭和美,性子泼辣,唯一给许茂老汉添堵的,也就是早亡的大姑娘一家,和离婚的四姑娘了。

许茂是传统的、热爱土地的农民,他对土地与庄稼的热爱,对农活的稔熟,可以从下面一段许家自留地的描写展露无遗:"青青的麦苗,肥大的莲花白,嫩生生的豌豆苗,雪白的圆萝卜,墨绿的小葱,散发着芳香味儿的芹菜……一畦畦,一垅垅,恰好配成一幅美丽的图画……许茂这块颇具规模的自留地,不是一块地,简直是一件精美的艺术品!这是他的心血和骄傲。"这样的农民在农村是受人尊敬的,而且许茂也曾

---

① 参见刘铁柯《〈许茂和他的女儿们〉编辑纪事》,《散文》2008年第11期。
② 吴宗蕙:《深谷中的幽兰——评〈许茂和他的女儿们〉中的许秀云形象》,《北京师范学院学报》(社会科学版)1982年第6期。
③ 周克芹:《〈许茂和他的女儿们〉创作之初》,《北京师范学院学报》(社会科学版)1982年第6期。

一 小说

经有过"爱社如家"的过往，可是在小说描写的1975年，许茂抗拒一切集体活动，包括工作组住在他家。他变成一个即使工作组的颜组长给生病的老汉几片药，他也坚持要给钱的，显得自闭、落后。

这种转变当然有它的深层原因。后来工作组长颜少春在总结工作组工作时说："农民为什么跟共产党走呀？——还不是因为党的各项方针、政策给农民带来好处……可是，后来这只船像搁在浅滩上，走不了啦！贫困像鬼魂似的跟着他们。特别是这些年来，党的政策总是落不到实处，想想嘛，在这种情况下，像许茂大爷这样的农民，他能不怀疑吗？能不想想自己的前程吗？"[1]

许茂在乡场上。低价买下了别人的一罐油，然后转手高价抛售，后来又被"红袖章"没收，最终发现"红袖章"原来是一个骗子。这个事例非常典型地说明了当时农村的"左"倾政策与极端化管理，对农民造成的伤害。寡母要给重病的小孩看病，急于抛售手里的油，但是却没有一个合法的市场，许茂希望通过转手倒卖获取利润，但是也被判为非法经营，没收货物。这些都是对农村自然经济与小商品经济的一种破坏，同时又没有建立起可靠的替代机制，某种意义上也就堵死了农民摆脱贫困的出路。

而以郑百如为代表的农村干部，对许茂个人（"逼着唱样板戏"），对他家庭（斗争大女婿金东水，烧他家屋子，强奸他的女儿并与四姑娘离婚）的伤害，正是许茂从"爱社如家"转变成"自私自利"的最重要因素。这是靠许茂和他的女儿们勤劳、善良、热情等优秀品质无法解决的问题，所以最后的解决方案必须要落到农村政策的改变上。这也是为什么《许茂和他的女儿们》全书的起止，是以工作组的"进入"和"离开"形成一个闭环的原因。

周克芹在回顾《许茂和他的女儿们》的创作历程时表示："我既是一个必须贯彻上级方针政策的农村基层干部，又是一个必须从事劳作以供家养口的农民，有时候我自己就是矛盾的，曾经有过彷徨、痛苦，尤其是当我感到是我自己在伤害着包括我在内的农民群众的时候。我真是百思不得其解。"因此，周克芹说"我把自己多年来对农业问题、农民

---

[1] 周克芹：《许茂和他的女儿们》，人民文学出版社2004年版，第94页。

问题的思考,比较集中地写在许茂老汉身上,我把长期农村生活积累起来的感情,倾注在四姑娘和别的人物的命运中",这种命运也就是"严峻的现实与充满着美好希望的人生"。周克芹希望通过四姑娘这样一个艺术形象来表明这一点。①

四姑娘许秀云,年轻时候被郑百如强奸,被迫嫁给郑,此后又在"文化大革命"中被抛弃,面临着丢尽许家颜面,不得不远嫁山村的险恶命运,甚至一度因为流言蜚语,选择了跳河自尽,但是最终依靠着她自己的倔强和对美好生活的向往,许秀云最终赢得了自己生活的自主权,嫁给了自己的大姐夫金东水,也向工作组揭发了郑百如的累累罪行。周克芹说"四姑娘成长了,和我们许许多多普通人一样,经历了人生种种磨难之后,才懂得了人生,才把个人的命运与党、与祖国的命运连接起来,从今以后才不至于再是孤苦、寂寞的受害者,而是一个战斗者"。

对小说的解读与改写,选择"许茂"为重点,或是选择"四姑娘"为核心,实际上是在"转变"和"成长"这两个主题当中,二者择其一。但不管是"转变"还是"成长",其实都反映了对共产党的领导"不忘初心"的向往之情,都反映了农村亟待打破死气沉沉、万马齐喑的局面,走向幸福生活的憧憬。

四姑娘许秀云跟工作组组长颜少春谈话中有这样一个疑问:"今天晚上大家讨论修电站,点电灯,改河造田多打粮食,这些计划全都是很好的,实现了,大家都能过上好日子……可是,我就想了,将来什么都实现了,不愁吃,不愁穿,住砖瓦房,装上电灯,那样就算'幸福生活'吗?'幸福'两个字的意思就只是吃喝穿戴吗?……唉呀,我说不清楚。"②

对此,颜少春的回答是:"你会得到真正的幸福的!——所有的好人,哪怕受了多少磨难,终归会幸福。共产党干革命的目的是什么?就是为你和所有的劳动人民谋求幸福!要有信心,那样的日子总要到来的。"③

---

① 参见周克芹《〈许茂和他的女儿们〉创作之初》,《北京师范学院学报》(社会科学版) 1982年第6期。
② 周克芹:《许茂和他的女儿们》,人民文学出版社2004年版,第260页。
③ 周克芹:《许茂和他的女儿们》,人民文学出版社2004年版,第260页。

一 小说

正是颜少春这样的工作组长的到来,让许茂和他的女儿们看到磨难终结、幸福来临的希望。颜少春身上,也承载着作者对"如何对待农民"的重大方针国策的思考。周克芹说他创作《许茂和他的女儿们》的"预谋"是"纵眼望去,葫芦坝是满目疮痍,然而置身于其中,却又使人感到葫芦坝生机蓬勃。葫芦坝真是小得不能再小,但它是中国农村的一角,从这一小小的角落看看我们伟大祖国在那个特定历史时期中的面貌"。虽然时间已经过去了四十年,但《许茂和他的女儿们》呈现出的这些问题,这份向往,仍然是"不忘初心"的动力与源泉。

(作者系中国社会科学院文学研究所研究员)

《沉重的翅膀》：理想之光照进现实

田 泥

张洁的长篇小说《沉重的翅膀》于 1981 年的四、五两期《十月》上刊登，同年由人民文学出版社出版。这是改革开放以来第一部以改革为题材的长篇小说。小说发表后获得广泛赞誉，并于 1984 年获得"茅盾文学奖"。2018 年度入选"改革开放四十年最具影响力小说"。

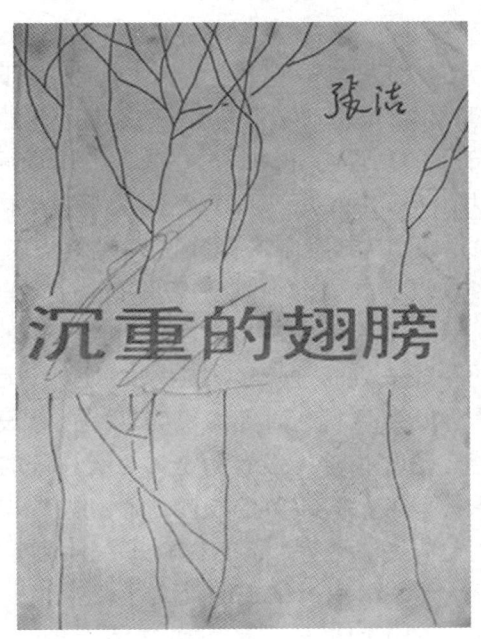

沉重的翅膀

三中全会是一个标志着我党路线重新回到了马列主义轨道时间点，

一　小说

中国共产党重心转移到了现代化建设。《沉重的翅膀》以此为背景，讲述了重工业部和所属曙光汽车制造厂感应时代，所遭遇的改革所面临的困境问题。改革派重工业部副部长郑子云，把解放思想的精神与实际工作结合起来，积极支持曙光汽车制造厂厂长陈咏明进行改革，而反对派部长田守诚和副部长孔祥等人竭力阻挠，坚持"以阶级斗争为纲"，与其展开了较量。小说通过刻画社会转型百废待兴的现实中人们的众生态，展示了城市工业改革初期社会矛盾以及人物的矛盾冲突，从而揭示了改革的紧迫性与艰巨性，以及面临的尖锐复杂的社会矛盾。

小说充盈着时代气息，荡气回肠、惊心动魄，是沉重与轻盈的混合体，既充溢着对时代里锐意进取的改革者的讴歌，也有对改革保守派人物的心理进行探索，揭露其积攒在内心深处的陈腐、狡黠与贪婪，从而展示了改革的复杂与艰难。从表面上来看，叙述的基调虽是消极悲观的，但又充满了革命浪漫主义精神与情调。可以说，在改革派激进的革命情怀中，洋溢着激进的乐观主义精神。

张洁站在政治的高度，以人民的立场书写改革开放、塑造改革人物。小说围绕两条线索，进行改革叙事。一条是小说主线：主要凸显转型期改革派与保守派的角逐与冲突，这是改革的主场面叙述，体现了改革派坚守信仰的力量与人民立场的坚定性。改革开放初期中国面临着社会转型，党和国家肩负历史使命，百废待兴，但当时存在各种驳杂思想，以及面临着各种现实处境的艰难，1978年十一届三中全会中央及时调整了思想路线，寻找改革的突破口，以促进全方位的改革，推进社会发展。小说叙述的路径一方面进行了主旋律的弘扬，另一方面对改革出现的问题予以揭露，既讴歌了新时期人民为现代化建设豪迈的奉献精神与朴素的革命情感，蕴含有时代强大的精神力量，同时也警觉守旧的伪马克思主义者，借机登上搭载改革的翅膀，通过以权谋私和尸位素餐等行为，获取政治利益与经济利益，从而影响到中国的社会经济文化建设。

《沉重的翅膀》是一部积极乐观的现实主义小说，坚持现实主义原则，刻画了众多鲜活的正面形象。张洁基于对生活现实、改革进程的感受和认识，浓墨重彩地描绘了郑子云、陈咏明等人为整顿、改革而进行的进取精神，揭示了他们挑战陈规陋俗、与党内利益集团的勇于斗争的开拓精神。尤其是对党的领导郑子云形象的塑造，展现出了一个典型的雷厉风行的改革家、政治家形象，一个中国脊梁式的人物。作为优秀的高层领导干部，郑子云既有高度的马克思主义理论修养，又有丰富的社会实践经验，具有强烈的社会责任心和忧患意识。为贯彻十一届三中全会的路线，他甘冒矢石，鏖战不休。郑子云虽然经历曲折，命途多舛，但从来没有放弃对党的信仰与共产党员的初心："共产党是干什么的？开宗明义第一条，是为老百姓过好日子的。"在任何时候，他都不曾丧失一个共产党人的信仰，都不曾放弃一个共产党员的初心。尽管他身上有守护传统文化伦理道德、妥协于世俗的一面，尽力维持着与市侩妻子名存实亡的婚姻，"为了舆论维持一个体面的家，他什么都忍了"，但是，他并没有因此消沉，而是将更多的激情投入改革的洪流，力图从政治思想工作的改革入手，为企业管理探索新路。

陈咏明是具有激进思想的管理者与实干家，他幸运地遇到了开明的伯乐郑子云。在曙光工厂他不断开创改革新风，向厂内的同志传输自己出国获得的新知识、新理念，将西方先进管理理念引入社会主义建设上来。他充满改革的勇气，以新的方式管理工厂，开展民主选举制，奖金制，为员工创造福利。他依靠自己的经验与智慧，开拓曙光汽车厂的生产与经营，成立中国联合汽车公司，以提升在国际市场的竞争力。陈咏明代表了中国开放的主体中坚力量，具有实事求是的精神，根据现实的发展需要，既抓企业管理，探索工业经济发展道路，同时，又能了解人民的渴望与需要，营造良好的生活环境，积极改变民生，为人民服务。

部长田守诚在工作上放不开，束手束脚，与郑子云果敢的工作态度形成鲜明对比。他长期混迹官场，老谋深算，善弄权术，惯于见风使舵，明争暗斗，打着马克思主义的旗帜，却处心积虑地谋取个人的权利与利益，和革新一派搞对立，打压郑子云顺应时代潮流的改革，以叶知秋与郑子云的绯闻作为突破口，不择手段地要将郑子云十二大代表的资格"弄下来"，让其成为"改革派"中的"亡命徒"。在张洁看来，"一个丧失了党性原则而又身居要职的人，就是一个混迹于官场的投机家"。

张洁一方面直入改革现场，同时也通过对日常生活场景的展示，来探及新时期人民对超越世俗的爱情与对美好生活的向往。小说的叙事副线在展现转型期人们的情感、婚姻与家庭情状，以此凸现改革的现状与

一　小说

人们的生活处境。陈咏明厂长和护士妻子郁丽文的琴瑟和谐，丈夫投入改革事业，妻子默默支持。吴国栋与刘玉英日常生活叙事，充满了平凡夫妻生活琐碎的柴米油盐酱醋茶，有着贫贱夫妻百事哀的无奈和心酸，但在日常紧张的物质生活里，他们守护着朴实无华的尊严，尽管刘玉英放弃了一个女人天性里的那种对于美的追求。莫征与郑圆圆代表了社会新生力量，他们挣脱家庭门第与社会地位之见，追求属于自己的爱情与幸福。尤其郑圆圆是具有新思想的女性，她厌倦父母空洞与虚伪的婚姻，抵制社会陋习与母亲的势利，具有符合时代发展的个性。

记者叶知秋冷静看待改革，是一个贯穿性的人物。"她的思想是新鲜的，感觉是敏锐的"，对改革也投放了巨大的热情，即便如此，她也不可避免地要压制自己率直、简单的个性，趋同于"传统模版"样态的女性，不修边幅，头发如"戴了一顶士兵的钢盔"，具有"顶丑"的面孔。但叶知秋却有着革命浪漫主义情怀，且极具爱心与正义感，收养了被迫害教授的遗孤莫征，尽管母子俩也有情感的碰撞和思想的冲突，但却始终相依为命。谣言四起之时，她的内心也会受到干扰，排挤和暗地里的打压，也会让她感到心力憔悴。但叶知秋依然无所畏惧，敢于直面恶的势力，依然奋起抗争，她在雨天用颤抖的手拨下了郑之云的号码。

张洁不回避矛盾，敢于直面冲突。《沉重的翅膀》符合时代精神，具有超前的意识。在改革开放之初，她就用马克思主义来审视中国的本土实践，强调中国的改革就是马克思主义的本土化。在改革开放之初，张洁就有如此成熟的思想，实属难能可贵。张洁敢于冲破世俗与社会文化环境的羁绊，深度介入改革的思想基底，展现了改革开放后中国工业的新面貌与社会形态，挖掘制约改革开放发展道路，以及党的思想路线中的因素，揭露官僚主义和形式主义对新中国发展的阻碍，对其进行尖锐的批判，也试图剥离附着在人们心理的污垢与思想上的驳杂，解释与寻找时代发展中的问题，并对解决问题的对策以及支撑改革持续发展的动力源，做出尽可能的探索。小说叙述在历史与现实中穿插，既有对"文化大革命"历史创伤的理性反思，也在揭示社会改革"蝶变"中的阵痛，也有对激发人民内心蓬勃之精神、对新时期转型的力量与希望的探究，尽情追索与释放改革时代之光、生命之光与精神之光。

应该说，《沉重的翅膀》以马克思主义的光芒照亮现实，映照出了20世纪80年代社会的改革样态。在新时代的今天，中国仍然面临着深度改革，党和国家以及每一个个体需要完成自我的革命。在重大历史转折的时期，我们呼唤像郑子云、陈咏明这样的改革家，来撑起民族的脊梁，为人民的幸福，为中华民族的复兴，乃至为构建人类命运共同体做出贡献。

(作者系中国社会科学院文学所研究员)

《平凡的世界》:守护初心的精神宝藏

陈 思

当我们翻开《平凡的世界》,便首先被作家路遥的"初心"所打动。路遥表示:"作者应该站在历史的高度上真正体现巴尔扎克所说的'书记官'的职能。"这就是他所秉持的初心。《平凡的世界》以孙少安、孙少平兄弟的个人奋斗为线索,记录了中国西北部"文化大革命"后期至80年代中期的变化,全景式地反映了农村改革不同环境和层面的社会问题。某种程度上说,重温这部文学经典,就是亲近改革历史、悟守初心的过程。

小说第一部开篇,正值农村集贸市场放开之前。王满银因为贩卖老鼠药而被劳教,带出"文化大革命"后期(1975年)中国农村市场的问题。过了短短几年,进入"新时期",1979年9月中央通过《关于加快农业发展若干问题的决定》。国家在全面推行家庭联产承包责任制之前,启动了农产品流通体制改革,开放集市贸易,允许农民自主出售农产品,促使农产品集贸市场迅速恢复和发展起来。

集贸市场的大量涌现,促进城乡物资交流,带动农产品商品生产与流通的发展。到80年代之后,"集贸市场"成为《平凡的世界》中重要的场景。1979年,孙少安积累了后来办砖窑的启动资金,要归功于老同学刘根民与他在集市上的相遇。1980年孙少平踏上"劳动进城"的第一站,也是黄原城的"东关市场"。东关在汽车站边上,各种市场摊点和针对外地人的服务性行业也多。后来,原西县的街道上,出现了许多私人货摊和卖吃喝的小贩。不少"个体户"出现了:少平在这里邂逅了同学侯玉英,侯玉英和丈夫依靠她父亲的关系办了营业执照,摆起了货摊。

平凡的世界

不可否认，自由市场是农村改革红利的一部分。在重新划定权钱交易的法律术语诞生之前，"投机倒把"要缓慢剥去政治色彩，经历曲折的脱罪的过程。但如将"新时期"的"经济改革"视为国家从经济生活诸多方面退出的过程，从"自由市场"滑向"投机倒把"，乃至80年代中后期的"官倒"，我们不难发现，路遥通过看似落伍的田福堂之口，传达出对转型中"新时期"历史的深切关怀。

小说第一部（1975—1978），孙少安自发的包产到组被制止，"政社合一"的人民公社体制仍在发挥强大的组织功能。作为家庭联产承包责任制的"前史"，农业集体化时代的"农业学大寨"运动，也在小说当中有了重点表现。

"农业学大寨"运动从1964年开始到1979年年底结束，"水利"是重中之重。查阅《延川县志》，我们知道延川在农业学大寨运动中多次开展农业水利建设。"水利"问题成为小说第一部矛盾的集中点和情

一 小说

节高潮。

小说主要依托水利问题描绘了农业集体化三个方面的弊端：唯意志论、资源分配问题和工程移民问题。

唯意志论的问题围绕田福堂展开。田福堂作为农业集体化时代的英雄人物，在双水村的农业学大寨运动中起到关键性的作用。依靠农业学大寨，田福堂个人权威在这一时期达到顶峰，甚至可以体现家庭地位上。凭着个人权威，他在女儿润叶和孙少安的爱情当中作梗。后来他心理上的"垮掉"，又和整个农业制度变迁、农业学大寨的式微紧密相关——他终究是一个要随着"旧时代"埋葬的"旧人"。在小说第一部结尾处，他一意孤行要修筑"拦河大坝"。最终，在东拉河上修筑"拦河大坝"、改造出"一片米粮川"的工程顺理成章地垮掉了——因为它是唯意志论的结果。

农业集体化在资源分配中的问题，则体现在"抢水"情节当中。小说写到，因为旱季到来，各地出现农业灌溉用水困难。恰恰在这个时候，人民公社丧失了"一大二公"的优势。因为公社领导偏袒自己所在的石圪节，导致下游村子缺水。于是胆大的田福堂决定组织人到上游挖坝偷水。借偷水，小说展现不同人物的性格与能力。我们既看到了生产队长孙少安、金俊山的组织能力，也看到了孙玉亭缺乏威信、魄力，更以金富为代表的新一代农村青年与农村集体"连带感"的丧失埋下伏笔。

路遥还注意到农业集体化中另一个重要的问题——水利工程移民问题。库区移民搬迁主要依靠行政命令、政治动员，包括领导干部个人威信。田福堂创造性的下跪，使得金老太太和金家湾一带的移民问题得到暂时解决。由于不属于情节主线，路遥在这里并没有做多少深入的描写。

小说第二、三部开始描写家庭联产承包责任制在农村的推广。在小说的逻辑中，正是因为"农业学大寨"运动中暴露出了集体化农业的诸多问题，作为对这些问题的克服的家庭联产承包责任制才能登上历史舞台。

1979年秋十一届四中全会通过《关于加快农业发展若干问题的决定》。《文件》规定根据某些副业生产特殊需要，边远地区、交通不便的单家独户可以包干到户。1980年9月，中央印发《关于进一步加强和完善农业生产责任制的几个问题》，把包产到户的许可范围扩大到边远山区和贫困落后地区。1982年中央批转《全国农村工作会议纪要》第一次把包产到户的自发行为规定为"社会主义农村经济组成部分"。1983年1月的1号文件指出："联产承包责任制是在党的领导下我国农民的伟大创造，是马克思主义农业合作化理论在我国实践中的新发展。"到1984年中央"1号文件"《关于一九八四年农村工作的通知》，"联产承包责任制"在全国范围内才稳定确立。但小说的展开却展现了更为丰富的层面。

在小说的开始部分，责任制的推广就伴随村社两级权威大大削弱。1979年田福军开始推广包产到组。田福军不仅在地区层面受到了苗凯、高凤阁等派系、路线斗争的困扰，在实际推广中也受到县、社、村三级领导的推诿抵制。以公社主任徐治功、村书记田福堂为例，小说写到了社村两级领导对大权旁落的恐惧。随着权力的分离，社村两级基层干部的积极性下降，中国基层组织开始涣散。进入1980年，田福堂赌气放开单干，放弃领导，导致混乱瓜分集体财产。1982年夏天，革委会党政分家，重建党、政和人大三套班子——人民公社制度撤销迫在眉睫。各级基层干部越发对仕途前景感到灰心——田福堂一度到山西去当包工头。1983年春天，改革开放深入发展，这一年开始全国党政机关机构改革，中央和省委指示，五十岁以下占三分之一，大专文化占三分之一。田福军的地委领导班子组成后，就组织各部、局、委、办进行人事大洗牌，年纪大的退居二线。小说以张有智等人为例一笔带过了县、市级当中心灰意冷的干部状态。

同一年，出于"现代化"的"发展"需要，在地区一级的新执政重点，初步变成向上的"争资跑项"。田福军和高步杰发挥黄原地区"三老"干部多的优势，在中央搞汇报会、向中央要政策要拨款、与中央各部委建立"横向联系"。虽然路遥并未给出明确的态度，小说中90年代后中国基层工作重心从向下转为向上，政权从"汲取型"向"悬浮型"的转变已初见端倪。

《平凡的世界》也揭示了改革开放之后农业生产形态的巨大变化。1980年政策对"自留地"开始放开，夏季麦收之后开始搞责任制。秋收之前，农民又有了消闲时间，可以赶集或者做家庭副业。1981年之后，对责任制深恶痛绝的田福堂也承认这一年农民将不再缺粮。

一 小说

  农业结构调整也以编年史呈现在小说中。在1982年，农村一些人开始从种植业转移向"多种经营"，嗅觉灵敏的大队会计田海民在村里挖鱼塘，兼任村主任的金俊山也养起了山羊。这一年，孙少安到河南巩县买制砖机，升任原西县百货公司驻铜城采购站站长的金光明委托少安把意大利蜜蜂带回农村让自己的弟弟去养殖。1983年春天，改革开放深入发展，田福军在全地区推行农业结构调整，从单一种植为发展多种经济作物（花生、果树、泡桐等）。到了1984年，除了孙少安的砖厂开始盈利之外，双水村许多人家种植了泡桐，蜜蜂、水产和山羊的养殖也都发展起来，原本属于地主富农后代的金家湾，有许多人开始做起了生意。

  伴随包产到户的推进对于生产力的提高，农村必然出现剩余劳动力。剩余劳动力的转移，一条途径是进城，另一条途径是就地转移（从单一种植转向多种经营，或者向其他产业转移）。进城的不仅是孙少平这样的"知识"青年，还有许多"普通"的农村青年。而留在农村的青年除了一部分从事传统种植业（例如金强和卫红）之外，另一部分人从事副业生产（如养蜂的金光亮），还有少数人以各种方式脱离农业生产搞长途运输（如田润生）或者兴办乡镇企业（如孙少安）。

  个人奋斗的励志故事，在每个时代都能鼓舞大众读者。但如仅将《平凡的世界》视为孙少平和孙少安个人奋斗的故事，那就等同于将《平凡的世界》视为《人生》的扩大版。这无疑会使这部现实主义巨著的史诗性遭到掩盖。《平凡的世界》绝不仅仅等于《人生》。别忘了，这部小说的名字，重点在于"世界"。本文写就的目的，也是作为一份导读，引领读者进入人物背后的"世界"。

  路遥始终不变的关怀，不在于抽象的人，而在于历史境遇中具体的人。他心怀社会，拥抱历史。站在今天重读《平凡的世界》，读者务必留意那"人生"之外的"世界"，从孙少平与孙少安活动的"舞台背景"，理解国家转型历史的波澜起伏，感受作家作为历史书记官的责任感与使命感。路遥正是通过这个方式，书写出了属于"新时期"的赞美改革的史诗巨著，也为步入"新时代"的我们，提供了一份守护初心的精神宝藏。

（作者系中国社会科学院文学研究所副研究员）

悄然飘送古典伦理的回声
——读《南渡记》

李洁非

宗璞以短篇小说《红豆》知著文坛后，由于众所周知的原因一度沉寂，至"新时期"而以"重放的鲜花"再度活跃。1988年出版的《南渡记》是其首部长篇小说，该作实为多卷本长篇小说《野葫芦引》之第一卷，后又出版了《东藏记》《西征记》和末卷《北归记》。各卷虽总名《野葫芦记》，但都相对独立，其中《东藏记》曾于2005年单独获得第六届"茅盾文学奖"。

这一鸿篇巨制属于抗日题材。叙事起自卢沟桥事变，聚焦知识分子人群，讲述抗战时期一番特殊的遭际。抗日题材，从抗战前后至今，一直是文艺创作长盛不衰的对象，涌现了很多家喻户晓的名作。其中较为普遍的视角，是就这段历史突出其英雄传奇色彩，抒写可歌可泣的人物故事。当年传出宗璞有意涉此题材的消息，读者颇为期待，希望她有所出新。果然，随着《南渡记》第一、二章在《人民文学》1987年第5期、第6期揭载，以及翌年全书在人民文学出版社的印行，人们目睹了别开生面的抗战叙事。

日本军国主义侵略是中国所曾遭遇的最大外侮。从历史的层面，抗战题材创作实有一个对民族感情以及古今文学主题予以传承，使之呼应、共鸣的问题。在这一点上，以往尚显不足。种种原因中，创作者的历史视野及素养似起到了不小的作用。宗璞出身书香门第，乃硕学之后，她以自己的眼界投入抗战题材创作，从而带来迥然的立意。《南渡记》首尾八支"散曲"，最让人过目难忘。这些拟元人小令的诗篇，并不止是从辞章上为作品添其新意。小说中，作者让它们起一种"担纲"

一 小说

南渡记

的作用,借以钩沉中华民族的精神、意志、人格和气节,使抗日的故事,悄然飘送古典伦理的回声。八支小曲从风格语态上借鉴元人笔法,大概也是有意为之,从而形成一种文学史意义的勾连。"小命儿似飞篷,报国心遏云行","痛残山剩水好叮咛","东流水浩荡绕山去,岂止是断肠声","莽天涯何处是归程","把心儿向国托,身儿向前赶,魂儿故土埋!且休问得不得回来!"字字行行,鸣文天祥之恨,叹谢皋羽之痛。这一类思想感情,在宋末元初、明末清初的诗文中曾有大量表现,戏剧方面也不乏《桃花扇》那样的力作。首先《南渡记》则通过小说,通过抗日题材,去赓续中国文学价值观的上述有如"纲常"的传统。明显地,它想带给读者的不只是一段20世纪的故事,还有千百年来相近处境下中国历史与文化难以磨灭、代代相传的精神底蕴。

其次,《南渡记》从情节上打开了抗战叙事相对寂寥的一面。迄今抗日题材作品,战争场景多而社会场景少,乡野故事多而城市故事少,尤其对于落入魔掌的"敌后"城市日常形态的表现偏弱。《南渡记》叙事，起自"七七事变"前数小时，止于翌年十月中旬，大部分情节发生在北平失陷之后，少有刀光剑影，枪炮之声也只是远远传来。这样的故事，相较人们所惯见的烽火连天、浴血杀敌的场面相去甚远。但在渴望深入、全面了解抗日时期的读者看来，却是难得一见的故事。日寇占领和统治下的社会是何情形？亡国奴滋味如何？这些都难于从战争战斗的场面，以及从根据地和大后方加以了解，但无疑是"八年"当中祖国大地现实的一部分。而北平在其间尤当瞩目，这座千年古都蒙尘含垢整整八年，诚中华一段不能不书的痛史。就此论，《南渡记》所述情节，既对抗战题材创作偏于薄弱的方面是显著的补充，对于北京的城市史记忆也是一番维护。

当然，正像我们知道的，虽然整体上抗日文艺创作对敌后日常生活的表现偏弱，但就北平而言已有其先例，即老舍先生的名作《四世同堂》，但这并不令《南渡记》的意义有所降低。一方面，虽然《四世同堂》写于前，《南渡记》继其后，但对这样一座中国数一数二且历史悠久的大城市来说，区区两部作品，人岂嫌多，毋宁说仍嫌太少，与期待还差得很远。另一方面，从阅读角度说，恰因已有《四世同堂》在前，《南渡记》反而获得一种参照，读者可将它们加以比较，看看同属对北平沦陷期的叙事，二者有哪些地方互为补充，又显现出哪些不同。这不光有助阅读，对于抗战文艺创作的今昔变迁，也不无认识价值。

"七七事变"时，老舍先生人在青岛，后于济南只身逃离，由胡絜青领着孩子返回北平，替他照顾城中老母。北平沦陷，老舍先生未尝亲见；沦陷下的北平生活，也未有一日身历。此后直到1943年11月，胡絜青携子女来重庆，老舍才从他们那里间接闻知北平情形并着手创作《四世同堂》。宗璞完全不同，"七七事变"时她年甫九岁，小说中孟樾"十岁的小女儿媚"（旧时年龄以虚岁计）恰与此合，无疑是作者自己的影子，《南渡记》叙事则有显而易见的自传色彩。换言之，《南渡记》讲述的一切，都得诸宗璞亲身经历，从"七七事变"时，到此后一年北平的处境和种种变化，宗璞是在场者，身在其中。故而这是创作上《南渡记》与《四世同堂》的一个显著不同。

又一不同见诸故事的线索与视角。《四世同堂》取材于市民阶层，小羊圈胡同里都是普通人家。自视最高的祁家，房子"没有格局"，

一 小说

"南北房不能相对",界墙"是碎砖头砌的"且"塌倒过两次",雨季院中积水,"出入都须打赤脚"。《南渡记》则完全在另一端。孟樾,大学教授,妻子吕碧初出身名门。明伦大学孟宅"舒适宜人",连过道门楣悬着的小匾都是"精致"的,"弧形的窗"外有"花园",家有仆役,餐具考究,菜肴整治极细。第一章第二节那场婚礼,珠光宝气、高尚风雅,嘉宾用法文背诵缪塞的诗,一派北平上流社会风光。后来,孟樾先随明伦大学南下,将妻小暂寄岳父宅第,其位于什刹海香粟斜街,"深门洞,高房脊,檐上有狮、虎、麒麟等兽,气象森严"——也难怪,它"原是张之洞的产业"。吕碧初和孩子们后来就是从这深宅大院告别北平,踏上逃亡之路。

也就是说,《四世同堂》与《南渡记》虽然同样描写着沦陷下的北平,故事却处在不同的层面。小羊圈胡同比较"接地气",孟宅和吕宅的空间相对封闭,这是一个区别。但这绝不意味着,后者对沦陷后北平现实的表现必然比前者隔膜。《四世同堂》里的人物,无疑更丰富多彩、形形色色一些。然而论到人物的遭际和所面临的矛盾,其实反以《南渡记》更尖锐。

这是由侵略者与被侵略者的特定国情所决定的。日本以弹丸小国入侵幅员辽阔的大国,无论人力上与社会管理的能力上,皆极为不足。武力占领虽然得逞,但当焦点迅速转为对占领地的掌控,侵略者却捉襟见肘,发现唯一可行的便是物色汉奸代理人。八年抗战,汉奸问题之所以特别严重和突出,实由此来。毋庸多言,这种需求将主要从占领地上层阶级求得解决。这也正是《南渡记》对沦陷后的北平所着力表现的内容。从而写到了主动卖身附逆之徒,也写到了试图躲避却在淫威下苟且相从者,还刻画了以死相抗、为国完节的吕清非老人形象。汉奸形象,在抗战作品中从不缺乏,哪怕一座小小村落的故事,也总有这种丑类;但问题也就在于通常的表现都止于揭其丑、挞其奸,像《南渡记》这样从内在层面透视其根由的则尚属罕见。

作为不同时间地点的写作,各自都打上了时代的烙印。在《南渡记》中,一个重要笔触是对中国共产党及其抗战主张的歌颂,作者将此引为作品主旋律的意识极其明确,其党员作家的写作姿态也极其鲜明。这在小说中有诸多表现。例如,小说赋予主人公孟樾以思想"左"

倾的进步教授身份，让他在开篇不久，就说出"苏联革命有其成功之经验。是不是社会主义更尊重人才，能发挥每个人的作用，也能更使人团结"的话，并明确写到他对蒋介石政策充满抵触。又如，第二章第一节特意提到"中国共产党为日军进攻卢沟桥而发的通电"，为全书情节奠定基调，并借孟樾之口盛赞"这是符合全体中国人的心愿的"。甚至孟樾岳丈吕清非老人也有相近的思想倾向，翁婿闲谈，他以"我前半生反对满清，后半生反蒋"一语概括自己一生。而在年轻一代方面，宗璞安排孟樾外甥卫葑作为代表，写他于"七七事变"后投奔根据地、加入中国共产党领导下的抗日革命游击战。凭借祖孙三代的叙事线索，在时代上覆盖了整个20世纪上半叶的中国历史，为中国近现代史标明政治指向，并强烈地表达了作者的政治信念。这都与《四世同堂》构成巨大不同。后者作为写于国统区的作品，没有显出这样的思想高度，时代兴替凿然可鉴。

（作者系中国社会科学院文学研究所研究员）

《活泉》：文学的初心与作家的甘泉

杨 鹏

"没容她坐稳，没容我拽过枕头来给她倚在后腰上，只听得母亲的嗓子'咕噜'一声响，像咽下一口菜饭，头就随之沉重地垂落在我的肩膀上，两只眼睛也慢慢地闭上了。"① 这是浩然小说《活泉》第一章的文字。

小说以主人公母亲的去世为起点，讲述了主人公少年时代的经历：小小年纪，便饱尝失学、丧母、家产被占、谋生无路等生活的磨难，但主人公的精神又始终是向上的、励志的、无畏的，尽管生活对他是如此严酷，但他却从未停止摸索，他通过个人的奋斗与学习，从冀东大地厚重的文化中源源不断地汲取智慧和营养，从而逐步形成自己了的文化品格和世界观，为后来成为一名作家打下了坚实的基础。

《活泉》是浩然"自传体三部曲"的第二部，它和第一部《乐土》及第三部《圆梦》一起，书写了浩然的童年、少年和青年的经历。通过这三部作品，我们可以看到浩然的"成长"包括三个方面：首先是他作为一个"个人"从童年到青年的成长；其次是他作为革命的一分子在斗争中逐渐成熟的成长；然后是他怎样由一个只上过三年小学的孤儿，经过勤学苦练，成为一个作家的"成长"。浩然是一位多产作家，一生出版作品80多种，图书的总发行量达数千万册，是中国作品发行量排在前几名的作家。但是，和浩然其他作品相比，《活泉》的发行量却是相当少的，1993年6月1日首印，只印刷了5941册，1998年7月重印，也只达到了10940册。笔者为写作这篇文章，收集到的评论资

---

① 浩然：《活泉》，人民文学出版社1998年版，第2页。

活泉

料,更是寥寥无几。通过作品的印数以及评论的数量,可见这部作品对于读者的影响力是微乎其微的,文学界对它的研究也是相当匮乏的。尽管如此,这部作品仍然有其非常重要的文学价值、史料价值及研究价值。在笔者看来,浩然由《乐土》《活泉》《圆梦》三部小说构成的"自传体三部曲",是解读与评价浩然作品的钥匙,我们只有对它们进行深入的研究,才有可能从整体上把握浩然的创作,理解浩然之于当代中国文学的价值。

浩然本名梁金广,1932年3月他生于河北省开滦赵各庄。他生长于矿区的大粪场子,出门就是摊晒或堆积的大粪干儿,弥漫的熏人臭气,也许这些从幼年就植下了浩然原始的泥土情感。父亲去世后,1942年他又随母亲投奔蓟县舅父家,在那儿与姐姐度过苦难的童年。13岁前念过三年小学、半年私塾,受到了中国民间文学和古典小说的熏陶。浩然14岁即参加革命活动,当儿童团长。1946年浩然参加革命工作,1948年11月加入中国共产党时只有16岁。1949年调区委做青年团工

一 小说

作,并开始自学文化,立志文学创作,练习写作小戏、诗歌和新闻报道。只读过三年小学的他,边工作边苦读苦写,走自学成才之路。他以"写农民,为农民写"为创作宗旨,在冀东和北京郊区农村做了50年艰辛的生活积蓄和艺术耕耘。浩然作品以农村题材的文学作品为主,创作概括起来分为三个阶段:第一阶段是在1964—1972年,他"出于自己创作的冲动和激情"(浩然语),先后写出了长篇小说《艳阳天》《金光大道》和一些短篇小说;第二阶段是1973—1976年,出于现实形势的需要,他创作了长篇小说《西沙儿女》,以及反映大寨的报告文学《大地的翅膀》;第三阶段是80年代,浩然从人生低谷中走出,创作出长篇小说《苍生》及"自传体三部曲"等小说。2008年2月20日,浩然因冠心病引起心脏衰竭在北京辞世,享年76岁。

从《活泉》这部作品中,我们可以解读出浩然的哪些创作与人生的密码呢?

首先,浩然是一个有着非常深厚的描写农村日常生活的写实功力的作家。在《活泉》中,你随处可以看到农村生活风情画的描写,例如:"姐姐正跟新表嫂坐在院子里的树荫下,津津有味地学习绣花:商量在一个红兜肚上绣一朵什么花、配什么样颜色的丝线最鲜亮,最好看"[1]"喝过腊八粥,左邻右舍全都不顾寒冷地忙碌起来,村里的三盘石碾子,一齐'吱吱咂咂'地叫个不停"[2]"号称'京东第一镇'的邦均,一条正街就有三华里长,排列着众多的烧锅、油粮店、杂货铺、饭馆子,以及五花八门的货案和摊贩"[3],等等。浩然出生在农村,在农村长大,对农村生活充满了热爱,后来,他又以"深入一辈子农村,写一辈子农民,给农民当一辈子忠实代言人"为誓言,扎根在农村里创作,他对农村生活的观察、对农民生活细节的捕捉、对农业生活方式的思考,都是远远高于其他作家的。在浩然的小说中,不管是"十七年""文化大革命",还是新时期,传统的农民文化都通过乡村日常生活被一以贯之地表达。即使其作品被植入了"阶级斗争"等各种必须被否

---

[1] 浩然:《活泉》,人民文学出版社1998年版,第28页。
[2] 浩然:《活泉》,人民文学出版社1998年版,第37页。
[3] 浩然:《活泉》,人民文学出版社1998年版,第42页。

定的极"左"的政治话语,但是仍然无法掩盖其所刻画的乡村生活的色彩及光辉。浩然"自传体三部曲"和他的其他作品存在着诸多的"互文性",通过研究《活泉》等作品,可以为我们在研究他的其他作品时提供历史与现实、"成长"与"回忆"以及作品之间的内在联结等诸多方面的参照。

其次,我们通过《活泉》等作品,可以读到浩然以及他那一代以农村为主要创作素材的作家的"初心"。在小说中,作者写到主人公的母亲去世后,他的老舅企图霸占他的家产,当主人公要求归还本属于他家的房屋和土地时,他老舅的态度是:"'哈哈哈……'老舅用他那瘆人的惨笑打断了我的话,又拿腔拿调地说,'好大的口气呀,怪不得这么仗义、这么厉害,敢情在王吉素躺着房子卧着地呀!我问问你,你的房子、地块在哪儿写着呢?你有文书吗?拿来让我开开眼!'"① 极度的冷漠、自私和狡猾,传统的伦理在老舅"瘆人的惨笑"中轰然倒塌。浩然的遭遇,虽然是他个人十分个案的经历,但同时也代表着他那一代作家普遍的际遇:没有地位、没有前途、阶层固化、任强势者欺凌却无力反抗……之后,"八路军"出现了,八路军黎明的秉公办案,让处于弱势的主人公终于得到了应得的财产,正义获得了伸张。这是主人公的个案经历,但同样代表了那一代作家、那一代弱势者的际遇:因为共产党的出现,他们获得了翻身做主人的机会,他们将拥有光明的前途和美好的未来。主人公内心对"八路军"充满了感激,当恩人黎明叫他时,他心中的感受是:"这一声呼唤具有神奇般的力量,像亲人对待亲人那么亲近,那么亲热,这恰恰是我们这两个举目无亲、濒临绝境、处于生死关头的孤儿所渴求、所急需的。那亲切的笑容,亲切的语言,都一同化为甘露清泉,渗进我那干渴、冰冷的心田里,陌生的感觉立刻没有了,忐忑不安的恐惧感马上消失了。"② 从书中的描写,我们能体会到浩然对于八路军、共产党的情感是真挚的、发自内心的,没有任何的投机、虚伪和矫情。这种对距离自己最近的政治话语的认同,也伴随着他走过了一生。浩然在《活泉》里关于"八路军"的描写和黎明这个人

---

① 浩然:《活泉》,人民文学出版社1998年版,第106页。
② 浩然:《活泉》,人民文学出版社1998年版,第130页。

一 小说

物的塑造，对于今天"不忘初心、牢记使命"的全民主题教育，仍然具有启发意义和指导作用。

最后，通过《活泉》，我们也能管窥到浩然写作技巧的来源。在小说中，作者写到，在他母亲还在世，他尚年幼时，"半年间，念了《百家姓》《千字文》《三字经》《大学》《中庸》；买了《孟子》才念一段'孟子见梁惠王'……"[①] 母亲去世后，他通过各种方式，读到了一些书："我把一套《东周列国志》借到手，加倍地珍惜。我不能不珍惜，也不敢不珍惜……他试验过几回后，见我守信用，又把存着的书都陆续地借给我看。那些书多数是中国的古典小说，比如《三国演义》《镜花缘》，还有一本张恨水的《啼笑因缘》和两本叙述城市里的有钱人家，男男女女，勾勾搭搭故事的书"[②]。通过《活泉》，我们会了解到作者在童年与少年时代的阅读，主要以中国传统文学典籍。中国古典小说和当时流行的现代小说为主，几乎没有接触过外国文学作品。作家的写作喜好与特长，有很大一部分来自童年与少年时代的阅读经验与积累。这也是浩然的创作为什么偏向于写实主义的原因。在20世纪八九十年代，当作家们广泛地向世界文学学习创作技巧并付诸实践时，浩然在写《苍生》等作品，为什么仍然以写实主义或者现实主义为主，也就不难得出其原因。

对于浩然的《活泉》及整个"自传体三部曲"的评价，浩然本人说："这套书虽称'自传'，但我写的不是我自己，而是'我们'。我盼望它所体现的历史的、认识的、美学的作用都大大超越自传小说本身"，[③] 从这一点上说，《活泉》及他的整个"自传体三部曲"，可以视为20世纪以浩然为代表的中国写农村故事的乡土作家的"成长史"，也可以被认为是与今天"不忘初心、牢记使命"的时代精神暗合的一部优秀之作。

（作者系中国社会科学院文学研究所副研究员）

[①] 浩然：《活泉》，人民文学出版社1998年版，第8页。
[②] 浩然：《活泉》，人民文学出版社1998年版，第36页。
[③] 浩然：《泥土巢写作散论》，河南大学出版社1997年版，第163页。

刚健笃实,辉光日新:重读《白鹿原》

何 英

这是一个需要文学杰作,也产生了文学杰作的时代。《白鹿原》就是在当代文学史上的一部经典的杰作。一部文学杰作,要担得起经典二字,必得在风格和主旨方面经得起时间的考验。虽然出版至今,已逾26年,但是,《白鹿原》仍然受到读者的喜爱,对它的解读和阐释,依然是一个学术热点。

白鹿原

当代文学从来没有出现过像《白鹿原》一样厚重的作品。作为一部宏大的民族秘史写作,它从文化、政治、经济、风俗等方面,生活全

一 小说

景式地纵深铺开，全然没有我们通常看到的那种被概念、理念统领所表现出来的僵硬和浅薄。《白鹿原》饱满，厚实，绵密，生气灌注，刚健笃实。不管是沉重的历史，还是复杂的人性，都被作家表现得刀刻斧凿、纤毫毕现。整部《白鹿原》，是一幅长长的浮雕长廊，是一整塬的金黄色麦浪翻滚，是苍凉嘶哑、爱憎分明的秦腔在八百里秦川的嘶吼。

《白鹿原》也是自新时期以来，作家吸纳一切他可吸纳的文学营养和经验，是对新时期以来文学所取得的成就的总结和升华，是一次集大成式的写作。新时期以来文学重要的积极变革和成果，都被作家辩证地接受与融合，最后形成这样一部超越式的杰作。

一部《白鹿原》，叙写了渭河平原半个世纪波澜壮阔的生活，刻画了那么多性格饱满、命运各异的人物形象。在这部小说里，每个人物被自己的欲念驱使着，上演了一出出惊心动魄、跌宕起伏甚至血腥残酷的活报剧；而中国农村宗法制社会，既是一种表面稳定的古老秩序，又是压抑甚至扼杀人性的"吃人的礼教"。然而，陈忠实呈现的这个复杂而矛盾的"整体世界"，却通篇笼罩着一种刚健、笃实而辉光的天地精神。《易经》里有"刚健、笃实、辉光"的话。它显示着我们民族的充满阳刚之气的美学思想。《白鹿原》则以史诗般的叙事，体现了中国民族的刚健的性格和健全的美学精神。

"小说被认为是一个民族的秘史"，这句巴尔扎克的名言，被陈忠实郑重地题写在书的扉页。巴尔扎克以"编年史的方式"描写了上升中的资产阶级对贵族社会的冲击，上演了一出出的人间喜剧。这种"百科全书"式现实主义的创新（针对巴尔扎克以前的小说），握住了现实，握住了全体。巴尔扎克既赞美共和主义英雄，又对封建贵族的覆灭，抱持明显的同情。对照看来，陈忠实的小说宏愿，也是要写一部我们民族百科全书式的命运史和心灵史。而他对行将覆灭的地主乡绅阶级，也同样抱持着既批判，又赞赏；既鞭挞，又挽悼的态度。"他既看到传统的宗法文化是现代文明的路障，又对传统文化人格的魅力依恋不舍；他既清楚地看到农业文明如日薄西山，又希望从中开出拯救和重铸民族灵魂的灵丹妙药"。[①] 真正伟大的文学，都是复杂而丰富的，都体

[①] 雷达：《废墟上的精魂——〈白鹿原〉论》，《文学评论》1993年第6期。

现出矛盾因素的高度辨证与统一。

《白鹿原》的结构类型是典型的家族史小说。两个姓氏两代人争夺白鹿原的统治权。以时间为纵轴，纵向写了所涉辛亥革命、国共合作、大革命、抗日战争、解放战争的五十年风云；横向则枝繁叶茂地讲述了众多的人性故事，"塑造了一大批过去未曾有过的人物形象"。[①] 最后一个地主白嘉轩、最后一个长工鹿三、最后一位先生朱辰熙，其他人物包括鹿子霖、田小娥、黑娃、白孝文……都已成为当代文学人物长廊里的经典形象。《白鹿原》呈现的历史生活是饱蘸着生活混沌而醇厚的浓汁，又如奔腾的渭河之水，蕴藏着巨大的势能。而小说激烈的、绝不妥协的情感力量也使古老平静的白鹿原沸腾。"那些将要失去精神家园、失去未来的人物身上的道德光辉和道德激情"[②] 长久地令我们震撼。

作为全书的灵魂人物，作为"宗法文化废墟上的民族精魂"，白嘉轩重诚信，讲义气，敢担当，疾恶如仇，致力于维护家族伦理和乡村秩序；关中大儒朱先生，只身退敌、坚决抗日、过着一箪食一瓢饮、一心向学问道的隐士生活；鹿三忠诚、刚正、守本分，却残忍地杀害了儿媳田小娥。与之相对的另一组人物，白鹿精灵白灵、从孝子贤孙到堕落黑化的白孝文、叛逆鲁莽却有着骇人生命力的黑娃、悲惨沉沦的田小娥等，这些人物的塑造，全都是饱满的、立体的、异常复杂的形象。几个主要人物的命运，也都极尽曲折，深刻再现了生活和命运的复杂与曲折，甚至神秘与诡异。

其中，白嘉轩的形象最为饱满立体。50万字的小说围绕他的一生展开。他和鹿子霖、黑娃、田小娥、白孝文、岳维山等人的矛盾冲突，构成了小说中最重要的冲突——文化冲突所引发的人性冲突。凡是与宗法社会的仁义礼教不符的，就是白嘉轩冲突的对象。陈忠实在后记中写道："写下《白鹿原》草拟稿第一行钢笔字的时候，整个世界已经删简到只剩下一个白鹿原，横在我的眼前，也横在我的心中；这个地理概念上的古老的原，又具象为一个名叫白嘉轩的人。这个人就是这个原，这

[①] 李建军：《〈白鹿原〉的美学价值和艺术旨趣》，《人民日报》2016年11月8日。
[②] 李建军：《〈白鹿原〉的美学价值和艺术旨趣》，《人民日报》2016年11月8日。

一 小说

个原就是这个人。"① 作家通过白嘉轩这个人物，串起了一部家族史；又通过这一部家族史，展示了半个世纪我们民族的灵魂史。白嘉轩看到一心要成为好人的黑娃被白孝文处决，心痛气急到眼睛包血，成为残疾；他看着鹿子霖的眼睛说："子霖，我对不住你。我一辈子就做下这一件见不得人的事，我来生再世给你还债补心。"这个人物，犹如一把钥匙，帮助我们打开了中华民族传统文化的库藏，让我们看到了自己民族的文化传统、人伦精神、思维方式，以及伦理文化的特征。对这个地主乡绅的农民式狡黠，讲究风水迷信，视土地如命的品性，作家也绝不回避。

在鲁迅的鲁镇，巴金的《家》《春》《秋》中，宗法社会都是抨击、控诉的对象。《白鹿原》对中国古老的传统社会，却是从正面从头说起：中国农村的宗法制社会是如何形成和运作的，它的深层结构和原理是什么？这个中华文化培养的人格，又是怎样地既有正面价值又有消极影响？这样，就更加深刻地引发我们思考探究中华民族的历史命运和文化命运。

如何塑造女性形象，能够检验一个作家的精神高度。陈忠实在后记中写到田小娥这个人物的创作过程。他用了"关于性，庄严与挑战"这个题目。卡朋铁尔和田小娥是一起到来的。前者的"神奇现实主义"启发他，要创造出一种全新的、不走老路的现实主义。于是他翻阅了包括蓝田县的三个县县志。他说，自己在蓝田县翻阅一卷一卷《贞妇烈女卷》里难以记数的女人不敢出口的心声，内心的庄严感由此而产生。灵感就这样由天而降了。作家既要替这些无声埋葬自己青春人性的女性发声，更发现了撕破白鹿原上统治的宗法道德，爱与性所具有的摧毁性破坏力。田小娥就是这一力量的化身。作家还要把他新发现的潜意识、非理性、魔幻、性、死亡意识等现代主义手段和领域，借田小娥这个人物，来一个刀锋检视。除了田小娥这个令人既爱又恨、既可怜又可鄙的魔女，《白鹿原》中还有仙草"坤"一般的地母形象，更有完美无瑕的女性：白鹿精灵白灵。她是书中最明亮动人的存在。白灵与兆海的爱情象征着国共合作的初始；与兆鹏的结合，是白、鹿两姓终于合一的隐喻。正如波伏娃赞扬了《红与黑》中司汤达对女性形象的拓展，《白鹿

---

① 陈忠实：《寻找属于自己的句子——〈白鹿原〉创作手记》，《小说评论》2008 年第 4 期。

原》也一反此前女性形象的扁平化，赋予女性以智慧与主观能动性，拓展了女性的魅力。

按照《易经》这部儒家经典的概念体系，"刚健"是乾的体现，指顽强不息的生命意志；"笃实"是坤的意涵，指厚重踏实的德性品格。刚健、笃实，就是天地精神的精华。《白鹿原》刚健笃实，辉光日新，传达出我们民族追求道德光辉日日新的美学思想。陈忠实的这部杰作，值得我们民族永远珍视与骄傲。

（作者系新疆艺术学院学报副主编）

灵魂搏斗与生死抉择

邓玉环

　　张平 1997 年出版的长篇小说《抉择》，以大中型企业改革过程中步履维艰的现实为背景，描述了一群领导干部腐败和广大群众反腐败的激烈斗争。小说以现实主义的创作手法，笔触深入到对大多读者来说属于日常经验之外的官场"新世界"，小说第一次正面揭示了党内存在着严重的集体腐败问题，这在 20 世纪 90 年代是一个题材"禁区"的突破，小说发表后在社会各界引起了热烈反响，受到广大读者的高度赞赏。2008 年小说荣获第五届茅盾文学奖，后被改编成电视剧和电影。2019 年 9 月 23 日，《抉择》入选"新中国 70 年 70 部长篇小说典藏"。

　　我国进行经济体制改革的目标是建立社会主义市场经济体制，20 世纪 90 年代以后，我国国有大中型企业进行改革，目的是要把企业推向市场，但国有企业改制一直存在着某些侵害职工利益、侵吞国有资产的问题。在体制转型过程中，一些腐败分子钻改革初期制度不健全的空子，侵吞国有资产，暗中发展私人企业，导致有的国有大中型企业破产，企业职工被迫下岗。《抉择》中的海州市中阳纺织集团公司面临的困境就是这一问题的典型。小说以工人集体"闹事"——反映公司领导层的腐败问题拉开故事序幕，市长李高成原在中阳纺织厂当过厂长，他决心亲自调查处理这一严重事件。然而他很快就陷入了从未经历过的复杂局面和尖锐矛盾中，厂级、市级甚至省级领导暗地进行"权钱交易"，建立盘根错节庞大的关系网，触目惊心的"集体腐败"搞垮了有着辉煌历史的中纺集团。花钱买官、公款嫖娼、行贿受贿、拉帮结派搞圈子、官商勾结、国有资产流失……虽然这些抽象的词语时有耳闻，但许多读者并没有亲身经历和具象认识，小说通过逼真写实的叙事方式，

抉择

把这些概念转化为有血有肉、可触可感的具体事件和生活细节，读者与主人公李高成一样，目之所见无不痛心疾首、义愤难平。

《抉择》是一部精彩跌宕的故事小说，具有高度的现实真实性。小说悬念贯穿、矛盾重重、故事情节跌宕起伏，心理刻画细腻真实，读者迅速被故事吸引，被鲜明的大开大阖的情感波澜所裹挟。小说开篇就是一个矛盾一触即发的场景：不仅上万工人聚集，黑压压的人群聚在中纺宿舍门口，而且还出动了几十辆大卡车，事态非常严重，稍有不慎就可能引发暴动。这一直奔主题式的开头，就把李高成放到了一种极端困境里。小说中，群众聚集的大场景多次出现，各种矛盾冲突火药味十足，腐败官员与廉政官员、非法暴富者和贫困工人、主人公与他自我内心的激烈斗争……李高成深陷其中，猝不及防，步履维艰。小说集中展现了在新的历史条件下，反腐败工作的复杂性和紧迫性。反腐的难度有多大、阻碍有多大？不仅普通读者无法想象，就连作为一市之长的李高成

一　小说

都几乎无法招架。他在青苹果娱乐城亲历令人目瞪口呆的奢靡消费，他的妻子、反贪局局长吴爱珍背地里以权谋私，他在私访新潮纺织公司时被当成不法分子拖走，曾经提拔他的省委常务副书记严阵对调查工作大加阻挠。李高成深陷困境之时，腐败分子又设置重重障碍阻挠调查，设计让吴爱珍受贿30万元，制作假录音栽赃给李高成。而身居更高位的领导干部，掌握着反腐的权利，他们成为腐败行为的保护伞，一旦发现有人揭发他们，就会用手中的权力将反对者置于死地。这已经不仅只是腐败与反腐败的问题，而是正义与邪恶、高尚与卑鄙、守法与犯法、你死我活的斗争与较量。

　　李高成是技术人员出身，他不懂权谋、不搞关系、正直而纯粹，他埋首工作，连爱妻的思想变化都毫无察觉，对上门行贿者在他家偷送钱款也一无所知，他面对的是一群"高明"而狡诈的犯罪分子，所面对和抗争的是一股更大的势力和败坏的"权力圈子"和"利益集团"。他赫然发觉自己是那样无力和渺小，如何以一己之力应对一个无所不用其极的"腐败集团"？随着真相一层层揭露，李高成的处境越发危急，他又是一个重情重义之人，身心备受煎熬、精神极度焦虑，一个廉洁奉公的高层干部竟然身处险境、孤立无援！这是怎样残酷的官场现状？

　　李高成派去中阳纺织公司的检查组最终做出了一个瞒天过海的调查报告，李高成大惑不解，"这两个人都是自己一再地斟酌，在各方面都认为比较靠得住，比较谨慎，比较廉洁，比较能干，比较精明，当然也比较听话的财务审计"，这个调查结果让他有了一个痛心的发现：他们"……都是为了让你放心，为了让你满意才这么做的！都是在深刻地理解和领会了你的精神，以及市委市政府的意图而做出来的"！李高成原以为自己一身正气、两袖清风、刚正无私，腐败怎会在他眼皮子底下，在他亲手提拔的中阳纺织集团领导那里发生？他最终将问题的矛头对准了自己，沉痛地发现腐败分子之所以能够横行无忌，根源在于领导干部的选拔本身程序就存在缺陷，"他们之所以能当上中纺的主要领导，就是因为我看走了眼"！而政企分开，权力下放，"把国有产权、国家资产以及国有企业的掌握权全都交给了他们的时候，同时也告诉了他们可以不受任何制约和监督，想怎么干就可以怎么干"。"是我们给予了他们这种绝对的权力，也正是在这种绝对的权力下，才导致了这种绝对的腐败!"这句话石破天惊、一语中的!正因为中阳纺织集团的领导班子是李高成一手提拔起来的,因此,他无形中竟然充当了腐败分子的保护伞!这个发现让李高成痛苦到了极点。

小说一次比一次深入地揭开了权钱交易的面纱,真实地再现了李高成心灵的痛苦,灵魂搏斗与艰难的生死抉择,扣人心弦。小说采用第三人称限制视角,读者经历了李高成一样的心理风暴、精神的打击。李高成的抉择将决定反腐大业成败,他该何去何从?勇敢地站在人民一边、维护工人的利益,他就要因妻子的贪污受贿面临审查,他可能会被牵连、诬陷,失去已有的地位、名誉,一双儿女因此会受连累,会失去完整幸福的家庭。如果他选择隐瞒事实、与腐败集团同流合污,他就必须放弃共产党员的立场和信仰,成为一个自己所唾弃的罪人。这是摆在李高成面前最为严峻而残酷的人生考验。小说关键情节是那盘真实的录音带,如果没有这个物证,李高成无法自证清白,虽然对于故事的悬念和情节翻转而言这是精彩的构思,但对于反腐主题的呈现似乎少了一点支撑力度和信心保证。

李高成最终做出了共产党员的正确选择,他怒斥郭中姚,义正词严、毫不留情、畅快淋漓,这正是人民群众需要听到的声音,这正是人民群众惶惑不安中得到的一颗定心丸,一个有着坚定信仰的共产党干部,一个一心为民、把人民和国家利益看得高于一切的党员干部形象最终立于读者眼前!李高成发出铮铮誓言:宁可牺牲自己,也不会让党和国家,让我们的改革被摧毁!这绝不是一件容易的事情。他"清清楚楚地知道,这种选择是要付出极大的代价的,甚至是生死存亡的代价"。李高成是一个清廉正直的反腐英雄,但小说没有将他的性格简单化,他同样有人之常情、有心理脆弱和犹豫不决的时候,小说在挖掘人物性格深度方面值得称道,小说着重刻画了李高成在面临身家性命、政治前程、家庭幸福等问题时的哈姆雷特式的犹豫、彷徨,经历了一个由犹豫到最后抉择的艰难而曲折的心路历程,形象塑造得真实可信、撼动人心。

除了李高成,小说中市委书记杨诚也是一个重要角色,是帮助李高成最终做出抉择的关键人物。小说情节的明线是李高成,暗线是杨诚。同样是党的好干部,他们面对同样大的心理压力。杨诚平时平稳冷静、睿智祥和,但在面对不法行为时,他又疾恶如仇、怒形于色。李高成陷

一 小说

入困境之时，杨诚一直保护着、提醒着、帮助着李高成，他虽然比李高成年轻，但他毕竟是政工干部出身，对政府官员腐败的根源分析更为清晰深刻。借杨诚之口，小说指出了官场腐败问题就是官员既要有权又要有钱，私欲膨胀，他们在转型期为自己"留条后路"，却忘记了自己赖以立身的恰恰就是党和国家。官员们"上无制约、下无监督"才滋生了腐败，他对贪官的心态、腐败的根由分析得丝丝入扣，一针见血。杨诚的无奈和悲愤并非空穴来风，反腐之路，比同流合污更难走，而腐败下去导致的后果是极其危险的。邓小平早已指出："对我们来说，要整好我们的党，实现我们的战略目标，不惩治腐败，特别是党内的高层的腐败现象，确实有失败的危险。"[1] 在十八届中央纪委第二次全体会议上，习近平总书记强调，党风廉政建设和反腐败斗争是党的建设的重大任务，党风廉政建设和反腐败斗争这项任务搞不好，就会对党造成致命的伤害，甚至会亡党亡国。

这部发表于20世纪90年代的小说，通过李高成、杨诚两位市级领导推心置腹的交流，将贪腐内幕公开化，将腐败给国家带来的可怕后果，一字一句道出，不可谓不振聋发聩。正是经过尖锐、客观、真诚、深入的交流，李高成找到了精神支持和行动的力量。杨诚的存在是李高成能够战胜自我、勇于斗争、敢于自我解剖、彻底放弃个人私念的重要因素。而小说中其他众多人物也汇聚成反腐重要的精神力量源泉，省委书记万永年、省长李高明、省纪委书记马卫华，对企业对国家有着高度责任感和高尚品格的中纺集团总工程师张华彬、老厂长高明亮、高级技工胡辉中、老工人王英烈、老劳模范秀枝、老纺织女工夏玉莲等。中纺集团的工人们虽身处逆境，连日常生活都难以维持，仍体谅国家困难，牵挂别人的安危，维护党和国家的形象。夏玉莲这个奶妈的形象令人热泪盈眶，一个普通的纺织女工，从不因为和李高成一家的关系而伸手要过任何好处，即使在生命的最后时刻，一心想的还是保护李高成，要用生命保护纺织厂，剩下最后一口气也要去同那些腐败分子做斗争——这是多么善良的百姓，他们身上的高贵品格让作者和读者都为之动容。他们的全心拥戴和支持，鼓舞激励着李高成一次次果断地做出正确抉择。

---

[1] 邓小平：《邓小平文选》第三卷，人民出版社1993年版，第313页。

作家都希望自己的写作能够在文学史上留下一笔。张平认为，对一个作家来说，生活本身、题材本身并不决定作品的优劣，决定作品优劣的是对生活的态度和对文学的理解。张平也曾经尝试过现代、后现代写作，也取得了一定的成绩，但后来逐渐主动放弃，他觉得关注文学形式和技巧的试验性写作，所"表现的并不是自己的骨子里渗出来的，不是从自己的潜意识里冒出来的，不是从自己的血液里流淌出来的"。张平始终牢记着作家的责任，"面对着国家的改革开放，人民的艰苦卓绝，面对着泥沙俱下，人欲横流的社会现实，一个有良知的作家，首先想到的也只能是责任，其次才可能是别的什么……也许正因为如此，自己才会选择了今天这种创作方式，自己才会在生活中找到如此之多的创作素材，也才会让自己在生活中感受到一次次的震撼，从而让自己不断地产生着强烈的创作冲动和创作欲望……"张平的创作思想、创作动机总结为一句话，就是：我的作品就是要写给那些最底层的千千万万、普普通通的老百姓看，我永生永世都将为他们而写。（《十面埋伏》后记）为人民大众而写作，也就是为自己而写作，这"更多的是出自自己的一种本能"，这就是融入他血液中的叙事文本和思维模式。对张平而言，现实题材写作其实更难，"特别是涉及社会矛盾，涉及党群、干群关系，涉及社会焦点、难点问题的现实题材，太难写太难写了"。[1] 但是，他一边感慨着写现实题材"太难、太难了"，一边依然凝神运笔，书写着腐败对人与社会的戕害。在 2018 年，他的反腐新作《重新生活》出版。

　　张平以饱满的政治激情、沉重的忧患意识、高度的责任感和使命感，以及对社会矛盾的深刻揭示和无情剖析，紧紧抓住了反腐败这一关系党和国家生死存亡的重大主题，在中国当代文学史上留下了一部荡气回肠的反腐经典之作，而这部作品给中国千千万万的读者以巨大鼓舞和信心，唤起了百姓对党和国家的热望与深情，推动了国家反腐败工作的进一步深入，这正是文学力量不可小觑的时代明证，它在某种程度上已经超越了文学审美价值，具有了文学历史性的经典价值。

（作者系华南师范大学文学院副教授）

---

[1] 张平：《反腐是挽救我们的文化挽救我们的未来》，《北京青年报》2018 年 12 月 19 日。

笨花到底是一种什么花？
——读《笨花》

田 泥

笨花、洋花都是棉花。
笨花产自本土，洋花由域外传来。
有个村子叫笨花……

铁凝以抒情笔法将"笨花"吟诵为生命的传奇，也使其成为回溯乡土中国历程的符号。铁凝将笨花作为一种镜像来书写，而有关笨花村庄的叙事，指涉为生命与精神意向的象征，原本是走向对中华民族心灵深处探索的凭借。

《笨花》一改铁凝以往创作《哦，香雪》《玫瑰门》等关注女性命运、注重个人情感开掘的基调，截取从清末民初到20世纪40年代中期近五十年的历史断面，以冀中平原上一个小村子的生活为蓝本，以向氏家族为主线，通过对原乡悲喜生命形态的展示，将原乡精神气韵贯穿在朴素、智慧、妙趣盎然的叙事中，把中国那段变幻莫测、跌宕起伏的历史巧妙地融于日常生活场景之中，乡野村粗朴野性世态风情与新奇现代的粗放延展，混杂着时代风云的繁复波澜，堪称铁凝迄今为止最具分量的长篇力作。

这部46万字规模宏大的小说，人物有90多个，耗费铁凝6年的心血，于2006年出版。2018年9月入选改革开放四十年最具影响力小说。《笨花》透着雄辉与沉静，与弥漫着混沌喧嚣的城市形成对比的是，笨花村庄蕴含了北中国的原乡气象与北方深层底蕴。铁凝大量地融入了拾

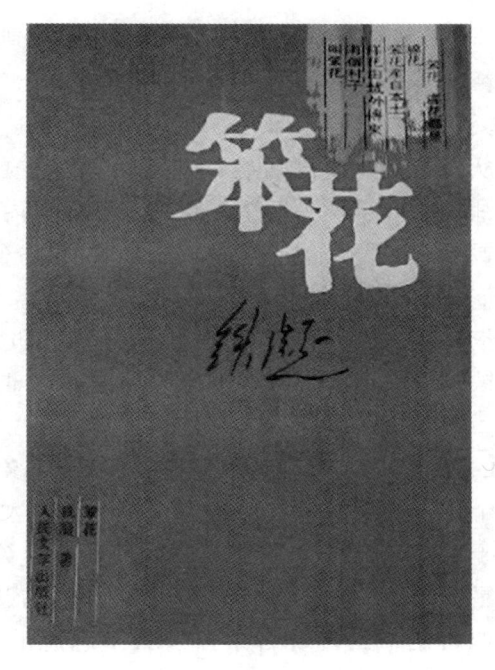

笨花

花（性爱）、钻窝棚、糖担儿、投芝麻、算地、四月二十八庙会、喊号、叫卖声、受洗礼等生活图景、民情风俗，在这个乡村传统走向现代的空间中混搭着对世俗里的物质追求，也有对自然的崇拜、对宗教信仰以及科技等的追随。冀中平原的沧桑大地，不仅生长笨花，也孕育了朴质而厚重、率性而泼辣的人们，这里粗朴而不野蛮，厚实而不狭隘，原始而不封闭。无疑形成了一种独具中国乡土气质与乡土气韵的风物图，呈现了浑厚朴拙具有乡土气息的乡村文化景观。

铁凝伫立在历史的回溯与嬗变中，从容不迫地展示人物与风俗，尽量克制暴露战争血腥的场景，也在这偏野乡村捕获尘世的静谧与人性的美好。在革命与现代的叙事中，彰显饮食男女生存之法、小生产者善良的淳朴，以及社会变革与战争灾祸的发生，展现笨花人的选择与坚守、气节与魄力，还有家国情怀以及对中华母体精神的贴近。

铁凝主要通过向家和西贝家两个家族的故事来讲述，这两个家族的男人和女人们的生命情状以及缠绕的是他们的劳作、信仰及情感。但主

一 小说

要笔墨放在了向家，向喜从卖豆花到从戎到成将军再到赋闲，历任了陆军旅长、直隶总督府咨议官、吴淞口要塞司令等直到"解甲归田"，最后回到兆州的制粪厂。向桂走出笨花，在兆州做生意、建绣楼，再到衰落，展示了向家从发展到鼎盛再回落的过程。只是铁凝过于着力故事推进的叙述，设法铺排这部小说为厚重、跌拓，就显得内敛与节制，忽略了激情的宣扬，缺少了强烈的情感表现形式的那份舒张。即晋赵至《与嵇茂齐书》所言："哀物悼世，激情风烈。"因此，苦难不是叙事基调，而沉实生命韧性的显露，以及小我精神与品格和大国家的意识主张，或许这正是铁凝要表达的，即在国家与民族的危难面前，个人或家族的生与死已经微不足道。

但是从另外的角度理解，正如黑格尔在《精神现象学》中说："时代的艰苦使人对于日常生活中平凡的琐屑兴趣予以太大的重视……因为世界精神太忙碌于现实，所以它不能转向内心，回复到自身。""一个民族有一群仰望星空的人，他们才有希望。"中华民族精神的凝聚力和向心力的支撑，源自是中国传统哲学兼济天下思想的孕育、滋生、哺育，中华民族的血脉与根系的承继，正是由千千万万的笨花人来接续。他们承载着浓烈的家国情怀，接受传统乡村伦理的规约，也有着反叛。而一个家族在动荡年代的历史，就是国家与民族的历史。

小说故事正是以时间为线构成一个网状结构，通过向家为核心的一个村落的风貌的展现蕴涵了整个时代。向喜是最核心的人物，上有父亲向鹏举，弟向桂，妻子同艾（子向文成），又娶顺容（子向文麒、向文麟）、施玉婵（女向取灯），向文成有子向武备、向有备，构成了男女代际序列。这里存在父子代际的传递与转换：向喜生于笨花的一个没落地主家庭，主要是卖豆花、佛堂，通读《四书》，受到儒家的熏陶，后顺利征兵入伍，在袁世凯的新军中逐渐崭露头角，深得器重，但他不改厚道、忠实，聪明有谋，如决绝处理1200多名哗变的士兵。他是一个复杂的军人，既然有封建伦理的浸润，与同艾、顺容、施玉婵的结缘，都是在特定时期的自然选择。同时也有一定的革命性，他放飞施玉婵，支持儿女回到笨花参加革命，让两个儿子去他们向往的延安。当民族危急关头，日本人请向喜出任维持会的负责人，遭到向喜的拒绝，他毅然选择到粪厂当经理，从事离老百姓最近的工作。最后为了救一个宣传抗日的演员，杀了日本兵而自尽。向喜汇入革命与其说是激进的选择，倒不如说他是出乎家国一体意识的本能。

但儿子向文成却有强烈激进的意识，由于向文成小时溺水眼睛留下了残疾，看东西模糊，有隐隐的自卑，但富有追求。他是中西医兼通的医师，早在五四运动时就参加土改、办小学，在抗战时在家里办了夜校，后又让出西院成立战区医院。向文成后来成为颇具神秘色彩的"交通"。交通是一血肉之气躯体构成的生命线，在一个看似沉闷、看似无序的社会里，像一支支在黑暗中游走着的烛光，带领那些为民族的生存和希望奔走的人，到该去的地方。向有备放弃了对美术理想的追求，积极参加抗日斗争。

在这部小说中，也有母与女的代际描绘：同艾是逆来顺受、温顺的传统女性形象，深受封建传统文化伦理的规定，包括接受丈夫的纳妾，尽管也存在有身体的消极反抗。当向喜回到笨花后，她无法回到从前的安好。她对取灯视为己出，对取灯死后入祖坟的处理，就破除了陈规陋俗。顺容是向喜的二夫人，保定汤记茶馆老板的女儿，一个泼悍固执的城市女性形象，自私自利，有所叛逆但最后得以归顺，尚能够以母性的润泽对待取灯。取灯的母亲施玉蝉是走钢丝名伶，行走江湖，不巧遭遇海盗，为了生存不得不投靠向喜，作了向喜的第三房太太，生了女儿取灯。女儿三岁时，崇尚自由的施玉蝉又离开向喜，重拾技艺。日后作为班主，带领杂技团宣传抗日。而女儿取灯是城市中长大，聪明进取，由单纯的学生在笨花变成了一个抗日时脱产的干部，由于小袄子的出卖而惨死。这跟铁凝的《棉花垛》乔的命运很相似。

笨花不仅由向家、西贝家等家族构成，更有在北京读过大学的甘子明，还有尹率真县长等，具有自觉的革命意识与领导力，能够审时度势，认清日本对中国的经济侵略和武装侵略是相互依托的。他们深入笨花村，发动群众抗日，认为在民族危亡的时刻，阶级矛盾必然要让位于民族矛盾。小说展示笨花原乡生态与民间风情，也将这种革命精神，导入释放人们日常生活里，成为一种表达生命与情感的形式，并对所有生命形态予以足够的尊重、理解，赋予其神圣、庄严。战争撕裂着人性，致使笨花人面临不同的选择，但笨花主体是以生的韧性与死的惨烈决绝地来守护，向喜、尹县长、瞎话、取灯等以生命捍卫笨花的尊严。笨花

一 小说

人潜藏对一切的生命形态的包容与尊重，诸如对女人钻窝棚的宽容、对基督教的容纳等，但笨花人又从来就是刚性的，大革命失败后，笨花人意志并没有消沉。

但笨花也隐匿着消极甚至是反动力量。笨花成为日本人争夺的场地、蹂躏的场所，也有意志薄弱的叛逆者出现。小袄子是生长在乡村的奇葩，寡妇母亲大花瓣常年吃着西贝小治打猎来的兔子，消受着西贝小治媳妇的房顶叫骂；她和村里花主向桂混着，常年以钻窝棚挣花为生计。小袄子身上散发出一种畸形欲望气息，充满生命原欲的躁动与不安，她以色相事人，主动勾引佟继臣，挑战了世俗对女子的规定。与母亲而不同的是，在靠着男人过活的同时，小袄子也出于好奇，报名上了夜校，并认同妇女解放，向往自由，为抗日也做过贡献。但小袄子一方面靠着汉奸金贵，另一方面受着抗日的吸引。最后背叛革命，直至死到临头，还勾引处决她的西贝时令。西贝梅阁是西贝家第三代，西贝大治的长女，受过简易师范的教育，接受了基督教徒受洗礼，一味相信能够获得上帝的拯救，拒绝吃药治病，无力参与现实的抗日。这个盲目笃信上帝的圣女，最终也死于日军的屠杀。铁凝也对向喜蛰伏粪厂的避世态度的有过质疑，尽管没有深度地挖掘。

显然，铁凝在挖掘家庭乃至笨花演进的根源时，在以向喜为代表的这个人物群体身上，发掘到了民族的底色。"在这个历史背景下，这群中国人的生活，他们不败的生活之意趣，人情之大类，世俗烟火中的精神空间，闭塞环境里开阔的智慧和教养，一些积极的美德，以及在看似松散、平凡的劳作和过日子当中，面对那个纷繁、复杂的年代的种种艰难选择，这群人最终保持了自己的尊严和内心的道德秩序。一个民族的强韧和发展是离不开我们心中理应保有的道德秩序的，它会使一捧尘土也能够熠熠生辉。"[①] 铁凝在时间的流转与季节的更替中，既有对宁静、恬淡、悠闲的田园生活场景的展示，也将笨花村人的勤劳朴实、尊老爱幼与节俭安分，与庸常的世态民情一起呈现。铁凝探寻在历史变迁中，恪守着尘烟气息的人世间常情与人性的绽放，以及对支撑中华民族精神底蕴的找寻，便自然地成为了小说主题。

---

① 铁凝：《〈笨花〉与我》，《人民日报》2006年2月16日。

无疑，在中国的大地上，有无数默默无闻向喜们，曾经参与对国家与民族的拯救，他们作为英雄群像留存在历史记忆中，构筑了中华民族精神底蕴，也撑起了中华民族的脊梁。铁凝以《笨花》对中华民族精神底蕴的掘进，深意也大抵在此。如果说陈忠实的《白鹿原》是苍凉凝重秦腔调性的吼，那么铁凝的《笨花》则是守着清丽温润朴质的历史回声。

《笨花》展演了从清末到抗战结束的家族史，将中华儿女的血泪抗争、民族大义在气定神闲的人间烟火中娓娓道来，聚合与超越了现世界乡村生活朴质伦理，是对中华民族精神底蕴的直接掘进。铁凝以细腻的女性化的主体意识与表现，给这部具有本土色泽与底蕴的新历史小说，又平添了温暖与爱意。

铁凝试图寻找中国人的生命底色与精神底蕴所在，也在指认与剥离附着在传统文化中的消极构成。同时佐证了中国文化及精神底蕴如河床一样沉积固化了人性、观念、经验、伦理、道德、情感、修养等，体现了整体生命形态与轨迹的深度与广度，是孕育、绵延华夏文明的动力与精神源泉，具有强化价值导向、民族凝聚力的功能，并赋予中华魂的塑造。这种精神底蕴经受了血与火、生与死的考验，历经了时间的荡涤与历史的冲刷，拓展着人类认知的疆界，也促进着一代代人灵魂与精神的解放，更对中华民族的复兴不无裨益。

（作者系中国社会科学院文学研究所研究员）

（二） 中篇小说

革命、人的改造与文学的使命
——重读孙犁《铁木前传》

周 瓒

孙犁的中篇小说《铁木前传》完成于1956年初夏，这部曾被后来的论者称为的"半部杰作"[①]因为作家彼时的健康状况而匆促结尾，而更未能续写"铁木后传"，似乎可以说既是孙犁的遗憾也是当代文学的一种损失。但是，这部出版后一度遭受冷落的中篇却在进入新时期之后日益受到批评界的重视，乃至被誉为当代文学史上不可多得的经典作品。

在关于《铁木前传》的诸多重评文章中，批评者多从这部作品体现出的孙犁小说的抒情性或诗性风格、成功的女性形象塑造等角度肯定其文学价值。这当然与孙犁较早得到的权威定评有关，茅盾早就评价过孙犁的风格，认为"他的散文富于抒情味，他的小说好像不讲究篇章结构，然而绝不枝蔓；他是用谈笑从容的态度来描摹风云变幻的，好处在于虽多风趣而不轻佻"[②]。加之孙犁写于抗日战争期间的短篇代表作《荷花淀》所奠定的影响基础，"抒情化、诗化小说"几乎成为评价孙犁时不可少的关键词语。小满儿本是《铁木前传》中一位容貌出众但思想落后的女性，据说在小说发表之后竟"誉满天下"，甚至有记者根据孙犁1953年9月所写的一篇非虚构散文《齐满花》而产生了实地探

[①] 参见叶君《〈铁木前传〉：多义而敞开的"半部"杰作》，《天津师范大学学报》（社会科学版）2010年第6期。

[②] 茅盾：《反映社会主义跃进的时代，推动社会主义时代的跃进!》，转引自本社编《孙犁作品评论集》，百花文艺出版社1982年版。

铁木前传

访齐满花这个"小满儿"原型的行动。"小满儿"形象也得到众多评论家各式各样的阐释，无疑，"小满儿"这个形象是塑造成功的，作家在她的身上倾注了深挚的热情，虽然她几乎在小说进行到三分之一篇幅的时候才出现。小说家只用了几个场景就将小满儿的吸人眼球的美丽、伶俐而通透的性格、际遇不幸而导致的矛盾心理和复杂的精神世界呈现在读者面前。相比而言，小说中的另一位女性九儿，虽然孙犁着墨刻画了她的童年和青年时代，但成年之后在政治上积极进步的她却给人以面目模糊，内心世界单薄的印象。必须承认的是，读罢小说，印象最深的竟是小满儿这个次要的、非正面人物，在《铁木前传》的重评中，分析小满儿形象的文章也占了很大比重。

　　本文限于篇幅，既不拟梳理关于《铁木前传》既有的重评文章，以探究其经典化的过程中的评价重点，也不打算从作家的思想结构和写作意图出发，论述孙犁在塑造人物时的倾向性或偏差，而是选择从阅读接受的角度，以"革命话语"要求"人的改造"为切入点，分析小说

一 小说

带给人那种突出印象——革命者形象薄弱，落后分子形象鲜明的文本内部的深层原因。

孙犁出身工农兵，在解放区成长，抗战爆发后至1942年以前，他编选诗集、戏剧小册子、写作指导手册和文学理论读本，他的兴趣主要多在文艺理论和批评方面，1942年之后才集中写小说，1944年抵达延安，孙犁可以说是在延安文学观念浸润下开始文学生涯的作家。尽管后来的论者总结孙犁的小说写作，不无准确地指出孙犁是革命文学中的"多余人"，[①] 论及他在当代主流文化中的"边缘性"，而正是这种边缘性成就了他的文学品质与价值，但是，孙犁作为解放区成长起来的作家，他在写作观念与意识上无疑是革命文学坚定的拥护者与实践者。毛泽东的《在延安文艺座谈会上的讲话》（以下简称《讲话》）中提出："至于对人民群众，对人民的劳动和斗争，对人民的军队，人民的政党，我们当然应该赞扬。人民也有缺点的。无产阶级中还有许多人保留着小资产阶级的思想，农民和城市小资产阶级都有落后的思想，这些就是他们在斗争中的负担。我们应该长期地耐心地教育他们，帮助他们摆脱背上的包袱，同自己的缺点错误做斗争，使他们能够大踏步地前进。他们在斗争中已经改造或正在改造自己，我们的文艺应该描写他们的这个改造过程。"人的改造，可以说是革命文学的重要话语之一。

孙犁在《铁木前传》里写到包括黎七儿、黎大傻、黎老东、六儿、小满儿等具有落后思想的农民，小说的后半部分通过两条线索展开对这几个落后人物的教育与帮助。一条线索是以青年团为主的积极分子四儿、锅灶等人的努力。这群年轻人本身也在学习与进步或改造与自我改造的过程之中，他们是六儿、小满儿的同龄人，在政治身份上也还不具有权威性，因此他们的帮助带着一些迟疑和不确定性。他们对改造他人没有把握，四儿对自己的父亲黎老东和兄弟六儿毫无办法，女青年团员也经常架不住小满儿能说会道的搪塞与应付。另一条线索是省里来的一个干部，坚持要住在落后分子家里，当他搬到黎大傻家，对小满儿说他是"来了解人的"。这位连姓名都没有的干部在小说中是没有性格、脾性而只有权威身份的存在，作家有意对干部不做更富人情味儿的描绘，

---

① 杨联芬：《孙犁：革命文学中的"多余人"》，《中国现代文学研究丛刊》1998年第4期。

其目的似乎是为了凸显其政治权威的力量。孙犁在小说中通过小满儿对干部的试探和干部动员小满儿去青年团学习这两个场景的记述，在小说的后半部分充分展示了小满儿的复杂性格与内心矛盾。小满儿的形象正是在这两个场景中才得以丰满起来的。

在《铁木前传》的结尾，六儿套上家里的新车跟黎七儿一起去跑买卖了，小满儿在路上等着他的车，并和他一起"逃离"了村子。送六儿到村口十字路口的黎老东被村长拦住，后者希望说服他加入合作社，但黎老东完全没有听进去。总体来看，在小说中，试图了解人和改造思想落后者的任务是失败了。而这种失败，放在解放之初的农村社会主义实践中又是合情合理的，这也使得《铁木前传》整体上显露出一种怅然、沉郁的基调。小说首尾呼应的有关童年的感怀，与其说是表现了作者对于人物成长过程中的挫折与失落的共鸣，不如说是抒发对人难以改变的部分和变化了的现实的某种无奈。

孙犁以一种共情的态度对待他笔下的思想落后的人物，除了黎大傻和他的老婆这两个好吃懒做的人物之外，其他几个人物在叙述者看来都有值得同情甚至喜爱的方面。杨卯儿的认死理、迷恋漂亮女人，六儿不喜务农，不爱集体活动，而痴迷玩鸽子、做小买卖，小满儿人美也爱美，似乎更多是人物的个性或天性的一方面，并不惹人厌憎，因此，在试图改造他们的那一方看来，了解也好、争取也罢，都是十分困难的。这种困难，除了相互理解本身的难度外，也还需要假以时日，施以积极影响。小说中，借四儿这个虽然积极进步，但资质不如六儿聪明的青年的话，叙述者道出了这份艰难："只凭我们几个人的力量去改造人，是不容易收到效果的。人怎样才能觉悟呢，学习是重要的，个人经历也是重要的，但更重要的是社会的影响。我有这样一个比方，六儿的心，就像我们正在改造的旱地。我们工作得好，可以在这块地上开发出水泉，使它有收成，甚至变成丰产地；可是，四外的黄风流沙，也还可以把它封闭，把它埋没，使它永远荒废，寸草不长。我们要在社会上，加强积极的影响。这就是扩大水浇地，缩小旱地；开发水源，一直到消灭风沙。"①

人的改造不可能是一蹴而就的，孙犁通过《铁木前传》提出了这

---

① 孙犁：《孙犁文集》第一卷，百花文艺出版社1981年版，第443页。

一 小说

个问题，而小说本身则是依循作家对生活的观察和个人的经验，对于人的改造的艰巨性进行了有效的呈现。小说的笔法是轻盈的，从而使这个主题的抒写具有了一种忧郁、沉静的美感，与此同时似乎也削弱了革命文学话语的政治性。

从小说的接受效应来看，重评《铁木前传》的论者多肯定作家塑造落后人物的成功，同时指出孙犁的小说写作与当时革命文学的主流话语的疏离而获得的文学价值。比如有论者这样论及《铁木前传》的独异，"与它的产生背景及题材大致相同的《三里湾》、《创业史》、《山乡巨变》等，虽然当初轰动文坛，而后又在文学史上地位显赫，但随着时间的推移，接受已经更新的今天的审美眼光评判时，却一减当年风采而显露出许多不足甚至破绽。而《铁木前传》却与之相反，当初受人冷落甚至非议，而今却经久弥香，风情益增"。[1]《铁木前传》的魅力可能不来自"更新的今天的审美眼光"，而得自作家选择的文学表现的路径。且从本文所论述的"人的改造"这一点看，在引文提及的三部革命文学作品里，落后人物也不少见，关键是它们的作者对笔下落后人物的描写以及作品中革命者的态度恐未如《铁木前传》的叙事者投注如此深挚的感情。

应该说，革命文学要求的主题或内容因素是提升作家意识的方面，但作家动笔时，更需要遵从自己的经验而不只是进步的思想观念。多丽丝·莱辛说过："如果一个作家完全基于个体经验来写作，那写出来的东西自然而然地也是在为他人发声。数千年来，讲故事的人理所当然地认为自己的经历应该是普适的，他们从未想过一个人可以与生活分离开，也没想过'住在象牙塔里'。"[2]而这恰恰是我们在新时代的文学实践中所要记取的遗产，这份遗产也是孙犁留给我们的。

（作者系中国社会科学院文学研究所研究员）

---

[1] 李永建：《解读〈铁木前传〉的深层意蕴》，《中国现代文学研究丛刊》2005年第3期。
[2] ［英］多丽丝·莱辛：《画地为牢》，田奥译，南京大学出版社2019年版，第115页。

《宝葫芦的秘密》:助力儿童精神成长

乔世华

优秀的儿童文学作品一定是儿童和成人乐于共同分享并常读常新的,张天翼《宝葫芦的秘密》就是这样一部情趣盎然、老少咸宜的作品。该童话写于 1956 年,最初在《人民文学》1957 年第 1—4 期上连载,作品甫一问世即收获了大量小读者,更有众多评论家纷纷撰文予以肯定,成为当年文学界的大事。小学生王葆和那个能一呼百应要啥有啥的宝葫芦自此成为深入人心的文学形象。这部家喻户晓之作在 1963 年和 2007 年两度被搬上银幕并都获得很好的口碑,而后一次被拍成电影还是美国迪士尼公司和中国电影集团的联合制作。因此,该作品不但关联着共和国数代儿童的集体童年记忆和文化记忆,也在向世界讲好中国故事方面、在中国的文化输出当中担当了重要的角色。

在《宝葫芦的秘密》之前,古今中外民间传说、童话作品中都有不少"获宝"类型的故事。比如,阿拉丁凭借神灯与魔戒的力量过上富比王侯的生活,娶得公主,还战胜了魔法师(《一千零一夜》);士兵在获得打火匣之后成为富翁,娶了公主并当上一国之主(安徒生《打火匣》);聚宝盆使沈万三有取之不尽用之不竭的财富(《聚宝盆》);马良以手里的神笔除奸恶、助穷人(《神笔马良》);冉妮娅以七色花为自己和他人实现了一个个愿望(卡达耶夫《七色花》)。这些作品大体都遵循着这样一个叙事模式:主人公原本平凡无奇,机缘巧合而得到了某件神通广大的宝物,遂以此宝物造福自己或他人。这当然都反映着人对美好幸福生活的渴望,但也无疑问地暴露了人们不劳而获的心理。鲁迅 1936 年 4 月 15 日给青年读者颜黎民回信当中提及自己不看什么"获美""得宝"之类的影片,虽没有说明缘由,但多少也会有排斥这种不

一 小说

宝葫芦的秘密

切实际的幻想的因素在内。

　　如果说"获宝"童话是讲到主人公凭借法宝过上幸福美好生活为止，属于"立"的话，则作为鲁迅精神传人的张天翼的"获宝"叙事就是"破"，关注的是主人公"过上幸福美好生活"之后会怎样。其20世纪30年代的《大林和小林》中的大林在狐狸绅士的帮助下成为大富翁的子弟，过上了衣来伸手饭来张口的生活，结果一步步堕落成为令人唾弃的寄生虫，饿死在富翁岛上。《宝葫芦的秘密》就更是对"获宝"的反其道而行之。小学生王葆钓到了梦寐以求的宝葫芦，宝葫芦愿意发挥自己的作用实现王葆的一切愿望，但条件是王葆必须保守这个秘密，否则它就会失灵。接下来，宝葫芦果然大显神通，令王葆得偿所愿：无须动笔动脑，作业就自动完成；不必动手，飞机模型、电磁起重机等手工制作立马出现；不必写发言稿，现成的报告稿模板就已经奉上案头；想要解馋，各种糕饼糖果立刻送到嘴边。可宝葫芦也往往弄巧成拙，比如，王葆虽不必在河边垂钓就自动有一桶活鱼现身，但好奇的同学会要求王葆解释为何钓上来的会是一桶金鱼；王葆要借《科学画报》，杂志马上就从别的同学那里不翼而飞，变到了王葆的书包里，而宝葫芦只管拿进不管拿出，令王葆出尽洋相；和同学下棋，王葆想吃掉对方的"马"，棋子立刻打外面飞进王葆的嘴里；家里堆满了王葆心心念念的花花草草、收音机、自行车和望远镜，王葆只能再三跟家人解释这些贵重物品可都是替同学保管的；王葆要去电影院，宝葫芦给他变出来的票居然是别人的；考场上，王葆不会答卷也根本不用答卷，写得满满当当的卷子就飞到了他的桌子上等他签名上交即可，可那卷子分明就是刚刚丢了卷子的同学的；手脚不干不净的小混混视王葆为如意手，硬是缠着王葆要拜他为师……无所不能的宝葫芦给王葆带来的烦恼要远甚于欢乐，最要紧的是，王葆意识到了宝葫芦给自己变来的东西都是从别人那里偷来的，终于痛下决心说出了宝葫芦的秘密，自此告别了不劳而获的生活。

张天翼写作《宝葫芦的秘密》之时，正是举国上下轰轰烈烈建设社会主义时期，崇尚劳动，是彼时的最强音，也是那个时代文艺作品歌咏的主题。《宝葫芦的秘密》就旨在批判好逸恶劳、游手好闲的腐朽观念，树立"劳动最光荣，幸福靠奋斗"的思想认识，为广大少年儿童塑造正确的世界观、人生观和价值观扬鞭策马。童话中，宝葫芦在手的王葆可以随心所欲地得到一切想吃的东西时，他开始质疑这些食物的真实性："这吃了也等于不吃，吃不吃都一个样了。"王葆想找同学玩，同学立刻主动找上门来，害得王葆总觉得他的同学们是变出来的；当宝葫芦代劳了王葆所要做的一切事情，王葆的时间多得没有办法处理了，他也体会不到学习、探究和创造的乐趣，感到了彻头彻尾的无聊，甚至对人生发生了怀疑。还有，王葆得到的这些东西都是宝葫芦从别处偷来的，那可都涉嫌违法乱纪，属于非常不光彩的事情。世界要靠辛勤的劳动创造，财富也要靠诚实的劳动创造，这个道理连宝葫芦都知道："你不去做，就得有别人去做，要不然世界上就不会有这些个东西。"而且真就像宝葫芦说的那样："我既然活在世界上，我就得有我的生活：我就得活动，就得发展，就得起我的作用。要是我不活动，又不使力，又不用心，那我早会枯掉烂掉。我可不能闲着，像一块废料似的。我得找机会把我的能力发挥出来——这才活得有个意思。"所以，像王葆那样终日无所事事坐享其成，不但虚度光阴，也失去了生活的意义。人生在世，就需要发挥自己的能力为国家为社会为集体做贡献。人生在勤，不索何获？

当然，作品远不止于肯定劳动这一个时代主题，其可阐释的意义空间巨大，这也正是这部作品魅力经久不衰的原因所在。比如，作品批判了个人主义价值观，着眼于培养小读者的集体主义意识。刚刚拥有宝葫芦时，王葆想着给学校捐献这样赠送那样，宝葫芦却一再要求王葆想着给自己挣点儿好处；虽说后来王葆独自享受到了拥有宝物的物质实惠，但这并没有让他感到快乐，反倒要不时防范这个人那个人，连一个能说上几句真心话的人都没有了。宝葫芦屡屡向王葆灌输这样的思想："干脆你就谁也甭理，一个人过你的好日子。"黑金鱼也教唆王葆："你即使把你们班上的东西全部拿走，也没有什么关系。你根本不用去关心什么人，更不用怕得罪什么人——无论什么人，反正都等于是你梦里面的角色。"王葆最终动念道出宝葫芦的秘密，不仅仅是因为偷窃最可耻，还在于他深深眷恋着亲人、老师和同学，渴望集体所释发出来的爱意与温情，作为一个曾享受到特殊幸福的特殊人物，他尝尽了"高处不胜寒"的孤单与苦衷，只有与拥有普通幸福的周围人站在一起，回到集体当中，王葆才能真真正正、实实在在地感受到活力与温暖，获得对生命价值的体认。

首先宝葫芦在作品中是个意涵丰富的形象，其与王葆之间建立起来的微妙关系也透显出许多有意味的东西来。首先，宝葫芦是王葆的另一个自我，是充满私心杂念的"本我"，这个"本我"完全遵循快乐原则行事，不去考虑别人感受，漠视规则，自私自利，喜欢出风头；而王葆则是有社会公德心、有集体荣誉感、有羞耻心的人，属于弗洛伊德所谓的"超我"。因此，王葆和宝葫芦之间不时地摩擦、碰撞正是王葆内心苦苦挣扎的外在显现，王葆要彻底弃绝个人主义，和"旧我"挥手道别，也并不是一件容易事。作品中王葆与宝葫芦断舍离的描写就很能说明问题：无论王葆是把宝葫芦扔到水里，还是踢它摔它劈它烧它，宝葫芦却总是甩也甩不掉，烧也烧不坏，反而越发舍不得离开王葆了，还不断"变"出各种水果糕点和奖章来诱惑王葆，动摇他的决心。王葆唯有一股脑儿把宝葫芦的秘密都跟老师同学说出来，倾倒出内心世界的不堪和污浊，才可能告别一心一意只为自己服务的宝葫芦，才可能净化自己的思想，与周围人建立起愉快默契的人际关系，这样的王葆也才能得到集体和大家的认可。说起来，宝葫芦还是王葆内心欲望的具体显现，而这欲望是在不断地膨胀的。刚开始，王葆所需要的东西还只是简单的吃食如苹果、糕点等，到后来则是自行车、收音机、名贵花草等大件物品和奖章、金钱，作品让人看到，尽管宝葫芦无所不能，但无止境的物质追求并不能给王葆带来真正的快乐，王葆最终义无反顾地选择了精神生命和情感需求，因为这一切是要比虚名浮利更值得追求的东西，也是真正的幸福和快乐的来源。其次，宝葫芦全心全意给王葆谋幸福，立意等到王葆真正过上幸福生活之后再退休，这类似于一个大包大揽的家长，看似好意满满，实则坑了孩子，个人的幸福还是需要靠个人去奋斗去拼搏，只有懂得独自面对和经受人生的各种风浪与考验，人才能真正成长起来。他人代劳只会削弱意志，贻误成长。还有，王葆与宝葫芦之间的关系关乎青少年的友谊的建构和破裂，他们之间的"秘密"协议亦关涉到儿童成长中的秘密……总之，这是一个意义解读空间很大的开放性文本。

就无所不能的宝葫芦屡显神威以及它与王葆从邂逅到建立关系再到疏离的过程描写而言，《宝葫芦的秘密》当然是一篇童话；不过，张天翼并没有把童话精神进行到底，作品除了主体部分王葆的梦之外，开篇结尾都是严格遵循着现实逻辑而讲述王葆是怎样幻想着能得到一个宝葫芦、并最终从这个既令人兴奋又让人沮丧的梦中醒来的。换言之，把《宝葫芦的秘密》认定为小说，也同样可行。这种小说与童话混搭、现实与幻想合璧的表达形式首先反映出来张天翼童话写作上的良苦用心。"要让孩子们看了能够得到一些益处"，"要让孩子们爱看，看得进，能够领会"，[①] 这是张天翼从事儿童文学写作一直以来遵循的两个标准，他生怕自己的某篇作品思想意图表达不充分而对孩子们产生"不利影响和副作用"，[②] 因而在《宝葫芦的秘密》中会以王葆在梦中告别宝葫芦、而后从梦中醒来返回现实世界的方式结局，以此向小读者发出善意

[①] 张天翼：《为孩子们写作是幸福的》，转引自沈录宽《张天翼研究资料》，知识产权出版社2010年版，第192页。

[②] 张天翼：《为孩子们写作是幸福的》，转引自沈录宽《张天翼研究资料》，知识产权出版社2010年版，第199页。

一 小说

提醒：有关宝葫芦一类的传说可都是不真实的，不要耽溺于拥有宝葫芦的幻想当中，幸福生活还是要靠自己脚踏实地地去创造。

其次，这种书写梦境的叙事安排真实而有趣地反映出来王葆这个正处在童话"断乳期"的儿童的心理成长。一方面，"我"非常享受童话的天马行空，享受能呼风唤雨的"宝葫芦"给自己带来的种种快乐与惊喜；另一方面，"我"又很清醒地意识到童话是"骗人的东西"，那无所不能的"宝葫芦"是虚幻的，"我"必须告别"宝葫芦"走出梦境。由是就不难理解王葆对宝葫芦爱恨交加难舍难分的心理流露。而这也一定会是众多小读者热烈关切和深深惋惜的内容：宝葫芦的故事为什么不是真的？王葆为什么要令神通广大的宝葫芦变成无所作为的闷葫芦？

最后，现实与梦境既融合又分离的矛盾统一，"宝葫芦"身份既实在又虚幻的暧昧难明，都注定了这个文本有着数说不尽的"秘密"，值得一代又一代读者去探究发掘，这也意味着《宝葫芦的秘密》在儿童精神健康成长上的强大助力作用还将继续。

（作者系辽宁师范大学文学院教授）

从革命战争到社会主义建设
——读《在和平的日子里》

陶庆梅

《在和平的日子里》是1957年起杜鹏程开始创作的一个中篇小说。虽然从规模上看，《在和平的日子里》只是一个中篇，没有《保卫延安》那样宏大的规模与磅礴的气势，但《在和平的日子里》这样一部以社会主义建设为背景的小说，呈现出的是杜鹏程这样一代在革命中成长起来的作家，对于革命要追求的社会主义理想是如此刻骨铭心：这种对社会主义理想的追求，既成就了《保卫延安》这样的战争史诗，而这样的理想，也让他对于实现社会主义过程中可能遇到问题，不断保持着清醒的认识，写出《在和平的日子里》这样深刻的中篇小说。

《在和平的日子里》最初刊发于1957年8月号的《延河》，仅有4.7万字。但在小说出版后，杜鹏程一直就没有停止过对小说的修订。1958年6月，东风文艺出版社推出的单行本，就已经扩展到9万余字；1959年12月人民文学出版社出版的单行本，增至13万字。1977年12月"文化大革命"后重新出的刊行本，杜鹏程又做了很多修订。

看得出来作者是非常重视这篇中篇小说的。但可惜的是，这部作品在1977年出版后，当时的文艺思潮已经转向清理"文化大革命"错误的"伤痕文学"，这部从内部检讨社会主义事业可能遭遇到的挫折、原因，以及如何克服这种挫折继续社会主义事业的作品，显然并不太符合当时的主流思潮，因而发表后并没有得到足够的重视。

这确实是一部被低估的小说。作为革命战争中成长起来的作家，杜鹏程对于社会主义从革命战争转到社会主义建设时，人们的思想状况可能发生的问题，有着高度的敏感。这种敏感，并不始自革命胜利后的年代，而是在革命战争年代的后期，杜鹏程就有着这样的自觉。

一　小说

在和平的日子里

杜鹏程《战争日记》有着这样的记载:"1947年3月23,十年和平生活,有些人开始盲目乐观,现在又张皇失措,固然事情有一个必然的过程,但是干部之张煌是不可宽恕的。此时我深感宣传工作的薄弱。……1947年4月13,看到新察哈尔报的合订本,其中思想漫谈一项很好,而谈到干部'享受、享乐'的文章颇多。真的工农出身的干部很容易腐化,这样的例子很多。因贪污而脱离革命的亦不少,这或者是一种必然的现象,在多年艰苦中见了稍优裕的物质生活,便为之陶醉,这难道不可避免么?"

显然,对于革命战争中的工农干部有可能在革命事业中迷失这样的现象,杜鹏程一直有着高度的敏感。也正因为对于社会主义事业高度的责任心,才使得杜鹏程如此重视自己的《在和平的日子里》这部小说。这种责任,不仅是对自己小说作品的态度,而是他要通过这样一部小说,不断提醒和他一样从革命战争年代走过来的同志们,面对社会主义建设的繁难任务,不要被战争的胜利冲昏了头脑。从革命战争走过来的同志，面对正在展开的社会主义建设事业，要不断适应新的任务、新的挑战。如果我们以为社会主义建设比革命战争要轻松，如果我们不根据社会主义不同历史阶段的不同任务，调整、改造自己的主观世界，社会主义建设的历史任务就没有办法完成。

《在和平的日子里》选择的宝成铁路建设工地的一个片断作为描述对象。宝成铁路不仅要穿越秦岭，还要跨越嘉陵江。小说选取的正是嘉陵江工地的一个工程建设区。建设工地上的工作者们，都是刚刚脱下军装穿上工人服装的。过去，他们是端着枪面对敌人的炮火，今天，他们要用机器、材料、图纸……去面对高山大河的挑战。在《在和平日子里》所描述这片工地上，小说的主人公们，也就是当年的革命者，不再面对血雨腥风，但在工期紧张的条件下，既要保证工程进度，还要保证工程质量的内在矛盾，其实并不比枪林弹雨要容易对付。《在和平的日子里》就围绕着工地上五号桥墩在建设过程中出现了工程质量问题展开。在具体的写作策略上，杜鹏程写了不同年纪、不同思想状况的人会做出什么样的不同反应；以及这些反应，最后如何决定了事态的走向。这其中，阎兴、梁建和张总工程师都是从革命战争中成长起来的革命干部；阎兴和梁建他们还是从抗日战争起就并肩战斗的同志。年轻一代中，小刘是过去革命战场中的"小鬼"，如今成长为社会主义建设中的标兵；韦珍、常飞则是新中国自己培养的一代年轻知识分子。

赶工期很容易产生质量问题。工程质量问题如同战场中的错误判断一样，会对战争造成关键影响，一定要及时解决。但是，工程建设的危险性毕竟不如战场中那样紧迫，也不如战场中危险那么醒目，因而，这样的危险又特别容易被忽视。对这种工程质量的危险，即使是老革命梁建，一开始并没有太认真；也正是他不太认真的态度，在洪水到来让事态不断恶化之前，他反而把老战友、老领导阎兴不停的批评和年轻人韦珍不断的提醒，看作对自己的非难。正是因为这种不满情绪的持续放大，导致梁建过于草率地对待五号桥墩的工程质量问题。而担任处理五号桥墩质量问题的常飞，这位工地总工程师的外孙，身为共和国培养出来的专业技术人员，却对于建设工作三心二意，草草应付。种种错误的叠加，终于导致桥墩在百年未遇的洪水之下被冲垮。为了组织被阻隔在江对岸的1万名工人撤退，小刘主动申请过江，并为之献出了自己年轻

· 105 ·

一 小说

的生命。

围绕着这场惊心动魄的战斗，这些不同年龄的工作者的心态是不一样的。对于阎兴和梁建这些从革命战争中走过来的干部来说，面对社会主义建设事业，一方面要他们"学会自己不懂的东西"——修筑铁路所必需的科学知识和技术本领；另一方面，更为重要的是在改变祖国"一穷二白"面貌的建设视野中，他们必须要认识到在改造客观世界过程中主观世界的改造的必要性和严重性。

从革命战争到和平时期的社会主义建设，是从一个旧战场转移到了一个全新战场。在这个战场中，我们会碰到各种新问题。这其中，最重要的问题是我们的很多革命同志，认为过去的经验就足够用了，认为这个新的战场比不上旧的战场，因而，他们会不自觉地产生消极懈怠的心理。这消极懈怠的心理，又会影响到他们对这个新战场的判断，影响到社会主义事业的成功和失败。因而，我们在小说中发现，同样是从革命战争中走过来的梁建和阎兴，因为主管世界的差异，做出了不同的选择。梁建对于没有经历过战争年轻人有着说不清道不明的不满，对于自己以往的经验，哪些是能用的、哪些是用不成的缺乏辨别；更重要的是，对于社会主义建设中的许多事情要从头来、这个过程中不免要走弯路，碰钉子又缺乏准备。因而，他对事件一系列处理方式更加深的年轻人韦珍对他的不解："一个人只有在自己没有饭吃，没有出路，无法可想，活不下去的时候，才有奋不顾身的革命劲头？等到他不愁吃穿了，生活环境安逸了，能活下去了，有一官半职，就感觉不到劳动人民的迫切需要了？就听不见生活呼唤社会主义？他的生命失去了动力，这样的人，能算真正的革命者？他在历史上扮演的是啥角色？"

筑路工程不同于凶险的战场，但它的责任一点也不会比战场的轻。但是，在从革命到社会主义建设的转换过程中，透过小说，我们发现，有的革命干部，是真的因为工程建设不像战场的惨烈，生发出松懈倦怠的心思；对于领导善意的批评，对于年轻同志有些莽撞的提醒，却因为自己对革命有过贡献，就把这些提醒与建议置之不理。作者透过不断地深入描写梁建的心理过程，就是想回答一个问题：为什么在革命战争时期形成的优良作风与工作传统，在和平的日子里，就那么容易丧失掉？这也是阎兴在小说中不断地提醒梁建的："在这工地里，要说和自然界做斗争很复杂,还不如说人为的关系更复杂。我想过一百次、一千次,如果没有各种各样的坏思想作障碍,我们的建设速度会大大地加快。"

透过他的作品,杜鹏程表达了社会主义建设事业可能因为我们主动性丧失而遭遇困难的忧心忡忡。如果我们因为在和平的日子里就因为自己的一些小情绪小脾气而失却了对革命的责任感,就会给带给革命工作的巨大损失。不去自觉地改造主观世界,社会主义建设的历史任务就无法完成。

除去如同手术刀一般犀利地剖析从革命到建设过程中有些干部消极懈怠的心理过程,杜鹏程《在和平的日子里》也自觉的承担了另一重使命:书写社会主义建设的伟大诗篇。

在革命队伍中,既有像梁建这样被"逼上梁山"的战士,在革命取得了全国性的基本胜利之后,逐渐丧失掉奋不顾身的革命劲头;但更有像阎兴这样,胸怀祖国,胸怀中华民族乃至于全人类解放大业的优秀分子。在人民群众的温饱问题基本解决之后,特别是在达到了"小康水平"之日,仍然保持"奋不顾身的革命劲头"。还有着像韦珍及其身后一代代青年们,他们不再如阎兴、梁建他们那一代那样被"逼上梁山",而是从事社会主义建设事业。他们可能也会犯错误,但只要他们保持着对社会主义事业的责任感,他们也会如老一代一样,写出壮美的革命诗篇。

杜鹏程自己在序中所说:"这作品中所写的铁路职工被洪水包围等等,是实有其事。当时,我和被包围的同志们在一道工作,那些落在同志们头上的打击和困难,也同样落在我头上。那是一种怎么样紧张的战斗和英雄的事业啊!可是,我把那壮丽的生活表现出了多少?我把那斗争生活中处处闪烁的思想表现出了多少?我把那劳动人民的崇高感情表现出了多少?"

是的,对于工程建设因为工程自身质量问题造成的灾难,杜鹏程是有亲身感受;而他感同身受的是共产党员对于劳动人民负责任的态度,是劳动群众如何在艰苦的工作中焕发出的意志。正是这种强烈的对人民的责任感,使得杜鹏程这篇小说将解剖的笔置于了他自己这些共产党员和共产党干部身上。在这部小说中,他不仅深入检讨是什么样的主观原因,造成了工程建设中的重大失误,而且,他要把过去在《保卫延安》

一　小说

中形成的对于革命战争场面的史诗性的描写，转移到一个新战场，一个新的社会主义建设工地的史诗场面。

对于革命战争极为熟悉的杜鹏程，对于人们思想的主观能动性如何形成，以及人的主观能动性并如何成为改造社会现实的一种巨大力量，以他敏感的自觉加以捕捉，并以诗一般语言加以书写。

杜鹏程的作品，既检讨社会主义建设过程中出现的各种问题，也用书写革命战争的情怀，书写社会主义建设的澎湃激情。他的作品，完整地体现着他对社会主义事业的忠诚，对社会主义理想的坚守。如同我们党在此次"不忘初心、牢记使命"主题教育中，共产党和世界上其他政党不一样的地方，还在于她是一个能自我革命的政党。我们的党，我们的党员，总是要在革命建设过程中英勇前进；而社会主义事业的漫长，我们可能会犯这样那样的错误，但只要我们坚定社会主义事业的信仰，碰到问题不缺乏勇气去纠正问题——甚至不惜将批判的手术刀指向自身，我们一定能最终取得民族复兴与社会主义事业的胜利。

（作者系中国社会科学院文学研究所研究员）

如画的白洋淀 "嘎" 气的小英雄

邓玉环

1961年，徐光耀的中篇小说《小兵张嘎》发表在《河北文学》上，小说讲述的是抗日小英雄张嘎与敌人斗智斗勇的故事。1963年小说被改编成电影，"小兵张嘎"成为家喻户晓的英雄人物，而这部作品亦成为几代人记忆中的红色经典。小说和电影在1980年获全国少年儿童文艺创作一等奖，2004年又被翻拍成同名电视剧。张嘎是中国当代儿童文学中最著名的人物形象之一，进入新时期以来，《小兵张嘎》被编入《战斗的童年文学丛书》和《小学生丛书》。进入新世纪，"红色革命经典"阅读的积极倡导，让张嘎这个个性鲜明惹人喜爱的"小八路"又重新活跃在新一代读者眼前。

1963年电影《小兵张嘎》，增加了日军杀害无辜中国百姓的直观情节，影片黑白色调也给观众带来较为沉重的观感。阅读原著则会发现，《小兵张嘎》是一部文笔清新活泼、趣味盎然的儿童文学作品，非常符合少年儿童的阅读心理，小说无论是对乡村生活、自然风光的描绘还是精彩战斗故事的叙述，都那么多姿多彩，民间故事口语化叙述和轻快的笔调，使之与电影相比更具有轻松和诙谐感。

小兵张嘎个性鲜明、令人过目难忘。小说中他的出场，是一个日常化的、朴素的生活场景，窥一斑见全豹地展示了祖孙二人虽然穷苦却其乐融融的生活景象。嘎子让奶奶说绕口令，祖孙二人毫无隔阂非常亲昵，他"腿往炕上一跪，只一滚，就滚到老奶奶眼前去了。"嘎子孩子气的言行举止就是一个13岁还未长大的男孩所特有的，这日常生活的一幕把读者迅速"带入"故事世界。作者把这个简单的生活片段处理得十分用心，运用插叙将抗日战争背景、张嘎的不幸身世、祖孙二人与八路军的深厚

一 小说

小兵张嘎

友情、嘎子活泼开朗、爱憎分明的性格等都进行了集中交代。

在河北方言里,"嘎"的意思是调皮捣蛋,词义带着喜爱的意味。张嘎精力旺盛、争强好胜、胆大敢为。他有强烈的好奇心,尤其对枪支武器十分痴迷,一次他鼓捣研究手榴弹差点出危险。张嘎想得到一支真枪的强烈愿望是小说一条清晰的叙事线索:为了得到一支真正的手枪,他敢直接抢"白脖儿"(汉奸)的;张嘎在日军手里得到了一只新王八盒子,兴奋不已,然而区队长要他上缴给更需要的同志,张嘎不能理解、感到委屈,甚至被关禁闭;最终张嘎因战斗有功,得到了配枪的奖励。得到了真枪,加入中国共产党又成为他新的理想,嘎子逐渐成熟,向着真正的八路军战士方向努力成长。

对激烈残酷的战斗场面的叙述,小说始终采用儿童文学创作方式,顾及儿童阅读心理,用一种通俗易懂讲故事口吻把战斗过程描述得紧张而充满趣味性。小说写了三次与敌人的正面交锋,一次比一次激烈。第一个是"挑帘战",嘎子遇到两个汉奸,他镇定地带他们进房东家,后汉奸跟他进西屋,被藏在屋内的八路军抓住,小嘎子内心紧张但强装镇定,整个过程仿佛是一场与敌人的捉迷藏游戏。第二次是游击队要拦截敌人的两辆汽车,冒险营救钟亮同志。小说用通俗浅白的语言描绘战斗场面,"清清脆脆一声响,榴弹排枪齐放,砰砰啪啪,一阵子流星急雨,漫天扫地飞将过去。……车厢里的人没命地翻筋斗,栽马趴,往外乱跳,砸得地上咚咚的响……""失魂落魄的伪军们乱纷纷跑进棉花地。不想棉枝棉桃牵起手来,成了一道道绊马索,他们跌骨碌,打前失,跑又跑不动,藏又藏不严,直象蠓虫儿撞进了蜘蛛网。"简洁生动的口语、排比短句,一连串的动词,生动的比喻,敌人狼狈逃窜的样子简直会让读者看得笑出声来。第三次战斗最为精彩曲折,也是小说的高潮。地区队提前在鬼不灵布置好天罗地网,但狡猾的敌人突然改换了进占的布置规律,打乱了钱云清的作战部署,我军陷入极为不利的局面。此时最佳方案是吸引敌人的兵力到韩家大院,进入区小队的主力包围圈。嘎子主动请缨,他年龄小不易引起敌人警觉,确实是完成这个重大任务的最佳人选。机灵的嘎子装作给"太君"送鸡蛋,想办法混入韩家大院,但这个过程却一波三折,此时,他特有的胆大调皮的"嘎"气就显出优势。首先门口的汉奸恰好是认识嘎子的那个"红眼儿",故意为难他,不让他进去,嘎子只能和汉奸假意周旋。纯刚大伯的出现使事情有了转机,可纯刚大伯担心他出事,让他把狗逗引走,又错过了进院的机会。最后小嘎子把鞭炮缠在狗尾巴上点燃,鞭炮声把敌人的大半兵力吸引过来,部队的周密部署起了作用,敌人被八路军全部歼灭,我军大获全胜。

如果不是英雄小嘎子性格中的这种"嘎"劲儿,战斗的胜利就无法实现。小说作者徐光耀原本是河北省雄县一个普通的农家孩子,13岁就加入了八路军,与战友们一同在冀中平原上奋勇杀敌,嘎子的成长多少会带着作家自己的亲身感受。嘎子并非只有一个原型,他是作家所见到的很多嘎人嘎事的"集合体"。[①] 在时隔21年的小说后记中,作家从"嘎"这个性格特点谈到儿童教育,他思考一个问题:儿童到底是听话好,还是调皮一点好?鲁迅先生批评在中国封建传统教育下培养出的儿童:两眼下视黄泉,满脸装出死相。那种精神萎靡、行动迟缓、任

---

① 刘平安:《徐光耀:"慈父"年近百岁,"嘎子"永远少年》,《光明日报》2020年3月4日第13版。

一　小说

人疫使、奴性十足的儿童是令人痛心的，违反儿童成长规律的教育方式应被强烈批判。作家发现在革命战场上，很多英雄往往带些"嘎"气，他喜欢那些调皮的小八路，他们生龙活虎、机警灵活、敢想敢干、具有独创精神。作家指出：听话并非不好，守纪律，重公德，尊重公共秩序，服从正确领导，但不要因循保守，照搬照转，缺乏主见和灵活性；如果"嘎"过了头也会走向纵容狂妄和野蛮。儿童教育重要的问题是对孩子们要有责任心，要善于教育和诱导，还应提供适当的条件，健全的民主生活，使他们能真正蓬勃健康地成长。

这部小说中，紧张精彩的战斗故事与日常生活趣事交错展开，张弛有度。三次惊险刺激的战斗故事中，穿插了三个充满烟火气的民间生活片段。小嘎子与小胖墩打赌摔跤，输了却耍赖，还上房顶把人家做饭的烟囱用草塞住，浓烟倒灌，呛得老满叔涕泪直流，小嘎子却乐得前仰后合，把枪被上缴、摔跤输了的烦恼忘得一干二净——恶作剧的嘎子不就是一个普通的小男孩么？被关了禁闭的小嘎子爬上窗户抓鸟玩，完全忘记了区队长让他反省的事，他还不理解共产党的队伍要解放全人类、不能只想报私仇，人民军队与群众鱼水关系非常重要这些大道理；小嘎子战斗受伤，在玉英家里养伤，俩人很快成为非常要好的朋友，玉英的父母也非常喜爱小嘎子，甚至想到让小嘎子入赘的将来……懵懂的小嘎子一点也不开窍，他想的是革命胜利后开飞机、开火车、开轮船，最后还鼓动玉英也参了军。这些极为生活化、充满趣味性的具体生活场景，让小说除了战斗的火焰硝烟之外，还带有浓浓的真实鲜活的乡土生活气息。

小说构思精巧，多处伏笔和照应，多条线索交错铺排，疏密有致，深得中国传统小说讲故事的精髓。嘎子想拥有一支真枪是小说最突出的故事线索，其次鞭炮这一物也并非闲笔：为了这挂鞭炮打赌耍赖，小嘎子恶作剧被关禁闭；老满叔掩护了嘎子挨了敌人的打，嘎子向老满叔表达了歉意，和黑胖交换了"纪念品"；这挂柳条鞭炮在战斗的关键时刻发挥了重要作用。老钟叔这条线索在故事中也贯穿始终：老钟叔给嘎子做了一支木头枪，小嘎子在营救老钟叔的战斗中负伤，最终鬼不灵战斗胜利老钟叔成功得救。故事开始提到嘎子擅长爬树，他能上房顶堵人家的烟囱，后把缴获的手枪藏在孟良营村头大树的鸟窝里，这些情节前后照应、顺理成章，整个故事编织得环环相扣、复杂而有序。

《小兵张嘎》这部儿童小说细节生动，如张嘎有个小习惯，他在思考的时候会把舌尖在牙缝间来回逗弄。作者也非常喜欢用拟声词增强讲故事的现场感，跑步的"吧唧吧唧"声，"啪啪啪"的枪声，"呱嗒呱"乱跑的声音，"蹭"地蹿出去的声音，"唿"地立起的声音，嘎子两眼转动的"唰唰"声，心窝跳着的"通通"声，野鸭子腾空飞起的"扑棱"声……不胜枚举。而动词的使用也见推敲锤炼功夫，"只见布单门帘往里一鼓，从底下冒出个孩子的头来""烟头往药捻上一突""没入苇塘""小嘎子便把莲子投给她""鼓""冒""突""没""投"等动词都非常讲究语言的陌生化效果，嘎子两眼转动竟然用的是"抢"这个夸张的动词。小嘎子与小胖墩摔跤写得动感十足，"一站""一腿""又一扑""一哈腰"，连续的四个一，节奏明快，一气呵成，令人想起《水浒传》武松打虎的连续性动作描写。

　　作者运用河北方言和传统民间说书人的口吻，专注于人物动作、神态、对话的生动描写，短句居多，口语化特点鲜明。快节奏短句多，一方面由于故事节奏紧张，另一方面也是口语表达的特点。此外，作者对农村生活极为熟悉，大量运用比喻和拟人修辞手法，白洋淀自然风光被描摹得清新优美，田野、天空、河水、树木、鸟儿、鱼都充满了活泼的生命力。"淀水蓝得跟深秋的天空似的，朝下一望，清澄见底。那丛丛密密的苇草，在水流里悠悠荡漾，就像松林给风儿吹着一般；鲤龟呀，鲫鱼呀，在里头穿进穿出，活像飞鸟投林，时不时，鲇鱼后头又追出一条肥大的花鲫来，两条鱼看看就要碰在船上，猛一个溅儿又都不见了。苇根下的黄古鱼最是着忙，成群搭伙地顶着流儿瞎跑，仿佛赶着去参加什么宴会。""'纺织娘'和蛐蛐儿你飞我跳，不断弹落草叶上的露珠儿。""溅起的水珠落在荷叶上，一盘儿珍珠似的在上面团团乱滚。"这些充满诗意的美妙的语句给小说增添了明亮欢快的色彩，值得读者反复回味。

　　《小兵张嘎》这部儿童文学作品鲜明的人物形象、传奇性的故事、乐观的革命精神以及语言的精炼活泼、生活的质朴美，使其经受了时间考验依然散发着永久的艺术魅力，它在小读者们红色经典作品阅读书单中，必将占有一席之地。

（作者系华南师范大学文学院副教授）

青春、信念与女性成长

——重读《追赶队伍的女兵们》

周 瓒

中篇小说《追赶队伍的女兵们》是当代著名作家邓友梅的重要作品之一，发表于《十月》杂志1979年第1期，引发好评。1980年根据小说改编、由郝光执导的电影《女兵》公映。1982年，这篇小说获得了全国第一届优秀中篇小说奖。从文学接受的角度看，在邓友梅题材丰富，风格多样的作品中，《追赶队伍的女兵们》通常被视为新时期军事题材或军旅文学的代表作品而得到研究与肯定。重读这部中篇，不仅能让今天的读者重回那战火纷飞的革命年代，领略解放战争时期的战场上充满紧张、刺激与变幻莫测的敌我冲突氛围，而且也可以见证年轻的女兵在战斗中获得身心成长的过程，从而能使人进一步珍惜和平生活的来之不易，牢记先辈们在艰苦岁月中顽强努力的拼搏精神和为他人谋幸福，为中华民族谋崛起与复兴的崇高"初心"。

小说从三个文艺女兵周忆严、俞洁、高柿儿在军队转移中因故掉队开始，通过对她们追赶部队的惊险历程的描绘，展现了解放战争后期华东战场上复杂多变的军事形势和被卷入战争中的各方状况，其中，解放军一方的昂扬斗志，声东击西的机智战略，与国民党部队的军心溃散，只顾搜刮民脂民膏形成了鲜明的对照，而普通百姓中既描写了同情、倾向革命军队的二嫚和她的公公机敏救助掉队女战士的举动，也叙述了趁乱钻营的人口贩子千方百计强卖妇女，还有被抓壮丁参加国民党军队的"大个子"协助小高一起逃跑等。当然，如此多层面的背景呈现均是为了刻画三位女兵的精神成长，在追赶部队的过程中，她们既能团结一致、互相扶持地行动，又在不甚走散后各自不放弃任务，在革命信念的支持下，与敌人斗智斗勇，最终追上了部队。

追赶队伍的女兵们

《追赶队伍的女兵们》讲的是三个女文艺兵的故事,小说的取材显然出自作家邓友梅熟悉的个人经历和生活。根据邓友梅的自述,"我11岁从出生地天津回到故乡山东后,由于故乡是抗日根据地,在党的抗日救国号召和教育下,我12岁就参军当了交通员。""日本投降后部队要把一些没机会上学的小同志送进学校去补习文化,营长抢先要了个名额,把我送进了根据地一所中学脱产学习。可我当兵当野了,穿一身军装跟人家老百姓孩子一块坐在课堂里念书,怎么也坐不稳当。碰巧军文工团排戏缺少个演小孩的演员,找了几个孩子面试,人们见我会说国语(那时还不叫普通话),脸皮又厚,而且是部队送来代培的,没有军籍问题,一张调令我就成了文工团员"。[①] 从交通队员到文工团员,小说中的高柿儿差不多跟这个经历相仿,可见,作家熟悉他笔下的人物和经验,塑造人物和编织故事可谓信手拈来。邓友梅也是在文工团时期开始了他的文学创作生涯。

---

① 邓友梅:《我走过的道路》,《时代文学》2015年1月上半月刊。

一　小说

　　从小说叙事的角度看，邓友梅以两条叙事线索展开这个故事，主线或横线为三个女兵追赶部队的故事，而辅线或纵线则由三个女兵之间的矛盾为切入点分别介绍了她们的成长背景与参加革命的经历。两条线索的巧妙交织使得整个小说既有因前路不明而引人入胜的故事情节，又有各不相同但都令人唏嘘的人物身世，故而中篇小说内容的丰厚与人物形象塑造的丰满二者兼得。加之，邓友梅在细节刻画上的精确与传神，贴近人物个性的语言运用，都为小说增色不少。这便是《追赶队伍的女兵们》在艺术上的成功与独到之处。

　　作为叙事主线的三个女兵追赶部队的行动看似单纯，但在小说中她们却处处受阻，先是俞洁的脚受伤减慢了追赶速度，接着是部队在作战策略上几次改变行军方向，使得她们不得不也调整追赶路线，然后是遭遇国民党部队冲散了三人，增加了追赶难度，迫使她们各自找寻突破之法，此外，她们在路上还有其他遭遇，比如碰到人贩子一伙，救下被绑的二嫚，路遇泰山部队，周忆严与恋人孙大胡子（孙震）重逢等。从讲故事的技术来看，可以说，邓友梅非常善于设计曲折的情节，以吸引阅读的兴趣。当然，到后半部分，小说家也安排了各种巧合，以推进叙事，完成故事。对于一篇战争题材的小说而言，这样以小见大的构思可谓足够精巧，也足够吸引人。另一条辅线，即小说中穿插的对于三个女兵的身世与参加革命的过程的描写，目的是为了更有说服力地塑造人物个性，展现三个年轻的女兵之间因性格差异和经历的不同而产生的矛盾、误解与冲突。在这一意义上，小说既在现实层面呈现了她们在追赶队伍中相互理解、交流和帮助，也从象征意义上传达了她们各自在革命信念、精神磨炼上"追赶"革命理想的过程。无疑，这增强了小说的思想深度，三位女兵在这次追赶部队的行动中得到迅速的成长。

　　小说中的三个女兵，年龄、出身、性格不同，参加革命的经历也各不相同，可谓相当典型。周忆严19岁，父母是地下党员，在她刚出生不久就牺牲了。她从小记得有个爸爸，在戏班里唱昆曲的，其实是她的养父，后来养父在演出事故中丧生，她就成了孤儿，被卖到富人家里作丫头，每天没日没夜地伺候人，干家务。正当她快熬不下去的时候，来了一位林姓客人，把她赎出，并辗转送至重庆。原来是党组织在周恩来的安排下，寻找多年，才把她这个烈士孤女找到。在党的培养下，她迅速成长为成熟、沉着、老练，政治进步快，严于律己的小领导干部。小高（高柿儿）家是个中农，抗日战争时期她哥哥秘密参加了共产党，并说服他父亲在自己家成立了交通站，1941年在日本鬼子的一次大扫荡中，她家被烧毁，母亲被烧死，父亲则为了保护情报，在出逃的路上负伤后跳河殉难。小高9岁时就帮助父亲和哥哥递送情报，父母牺牲后，她被迫隐姓埋名，改换身份性别，继续干着通讯员的工作。后来，到了文工团，14岁的她也不改变装束，性格仍像男孩一样直率、急躁、无拘无束。和她俩不同，俞洁是来自上海的资本家中的小姐，她母亲因为生了两个女孩而在家中遭受冷落，得了精神病。俞洁幼年过得并不幸福，到了上中学的年纪，父亲又送她去了寄宿学校。她渴望摆脱家庭，自食其力，于是进了一家艺术团体的学馆，由学员到演员，由一般演员到挂三牌。虽然艺术上精进了，她却看透了所谓艺术圈子的污浊与丑恶，同行间相互倾轧，虚伪势利，直到抗战胜利后她接触到解放区的小册子，对解放区产生兴趣，进而开始思考她的人生意义。在一次与新四军文工团的联合演出中，她深受文工团演出节目的感染，觉得"尽管艺术上拙朴，可里面表现的生活豪迈、清新、庄严、健康，充满了为人民为民族而献身的英雄气概"，之后她表示了参加革命的意愿，并主动留了下来。俞洁复杂的家庭出身和她在大都市上海演艺圈内的艰辛打拼使她的性格细腻、敏感，优柔寡断。虽然有着这些相异的因素，但三个女性都在她们最宝贵的青春时代参加革命，并在战斗岁月中锻炼自身，不断增强革命信念。

　　由于经历和性格的不同，三个女兵自相识起就有了一些龃龉与矛盾。小高到宣传队的第一天便对俞洁没有好印象，她看不惯俞洁的穿着和生活习惯，也不喜欢俞洁敏感多虑的性格。俞洁则对忆严很戒备，因为后者主动把文工团唯一的小提琴交给她，让她怀疑忆严在背后有什么图谋。一次演出中，她临时犯胃病，忆严忽然主动要求代她演出，并大获赞赏。这更使得俞洁断定忆严是处心积虑的算计她。然而回想起在掉队的前两天里，忆严对她无微不至的照顾，俞洁又感到疑惑，只能推测忆严"存在着互不相容的两重性格"了。带着相互间的这些矛盾和偏见的三个女兵现在共同面对"追赶队伍"的境遇，她们必须抛开前嫌，增进了解，不仅需相互鼓励、彼此帮助，更要磨砺自身，自助助人。作为

一　小说

分队长的忆严则时时给小高和俞洁分别做思想工作，处处以身作则，努力完成团长布置的带着两个战友一道追赶队伍的任务。外部环境的险峻和分队内部的紧张关系交互推进，共同促成了三个女兵的成长和成熟。

如果说《追赶队伍的女兵》中的女性成长更多指的是一种思想信念的坚定和世界观的成熟的话，那么同时，这种成长又是伴随着压抑和削弱女性欲望和女性经验的过程。忆严和孙震相恋，他们相见后却显得拘谨、克制，小说写道："两人又哈哈地笑一阵。于是东一句西一句谈起来。她跟他谈文工团的熟人、趣事，他对她讲连队的战斗、友情，一句也没说两个人之间的事，可又都觉得很愉快、很满足。仿佛他们平时盼着的也就是见面这么谈谈，不在乎谈什么，能两人坐在一起谈就是感情上的享受。"当然，这种慢热的、含蓄的表达也可以是一种恋人间传递感情的方式，但作为整部小说中唯一表现年轻人之间的感情故事则略显生硬和不自然。高柿儿8岁多时失去双亲，为了躲避敌人的追查，她剃了头发，装扮成男孩。一直到参加文工团她还是保持原来的装扮，并不断被误认为男孩，追赶队伍的途中被匪军抓去带路，她也被当成"小崽子"。小高的性格、气质似乎也在易装的过程中改变了。这种性别上的更改既是斗争策略，也是性别身份的自我塑造。相比于同一时期上映的电影《小街》（1981年）中那位在"文化大革命"中被迫装扮成男孩的少女瑜的伤感、孤独，《追赶队伍的女兵们》中的高柿儿对自己的性征选择显得更从容、坚定。童年时期目睹家园被烧，父母同时离世的高柿儿如同《伊万的童年》[①]中的伊万那样，对敌人充满仇恨，在战斗中机警而果敢，而她必须以牺牲自己的女性身份为代价地获得这份与年龄不相称的坚毅。

女性的成长既包括了思想信念的坚定，世界观的成熟，当然也应包括性别意识的觉醒和性别观念的丰富化，而在特殊年代、特殊的历史环境下，这样的女性内在精神世界的建构可能是艰难的，充满不确定性的。值得一提的是，邓友梅在《追赶队伍的女兵们》中通过惊险曲折的故事情节与洋溢的革命乐观精神的展现弥补了这种缺憾。

（作者系中国社会科学院文学研究所研究员）

---

① 苏联导演安德烈·塔科夫斯基早期电影作品。

《人到中年》：一个崭新的女性形象的诞生

田 泥

1980年谌容的中篇《人到中年》①问世，立刻引起了社会的强烈反响，被评论界、研究界看成"新时期"文学"复兴"的标志性作品之一，并在全国首届中篇小说评奖中一举夺魁。

应该说，产生如此巨大影响原因，在于小说文本和电影文本，所揭示的社会问题是人们感同身受的，社会价值观念变化的集体无意识，以及逐渐在分离的个体主义价值取向，也正好迎合了人们的价值选择与心理驱动。日本民主文学同盟的机关刊物《民主文学》1983年4月号，以显著版面译载了谌容的中篇小说《人到中年》，并发表了小田实的评论文章。1981年年底曾随野间宏访问中国的小田实在评论中也说，"中国以知识分子为主人公的所谓的'知识分子小说'的出现，使他感兴趣。他认为中国革命胜利以后，工农兵是小说的主人公，已成为一种模式，知识分子只能退居小说的后景之中，中国正面描写知识分子问题的小说的出现，是个很大的变化"。②

《人到中年》通过对陆文婷这一具有时代意义的艺术典型的塑造，提出的是中年知识分子的处境、待遇问题，当然，也涉及女性的生存困惑与矛盾冲突。小说写作背景设置在"文化大革命"刚刚过去，百废待兴之际，生逢其时的知识分子获得了主体意识回归和个人主义价值观念的重构，但在现实中"左"的思想仍然遗存，加之有政治意识形态

---

① 谌容：《人到中年》，《收获》1980年第1期。
② 邵舷：《日本〈民主文学〉译载谌容的〈人到中年〉并发表评论》，《世界文学》1984年第5期。

一　小说

人到中年

和权力的因素牵制，他们又不堪重负，自我个体空间被社会责任与家庭责任填满。谌容善于从容易被忽略的日常生活场景与现象中，发现不容易忽略的问题，进而对社会现象与社会结构，进行深刻的剖析与解读。

谌容通过对陆文婷的塑造，展示了一个特定时期的女性知识分子的人性最隐秘与深层次的精神内涵。陆文婷是一位主治医生，是新中国知识分子女性形象，也是一个浸润着传统女性文化的女性。陆文婷在旧中国度过了自己的童年。她从小就是个孤苦伶仃的女孩子，父亲出走，由早衰的母亲抚养。迎来了全国的解放，也迎来了学业上深造的机会。50年代，她进了医学院，经过刻苦攻读，学到了比较扎实的专业知识。"她似乎一个被人遗忘的少女"，在医学院时，"她把青春慷慨地奉献给一堂接一堂的课程，一次接一次的考试"。"爱情似乎与她无缘。"大学毕业，被分配来医院，在眼科专家孙主任的眼里，"她坐在对面的椅子上,安静得象一滴水"。她甘心情愿地接受了"修道院"一般的苛刻要求:二十四小时呆在医院,四年之内不结婚。生活是一面平静的湖水,甚至看不到湍流浪花,即使那些"袭来的石子",她也默默地吞下。献出自己的时间和青春。在她刚满二十四岁的时候,分配在一所著名的大医院工作,并为负有盛名的眼科专家孙逸民所赏识,在已经不算很年青的二十八岁上,才迎接了迟到的爱情。她走到工作岗位,又被扣上"修正主义苗子""白专道路"一类的政治帽子。接着是四年住院医生的磨炼和提高,接着是和傅家杰的恋爱、结婚、生儿育女。一转眼,到了人生的中年。这就是陆文婷人生轨迹。"眼科大夫的威望全在刀上。一把刀能给人以光明,一把刀也能陷人于黑暗。象陆文婷这样的大夫,虽然无职无权,无名无位,然而,她手中救人的刀,就是无声的权威。""她总是用瘦削的双肩,默默地承受着生活中各种突然的袭击和经常的折磨。没有怨言,没有怯弱,也没有气馁。"谌容通过对人物的刻画与细节描写,揭示出蕴藏的生命意义与人性之美。

    每缝一针,她似乎都把自己浑身的力量凝聚在手指尖上,把自己满腔的热血通过那比头发丝儿还细的青线,通过那比绣花针儿还纤小的缝针,一点一滴注入到病人的眼中。此时,她那一双看来十分平常的一眼睛放出了异样的智慧的光芒,显得很美。

  陆文婷满足于"有一间小屋,足以安身;两身布衣,足以御寒;三餐粗饭,足以充饥,日子就美得很了",渴望既能做一个称职的大夫,又能做一个称职的妻子和妈妈。"宁肯牺牲自己,也要普救天下"是她恪守的信条。"吃的是草,挤出来的是牛奶、血"。"对于生活,她和他(陆文婷和她的丈夫傅家杰)都没有非分的企求。"中年陆文婷在面对生活困窘时喊着"生活,你为什么是这样的?"即便如此,她相信那时社会"牛奶会有的,面包也会有的"面对现实她仍然有着美好的期待。陆文婷守着清贫的生活,伴着"人到中年"无休止的拖累,在繁忙中度过,在家庭和医院、生活和工作内外重担下疲于奔命,身心交瘁,最终因长期"超负荷运转"而心肌梗塞。她仰卧着,两个眼睛直视着一个地方,目光是呆滞的,没有任何表情。生命岌岌可危,几乎造

一 小说

成死亡的悲剧。《人到中年》对陆文婷发病、守护、诊断、垂危、抢救、初愈等病情变化和治疗过程来安排情节结构，"在迷惘的梦中"和"死亡的门前"为基点展开描写，把陆文婷在病危中的扑朔迷离、恍恍惚惚、飘忽不定的微妙的心理状态展现出来，将其20多年的生活、工作和爱情的回忆压缩到一两天时间里来表现，在打破时空限制、容纳广泛人生内容和探索深层心灵方面，写了陆文婷在昏迷状态中的幻觉、臆念，通过她的梦幻般的潜意识的内心活动，自然而深刻地揭示了陆文婷内心深处的种种矛盾：欣慰与忧患、欢乐与烦恼、困惑与信念、忏悔与期望等。

陆文婷倦怠的生命肌体无力撑起精神思绪的飞驰，也无暇顾及周遭一切，显出了极度的无奈与麻木。谌容进行如此情节结构与心理结构交错结合，探索人物心灵世界，将多重矛盾尽可能地展现，揭示了广泛的生活内容，从而让读者看到真实的女性心理与尴尬状态。或许生命中的暂时停顿得以反思自身的处境，但对于一个深受传统文化浸染与革命理想主义精神熏陶的女性，她即便对此有所怀疑，而遵从社会主流意识的价值体认仍然占着主导地位。换句话说，陆文婷尚没有自觉的女性主体意识，她仍然是作为一个典型的知识分子，在公共性的社会空间里体现自我价值。谌容从陆文婷这位女性知识分子身上，发掘着当代知识分子无私奉献的精神。

显然，谌容从多维度角度突出了陆文婷多重身份角色之间的矛盾与心理困惑，但并没有将笔墨完全投射到陆文婷身上，也凸出了中年知识分子在现实中的艰窘处境，小说套用一个人物在去国前夕，在"含泪的晚宴"上的感慨："这是一个普遍的社会现象"。陆文婷的命运概括了普遍意义的时代内容，带有典型性。"谁都说中年是骨干，可是他们的甘苦有谁知道？他们外有业务重担，内有家务重担；上要供养父母，下要抚育儿女。""现在，这批中年人要肩负起'四化'的重任，不能不感到力不从心，智力、精力、体力都跟不上，这种超负荷运转，又是这一代中年的悲剧。"谌容借刘学尧的诘问，表达出了中年知识分子的处境以及他们对时代使命的承担与尴尬。

《人到中年》不仅聚焦了正面的知识分子形象，也凸现了冷漠的自私自利者形象，如对秦波这样一位仰仗夫权、炫耀"夫人"身份的藤一般的女性，寥寥几笔，就将一个身居高位、养尊处优、颐指气使、自私虚伪群体的代表，"马列主义老太太"活灵活现地展现出来。而与之形成对比的是，把陆文婷特有的心灵世界和情绪世界进行描绘，将文气纤巧和内心纯洁多情充实有力得以和谐统一，塑造出朴质、厚实与柔美的符合中国整体审美观的女性形象。陆文婷在家庭空间、社会空间中穿梭，为家庭、爱情、友谊而牺牲奉献，也为自己事业而拼搏。她尽可能地保持独立、而不缺失女性柔情、依顺。但"男女平权"下赋予女性更多超越负荷地劳作，导致她身体的垮塌与心灵的困惑。

　　谌容曾在《奔向未来》说："把人间的悲喜剧放在一定的历史范畴，探索决定人物命运的历史渊源，写出更深刻、更本质的历史面貌的作品。"其实《人到中年》以陆文婷突发的疾病事件作为一个矛盾视点，窥探社会镜像与时代症候，隐含了作家对所处时代的批判。谌容摒弃了文学一贯的批判纪实手法，依照情绪来构设叙事情节和结构，通过不同阶层的群体形象，重点以知识分子日常生活与思想情感爆发，传达他们如何在时代更迭与交替之中力求挣脱与蜕变，来揭示社会现实生活的复杂性。同时，指正了中年危机所折射出特定历史发展阶段下整个社会与国家存在的"危机"，关涉自上而下的固化思维模式、观念与机制等，又制约着个体自我理想的诉求。其实，谌容有意揭开特定时代对知识分子的外在牵制，或者说是要揭开捆绑女性的精神原宥所在，寻找一种真实与生命光亮，但是谌容并没有挖掘出女性自我要超越现有生活秩序的有效质素，也没有唤起对女性角色的认知。其深层原因在于谌容笔下的陆文婷缺失现代意识最本质的要素，即女性自主的对自由追求与女性自我空间拓展。当然，现实是不允许她有过多的奢望，她也因此压抑了自己潜在的生命诉求。

　　谌容反映出的女性问题其实带有更为深刻的普遍意义：陆文婷在社会的公共领域里以自己的勤奋工作、精湛医术获得了自我的实现和人们的尊敬；可在私人生活领域里面对丈夫和孩子时，却背上深深的负疚感和欠满足感。女性的社会角色获得了认同，但是女性自我认同仍然不能够实现。从这个角度来看，女性的社会解放并不能等同于女性本体解放的完成。究其原因在于女性在中国传统宗法社会家庭中的地位，依然在影响着女性的心理现实与生活现实。谌容在《人到中年》里的陆文婷

· 123 ·

一 小说

是传统视域下的女性的挣扎与努力，与张洁在《方舟》中的女性截然不同，前者赋予了作品以传统形态下女性的温情风格，张洁却似乎试图通过小说颠覆传统女性的模板。《人到中年》中的陆文婷依然留有传统女性形象的符号痕迹，也有革命理想主义精神所烘托的主流价值体现，但从结构形式到形象塑造都具有经典意义。如果从审美艺术高度来衡量的话，陆文婷是近乎完美的体现集体主义价值观念的奉献者形象，她的女性传统气质很浓郁。她承受工作的沉重压力，有着家庭生活的困顿，作为医院眼科技术骨干却长期无法晋升，只因为她在"文化大革命"期间为给焦成思做手术而背负种种"罪名"，在单位遭受秦波的百般刁难和一些人的不理解，但她从未放弃自己的追求，仍然任劳任怨。陆文婷是80年代女知识分子的艺术形象，携带有新中国时代情绪及情结，是一个具有深刻社会意义和时代意义的艺术典型。

在20世纪80年代，社会价值观念开始转型，人们价值取向也发生改变，知识分子有了差异化，开始裂变为两大类：隐遁的知识分子与担当的知识分子。前者为个体主义的自由价值在生存，后者则为集体主义精神价值实现的知识分子。陆文婷与姜亚芬夫妇正好表征了这一时代里人们的选择，他们的思想观念和现实选择都有很大的不同。姜亚芬夫妇选择了出国寻求更好的生活，而陆文婷、傅家杰仍然以无私奉献、任劳任怨在坚守。尽管陆文婷有身体本能的抗拒，但国家意识、集体意识占据主导思想的陆文婷，在社会公共空间与家庭空间中移动，萌生的模糊的女性意识，也在自我价值与社会价值的冲撞中殆尽。

《人到中年》向社会披露知识分子承担与逃离的情状，带有自觉的认同与批判，同时也在思考如何弥合现实与理想的错位。尽管还未曾触及社会深层的结构心理，从根本上也回避了女性自我发展与心理解放的矛盾存在，但谌容已彰显了一个批判主体的勇气。更重要的是，尽管《人到中年》里的陆文婷还没有强烈的女性意识，更没有达到女性自审的境地，但陆文婷作为知识分子在一个特定时代，不仅持有了坚定的立场与生命态度，也体现了足够的自我内在尊严和价值的诉求。而谌容对这种生命尊严的美好期待以及对葆有人性之美的传达，应该是值得称道的。

其实，成就个体生命的尊严，就是使每个人的生命本质，在社会的秩序重建中，获得自然的成长与发展，体现出主体的价值，这是拥有人类永恒的良善。而一个时代的伟大精神就在于体现出人的全面价值实现，这是创造世界意义的所在，人性之美就因为这种精神照亮和穿透，而文学之伟大就因为它转换并承载了这种精神。

(作者系中国社会科学院文学所研究员)

《蒲柳人家》：充满真情与诗意的革命叙事

相 宜

京杭大运河浩浩汤汤，从北京市区自通州蜿蜒奔流南下，这方被运河滋养、被文明浸染的田园水土，是被誉为"大运河之子"的著名作家刘绍棠的创作原乡。刘绍棠出生在北运河畔翠柳与苇草丛生的儒林村，距离通州城三四十里路，运河边的田园故乡是刘绍棠记忆中的乌托邦。乡土与乡民哺育着赤子的真心，无论是传播而来生根发芽的红色革命传统，还是童年时期数次遇险时乡亲们的搭救，"文化大革命"中一如既往的朴实爱护，先后三十余年的乡村生活是刘绍棠取之不竭的珍贵生命资源。氤氲的水气与厚实的泥土融合，繁衍出生命的五彩斑斓成为创作底色，也转化成一系列后来被称为"新中国的田园牧歌"的文学成果。刘绍棠成为"荷花淀派"的代表作家，并开辟了大运河乡土文学的清流。1980 年，44 岁的刘绍棠经历了生命跌宕的甘甜与苦难，创作出中篇小说《蒲柳人家》，[①] 成为标志其创作风格成熟的重要作品，与之后发表的《渔火》《瓜棚柳巷》等作品，一同奠定了他在现实主义文学脉络中回归乡村原初，书写与歌颂纯美自然与赤诚人性的艺术风格与文学地位。

《蒲柳人家》通过生活在大运河畔的六岁孩童何满子纯真的眼光，讲述发生在 20 世纪 30 年代中国北方乡村的悲欢爱憎与如火如荼的革命活动。何满子是刘绍棠天真无邪的童年化身。他选择以孩子的视角讲述故事，不仅是对自己熟悉的童年时光的怀恋，更以一份直率又充满希望的赤子之心介入复杂的时代现场，呈现出贫瘠环境中不为成人所察的丰富生活。同时，为全文展现乡土之美、人情之美的叙事风格找到一种恰

---

① 刘绍棠：《蒲柳人家》，《十月》1980 年第 3 期。

《蒲柳人家》：充满真情与诗意的革命叙事

蒲柳人家

到好处的基调。

  交错纵横的河流形成连绵的河滩，伴随着叽叽喳喳的鸟鸣、上蹿下跳的虾蟹虫鱼，孩子们生长在浓荫与茂密的芦苇、野麻和蒲草上，葡萄架与柳枝篱笆上、攀爬的豆角秧和喇叭花藤萝间，童年生活的自由快乐与乡土世界的宽广舒朗息息相关。孩童的世界简单纯粹，剃着光葫芦头，光着屁股的何满子聪颖调皮，对自然与万事满怀好奇。对他而言，万事万物生机勃勃，皆是崭新的。每天在河滩上野跑仿佛一只小兽，"沙冈上散布着郁郁葱葱的柳棵子地，柳荫下沙白如雪，大热天躺在白沙上，身心都感到清凉。何满子最喜欢到河滩上玩耍。光着屁股浸入河汊，捞小虾，掏螃蟹，摸小鱼儿；钻进苇塘里，搜寻红脖水鸡儿，驱赶红蜻蜓满天飞舞，更是有趣；但是，最好玩的还是在大树下、茂草中和柳棵子地里，埋下夹子和拍网打鸟。"他体味着大地与生命的神奇壮丽，同时，也能捕捉到人性闪光的真善美。乡土之美的书写，使小说笼罩于恬静与美好的田园风光的艺术氛围之中，文学的美育作用如清风拂

一 小说

面般渗透人心。

对何满子自身而言，乡村的自由生活和周围亲友的言传身教共同孕育了他。何满子作为作品的线索人物，连接起几代人在这方水土的传奇生活，打捞出一个村庄的前世今生。刘绍棠描绘了一众具有时代精神的乡村群像：无论是奶奶一丈青大娘疾恶如仇的英姿飒爽、爷爷何大学问说书论道的慷慨侠义、望日莲的娇俏能干、周檎的文质彬彬、渡船柳罐斗的刚正英武，还是力拔山兮的钉掌铺吉老秤与憨厚牵牛儿的隔代友情、老木匠郑端午的和善淳朴、郑整儿与荷妞的嬉笑婚恋、云遮月的风尘与痴心……作者通过几个场景的勾画，便使每个人物的音容笑貌、性格情态，跃然纸上。他曾阐释创作初心："我的所有小说，却有一个共同的总主题，那就是讴歌劳动人民的美德与恩情。我主张文学的任务、作用和功能是美育。美在生活中，美在劳动人民身上。"[①] 这份从容的笔力源于生活，源于作者对所写对象的亲近熟悉与深厚情感，源于他对世间人事有情、有爱的赤子之心，这份初心使他笔下乡土文学向善而生，向清而流。

小说同时以两条线索展开，一为何满子参与望日莲与周檎的爱情故事，二为大运河畔的农民抗日革命活动。两条线索相互勾连共同推进，如河流般漫延至乡村生活全景，最终汇为一脉，刻画了在看似平静的乡土诗情背后，暗潮汹涌的时代背景与革命情势。杜家为傻儿子买来的童养媳可怜儿，从小被打骂，劳作由朝至夕。她悲惨的命运因为一丈青大娘的仗义拯救被认作干女儿而稍有好转，她在河滩上打青柴结识了学生郎周檎，被赋名"望日莲"。"望日莲就像那死不了花，在饥饿、虐待和劳苦中发育长大，模样儿越来越俊俏，身子越来越秀美。"何满子在干姑姑望日莲的怀里酣睡，在竹篓中嬉闹，见证了她与周檎不断加深的恋情。无论是好奇他们儿时游戏拜花堂的一问一答，还是偷看到两人缠绕着彼此的油黑辫子，抑或是七夕夜里希望听到牛郎织女相逢的喜极而泣，却在屋外听到望日莲拜月乞巧希望与意中人喜结良缘，银针始终穿不进红线后与周檎哭诉的真情。一个受尽苦难的乡村女子对幸福朴实炙热的强烈渴望，透过纯真又有趣的旁观者何满子传递给读者。七夕之夜

[①] 刘绍棠：《〈蒲柳人家〉二三事》，《北京师范学院学报》1981年第2期。

后，爱情期盼在互诉衷肠中上升到革命的同生共死。周檎的同仁们成立了京东抗日救国会通州分会，开展抗日救国运动，他动员望日莲也加入到革命的队伍中来：

"我一个女人家，好比萤火虫儿，能有多大亮呢？"
"国家兴亡，匹夫有责；连小满子都应该为抗日救国出一份力。"
何满子几乎想蹦起来喊道："我出这份力！"

《蒲柳人家》的时代背景设置于1936年，在危机四伏的历史关头，中国共产党领导的冀东抗日活动在农村展开。周檎作为小说中接受了良好教育的知识青年，不但具有乡土孝顺温良的品性，还继承了因领导农民革命而英勇就义的父亲周方舟爱国进步的血脉。"在何满子的心目中，周檎是个了不起的人物，是天上的文曲星下凡。"周檎回到家乡，通过讲述引人入胜的故事来教何满子识字，同时，周檎带着何满子作掩护，在乡亲间走动，告知严峻时局，宣传抗日，传播革命思想。

这方红色的热土，曾经被革命者的鲜血与精神浸染着。"吉老秤一见周檎父亲的照片，涕泪滂沱，哭叫一声：'党代表……'昏厥过去，被柳罐斗架走"；北伐时期，精神上追随共产党员团长蒋先云的柳罐斗，在蒋先云阵亡后，因不满国民党团长为非作歹，愤而解甲归田，与附势追随者割袍断义；麻雷子在欲缉拿革命者周文彬时打周檎的主意，"周文彬这个共产党，原是八年前的潞河中学毕业生，跟你们村的这个周檎，算是大师兄和小师弟。头年冬天京东闹学潮，反对殷长官成立防共自治政府，主谋是周文彬，周檎也参加了"。正是因为周方舟、蒋先云等共产党前行者的精神照耀，时代新人周文彬、周檎在历史浪潮中肩负起使命与责任，以进步的文化思想介入乡村，革命的理想与激情才会在乡土上迅速聚拢起来，劳动人民爱憎分明的革命热情一触即发，农民反抗运动从自发到自觉。事态发展加速了乡亲们的计划，乡村风俗与乡民智慧相结合，大家同心协力，分工合作，最终不仅消灭了麻雷子，还迫使杜家答应望日莲与周檎顺利成婚，皆大欢喜。"寒门出将相，草莽出豪杰，蒲柳人家出英才。"星星点点萤火之光，汇聚成火焰，足以燎原。

刘绍棠曾说："我的小说以革命现实主义为基础，以革命浪漫主义

一 小说

为主导。也就是来源和忠实于生活真实,又充满革命理想和激情。"无论是乡土自然的原初美好,劳动人民的善良敦厚,还是革命者不屈的热血赤诚,刘绍棠从始至终讴歌的都是劳动人民的生命与生活。正如他在《〈蒲柳人家〉二三事》中这样解释小说的创作缘由:一是为感恩图报,二是要坚持乡土文学之路,"乡亲父老兄弟姐妹们扶危济困,多情重义,我才大难不死,而有今天。感恩戴德,我怎能不以我的小说创作,报恩于我的乡亲和乡土?土生土长所形成的土性,也就是我的经历和教养决定了我是个土命人,是个土著作家,只能写土气的作品。土气的作品,我称之为乡土文学。乡土文学在我的心目中,就是要坚持现实主义传统,继承和发展中国文学的民族风格,保持和发扬强烈的中国气派和浓郁的地方特色,描写农民的历史和时代的命运。因此,我写出了《蒲柳人家》"[1] 在《乡土中国》中,费孝通认为"土"字本身道出了乡土社会的本质。乡下人多以种地为生,乡村是生于斯、长于斯、死于斯的稳固社会结构;而大运河边畔的村落,因为有河水向着明确方向流淌而去,为乡土增添了流动性,使得乡村乡民的气质性格带有水性的浪漫与自由。就在这样水土交融的大运河畔,流淌着乡村血脉的作家刘绍棠,从始至终守护着自己最初的赤子真心,为了人民而书写,同时把心意传递给笔下众生。这份初心如同一颗种子,吸纳着乡土天地养分与乡民良善无私的浇灌,生长成茁壮大树后,又把获得的美德与恩慈回馈乡村,予以荫凉庇护、鲜花果实。

(作者系中国社会科学院文学研究所助理研究员)

---

[1] 刘绍棠:《〈蒲柳人家〉二三事》,《北京师范学院学报》1981年第2期。

《犯人李铜钟的故事》：
一部体现人民立场的佳作

陶庆梅

张一弓的中篇小说《犯人李铜钟的故事》发表于 1980 年第 1 期《收获》。小说以三年自然灾害中因为干部的官僚主义作风而导致的农村饥荒为背景，塑造了田振山、李铜钟、朱老庆……这些基层共产党员，在面对罕见旱灾带来的饥荒面前，在面对党内官僚主义作风加剧饥荒的困境面前，奋起抗争，不计较个人荣辱，为了人民的利益，随时准备牺牲自己的生命。这部小说在 1981 年获得了《文艺报》主办的全国第一届中篇小说一等奖。在今天"不忘初心、牢记使命"的主题教育活动中，在今天我们党把力戒形式主义、官僚主义作为全党开展主题教育重要内容的背景下，重温张一弓在 20 世纪 80 年代《犯人李铜钟的故事》所塑造的面对困难、勇于承担的共产党员形象，可以以此来更好地理解，什么叫共产党员的"初心"。

1984 年出版《中国新文艺大系·理论二集》，朱寨在《导言》的"历史转折中的文学批评"一章中是这样评论《犯人李铜钟的故事》的："在疑虑和冷落中，我们的文学评论工作者拍案而起，仗义执言，首先从法律与道义、组织服从与临时应变、动公仓与救民于悬命、英雄与罪犯等一切可以受攻击的矛盾之点上布阵迎战。论证严密，步步深入，以雄辩的逻辑论证了李铜钟不是'犯人'而是'英雄'。"[1]

这一部获得如此高评价的小说是一部什么样的小说？这位小说的主

---

[1] 朱寨：《历史转折中的文学批评——中国新文艺大系（1976—1982）理论二集导言》，《文学评论》1984 年第 4 期。

一 小说

犯人李铜钟的故事

人公李铜钟又是一个什么样的共产党员？

《犯人李铜钟的故事》的背景是1960年大灾之年李家寨村民的生活场景。由于连续几年的旱灾，李家寨490多户的村民已经在饥饿线上苦苦挣扎了许久。而在已经严重的饥荒面前，公社书记杨文秀却为了迎合上级，不面对现实，不仅瞒报了灾荒的实际困难，还收走了李家寨最后一点口粮。在万般无奈的情况下，瘸腿书记李铜钟，找到了靠山店粮站主任、也是他参加抗美援朝时的老战友朱老庆，要向他"借"5万斤粮食。朱老庆虽然知道，他分管的粮站是国家的储备粮的，没有上级命令是绝对不能放粮的，但是，当李铜钟对他说明了李家寨的情况后，他也愿意和李铜钟一起承担此事的一切后果，让李铜钟把粮站里5万斤粮食"借走"了。这5万斤粮食，不仅救活了村民，也救助了别的乡村逃荒到附近的村民。饥饿的农民们有了粮食在灾荒之年得以生存了下来，而私动粮库的李铜钟却被带到了被告席。

在同类题材中，《犯人李铜钟的故事》之所以获得这么高的评价，我认为一是因为张一弓对于基层党支部的官僚主义作风有着极为精彩的描摹；与此同时，他又极为精彩地写出了基层党支部的普通党员，如何以人民利益为根本，展现了我党基层干部的使命担当。

我们首先来看一下张一弓是如何勾勒官僚主义作风的危害的。在这部小说中，官僚主义的代表人物是原县委干事杨文秀。在张一弓的描述中，杨文秀在县委当干事，"辛辛苦苦干了五年，渐渐感到，在县委大院里，像他这样一个没有区乡工作经验的人，往后能当上秘书，写一点'遵命文牍'就到顶了……因此，1958年，他积极报名下基层工作，当了十里堡公社的党委书记。从此，他就把全副精力用在揣摩上级意图、并在三天之内拿出符合这种意图的典型经验上了"。① 这种唯上的官僚主义开始的时候，表现出来也就是好大喜功。熟悉农民生活、也熟悉基层官员生活的张一弓，对于这种好大喜功，用农民的语言总结为"吹牛"，并用农民的思想方式描述了李家寨的农民怎么对付这样的干部。

他是这么写李家寨的大队长张双喜如何对付杨双喜的：

张双喜搁心里说："天冷偏烤湿柴禾——对着吹吧。"轮到张双喜汇报，杨文秀瞟他一眼说："好，这一回又看李家寨的了。"张双喜憋了一肚子气，决定用一种特殊的方式进行报复。他小声咳嗽着，用那种站不到人前的后进队长的胆怯声调，谦卑地说："俺李家寨卫生运动也老落后，站不到人前头。可经过领导帮扶，向先进看齐，俺那才上碾的小毛驴儿总算养成了刷牙的习惯……"真是语惊四座，使得外队的所有汇报统统黯然失色了。张双喜看见杨文秀露出惊异的神色，暗暗拧开了钢笔帽，就不由地感到一种快意，一种进行了一次小小报复的快意。他想着小毛驴儿摇着头刷牙的模样，便忍不住"吃"地笑了。几十张有胡子和没有胡子的嘴巴几乎是同时咧开，哈哈大笑起来。②

这种官僚主义作风带动的"吹牛"习气，看似一场闹剧，但这样一场闹剧，如果不能被及时处理，就会变成对党、对人民的危害。就在

---

① 张一弓：《犯人李铜钟的故事　远去的驿站》，华夏出版社2016年版，第6页。
② 张一弓：《犯人李铜钟的故事　远去的驿站》，华夏出版社2016年版，第11页。

一　小说

这种以为"吹牛不上税"的惯性下,李家寨的大队长张双喜在去公社报产量时,不是根据李家寨的实际情况,而是看着图表,"不往上挤,不往下靠,向中等偏上的大队看齐,多报了10万斤总产,坐上'飞机'回来了"。他这一"坐飞机"不要紧,李家寨被超额征购的十万斤秋粮,正是李家寨村民活命的口粮。官僚主义的危害就是如此:为掩盖一次"吹牛"造成的恶果,会人为制造出更多的恶果。

公社书记杨文秀对农村的饥荒并非完全不知情,但是,他解决的方法并不是如实汇报、解决问题,而是去搞"代食品"。而所谓"代食品",是十里铺公社柳树拐大队的支部书记为了"哄"杨文秀,"发明"了几个食物品种:"一口酥"玉米皮淀粉虚糕、"扯不断"红薯秧淀粉粉条、"将军盔"麦秸淀粉窝头,等等。而这些用所谓红薯秧、玉米皮蒸蒸煮煮做出的代食品,无非还是用粉荧和玉米面等粮食做出来。

面对这种所谓用"化学"方法做出的"代食品",李铜钟愤懑地质问柳树拐支部书记刘石头:"石头哥,你也学会哄人啦。"刘石头是这样回答的:"不哄他,他尅咱,哄哄他,他舒服。啥法儿呢!"①官僚主义的唯上作风就是这样层层传递;而这层层传递的最后,就是老百姓没饭吃的结果。

在对官僚主义作风的危害做了极为精彩的勾勒之后,张一弓在《犯人李铜钟的故事》里还有一个重要的回答,在这种官僚主义作风面前,真正的共产党员应该如何?

就在李铜钟知道所谓"代食品"只是基层大队应付公社书记的骗局之后,李铜钟陷入了深深的绝望,他不知道自己能怎么办,能把这绝望的消息带给李家寨的村民吗?

张一弓这样写道:

　　李铜钟像一头愤怒而疲惫的狮子,在公社门口的雪地里徘徊。②

在这寂静的雪地里,李铜钟经过了剧烈的思想斗争。最终,他

---

① 张一弓:《犯人李铜钟的故事　远去的驿站》,华夏出版社2016年版,第16页。
② 张一弓:《犯人李铜钟的故事　远去的驿站》,华夏出版社2016年版,第17页。

想到：

> 不能！不能！要是世界上没有饥饿和寒冷，还要共产党做啥？共产党员李铜钟啊，你跑到鸭绿江那厢打狼，你瘸着一条腿回家，难道是为了在乡亲们最需要你的时候抛开他们吗？支部书记李铜钟啊，你这一辈子能有几回像今天这样检查你对人民的忠诚，考验你的党性啊！①

在雪地上的思想斗争，是李铜钟对一个共产党员意义的追寻。李铜钟终于做出了一个艰难的决定。他选择的是"必然给他带来严重后果而又不能不走的道路"。他要以牺牲自己的方式，拯救李家寨的村民们。李铜钟选的这条道路就是找国家粮库"借粮"。他走向了西山脚下的靠山店粮站。

靠山店粮站的主任朱老庆是李铜钟在朝鲜战场上的战友。在大水洞战役中，这两个人"一个折了胳膊，一个断了腿"。对于老战友李铜钟要找他看管的粮库"借粮"，最开始在朱老庆听来，也是如炸雷一般："咱粮站没有这规矩！"面对朱老庆的不理解，李铜钟是这样说的：

> "老朱，我要的不是粮食，那是党疼爱人民的心胸，是党跟咱鱼水难分的深情，是党老老实实、不吹不骗的传统。庄稼人想它、念它、等它、盼它，把眼都盼出血来了，可你……"李铜钟眼前一黑，觉得天旋地转，高大的身躯猝然倒了下去。朱老庆急忙迎上去，叫："二班长，二班长！……"只有一条胳膊的，把只有一条腿的拖到床上。那个一条腿的，吃力地睁开眼睛，嘴唇蠕动着，衰弱而又固执地说："借给我，我还，我还……"②

李铜钟的一番肺腑之言，感动了朱老庆。他深知动了国家储备粮的后果，但是，共产党员朱老庆也如李铜钟一样，在面对农民的生死存亡

---

① 张一弓：《犯人李铜钟的故事 远去的驿站》，华夏出版社2016年版，第17页。
② 张一弓：《犯人李铜钟的故事 远去的驿站》，华夏出版社2016年版，第19页。

一 小说

的关头,将自己个人荣辱置之度外。在李铜钟写下的借条上,在李铜钟"一人承担"的"一"之上,朱老庆添了一道;又在李铜钟的签名底下,写下歪歪扭扭的大字"靠山店粮站共产党员朱老庆",并按下了一个血红的指印。这两个残疾人,以残疾之身,实践了共产党员为人民服务的信念。

小说中的审判一场是整部小说的华彩:

> 审讯室的门忽然打开了。高大、憔悴、脸颊上长满黑胡茬子的犯人出现在审判者的面前。他用肩膀抵住门框,喘了口气,疲惫的目光向审讯室巡视一周,落在一把孤零零地放在审判席前的椅子上。他认出那是自己的位置,吃力地走过去,在离椅子还有两步远的时候,就把手伸过去,扶住了椅背,然后把假腿拉过去,调整好搞乱了的脚步,挺了挺身子,准备就座了。就在这时,他看见了县委书记田振山,他怔住了,"田政委?⋯⋯"他用土改时的称呼小声呢喃着,眼睛里闪耀着惊讶、喜悦的光芒,蓦地伸出那双铐在一起的大手,呼唤着:"田政委,救救农民吧!"接着,"砰通"一声巨响,他那高大然而瘦削的身躯栽倒在审判席前。
>
> 审判者们都被这意外的事件惊呆了。随着一阵桌子和椅子的扭动声,审判者奔向被审判者,内心的剧烈的悸动使田振山把犯人抱在怀里,大声叫喊着:"铜钟,铜钟!⋯⋯"
>
> 李铜钟睁开了布满血丝的眼睛,干裂的嘴唇蠕动着,"政委,快去⋯⋯卧龙坡车站⋯⋯快,快⋯⋯"像是完成了一件神圣的使命,李铜钟恬静地入睡了。[①]

《犯人李铜钟的故事》结构是倒叙式的。在小说的开头部分,是李铜钟已经离开人世的19年,是当年的县委书记田振山在清明时节对李铜钟的回想。也就是说,在小说开始的时候,这一场悲剧已经结束,李铜钟的故事也已经消散在中原大地上。但李铜钟的故事,在今天,仍然提醒我们。十八大以来,习近平总书记多次强调,"人民立场是中国共

[①] 张一弓:《犯人李铜钟的故事 远去的驿站》,华夏出版社2016年版,第30页。

产党的根本政治立场"。此次"不忘初心、牢记使命"主题教育活动，也是要我们始终把人民放在心中最高位置。时刻不忘我们党来自人民、根植人民，永远不能脱离群众、轻视群众、漠视群众疾苦，切实解决好人民群众最关心最直接最现实的利益问题。

在这个意义上，《犯人李铜钟的故事》确实值得我们一读再读。

（作者系中国社会科学院文学所研究员）

人生的选择与歧途
——读路遥《人生》

叶 端

路遥的《人生》是反映80年代社会生活和个人命运的重要作品，不仅在当时引起轰动，至今仍吸引着无数读者。小说最成功的是塑造了高加林这样一个人物。

高加林出身农村，接受了教育，成为一个有文化有理想的新青年，却只能回到农村从事体力劳动。他想要施展自己的才华，却屡屡遭受挫败，只有接受自己身为农民的命运。在他一度雄心勃勃的时期，作者借黄亚萍之眼形容高加林，"她现在看见加林变得更潇洒了：颀长健美的身材，瘦削坚毅的脸庞，眼睛清澈而明亮，有点像小说《钢铁是怎样炼成的》里面保尔·柯察金的插图肖像；或者更像电影《红与黑》中的于连·索黑尔。"这两个人物正好反映了高加林人格的两个方面。一个是保尔·柯察金式的钢铁般的意志、吃苦耐劳的精神、为集体事业献身的奉献精神，和青梅竹马的富家女冬妮娅因志向的不同而分离；另一个则是于连，为了向上爬不择手段，不惜以上流社会的女人为跳板。他们的共同点是充满奋斗的激情和实现人生价值的强烈渴望；在一个大的舞台上，他们会成为英雄或野心家。

然而，高加林所处的环境，却使他困囿于一个狭小的县城生活。小说没有写高加林最初回到农村当民办教师时的感受，但以文化人在农村受到的尊重和免于农活的好处，至少也算学有所用了。而在小说开始时，高加林失去了民办教师的职位，高家村又处在从集体生产到包产到户的过渡时期，再加上大队书记高明楼的私心，集体的凝聚性对高加林失去吸引力，机械繁重的体力活更加剧了内心压抑的感受。他的情绪喜怒无常，很多时候具有表演性人格，呈现出夸张的情感和动作，过分自傲又时常自卑。如小说第六章不得不重新做农民时，他故意穿破烂的衣服，把手弄烂出血。处于逆境时，他身上有一种强烈的抗争性和不公平感。尤其当他的自尊受到威胁时，他格外容易被激怒。第十二章他到县城挑粪时，先与城关先锋队的人打架，又与张克南妈起争执。第二十二章张克南知道母亲毁了高加林的工作后，提出可以经济上帮助他，高加林先是"一下子愤怒地站起来，大声咆哮：'别侮辱我了！你滚出去！滚出去！'"，然后又"猛然走上前来，用一条胳膊搂住了他的肩膀，用一种亲切低沉的音调说：'克南，对不起。你怎能说这种话呢？如果我不了解你是出于一种真诚，我就马上会把你打倒在这里……原谅我，你走吧！'"这样的例子在文中比比皆是，比起小说，更像是戏剧。

  如果在别的作家手里，如简·奥斯汀笔下，他很有可能会是柯林斯先生一类作为调味的丑角形象，以夸大他情绪化的不得体。而路遥宁愿把这些有不平之气的普通人用旧的笔调朴实地写，这显示了他的宽厚之处。或者说，他的讽刺是内在性的。因为想要刻薄地评价人是容易的，而他更愿意在同情的情境之中如实展现人的缺点和长处。同样，想要尖锐地批判社会是容易的，但要表现真实的存在处境是困难的。

  自以为有才能的年轻人，想离开陈旧的环境是合乎情理的，而他们到大城市遭遇迷失或失败，也是必然的。每个时代每个社会都有这样的问题，年轻人外出闯荡，怀着天真的愿望，试图跨越阶级的壁垒，考取功名，赢获意外的财富，也是传奇故事中调和梦想与现实的方式。但是，在高加林这里，挫折不是他在城市的遭遇带来的，而纯粹是一个户口身份问题，一个外在性的悲剧。小说展现了一种命运的回环，一种古希腊悲剧式的结构。《人生》之所以叫"人生"，最终质询的是人的命运问题，即人是否有可能改变自己的命运，人的自由意志能否与注定的命运对抗。

  同时，为了凸显这个悲剧的外在性，路遥对高加林在县城的经历写得太过完美了，他轻而易举就获得了人们对他工作能力和个人魅力的赞许。如果是在城市，这或许有些夸张，但是在县城这个城乡接合的"交叉地带"，提供了一种个人极度舒展的空间，又使他处于可进可退的暧昧位置。在小说中，他的能力始终是富余的，可以说，他是在一个理应向上走的情况下往下沉沦的。

一 小说

　　和他对比，其他人的工作又变动得如此轻易。高明楼的儿子三星先是顶替了高加林的民办教师的职位，又调到县农机局的机械化施工队，刘立本的女儿巧玲便很自然地补了民办教师的缺。马占胜被查办，他们看起来并未受牵连。黄亚萍父亲的老战友"听了她的播音，当时就让到江苏人民广播电台当播音员"，似乎也不算走后门。所有的困难只针对高加林一个人。假使高加林真有作者所写的那样的才能，情况就变得更吊诡。和西方此类现实主义的小说不同，这是个到不了巴黎的于连的故事。高加林对世界的探险止于这个"一个万人左右的山区县城"，即便如此，这个"蓝色雾霭中的县城"，也只停留在梦中，就像菲茨杰拉德笔下的绿光，是无法逾越的阶层鸿沟，就像人们渴望却注定失败的许多事物。

　　人们对高加林的同情，正是出于这样一种显而易见的不公正。如果小说写的是知识青年被迫下地劳动，最后农民教育他们要热爱土地，又是另一番情形，读者在接受道德洗礼之余未免替这些城市的弃儿感到忧虑。而高加林由于出身农村，便被自然而然地笼罩上浓重的乡土感情。他如果不爱种地，就得忏悔，这几乎是他的原罪了。我们相信高加林的悔过是真诚的——他内心有着对土地的热爱。但是，用强化他对一个乡下姑娘的感情，来表达他的追悔，以弥合他在城乡之间游离的痛苦，未免是对农村男人在城市的失败，通过农村女人的"优越性"予以补偿（尽管巧珍身上"温顺"这种美德，实际出于农村男女间性别权力的不公）。

　　《人生》不是爱情小说，路遥也不想把它变成一个伦理困境。高加林去县城之前，没和巧珍结婚，这避免了发生婚外情的道德问题。而在他被驱逐回农村之前，巧珍先结婚了，介于巧珍对高加林的痴情，她和马拴的婚姻虽从一开始就有伏笔，仍显得过于仓促。基于加林最后要幡然悔悟，加林绝不能真正爱上黄亚萍，黄亚萍也并非高加林的初恋，尽管他们曾经有很多机会亲近，而只是一位暧昧的"女同学"。高加林在两段感情上都是被动的，似乎他没有做出任何努力，两个女人就不能自拔地爱上了他。事实上，这两个女人只是农村与城市的化身。和哪个女人结合，就意味着他将过着怎样的生活。

　　一方面对缺少社会资源和上升途径的高加林来说，利用婚姻，几乎是条必然途径。我们可以看到，路遥对黄亚萍的人物设定中，特别强调她是个南方姑娘。如果仅仅是讨论农村与县城二元，南方的情节不是必要的，但在这里，它代表着一个更大的世界，代表着北方人对南方美好风光与富庶的渴望。在19世纪法国及英国的许多著作中，随着社会的急剧变动和商业的繁荣，"年轻的野心家"直接把婚姻或做贵妇人的情夫当作一种发财或跻身上流社会的渠道，以此生发出无数故事，这几乎是一种固定的桥段了。亨利·詹姆斯的《华盛顿广场》讲的就是父亲宁愿女儿终生不幸也不愿意让她和这样的财产猎人结婚。

另一方面，任何一个社会都不允许这样一种不正之风得到传扬。青年人企图通过恋情谋求上升，也会因为情感的纠纷失去一切。司汤达《红与黑》中于连和瑞那夫人的悲剧、巴尔扎克《交际花盛衰记》中吕西安与艾丝苔的悲剧正是如此。在《人生》里，高加林因为和黄亚萍的关系得罪了黄亚萍原本男友张克南的妈妈，导致他工作走后门被举报，很快又失去好不容易得来的前程。但是，路遥不会让人物走向自我毁灭的道路，而是让他回到他原本的地位。高加林两次失去工作，既没有报复高明楼，也没有报复张克南。除非举报是巧珍做的，他才会有于连那样感情上的冲动，但善良的巧珍显然不会那么做，村民们也都宽容地接纳了他。路遥也没有让高加林像于连一样在法庭上痛斥社会的不公，而是谆谆教诲："一个人应该有理想，甚至应该有幻想，但他千万不能抛开现实生活，去盲目追求实际上还不能得到的东西。"路遥不愿意让自己的人物用鸡蛋击打高墙，一方面是他的同情心和责任感，他是在力图描写一种真实的人生而非可以当作实验的假设，高加林的人生也会为他的读者的人生带来真实的影响；一方面则出于道德关怀，在他看来，通过"非法"手段取得的"正义"只是暂时的胜利。这回应了关于命运的另一个问题——人在迫切地改变自己命运时能否不择手段？

在变动的年代，个人意识开始觉醒。路遥发现了人们躁动的内心，以及在更大天地自由施展才能的渴望，并提出温情的告诫。一方面，小说非常看重对知识的把握；另一方面，这代表智性和理性的力量却把他引向悲剧的结局，正如安提戈涅和俄狄浦斯"之所以遭受苦难，与其说是由于他们自身的过失，毋宁说是由于他们的美德"。[①] 在命运悲剧

---

① 罗念生：《罗念生全集（第二卷）：埃斯库罗斯悲剧三种、索福克勒斯悲剧四种》，上海人民出版社2007年版，第280页。

一 小说

的框架下，土地既代表着传统观念的人不能忘本，也变成一种宗教情感，路遥试图将高加林从于连拉回保尔·柯察金的轨道，并以虔诚之心接受对自己的惩罚。

在《平凡的世界》中，主人公的个人命运和当地社会生活的改变结合得更紧密。剥去了高加林身上浮躁和浪漫主义的一面，孙少平和孙少安更踏踏实实地耕耘于平凡的生活，肯定了普通劳动的价值。因此，《人生》更大的意义在于一种对欲望的警醒，以坚实之心承受苦难，和对自身道德性的复归。

（作者系中国社会科学院大学研究生院文学系博士生）

在暴风雪中淬火成钢
——读《今夜有暴风雪》
刘晓宇

今夜有暴风雪

《今夜有暴风雪》的开头有"一场难舍难分的离别"：

> 姑娘在站台上，小伙子在车厢内。小伙子从窗口探出身，姑娘拽住他的胳膊，哭着，喊着："我不放你走！我不放你走！我不放你……"

一　小说

小伙子泪流满面！

几个知识青年同情地望着他们。

有人摇着头，轻轻地说："北大荒姑娘……"①

小说临近结尾，暴风雪之夜，知青骚动，秀梅对他的知青丈夫刘迈克说："我绝不埋怨你抛弃了我，更不会记恨你的。我不是那样的女人……知识青年都走了，你留下也会感到孤单的……只是，只是，只是你要……给咱们的孩子起个名……"刘迈克当然没走，而是长眠在了北大荒。在1979年那个狂风暴雪的夜晚，这样的场景应该不少。知青的"解放"与"北大荒姑娘"的痛苦一起到来。整整十年，四十多万知青把青春和热血献给了这片黑土地。北大荒曾是他们施展战天斗地宏图的圣地，是他们的热恋对象，而十年后即使抛妻别子也要离开。这其中的历史悖论和情感矛盾，如小说所述，非亲身经历者所能理解。他们的离去，不仅仅是在与他们的青春告别，也是在与一个理想主义、英雄主义的时代告别。

生产建设兵团的知青，过的是准军事化生活，虽然也相当艰苦，但相比边疆农场和偏远农村的知青还是要好些。当然，聚在一起的集体生活也容易将红卫兵时代的桀骜不驯保留下来。这是这一代人的特殊经历和处境：

知识青年，既不同于"一切行动听指挥"的正规部队的战士，也不同于"向解放军学习，向解放军致敬"的革命群众。他们到底算什么呢？在他（马崇汉）眼中，他们简直是"蝗祸"，是"洪水猛兽"，是从城市蔓延到边疆的"瘟疫"！可他们毕竟是成千上万，几万，十几万，几十万，浩浩荡荡的四十多万！一批又一批地涌来了，卷来了。是戴着大红花，敲锣打鼓地被从城市欢送来的。一来就声明："我们要做北大荒的新主人！"不错，"最高指示"说他们是来"接受再教育的"，而且"很有必要"。但实际上，他们的马列主义水平高不可攀。要问共产主义运动发展史？巴黎公社失

---

① 梁晓声：《今夜有暴风雪》，中国青年出版社2016年版，第163页。

败的经验教训？当前中央路线斗争的营垒划分和斗争焦点？他们都能侃侃而谈。在这方面，每一个都有资格当他这位团长的教师！他们不但了解过去，而且仿佛能预知未来。中国革命和世界革命，整个儿装在他们发热的头脑里！他们是经过风雨，见过世面的，根本不把他一个小小的团长放在眼里！①

让这些反秩序小将重新认可秩序和权威，有点难度。不论是曹铁强挑战马团长，还是小瓦匠等人与刘迈克之间的打斗，都和他们的身份和经历密切相关，前者联系着造反运动，后者是红卫兵派系斗争的遗留。十多岁的他们，经历了那场运动，掌握了很多貌似高深的理论，这是他们的自我启蒙，一旦他们上了山下了乡，获得了生活的现实感，就会被现实碰得头破血流。他们被现实所教育，失落、抱怨，觉得被骗了，然而在欢乐聚会时，又会情不自禁地唱起革命歌曲，甚至跳起忠字舞，他们的情感结构深深打下了那个时代的烙印。

《今夜有暴风雪》对知青文学的贡献，并不在于它提供了一个"青春无悔"的书写模式。那个暴风雪之夜，当得知马崇汉要将知青回城的信息截留，全团知青愤然反抗，这表明了他们回城的坚定决心，曹铁强、裴晓芸父辈的故事和新时期之初的伤痕文学没有什么不同，马团长和孙政委的分歧也带有两条路线斗争的影子，那个一直努力积累政治资源向上爬的郑亚茹更有概念化的嫌疑，梁晓声并没有美化知青生活，他只是将处于历史关头和人生十字路口的知青内心的情感风暴写了出来。小说的贡献恰恰在于呈现了这一代人"收其放心，检其慢志"的过程，一群悬空的理想主义者、心志涣散的幻灭者在北大荒的暴风雪里淬火成钢，成长为坚实的主体。在这个过程中，知青们看到了现实的血污，但也得到了爱情、友情和通往成熟的必不可少的磨炼。去生产建设兵团之前，他们对北大荒的想象来自1958年的纪录片《英雄战胜北大荒》，他们满怀英雄主义豪情，但却低估了东北边疆的暴风雪，很多人牺牲在这片土地上；然而当他们离开的时候，心中已经有了无法割舍的牵绊，北大荒的黑土地成了他们生命的一部分。排队办理返城手续的知青念念

---

① 梁晓声：《今夜有暴风雪》，中国青年出版社2016年版，第181页。

一 小说

不忘春播："别的都不讲，就拿我们团来说，全团百分之九十的农机具手都是知识青年，都走了，怕是今年开春连小麦大豆都播种不下去……仔细想想也真有点觉得对不起北大荒！"即使是郑亚茹，也对这片土地思绪万千，手捧一杯北大荒的雪离开。正如作者所说："谁不能客观分析我们过去的那个时代的矛盾，不能得出正确的结论，便无法理解他们将要离开北大荒时的复杂心情，无法理解他们对北大荒那种眷眷的留恋。"

北大荒像一个熔炉，将这些来自不同城市和家庭背景甚至互有芥蒂的年轻人，锻造为内心坚实的主体。经历了垦荒戍边的集体历练，至少对那些选择"把骨头埋在北大荒"的知青来说，不会再徘徊犹疑，他们痴心不改，从此，脚踏土地的劳动内化为自觉的"志业"。之前，他们被某种宏大话语所笼罩，盲目而荒诞："我们那一批是北大荒的知青元老：我们都是自愿报名的。我报名后一直瞒着父母，到临走的前一天才告诉他们。母亲哭闹得天昏地暗，可我还是走了……我是独生子。后来想返城也回不去了。""当时我母亲正瘫痪在床上，街道上山下乡动员组的人有天敲锣打鼓将光荣花送到我们家。我和弟弟说：'我们没报名呀！'他们说：'没报名也批准了！'……"而这次，他们选择留下来，却是经过了充分思考。这些坚定主体克服了空洞理想主义的幼稚病，变得成熟稳重，坚毅刚强。曹铁强是"垦二代"，踏着父辈的足迹，自愿来到边疆，而且要当创业者而不是继业者；学医回来的匡医生更是意志坚决，要为缺医少药的兵团贡献自己的力量。《今夜有暴风雪》讲述了这个正反合的心路历程。

《今夜有暴风雪》发表以来争议不断，有人批评它"青春无悔"的姿态，有人质疑知青生活描写的真实性。这些批评往往不是针对小说本身。然而重要的不是故事讲述的年代，而是讲述故事的年代，《今夜有暴风雪》的这种价值选择和情感立场必然潜藏着讲述它的时代的印迹。联系20世纪80年代初的"潘晓讨论"，梁晓声的知青小说就别有意味。那场关于人生意义的大讨论，预示了新时代、新主体的出现。"潘晓"的困境在于，她的情感结构是在革命年代生成的，她需要超越精神，但理想主义已然破灭，个人主义又无法无保留接受，她找不到填充这个情感结构的替代资源，因此陷入一种焦灼的空心状态，这种状态是与90

年代市场化之后的虚无主义个体相联系着的。而和这场讨论同一时期的《这是一片神奇的土地》《今夜有暴风雪》则祭出理想主义的旗帜和内心坚实的主体，无疑与"潘晓讨论"的价值趋向相异。没有证据表明梁晓声是在回应这场讨论，他只是用作品留下了时代印痕。《今夜有暴风雪》中41位知青留在了北大荒，这一选择也让人想起路遥的小说《你怎么也想不到》。这篇小说通过设置大学生的职业选择（是留在安逸的大城市，还是去艰苦的荒漠），让主人公在理想和现实的冲突中，重新认可了理想主义和献身精神。这一刚毅卓绝的主体，既吸纳了新时期的人道主义话语（比如爱情话语，曹铁强和裴晓芸的爱情和交往方式在80年代初可谓石破天惊），又继承了革命理想主义的崇高一面，显示了历史的连续而非断裂。

　　这一连续性赋予《今夜有暴风雪》历史悲怆之感。曹铁强对即将离开的郑亚茹说："希望你，今后在回想起，在同任何人谈起我们兵团战士在北大荒的十年历史时，不要抱怨，不要诅咒，不要自嘲和嘲笑，更不要……诋毁……我们付出和丧失了许多许多，可我们得到的，还是要比失去的多，比失去的有分量。"孙政委建议为两名牺牲的知青修建一座纪念碑——交叉的麦穗和枪，托举着一台拖拉机，这是知青设计的未来兵团战士服的帽徽图案。《这是一片神奇的土地》结尾则直抒胸臆："我们经历了北大荒的'大烟炮'，经历了开垦这块神奇的土地的无比艰辛和喜悦，从此，离开也罢，留下也罢，无论任何艰难困苦，都决不会在我们心上引起畏惧，都休想叫我们屈服……呵，北大荒！"走出去的他们的命运，当然是另一个时代的故事了。郑义的《枫》曾这样评价这代人：他们不是英雄，也不是烈士，而是历史。而《今夜有暴风雪》则在说：他们固然是历史，但也可以是英雄或烈士，不是吗？不忘初心，方得始终。《今夜有暴风雪》的坚守在当下仍有现实意义。

　　最后，让我们再次重温中国当代文学史上那场暴风雪吧：

　　　　像台风在海洋上掀起狂涛巨浪一般，荒原上的暴风雪的来势是惊心动魄的。人们最先只能听到它可怕的喘息，从荒原黑暗的遥远处传来。那不是吼声，是尖利的呼啸，类似疯女人发出的嘶喊。在

一　小说

惨淡的月光下，潮头般的雪的高墙，从荒原上疾速地推移过来，碾压过来。狂风象一双无形的巨手，将厚厚的雪粗暴地从荒原上掀了起来，搓成雪粉，扬撒到空中。[1]

（作者系中国社科院研究生院文学硕士，北京大学中文系在读博士）

---

[1] 梁晓声：《今夜有暴风雪》，中国青年出版社2016年版，第247页。

《北方的河》:"文学"与"科学"的二重奏

林 秀

在中国当代文学史上,张承志是一个以叙述知青岁月见长,同时兼具学者气质的作家。他的文学创作往往杂糅了小说、散文、论文、报告文学等诸多文体的特征。发表于1984年的中篇小说《北方的河》便是其中的代表作之一。

《北方的河》是一个关于追忆与寻找的故事。一个结束知青生活回到北京的男青年不愿意接受被安排的"计划生育办公室"的工作,一心想要报考自己喜欢的"人文地理科学"的研究生。在准备考试的过程中他亲身实践,去到北方的几条大河进行实地考察,考察路上遇到了一个因公出差的女摄影师。小说围绕着二人结伴而行的溯河之旅,以及主人公回京之后的生活困扰和爱情纠葛展开。可以说,《北方的河》既是一个有关"知青"的故事,也是一个有关"寻根"的故事。因考试而开始的大河之旅既是对个体理想的追寻,也是对理想的民族国家的建构,并且是以"20世纪80年代"的知识与文化范式推进的。

在整个20世纪80年代,关于"中国"的故事几乎都是由知识分子来讲述的。因而80年代的文学史中,想象"中国"的主体无疑是知识分子群体。这意味着重建作为民族国家的中国先要重建知识分子的主体性。文学史把《北方的河》划入"知青文学"的序列,不仅因为作者张承志曾经的知青身份,更重要的是小说写出了知青们共同命运的合流和分化,内含着知青群体内部的复杂性,而这种复杂性也是20世纪80年代的复杂性。

作为知青文学,这部小说首先与70年代末80年代初返城后的知识青年普遍面临的精神困境有关。随着"文化大革命"的结束,一代经历过"上山下乡"的知识青年的身份、生活、价值都需要重新定位。

一 小说

北方的河

信仰的崩塌，作为"劫难"参与者的历史诘难，以及对城市生活的无所适从共同压抑着一代青年。《北方的河》发表不久后，一些批评家就指出张承志的才华只擅长写大江大河写乡野场景，刻画城市生活的能力不够。今天看来，这与其说是作者的文学才能有失，不如说是知青们对城市生活的焦虑使得小说的后半部分显得相对贫乏与黯淡。因此如何重建理想中的共同体，如何重新确认一代知识分子在共同体的历史与未来中的位置就成为迫在眉睫的问题。小说开头第一句话正是在这个语境中诞生："我相信，会有一个公正而深刻的认识来为我们总结的：那时这一代独有的奋斗、思索、烙印和选择才会显露其意义。"

如何克服一代人的精神危机呢？《北方的河》给出了两种路径：一种是小说主人公以空间置换时间，通过重新肯定历史现场而走向未来的方式；另一种是主人公曾经的知青朋友徐华北在厌恶和否定中摆脱历史奔向新生活的方式。重返历史现场并不等于时髦的文化怀旧。小说中没有具体姓名的主人公考察自己青春记忆中的河流，是在他经历过历史洗礼与精神漫游后的重游。人不能两次踏进同一条河流，此时的主人公已经是经过反思与重建的主体，再次游历北方的河某种程度上是他对自我重建的确认。小说在叙事方法上不断变换叙事视角，第三人称的叙述视角（"他"）和第二人称的叙述视角（"你"）不断交错。这种自我分裂式的内心独白的产生，是现代文学中现代主体诞生的一个重要表征。从这个角度看，小说的主人公已经是一个迈入"新时期"的现代主体。而这个新的主体观看山河却不是为了凭吊历史。历史在他身上并未死去，不仅因为他曾经生活和熟识的山川、河流、台地、草原等将是他以后考试必须具备的知识，主人公在阳光下充满豪情壮志赤身站在奔流的黄河边上便是一个顶天立地的大写的"人"的形象，是历史的崇高客体。他在召唤青春时期那个勇敢无畏、积极健康、漫游远行的自己。通过再次寻找那个被特殊历史时期所锻造的自己来寻找未来前进的方向。在这里，历史被纳入了未来，并成为未来的指示。历史、现在与未来由此同时获得意义。张承志试图通过主人公的大河之行实现两个时代的意识形态的对接。因此，主人公所代表的这一类知识分子的主体性是毛泽东时代与"新时期"耦合而成的。

"远行"作为80年代文学的主题之一，在张承志笔下被赋予了不同的意义。这一点如果对照80年代中后期余华的小说《十八岁出门远行》便可读出差别。差别不在于小说形式，不在于所谓的现实主义与现代主义之别，而是"远行"对于青年人自我主体性塑造的成功与失败。"远行"对于《十八岁出门远行》里的主人公而言，只是生活一次又一次荒诞的打击。它不仅没有帮助主人公确立自我，反而使"我"变成了一个孤零零的无意义的个体。而在《北方的河》中"远行"亦是"回归"，是有动力的，有方向的，有目的的，是寻找自我和寻找意义的有效方法。这种有效性恰恰是被80年代主流意识形态所否定的那段历史给予的。

很明显，"北方的河"在小说中是作为"中国"的典型意象和图腾符号出现。如何观看和讲述"北方的河"意味着如何想象"中国"，如何重建作为共同体的民族国家。小说的主人公想象"中国"的核心方

一　小说

法是：人文地理学。他把"人文地理学"认定为"科学"，"北方的河"正是在"科学"话语中被赋予新的观察视角与价值。在主人公的知识结构中，"人文地理学"由语言学、考古学和地理学汇聚而成。每一门知识对于这个小说重新想象"中国"都有它的作用。它们分别代表想像民族国家不可或缺的因素：统一的语言、共同的历史和明确的领土。《北方的河》主要赞颂了五条北方的河流：额尔齐斯河、黄河、湟水、永定河、黑龙江。小说用这五条大河在空间上延展文明的视野，在时间上勾连出连续流淌的历史长河。它们共同创造出中华民族的文明血脉、民族性格与文化气质。其中，将额尔齐斯河也作为民族国家的地理象征并不常见。这是一条流淌在少数民族地域上的河流。将边境河流与中原河流统一起来，一同纳入民族国家的表述，不仅是对来自西方的现代单一民族国家想象的突破，也提供了现代文明由海洋向内陆转移的视点，以及文明的边缘与中心变化的可能性。

由于考古学的加入，"北方的河"不只是"中国"地理空间上的坐标，它还是建构民族国家历史统一性的媒介。以黄河为主的晋陕河谷因主人公在知青经历成为两个时代历史的连接点。而当作者试图把这两个连接起来的时代往更久远的历史源头追溯时，"破碎的陶罐"作为重要的意象就在小说中出现了。主人公和女摄影师在湟水河滩上发现了一个美而破碎的陶罐。有的研究者将这一意象视为美学观上"残缺的美"的象征。"陶罐"作为考古对象，在小说中与其说是审美的对象，不如说是历史的对象。它被指认为那个造成的文化断裂与历史废墟的碎片。可见，那个时代在这部小说中仍旧是文化寻根和历史重建的悖论，既是历史重要的组成部分，又是历史的他者。因为难以处理，所以《北方的河》关于"中国"历史处境的讲述还有暧昧、含混和躲避之处。这是20世纪80年代文学的缝隙，也是张力。

与主人公重走青春之路相对应的是他的朋友徐华北。同样是返城知青，徐华北丝毫不想回顾自己的知青生活，他抛下曾经的恋人，抛下一起插队的朋友，义无反顾地回城，同时将自己指认为历史的受害者。他也不满意自己在城里的工作，却通过转型为文学青年而实现自我救赎。有意思的是，"文学"在小说中对知青群体主体性重建起了重要的作用。主人公和徐华北都是热爱文学的青年。徐华北凭借"文学"找到恋爱对象，以及离开自己不喜欢的工作。"文学"是徐华北所代表的另一类知识分子可以顺利进入"新时期"的秘密武器。不难想象，徐华北很快将汇流到80年代占据主流位置的右派作家群。而我们的主人公热爱文学，却不得其门而入，他心心念念要把自己对北方河流的爱写成诗，却始终没有写完。在"文学"这个面向上，他没能得到80年代主流意识形态的认同。主人公完成自我重塑，凭借的是另一套话语："科学"话语。

事实上，"科学"与"文学"这两种看上去相对立的话语在80年代的意识形态中与其说是南辕北辙，不如说是相辅相成。"代表先进生产力"的"科学"在不同的历史时期其实也是不同的文化修辞的产物。科学主义与人文主义是20世纪80年代的两大主潮。"科学"与"文学"在"现代性"知识与观念的层面上成为20世纪80年代现代化理论的两种不同范式。"北方的河"在小说中被"文学话语"和"科学话语"双重叙述。主人公与徐华北看似选择了两种不同的话语，但在80年代他们命运的相似性仍然远大于差异性，因为他们共同承担了历史的负重，共同面临着现实的壁垒（小说中强大而压抑的"体制"）。同理，《北方的河》可以视为80年代初文学界弥合两个时代的裂缝，抚慰历史转型的阵痛而作的一种尝试，文学、科学与政治在民族国家想象上完成了一次合谋。这样的尝试之所以是可能的，因为80年代有着时代的共识，有着共同的他者。而那些微小的缝隙将留给90年代，并成为90年代知识界的分歧与分化的伏笔。

（作者系中国社会科学院文学研究所当代文学专业博士后）

《活着》：生命的韧性与抗争

田 泥

　　《活着》是余华发表在1992年第6期《收获》上的中篇小说，讲述了主人公徐福贵在历经了动荡的社会变革，所遭受的苦难和家庭的破败，到了最后所有亲人都先后离他而去，仅剩下自己和一头老牛相依为命的故事。余华以简练朴素的语言，将生命的韧性与无奈缠绕在一起，尽显人的生物性的本能存在，而非主体性人的生命状态，释放了人对现实无力的反弹与无奈情绪；同时通过对被动性地承受苦难的生命形态与所有韧性，连同蕴含了对未来寄予希望的混沌展示，揭示了中华民族的底蕴与中国人血脉中不屈不挠的精神。因此，《活着》极具生存的坚韧力与感官的冲击力，透着史诗般的沉重与象征意义，是一部关乎中国人生存的寓言。

　　余华基于中国本土的历史与现实，在一种松弛的节奏中完成了对徐福贵生命的蜕变展示与艺术形象的塑造。但最初激发余华书写的是一首美国民歌《老黑奴》，歌中那位老黑奴经历了一生的苦难，家人都先他而去，而他依然友好地对待这个世界，没有一句抱怨的话。这首歌深深地打动了余华，便决定写这部充满苦难的小说，旨在写人对苦难的承受能力，对世界乐观的态度。其实余华早在1983年就开始发表作品，陆续发表了中短篇小说《十八岁出门远行》《一九八六年》《四月三日事件》《世事如烟》等，长篇小说《在细雨中呼喊》《许三观卖血记》《兄弟》等，建构起超越历史与现实的真实世界。而余华从《活着》开始，不仅在现实的叙述中注入适度的现代意识，也直接进入民间生命叙事，具有了真正意义上的转折。这部小说蜚声中外，先后荣获香港《博益》15本好书奖（1990年）、台湾《中国时报》十本好书奖（1994

活着

年)、意大利格林扎纳·卡佛文学奖(1998)、法兰西文学和艺术骑士勋章(2004)、中华图书特殊贡献奖(2005)、法国国际信使外国小说奖(2008);并入选香港《亚洲周刊》评选的"20世纪中文小说百年百强"、中国百位批评家和文学编辑评选的"九十年代最有影响的10部作品"、2018年中国改革开放四十周年最有影响力小说。应该说,余华以其对生命有序与无常的透彻解读,不仅为他赢得了文学界无可撼动的地位,也为我们带来了真切的感动,以及感动背后引发的对生活本身意义的思索。

其实,小说故事情节并不复杂,某种程度上来说,其实是简单中透着人生的艰涩与苦难,农民福贵的一生伴随着至亲的生生死死,最终为"活着"而"活着"。阔少爷福贵赌博输光祖产祖业,从此一蹶不起,厄运频频。先是父亲气急攻心从粪缸上掉下摔死,母亲病死,接着是儿子有庆被医院抽血抽死,女儿凤霞产后大出血而死,妻子家珍病死,女婿二喜做工遇难致死,外孙苦根吃豆子被撑死。一个个亲人相继先他而

一 小说

去，到晚年，孤苦的福贵与一头通人性的老牛相依为命。父母的死、妻子的死，儿女的死，还有外甥的死，他们的生命如同草芥一般，充满意外而又符合情理地死去，无尽的悲哀本袭击富贵，但富贵似乎又已经习惯了生命的正常与非正常的流失，他安然地跟同样苍老的老牛一起耕作一起生活，老牛似乎是一种精神的陪伴，更是一种唤回记忆里生命的牵扯与纽带。当然生命叙事的背后，即生命构成的背景又是在历史与现实中展开的，从国内三年战争到中华人民共和国成立后的"三反五反""大跃进"，再到"文化大革命"以及之后，富贵的生命顽强地延续着，他见证了社会的变革也见证了家族与家庭的兴衰，然而他又能够不厌其烦地讲述自己生命的过程，或许在这个过程是充满者苦涩，但怀想对于一个孤独的人来说也未尝不是一剂良药，最起码，那一瞬他是有过平实的快乐的。但是活着的富贵，更守望着他活着的生命与意义，他曾经的奢侈生活、贫瘠的生活、希望的生活、慌乱的生活、悲惨的生活……就成为了他的生活的全部注释。而他站在田间的述说是平静的又是充满着惊心动魄的，那一刻的讲述如流水一般漂过，而我们的唏嘘也似乎汇入其中。

余华动情叙述里蕴含了理性与悲悯，并以其平实内敛的激情打动了一代又一代的人。但余华不仅仅是表达苦难，也在发掘面对现实的生命力量与快乐的精神源泉所在，即苦难的"受活"、精神的获救与生命意义展示。福贵自小是一个享乐的人，他对自己说："凭什么让我放着好端端的日子不过，去想光耀祖宗这些累人的事。再说我爹年轻时也和我一样，我家祖上有两百多亩地，到他手上一折腾就剩一百多亩了。"福贵对父亲的反抗与叛逆，最终以离经叛道的赌博毁掉家业，之后却无奈地租种龙二的土地来养活家人。父亲愤怒之后渐渐地能够以温和的态度对他，母亲说："人只要活得高兴，穷也不怕。"他那城里米行老板的女儿的妻子家珍，被父亲接走后带着新生儿子又回到丈夫身边，始终不离不弃，陪伴他过清苦的日子。家珍说："我也不想要什么福分，只求每年都能给你做一双新鞋。"如此，福贵的"受活"就是经受苦难之后的释然与安定方式。

《活着》的出现跟余华自身的创作勇气与努力分不开，亦可说是时代使然。因为80年代后期，文学在逐渐向内转，清理着"十七年"由于"当代性的抽取与改造"而引发的文学异化，可以肯定的是自80年代末开始至今仍方兴未艾的"新历史小说"，诸如余华的《呼喊与细雨》、刘恒的《苍河白日梦》以及苏童的"枫杨树乡村系列"和叶兆言的"夜泊秦淮系列"等家族史、乡野记忆等叙事，恰恰是新的文学历史话语转折的标志，是出于文学重构历史的内在需要，形成了自己的独特的话语言说机制和意识形态特征。

在余华的叙事转身中，回到民间性应该是他本质上的追随与属性。陈思和、逸菁的《逼近世纪末的回顾和思考——九十年代中国小说的变化》①，认为余华故意绕过现实的层面，突出了故事的叙事因素：从一个作家下乡采风写起，写到一老农与一老牛的对话，慢慢地引出了人类生生死死的无穷悲剧……这个故事的叙事含有强烈的民间色彩，它超越了具体时空把一个时代的反省上升到人类抽象命运的普遍意义上。民间性就是具有这样的魅力，即使在以后若干个世纪后，人们读到这个作品仍然会感受到它的现实意义。

《活着》意味着90年代后余华的创作发生了极大的转向：即从现代性回转至民族性或民间性，从80年代"激进"导入相对"平和"的状态，开始平静地关注民生的生态。其实，余华自幼在医院生活的童年记忆，加上深受川端康成、卡夫卡、福克纳等影响，他在文学表达中本能地拒绝恐惧、死亡与灾难。诸如余华80年代的小说《河边的错误》等，就沉迷于暴力与死亡的展示。余华说："长期以来，我的作品都是源出于和现实的那一层紧张关系。我沉湎于想象之中，又被现实紧紧控制，我明确感受着自我的分裂，我无法使自己变得纯粹……"，②而《活着》与其说是余华尝试弥合想象与现实的沟壑，不如说是他跳脱出所有现实的羁绊，并与现实取得了和解，开始了自由舒张的表达，对生命本体意义的找寻。

《活着》尽力克服这种悲惨，尽量规避许多死亡和那令人发指的暴虐残忍的场面，摆脱阴暗的氛围与梦幻色彩，对人类生存苦难意识予以

---

① 参见陈思和、逸菁《逼近世纪末的回顾和思考——九十年代中国小说的变化》，《文学报》1995年12月21日。

② 余华：《活着·中文版自序》，上海文艺出版社2004年版，第2页。

一 小说

关注，并传达出人因与死亡的抗争而获得尊严。应该说，至此以余华等为代表的先锋小说以死亡为切入点考察普通人的生存状况、人的精神本质独特的超越性达到相当的深度，从现实生活中超脱出来，获得了一种独立的精神品格。当然，成为了有效的诠释与范本。可以说，余华试图以"本原状态的叙写"，即"客观事实的叙述""纯粹客观的叙述"，来对接历史与现实。但是一些论者如夏中义、富华在《苦难中的温情与温情地受难——论余华小说的母题演化》一文，[①] 认为从表现的"苦难中的温情"到推崇的"温情地受难"，正策动着一场价值哗变。"余华所以尊福贵为偶像，是企盼自己乃至中国人皆能像福贵那样'温情地受难'"，即增强全民忍受苦难的生命韧性，"以期诱导当今中国人也能'温情地受难'"。

但在余华看来，"活着"并不专注于受难，讲述了一个人和他的命运之间的友情，这是最为感人的友情，他们互相感激，但也讨厌彼此，他们谁也无法抛弃对方，谁也没有理由抱怨对方。其实，余华执意要讲述一个普通生命的生存状态与过程的原意阐释在于："写人对苦难的承受能力，对世界乐观的态度。写作过程让我明白，人是为活着本身而活着的，而不是为活着之外的任何事物所活着。我感到自己写下了高尚的作品。"[②] 余华发出这样感慨："我觉得生命的全部意义就是活着。里面的富贵是最尊重生命的人，他比任何人都有理由死去，但他却那么珍重生命，认真而坚韧地活着。"[③] 余华主观上无意反叛先锋文学，也没有能力去反叛自己。其写作中叙述欲望的节制和叙述者的退后，与其说是取决于作家的心灵需要、思想需要还有精神需要，甚至是精神价值判断，不如说是对笔下的人物带有崇高的责任与使命感的。余华创作的《活着》契合于当时的文学现实与社会处境。

80年代初期开始，先锋小说面对强势的意识形态话语，以围绕人的本性在这里找到了寻找先锋意识的突破口，以艰难而又晦涩的方式展开对人、对社会的批判。90年代以来，先锋作家有着明显的转向，即

[①] 参见夏中义、富华《苦难中的温情与温情地受难——论余华小说的母题演化》，《南方文坛》2001年第4期。
[②] 余华：《活着·中文版自序》，上海文艺出版社2004年版，第3页。
[③] 张向阳：《活着：一个作家笔下的人生》，《齐鲁晚报》1999年3月28日。

不再停留在对人的社会属性和人的文化属性上做出阐释，弱化了形式和文本的游戏，开始关注人物命运，追随对人性深度的描写与挖掘。余华代表了中国先锋派的两度转向：从常规中突围之后，又从"反常"中回到现实。其反抗的价值基点还是"非异化"，其实质透显出强烈的人文激情和人性深度，也充分表现出人性的提升和存在的超越意向，是在荒诞与虚无的形式下表达了对现实的批判与对理想的追寻，浮在文本表层的极端意象遮掩下的是先锋作家内心深处那纯粹的、对自我世界的守护和对理想世界的向往。觅求一种与本土现实话语接轨的新的言说方式与更深层的表达形式，也在力避早期远离了中国本土文化中的发展逻辑观念，一味地挪用了西方对人微观研究的学术思想和拉美后现代小说观念，从而削弱了自己对社会批判的声音。

　　余华始终保持在"另类"的体验状态中，并以文学的形式展示这种独特的经验。余华在《活着·自序》："作家的使命不是发泄，不是控诉或者揭露，他应该向人们展示高尚。这里所说的高尚不是那种单纯的美好，而是对一切事物理解之后的超然，对善和恶一视同仁，用同情的目光看待世界。"事实上，余华通过对生活的整体性象征使审美走向寓言化的，并且选择对民间生活形态的写实和白描的传统手段来完成生活诗化这一审美过程，一改昔日的先锋立场，描写近半个世纪城镇下层社会中日常生活的苦难，而小说中残酷的人间苦难与自在形态的"活着"本身，包含了本原性的生存意义，体现了下层社会普通民众坚忍的生命活力，所表达的旨意贴合时代与人生命运。在此意义上，余华已经超越先锋意义本身，是属于中国普通人的寓言，也是中国曾经的现实。他以一种渗透的表现手法完成了一次对生命意义的哲学追问，标志着当代中国先锋文学中的生命叙事进入一个境界，其文化意味着及其在中国当代文学史上具有转折意义。或许，回到现实，回到存在，回到这样的小说叙述，是余华新的叙述能力的体现，也一直是余华要寻找的表达。

　　实际上，余华所要强调的是，面对苦难与危机的中国人，承受苦难的忍耐力与享乐的思想使其获得了自我平衡，也稀释了这种苦难本身。我们说，一个民族之所以苦难，是要去承受一切，但造成苦难的原由更需要我们去反思。苦难记忆是历史的一个伴随，承载了民族的伤痛，也是中华民族砺沙成珠的一个侧面。而余华的《活着》就给提供了我们

一 小说

一个中国的苦难剪影,他将之放置在我们历史时间的储藏阁里,引起我们对苦难本身的思考:人类需要严守灾难的边界,不仅仅是一个空间的概念,让我们见证灾难的巨大摧毁性,还要我们从心理上引起警觉,注意恪守人与自我、人与自然、人与社会和谐的同时,要拥有战胜一切灾难的理性、力量、智慧与行动,这才是中华民族强大的内核所在。

(作者系中国社会科学院文学研究所研究员)

(三) 短篇小说

《党费》:"写尽红军英雄志"

乔世华 赵雨彤

作为一个15岁就投身抗日根据地工作、经受过革命战争洗礼的党的宣传员,王愿坚之所以能一直把书写红军英雄事迹作为自己毕生职责与使命,既源于其1953年秋天到福建东山岛采访时所寻获得的大量红军事迹的精神感召,也源于其对共产主义革命事业根深蒂固的信仰。由于写作素材均来自真实生活,同时还融入了作家个人的成长经历与情感体验,王愿坚小说有着挥之不去的历史真实感,从而跻身于十七年革命文学的行列并被人们永远铭记。以其开启红军题材写作的起点之作《党费》来说,该作品发表后获得很好反响,长期被收入中学语文课本,在1958年被导演林农拍摄成电影《党的女儿》,半个多世纪后的今天还被改编为现代豫剧、翻拍成电视连续剧,感动和教育了数代读者,这都说明《党费》在唤起红色情怀、培育社会正能量方面所发挥着的积极而重要的作用。

短篇小说《党费》最早发表于《解放军文艺》1954年12月号上,讲述了1934年闽粤赣边区斗争最艰苦时期的一个感人故事。在白色恐怖的阴影下,共产党员黄新带头送夫参加红军,自己在后方积极参加党的地下活动,她发动革命群众腌制咸菜作为党费,想方设法托人交付给山上的红军,最后为了保护前来联络的交通员而牺牲了自己的生命。小说以交通员"我"回忆往事的方式来展开叙事。在受指派下山找黄新时,"我"已经了解到她是个忠实、可靠的同志,带头把自由结婚的丈夫送去参加了红军等光荣事迹;在登门见面前更听到她在屋内低声哼唱

一 小说

党费

《送郎当红军》,感受到她对红军对革命的心心念念。可以说,黄新的出场是"未见其人,先闻其声",而当黄新出现在"我"面前,她的形象立时变得真实而具体起来:为了秘密交接任务,黄新极其谨慎地出门察看周围环境,具备地下党员的警惕性与专业素质;黄新在艰苦环境里对革命的信念远比"我"想象的还要乐观与坚定,在临别时把党证里夹着的两块银洋——丈夫留给自己的全部家用——都交给"我"以缴纳党费,更说明她舍小家顾大家,而这绝非一时头脑发热,因为当"我"再次登门时就不经意之间目睹了黄新正忙着把腌好的咸菜放进一个个笋筐、甚至夺走了孩子忍不住放进嘴里的一根腌豆角的情形。她对至亲如此"吝啬",实则源于她心中对党和红军怀揣着的"大爱",她清醒地意识到唯有党和红军才会拯救天底下更多受苦受难的孩子。她的知大义、明事理、顾大局,毫无疑问给"我"也给读者以强烈的视觉冲击与心灵震撼。小说最后,面对敌人的突然来袭,黄新表现出了一个革命者的刚强与果断,她用自己的言行证明了对同志的关爱、对党的忠贞,用生命彰显了信仰的力量。

王愿坚很清楚:"写人,就要描写活生生的人,就要写人和人的关系,就要写人的特定的悲欢离合的命运和喜怒哀乐的感情。只有把真实具体的人性和人情表现出来，才能创造出生动感人的人物形象。"① 在塑造黄新这个英雄形象时，他将其放置在与群众、同志、女儿和敌人等多重人际关系中以凸显她的有血有肉有爱有恨。在拥挤的小窝棚里，她和革命群众一边择着菜、一边哼着歌，坚定乐观有信仰；面对党组织派来的接头人，她拿出自己都不舍得吃的窝窝咸菜款待，慷慨无私有爱心；生死关头，她很快地抱起孩子亲了亲并有相应嘱托，淡定无畏有柔肠；面对穷凶极恶的敌人，她不卑不亢巧妙应对，沉着勇敢有智谋。这些日常化、生活化的描写呈现出的是一个无产阶级革命战士的人性善与人情美，为结尾处黄新的牺牲增添了戏剧张力与悲壮色彩。受小说篇幅所限，王愿坚需要用最精当的文字、最朴素的语言，讲出最真挚的故事，他首先选择的就是能表现人物个性特征的语言描写，从而生动形象地展现人物内心世界，清晰地抒发革命激情。黄新初次与"我"见面就吐露衷肠："同志，你不知道一跟党断了联系，就跟断了线的风筝似的，真不是味儿啊！……现在总算好了，和县委联系上了，有我们在，有你们在，咱们想法把红旗再打起来"；在生命的最后一刻，黄新一语双关地喊出："孩子，好好地听妈妈的话啊！"这些饱含着深情和热度的话语，让这位生活在人民群众中的党的忠实女儿的鲜活形象跃然纸上。在艰苦的斗争生活里，她没有哪怕一瞬间的动摇，携着坚定的信念，抱着忠诚的信仰，把自己的全部都奉献给了党和革命，在枪林弹雨中挺起了英雄的脊梁。王愿坚以六千多字的篇幅精心塑造了黄新这个共产党员的光辉形象，谱写了一曲壮丽多姿的英雄赞歌，实现了诗情与历史的完美结合。

　　王愿坚是善于以小见大的，即把小的东西写细写透，用凝练的文字来表现甚至是放大情感、开掘内涵。通常情况下，咸菜是微不足道的东西，但是在艰苦的斗争岁月里，在红军、党员和革命群众普遍都缺吃少穿的情形下，黄新以生命捍卫用来缴纳党费的那一筐咸菜就弥足珍贵了。可以说，整个故事都是围绕"咸菜"这一条明面线索而展开的，小说中"咸菜""党费"等词语几乎贯穿全篇，而这些要素都具有远远超越字面本身的含义，黄新用极其稀缺的咸菜代替党费的情节设定，也

---

① 王愿坚：《大胆表现革命的人性美》，《人民日报》1979年11月26日第3版。

一 小说

使一切安排都在情理之中：从"我"进门看到三个人挤在一起择菜叶子做咸菜，到黄新从破坛子里掏出一块咸萝卜给"我"吃，继而到她连一根腌豆角都舍不得给亲生骨肉留，最后又因为这筐咸菜而被敌人识破了身份与动机，再到政委将黄新缴纳的党费登记在案……经过这一环紧扣一环的片断描写，本来普通的咸菜早已倾注了黄新的全部心血而成为小说的核心意象，在蕴含着一个党员的赤胆忠心和献身精神，正如小说结尾的点睛之笔："一筐咸菜是可以用数字来计算的，一个共产党员爱党的心怎么能够计算呢？一个党员献身的精神怎么能够计算呢？"小说正是在对咸菜这一细微事物的精心处理和党费神圣意义的赋予中展现出了巨大深刻的思想内涵的。

在《党费》里，作家十分注重对细节的运用，并且每一处细节都与情节发展密切相关。小说借"我"的眼睛来打量地下党员黄新的家："这是一间用竹篱子糊了泥搭成的窝棚，靠北墙，一堆稻草搭了个地铺，地铺上一堆烂棉套子底下躺着一个小孩子……墙角里三块石头支着一个黑乎乎的砂罐子，这就是她煮饭的锅。再往上看，靠房顶用几根木棒搭了个小阁楼，上面堆着一些破烂家具和几捆甘蔗梢子……"这段对居住环境的描写明显只占用了极小的篇幅，却能够将屋内陈列都一一提及，这一方面表明了黄新生活的简陋与条件的艰辛，另一方面也证实了王愿坚驾驭短篇小说的高超能力，他将有助于故事走向的所有资源都浓缩进这一个有限空间里，而后续的所有情节也都在这间小小的窝棚里展开。黑乎乎的砂罐子不仅仅承担了煮饭的功效，还是黄新为躲避敌人搜刮而保管党证和银洋的所在。"我"漫不经心提到的小阁楼，也是小说的一个重要场景，当敌人突然袭击这间一览无余的小屋子时，"我"便被黄新安排藏匿在小阁楼上并透过楼板缝隙目睹了黄新与敌人英勇对峙的经过。从这些前后呼应的细节中就能看出王愿坚小说在情节安排上的严谨细致，这也给了他更大的空间去挖掘故事的核心要素。

王愿坚在谈及短篇小说的创作问题时曾特别提到"密度"这一概念，并把它归结于对叙述和描写的安排和运用上。《党费》在处理叙述与描写这二者的关系时，就做到了内容疏密结合、节奏张弛有度。小说中，作家尤其注重场面的调度，往往是在一个接着一个的场面描写中，偶尔穿插几句叙述作为衔接，用来交代故事的背景或进程，该精简的地方几句带过,该丰富的地方则详细铺展。在"我"见到黄新之前,故事发生的背景、即将出场的人物、"我"此行的缘由和目的,都在占比极小的篇幅内清晰地表述了出来,而在"我"见到黄新之后,就开始大篇幅地进行场面描写与转换,中间偶有衔接前后情节的也几笔带过,小说完整的故事情节、饱满的人物形象与宏大的主题思想方在详略得当中水落石出,正所谓"尺水兴波,文短意长"。

　　王愿坚挖掘历史,不仅仅是还原历史事件本身,更重要的是他找到了蕴藏在其中的历史精神,并通过对人物形象尤其是英雄形象的塑造,来探寻历史事件背后的革命英雄主义气概和革命乐观主义精神。女主人公黄新这个形象是由多个生活原型合璧而成的:其一是王愿坚的堂姐、山东最早的女共产党员王辩,她曾化名黄秀珍从事党的地下工作,革命经历要比黄新还精彩还壮烈;其二是闽西游击队联络员和交通员卢春兰,她从土地革命时期起就为游击队提供情报和后勤补给工作,后来因为组织村中妇女给游击队腌咸菜和采购生活物资而与儿子一同遭到敌人杀害;其三是莒南地区的张大娘,王愿坚在1944年秋天从事革命工作时是以张大娘的"儿子"身份为掩护的,一次敌人扫荡,张大娘把家里仅有的两个地瓜面窝头拿给王愿坚吃,自己则把花生壳咬碎后抹在嗷嗷待哺的小女儿的嘴巴上,王愿坚非常过意不去,张大娘安慰他:"只要有你们在,我们就不怕没吃的。"小说中,这一情节被置换成黄新从缺油少盐的五岁独女妞儿嘴里夺下腌豆角。其四是王愿坚在打扫战场时发现的一位无名烈士笔记本里夹着的两角钱以及遗书:"要是我牺牲了,这钱就是我最后一笔党费。"很显然,黄新是王愿坚杂取种种人而合成的这一个典型形象,是其对生活的高度浓缩与概括,他善于将自己对生活的发现与感受进行艺术再加工,在呈现历史真实面貌的同时,展现英雄的神情与风姿,更着重表现一个个历史事件背后的核心精神——生命的韧性,品质的高尚,人格的健全,人性的光芒。

　　《党费》里,"我"趁着天黑下山,看到农民运动本来热火朝天的村庄因为敌人的破坏而死气沉沉,但并不因此就悲观,因为"我知道这看来阴森森的村庄里还埋着星星点点的火种,等这些火种越着越旺,连串起来,就会烧起漫天大火的。"的确,在民族解放事业中,千千万万个如黄新一般的革命战士,散发着自己的光和热,拨开了血色的雾

一 小说

障,吹响了战斗的号角,挥舞着革命的旌旗,照亮迷茫的前途。而在短篇小说艺术的探索、红色文学价值的正名和革命精神的传承上,王愿坚的小说处女作《党费》又何尝不是文学史上这一点微弱却有力量的星星火种呢?

(乔世华,辽宁师范大学文学院教授;
赵雨彤,辽宁师范大学文学院文学硕士)

锻炼什么？如何锻炼？
——读赵树理《"锻炼锻炼"》

彭冠龙

自1949年中华人民共和国成立，70年来的中国文学作品塑造了大量党员干部形象，他们不畏艰险，克服困难，带领广大人民群众英勇斗争、建设美好的家园，为中国人民谋幸福，为中华民族谋复兴，无论在何种情况下，都不忘初心、牢记使命，始终与人民心心相印、与人民同甘共苦、与人民团结奋斗，成为一面面光辉的旗帜。这以《红日》《红岩》《红旗谱》《创业史》等一批著名长篇小说为代表，歌颂了革命战争年代和新中国建设时期中国共产党守初心、担使命、敢于战斗、不怕困难的奋斗精神。同时，还应充分关注一些中短篇小说作品，它们没有宏大的历史构架，只截取一个片段，但浓缩了作者丰富的思考，赵树理的《"锻炼锻炼"》就是一个典型，在这篇作品中，"锻炼锻炼"是村主任王聚海常说的一句话，他认为副主任杨小四、高秀兰等人都需要锻炼锻炼才能做好干部，然而通过对"小腿疼"和"吃不饱"两个落后妇女的批评教育过程，最终发现真正需要锻炼锻炼的恰是王聚海。作品通过村主任王聚海和副主任杨小四两个人物之间的对照，以及高秀兰、王镇海、王盈海、张太等次要人物的表现，思考了党员干部在工作中应该锻炼什么以及如何锻炼，才能真正担当负责、攻坚克难。

一

村主任王聚海并不是一个不合格的党员干部形象，更不是反面典型，他有值得肯定的方面，作品中介绍他经历的部分就着重说明了这一点："主任王聚海是个老中农出身，早在抗日战争以前就好给人和解个

一 小说

锻炼锻炼

争端，……在抗日战争中八路军来了以后他当过村长，做各种动员工作都还有点办法；在土改时候，地主几次要收买他，都被他拒绝了，村支部见他对斗争地主很坚决，就吸收他入了党……他好研究每个人的'性格'，主张按性格用人……"[1] 总体来说，他是一个坚定的党员干部，能主动带领群众斗争，自觉抵制各种诱惑，并有一定的工作能力和经验，在群众中有较高的威信，因此可以在村主任职位上"连选连任"。然而，他在工作中也存在很大的问题，主要表现在两点，一是喜欢和稀泥，二是对其他同志有偏见。

"人们常说他是个会和稀泥的人"，王聚海处理群众之间矛盾的方法的确是这样，"他给人们平息争端，主张'和事不表理'，只求得'了事'就算"。面对"小腿疼"的无理取闹，大家都主张把她送到乡政府处理，而王聚海却拦住，要把事化小，以安抚的语气说"过两天再给你们解释解释"，当"小腿疼"不依不饶地要"说个过来过去"的时候，王聚海也只是顺着她说："好好好！就说个过来过去！"丝毫没有批评教育和讲道理。当开会结束回到村里，看到社员大会在处理

---

[1] 赵树理：《赵树理全集》第2卷，北京文艺出版社2018年版，第331页。

"小腿疼"的问题，王聚海的第一个反应还是跑进去说"过几天给你们解释解释就完了"，根本没有了解情况，也没有周全的思考。他的这种处理矛盾的方式，出发点是为了解决矛盾，但效果刚好相反，使"小腿疼"等一批不思进步的村民更加无组织无纪律，甚至使进步村民看见他就"有点泄气"，而"小腿疼"看见他就敢更加嚣张。

对其他同志的偏见。王聚海始终认为杨小四不能胜任村副主任，"还得好好锻炼几年"，即使杨小四被选举为副主任了，他"什么事也不靠小四做"，在外出开会，只能将工作交给杨小四的时候，王聚海也是"带着讽刺的口气"对杨小四说话。对于另一位副主任高秀兰，王聚海的偏见更严重，他认为妇女只会闹事，不会办事，连锻炼也没法锻炼，"因此除了在全体管委会议的时候按名单通知秀兰来参加以外，在其他主干碰头的会上就根本想不起来还有秀兰那么个人"。从整部作品来看，王聚海对其他同志有偏见并不是为了排挤他们，而是为了做好工作，担心年轻同志和女同志会在处理问题过程中激化矛盾，因此这一问题的根源也在于"只求得'了事'就算"的和稀泥方式。

二

杨小四是作者塑造的正面典型形象，在工作中不和稀泥，对群众中存在的各种问题态度明确，精明干练，敢想敢干，是个有头脑有思想的青年干部，而且勇于同不良现象做斗争，不怕招惹麻烦，贴出批评落后妇女"小腿疼"和"吃不饱"的大字报，并在小腿疼大闹村工会的威胁下，没有表现出退缩的意思，而是主张要把小腿疼送到乡政府，压压他的嚣张气焰。

具体来说，杨小四的特点是胆大心细。对于"小腿疼"和"吃不饱"两个落后妇女的错误行为，敢于张贴大字报进行曝光，大字报的内容句句指向具体问题：

"争先"农业社，地多劳力少，
动员女劳力，做得不够好：
有些妇女们，光想讨点巧，
只要没便宜，请也请不到——

一　小说

> 有说小腿疼，床也下不了，
> 要留儿媳妇，给她送屎尿；
> 有说四百二，她还吃不饱，
> 男人上了地，她却吃面条。
> 她们一上地，定是工分巧，
> 做完便宜活，老病就犯了；
> 割麦请不动，拾麦起得早，
> 敢偷又敢抢，脸面全不要；
> 开会常不到，也不上民校，
> 提起正经事，啥也不知道，
> 谁给提意见，马上跟谁闹，
> 没理占三分，吵得天塌了。①

　　对这两位农村妇女的无理取闹，王聚海和稀泥，张太和只是讽刺几句，其他村干部也没有实际行动予以批评教育，只有杨小四明知她两人会闹，会"吵得天塌了"，仍然一针见血的揭露她们的不良思想，同时，作品还详细写了他在与这些不良思想斗争的过程中，表现出来的机智和才干，从召开社员大会简单布置第二天的生产，明确三条纪律，故意不透露检讨人名单和检讨内容，到第二天生产劳动开始前的周密安排，使所有存在投机和侥幸心态的人没了退路，并抓了"小腿疼"、"吃不饱"和另外两名妇女偷棉花的现行，再到召开社员大会公开处理四名妇女偷棉花问题，一步一步使小腿疼没有了狡辩和胡闹的余地，最终使小腿疼和吃不饱受到应有的惩罚，每一环节都做得非常到位，这反映了杨小四虽然年轻，却是一个非常老练、经验丰富的基层工作者。

　　之所以杨小四可以成功地批评教育小腿疼和吃不饱，是因为他抓住了问题的本质，并且时刻以集体利益为重。"小腿疼""吃不饱"以及所有存在投机侥幸心理的人，是看准了王聚海长期和稀泥、疏于管理的心态，在王聚海走后，杨小四召开社员大会宣布纪律的时候，很多人议

---

　　① 赵树理：《"锻炼锻炼"》，载《赵树理全集》第2卷，北岳文艺出版社2018年版，第326—327页。

论说"就定一百条纪律,该偷的还是要偷""分给咱们个好地方咱们就去,要分到没出息的地方,干脆都不要跟上队长走""他一只手拖一个,两只手拖两个,还能把咱们都拖住",正是觉得"他们不过替人家当两天家,不论说得多么认真,王聚海回来还不是平踏踏地又放下了"。杨小四认为这些不正之风形成的根源在于对懒惰、投机等落后思想的长期纵容,和对进步妇女的长期不公平对待,具体原因是每年靠不断下调劳动定额来吸引落后群众来抢工分。因此,他坚决主张不改定额,同时严格管理,制定并执行了明确的纪律,在细节上采取了各种措施,保证劳动的顺利进行,比如开展劳动前查点人数,选在一片"犁耙得很平整的这块地里"集合以防止有人中途溜走,各队长坐在通往村里的路上把守,杜绝了一切滋生懒惰、投机思想的可能性,另外,为了还进步村民以公平,要求所有"每天不来今天来的人"都做检讨。通过这一系列措施,从根源上整顿了村民中存在的落后思想。

在解决问题的过程中,杨小四时刻以集体利益为重,所有纪律、措施和程序都是在群众面前公开宣布和进行,并发动群众集体讨论和表态,没有按照王聚海"研究每个人的'性格'"的办法,这既发动了群众,又教育了群众,还赢得了群众的信任,形成了向心力和凝聚力,催生了自觉抵制不良落后思想的可能性。更重要的是,他指出了以上本质问题的严重性,在布置检讨会的时候就提出"检讨的事就是'为什么只顾自己不顾社'",可以说,这一主题是在一个宏观的层面上教育群众,使村民们认识到集体利益的重要性,在批评小腿疼、吃不饱等四名偷棉花妇女时,也直接阐明这一行为是"妨害全社利益的事",都说明杨小四对村里问题认识的深刻和以集体利益为重的办事心态。

以杨小四为中心,作品还塑造了一组牢记使命勇于担当的基层工作者群像,高秀兰处理"小腿疼""吃不饱"偷棉花问题的沉稳和果断,张太和对吃不饱毫不客气的讽刺与批评,王盈海批评"小腿疼"时的刚正不屈,支书王镇海在处理干群关系、干部关系时的大局意识,都展现了为人民服务的党员干部光辉形象。

三

这篇小说的故事情节并不复杂,人物形象也比较简单,却表达出一

一 小说

种深刻的思考，即党员干部应该锻炼什么，以及怎样锻炼。赵树理说："《'锻炼锻炼'》是想批评中农干部中的和事佬的思想问题，中农当了领导干部，不解决他们这种是非不明的思想问题，就会对有落后思想的人进行庇护，对新生力量进行压制。"可见，他的创作初衷是要指出王聚海的和事佬思想在实际工作中的危害性，以引起人们的关注和警惕，并充分肯定以杨小四为代表的精明能干的年轻干部。实际上，可以概括为对正确解决人民内部矛盾的方法的思考，这也就是需要锻炼的方面。王聚海"好研究每个人的'性格'"，"主张'和事不表理'，只求得'了事'就算"，就是他解决人民内部矛盾的方法；杨小四抓问题本质，以集体利益为重，明确纪律，公开严肃处理不良落后思想，就是他解决人民内部矛盾的方法。这两种方法，其出发点都是为了解决问题，然而，王聚海的方法显然是不合理的，只有杨小四的方法真正实现了预期效果，引导群众摆脱了落后观念，走上了正确的道路。

小说最后落脚到王聚海的转变，以支书对他说"所以我说你还是得'锻炼锻炼'"结尾，反映出作者对如何锻炼的思考，这个问题的答案并没有在作品中给出明确的文字表述，但是从整个故事情节的发展中能够看到作者的观点，即勇于开展批评与自我批评。这以高秀兰对王聚海的批评最为典型，她直接张贴了大字报，对王聚海的错误做法逐一指出：

> 争先社，难争先，因为主任太主观；
> 只信自己有本事，常说别人欠锻炼；
> 大小事情都包揽，不肯交给别人干，
> 一天起来忙到晚，办的事情很有限。
> 遇上社员有争端，他在中间陪笑脸，
> 只求说个八面圆，谁是谁非不评断，
> 有的没理沾了光，感谢主任多照看，
> 有的有理受了屈，只把苦水往下咽。[1]

综观整篇作品，所指出的这些问题都是王聚海急须改正的，虽然王

---

[1] 赵树理：《"锻炼锻炼"》，载《赵树理全集》第2卷，北岳文艺出版社2018年版，第332页。

聚海看到大字报后并没有纠正自己的错误，但是有了很深的触动，"冷不防也吃了一惊"。高秀兰对王聚海用语言进行批评，杨小四则是用实际行动，他周密布置安排的劳动计划和检讨大会内容有效地对一批落后村民进行了教育，并成功让"小腿疼"和"吃不饱"两名落后典型承认了自己的错误，"因为怕进法院，恨不得把她那些对不起大家的事都说出来，所以坦白得很彻底"，这一切都使王聚海深刻认识到自己"摸'性格'的老办法"不行，而且"全社的妇女你连一半人数也没有领导起来"，这是比语言批评更能震动王聚海内心的。另外，还有来自群众对王聚海的批评，在杨小四当选村副主任前，"大多数人都说杨小四要比他还强"，在公开处理"小腿疼"的大会上，王聚海想和稀泥的时候，群众普遍发出了批评他的声音，"有个年纪老一点的人说：'主任！你且坐下来歇歇吧！没有调查就没有发言权！'""有人说：'你请坐下！我们今天没有选你当主席！'"这些来自群众的批评都促使王聚海不断反思和认清自己的错误。各种批评的声音都毫无障碍的顺畅表达，直接传递给王聚海，成为他开始自我批评的诱因，作品虽然没有详细讲他是如何自我批评的，但是从很多细节中可以看到他的确进行了自我批评，比如他主动承认错误："我来不来你们该怎么办还怎么办！刚才怨我太主观，不了解情况先说话！"又如结尾处支书对他的批评，他并没有像以往那样心里不痛快，可见已经真正认识到了自己在工作方面存在的问题，无声的沉默也是表达了一种自我批评。

《"锻炼锻炼"》这部作品通过王聚海和杨小四的对照，以及对如何锻炼才能成为合格的党员干部的思考，从一个侧面表达出守初心、担使命的方法。虽然是一部短篇小说，没有激动人心的英雄人物事迹，但仍然具有穿越时空的生命力，对当下的我们有很大的启发意义。

（作者系山东师范大学文学院副教授）

一曲理想与美的牧歌
——读《百合花》

叶 端

1958 年，茹志鹃的短篇小说《百合花》在《延河》杂志第 3 期发表。小说讲述了残酷的战争中，一位过门才三天的新媳妇把自己仅有的、洒满百合花的结婚被子，送给重伤死去的年轻通讯员殓葬。它以简单的叙事，舒缓的笔调，彰显了人性与人情之美。在宏大叙事和革命乐观主义的风潮下，它的细腻和委婉，它的朴素和温情，都显得特别难能可贵。

自发表之日起，《百合花》就一直备受关注。茅盾赞扬"它是结构谨严，没有闲笔的短篇小说，但同时它又富于抒情诗的风味",[①] 这个评价，今天来看，也非常准确。首先，小说极度凝练。故事发生在一天内，从早晨到夜里。而且反映的也不是熟人关系，"我"，通讯员，新媳妇，都只是初见，读者对人物的了解和人物之间的了解是一样的。就在这短暂的、具有极大偶然性的时空中，人和人一步步接近，相互理解，产生感情。其次，小说的每一个场景都非常集中，并且巧妙地展现出人物的特征。在"同行"和"借被"两个戏剧化场景中，"我"和新媳妇各自初次见到通讯员，都对他有些误会。也正是通过这些看似寻常的小小的误解和插曲，"我"和新媳妇才了解他看似有些不善于沟通，其实是个羞涩、质朴、善良的年轻人，对他感到亲切和喜爱。到了晚上，先是氛围有了稍微的舒缓，然后随着战斗开始，战事越来越激烈，

[①] 茅盾：《谈最近的短篇小说》，孙露茜、王凤伯《茹志鹃研究专集》，浙江人民出版社 1982 年版，第 251 页。

百合花

不可阻挡地指向故事的高潮——通讯员被送到包扎所,"我"和新媳妇目睹了他的死亡。在战争前与战争后,所有的细节都是呼应的,无论是洒满百合花的被子、在新媳妇家缝破的衣服,还是送"我"的两个馒头。小说善于通过对具体的人和普通的物的描写,来表达微妙而美好的感情和思想。通讯员之死,是一个普通的、具体的人的死亡。因此比起单纯的崇高感,他在读者内心所引发的,更多的是亲近的喜爱和同情。同时,借用新媳妇这个"处于爱情的幸福之漩涡中的美神"[①] 的视角,同样年轻且尚未体验人生幸福的通讯员之死,更令人痛惜。

至于"抒情诗的风味",从小说对题材的处理上就可见得。《百合花》没有正面描写战争。它和孙犁的《荷花淀》都称为"战争诗化小说"。但比起《荷花淀》对一场惊险伏击的抒情化描写,《百合花》所

---

① 茹志鹃:《我写〈百合花〉的经过》,《青春》1980 年第 11 期。

一 小说

展现的，却是战争背景下的日常空间，就像小说开头联想到赶集行路中的闲话家常。《荷花淀》从外在化的视角，将战争抒情化，而《百合花》却进入人物的内心，充满了日常生活的气息，给人一种更亲切的感觉。战争之残酷与生活之静美构成鲜明的对比。情感的作用虽然不能直接对抗战争，却把生活的美放大，增加了作品的感染力。

对照茹志鹃的其他一些作品，如《妯娌》《如愿》《春暖时节》等作品，我们可以更清晰地看见《百合花》的特点。这些作品结构虽然也精巧，表现了细腻的感情，但在对生活及和谐人际关系的期望中，多少有前进与落后、理解和追赶时代步伐的压力。但在《百合花》中，不同身份的人自然而和谐地相处，彼此之间，没有隔阂，更没有敌意。小说里虽然也有"我"向新媳妇解释"打仗是为了老百姓的道理"的情节，但并没有在这个话题上纠缠，新媳妇很快领会到了，抱着被子出来，甚至令通讯员"颇不服气"，为什么同样的说法，她转变得如此之快。可见，小说借助这一革命话语，展现的却是通讯员的青涩，以及年轻异性之间相处时的微妙气氛。所以，茹志鹃采用战争这一题材，强化了她的日常生活表达，强化了人与人之间的朴素而美好的情感交流。

茅盾还用"清新、俊逸"形容《百合花》的写作风格。其实《百合花》能够在短短六千字里，表达出这样丰富而清晰的情感，除了它对结构的处理，也得益于它对古典美学的接续。小说极富意象性，最显著的意象，便是百合花——"象征纯洁和感情"的花。百合花使得我们对这一条特殊的被子，有了具体的形象感，也多亏题目叫"百合花"，而不是"一条花被子"，使得小说余味无穷。同时，小说中反复出现象征团圆的月亮，战事又发生在中秋节，同乡、月饼、童谣，对故乡的念想一层层叠加，表现了人们对和平、团聚的温情的渴望。也通过这样一种中国式的古典意象，营造了一种时节的家常氛围。

小说在叙事时多使用白描，简洁而生动，富有古典小说的韵味："没有哪一个对人物的动作和表情的描写是似是而非的，而是一切都宛然如在目前。"[①] 小说虽然写到"我"的心理活动，但更多的是借"我"

[①] 李建军：《再论〈百合花〉——关于〈红楼梦〉对茹志鹃写作的影响》，《文学评论》2009年第4期。

之眼，从外部观察通讯员和新媳妇的一举一动。"我"既是主要叙述者，又是见证者。在这样一个现实主义的环境中，有意思的是，新媳妇的亮相是非常古典的。"一会，门帘一挑，露出一个年轻媳妇来"，这句话放在《红楼梦》里，大概也不显得突兀。茹志鹃自己也多次提及《红楼梦》的阅读经验。而新媳妇时时含笑又爱捉弄人的性格，也让人想到晴雯等个性活泼、神采飞扬的女性形象，大大超出了革命小说中固化的农村妇女形象。

纵然是在残酷的战争中，发生了悲剧性事件，小说的总体氛围是克制的，哀而不伤，而当被子盖上通讯员的脸时，产生了一种介于告别与拥抱、牺牲与希望的复杂的情绪，可以说，是另一种理想主义、革命浪漫主义。如果说，鲁迅《药》中坟头长出的红白的花，多少给人一种凄冷而沉重的感觉，那么，《百合花》中对百合花的描写就充满了温情。

茹志鹃说《百合花》"实实在在是一篇没有爱情的爱情牧歌"。[①] 小说在很多地方，都巧妙地借用了爱情的手法和文化符码。青年男子独自入住有年轻女子的人家，两人见面，哪怕只有一个眼神，一个动作，一个声音，都是许许多多传统爱情小说及戏剧的开始。茹志鹃巧妙地避开了他俩初见的情形，既留下读者想象的空间，又避免越界的嫌疑。试想，如果新媳妇"咬着嘴唇笑"的情形，出现在他们独处时，难免显得不够庄重。此外，在小说中，新媳妇的丈夫完全没有出现，也没有解释他去了哪儿，为何不在。这种缺席可以理解为简省不必要的人物，但也将新媳妇单独推向台前。事实上，新婚丈夫被拉壮丁，因战争、劳役死亡或失去联系，是古典文学中常用的情节。而作为嫁妆的结婚被子，就像嫁衣一样，是相当暧昧的私密之物，天然地具有爱情色彩。当"我"猜想新媳妇缝制被子的情形时，通讯员也意识到了这个被子所承载的感情，便想把被子还给她。最后，往棺材里放被子既是一种民俗，又隐隐把新婚之欢愉和死亡之骤至联系起来。这里并不是说通讯员取代了她丈夫的叙事位置，而是它改变了文化潜意识中新嫁娘与战争的联系，把基于亲情、爱情等人伦纽带的悲情，置换成一种普遍的人性，一

---

① 茹志鹃：《我写〈百合花〉的经过》，《青春》1980 年第 11 期。

一 小说

种纯情的爱和悲悯。

随着时间过去,人们对《百合花》的解读也在发生变化,从"十七年"把它向主旋律理解,歌颂军民感情,到80年代把它和人性关联起来,但无论如何,随着这篇小说被经典化,它的牧歌式的理想主义色彩也越来越浓厚。茹志鹃说,她是在忧虑、缅怀中写了《百合花》。今天来看,它确实表现了一种久已失落的纯洁精神与美好感情。《百合花》写的是一个人们的精神世界可以相互交流沟通的时代,每个人都十分善良、真诚、朴素,人们之间相互信任,愿意付出,勇于牺牲。因此才能在这样一个短短的时空和突发的事件中,产生了一种永恒的情感。它的的确确是一首牧歌,一首关于理想和美的牧歌。无论从哪个角度来看,这首优美的牧歌,都使人悄焉动容,都值得今天以及未来的读者,细致地体味,深入地解读。

(作者系中国社会科学院研究生院文学系博士生)

《城南旧事》:永恒的心灵童年

赵彦芳

  《城南旧事》是著名作家林海音的自传体小说,初版于1960年7月,后由著名导演吴贻弓改编为同名电影,于1983年在大陆上映。作品《城南旧事》和同名电影,都堪称经典之作。《城南旧事》被评为亚洲周刊"二十世纪中文小说一百强",1999年列入由人民文学出版社和北京图书大厦联合发起选出的"百年百种优秀中国文学图书"书单,2000年列入人民文学出版社策划出版的"新课标中学生必读丛书"。电影《城南旧事》则获得了中国电影金鸡奖及其他多种国际奖项。从小说里故事发生的20世纪20年代,到21世纪的今天,世界在改变,中国在改变,那些老北京的城南旧事,那些曾经鲜活的容颜,早已被雨打风吹去,但不同年龄、不同时空的读者跟着叙事者——"我"(小英子)讲述的五个故事,《惠安馆》《我们看海去》《兰姨娘》《驴打滚儿》和《爸爸的花儿落了,我也不再是小孩子》,追忆逝水年华里的悲欢离合,和人类永恒的心灵童年相遇。

  爱的艺术。爱是儿童文学、成长小说的重要主题,因为爱是一个人生活在世最基本的情感需求,是一个孩子健全人格的基础。"爱就是对我们所爱对象的生命和成长的主动关心。你爱你为之努力的东西,同样你也为你所爱的东西而努力。"(弗洛姆语)爱,包含着关怀、责任、尊重、认识,爱是一门我们每个人都需要终身去学习的功课。在小主人公小英子的身上,我们看到的正是她所经历的爱的故事,接受爱、付出爱,在爱中成长为一个勇敢、智慧、独立、坚强的人。

  小英子是幸运的,她生活在一个开明、和谐、充满爱的原生家庭。父亲亲切、正直、好客,对生活有浓厚的兴趣;母亲温柔、贤惠、慈

一 小说

城南旧事（电影）

爱，对人充满善意。这样的家庭氛围，是小英子的最大底气，她和世界之间形成了根本的信任和安全感，对周围各种各样的生活充满了好奇心，总是跃跃欲试地去探索。父亲在不经意间培植着小英子对人世间的美的敏感和热爱。爸爸是极爱花的，院子里种满了石榴、菊花等各种各样的植物，爸爸耐心地侍弄着，施肥、剪枝，忙得不亦乐乎。小英子从爱花的爸爸那儿，继承了对世界所有生物原初的爱意，无论是骆驼、小油鸡、金鱼还是人。她在冬日的暖阳下，蹲在以前从未见过的庞然大物的骆驼面前，专心致志地看着它慢条斯理、旁若无人地咀嚼着食物，嘴巴不由自主地也跟着动，甚至都流出了口水。谁说这沉默的生物没有教给她人生的功课呢？"老师教给我，要学骆驼，沉得住气的动物。看它从不着急，慢慢地走，慢慢地嚼，总会走到的，总会吃饱的。"当小英子问爸爸为什么骆驼会挂着铃铛时，爸爸回答说，是为了把狼吓跑，小英子却有别致的解释："一定是拉骆驼的人们，耐不住那长途寂寞的旅

城南旧事（1983）

程，所以才给骆驼带上了铃铛，增加一些行路的情趣。"爸爸想了想，笑笑说："也许，你的想法更美些。"小英子正是在这样的家庭里，在"爱"和"美"的教育里，在北平城南的胡同世界里自由自在地生长，用她的"儿童之眼"发现人世间的爱和美，并拼着她小小身体里的全部力量，守护着、帮助着她所爱的人们，也给读者们上了一堂堂爱、美和共情的人生课。

　　小英子的爱里包含着同情、责任、勇敢和智慧，这是一种生产性的爱，不仅自己的生命在成长，也在成就着那些生命中相遇的人们。当她看到与她同龄的街坊小孩妞儿被油盐店的伙计欺负时，她"有说不出的气恼，一下蹲到妞儿身旁，叉着腰问他们：凭什么？"她赢得了瘦弱、胆怯、缺爱的妞儿的友情，也给妞儿短暂的生命带去少有的欢乐和温暖。小英子有不被成人世界的世俗眼光和社会规则所遮蔽和扭曲的纯真的心，在她眼中，没有什么疯子、小偷，他们都是不小心从生活里滑出去的人儿，和常人一样，会爱，会笑，有一颗善良的心，她甚至从"疯子""贼"的身上发现了常人所没有的深沉的爱。人们眼中惠安馆

一 小说

的"疯女人"秀贞,在小英子眼中,却是"那么可爱,那么可怜"的朋友,她常常去看望秀贞,听她甜蜜地诉说她的爱情,听她絮絮叨叨地诉说对生下来就被扔掉的女儿"小桂子"的思念和担忧,并暗下决心,一定要帮助秀贞找到女儿。而那个"贼",英子不觉得他就是坏人,坏人怎么会为了让弟弟能读书,能有好的前程铤而走险呢?坏人怎么会和她一样喜欢读"我们看海去,我们看海去,蓝色的大海上,扬着白色的帆,金红的太阳,从海上升起来"这样优美的诗句呢?当小英子发现父亲对兰姨娘暧昧的感情时,不动声色地巧妙地将德先叔和兰姨娘撮合在一起,保护了父母的婚姻;当她深爱的父亲病逝之后,勇敢地面对"爸爸的花儿落了,自己真的长大了——不再是小孩子"了,她要像爸爸教诲的那样,"不要怕,英子,你要学会做许多事,将来好帮着你妈妈"。

在所有这些故事中,小英子学到了爱的功课,学会了爱的艺术,爱是对不幸者的同情,是对生活的兴味,爱是对守护美好事物的责任感,是不逃避苦难的勇敢,是人之为人所必备的品格和精神。《城南旧事》借助小英子的成长故事带领读者返回人心原初的纯真和善良,潜移默化中学习着爱的功课,找到通往自我、他人和世界的爱的力量。

悲剧叙事。《城南旧事》并不只是"粉红色的梦",它绝不回避人生的惨淡和黑暗,反映真实的人生,直面成长过程中的残酷、艰难和丑恶,接受成长带来的痛苦和负担,实现对苦难的升华,从而和一般的儿童文学相比,呈现出独特的悲剧之美。

正如鲁迅先生所说,"悲剧就是将人生有价值的东西毁灭了给人看"。《城南旧事》里小英子遇到的那些美好的事物,美好的生命,遭遇了各种各样的"毁灭"。小英子虽说有幸福的家庭,在父母的关爱下快乐地生活,但旧时代很多孩子的童年都是很凄惨的。好朋友妞儿一出生就被遗弃,经常被养父母打骂,被逼卖唱;保姆宋妈的两个孩子从小就得不到母亲的照顾,栓子在放牛时溺水而死,女儿则被丈夫卖掉……作品也讲述了女性的悲剧。秀贞因为孩子刚出生就被扔掉而得了疯病,苦苦地思念着自己的"小桂子",盼着爱人回来。小英子拼力帮助秀贞和妞儿这对苦命的母女相认,但等待她们的结局不是团圆,而是死亡。吴妈为了谋生,狠心舍下自己的两个孩子,到小英子家当保姆,从她身上我们感受到了一个母亲连自己孩子都不能照顾的无力的悲哀，她又何尝不是另一个祥林嫂？男人的生活同样也处处是悲剧。小英子的"贼"朋友年纪轻轻就要承担起赡养母亲、供弟弟读书的重任，无奈之下走上偷的道路，最后被警察抓走，他又何尝不是另一个冉阿让？那么热爱生活、疼爱孩子的父亲英年早逝，宋妈的丈夫像麻木的阿Q一样的人生……小学毕业的离歌响起，"长亭外，古道边，夕阳山外山……"小英子所经历的一场场生死离别、一出出人生悲剧伴随着童年的结束消逝了。

谁说童年就一定是阳光明媚呢？但谁又能说成长就会被苦难所淹没？悲剧叙事不同于一般的苦难叙事，在不幸、死亡中反而会升腾起对真善美的更执着的追求。小英子见证的所有的不幸中，恰恰折射出爱的博大、生命的顽强以及对未来更好生活的不竭渴望。秀贞这位"疯"妈妈身上散发出的对女儿小桂子、对爱人斯康的真挚强烈的爱，那是她生命的全部，正常的母爱、爱情却要以发疯、以死亡为代价，激发读者深深的同情。秀贞和妞儿的死是小英子经历的第一次死亡，她深受打击，病倒了，昏睡了半个多月才慢慢恢复过来，似乎自己也经历了一次死亡。她后来无意中造成了"贼"朋友的被逮捕，又目睹了宋妈失去孩子的痛苦，更经历了深爱着的父亲的死亡……正如林海音在回忆中写道："我们也因为父亲的死，童年美梦，顿然破碎。"现实生活往往是残酷的，所有的这些不幸，都不是因为这些人们不够善良，不够正直，不够勤劳，不够勇敢，是穷困、愚昧，是乱世，是充满不公正的社会导致了他们的不幸，由此引发人们对所有那些毁灭美好事物的势力形成批判和否定的意识。亚里士多德说，悲剧"借引起怜悯与恐惧来使这种情感得到净化"。英子没有消沉、迷茫、怯懦，相反，她从这些人生悲剧里完成了心灵的成长，变得更加坚韧，终会成长为镇定、坚强、勇敢、智慧的新女性。小英子们，秀贞们，爸爸妈妈们，所有的人们，应该拥有更好的生活，更好的未来。这也是读者从《城南旧事》的悲剧叙事里所领受到的热爱生活、超越不幸的勇气和力量。从这个层面，《城南旧事》已不仅仅是一部儿童文学作品，更是一部探索命运和生存的小说。

文化乡愁。《城南旧事》宛如一部20世纪20年代老北京的生活志。作品从一开始，就给我们带来一种缓慢的节奏，那有着软软的脚掌、温

一 小说

顺的眼神的骆驼,伴随着缓慢悦耳的铃声,走过来了,"仿佛时光静止了,那些古老的故事,古老的画面,就着冬日的夕阳,温暖而安静地打开。"淡淡的、安静的叙事,将那些记忆深处的人物和故事,小英子在余霭下的神圣的童年,从岁月的长河里打捞出来,也缓缓地打开一幅老北京的画卷。童年叙事和北平叙事紧密融合在一起,是对童年的回忆,也是对故乡的浓浓的思念。

林海音通过小英子的眼睛,描写了北平胡同巷尾里的生活情景,惠安会馆,新帘子胡同,水窝子,远在骡马市的佛照楼,有着高高城墙的"齐化门","妈去买擦脸的鸭蛋粉,我则馋那八珍梅",富连成学戏的孩子,捡煤核的、换洋火的,唱话匣子的,卖糖葫芦的……三教九流,各色物件,填满了北平的坊间和街头巷尾,使生活变得鲜活、生机盎然。老北京的天,是顺着老洋槐的干树枝子向上望,几只聒噪着的乌鸦,再上是"一块白云彩,象条船,慢慢地往天边儿上挪动,我仿佛上了船,心是飘的,就跟没了主儿似的"。尤其是秋天的时候,北平特有的高高的、蓝蓝的、爽朗的天,让人陶醉。北平是秀贞房间的墙上挂着的胖娃娃的年画,"画的是一个白胖大娃娃,没有穿衣服,手里捧着大元宝,骑在一条大大的红鱼上"。北平是宋妈口中的歌谣,"鸡蛋鸡蛋壳——壳儿,里头坐个哥——哥儿,哥哥出来卖菜,里头坐个奶——奶,奶奶出来烧香,里头坐个姑——娘,姑娘出来点灯,烧了鼻子眼睛!"北平是城南游艺园,那儿可以听到张笑影的文明戏《锔碗丁》,可以听到雪艳琴的《梅玉配》,可以看穿燕尾服的变戏法儿,可以看扎着长辫子的姑娘唱大鼓;北平是爸爸房前廊檐下种满了文竹、海棠、石榴、秋菊等各种花儿的四合院……这些带有浓郁北平地域文化色彩的符号,渲染着北平人在日常生活里的情趣和希冀,我们跟随着小英子天真而沉静的眼光望去,一种浅淡的怅惘和悠长的余味萦绕其间。"不能忘怀的北平!那里我住的太久了,像树生了根一样。童年、少女和妇人,一生的一半生命都在那里度过。快乐与悲哀,欢笑与哭泣,那个古城曾倾泻我所有的感情,春来秋往,我是如何熟悉那里的季节啊!"那些散布于北平"城"角角落落的"沉重物",北平人们日常的喜与乐、悲与苦的风俗民情景观,让林海音,让无数在外漂泊的游子魂牵梦绕,《城南旧事》以其至真至纯的情怀塑造了独特的"北平形象",传达了浓郁的文化乡愁。

  赵圆在《北京：城与人》一书里写道："如果说有哪一个城市，由于深厚的历史原因，本身即拥有一种精神品质，能施加无形然而重大的影响于居住、一度居住以至于过往的人们的，这就是北京。""北平（京）叙事"是中国文学世界里一道独特的景观，林海音和老舍、郁达夫、林语堂等作家一样，对北京充满深情，为这个城市作史，为在这个城市生活过的平凡的人们作史。《城南旧事》则将童年叙事和北平（京）叙事融而为一，以其淡淡的哀愁、温暖的笔调，唤醒每个人心中永恒的文化乡愁、永恒的心灵童年。

（作者系扬州大学文学院教授）

改革开放的文学先声
——读《乔厂长上任记》

相 宜

　　40 年过去了,今天重读蒋子龙的短篇小说《乔厂长上任记》,还是能真切地感受到时代转型期激荡的风云变幻。文学的笔,从"伤痕文学"中走出,向轰轰烈烈的改革开放浪潮走去。蒋子龙发时代之先声,创作了《乔厂长上任记》等一系列工业改革题材作品。他作为"改革文学"的开创者,在 2018 年 12 月举行庆祝改革开放 40 周年大会上,荣获"改革先锋"称号。

　　《乔厂长上任记》作为改革文学的开山之作,在中国当代文学史上占有一席之地。小说在 1979 年第 7 期《人民文学》刊发之后,获得了当年全国优秀短篇小说奖,它引起的讨论与争议迅速在社会中发酵扩散,撼动着人民的心。他们期盼着改革开放,解放思想,欢迎"乔厂长"上任,誓与"乔厂长"同行。"时间和数字是冷酷无情的,象两条鞭子,悬在我们的背上。"小说开篇引用厂长乔光朴的发言记录也如同一条鞭子,击打着百业待举、百废俱兴的中国。著名作家梁晓声曾评价,蒋子龙是以文学的方式替改革开放鸣锣开道。蒋子龙在采访中也表示,"如果说我对改革有什么贡献,无非就是在改革还没开始的时候,触动了这个陈旧的观念,就是趟地雷"。"'春江水暖鸭先知','乔厂长'其实就是在改革开放还没有形成社会风气之前的一只鸭子。"①

　　作家与文学研究者就当立于时代潮头,发思想先声。"作者要反映

---

① 蒋子龙:《春江水暖鸭先知——关于〈乔厂长上任记〉的记忆》,《光明日报》2019 年 8 月 9 日。

乔厂长上任记

的不仅仅是已经发生过的事情，还应该证实在我们今天的生活中往往还没有真正被理解到的事情。作者手里的笔要透过生活的表面而深入到它的最深处，刻画社会和人们心理的变动，把社会的转变和动荡作为自己注意的中心，写出人和社会的发展，推动生活的前进。"[①] 无论是1976年铁骨铮铮的"机电局长霍大道"坚忍病痛也要在暴雨中蹒跚前往岗位前线，还是1979年"电机厂长乔光朴"在烂摊子上大刀阔斧进行改革的走马上任，蒋子龙感受到时代气息的变化，为了支持国家改革，率先发声，在文学中上下求索解决之道。时代发展的浪潮席卷而来之前，就把信息传递给每一个读者：国家的发展与每一个人的工作生活息息相关，唯有不忘初心、牢记使命，才能在各自的岗位上发光发热，促成国家的改革创新。

现实同样像鞭子一样抽打着作者的想象力。人物来自现实，又被赋

---

① 蒋子龙：《关于〈乔厂长上任记〉的通讯》，《语文教学通讯》1980年第1期。

一 小说

予理想，接二连三从现实生活中走入文学世界，经读者的阅读与社会的讨论，获得新生，从文学作品中走出，成为时代英雄，成为公众记忆。乔光朴，作为中国当代文学人物画廊中极为重要的角色，象征着为了社会主义建设，迎难而上的干部形象，凝聚着时代雄健的精神风貌与改革魄力。他在小说中的登场，不仅立刻吸引了工业局长霍大道的目光，同样也吸引着读者的注意："这是一张有着矿石般颜色和猎人般粗犷特征的脸：石岸般突出的眉弓，饿虎般深藏的双睛；颧骨略高的双颊，肌厚肉重的阔脸。这一切简直就是力量的化身。他是机电局电器公司经理乔光朴。"作者寥寥数笔便勾勒出一个历经沧桑又极具男性气质的硬汉形象，坚毅的神情与摆弄香烟思索的姿态，成为他主动承担起电机厂改革艰难重任的铺垫。原本身处机电局电器公司经理之位，"上有局长，下有厂长，能进能退，可攻可守……这是许多老干部梦寐以求而又得不到手的'美缺'"。可是早在1958年留苏归来就担任过电机厂长的乔光朴，经过了"文化大革命"的苦难与妻子的惨死，在复出之后，依然怀揣着对工厂第一线的感情，以及早日实现四个现代化的使命，还鼓舞起"文化大革命"中咬掉半个舌头如今在干校劳动的老搭档石敢，重出江湖担任党委书记。乔光朴立下军令状，重回电机厂，带领着队伍冲上工业改革前线，决心完成国家计划。

在乔光朴的改革队伍中，除了支持他们工作的局长霍大道、党委书记石敢，还有机电厂的副总工程师童贞，副厂长郗望北，以及原来厂里钦佩乔厂长的一批老工人。童贞作为这篇工业题材小说中重要的女性角色，无论是她的名字还是性格塑造都带有明显的时代印记。童贞在留学苏联学习工程技术时与乔光朴相遇，便迷恋上这个"英风锐气、智深沉勇、精通业务"的男人，回国后来到乔光朴所在的重型电机厂工作，乔光朴感知到真挚的爱恋，心生动摇但止乎于礼。在电机厂当学徒工的外甥郗望北发现小姨童贞的感情，对乔光朴记恨在心。"文化大革命"开始后，他成为造反派专打乔厂长，并无端按上"道德败坏分子"的帽子。虽然流言与罪名并没有影响妻子对自己的信任，但自从妻子在1968年初无辜过世后，乔光朴出于悔恨，与童贞断交，过上"苦行僧"般的生活。"文化大革命"结束后，郗望北成为"火箭"干部担任电机厂副厂长，童贞是工程师。乔厂长的复出与上任，接续了十年前的故事，他终于与苦心等候爱情的童贞结婚，并且在工作中以卓越的专业技术与领导能力正确引导了郗望北，使之成为同个阵营的得力帮手，开展工业改革计划。

小说中，与乔厂长立场相左，给电机厂的改革工作造成最大阻碍的是"诡谲多诈，处理一切事情都把个人安全、自己的利益放在第一位"，又"神通广大，是个孙悟空式的人物"的副厂长冀申。蒋子龙在《关于〈乔厂长上任记〉的作者自述》中提到，《乔厂长上任记》里的人物是自己跳到他脑子里的，都有现实中的"模特儿"，首先到他脑子里报到的就是冀申。他代表的那一类人"织成了一个庞大的蜘蛛网。这个网的线是用他们的权力、地位和个人欲望织成的。他们是这个网上的蜘蛛，在这个网上四通八达，往来自如，哪条线一动，他们立刻爬过去，把好处抓到手。这些人自己不干，还不许别人干，他们嫉贤妒能，打击一切可能危害他们权力和地位的人。破坏国家的经济管理，利用一切权力来为自己服务"。蒋子龙抓住了在社会转型期宏阔时代背景下的典型人物，描摹出他们复杂的人性特点与人生选择，敢于刻画对改革形成阻力的种种人物以及背后集团。乔光朴被赋予理想，但依然是来源于现实的人，作者没有"神化"他，并写出了他突出的优点与缺点，以及他在工作生活中直面缺点，在改革过程中不断跟困难作斗争的过程。小说的开放性结尾，预示着改革之路艰难险阻、崎岖坎坷，乔厂长唱起京剧《铡美案》中包拯的唱词"包龙图，打坐在开封府"，既意味着改革的决心，也指明好戏刚刚开始，前路上还有大量的困难需要克服。

1979年春，距离《机电局长的一天》的发表已经过去3年，曾经在文坛经历了风波"回归"工厂的蒋子龙，此时已经是天津重型机器厂锻压车间代理主任，"车间有五跨，三万多平方米的厂房，一千多名职工，相当于一个中型企业，但缺少一个独立的中型工厂的诸多自主经营权，千头万绪，哪儿都不对劲。"[①] 蒋子龙的创作激情，正是源于他从1958年初中毕业就进入工厂当学徒，对摸爬滚打了二十多年的工厂生活的热爱。"工厂的历史和工厂的干部、工人，在我脑子里都是活

---

① 蒋子龙：《春江水暖鸭先知——关于〈乔厂长上任记〉的记忆》，《光明日报》2019年8月9日。

一 小说

的。"这位工人作家不仅以现实生活实践着"工业人生"的命题，还以文学的方式描绘出生机勃勃的工业人物群像。面对《人民文学》编辑的再次约稿，蒋子龙从熟悉的工厂工作和生活现实出发，怀揣着"如果我当厂长会怎么做"的问题，用3天时间把几年来积压心头的思绪一股脑儿倾泻而出，完成了这篇为改革摇旗助威、鸣锣开道，给人民以信心力量，发时代先声的小说《乔厂长上任记》。

（作者系中国社会科学院文学研究所助理研究员）

《乡场上》：改革开放的一曲赞歌

杨 早

一

何士光的短篇小说《乡场上》发表于《人民文学》1980年8月号，为这位业余作者赢得了巨大的声誉，并且获得了1980年全国短篇小说奖。

乡场上

《乡场上》的故事情节很简单，但充满张力。小说聚焦贵州某地梨花屯乡场上的一场寻常纠纷：食品购销站的会计妻子罗二娘向曹支书提

一　小说

出控诉，说民办教师任老大的儿子诬陷她儿子拾物不还。任老大的女人则反对这一控诉。纠纷的关键点就落在了罗二娘提出来的证人冯幺爸身上——他刚好牵着牛经过，全程目击了俩孩子的争吵。这是乡场上一场极其寻常的纠纷。然而，纠纷中的几位角色，赋予了这场纠纷不一样的意义，才会引发读者极大的共鸣。

争端两边的主角，看上去是罗二娘与任老大的女人，实际上是罗二娘与冯幺爸的对决。而这两人之间，又有着极度不平等的位势：罗二娘从来都将冯幺爸看成"乡场上的一条狗"，一挂大肠就能对他颐指气使，那么，这次让冯幺爸来作个证，也不过是几斤骨头的事。

而冯幺爸之所以迟迟不肯承认自己经过纠纷现场，并非只因贪图罗二娘事后的恩赐，而是跟旁观的群众一样，慑于罗二娘这个"梨花屯整个的上层"的代表人物长期的淫威。罗二娘本身粗俗霸道，毫无教养，但她后面站着商店老陈（她丈夫）、曹支书、宋书记……等一系列手握物资与实权的人物。从作者的叙述与冯幺爸的口中可知，他们不但能拒绝卖给不听话的乡场居民煤油、肥皂等生活必需品，可以取消给居民的"回销粮"（政府收粮食税后返还给农民度过春荒的粮食），还能送平头百姓们去"管训班"，支派他们大年三十去修水利……正是因为掌握着生活物资的垄断权与对群众的"合法伤害权"，这些人才将梨花屯经营成了一个"合股经营"的公司。得罪了罗二娘一个，就得罪了全体"股东"。事实上，曹支书不阴不阳、貌似中立的催迫与敲打，配合上罗二娘的詈骂，对冯幺爸构成了巨大的压力。

纠纷的另一方，民办教师任老大的女人与孩子，则是当时乡村社会的最底层人物之一。本来，在传统社会里，"乡塾师"是一种清贫但颇受百姓尊敬的职业。因为官府支持的"教化人心"要靠他们来普及。然而，20世纪80年代之前，一段时间对知识分子的压制与污名化，再加上"民办教师"对基层权力的依附关系（能领工资但没有编制，生计随时可以被基层官员剥夺），导致任老大一家，与有六个子女又不够勤快的冯幺爸一样，活在乡场社会的最底层。

冯幺爸是一个典型的家累重、无出息，又被农村的平均主义弄得懒心无肠的底层农民。"做，不做，还不是差不多？——就收那么几颗，不够鸦雀啄的；除了这样粮，又除那样粮，到头来还不是和我冯幺爸一样精打光?"这几句话挂在冯幺爸嘴边的话,道出了冯幺爸贫穷的环境要素,"无心做活路,又没别的手艺"则是冯幺爸贫穷的个人因素。这样一个困难户,要在贫穷的黔北农村生存下去,自然谈不上什么尊严与自信,只能靠"缠着曹支书要回销粮"或是"涎着脸找人接济,借半升包谷,或是一碗碎米",再加上"给你跑腿,给你抬病人,比方罗二娘家请客的时候,他就去搬桌凳,然后就在那儿吃一顿"。因此,在作者和旁人眼里,"他要伸手,要求告人,他咋敢随便得罪人呢?"这想必也是罗二娘的想法,因为她吃死了冯幺爸不敢说实话,再加上曹支书撑腰,结局无非是罗二娘再一次在场面上碾压可怜的民办教师任老大一家。

《乡场上》叙事的巧妙之处,就在于利用曹支书催问,罗二娘步步紧逼,任老大女人苦苦哀告,而冯幺爸犹豫不安的这一段时间,将梨花屯乡场上的权力结构、冯幺爸的底层境遇,以及目击这场纠纷后造成的"极限场境",都描写得清清楚楚,又合情合理。读者们与围观群众一样,都认为冯幺爸肯定会被迫昧着良心做出伪证时,"一句真话也说不起",剧情的反转才显得动人心魄。

二

可以来看看作者如何描述冯幺爸的窘态:"冯幺爸艰难地笑着,真慌张了,空长成一条堂堂的汉子,在一个女人的眼光的威逼下,竟是这样气馁,像小姑娘一样扭捏。他换了一回脚,站好,仿佛原来那样子妨碍他似的,但也还是说不出话来。这正是春日载阳、有鸣仓庚的好天气,阳光把乡场照得明晃晃的,他好像热得厉害,耳鬓有一股细细的汗水,顺着他又方又宽的脸腮淌下来……"

他万不得已的表达,也是三翻四叠的,先从自己说起:"我冯幺爸,大家知道的,在这街上算不得一个人……不消哪个说,像一条狗!……我穷得无法——我没有办法呀!……大家是看见的……脸是丢尽了……"这一段话看上去与当日的纠纷无关,却起到了很好的调节场面作用,"人们很诧异,都静下来,望着他",还没有想通这段自述与当下纠纷的关系。

而冯幺爸接下来的说辞就更让人摸不着头脑,他说去年多分了几百斤谷子和包谷,还有几十斤糯谷,"算来一家人吃得到端阳",种了菜

一 小说

籽，国家会奖售大米，自留地里还有麦子。这些是个人努力的证明，也是对前面"收那么几颗，不够鸦雀啄的"的回应，而后面的话则涉及国家政策的改变："去年没有硬喊我们把烂田放了水来种小季，田里的水是满荡荡的，这责任落实到人，打田栽秧算来也容易！……只要秧子栽得下去，往后有谷子挞，有包谷扳……"

如果说，这些话还属于罗二娘说的"扯南山盖北海"，那么，冯幺爸下面的怒吼，就是对前面所述"困境"的破局，他先是朝着曹支书吼："这回销粮，有——也由你，没有——也由你，我冯幺爸今年不要也照样过下去！"接着又拍着胸膛宣布：吃肉，可以不找姓罗的，食品站，也再不能"这也不卖，那也不卖，这也藏在柜台下，那也藏在门后头"地垄断经营了。而曹支书从前的杀手锏，"进管训班"，"大年三十去修水利"，"那一套本钱吃不通罗！"只要遵纪守法，"做活路——国家这回是准的，我看你又把我咋个办？"

在这一系列的铺垫将前面作者描述的困局全都破解之后，冯幺爸才说出了事实的真相：任家娃儿无责任，罗家娃儿仗势欺人。这本来是围观者与读者都意料之中的事，但冯幺爸说出这样的证词，竟是如此艰难，要经过这么长的一通盘算。

最后，冯幺爸面对罗二娘日后报复的威胁，还慷慨地放出了一段"卒章显志"的狠话："……只要国家的政策不像前些年那样，不三天两头变，不再跟我们这些种庄稼的过不去，我冯幺爸有的是力气，怕哪样？"

冯幺爸的个人演说，赢得了围观群众和作者"就是这样，就该这样，这像栽完了满满一坝秧子一样畅快……"的赞誉。读者想必在经历了压抑得喘不过气来的纠结与担忧后，也得到了如释重负的解脱。

三

冯幺爸的胜利，为什么得到观众和读者的一致欢呼？这场胜利又反映了什么样的时代面貌与公众情绪？

正如有评论文章指出的："三十年前，共产党解放了农民，可是，由于革命斗争的复杂性和革命道路的曲折性，而出现了农民受到新的剥夺，使冯幺爸们重新变成了'做不起人'的人了，直到粉碎了'四人帮'，中央召开了三中全会，落实了两个农村经济政策后，农村才出现

《乡场上》：改革开放的一曲赞歌

转机，冯幺爸们才获得第二次解放：经济上的解放，精神上的解放，性格上的解放。"《乡场上》正是凭借"深入地揭露黑暗"与"有力地歌颂光明"才能"深刻地描绘了新旧交替的农村面貌，生动地展现了前进中的农民精神面貌"。①

作者何士光后来对于《乡场上》太注重"技巧"，"从一个明确的观念出发"，"制造悬念、由发生到高潮到结局"，"一一地力求精确"，表示了明确的不满，认为这篇小说"致力于冲突和情节的设计"，而没能做到"作品就像生活本身"。②换言之，何士光自认《乡场上》过于戏剧化，没有像生活那样平静与深厚。同时期也有批评文章指出：冯幺爸是"一个颇有心计的角色"，这样的人，为了自身利益需要，可以像"一条狗似的"活着，他为什么会在短短时间内转了一百八十度的弯子，为什么会在事不关己的事情上一反常态？而且完全不在乎事后会遭到曹支书、罗二娘等人的报复呢？"很显然，这并不是冯幺爸的失算，而是作者有意回避的。"③

不妨承认，《乡场上》放弃了"反思文学"常见的启蒙思路，而对冯幺爸这样的底层农民（包括围观的农村群众）寄予了巨大的希望，而支撑这种希望的，并非"尊严""觉醒"这样的（至少对于底层农民来说）精神奢侈品，而是国家政策给予农民富足与独立的希望，是明确的法令（"国家准的""老子十年不偷牛"）对农民利益的保护。这不正是共产党致力于农民解放与农村改造的初心所在吗？

《乡场上》具体细节或许存在不够真实之处，人物的转变也有过于猛烈之嫌，但小说中反映出的时代情绪，期盼中国农村尽快走上富强之路，结束不透明的权力垄断与物资垄断，却是真真切切存在的。正是在改革开放的形势下，中国农村才发生了巨大的变化，农民才真正获得了生活的保障和做人的尊严。就此而言，《乡场上》实在就是一曲改革开放的赞歌。

(作者系中国社会科学院文学研究所研究员)

---

① 赵国青：《农村新貌的生动写照——读短篇小说〈乡场上〉》，《名作欣赏》1981年第1期。
② 何士光：《努力像生活一样深厚》，《人民文学》1983年7月号。
③ 金实秋：《试论〈乡场上〉之不足——兼评〈乡场上〉评论中的某些溢美之辞》，《作品与争鸣》1981年第10期。

为农民寻找"精神生活"的帽子
——重读《陈奂生上城》

陈 思

高晓声在20世纪70年代末复出后可谓一鸣惊人,《李顺大造屋》和《陈奂生上城》分别荣获《人民文学》主办的1979年和1980年的"全国优秀短篇小说奖"。由于塑造李顺大、陈奂生等一系列成功的农民形象,关注农民"吃"与"住"的切身问题,描绘苏南地区特有的乡村生活与文化风貌,加上作家本人出身农村、先后四十多年生活于苏南乡下,高晓声又被称为"农民作家"。

《陈奂生上城》是新时期文学中脍炙人口的小说名篇,小说于1980年发表于《人民文学》第2期后,迅速引起巨大的反响。从最初的"漏斗户"主,到上城、转业、包产、出国,系列小说的主人公陈奂生成为理解20世纪80年代苏南地区农村改革的切入点,这一系列小说也自然构成了高晓声的经典代表作。现就《陈奂生上城》的创作背景、故事原型、围绕它的批评话语建构及高晓声的创作意图做梳理,同时对这部小说的三重意蕴进行深入阐释,由此照亮作家高晓声为农民、为社会写作的"初心"。

1979年一年高晓声发表了11篇小说。陈奂生作为文学形象首次出场是在短篇小说《"漏斗户"主》里。[①] 主人公陈奂生的原型就是高晓声本家亲戚高焕生,一个住在他隔壁、朝夕相处的劳动力很强的农民:

《"漏斗户"主》里的材料,几乎是从一个人身上得来的,他的

---

① 陈奂生:《"漏斗户"主》,《钟山》1979年第2期。

为农民寻找"精神生活"的帽子

陈奂生上城

出身,他的家庭、性格、遭遇,以及他对劳动的态度,对群众、对干部的态度和群众、干部对他的态度,几乎全同小说里的陈奂生一样,可以说,这是一篇文学报告。①

其时,《"漏斗户"主》在坊间的关注度还不够高。在接到《人民文学》约稿之后,高晓声很快寄去了《陈奂生上城》。高晓声认为自己已经写过陈奂生,比重新塑造一个人物形象方便,同时想通过《陈奂生上城》重新引起读者对《"漏斗户"主》的关注。

小说中的情节是这样的:陈奂生是一位中年农民,因常年贫穷而负债累累,素享"漏斗户主"雅号。1979年农村政策落实,副业复苏,他的日子好起来,开始做起小买卖——去城里卖油绳,赚零用钱买顶保

---

① 高晓声:《生活·思考·创作》,上海文艺出版社1986年版,第22—23页。

·197·

一　小说

暖的新帽子。陈奂生决定在油绳卖完后再去买帽子。结果，油绳卖完了，满怀喜悦的他却因为没戴帽子着了凉，竟一头病倒在车站候车室。曾在他们村蹲点的县委吴书记及时发现了他，并好意安排他住进县招待所。第二天，受宠若惊的陈奂生在房间里小心翼翼，生怕弄坏了东西。但是，当结账时听说只睡一晚就要五元钱后，他大吃一惊，进而忿忿然，在房间大搞"破坏"。回村路上，陈奂生凭着自己的"精神胜利法"想通了，不怒反喜。回村后，他果然因为坐过县委书记的车、住过一晚五元的招待所，在村里的地位一下子提高了。

《"漏斗户"主》和《陈奂生上城》，都分享一个共同的背景：1978年粮食政策宽松，1979年农村落实"三定"（定产、定购、定销），超产有奖，多种多收，多劳多得，苏南农民基本解决了吃饭问题，农民手中有了富余的粮食，副业生产开始恢复。解决吃粮问题的陈奂生，随即出现了新的问题。从作家自我表述的"创作谈"上看，"城乡二元结构"所带来的城乡差距问题，是"上城"故事为农民进一步叹的"苦经"。

从作家有意识在创作谈里表达的内容看，"城乡差距"是小说的重心。例如，高晓声在《陈奂生上城》中用"算账"的方式体现农民的生活水平："卖完一算账，竟少了三角钱，因为头昏，怕算错了，再认真算了一遍，还是缺三角。"当陈奂生阴差阳错住进招待所，他又以复杂的换算方式开始了新一轮算账："啃完饼，想想又肉痛起来，究竟是五元钱哪！他昨晚上在百货店看中的帽子，实实在在是二元五一顶，为什么睡一夜要出两顶帽钱呢？连沈万三都要住穷的；他一个农业社员，去年工分单价七角，困一夜做七天还要倒贴一角，这不是开了大玩笑！从昨半夜到现在，总共不过七八个钟头，几乎一个钟头要做一天工，贵死人……"在帽子、油绳、工分、住宿费、住宿时间等元素的复杂换算关系中，高晓声把"城乡差距"用数字呈现出来。

在与时代风潮、评论界的频繁互动中，作家本人越来越倾向于认同"国民性批判"的有关话语。高晓声后来更多去强调农民的弱点和缺陷，"他们的弱点确实是很可怕的，他们的弱点不改变，中国还是会出皇帝的"，因此"当代中国要有大量作家花大力气去为九亿农民做文学的启蒙工作，我们的文学才能前进。讲到反封建，这就要对农民做大量启蒙工作。我敬佩农民的长处，也痛感他们的弱点，我们不能让农民的弱点长期存在下去，不能让他们这样贫困愚昧下去"。① 对鲁迅笔法的肯定，与当时的现代化、新启蒙主义话语紧密相关。这种对当时新启蒙主义话语的自觉认同与靠拢，一定程度也影响了陈奂生系列后续小说的创作。现在看来，这样的解释，过高估计了小说叙事者与人物的批判性的距离，刻意降低了叙事者对人物的认同感。

当我们拨开作家当事人创作谈与 80 年代新启蒙主义话语这两重迷雾，回到文本细节和作家其他作品的光谱当中进行比对，第三种解释路径浮现了出来。

小说从一开始就强调陈奂生上城的原因：买帽子。陈奂生打算在进城卖完油绳之后用这些闲钱给自己买一顶御寒的冬帽。然而，阴差阳错，卖完了油绳正在兴头上的他却因为没有先买帽子，而着凉病倒，才有了后面的情节。从情节看，帽子是一个推动情节的道具。

同时，帽子也具有某种象征意味。一开始，帽子带有"身份认同"的含义。"正在无可奈何，幸亏有人送了他一顶'漏斗户主'帽，也就只得戴上，横竖不要钱。七八年决分以后，帽子不翼而飞，当时只觉得头上轻松，竟不曾想到冷。"在陈奂生摘了漏斗户主的"帽子"后，需要一顶新的帽子。那么，这"帽子"象征着什么呢？

高晓声显然想在帽子里附加精神层面的内容。此时的陈奂生，不缺吃，不缺住，却还少了点什么："他身上有了肉，脸上有了笑；有时候半夜里醒过来，想到围里有米、橱里有衣，总算像家人家了，就兴致勃勃睡不着，禁不住要把老婆推醒了陪他聊天讲闲话。"可是讲话偏偏是陈奂生的短处，"别人能说东道西，扯三拉四，他非常羡慕。他不知道别人怎么会碰到那么多新鲜事儿，怎么会想得出那么多特别的主意，怎么会具备那么多离奇的经历，怎么会记牢那么多怪异的故事，又怎么会讲得那么动听"。陈奂生最佩服的人，居然是本大队的说书人。"他总想，要是能碰到一件大家都不曾经过的事情，讲给大家听听就好了，就神气了。"陈奂生的这个念头，在结尾处得到了应验，招待所一日游就是他梦寐以求的那件不同寻常的事情。"哈，人总有得意的时候，他仅

---

① 高晓声：《〈陈奂生〉前言》，《生活·思考·创作》，上海文艺出版社 1986 年版，第 22—23 页。

一 小说

仅花了五块钱就买到了精神的满足,真是拾到了非常的便宜货,他愉快地划着快步,像一阵清风荡到了家门。……从此,陈奂生一直很神气,做起事来,更比以前有劲得多了。"

在这个故事里,陈奂生所欠缺、而又意外获得的,是"精神生活"。"他不知道世界上有'精神生活'这一个名词,但是生活好转以后,他渴望过精神生活。哪里有听的,他爱去听,哪里有演的,他爱去看,没听没看,他就觉得没趣。"我们必须先从"阿Q的精神胜利法"这样的后设观念当中解放出来。依据克里奇利对幽默理论的阐述,这一故事的幽默底层逻辑,主要采取的是康德式的情节"期待落空"(虽然不排除对喜剧人物的"优越感")。观众发笑的原因,很大部分在于"失而复得"式的情感补偿,而不在于嘲笑陈奂生"自作聪明"。

当我们把视线延伸到高晓声其他小说,就会发现对"精神生活"的追寻构成一条隐线。《水东流》(1981年)中刘兴大与女儿的分歧在于,他只知道"做蒲包",而女儿则渴望收音机、看电影所代表的精神舒展的生活方式。《蜂花》(1983年)聚焦父亲、老教师苗顺新与新一代"能人"苗果成的观念差别:一边是压抑的顶职进城,另一边是在农村身心舒展地养蜂。小说特别强调"养蜂"生活的精神属性:"白天任凭太阳晒,夜来同星星比赛眨眼睛,风霜雨露,日以为常;饥饱无时,天天如此,任你大声笑,任你高声唱。"《崔全成》(1981年)则强调了农村新人崔全成在城中茶馆获取信息,形成与农村共同体新的连带感。《极其麻烦的故事》(1984年)中,农民主人公为了筹建"农民旅游公司"从乡村一路拜访到省一级的领导,奔走在乡间与城市之间。农民能不能有"旅行"这样的精神需求?"旅行"的行为实践(游学、宦游、贬谪、逃难、下放或观光),是知识分子和城市小资产阶级加深对世界及自我的认识的途径。农民是否有权"无利害地欣赏"风景并由此形成自己的精神生活,乃至塑造自己的精神结构?

这样看来,农民的精神生活诉求,最早就是从《陈奂生上城》中萌发出来的。

(作者系中国社会科学院文学研究所副研究员)

阿城与《棋王》

李兆忠

《棋王》是阿城的处女作，1984年夏在《上海文学》发表时，名声大噪，洛阳纸贵，竟至于有"京城倾巢说《棋王》"的段子。其实，早在小说发表之前，就在圈内不胫而走，先声夺人，两家名刊的编辑为争夺发稿权使出浑身解数。

著名作家汪曾祺感叹《棋王》那样的作品自己"写不出来"，并相信"很多人都写不出来"，赞赏之余对作者寄予厚望："阿城业已成为有自己独特风格的青年作家，循此而进，精益求精，如王一生之于棋艺，必将成为中国小说的大家。"[①] 甚至连艺术思想较正统的评论家曾镇南，也被《棋王》感动得忘乎所以，为文开宗明义写道："我读《棋王》，一下子就被攫住了。这是一篇奇异独特的文字，那味儿似乎还不曾在别的任何名家或新秀笔端流出过。屏住气读下去，酸甜苦辣，真人生在眼前逼现，真世味在心里滚动，有几处我的眼睛濡湿了。"[②]

《棋王》的轰动效应，并不只是来自艺术上，可以说，包含了天时、地利、人和一切成功的要素。对于中国的"新时期文学"（指"文化大革命"结束后的中国文学）而言，1984年是一个重要年头，经历"伤痕文学""反思文学"之后，经历"朦胧诗""现代派""主体性"问题争论之后，一个文学写作"个人化"的时代，已是呼之欲出。值得注意的是，这种"个人化"的文学现象又是在"文化寻根"的精神诉求下发生的。事实上，在此之前，与这种"文化寻根"相呼应的作

[①] 汪曾祺：《人之所以为人——读〈棋王〉笔记》，《光明日报》1985年3月21日。
[②] 曾镇南：《异彩与深味——读阿城的中篇小说〈棋王〉》，《上海文学》1984年第10期。

一　小说

棋王

品已出现，如汪曾祺的《大淖纪事》《受戒》，贾平凹的《商州初录》，李杭育的"葛川江小说"等。与此同时，拉美作家借重本土文化资源，在20世纪后半叶取得举世瞩目的艺术成就，尤其是哥伦比亚作家加西亚·马尔克斯在80年代初被授予诺贝尔文学奖，极大地鼓舞了中国作家，他们相信：如果将自己的创作植根于悠久的民族文化传统，以中国人的审美感受吸收消化西方近现代的审美观念与形式，必能取得可观的艺术成就。

在"寻根文学"作家中，阿城是比较特殊的一位。论文学创作的起步，他最晚；论艺术的起点，他最高，可谓不鸣则已，一鸣惊人。说来有点传奇，阿城是在给别人的小说画插图时觉得不过瘾，才开始自己写小说的。据文学史家仲呈祥叙述，20世纪80年代初的一个夜晚，在北太平庄22路汽车终点站，阿城对他说："说实话，替别人的小说插图，倒勾起自己写小说之念。譬如说反映知识青年生活的小说吧，我就总觉得还不够味儿，至少我自己在这方面的生活，还没有在小说中得到充分表现。"① 此时他已过而立之年。

《棋王》主要写两件事："吃"和"棋"，通过对落难公子"我"与平民象棋高手王一生的邂逅、交往和最后共同经历的一对九车轮大战的描写，揭示这样一个主题："衣食是本，自有人类，就是每日在忙这个。可囿在其中，终于还不太像人。"这个主题看上去平平常常，出自阿城之手，却生发回肠荡气的冲击力。分析起来，《棋王》的魔力既来自中国古典小说精华的继承，也来自西方现代小说技巧不动声色的借鉴，两者水乳交融，天衣无缝。这具体表现在：作者不编织复杂巧妙的故事情节，也不作深入细致的心理描写，但凭一笔神奇的白描决出胜负，平铺直叙，从容道来，显示出大智若愚、大巧若拙的风范。小说一上来写道："车站是乱得不能再乱，成千上万的人都在说话。谁也不去注意那条临时挂起来的大红标语。这标语大约挂了不少次，字纸都折得有些坏。喇叭里放着一首又一首的语录歌儿，唱得大家心更慌。"是何等的老辣的笔墨！令人想起《儒林外史》千锤百炼、寸刀杀人的笔法。然而《棋王》不是中国古典小说的翻版，而是一篇现代中国小说，中国古典小说创作中没有"叙事人"这种来自西方的技法，一切仰仗全知全能的作者，视角大而化之，结构固定单一，《棋王》打破了这种模式，充分发挥叙事人"我"的功能，它是作者的化身，作为小说中的重要人物与主人公王一生保持着的互动，单声部于是变成了复调，小说因此而获得鲜明的现代感。关于这一点，季红真说得很到位："他以'我'的存在为起点，深入自我以外的现象世界，通过对一个个具体人生故事或片断的叙述，又返回到一个新的更为丰富的自我之中。他笔下的全部故事，都在'我'一次一次的认知感悟过程中，完成着感情与思想的升华。"②

《棋王》从内到外散发着地道的中国味，没有刻意"寻"根，而"根"自在。这是叙事方式与题材高度契合的结果，用王蒙的话说，就是"本体论与方法论完全融合"。这是极高的艺术境界，无怪有人将

---

① 参见仲呈祥《阿城之谜》，《现代作家》1985 年第 6 期。
② 季红真：《宇宙·自然·生命·人》，《读书》1986 年第 1 期。

一 小说

《棋王》与茨威格的《象棋的故事》比较,认为《棋王》不落下风,"通篇散发中国文学特具的油墨香,它的大师品质,只能来自中国传统文化的伟大熏陶。(略)和主人公王一生的棋品一样,阿城的小说也是'有根的',正所谓'气贯阴阳'、'汇道禅于一炉'。每个字都直取文化的深层"。[①] 确实,不像有的寻根小说,西方式的结构,夹杂着洋腔洋调,叙事方式与题材乖离,"寻"与"根"脱节,显得不伦不类,好像西服革履上顶着瓜皮帽。仔细一想,一切又很正常,这批寻根作家都是知青,新中国同龄人,从小受阶级斗争教育,操现代汉语——那种由西语语法、日本返销词汇和本土白话混合而成的语言,文学教养主要来自五四以后的中国新文学和左翼的外国文学翻译作品,传统的中国文化对于他们恍如隔世。这样的知识背景和"失根"状态,决定了他们"寻根"的热情,正如郑义在《跨越文化断裂带》一文中表白那样,在一段时间里,他们"聚一起,言必称诸子百家儒释道","感到自己没有文化,只是想多读一点书,使自己不致浅薄",也决定了这种"寻根"本质上的虚幻。确实,那些靠恶补速成的"寻根文学"作品,总让人感到不自然,装模作样。

在这一点上,阿城的情况可谓特殊,与知青同辈拉开距离。阿城出生京城文化名人家庭,父亲钟惦棐来自红色延安,是一位有绅士风度、才华横溢的艺术理论家。八岁之前,阿城住宿在育英小学,过着优越的生活。1957年,钟惦棐因一篇《电影的锣鼓》被打成右派,家道从此中落。作为右派的儿子,阿城早早体验到世态炎凉,有机会接触到另一个世界,它隐藏在琉璃厂的旧书肆、古玩店里,少年的阿城在那里流连忘返,触摸被遗忘的前朝历史,不经意间接受了中国古代士绅文化的洗礼。这段奇异的经历,使他成为一条漏网之鱼,在知识学养上避免了"断根"的宿命。确实,读阿城的文章,容易让人产生时空错乱感,那种文风不像知青一代,更像民国的"老克拉"。

在《文化制约着人类》一文里,阿城通篇谈"文化",只字不提"寻根",这与韩少功、郑万隆、李杭育的寻根文章形成鲜明的对比。在阿城看来,中国文学尚没有建立在一个广泛深厚的文化开掘之中,而

[①] 庄周:《齐人物论》,湖南文艺出版社2004年版,第83页。

没有一个强大的、独特的文化限制,是达不到文学先进水平这种自由的。但是,阿城开出的药方——"中国文化"①,似乎只能是张空头支票,唯其如此,它显得格外悲壮。阿城作为"中国文化"的传人和"最后一个文化贵族"的形象,似乎无形中得以树立。事隔二十年之后,阿城与查建英谈到"寻根文学"时,这样说道:"我的文化构成让我知道根是什么,我不要寻。韩少功有点像突然发现一个新东西。原来整个在共和国的单一构成里,突然发现其实是熟视无睹的东西。包括谭盾。美术、诗歌,都有类似的现象。我知道这个根已经断了,在我看来,中国文化已经消失了半个世纪了,原因是产生并且保持中国文化的土壤已经被铲除了。"——好一副"众人皆断我独续"的姿态,阿城俨然成为中国文化硕果仅存的独苗。不过,他的自负并非空穴来风。

是的,这是一株难以成长的独苗。套用一句耳熟能详的成语:土之不存,苗将焉附?甚至连阿城自己都不得不承认,他造不成新文体,他的形成不具有普遍性,偶然性很大,是自修的结果,他的东西没有普遍意义,只是一个个案。②遥想《棋王》如日中天之际,阿城曾放话,要写"八王",乃父钟惦棐甚至连书名都替他想好——《八王集》。可惜只写出"三王",阿城就难以为继,歇手。今天看来,这也是阿城的高明,见好就收,否则就会煞风景。评论家于晴当时就指出:阿城的语言文质而意深,"然而却未必宜于一切生活领域和思想层次;因而就不宜拘于一格,而要力图有所贯通,有所开拓。"尺有所短,寸有所长,文坛上全能冠军是没有的,阿城得了道家文化的好处,自然也受道家文化的限制。更何况,适合阿城写小说的生活题材本来就稀缺,得力于十年边地知青生活的经验,他写出了"三王"。时过境迁,王一生那样的"棋呆子"再不可觅,阿城的绝技无从发挥,如同庄子笔下那位运斤成风,能将人鼻尖上白垩斫掉的匠人,因对手去世不得不放下手中的利斧。还有,或许是一个更重要的原因,阿城并非一个视文学为身家性命的人,骨子里仍是一个玩家,正如学者王晓明指出那样:阿城并不本色,太做作,好比一个手端水煮青菜的粗服汉子,真正醉心的,却是粗

---

① 确切说应当是老庄禅宗的道家文化。
② 参见查建英《八十年代访谈录》,生活·读书·新知三联书店 2006 年版。

一 小说

服上的宝石，菜叶下的熊掌。阿城是那个时代的"漏网之鱼"，却不是"中国文化"的殉道者，否则，就不会离开自己的文学土壤，赶时髦跑去美国，玩起行为艺术来。

诚如阿城所言：文化制约着人类；更为严酷的历史真相却是：生存高于文化；为生存所累，一种高雅的文化与时俱退，是一再发生的事情。从这个角度看，《棋王》的问世，是冲淡含蕴的中国古典审美风范的一次"回光返照"。

（作者系中国社会科学院文学所研究员）

二

散文、报告文学、非虚构

"最可爱的人"：
一个具有历史坐标意义的命名

邓玉环

1951年4月11日，《人民日报》刊登了魏巍的通讯《谁是最可爱的人》，此文一经发表便轰动全国，不仅读者争相阅读、反响热烈，甚至受到了国家领导人的高度赞扬。这篇通讯曾入选中学语文课本，它深入人心、影响深远，成为新中国数代人共同的记忆，是耳熟能详的经典名篇，解放军战士也从此被广大群众亲切地称为"最可爱的人"。作家肖复兴认为这篇通讯具有历史坐标意义，"最可爱的人"是作者魏巍的一个"贡献"。

《谁是最可爱的人》写的是1950—1951年抗美援朝战争最艰苦阶段，志愿军战士英勇反击美国侵略军的英雄事迹。1950年6月25日，由于领土争端，朝鲜半岛爆发了朝鲜战争。9月中旬美帝国主义纠集联合国部队逼近我国鸭绿江边，10月25日我志愿军雄赳赳气昂昂跨过鸭绿江，"抗美援朝、保家卫国"。抗美援朝战争打响之时，魏巍刚调入解放军总政治部，他作为总政派往前线的部队文化工作者赶赴朝鲜前线。他在前沿阵地采访了3个月，亲自踏过被炮弹深翻过的阵地，亲手握过鲜血浸透的泥土，亲眼看到战士们在战场上奋勇杀敌、舍生忘死……这些亲身经历让他终生难忘。2000年，在纪念"志愿军出国作战五十周年"之际，人民日报记者采访魏巍时谈及《谁是最可爱的人》，魏巍说："《谁是最可爱的人》这个题目不是硬想出来的，而是从心底跳出来的，从情感的浪潮中蹦出来的。……我们战士的英雄气概一直在激励着我。他们的英雄事迹是这样的伟大，这样的感人，把我完全感动了。"

古今中外但凡描述军人形象和气质，历来都与英勇、顽强、坚毅、

二　散文、报告文学、非虚构

谁是最可爱的人

正义等"刚性"的词汇相匹配,以"仰视"的视角表达崇高敬意。而"可爱"这个词描述的对象一般是儿童、少女、动物或植物,是亲昵的带有怜爱意味的"柔性"词,用以形容军人极为罕见。正是因为作者与战士们面对面采访、心与心贴近、情感与情感相通,"可爱"这种感觉才会油然而生。在魏巍的眼中,抗美援朝的战士们其实就是一群淳朴勇敢的年轻人,他们是那样令人心疼让人喜爱,他以一个长辈"俯视"或同辈"平视"的视角使用这个词语,其真挚热烈的情感也深深打动了读者,形成强烈的"共情"。

那么,战士因为什么"可爱"?因为"他们的品质是那样的纯洁和高尚,他们的意志是那样的坚韧和刚强,他们的气质是那样的淳朴和谦逊,他们的胸怀是那样的美丽和宽广!"排比句抒情的四句、八个形容词,是作者发自内心的赞美,是对志愿军战士最精准深情的评价。魏巍曾介绍他是如何确立这篇通讯主题的,他想深入挖掘这些战士们身上"最本质的东西"。"在朝鲜,我脑子里经常想着一个问题:我们的战士,为什么那样英勇呢?就硬是不怕死啊!那种高度的英雄气概是从什么地方来的呢?"作者与指挥员、战斗英雄、普通战士、干部、新参军的学生,甚至还有"过去曾经是落后的人",通过开座谈会、深入交流、说心里话,最终他认识到除去个体的差异之外,"对于伟大祖国的爱,对朝鲜人民深刻的同情,和在这个基础上的做一个革命英雄的荣誉心。……在党的教育下这种伟大深厚的爱国主义与国际主义的思想感情,就是我们战士英勇无畏的最基本的动力。"

作者心中涌动着激情,他急切地想让祖国人民了解自己的儿女是怎样的英勇顽强,与此同时并没有忘记采用最恰当的艺术形式去报道这些"最可爱的人"。这篇通讯同时具有新闻性和鲜明的文学性,故事性强、情感充沛,综合运用了小说的人物描写手法、散文的直抒胸臆、诗性的语言表达,可读性很强。正因为其突出的文学性特征,使这篇通讯的新闻性随时间淡化之后,文体归类为文学体裁中的散文,成为一篇不朽的当代文学经典。

作者善于把艺术的镜头对准人物形象闪烁着特别耀眼光芒的那一刹那,展示他们的精神与心灵之美。在朝鲜时魏巍曾写过一篇《自豪吧,祖国》的通讯,集中了20多个生动感人的英雄事迹,每一例他都觉得无法舍弃,但事迹多了反而哪一个都不够充分,不够鲜明突出。所以在写《谁是最可爱的人》的时候他精选了五个事例,之后又忍痛割爱删掉了两个,最后保留下三个典型事例。这三个英雄事迹具有高度的代表性,删除了种种次要枝蔓集中一个焦点,人物形象的光彩和精神品格才被集中强化和渲染,如同三个大大的特写镜头,深深地熔印在读者的心上。

第一个英雄事迹是一位营长讲述的朝鲜战场上一次最壮烈的战斗——松鼓峰之战。这次战斗中,志愿军一个连的战士为了切断敌人的逃路,为主力部队聚歼敌人赢得时间,以少战多拼死坚守阵地八个小时,经历了敌军飞机坦克疯狂的轰炸和集团冲锋,子弹打光后与敌人展开刺刀战和肉搏战,战斗惨烈程度令人触目惊心,战士们用鲜血和生命换来了战斗的最终胜利!事迹最后郑重列出了十四位烈士的姓名,这一长串名单给读者造成强烈的心理震撼——他们都曾经是一个个鲜活的生命啊!甚至还有一位不知名的战士没有进入烈士名单。营长缓慢的语

二　散文、报告文学、非虚构

气、沉痛的心情、在阵地上掩埋烈士时掉下的眼泪，表达了他对战友们生命逝去的痛惜和怀念。他为他们的牺牲而难过，但更为他们战斗意志的坚韧刚强而骄傲和感动！"伟大"和"可爱"这两个词语正是出自营长之口。

"我们的战士，对敌人这样狠，而对朝鲜人民却是那样的仁义，充满国际主义的深厚热情。"这个过渡段自然地引出了第二个典型事例。马玉祥是个爱恨分明的战士，朝鲜人民就如同他自己的亲人，怀着对朝鲜百姓的深切同情、对侵略者的刻骨仇恨，他勇敢请缨在最前线杀敌，主动要求去步兵连，"离敌人越近，越觉着打得过瘾，越觉着打得解恨"。他冒着生命危险一次次冲进烈火中救助朝鲜群众，这种舍生忘死的英雄行为对他来说却那么自然，他的想法完全出自最朴素的伦理情感："'不救活你家大人，谁养活你哩！'"读者听到的不是革命的大道理，却被战士的朴素话语所打动，他们淳朴善良、勇敢无畏的高尚品格就这样真实地展现在读者眼前。

通讯中第三个典型人物，是一位隐去姓名的普通战士。他的话语平实简单却那样忘我超拔："我在这里吃雪，正是为了我们祖国的人民不吃雪……我在那里蹲防空洞，祖国的人民就可以不蹲防空洞呀"。为了祖国人民的幸福安宁，他甘愿吃苦奉献，这是军人的职责，更是利他主义思想和崇高精神的体现。作者有意隐去志愿军战士的名字，就是告诉读者：拥有这样美丽宽广心灵的战士有千千万万！而获得一枚光荣的"朝鲜解放纪念章"就是他们对祖国、对朝鲜的唯一要求。不求名利，毫无私欲，这样纯洁高尚的志愿军战士，难道不是"最可爱的人"吗？！

这篇通讯至今读起来依然觉得亲切，源自作者鲜明的读者意识。"也许有的人在心里隐隐约约地说：你说的就是那些'兵'吗？他们看来是很平凡，很简单的哩。""让我还是来说一段故事吧"，作者知道普通人对于那些平凡的"兵"确实没有深入的了解，他懂得读者的心理，所以他要以读者最能接受的方式，真诚地倾诉他所知道的一切。"说一段故事"的"说"字，是一种与读者直接进行交流的口语叙事方式，三个典型事例也都大段直接引用被采访者的原话，在对话中力求复现被采访者的口气、语调，努力使读者闻其声如见其人，这是对被采访者的尊重，也符合新闻通讯文体客观真实的特点。正因为采用口语交流、人物对话的叙事方式，通讯的语言显得亲切动人、通俗易懂、简洁明快。

"这时候，勇士们是仍然不会后退的呀，他们把枪一摔，向敌人扑去，身上、帽子上冒着呼呼的火苗把敌人抱住，让身上的火，把要占领阵地的敌人烧死。……据这个营的营长告诉我，战后，这个连的阵地上，枪支完全摔碎了，机枪零件扔得满山都是。"连续的短句、快节奏叙事与战争的紧张、肉搏的激烈、叙事者心情的激动起伏相契合，也很符合口头叙事的特点。如果换成讲究的书面语或文学性的长句进行转述，新闻的现场感、语言的感染力将会被大大削弱。这篇3000多字的通讯共出现了18个感叹号，使用频率非常高，这是作者写作时内心激动情感的自然流露，他想要热烈赞美、大声呼吁：我们的志愿军战士是多么伟大、可爱！珍惜吧，我们今天的幸福生活来之不易！

除了散文的直抒胸臆，《谁是最可爱的人》优美诗性的语言表达也为读者所喜爱。"我的思想感情的潮水，在放纵奔流着。""亲爱的朋友们，当你坐上早晨第一列电车走向工厂的时候，当你扛上犁耙走向田野的时候，当你喝完一杯豆浆，提着书包走向学校的时候，当你安安静静坐到办公桌前计划这一天工作的时候，当你向孩子嘴里塞着苹果的时候，当你和爱人悠闲散步的时候，朋友，你是否意识到你是在幸福之中呢？"这段文字深入人心，不仅仅是比喻、拟物、排比等修辞手法的使用效果，更重要的是，这些优美的诗性话语告诉我们：其实平凡生活中蕴藏着巨大幸福！而祖国人民能够安宁幸福的生活，都是前线战士们鲜血的代价。我们要珍惜、要感恩、要惜福知福。文章最后一句呼吁值得铭记：我们爱祖国、爱领袖，但也要深深地爱我们的战士，他们确实是最可爱的人。

无数事实告诉我们，新中国成立70年来，当祖国和人民遇到灾难和险情的时候，永远都会有中国军人奋不顾身冲锋陷阵的身影，他们用生命和鲜血保护着我们。而一代代的读者用持续的经典阅读，让具有历史坐标意义的《谁是最可爱的人》生生不息流传后世，这亦是一种向"最可爱的人"致敬的方式。

（作者系华南师范大学文学院副教授）

《小橘灯》：尺水兴波，文短意长

乔世华

《小橘灯》全文不过一千五六百字，体量并不大，但是内涵很丰富，值得细细品味。该文写于1957年1月19日农历腊月十九春节将届之时，是冰心应《中国少年报》之邀约而写作的，文章刊发在1月31日丁酉新年正月初一的《中国少年报》上，因而冰心这篇短文紧扣"春节"：文章开头提到"在一个春节前一天的下午"，亦即我们所说的大年三十；文章中间部分提到了年夜饭——当"我"询问小姑娘她的母亲是否吃过饭、冒着热气的砂锅里装着什么时，小姑娘回答："红薯稀饭——我们的年夜饭"；中国人春节期间少不了要张灯结彩、串门访亲，像我国沿海地区就流行着新春时节互赠橘子的风俗，因为橘子寓意吉祥，而文章的核心内容便是"我"买了橘子去探望小姑娘一家、小姑娘精心制作小橘灯送"我"；文章结尾则再度点题呼应开篇："每逢春节，我就想起那盏小橘灯。"可以说，围绕着春节，冰心做足了文章，处处透着精心。

文章开篇含糊地说明"这是十几年以前的事了"，文章结尾则道出了具体时间："十二年过去了。"文章刊发的时间是1957年，文中所写的事情自然发生在乙酉年的1945年，更何况冰心在后来有明确表示："这件事发生在一九四五年的春节前夕"。[①] 从乙酉年到丁酉年的十二年正是一个生肖轮回，这当中有时间的流转，也有空间地理位置上的变迁——冰心抗战时期住在国民党的陪都重庆，写作此文时则住在新中国的首都北京。抚今思昔，自会别有一番滋味。在这一轮的岁月流转中，

---

① 冰心：《漫谈〈小橘灯〉的写作经过》，《中国语文教学》1979年第2期。

小橘灯

现实中国业已完成了新旧政权的更迭，开辟了中国人民当家做主的新纪元，属于金鸡报晓、换了人间，尤其是 1956 年年初，我们国家的社会主义改造胜利完成，现代化建设的壮丽前景催人奋进，"神女应无恙，当惊世界殊"（毛泽东语）。所以，《小橘灯》所写实际上是包含着过去和现在两个时间段的生活内容的：明里是"我"着力记述的与小姑娘邂逅的"十几年以前"，暗里是"我"正生活着的当下，虽说并无当下生活的具体内容，但是从文末"因为我们'大家'都'好'了"的表述来看，今年花胜去年红，人间岁月的向好是毋庸置疑的。

除夕本身就是辞旧迎新的传统节日，所谓"一夜连双岁，五更分二年"，带给人欢欣和勃勃生机，让人对未来一年充满美好憧憬。所以，文中小姑娘的乐观情绪肯定有一部分来自喜庆的节日气氛的熏染，而"我"提着小橘灯走在黑暗潮湿的山路上时似乎"觉得眼前有无限光明"，也一定与这一元复始、万象更新的节日有关。这还只是就"我"和小姑娘乐观情调产生的"天时地利"因素而言的。其实，"人和"因素更不容忽视。"我"和小姑娘都是心中有爱的人，她们素昧平

二　散文、报告文学、非虚构

生，却能够相互给予温暖、彼此信赖对方。"我"是富有同情心的，当注意到小姑娘想要打电话，主动施以援手，得知其家中有病人还特意登门探望，嘘寒问暖；至于小姑娘，对病榻上的母亲至为孝顺，对好心人则有感恩之心，不论是言辞上的感谢，还是投桃报李制作小橘灯送"我"照明，抑或给予"我"安慰和祝福的话语。萍水相逢的两个人，都能以实际的言行相互点亮对方心中的小橘灯；尤其是小姑娘，出身社会底层，家境本来就不好，父亲又失踪无音信，母亲又患病待照料，却能笃定乐观地对待生活中的苦难，执念明天的美好。还有那位未出场的女大夫，一个电话就能登门探病打针，且第二天早晨正月初一还会再来探视，其对待患者尽职尽责尽心尽力则可想而知。这不能不让人联想到冰心一贯主张的"有了爱就有了一切"，《小橘灯》实际上是一曲歌咏人间大爱的颂歌，冰心"爱的哲学"的意涵远不止于自然、童心和母爱这三个维度，实则包含着对一切劳苦众生的深情凝视。

　　小姑娘虽然只有八九岁，却能令"我"刻骨铭心，与她身上所洋溢着的特有的镇定、勇敢、乐观精神不无关系。小姑娘家境贫寒，这从文中的相关交代可以看出来。小姑娘"瘦瘦的苍白的脸"，估计和营养跟不上有关系，"穿一身很破旧的衣裤，光脚穿一双草鞋"，所以小姑娘嘴唇会"冻得发紫"，大过年的还如此穿戴，这也说明其家境不佳、家长疏于照顾；小姑娘家的屋子"很小很黑"，年夜饭只吃红薯稀饭，都进一步说明了问题。但穷人的孩子早当家。母亲生病吐血，她不慌张，知道打电话通报医院，从她说的"你只要说王春林家里病了，她就会来的"来看，她遇到需要这种延医问药的事情显然不是第一次了。家里来了不速之客，她知道如何礼貌应对招待，并不把家庭情况和盘托出："现在没有什么人，我爸爸到外面去了……"；她并不因为贫穷就自卑或沮丧，在回答客人吃了什么东西时，是"笑说"，而且刻意强调了饭食的意义："红薯稀饭——我们的年夜饭"，是透着乐观甚至有点自得的，红薯稀饭很有可能是她的手艺；做事情有计划有章法，给母亲剥橘子时，她就已经有了利用橘子皮做小橘灯的想法；送客人时，身手敏捷地做出一盏小橘灯来为其照明，可见其心灵手巧和体贴周到。文中两次出现"她又像安慰我似地说"，说话内容均能打消"我"的近忧与远虑：前一次是在"我"担心她的妈妈身体情况之时，告诉"我"：

"你放心,大夫明早还要来的。"再一次是当"我"心绪沉重地告别她们母女时:"不久,我爸爸一定会回来的。那时我妈妈就会好了。"尤其是后一次言动结合,极富感染力,对团圆美好的坚执予人以信心:"她用小手在面前画一个圆圈,最后按到我的手上:'我们大家也都好了!'"当"我"走在黑暗潮湿的山路上时能"觉得眼前有无限光明",不仅仅是因为小橘灯那富有象征意义的"朦胧的橘红的光",更是从经历了人间疾苦而仍然坚强善良的小姑娘身上感受到了爱与信仰的力量。所以,不惧生、不怯场、不悲观、不绝望的小姑娘扮演了渡者的角色,既"渡己",更"渡人"。

文中"我的朋友"是个重要的牵线搭桥者。为了去探访这位朋友,"我"才有机会见到那个八九岁的小姑娘;因为久等朋友不来,"我"才会去探望小姑娘的妈妈,从而获得了小橘灯,也见证了一个心中有爱的小姑娘;因为有朋友的解释,"我"才更进一步了解到小姑娘的家庭情况,获悉小姑娘的父亲王春林是一个木匠,因为常替几个后来遭到逮捕的共产党学生送信而失踪。朋友一知半解的介绍,隐约透露出一点当时的社会信息来,王春林的真实身份及最终去向也有多种可能性。如果说一切景语皆情语的话,则文章中先后出现的有关自然环境描写——乡公所里"阴暗的仄仄的楼梯"、"越发阴沉"的天色、"浓雾里迷茫的山景"、"变黑"的外面、"黑暗潮湿的山路",应该都关联着作者对当时国统区高压的政治气氛的心理感受。故而,《小橘灯》在着力表达的爱与同情的主题之外,还带有一些革命乐观主义精神的因子——虽然目前还看不到光明,但未来可期。"我"心理色调之能由暗转明,不仅仅与黄果树下面的小屋和小橘灯本身所具有的温馨怡人的色彩和吉祥的寓意有关,更该得益于作为革命者后代的小姑娘的出色表现,"莫听穿林打叶声,何妨吟啸且徐行","我"心理的雾霾遂得到了有效扫除以迄于今。

可以肯定,小姑娘所期许的"那时"与"我"正生活的当下高度重合并继续展示出其可期待的前景来,否则"我"就不会那么乐观地表示"我们'大家'都'好'了"。十二年前小姑娘所说的"我们大家"到了"我"笔下已经变成"我们'大家'",显然不再仅止于对小姑娘所说的"大家"进行引述或强调,而是富有意味地指向了整个祖

二　散文、报告文学、非虚构

国大家庭。这就有如我们通常所说的"大河有水小河满"那样，如果"大家"都好了，则这"大家"当中的一个个小家也自然都会好起来的。所以，虽然那么多年再也没有听见那小姑娘和她妈妈的消息，但是"我"能确信结局的圆满："十二年过去了，那小姑娘的爸爸一定早回来了。她妈妈也一定好了吧？"整篇文章所弥漫着的浓浓乐观情绪，是自不待言的。

这里要说一下《小橘灯》的文体属性。这篇作品发表以后很长时间里是被视作散文的。不过，近些年来，学界中亦有人以小橘灯所具有的象征意义而视该文为小说。但若从冰心本人的意愿来看，她还是更倾向于强调《小橘灯》的散文属性。譬如，当季涤尘为编《散文特写选（1949—1979）》一书向冰心征询意见时，冰心在1978年8月12日答复信件中表示："我的散文，实在没有可取之处，勉强选上三篇，供你们参考。"冰心所选的这三篇散文依次是《小橘灯》《樱花和友谊》和《我站在毛主席纪念堂前》。再如20世纪90年代，海峡文艺出版社在出版《中国女作家散文选萃》（现代卷）一书时，将冰心《小橘灯》在内的9篇散文选入其中，并为此信件征询冰心意见，冰心在1992年11月17日回信中对所收录的篇目表示认可。抗战时期，冰心寓所"潜庐"就在重庆歌乐山，从其寓所出发，沿着蜿蜒的林间青石板路就可以抵达文中所说的乡公所，冰心后来就坐实了《小橘灯》中先后提到的山、乡公所、公用电话、水果摊和医学院等地方："故事就用了重庆郊外的歌乐山作为背景。抗战期间，我在那里住过四年多。歌乐山下，有一所医学院，我认识这学院里的几位老师和学生。上山不远有一些平地，叫做莲花池，池旁有一个乡公所，楼上有公用电话，门外摆有一块卖水果、花生、杂糖的摊子，来往的大小车子，也常停在那里。"[①]

再从冰心的写作实践来看，其散文往往并不完全照搬现实生活经验。譬如其20世纪40年代以"男士"笔名发表的散文《关于女人》，书写的是她生命中的十四个不同阶层女性，虽是讲说真人真事，叙述者"我"却故意借用男人视角和口吻来营造间离效果。冰心1963年在向北京中华函授学校学员们传授写作经验时的讲义《谈点读书与写作的

---

① 冰心：《漫谈〈小橘灯〉的写作经过》，《中国语文教学》1979年第2期。

甘苦》以及 1979 年所写作的《漫谈关于儿童散文创作》等文中，先后以其散文《尼罗河上的春天》《一只木屐》《孩子们的真心话——记一位小学教师的谈话》等的写作为例说明所写和事实原貌或有所不同。因此，不必因为《小橘灯》没有严丝合缝地吻合作者的生活真实就否定了其散文属性。

（作者系辽宁师范大学文学院教授）

《哥德巴赫猜想》:"科学的诗篇"

赵彦芳

徐迟的报告文学《哥德巴赫猜想》是中国当代文学的一朵瑰丽的花朵。发表时,由《人民文学》(1978年第1期)和《人民日报》(1978年2月17日)重力推出,随后产生广泛、深远而持久的影响。《哥德巴赫猜想》不仅将中国报告文学推向一个高潮,使报告文学成为文学领域的宠儿,推动了报告文学作为一种文体的自觉,更以"轻骑兵"的姿态直接介入现实,促发了全社会的思想解放运动,尤其是有力地改变了知识分子的命运。虽然只是一部报告文学,但《哥德巴赫猜想》在文学史、思想史和科技史上都具有里程碑的意义。

报告文学是新闻性和文学性的结合,不同于小说、诗歌等其他文学类型,报告文学取材于真人真事,它的想象和虚构相比之下都是有限的,但文学性也不可或缺。徐迟以数学家陈景润和哥德巴赫猜想之间的因缘际会为线索勾勒了他传奇而多难的命运,以诗化的叙述语言、生动感人的情节设置、个性化特征和象征性细节的捕捉、信实的内容再现了陈景润这样执着于学术、为国争光的知识分子形象。尤其突出的是,徐迟尊重生活的真实和人性的真实,他所塑造的陈景润形象,并没有写成流行的单一化的先进人物、先进事迹介绍,在刻画陈景润执着、坚韧、不屈不挠、勇于攀登科学高峰的同时,还写出了他的孤僻、内向、善良、不通世事等性格特征,展现了困窘的生活、战争、"文化大革命"及人性之恶等给知识分子带来的身体和心灵的创伤。这才是完整而真实的陈景润,更接近人性,更能触动人们的心弦。

一个人的性格和生存形态不是天生的,而是深受他的家庭、社会环境、时代状况的影响,所以一般叙事类文学在塑造人物形象时往往把人

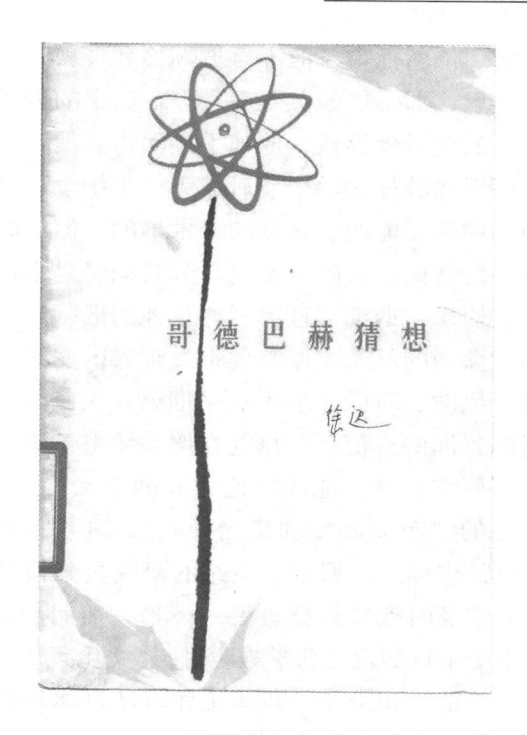

哥德巴赫猜想

物放在广阔的社会背景中去反映,追求塑造典型环境中的典型人物,从而发掘人物形象普遍的社会意义。《哥德巴赫猜想》在塑造陈景润这位科学家典型时也是如此。年少的陈景润,缺衣少食,在一个多子的家庭里他无法得到双亲的疼爱,幼小的心灵不仅缺乏呵护,更遭受到了种种伤害,有来自同学们的欺侮,更要承受民族灾难——抗日战争的伤害。他从小就是一个不受欢迎的"多余"人,瘦弱、内向、敏感。但是,幸亏有数学,他在数学里不断寻求着滋养,演算那些在别人眼中枯燥乏味,对他来说却是津津有味的数学题,在生活里受到的歧视更让他沉浸在数学的世界里,那是他的幸福,他的乐趣。高中时,他从数学老师那儿知道了数学是自然科学的皇后,数论是皇冠,而哥德巴赫猜想则是那皇冠上的明珠,也许其他同学听过却很快就忘记了,甚至老师也都不知道他随意播撒的种子,却深深扎根在那个不合群的、古怪的"畸零人"陈景润的心里,在将来的某一天会绽放出最绚烂的花朵。陈景润在大学

二 散文、报告文学、非虚构

时代虽然依然内向、依然孤单,但不再被嘲笑和歧视,可以自由自在地畅游在数学的海洋里,那是他的黄金岁月。在数学的世界里,他是自在的,但在数学之外的生活世界里,他却手足无措。他不会照顾自己,不会和别人交流,更无法胜任大学毕业后成为一名中学老师的工作。在一般人的眼中,他也许是无能的、笨拙的、木讷的,但他的这种性格又何尝不是来自世界的恶意而形成的?不过,陈景润又是幸运的,在人生的关键时刻他遇到了伯乐,遇到了理解和尊重他的老师、同事,正是这些温暖、这些闪烁的微弱的星光支撑着他走过艰难的岁月,才使他的数学才华不至于在政治风波、帮派斗争中灰飞烟灭。王亚南,他的母校厦门大学的校长懂得陈景润的价值,安排他在厦大图书馆里工作,但不用管理图书,而是专心研究数学;他的数论方面的论文得到华罗庚的赏识,从文章里看到了他的"英姿勃发和奇光异彩",并将他调到了中科院数学所,向哥德巴赫猜想挺进;那些靠边站的研究员坚持订阅国际数学期刊,才使陈景润能够及时获知最新进展……当一切似乎进入正轨,陈景润可以全身心、不受干扰地攻克数学难题时,"文化大革命"开始了,这场民族的灾难让所有的知识分子、科研工作者从身体到心灵都受到极大的摧残,陈景润这样一心只在数学、沉迷在专业中的数学家却被扣上了"安钻迷""白专道路典型""白痴""寄生虫"等帽子。陈景润无法理解这个疯狂的世界,各种政治审查、帮派斗争、专政活动让他迷茫、心惊肉跳。他不懂政治,他只会钻研他的数学,但那却是一个政治让一切学术研究都停顿的年代,而他只有数学,可以没有生活,但不能没有数学。他在黑暗的时代隐居到只有六个平方的被掐断电线、没有电灯的小屋里,在煤油灯下,像被人遗忘了一样,钻进数学的世界里。没有明亮的光线,没有充裕的食物,甚至没有他大量演算必需的计算器……就是在如此凄冷、黯淡的环境里,他一点点地、忘我地向那个数学高峰奋力攀登,最终到达那个"光辉的顶点"。他所提出的原理被称为"陈氏定理""辉煌的定理",被国际数学界称作是"移动了群山"。

根据美国心理学家马斯洛的需要层次理论,人类具有一些先天需求,包括生理需求、安全需求、社交需求、尊重需求、自我实现以及自我超越等。越是低级的需求就越基本,越与动物相似;越是高级的需求就越为人类所特有。当一个人满足了较低的需求之后,才能出现较高级的需求。在马斯洛的需求理论下来反观陈景润的人生，我们悲哀地看到，这位科学家在破解数学王国里的顶级难题的过程中，往往连最基本的生存需求都无法得到满足：食物粗劣，长期营养不良，连水果都没有吃过，唯一的一次吃到水果是领导在春节看望他时带给他的，逼仄的小屋，甚至连书桌都没有，床掀起褥子就当书桌来用，还有连绵不断的政治风波带给他的纷扰，除了偶尔少有的一些善意，他没有亲情，更没有爱情……但他却以超人的意志实现了最高级的需求。我们深深被这样的一位"科学怪人"所震撼，为他在物质、情感、生活上的极度匮乏和在数学上所取得的丰硕成果之间的强烈对比所震撼。这是一位在生活上一无所求而将自己的全部精力都贯注在了解决世界级数学难题的知识分子，是一位拙于生活而精于学术探索的科学家。他在生活中获得的是那样少，在极其艰难、险峻的生活环境和政治环境下做出了艰苦卓绝的努力，终于摘下数学王国里那皇冠上耀眼的珍珠，其间那非人的遭际让人不禁扼腕叹息。本来可以不为生活琐事、人情世故所累，可以不为政治风波干扰而专注于科研，却身心备受摧残、毫无尊严地默默坚持。陈景润的磨难不仅是个人的，更是无数中国知识分子、科研工作者曾经的共同的磨难。这是个体的灾难，也是民族的灾难。《哥德巴赫猜想》真实地反映了陈景润的故事，并以克制而又悲愤的笔调传达了对科学家不幸遭遇的深深同情和遗憾，激发了读者强烈的共鸣，也直接促发了知识分子命运的改变。

《哥德巴赫猜想》在那个特殊的年代，率先塑造了科学家的典型，呼唤对人的价值、科学和知识的尊重，开辟了科技题材的领域。《哥德巴赫猜想》以及徐迟的其他作品，如《生命之树常绿》《在湍流的涡漩中》《地质之光》《祁连山下》《刑天舞干戚》等，是一系列为科学家立传的力作，打开了一个个神奇瑰丽的科学世界，改写了知识分子的形象。长期被视为改造和教育对象的"臭老九"被擦去尘埃和污垢，长期被否定和诋毁的"白专道路"的科学探索被有力地肯定和热情地讴歌，陈景润、李四光、蔡希陶、周培源等成为时代的新的英雄和楷模，他们身上所体现的科学精神、人文风范，成为新时代的重要精神资源。另外，《哥德巴赫猜想》作为一篇报告文学，大大拓展了文学的宽度、厚度和力度，影响深远。《哥德巴赫猜想》一经发表，不仅是科技领

二 散文、报告文学、非虚构

域,社会的各个领域都被关注和开掘,许多优秀而富有批判性和现实性的报告文学作品纷纷涌现,黄宗英的《大雁情》、理由的《扬眉剑出鞘》、陈祖芬的《祖国高于一切》、鲁光的《中国姑娘》、柯岩的《船长》、赵瑜的《强国梦》等,蔚为壮观。在那个历史转折时期,徐迟和那一代优秀的报告文学作家,充分发挥报告文学文体的特质,将新闻性和文学性结合在一起,直面社会现实的各个层面的问题,推动社会的变革和完善,一起创造了中国报告文学自70年代末到80年代的黄金时期。

《哥德巴赫猜想》将科学性和文学性结合在一起,应和了时代的需求和期待,迎来了科学的春天、思想的春天、中国的春天。而这一切都离不开徐迟作为一个作家的深厚素养,《哥德巴赫猜想》和徐迟的相遇是一种有备而来的缘分。徐迟虽然以报告文学闻名于世,但他还是一位诗人、一位优秀的翻译家。很长时间内徐迟都在诗歌方面用力,阅读了大量西方现代派的诗歌,创作了许多具有现代派风格的诗歌。但是,徐迟一度感到诗这种精粹纤细、篇幅有限的文体形式不能承载复杂深广的社会内容,他不满意诗歌的吟风弄月,不满意诗歌沉溺在个人的生命感受和幻想中,不满意诗歌在现实面前的自闭和无能。他试图寻找一个更为开阔有力、通往现实世界的途径。报告文学这种特殊的文体让徐迟找到了那条诗歌无法通往的最佳路径,对自我的关注转向了他人和社会,转向推动民族生活文明进步的事物,转向时代的召唤。报告文学助力徐迟实现了自己记录国家民族的共同情绪、梦想的夙愿,实现了以文字介入现实、推进社会变革的追求。但诗歌的诗意、语言的精美却成就了《哥德巴赫猜想》的文学性和可读性,使得对艰深的让人望而生畏的数学问题的描写富有诗意和感染力。"何等动人的一页又一页篇页!这些是人类思维的花朵。这些是空谷幽兰、高寒杜鹃、老林中的人参、冰山上的雪莲、绝顶上的灵芝、抽象思维的牡丹。""多少次坚冰封山,多少次雪崩掩埋!"但"他只知攀登,在千仞深渊之上;他只管攀登,在无限风光之间。一张又一张的运算稿纸,像漫天大雪似的飞舞,铺满了大地。数字、符号、引理、公式、逻辑、推理,积在楼板上,有三尺深,忽然化为膝下群山,雪莲万千。"《哥德巴赫猜想》在文学性上是成功的,而它的科学性和真实性也得力于徐迟的钻研精神。写作《哥德巴赫猜想》的时候,徐迟不仅和陈景润同吃同住了很长一段时间,近距离地去感受和理解这位科学家,还专门读了很多数学书籍和论文,他撰写其他报告文学时也都会对所涉及的相应学科,如地质学、植物学等做深入研究,以确保对科学问题的阐述是正确、到位的。

  《哥德巴赫猜想》无论是在直面现实和问题、勇于与时代同频共振、作家的使命感和对社会生活的洞察力,还是在追求新闻性和文学性、真实性和艺术表现力的完美统一等方面,都堪称中国报告文学的典范之作。中国社会的历史进程和社会变革需要像《哥德巴赫猜想》这样优秀的报告文学作品去追踪、分析和深入的评判,需要报告文学这一具有广泛实用性的文体参与中国故事的讲述,助力中华民族的发展,影响人们的认知和感受,为历史留下珍贵的文学记录。

(作者系扬州大学文学院教授)

《怀念萧珊》：沉思往事立残阳

乔世华

《怀念萧珊》是巴金缅怀爱妻萧珊之作。萧珊原名陈蕴珍，早年是巴金的一个读者，在巴金影响下开始从事文学创作、翻译和编辑活动，其翻译的屠格涅夫《阿西亚》《初恋》、普希金《别尔金小说集》等作品得到巴金的赏识："我很喜欢她翻译的普希金和屠格涅夫的小说。虽然译文并不恰当，也不是普希金和屠格涅夫的风格，它们却是有创造性的文学作品，阅读它们对我是一种享受。"萧珊与巴金1936年在上海第一次见面，此前他们已经保持了大半年通信联系，两人相恋8年后在贵阳结婚，婚后生活幸福和谐，相濡以沫28载，1972年8月13日萧珊因患癌症去世。

"有感情无处倾吐时我经常求助于纸笔。"这是巴金多年来养成的一个写作习惯。早在萧珊去世后两三天时间里，巴金就想写一篇纪念她的文章，但是每天坐上三四个小时望着面前摊开的稿纸，却写不出一句话来，"头上仿佛压了一块大石头，思想好像冻结了一样"。是因为巴金感情匮乏吗？当然不是。"长歌当哭，是必须在痛定之后的。"（鲁迅语）感情正浓烈的时候，千头万绪，千言万语，岂是一纸素书就能够道尽说清的？萧珊从生病到去世的经历于巴金来说历历在目而又无比惨痛，再将那不堪回首的往事回忆一番，这无异于往自己受伤的心灵上撒一把盐！更何况，萧珊去世时正值"文化大革命"，巴金已经因为自己的文学创作而获罪，被剥夺了书写权利的他根本不可能有机会在文章中一吐衷肠。唯有隐忍而已。

但是，积压在心里的话是迟早要爆发出来的，只是需要等待一个恰当的时机。1978年，"文化大革命"噩梦已然结束，科学的春天被宣告

怀念萧珊

到来了，民主、繁荣、开放的社会主义新时代在向人们发出召唤，巴金重获写作自由，8月13日萧珊六周年纪念日便是触动巴金情感的关键时间节点，他从这一天起开始写作《怀念萧珊》，这篇总计9000余字的文章，巴金写得异常艰难，历时五个多月，直到1979年1月16日才写完，文章随后连续发表在1979年2月2日到5日的香港《大公报》"随想录"专栏上。

《怀念萧珊》中，巴金先后提到了四部作品，这些作品都与巴金和萧珊的命运与感情发生着千丝万缕的联系。在第一部分，巴金提到了自己的《家》："我记起了《家》里面觉新说过的一句话：'好像珏死了，也是一个不祥的鬼。'四十七年前我写这句话的时候，怎么想得到我是在写自己！"小说《家》中，觉新为封建陋习所限而未能见上瑞珏最后一面，因此生发很多自责和内疚；更令觉新代瑞珏感到不平的是，一向贤惠宽厚的瑞珏死后都已经"三七"了，高家长辈除了觉新的母亲和

二 散文、报告文学、非虚构

姑妈外就再没有一个人去吊唁过她,都生怕因此沾染上晦气,觉新因而有"好像珏死了,也是一个不祥的鬼"的愤慨之言。万万令巴金没想到的是,《家》中觉新和瑞珏所遭遇的命运,半个世纪后竟一语成谶似的在自己和亲人身上得到了活生生的现实搬演:就因为萧珊是巴金的妻子,萧珊被关进了"牛棚",被挂上"牛鬼蛇神"的小纸牌,还扫过马路;还是因为萧珊是巴金的妻子,她在患了重病后得不到必要的治疗,直到逝世前三个星期才靠走后门住进了医院!我们自然能理解巴金此时悲愤难抑的心情:"可是我觉得有无数锋利的指甲在搔我的心","一句话,是我连累了她,是我害了她"。

《怀念萧珊》的第二部分,巴金提到的又一部作品是自己刚刚阅读的梅林《马克思传》,书中马克思写给女儿的信件里提到马克思夫人临终的情形,有关描写令巴金印象异常深刻:"在最后几小时也没有临终的挣扎,而是慢慢地沉入睡乡。她的眼睛比任何时候都更大、更美、更亮!"巴金之能对这段话特别敏感,在于萧珊也有着一双"很大、很美、很亮的眼睛",并同马克思夫人一样也是死于癌症;要知道,当萧珊离世时,巴金等亲人不巧都不在她身边,"她死得这样凄凉"!作为执子之手与子偕老之人,巴金有许多话都没能向萧珊倾诉、没能同萧珊诀别送她走完人生最后一程。这成为巴金的终天之恨。尤其是当巴金意识到萧珊最后所说的"找医生"很可能是说的"找李先生"(萧珊平日这样称呼巴金)时,巴金对萧珊的愧疚更是无以复加,萧珊之死带给他的心灵创痛愈发难以平复!略略会让巴金感到些许安慰的地方,在于萧珊弥留之际可能像马克思夫人那样并没有遭受太多的痛苦,"而是慢慢地沉入睡乡"。

文章第三部分,巴金数度提到人民文学出版社1958—1962年期间出版的自己的十四卷《巴金文集》,不是因为荣耀,而是因为屈辱和惨痛的经历。当"文化大革命"风暴来临,《巴金文集》被视作"邪书"而成为巴金"罪人"和"贱民"的如山铁证,巴金每天在"牛棚"里面劳动、学习、写交代、写检查、写思想汇报,任何人都可以责骂他、教训他、指挥他,随意点名叫他出去"示众"并自报罪名,"任何人都可以闯进我家里来,高兴拿什么就拿走什么";妻子儿女都因此受到牵连,被揪到机关靠边劳动,常常参加陪斗,被贴大字报,遭遇冷嘲热骂，萧珊因之担惊受怕以至于罹患恶疾，儿子因之被剥夺公民权利而精神颓废。当萧珊病危之际，望着萧珊那双很大、很美、很亮的眼睛，巴金恨不能由自己来承担全部罪责而换来亲人的安静和生息："我甚至愿意为我那十四卷'邪书'受到千刀万剐，只求她能安静地活下去。"但在讲求株连的人妖颠倒的岁月里，这无比沉痛的吁求又是多么的无济于事。要知道，巴金认定萧珊比自己有才华，也因此会为萧珊不能尽情释放自己才华而感到深深的惋惜，惋惜之中还有无法抹去的愧疚："我同她一起生活了三十多年。但是我并没有好好地帮助过她。"巴金并不回避萧珊未能充分成就她自己的原因主要还在于她自身，文中两次提到萧珊"缺乏刻苦钻研的精神""缺少吃苦耐劳的勇气"；但恰恰就是这样一个在文学上、在事业上并没有什么特别企图的心地善良的人，却在"文化大革命"中成为反动权威家属，并因此承担本不是她生命中所该承受之重，被当作箭靶，被剥去尊严，被勒令靠边劳动、站队挂牌，遭遇冷言冷眼，这遑论公平。正因为此，劫后余生的巴金"不止一次"地表示"决定不让《文集》重版"。文字狱令人心有余悸，其酷烈可想而知。

  在文章的第四部分，巴金提到自己1939年三四月出版的两册《旅途通讯》。在别人眼中这本书不足道："四十年前有一位朋友批评我：'这算什么文章！'我的《文集》出版后，另一位朋友认为我不应当把它们也收进去。他们都有道理。"甚至巴金都不再打算出版旧作了，"但是为我自己，我要经常翻看那两小册《通讯》"。《旅途通讯》之能在巴金心目中保持着至高的位置，全在于这部书事实上记载了他和萧珊在抗战的紧张时期从广东到广西、从昆明到桂林、从金华到温州的分散又重聚、相见又别离的生活经历。那段逃亡经历对巴金来说是刻骨铭心的，书中所收录的虽说"全是平凡的信函"，"但是每一封信都是在死的黑影的威胁下写成的"。[①] 而能支持巴金在彼时度过重重难关的是"友情"："友情是我的指路的明灯。在生与死的挣扎中，在受到绝望的打击以后，我的心常常迷失了道路，落在急流的水里，在此时将我引到彼岸的正是这友情。"[②] 毋庸置疑，"友情"中的很大一部分即来自当时

---

① 巴金：《旅途通讯·前记》，《巴金全集》第13卷，人民文学出版社1990年版，第113页。
② 巴金：《旅途通讯·前记》，《巴金全集》第13卷，人民文学出版社1990年版，第113页。

二 散文、报告文学、非虚构

还是巴金恋人的萧珊。因此，这么多年，巴金屡次翻看《旅途通讯》，实是在重温那段美好的感情经历，是在重新感受萧珊给予自己的精神鼓励，并因此而增添战胜困难、顽强生存的勇气："在那些年代，每当我落在困苦的境地里、朋友们各奔前程的时候，她总是亲切地在我耳边说：'不要难过，我不会离开你，我在你的身边。'"[①] 当政治风暴来临时，萧珊对巴金仍然不离不弃，为保护巴金而受到不公的待遇；每天倾听巴金的牢骚和委屈，同巴金一样难以入眠，努力为巴金分担精神痛苦，不断安慰和鼓励他"要坚持下去""坚持就是胜利"……当病情加重的时候，萧珊唯独没有想到自己，有的只是拖累亲人而生发的深深歉疚，心心念念的仍然是巴金的问题能否得到解决和在另一个病房里治疗的儿子，只是最后一次进手术室之前才说过一句"我们要分别了"。这样一个与世无争的女人为巴金无怨无悔地付出一切，该付出多么大的辛苦和承受着怎样的精神压力！正如巴金所看到的那样，萧珊始终有这样的想法："她多受一点精神折磨，可以减轻对我的压力。其实这是她一片痴心，结果只苦了她自己。"当萧珊的生命之火在一天天熄灭下去，作为丈夫的巴金却只能眼睁睁看着这一切回天乏力，真是"世道沧桑不由人，生离死别惨难言"。

巴金如是评价在自己生命中打下深深印记的萧珊："我自己最亲爱的朋友，一个普通的文艺爱好者，一个成绩不大的翻译工作者，一个心地善良的人"，对于能与自己分担寒潮风雷、共享雾霭流岚之人，巴金没有任何溢美之词，却有发自肺腑的真情宣告："她是我生命的一部分，她的骨灰里有我的血和泪"，可谓对萧珊"我不会离开你"的爱之誓言的回应。生前，萧珊自始至终支持巴金，给予他莫大的勇气和温暖；逝后，其对巴金的精神慰勉依然鞭策着巴金："我绝不悲观。我要争取多活。我要为我们社会主义祖国工作到生命的最后一息。在我丧失工作能力的时候，我希望病榻上有萧珊翻译的那几本小说。等到我永远闭上眼睛，就让我的骨灰同她的掺和在一起。"1984年1月21日，巴金还写作了《再忆萧珊》，那是病榻上的巴金记录前一晚上与萧珊梦中相见的泣血之作。正所谓"故人入我梦，明我长相忆"。

[①] 巴金：《怀念萧珊》，《巴金全集》第16卷，人民文学出版社1991年版，第27页。

作为一个情感型作家,巴金宣称"只想把我自己的全部感情、全部爱憎消耗干净,然后问心无愧地离开人世。这对我是莫大的幸福,我称它为'生命的开花'。"[①] 以《怀念萧珊》来说,这树生命之花就交集了巴金的百般情感,有他对亲人的深切缅怀,有他对朋辈过早离世的惋惜,有他和妻子情深意笃相互搀扶的回首,有他对家人不安与愧疚的情感流露,有他对乱离之世人间真情在的珍惜,有他对伤痛与孤独的舔舐与品味,也有他对"四害"横行恶人当道的悲愤控诉。

众所周知,巴金在香港《大公报》副刊开设"随想录"专栏所发表的第一篇文章是《谈〈望乡〉》,一如巴金所说:"要是没有看到《望乡》,我可能不会写出五卷《随想录》。"[②] 该文写于1978年12月1日,而《怀念萧珊》自1978年8月13日就开始写作,只是完成时间略晚(1979年1月16日)而成为"随想录"的第五篇;换言之,《怀念萧珊》实是《随想录》150篇文章中最先开始写作的一篇。我们可以说,要是没有爱人、亲人兼战友萧珊的精神召唤、要是没有巴金对妻子深厚诚挚的情感,巴金是不可能拿出《随想录》这部拷问灵魂展示良知的世纪巨作、开启其晚年写作新高峰的。

(乔世华系辽宁师范大学文学院教授)

[①] 巴金:《病中集·后记》,《巴金全集》第16卷,人民文学出版社1991年版,第27页。
[②] 巴金:《随想录·合订本新记》,《巴金全集》第16卷,人民文学出版社1991年版,第5页。

《我与地坛》:古园、存在与思想

李广良

一

　　《我与地坛》是一部动人心魄的杰作,这不仅是因为它的题材、它的写作手法、它的结构和它的文笔,而且是因为它的诗意、它的历史感和它的存在深度。

　　文章从"一座废弃的古园"开端。"古园"处于"废弃"状态,"荒芜冷落得如同一片野地,很少被人记起。"这个"废弃的古园"就是地坛,"地坛"是古园的名称,"废弃"是古园的存在状态。"废弃"并不是说古园不存在了,它还在那里,但古园在帝制时代所具有的祭祀功能和意识形态功能没有了,在旅游业兴起之前它也不是作为"旅游景点"而存在,它只作为"一座废弃的古园"而存在于世。然而,即使作为"废弃的古园",地坛也没有退出现实的"生活世界",它沉默而固执地挺立在那里,坚守着自己,并且在"因缘际会"之下成为史铁生文学创作和思想的源泉。

　　地坛与史铁生"有缘",他之所以曾在好几篇小说中"提到过"地坛,更在《我与地坛》中"主题式地"言说地坛,就是基于此中国性的"有缘"或"缘起存在"。此"有缘"或"缘起存在",对一般人来说似乎只是因缘条件偶然性聚会的结果,但对史铁生来说,他与地坛之间"缘分"却"有着宿命的味道",带有某种命定论的必然性。史铁生写道:

　　　　地坛离我家很近。或者说我家离地坛很近。总之,只好认为这

我与地坛

是缘分。地坛在我出生前四百多年就座落在那儿了,而自从我的祖母年轻时带着我父亲来到北京,就一直住在离它不远的地方——五十多年间搬过几次家,可搬来搬去总是在它周围,而且是越搬离它越近了。我常觉得这中间有着宿命的味道:仿佛这古园就是为了等我,而历尽沧桑在那儿等待了四百多年。

它等待我出生,然后又等待我活到最狂妄的年龄上忽地残废了双腿。四百多年里,它一面剥蚀了古殿檐头浮夸的琉璃,淡褪了门壁上炫耀的朱红,坍记了一段段高墙又散落了玉砌雕栏,祭坛四周的老柏树愈见苍幽,到处的野草荒藤也都茂盛得自在坦荡。

这时候想必我是该来了。十五年前的一个下午,我摇着轮椅进入园中,它为一个失魂落魄的人把一切都准备好了。那时,太阳循着亘古不变的路途正越来越大,也越红。在满园弥漫的沉静光芒中,一个人更容易看到时间,并看见自己的身影。自从那个下午我

二 散文、报告文学、非虚构

无意中进了这园子,就再没长久地离开过它。

我一下子就理解了它的意图。正如我在一篇小说中所说的:"在人口密聚的城市里,有这样一个宁静的去处,像是上帝的苦心安排。"①

在这里,"缘分""宿命的味道""上帝的苦心安排"等语词,似乎显示着在古园与史铁生之间存在一种必然的、隐秘的关联,正是这种关联决定了史铁生的生命方向,决定了史铁生的感知、想象、思考和书写,决定了《我与地坛》奇迹般地"现身"于文学史上。

二

一切文学都是存在者存在的开显,是存在的保存,而保存存在,也就是保存历史、生活和思想。文学的力量就来自其所保存的存在。存在包括物的存在和人的存在,前者如"枯藤老树昏鸦,小桥流水人家"之存在,后者如贾宝玉、林黛玉等之存在,在二者之间,乃人和物之存在论关系。文学通过纯粹的文字保留物的存在、人的存在和人物之间的存在论关系,以此把真实的存在和存在的真实开显出来。

文学作品之成败得失,须在此存在论的视域中去观看。20世纪中国文学理论之反映论,似乎是一种唯物主义的认识理论,其实质在我看来却是存在论,所谓"客观现实"其实就是"客观存在""真实存在"之意,现实主义之所以成为文学的最高典范正是基于其对存在的真实揭示。和所有伟大的作家一样,史铁生用他的文字书写了现实的故事,书写了真实的存在。

在存在论的视域中,《我与地坛》有三重书写:物的存在书写、人的存在书写和人物间性的书写。三种书写并不是独立的,而是相互缠绕的、内在贯通的,但我们仍然可以对其做分立的考察。

物的存在书写,是对"古园"及其中的物的存在的书写。"古园"是一个独立而开放的世界,这个世界的喧闹与静止、"活跃"与"沉寂"都有其存在论的隐秘。"园墙""金晃晃的空气""寂寞如一间空

---

① 史铁生:《我与地坛》,《史铁生集》,人民文学出版社2010年版,第2页。

屋"的"蝉蜕"、露水在草叶上轰然坠地摔开的万道金光、草木竞相生长弄出的响动、满地上亮起的月光、车轮留在地上的印迹,以及那"祭坛上空漂浮着的鸽子的哨音""冗长的蝉歌和杨树叶子哗啦啦地对蝉歌的取笑""古殿檐头的风铃响""啄木鸟随意而空旷的啄木声""时而苍白时而黑润的小路""耀眼而灼人的石凳""爬满了青苔的石阶""半张被坐皱的报纸""一只孤零的烟斗"等,这一切都是一个世界及所有物的生机充满的展开。尽管经历了人的"肆意雕琢",地坛的世界还有一些"谁也不能改变的东西":

> 譬如祭坛石门中的落日,寂静的光辉平铺的一刻,地上的每一个坎坷都被映照得灿烂;譬如在园中最为落寞的时间,一群雨燕便出来高歌,把天地都叫喊得苍凉;譬如冬天雪地上孩子的脚印,总让人猜想他们是谁,曾在哪儿做过些什么、然后又都到哪儿去了;譬如那些苍黑的古柏,你忧郁的时候它们镇静地站在那儿,你欣喜的时候它们依然镇静地站在那儿,它们没日没夜地站在那儿从你没有出生一直站到这个世界上又没了你的时候;譬如暴雨骤临园中,激起一阵阵灼烈而清纯的草木和泥土的气味,让人想起无数个夏天的事件;譬如秋风忽至,再有一场早霜,落叶或飘摇歌舞或坦然安卧,满园中播散着熨帖而微苦的味道。①

人的存在书写,是史铁生对自己的个体命运的书写,对母亲的"在"与"不在"的书写,还有对令人羡慕的情侣、热爱歌唱的小伙子、"一个真正的饮者""中年女工程师""最有天赋的长跑家"以及那个"漂亮而不幸的小姑娘"和他的哥哥的书写。一个"在最狂妄的年龄上忽地残废了双腿"的、"被命运击昏了头"的"失魂落魄的人",在古园里观察万物和众生,思考生死大事,看书和写作,"发脾气"或者"中了魔似的什么话都不说""沉郁""哀怨"和思念,为了让母亲骄傲而发表小说,这是史铁生自己的存在。"她有一个长到二十岁上忽然截瘫了的儿子,这是她唯一的儿子;她情愿截瘫的是自己而不是儿

---

① 史铁生:《我与地坛》,《史铁生集》,人民文学出版社2010年版,第3页。

二 散文、报告文学、非虚构

子,可这事无法代替;她想,只要儿子能活下去哪怕自己去死呢也行,可她又确信一个人不能仅仅是活着,儿子得有一条路走向自己的幸福;而这条路呢,没有谁能保证她的儿子终于能找到。""在她儿子就快要碰撞开一条路的时候,她却忽然熬不住了。"这是史铁生母亲的存在。而文中所书写的其他人,每一个也都以独一无二的形象在古园中"出现"并"退场",他们与古园的"缘分"有深有浅,但他们的存在却都是深不可测的。

人物间性的书写,是对在"我"与"物"、"我"与"他人"之间的原发经验的书写。在十五年的时间里,除去几座殿堂无法进去,除去那座祭坛不能上去而只能从各个角度张望它,作者去过地坛的每一棵树下,在差不多它的每一米草地上都留下了他的车轮印。无论是什么季节,什么天气,什么时间,他都在这园子里呆过。他在这园子里观万物荣枯,观历史盛衰,观众生生灭,观自身苦乐。他在看到了"时间",看见了四百多年的沧桑;他看见了"茂盛得自在坦荡"的"野草荒藤",看见了"不明白为什么要来这世上的小昆虫";他看见了"自己的身影",看见了"味道"中的"全部情感和意蕴";他看见了母亲的"苦难与伟大",看见了上帝和命运。他书写的不仅是"物"和"我",而是在"物"和"我"的交感中所生成的"气机""气韵"。

三

文学不仅以描写、叙事和抒情的方式保留存在,而且以"思想"的方式保留存在。这思想可以在文论中"现身",也可以在诗歌、小说和散文中"现身"。真实的思想可以以各种形式显现自己的存在。《我与地坛》之所以被人看作"长篇哲思抒情散文",就是因为其中充满了"哲思",以文学的形式保留了"思想",以"思想"的方式保留了存在和存在的问题。

史铁生思想的中心问题是生死问题,生死问题其实就是"To be or not to be"的存在论问题。他从自己的"残缺状态"出发,直面生命的痛苦,深入地思考生与死的问题,其实就是致力于存在问题的个性解答。他写道:

我一连几小时专心致志地想关于死的事，也以同样的耐心和方式想过我为什么要出生。这样想了好几年，最后事情终于弄明白了：一个人，出生了，这就不再是一个可以辩论的问题，而只是上帝交给他的一个事实；上帝在交给我们这件事实的时候，已经顺便保证了它的结果，所以死是一件不必急于求成的事，死是一个必然会降临的节日。这样想过之后我安心多了，眼前的一切不再那么可怕。①

这是贯穿史铁生一生的根本问题，也是贯穿《我与地坛》全篇的主旋律。史铁生之所以反复思考生死问题，一是基于个体的遭遇，激于自身的困顿和母亲的英年早逝，二是基于80年代的时代和社会氛围，基于改革开放年代的思想状况。有人认为，《我与地坛》中有一种存在主义的意味，有萨特小说的味道，这与80年代的存在主义热有关。另外，史铁生反复提到"上帝"，这说明他很可能受到了基督教神学的影响。

然而，史铁生并不是一个存在主义者，也不是一个基督徒。他的作品中并没有萨特小说中的那种"荒诞""恶心""呕吐"等的经验描写，相反倒是充满了抗争的勇气、爱的激情、奋斗的精神意志和达观向上的生命态度。他反复提到的"上帝"，其实和"命运""缘分""宿命""必然性"等是同一个系列的概念，具有差不多的内涵，指的不过是"整个宇宙的一切存在的条件和力量"，那些限制我们的外在必然性。这些外在的必然性，可以制约我们，但从不能真正打败我们。从某种意义上说，史铁生是一个"存在的英雄"，他的母亲和那些在艰难困苦中奋斗的人们也都是"存在的英雄"，他们深刻地体现了"存在的英雄主义"精神，即身处"艰难的命运"却仍然存有"坚忍的意志和毫不张扬的爱"的精神。史铁生深刻地发问：

谁又能把这世界想个明白呢？假如世界上没有了苦难，世界还能够存在么？要是没有愚钝，机智还有什么光荣呢？要是没了丑

---

① 史铁生：《我与地坛》，《史铁生集》，人民文学出版社2010年版，第3页。

二 散文、报告文学、非虚构

陋，漂亮又怎么维系自己的幸运？要是没有了恶劣和卑下，善良与高尚又将如何界定自己又如何成为美德呢？要是没有了残疾，健全会否因其司空见惯而变得腻烦和乏味呢？①

他的结论是：如果在人间彻底消灭了残疾，那时将由患病者代替残疾人去承担同样的苦难。如果能够把疾病也全数消灭，那么这份苦难又将由样貌丑陋的人去承担了。即使算我们将丑陋、愚昧和卑鄙等一切我们所不喜欢的事物和行为，都统统消灭掉，所有的人都一味健康、漂亮、聪慧、高尚，人间的戏剧也就将就全要收场。"一个失去差别的世界将是一坛死水，是一块没有感觉没有肥力的沙漠。""看来差别永远是要有的，看来就只好接受苦难，人类的全部剧目需要它，存在的本身需要它。"

何谓"存在的本身"？是亚里士多德意义上的"存在之为存在"？是海德格尔意义上的"实际生活经验"或"在世"？还是佛家所说的"真如实相"？或者是辩证唯物主义所揭示的"客观实在"？史铁生是否想过这些，对我们来说并不重要。在《我与地坛》中，他说的就是人的"生活世界"的"存在"。这个"存在"不仅需要"统一"和"幸福"，也需要"差别"和"苦难"，没有"差别"和"苦难"，这世界的"存在"就将轰然崩塌，失去意义。故所谓"存在的本身"不过就是由对立的"差别相"构成的存在整体，一方面是"幸福""机智""漂亮""善良""高尚""健康"等，另一方面则是"苦难""愚钝""丑陋""恶劣""卑下""残疾"等。相对于世人对前一方面的执着，史铁生更关注后一方面，这是"存在的本身"特地对他开显出来的。

"存在的本身"是无可逃避的，我们只能像史铁生一样地去担负起它。

（作者系云南师范大学哲学与政法学院教授）

---

① 史铁生：《我与地坛》，《史铁生集》，人民文学出版社2010年版，第15页。

在钩沉抉微、审慎探究中追寻"精神特质"

薛克智

叶永烈既是科幻、科普作家,又是出版纪实文学作品、专攻重大历史政治题材的著名作家。其纪实文学具有选题重大而独特、内容庄重而严肃、形式新颖而多样等特点,在整体上呈现出朴实凝重、刚柔相济的风格,创作数量更是惊人。

《红色的起点》是叶永烈"红色三部曲"中的第一部,这部书最早由上海人民出版社1991年1月出版。当时正值中国共产党诞生70周年前夕,堪称第一部探究中国共产党如何诞生的长篇纪实作品,甫一面世,即反响强烈。本书对于人们探究中国共产党的诞生内幕、体悟其在创立之初的精神特质,具有较高的文献价值。在《红色的起点》初版本出版之后,叶永烈又对该书作了修改和补充,使其不断以新的面目面世。

叶永烈在创作《红色的起点》时,把历史真实放在第一位,对所谓文学性保持了足够的警惕。该书在历史真实与艺术真实上是均衡的。他认为,写当代重大历史题材,纪实文学作家要有自己的思想和判断。"纪实文学作品的文学性就是丰富的细节,但虚构的对话、心理活动都是绝对的忌讳。心理活动是小说的一大特色,却不符合真实。在书中,对白我用得很少。而且写作越到后期,我就越少写对话,越是涉及当代重大的历史事件,最好保证所有的事实都有出处。"[①]

中国共产党诞生这一重大题材是错综复杂的。在当时有许多"禁区",特别是对中共"一大"一些重要代表评价不一。涉足这一题材具

----
① 刘小草、杨飘:《"双面"叶永烈》,《新华每日电讯》2014年8月8日。

二 散文、报告文学、非虚构

红色的起点

有很大的挑战性。《红色的起点》作为政治性很强的书，虽不是典型意义上的党史人物传记，但叶永烈对所涉党史人物和事件的记叙是内敛的、理性的，也乐于下钩沉抉微、去伪存真、去粗取精、由表及里的苦功夫，且非常看重"轶事和细节"，表现出强烈的历史责任感和不怕吃苦、实事求是的良好学风。叶永烈在进行纪实文学创作时，是坚持所谓"七分采、三分写"的。他曾表示，采访过程像"福尔摩斯探案"，常常发现线索和惊喜。他认为，"采访跟文献结合在一起，这样写出来的作品才有它真正的历史价值。一部作品里面有多少是首创性的、独家的，这个非常重要"。①

正如叶永烈所言，"本书采用'T'字形结构：第一章至第六章，写的是历史的横剖面，即 1921 年前后，而第七章则是纵线，写了中共

---

① 刘小草、杨飘：《"双面"叶永烈》，《新华每日电讯》2014 年 8 月 8 日。

'一大'代表及与'一大'有关的重要人物自 1921 年至谢世的人生轨迹，其下限一直写到 1987 年刘仁静之死。另外，《尾声》一章以粗线条勾勒中共的历程。这样的'T'字形结构，为的是使这本书有纵深感。"① 全书用一个个故事将中共诞生前后的峥嵘历史与建党元勋们的政治生活紧密相连，呈现给我们的历史叙事是鲜活、真实的。读之让人击节叫好！我赋诗曰："红"书波澜涌，最亲是心性；荒莽拓新路，"只要主义真"。

  在书中，叶永烈注重当事人或当事人亲属的回忆、指认以及档案馆、图书馆等原始资料，认真地将各种资料加以比较和辨析，审慎地予以创造性利用。比如：追述刘绍周、杨明斋等如何为中国共产党的诞生出力，张东荪、戴季陶如何退出组织中国共产党活动，陈望道如何"做了一件大好事"，② 探查中共"一大"召开前共产主义小组的名称、活动，中共"一大"召开的时间、地点、人物、过程，党纲等重要文献的起草，特别是对于中共一大会议的重要文件如何在美国发现，又如何在苏联找到了俄文版，叶永烈可谓条分缕析、耐心细致。他认为，美国教授韦慕庭从陈公博硕士论文中发现的中共文件③是"散失多年，连中国共产党自己也未曾找到的重要历史文献"。④ 叶永烈在本书中指出："跟俄文版还原翻译的中文稿一对照，两种版本的中共一大文件只在翻译上的字句稍有不同，意思完全一致！这清楚表明，英文稿、俄文稿在当时是根据同一中文原稿翻译的。最令人惊讶的是，《中国共产党的第一个纲领》英文稿缺了第 11 条，而俄文稿同样缺了第 11 条——这更表明两种外文稿源于同一中文稿！"⑤ 叶永烈还指出："中文稿中为什么缺了第 11 条"这个历史之谜，"要待有朝一日发现中共一大文件中文原稿时，才能判定"。⑥ 显然，通过严格的调查研究和史料考证，力图最

---

① 叶永烈：《红色的起点：中国共产党诞生纪实》，天地出版社 2019 年版，第 3 页。
② 鲁迅语，指翻译《共产党宣言》。
③ 以英文方式存于陈公博硕士论文的六篇附录中，即："附录一中国共产党的第一个纲领（1921 年）""附录二中国共产党关于第一个决议案（1921 年）""附录四中国共产党第二次全国代表大会决议案（1922 年）""附录五中国共产党章程（1922 年）"。
④ 叶永烈：《红色的起点：中国共产党诞生纪实》，天地出版社 2019 年版，第 21 页。
⑤ 叶永烈：《红色的起点：中国共产党诞生纪实》，天地出版社 2019 年版，第 27 页。
⑥ 叶永烈：《红色的起点：中国共产党诞生纪实》，天地出版社 2019 年版，第 27 页。

二 散文、报告文学、非虚构

大限度地揭示历史真相，可以极大增强本书的学术价值。

叶永烈文学功底深厚，具有穿越时空的艺术想象力，文字颇有感染力和说服力。书中写到董必武1956年春节造访上海一大会址的场景："事先没有接到通知，一辆轿车驶入兴业路。从车上下来一位白发长者，留着白色髭须，那面孔是报纸图片中常可见到的。哦，是最高人民法院院长、中共一大代表——70岁的董必武！"① 文字简洁，跃然纸上。书中还写道：

> 董必武兴致勃勃，当场挥毫题词。他借用《庄子》内篇《人间世》的一句话，写下自己的无限感慨：
> "作始也简，将毕也巨。"（《庄子》原文为："其作始也简，其将毕也必巨。"）
> 这八个字，概括了中国共产党从小到大、从弱到强、从"简"到"巨"的历程。②

在叶永烈的笔下，一个个生动鲜活的人物形象、跌宕起伏的情节设计、确切无疑的档案展现，让人如身临其境，一探历史的是非曲直，对加强新时代党性修养可谓善莫大焉！

历史是波谲云诡、纷繁复杂的，常常在不断的研究和阐释中呈现出新的面相。《红色的起点》对建党之初的十几位党员的不同人生进行了追踪和记述，对不少纪实人物的剖析和反思是深刻的、意味深长的。风雨如晦，时局动荡，磨难危险在所难免，大浪淘沙频仍不断。恰如鲁迅先生所言："因为终极目的的不同，在行进时，也时时有人退伍，有人落荒，有人颓唐，有人叛变，然而只要无碍于进行，则愈到后来，这队伍也就愈成为纯粹，精锐的队伍了。"③ 李大钊、何叔衡等自始至终意志坚定，大义凛然，立下了彪炳史册的不朽功勋；陈公博参与建立中国共产党，不久脱党，最后沦为巨奸而为千夫所指；周佛海则是"谜一

---

① 叶永烈：《红色的起点：中国共产党诞生纪实》，天地出版社2019年版，第18页。
② 叶永烈：《红色的起点：中国共产党诞生纪实》，天地出版社2019年版，第18页。
③ 鲁迅：《非革命的急进革命论者》，《鲁迅全集》第4卷，人民文学出版社1981年版，第226页。

般的人物"，[①] 他参加中国共产党动机复杂，在《扶桑笈影溯当年》一文中说，他有"政治的野心"，"……后来研究俄国革命史，又抱着一种野心，想做领导广大民众，推翻支配阶级，树立革命政权的革命领导者。列宁、特路茨基[②]等人物的印象时萦脑际，辗转反侧，夙兴夜寐，都想成这样的人物……"。[③] 叶永烈写道：周佛海"是一大群热血青年中的一个。然而，他的政治野心，他的领袖欲，却为他后来改弦更张，叛离中国共产党预伏下思想之根……"，[④] 最终周佛海卖国求荣而呜呼狱中……正视这段历史，无损于我们党的伟大。在历史研究领域，既要力避画地为牢，更要往深处探察。

沧海横流，方显英雄本色。用马克思主义武装起来的中国共产党，已经深刻改变了近代以后中华民族发展的方向和进程，深刻改变了中国人民和中华民族的前途和命运，深刻改变了世界发展的趋势和格局。毛泽东说："十月革命一声炮响，给我们送来了马克思列宁主义。"[⑤] 没有马克思主义在中国的传播，就没有中国共产党诞生。推进中国革命，必须从思想上影响民众，尤其要启蒙青年。

叶永烈在《红色的起点》中浓墨重彩地叙写马克思主义真理的力量。《新青年》杂志第5卷第5期同时推出了李大钊的《庶民的胜利》和《Bolshevism 的胜利》（Bolshevism 指布尔什维主义），对俄国十月革命进行了深入评价。对此，叶永烈在本书中做了大段的引用。叶永烈激情洋溢地写道："《新青年》，是沉寂的中国的声声鼙鼓，是低回乌云下的一面艳目红旗。《新青年》在千千万万读者之中撒下革命的种子，为中国共产党的诞生，作了思想上的准备。"[⑥]

问苍茫大地，谁主沉浮？"第一次世界大战"和俄国十月革命，改变了整个世界历史的方向。中国先进分子从马克思列宁主义的科学真理中看到了解决中国问题的出路，把救亡图存、实现民族独立和国家富强

[①] 叶永烈：《红色的起点：中国共产党诞生纪实》，天地出版社2019年版，第196页。
[②] 托洛茨基——本书注。
[③] 叶永烈：《红色的起点：中国共产党诞生纪实》，天地出版社2019年版，第198页。
[④] 叶永烈：《红色的起点：中国共产党诞生纪实》，天地出版社2019年版，第199页。
[⑤] 《毛泽东选集》第四卷，人民出版社1991年版，第1471页。
[⑥] 叶永烈：《红色的起点：中国共产党诞生纪实》，天地出版社2019年版，第47页。

二　散文、报告文学、非虚构

的希望寄托到新兴的无产阶级及其政党的肩上。中国共产党之所以站得住、有力量，与中国共产党的精神特质紧密相关。这种精神特质一言以蔽之，就是具有先进性和纯洁性。这种先进性和纯洁性，也可进一步加以细化，表述为：中国共产党作为马克思主义政党，是科学性、① 革命性、阶级性、人民性和实践性的有机统一。中国共产党作为马克思主义政党，尤其强调把握科学规律、坚守革命理想、意志坚如磐石、使命宏大崇高，并强调纪律的严明规范与组织的集中统一。可以说，缺乏价值理念上的先进性与指导思想上的先进性，中国共产党就无法承担引领民族复兴并为人类解放而奋斗到底的历史使命。中国共产党人必须坚定地站稳人民立场，具有强烈的历史主体意识与舍我其谁的情怀和担当，注重躬身实践、言行一致。为人类解放事业而舍生取义、杀身成仁，这是共产党人的无上光荣，是革命到底的最高境界。

2005年6月21日，时任浙江省委书记的习近平同志在《光明日报》发表文章《弘扬"红船精神"走在时代前列》，首次提出并阐释了"红船精神"，认为这是"中国革命精神之源"。他将"红船精神"内涵提炼为"开天辟地、敢为人先的首创精神；坚定理想、百折不挠的奋斗精神；立党为公、忠诚为民的奉献精神"。② 他对弘扬革命精神是高度重视的。他指出："不忘初心，牢记使命，就不要忘记我们是共产党人，我们是革命者，不要丧失了革命精神。"③ 中国共产党既是马克思主义执政党，也是马克思主义革命党，坚持以党的自我革命来推动党领导人民进行的伟大社会革命。这无疑是马克思主义政党历史逻辑、理论逻辑、实践逻辑的有机统一。

《红色的起点》以客观的笔调对1921年中国共产党建党过程进行了记录，在注重史料的准确性的同时，也注重作品的可读性、生动性和形象性，真实展现了李大钊、毛泽东、陈独秀等共产党人的谦和务实和强烈的救国爱国情怀，满怀革命理性精神与坚实的共产主义信念，昭示

---

① 主要指以马克思主义为指导思想。
② 习近平：《弘扬"红船精神"走在时代前列》，《光明日报》2017年12月1日第1版。
③ 新华社通稿：《习近平在学习贯彻党的十九大精神研讨班开班式上发表重要讲话强调以时不我待只争朝夕的精神投入工作开创新时代中国特色社会主义事业新局面》，《光明日报》2018年1月6日第1版。

了一种历史史实：人民选择了中国共产党，历史选择了心系人民的中国共产党。作者在对历史的钩沉中实则证明了中国共产党诞生貌似偶然，实乃顺应世界历史潮流之必然的事实。今天，中国特色社会主义已进入新时代，中国共产党人要秉承革命先辈的无私奉献精神与革命意志，致力于人民的幸福、复兴中华民族，也须认真汲取在革命、建设和改革开放等实践中的经验和教训。这是《红色的起点》给我们的启示，也是历史给我们的警示！

（作者系中共济南市委党校科社与统战理论教研部教授）

历史·革命·传奇

邓玉环

赵瑜、胡世全合著的长篇报告文学《革命百里洲》(以下简称《革命》)由中国青年出版社于2003年出版,并荣获第三届鲁迅文学奖,同年获得了徐迟报告文学奖。本书以28万多字的长篇巨幅,书写长江百里洲农村国共革命运动的风云变幻,从清朝末年到中国共产党完成土改,是这个长江孤洲有史以来变化最大的时期,也是波澜壮阔的中国近现代革命史上具有代表性的一页。在这片富庶美丽的大江孤洲上,上演了20世纪国共斗争的血雨腥风,展现了几十载贫富恩怨与权力争夺。作者回顾历史沧桑变幻,重温乡村土地悲歌,对农民和土地以及和中国革命的关系做了深刻的剖析,本书被誉为"报告文学力作,当今书海奇书一本"。[①]"奇"正是本书给读者留下的最鲜明的印象,但它写作目标绝非只是为了满足读者的猎奇心理,而是以其在场的非虚构写作的姿态、题材内容的传奇珍贵和文体创新吸引读者。

首先,《革命》一书的"奇"表现在报告文学取材的特殊意义。百里洲是一个地理位置特别的江心洲、一个被长江拥抱的孤岛,被称作"万里长江第一洲",它位于湖北省宜昌市枝江市长江中游荆江段首段,环江堤防长74千米、合百余华里,故得名百里洲。百里洲是楚文化的发祥地之一,到20世纪初依然留存尚武古风,此地文化传统深厚,农耕成熟,千年富庶,人口众多,良田肥灌,亩产水稻在70年前就已达到400斤。百里洲生态环境好,水陆交通方便,农业渔业商业在20世纪初发展领先于全国大部分地区。

[①] 《第三届鲁迅文学奖获奖作品丛书·报告文学》,华文出版社2005年版,第352页。

历史·革命·传奇

革命百里洲

第三章"金岛银码头"将百里洲在20世纪初抗战前农商繁荣景象做了细致描绘:"民国初年创建汽轮航运,二十年代推出电灯骑车。八大行帮通四海,商会信誉达三江。""到民国中期,棉花的贸易量一年一镇可高达8万多担。粮行米业多达80多家,大一些的也有30多家,每天收购来自各县各乡的骡马粮驮,一收都是上百驮。土布庄……兴旺时年销量可达30万匹。……不遇灾荒年景,物价变动不大,用铜币买牛肉35文一斤,猪肉40文一斤,米200文一斗,一块银元能买不少粮食。"[1] 农人日常生活细节、各行各业经济状况、社会组织构成等具体翔实的史料数据在书中俯拾皆是。这片天赐沃土以其富庶而被觊觎和垂涎,各路豪绅、地主、匪帮不断争夺和侵吞,土地所有权或地权在中华人民共和国成立前高度集中。

---

[1] 胡世全、赵瑜:《革命百里洲》,中国青年出版社2003年版,第33页。

· 247 ·

二 散文、报告文学、非虚构

百里洲从清末以来经历了天灾人祸、政权更迭、外敌入侵、国内战争、土地革命,这片土地从曾经的富甲一方到满目疮痍,最终中国共产党人经过千辛万苦的革命斗争,建立了新中国,农民成为土地的主人,这段跌宕起伏风云变幻的历史过程可以作为剖析民国社会的样板,在中国的乡村文化和农业历史中具有特殊典型的意义。"对这方土地上乡村历史文化的演变及农人生活命运的历史现实表现,对于深入地认识和把握中国现实的乡村农人生活命运,会有很好的参照和帮助。"[①]

其次,本书的"奇"在于读者知之甚少的珍贵史料的挖掘和传播。在清晰明确的官方主流革命历史话语之外,其实还存在千头万绪旁逸斜出的部分,那些历史筋脉,与主流历史共同构建了中国近现代革命的复杂全貌。赵瑜和胡世全进行了五年深入的田野调查,百里洲上58个行政村的田间地头都留下了他们采访的足迹。《革命》将丰富的史料进行梳理整合,重新再现民国时期长江流域革命的曲折过程,记录了众多血肉丰满的真实人物生平事迹,致力于还原历史原貌。全书史料厚重翔实,那些散落民间珍奇的、为人所不知、更具有血肉感的细节史实,是本书令人"拍案称奇"的重要因素。一部地方史写得云谲波诡波澜壮阔,并引发读者对历史和当下的深刻反思。正如获奖词所说:"民国是自晚清以来中国探索现代化道路中历时半个世纪的重要历程,而这段历史对于我国的国情以及长江流域农人的命运,至今尚未研讨清楚,对于近现代史的重新认识和更加真实的开掘是有意义的。"

百里洲四面环水,几百年来常常遭受水灾的侵袭。民国中期,百里洲人民更是陷入了一个极度令人悲叹无望的时代:自然灾害频发而国民政权严重腐败,又滋生当地的土匪群体进行绑架勒索,百姓们处于水深火热中,遭遇和面对的不仅是水灾,还有鸦片、贪官污吏、盗匪、日寇、兵痞、劣绅、汉流、歪门邪道、腐败政府……这些因素叠加使得乡村生产关系无常震荡。天灾人祸引发了激烈的社会矛盾,历史舞台上活跃着各色人群,既有恶贯满盈的劣绅恶霸土匪,也有面目复杂的汉流地方武装,有走向穷途末路的国民党还有艰难生存的共产党。

---

① 第三届鲁迅文学奖获奖全国优秀报告文学评奖办公室编:《第三届鲁迅文学奖获奖作品丛书·报告文学》,华文出版社2005年版,第352页。

《革命》中浮现的各色鲜活人物生逢乱世,与复杂的时代背景相契合,他们不是脸谱化、符号化的人物。就以百里洲民国时期黑势力帮会组织"汉流"来说,这些恶势力帮凶大都相互之间倾轧吞并、争权夺利,有汉流顽匪杀害共产党人,但也有汉流部队抗日取得显赫战功的。在第十章"群雄站寇"中生动记载了赵益之、郑家良、邹连山、张缵等汉流武装的抗日英绩。赵益之精明有头脑,日军解送国民党飞行员途中,他带兵硬是从装备精良、训练有素的日军阵中把国军飞行员成功营救出来。赵益之部、郑家良部一方面作恶多端,但另一方面也在抗日血战中都立下了功绩,得到过国民党军政的奖励。汉流邹连山也是一位抗日英雄,他带领的地方武装军纪严明,奇兵往复、神出鬼没,战术多变、歼敌无数,对敌我友三方如何相持相待、如何分清阵营,态度也十分清晰,但他最终被日军杀害。汉流中的张缵军纪严明保护乡里深得民心,从日军手中夺回粮食分给当地备受欺凌的农民群众,他最终牺牲在抗日的战火中,宁死不投降。

本书试图还原百里洲真实残酷的革命历史图景。"我军势如破竹,摧枯拉朽,直捣蒋家王朝最后堡垒"等这些令人耳熟能详的语句,都是描述蒋介石800万大军不堪一击、一触即溃的。革命需要积极的宣传和鼓动,但其实现实要残暴、残酷得多。本书反复强调、客观叙述更多的是革命过程的艰难困苦,胜利果实的来之不易。敌对势力强悍、共产党组织力量"薄弱",干部人数不足,共产党人在百里洲这个特殊的孤岛上被各方势力绞杀、牺牲惨重,革命工作开展极其艰难,甚至多年无法站稳脚跟。在早期的革命斗争中,多名共产党人被杀害、被活埋,淡营长被国民党杀害,军事委员朱吉耀被恶霸地主杀害,区书记曾昭荣被赵益之部抓捕杀害[1]……革命后期情况依然严峻,1946年秋,国民党抓捕并杀害了中共区中队指导员刘光海和队长李洪元,指挥员王展和肖副队长急行军前往杀敌复仇,未料又被敌人重创,肖副队长牺牲。[2] 通信员被捕叛变,带来敌军反扑,工委书记李纯斋惨死于敌人刺刀下。[3] "我

---

[1] 胡世全、赵瑜:《革命百里洲》,中国青年出版社2003年版,第112页。
[2] 胡世全、赵瑜:《革命百里洲》,中国青年出版社2003年版,第160页。
[3] 胡世全、赵瑜:《革命百里洲》,中国青年出版社2003年版,第161页。

二 散文、报告文学、非虚构

们遍查枝江战斗,还是敌强我弱,历经种种失败。百里洲上,敌武装力量直到枝江全境解放之后,才最终放下武器。谢平川等土匪直到解放军大军到来前夜,还在洗劫城镇杀人越货。"①

《革命》披露了我军战士在艰苦环境下自杀的惨痛事件。1949年宜沙战役四野战报中"以我军减员四千人,其中在战斗中牺牲近千人的代价"取得了胜利,那么,大量减员的三千余人是为了什么?"战报不长,高度概括,只谈胜利结果,不议史变细节。"② 作者多方寻找问题答案,终于在军事报告文学大家张正隆先生的作品中,在众多幸存于世的老战士口中获知真相。南方高温炎热使人烦躁,阴雨潮湿又火上浇油,恶病磨难耗尽了战士的最后一点力气,"战争可以使人的意志和体力达到极限"。"险恶的战争环境,严重的水土不服,自杀便是解脱的方法之一。"③ 南下大军竟被艰苦环境和疾病折磨致使三千人自杀!其惨烈程度不亚于战场上与敌人的正面拼杀。

百里洲革命史的深入挖掘和重新叙述,把读者带到整个国家和民族曾经历经的灾难深重的过去。比起历史教科书里粗略的历史脉络、三言两语的简要记载,这部报告文学更能让读者对"革命"二字产生深刻的理解,对中国革命的复杂性体会更为真切,对今天的幸福生活更为珍惜和爱护。

再次,本书之"奇"还在于"自觉的文体意识和对于表现内容的个性追求",使其在艺术形式上"具有明显的创新和'革命'意义"。④ 毫无疑问这是一次成功的非虚构写作,作者以"在场"的写作姿态为长江农人立传,具有强烈的现场感,其惊心动魄、引人入胜的艺术效果胜过虚构的历史小说。真实性与文学性相结合,是报告文学最为突出的文体特征。《革命》本身史料丰富"传奇",加上通俗生动的语言表达,就更具可读性和吸引力。第一章标题就是令人惊悚的"堤畔碎尸",第十五章则是直截了当的"追杀匪首",第十七章"土地上的肉搏"等,

---

① 胡世全、赵瑜:《革命百里洲》,中国青年出版社2003年版,第160页。
② 胡世全、赵瑜:《革命百里洲》,中国青年出版社2003年版,第195页。
③ 胡世全、赵瑜:《革命百里洲》,中国青年出版社2003年版,第201页。
④ 第三届鲁迅文学奖获奖全国优秀报告文学评奖办公室编:《第三届鲁迅文学奖获奖作品丛书·报告文学》,华文出版社2005年版,第352页。

很容易令读者联想到侦破案情、清盗剿匪类的故事小说；第四章"一支手枪与四个叛徒"，第五章"从吃大户到杀土豪"，第九章"地下党和一个排"，第十二章"决战前夜"……战争年代所特有的语词唤醒读者对革命历史小说的阅读经验和历史记忆。

报告文学采用了传统章回体小说结构方式，每一章开头都有一段对本章内容提纲挈领的概括。例如第十四章"占领百里洲"开篇："戎马倥偬，分崩离析。先兵屡书劝降信，承林三上百里洲；杨部走西南半途知返，李顽驻刘巷指路不行。四面楚歌，分化瓦解降大部，兵临城下，瓮中捉敌困孤军"。对仗、四六句运用娴熟，语言具有民间说书风格。章回体结构和书话语言的运用，将深沉丰富的内容通俗化，使包含残酷争夺、人性、人道、情感和土地权利、人物命运改变等内容的描写让人容易理解接受。本书的故事性很强，例如第十五章活捉反动汉流"谢长胯子"的过程，写得峰回路转、一波三折、惊险刺激，其中多次的意外巧合扣人心弦，情节之精彩和真实令人啧啧称奇。

此外，作品叙述声音中还存在巴赫金所说的"复调"：一方面来自历史亲历者还原历史真实的叙述；另一方面来自作家对历史的回顾和反思。例如，第十六章"初政时艰"中写道：与镇反运动同时进行的军队剿匪和肃清城市黑恶势力斗争也毫不手软。中共最终以歼杀匪特240余人，镇压反革命几十万人的成果，巩固了新政权，稳定了全国秩序。人道主义温情脉脉的历史观绝不能代替"暴力是历史的催生婆"这样的铁律。尤其在土地问题和家族生死面临抉择的年代，搏杀更加犀利，冲突更加尖锐，你死我活，没有余地。"今天的人们尽可以用怀疑抑或批判的眼光，清醒地回味百里洲上几十年前所发生的血腥故事。然而那时节的中国革命，却不能回避暴力和残杀。当前人走过的道路不能回避时，简单地批判它就不如细细地回味它。"[①]

《革命》对百里洲所呈现的历史风云变幻，矛盾纠葛，成败得失，常常会有强烈的情感流露和对"革命正义性"的反思评价。艰苦卓绝的牺牲、血与火的煎熬、政权争夺的血腥残酷，引发作者的震撼、感慨和悲叹，同时也不得不认同历史的必然性和革命的正确性——不如此便

---

① 胡世全、赵瑜：《革命》，中国青年出版社2003年版，第248页。

二 散文、报告文学、非虚构

无法取得革命的胜利！很多文学作品对革命文学化、诗意化的书写淡化了革命的残酷，当揭开革命浪漫的面纱，直视血腥历史本相之时，试问又有谁能无动于衷呢？我们看到了写作者尊重历史的严肃求实的写作态度，以及从困惑、质疑走向接受、理解的真实心理历程，这也是本书值得关注的一点。

《革命》以非虚构写作的方式完成了一部历史"传奇"，在不断接近历史生活的过程中，用心追寻、严肃思考现实乡村出路及长江农人命运，深究人性、勘探人道，对历史事件、政治变革进行反思，是现实视角下的历史书写，也是历史的当下性延续。

（作者系华南师范大学文学院副教授）

《中国在梁庄》:乡村生存图景的呈现

赵彦芳

《中国在梁庄》是梁鸿的"梁庄系列"的第一部,最初以《梁庄》之名发表在《人民文学》2010年第5期的"非虚构"栏目,后单行本更名为《中国在梁庄》,由江苏人民出版社出版。《人民文学》杂志社在2010年启动了一项"行动者"的"非虚构写作计划",开辟了"非虚构"栏目,意在"呼吁作家摆脱书斋想象,离开二手经验,走向民间世界和生活现场,走向'吾土吾民'",《中国在梁庄》(梁鸿著)、《中国,少了一味药》(慕容雪村著)、《词典:南方工业生活》(萧相风著)、《春牧场》《夏牧场》(李娟著)等都发表在该栏目,并引发了近十多年来的非虚构写作热。这些作品以"非虚构"的方式走向"吾土吾民",关注民生、切中时弊,其鲜明的问题意识、宽宏的视野、客观的写作手法揭开了不同于主流文学、商业文学的另一个更真实的中国,有力地推动了中国文学的发展。《中国在梁庄》是非虚构写作的典范之作,也是研究非虚构写作绕不过去的典型文本。

何为"非虚构"写作?非虚构(non-fiction)的说法源于1962年开始设立的美国普利策非虚构类著作奖,与"新闻类"和"小说类"并列,指那些对发生于当下生活中的真实事件与普遍存在的某种社会现象的忠实记录和客观分析。不过,如创作了非虚构小说《冷血》的作者杜鲁门·卡波特所说,"我的目的在试图应用一切的小说创作方法与技巧来写一篇新闻报道以叙述一个真实发生的故事,但阅读起来却如同一部小说一模一样"。"小说"与"非虚构"的嫁接将"客观忠实记录"和文学性的标准结合在一起。在中国,非虚构写作突破以往报告文学和小说的边界,开创了独特的领域。总体来说,非虚构文学的特征可以从

二 散文、报告文学、非虚构

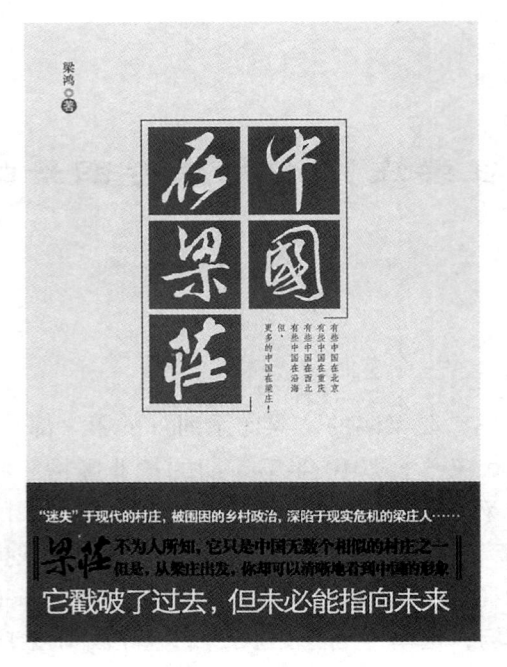

中国在梁庄

三个方面来把握。第一，它不同于小说的虚构，是非虚构的，是真实发生过的事件，以事实、史实为依据，所以具有小说所不具备的现场感和可信性。第二，它不同于新闻报道的客观实录，是文学的，运用文学的修辞、语言和技巧等来叙述，所以具有一般新闻报道所不具备的生动性和感染力。第三，它不同于以往报告文学的模式化、新闻体和宏大叙事，坚持民间立场和生活叙事，以小见大，将公共叙事和个人叙事有机结合，所以比报告文学更日常、更真切。这些特点也正是非虚构文学的魅力和价值所在。

梁庄是何种模样？中国的农村是什么状况？我们在李子柒的视频里，在农家乐、度假村的广告里，在农村题材的影视剧里，看到的是诗情画意的乡村、现代城市的后花园，让人心驰神往。但是，田园牧歌、田园乌托邦是商业文学、商业文化虚构的美丽的幻象，在包括梁鸿、黄灯（《大地上的亲人》）、熊培云（《一个村庄里的中国》）。等的非虚构文学里，我们才直击中国农村的现场，面对"问题的场域"——从自然景观到人心、从经济到文化都伤痕累累的中国乡村。《中国在梁庄》通过聚焦"梁庄",写出了20世纪后半期以来中国乡村的社会变迁史和心灵史,写出了最近三十年来被现代化、城市化所边缘化乃至被抛弃的村庄的境况。

《中国在梁庄》的非虚构性,主要体现在让乡人们自己说,以社会调查、访谈、档案记载、在农村里行走等这些"浸入"式的方式来呈现梁庄的原始风貌,从而保证了非虚构文学的客观性和真实性。官方对乡村发展的记录是政绩,是看上去可观的数字,是现在时的不断进步和美好的愿景相结合的基调。如《穰县县志·村镇建设》的记录方式:"1990年始,穰县开展以加强农村基础设施建设为重点的村庄建设,以点带面,整体推进,村庄建设发展迅速。"但真实的农村要通过民间访谈,比如梁庄有名的"刺头"——父亲和老贵叔,小学的元老级老师万明哥,82岁的老母亲被奸杀、发誓要让"王家少年"判死刑、在各级法院穿行的建昆婶……这些梁庄人才是梁庄实有的内部的状况的真正的发言人,正是在他(她)们的讲述里,我们看到了一个"问题镜像"的梁庄。另外,《中国在梁庄》因为是"我"——一个带着自己的童年记忆、深爱着故乡和渴望为故乡做些什么的"我"的返乡,所以作品贯穿着我的哀伤、迷茫和追问,贯穿着一条抒情和思索的线索。梁鸿是梁庄的"女儿",她在这个村庄出生、成长,后来在京城求学、工作、生活,梁庄以及由它而来的生命经验是她生命的底色,也是她多年后重返故乡、描摹故乡的源泉和动力。"我写书特别想唤起一种真切的痛感,想非常鲜活的让你感知到这样一个人的存在。"她带着经过时光过滤的"粉红色"的童年记忆和现代人的乡愁情结返乡,全书在写作者对于过去的美好记忆和现实的悲伤之间穿梭,记忆中美丽、充满生机的故乡逐渐褪去色彩的同时,没落、暗淡、充满各种病灶的故乡越来越清晰。这是一个痛苦的幻灭的过程,更是一个理性觉醒的过程。离乡—返乡,乡村—城市,老百姓—知识分子,大地—象牙塔,记忆—现实,梁庄—中国……这些二元性奠定了整个文本的双重视野和复调性。在作者的回忆、感受、思索与乡人们的讲述里,生态、政治、教育、青年人和中年人的现状、信仰、道德等多方面的梁庄的生存全景得以浮现。

记忆中的梁庄,有清澈的河流,开满菊花的河岸"一直延伸到蓝

二 散文、报告文学、非虚构

天深处,有着难以形容的清新与柔美。"村庄"掩映在路边的树木里,安静朴素,仿佛永恒。"树林深处出没着可爱的小鹿,成双的野鸭在大大小小的河塘里游,一到夏天,"青青的荷叶铺满整个坑塘,间或有粉红色的花高高地冒出来,随风摇曳,然后,慢慢变成莲蓬,里面的莲子圆圆的,鼓鼓的。……那莲子,咬一口,满嘴的清香。"记忆中的梁庄有多么美好,现实的梁庄就有多么千疮百孔、触目惊心。昔日乡人们打水煮饭、洗澡、嬉戏的河塘,如今成了一片黑色的、静止的、腐败的淤流,上面铺满了黑色的枯叶,还有塑料瓶、易拉罐、小孩的衣服和各种生活垃圾。再走近一点,刺鼻的臭味刺激得人眼睛都睁不开。坑塘就如同闻一多笔下的《死水》,散发着死亡的气息。在黑色的死亡之河上,人们怎么创造"幸福生活"?族人祖祖辈辈休养生息的家园在现代化的进程里,竟已不再适合基本的生活。梁庄的母亲河如此,中国许许多多乡村的河流也是如此。"生活在干涸、散发着臭味、充满诡异气息的河岸两旁,怀着一种绝望、暗淡和说不出的恐惧。"自然生态的恶化和政治生态的艰难相辅相成,梁庄的政治变迁和困境通过父亲、老村支书、乡支书和县委书记的讲述呈现出来。领导、政策换来换去,民主程序、村民自治等还是停留在文件上,农民的政治素质、文明素养没有丝毫的改观,甚至更为漠然,尤其是随着进城打工人口的增多,村庄没有能力、没有凝聚力吸引村民,更陷入一盘散沙的无序状态。虽然国家政策也做了很多扶持,但城市吸引了大多数的青壮年农民,农村只有老弱病残,新农村建设靠谁去实现?农村的教育、宗教信仰、道德也陷入深重的危机。学校——昔日梁庄的中心,已经关闭多年,曾一度沦落为养猪场,破败的教学楼、废弃的桌椅、只留下底座的旗杆,见证梁庄小学建校时的辉煌的纪念石碑竟然成了垫猪槽的石头……并非真的没有足够多的孩子,三十多个小学生每天都要由爷爷或奶奶送到镇上的小学。学校的消亡,真正的根源在于教育已经失去人心,在村人和当地政府的心中,教育不再是头等大事,人们对教育能改变命运也已丧失信心。千辛万苦地供孩子考上大学出来,又能如何呢?还不是在大城市里打工,赚取微薄的收入,在城市的边缘挣扎?读书无用弥漫在乡人的观念里,孩子上网、打游戏,父母在外打工无暇、不能陪伴孩子成长,爷爷奶奶则"活成了爹妈、老师、校长"……与学校的消失、教育的沦落相伴随的，是一个村庄的文化氛围、向上的精神力量的消失。少年丧失了对教育的兴味，成年人的精神世界也只剩下了金钱，赚钱成了人们生活唯一的动力和全部的内容。外出打工，漂泊、辗转，忍受夫妻分离、家人分离，牺牲休息、承受最繁重、最危险、报酬最低的体力劳动，并遭受来自城市的歧视、冷落，最后返回故乡，活成闰土那种麻木、拘谨、愚笨的模样。教育衰败、文化缺位的恶果在"王家少年"奸杀八十二岁老太的事件中凸显出来，这并不是一个偶然的事件，心灵的空虚、冷漠、残忍是整个乡村精神、情感已成荒漠的表征。短短二十多年，一个村庄和它的乡人就发生了如此大的变化——破烂、衰败、一片荒芜，散发着从内到外的似乎不可逆的溃败。怎么"能够重新把已经涣散的村庄精神再凝聚起来？能够重新找回那激动人心的对教育、文化的崇高感与求知的信心？"

"为什么我的眼里常含泪水？因为我对这土地爱得深沉……"艾青写于1938年的诗句传达出了无数知识分子对故乡、对祖国深厚的情感。《梁庄在中国》充分发挥了文学写作者的特长，进入农人的情感和人性深处。也有人对此诟病，认为与非虚构作品的客观记录原则相背，但也恰恰是这样穿梭在过去的记忆和现实的伤痛之间的"我"，让这部作品的记录变得可信、可感，也正是那些抒情性的文字，才让在社会学、政治学里符号化、抽象化了的农民变得真切、生动，也唤醒所有和她一样具有农村经历、对故乡抱着深厚情感的人们的共同经验。而乡人们的声音——带着泥土气息、粗糙甚至粗鄙的语言则将读者带到梁庄的"现场"，直面一个危机重重的真实的梁庄和中国的农村——我们共同的故乡。梁庄是梁鸿的故乡，但《中国在梁庄》立意并不只局限于某一个村庄，而是由梁庄去透视中国的普遍性的问题，关乎农村，关乎城市，关乎整个中国。中国的农民、农村为现代化、城市的繁荣付出了他们的辛劳，却不能平等地分享现代化的成果，是他们承担了城市里所有最繁重、最危险、最肮脏的工作，却被看作肮脏、愚昧、素质低下、野蛮，是"阻碍"，是"疾病"。农村曾经哺育了中国，现在却各种病症层出不穷，"越来越被看作中国的病灶，越来越成为中国的悲伤"，成了"民族的累赘，成了改革、发展与现代化追求的负担"，成了现代化的"他者"。文字的力量固然是有限的，但《中国在梁庄》呈现了另一种

二 散文、报告文学、非虚构

中国的真实,那个我们常常用田园、乡愁所美化和遮蔽的真实的农村,以及和我们一样有血有肉,有痛苦和欢乐,也不乏丰富而深刻的思想和情感的乡人,以唤醒社会面对真实的农村,唤醒人们认识到农民也应该拥有优美的环境、便捷富足的生活,也应该被尊重、被公正而温柔地对待,应该过上真正人的生活。

在中国现代文学发展过程中,对农村的书写大致有三种,一为鲁迅的启蒙主义写作,重在描写农村传统势力的顽固和人们的蒙昧;二为沈从文的田园牧歌式的乡土书写,更多是一种景观性的写作,重在突出乡村的明亮和光泽;三为40年代赵树理的通常被认为是站在农民内部的写作。梁鸿更多继承的是鲁迅的书写传统——"故乡之死","苍黄的天空下横着几个萧瑟的村庄,没有一丝活气"。一百年过去了,历史竟是如此的相似,农村呈现出了另一种"死亡"的样态。在这样的语境下,背过身去抒发温情脉脉的乡愁,是在修饰和遮蔽,是在"虚构",是在写下"瞒"和"骗"的文字,而以梁鸿的《中国在梁庄》为代表的"非虚构"写作,致力于面对真实的乡村,倾听乡人们的诉求,感受农村的绝望,将已经深陷在严峻的自然生态、社会生态和文化生态危机的农村呈现出来,既发挥文学介入社会现实的作用,也以文学的形式,为故乡、为故乡的亲人"立一个小传"。也许梁庄有一天会像那些已经消失的40万个村庄一样,随着老一代人的渐渐离开而彻底沦为废墟,但《中国在梁庄》这样的作品,记载了这片土地、这个村庄以及在现代化的过程中,在"回不去的乡村"和"融不进的城市"的夹缝里生存的人们的努力和艰辛。让真实的农村浮现,是文学"回馈乡村"的一种方式;而以真实为起点,才能建设美丽乡村,才能讲好中国故事。

(作者系扬州大学文学院教授)

《毛乌素绿色传奇》:瞩目生态建设

乔世华　刘继鹏

出版于2012年的长篇报告文学《毛乌素绿色传奇》是作家肖亦农历时三年而写作的一部鄂尔多斯大地上数代乌审旗人治沙的绿色传奇,作品问世后好评如潮,先后获得全国第十二届五个一工程奖、全国百部原创作品奖、第六届鲁迅文学奖等多个奖项。

毛乌素绿色传奇

毛乌素沙漠又称毛乌素沙地、鄂尔多斯沙地,横亘在鄂尔多斯高原南部、陕西省榆林市北部和宁夏盐池县东北部,面积有4.2万平方千米。远在7万年前,鄂尔多斯还是一片牛羊肥硕、水甜草美的土地,中国人的祖先河套人就在此生活;五代十国时,匈奴大夏国在此建都;作

二 散文、报告文学、非虚构

为人类贪欲的儿子,这里在唐朝时才开始一点点成为人造沙漠;成吉思汗率兵西征时曾为鄂尔多斯美丽风光所吸引,其陵寝后来就安置在毛乌素沙漠中的甘德尔山上。是无休止的征战、疯狂的垦殖、过度的放牧令这片沃野渐渐变成荒沙、水质一点点变坏的,"毛乌素"在蒙语中是"不好的水"的意思,晚唐诗句"可怜无定河边骨,犹是春闺梦里人"中提到的无定河就是毛乌素沙漠中星罗棋布的数十条河流中的一条。民间甚而有大明王朝不是被李自成推翻的、而是被毛乌素沙漠压塌的说法。这正应了一位西方哲人的话:"人类大踏步地走过,身后留下了无尽的荒漠。"

中华人民共和国成立后,乌审旗人大力兴建防风林带,引水拉沙,引洪淤地,开始了征服毛乌素沙漠的伟大创举。诗人郭小川在20世纪60年代中期曾在乌审召公社待了四个多月,采写了长篇通讯《牧区大寨——乌审召》和长篇报告文学《英雄牧人篇》,把地处毛乌素沙漠腹地的乌审召推到全国人民面前。1977年8月,在由一百多个国家代表召开的防止荒漠化问题的内罗毕会议上,中国代表介绍了乌审召人民用植被治沙治理毛乌素沙漠的经验,尽管当时这颗闪现在沙漠深处的绿色明珠还那么小,但却昭示着人类生存的希望,很好地回应了世界荒漠化治理的重大课题。当然,人沙之间的大战历来不会一蹴而就、毕其功于一役的,到了七八十年代,因为过度放牧、地面植被丧失,毛乌素慢慢又形成了一片片明沙地,要在乌审旗"沙中找绿"简直比登天还难,而当这片沙地刮起沙尘暴时,能将汽车掀出公路十多里远、人可以被活埋、不足20斤重的羊身上能抖下20多斤沙来!不消说,生活在这里的牧民们生活条件相当艰苦,几乎每一户人家除了一张大炕,没有任何陈设,一个女人家没有能用来换洗的衣服,30多岁的汉子穿的是"尿素"裤子,一件破袍子四季穿,夜里还当被子盖。乌审旗这片曾经令人胆寒的沙地再度发生巨变,是在进入21世纪之后的不到十年时间里,原来大起大伏的黄色沙漠铺上了各种沙生植物、时不时还会窜出几只野兔子,出现了"厂在绿中建,人在林中走,水在园中流,鱼在水中游"的和谐美景,乌审旗人的生活水平已经有了显著提高,牧民们住进了配套设施齐全的生态移民小区和楼房,生活安逸祥和,每户每年能有6万多元的政策性收入。当地流传的一首歌谣就生动形象地说明了毛乌素半个世纪的沧桑变化:"50年代风吹草低见牛羊,60年代滥垦乱牧闹开荒,70年代沙逼人退无处藏,80年代人沙对峙互不让,90年代人进沙退变模样,新世纪产业链上做文章……"

我国荒漠化土地面积约260余万平方千米,有近4亿人直接受到土地沙化的威胁,占了全球受影响人口的1/3了解了这前因后果,则为世界提供了成功中国方案的毛乌素的绿色经验实在值得发掘、总结和推广,就像联合国有关官员和专家们做出的认定:"毛乌素项目是成功的范例,将人类望而生畏的死亡之海变成孕育新能源和优质食品的宝藏","其在应对全球气候变化、肩负社会责任、发展绿色经济方面作出了巨大贡献。其经验值得其他国家借鉴"。《毛乌素绿色传奇》写作的重要意义亦不言自明。

20世纪70年代末期,还是知青的肖亦农走进毛乌素沙漠,参加过向沙漠进军的人沙大战,遇上过山呼海啸的沙尘暴,见识到沙漠之威,目睹了这里农牧民的赤贫和物力维艰。写作此书时,作者已在鄂尔多斯高原生活了四十余年,更连续数载深入沙漠进行实地考察和潜心研究,其对第二故乡的深厚感情、对这片土地的历史沿革和现实发展的深入了解,均可想而知。当其以亲历者、观察者和思考者的身份再度融入毛乌素沙漠中,聆听这方土地从远古走向现代的足音,见证了一片片沙漠悄然消失的奇迹,目睹了农牧民物质生活和精神世界的富足,心灵能不感受到莫大的震撼?可以说,这部二十余万字的感人肺腑的壮丽诗篇不仅仅是作家多年的实地探访、充沛的文学激情和艺术才华结出的硕果,更是数代乌审旗儿女生命、汗水、热情、知识、智慧、想象力和创造力的结晶。

作为一部讲述治理毛乌素沙漠的纪实作品,报告文学采用第一视角,记述"我"在鄂尔多斯这片沙地上一直以来的所见所闻,引领读者跟随自己的脚步一起见证了乌审旗从荒凉贫瘠到示范城镇的惊喜变化,感受乌审旗改头换面的喜人景象。作品共以五个章节讲述过去毛乌素这片大沙漠恶劣的环境气候以及乌审旗牧民们不遗余力建设自己家乡的发展历程,着重向我们介绍了治理沙漠中的工业化、产业化理论和实践,为全球生态化建设提供了宝贵的实践经验。通常,人们会习惯性地认为工业化产业和环境保护是不能共存的,想要恢复和保护环境,一定

二 散文、报告文学、非虚构

要让企业远离。因为世界步入工业化以来，从来都是以牺牲环境为代价的。可鄂尔多斯在加快工业化进程以来，用了不到十年时间，就令毛乌素沙漠迅速萎缩几近于无，这是何等的人间奇迹！《毛乌素绿色传奇》让我们清晰地看到：原来，工业化与环境治理之间不存在不可调和的矛盾，正是工业化、城镇化、产业化的治沙理念才从根本上改变了毛乌素的面貌。乌审旗牧民们曾经过着游牧、迁居的流动生活，哪里的草吃光了，哪里刮了沙尘暴，不能再住人了，就再换一个地方，这样的传统农牧业生产生活方式不但治不了沙，更致不了富。而当工业化思维进入治沙领域时，生态建设才会发生质的革命；乌审旗还有意识地给部分沙地留下呼吸的空间，因为沙漠全绿了也会出问题。简言之，工业化治沙就是把草场、良田留给农牧民，把大明沙的治理权交给企业，用集中开发利用1%的土地换取99%的生态恢复和保持，从而实现"绿富双赢"的科学发展理念。如是，经济有发展，人民有钱赚，生态建设有章法，乌审旗变身中国人居环境示范城镇。

没有第一手的素材，再妙的笔也生不了花。乌审旗人民可歌可泣的治沙事迹和感天动地的治沙精神，当然是这部作品的灵魂所在。半个世纪以来这片大沙地上先后涌现的诸多享誉世界的治沙英雄宝日勒岱、殷玉珍、乌云斯庆、浪腾花、徐秀芳，雄赳赳气昂昂举着红旗向毛乌素进军的内蒙古生产建设兵团十万大军，怀抱理想百折不挠屡败屡战的企业家，以及更多寂寂无闻的坚守治沙岗位的普通人，都得到了浓墨重彩的书写。"我宁愿种树累死，也不能让沙子欺负死""给沙漠点颜色看""我哪儿也不去。我就是要把朝岱建设好。朝岱就是我的北京"……这一声声发自肺腑的动情告白宣示着乌审儿女不屈不挠的治沙决心，正是他们，从一开始的几十亩地、几十株树苗，坚持到后来的几百几千亩地、几万株树苗，毛乌素沙漠才停止了疯狂的移动，茫茫沙地才变成一个个绿色王国，黄沙满天飞的景象才得到根本改变。当乌审旗人成功实现了金山银山和绿水青山的同存，完成了由防沙治沙到点沙成金的华丽转身，当作家千百度"绿中寻沙"而不得时，乌审儿女一直以来身上流溢的勇于担当、拼搏实干、不畏艰难的精神，也都展露无遗。别开生面地为世人指明绿色发展的新方向、书写今天乌审人民的富庶生活、谱写一部新思维新模式下的乌审绿色工业赞歌，这当然是作家写作《毛乌素绿色传奇》的题中应有之意。而歌颂乌审人在历史实践中的伟大精神，梳理乌审人的精神谱系和文化传承，更是这部报告文学的用心所在。

故此，报告文学不仅书写这半个世纪的人沙大战及辉煌成果以全景表现毛乌素沙漠的旧貌换新颜，同时也探根溯源，由古及今生动描绘毛乌素沙漠的自然生态变迁和人文景观的发生发展。作品既展示了7万年前绿色文明孕育下的中华民族祖先"河套人"的生活环境，透视了鄂尔多斯高原在游牧文化和农耕文化对峙碰撞中的荒漠化过程，亦解读了萨拉乌苏文明的沿革变迁，在对历史的稽考、地方志的征引、传说的打捞和前辈英雄事迹的整理中，逐一追溯了毛乌素沙漠上深深镌刻着的华夏文化记忆与地域文化质素：旧石器时代和新石器时代的文化遗存；游牧的原始部落；魏晋南北朝时期建立的大夏国；历经1500年不倒的白城子；"中华第一道"的秦直道；"沙漠第一都"的魏峨宫殿；成吉思汗西征途中激荡起来的豪情诗兴、逸闻趣事；达尔扈特人世世代代守护着成吉思汗陵寝前800年长燃的圣灯；蒙汉人民对明代蒙古族文学巨匠萨冈彻辰延续300多年的隆重守护与祭祀；近代蒙古族诗人贺希格巴图的文学才华和民主主义思想；一二百年前乌审旗民反对王府卖地放垦的"独贵龙"运动；作为乌审草原红色传奇的席尼喇嘛的革命历程；"七十安达独贵龙"的反压迫运动及其中骨干成员在解放鄂尔多斯乃至内蒙古斗争中建立的不朽功勋；抗战期间栽种并保存至今的"八路柳"；草原大漠对文学艺术的滋养，对数不胜数的平凡而执着的文学坚守者的孕育；继承了乌审旗独特诗文遗风的"文化'独贵龙'"户；乌审旗绵延流传的民俗文化；蒙古族热爱自然亲近自然的生命理念、古老的民歌谚语……正是在古今的往复交错中，我们体悟到了有着7万余年历史的萨拉乌苏文明的深厚积淀和强大生命力，也感受到了今天同时享受草原文明和城市文明的乌审旗牧民的欢乐与烦恼。作家的视野广阔开放，思绪收放自如，文笔纵横捭阖，在谈古论今中既能立足乌审的历史和现实，亦能洞鉴域外文明及有关建设和研究成果，以大洋彼岸美国古老的生态环境为参照，参阅国外人类学、文化学、历史学、考古学等研究著作，尤其是关切开启了世界环境保护运动的惊雷之作——20世纪60年代美国人卡逊创作的《寂静的春天》，更瞩目联合国"内罗毕行动计划"开展进程中的人类与荒漠化艰苦卓绝的斗争……正是因为有了这

二 散文、报告文学、非虚构

种大格局、大气魄、广视角、深透视,作品才富有成效地呈现了一个陌生而又熟悉、真实而又灵动的毛乌素沙漠,才让人格外感佩于今天乌审旗人的丰功伟绩——既为先人还债,又为后人播绿;既善于继承历史上的绿色文明,更敢于开创现代绿色文明。

  从报告文学比比皆是的诗性表达,我们不难体会到肖亦农对家乡现代化建设中的巨变而生发的由衷喜悦。难能可贵的是,作家在乐观其成的同时,依然保持着审慎和警醒,在高声赞美的同时也屡屡大声疾呼、善意提醒、理性分析:"毛乌素沙漠的绿色植被下,除了地上原有的沙漠,地下还沉睡着足有600米厚的潜在沙漠,假设我们稍有不慎,这头睡狮会不会在哪一天被我们惊醒起来呢?""在土地面前,人类必须学会节制自己的欲望,千万不要在土地的身上索取得太多。一种生态文明的确立绝非一朝一夕之事,恢复生态,维护生态,人类永远在路上。"报告文学被注入了更多有益的关乎环境建设、文化发展、人类生活方式的生态美学思考,作品内涵也因之更为丰厚,有力彰显了肖亦农的写作理念:"优秀的作家、学者都应该是地球的代言人。"

(乔世华,辽宁师范大学文学院教授;
刘继鹏,辽宁师范大学文学院文学硕士)

三

诗 歌

《时间开始了》:奏响新时代乐章

乔世华　刘继鹏

当七十年前胡风全身心投入《时间开始了》这部政治抒情长诗的写作时,就是在倾力打造着一部盛大而欢快的交响乐章,他的日记和信件中都记录下了那个时期他个人心灵乐符的起伏悸动:"两个月来,心里面的一股音乐,发出了最强音,达到了甜美的高峰。肖邦啊,肖邦啊,我向你顶礼!格拉齐亚啊,你永生在我心里!"(1949年11月17日日记)"心里唱着一支小曲,第二乐章的情绪凝住了似的。"(1949年11月19日日记)"想到第四乐章,燃烧得几乎不能呼吸,一直到下午。"(1949年11月23日日记)"续写《赞美歌》。上午,非常激动,终于把难关冲破了。"(1949年11月24日日记)"我写《时间》等的时候,完全证实了布洛克的话。写的时候,整个历史,整个宇宙都汇成了一个奔腾的海("欢乐颂")、奔腾的大河("光荣赞""安魂曲")、阳光灿烂的海("欢乐颂")在我心里响着。有时候甚至感到了呼吸窒息似地燃烧。"(1951年1月16日致牛汉的信件)当一个新型的人民民主专政国家得以建立,见证了这一伟大时刻的诗人当然感到由衷欢喜,情不自禁地要用手中的笔、心中的歌倾诉自己乃至千百万人民群众对新中国的满心期待与热爱。事实也确实如此,《时间开始了》甫一发表,就引起众多读者关注和热议,音乐家盛家伦还萌生了把《欢乐颂》谱写成交响乐的创作想法。即使时隔半个多世纪,我们今天在亲近这奔腾滚烫的诗句时,也仍然会被其中洋溢着的澎湃激情所裹挟并会为之深深的感动。

《时间开始了》共分"欢乐颂""光荣赞""青春曲""英雄谱"(原名"安魂曲")和"胜利颂"(原名"又一个欢乐颂")五个乐章,总计3300多行。这当中,第三乐章《青春曲》在当时并未写完,直到

三　诗歌

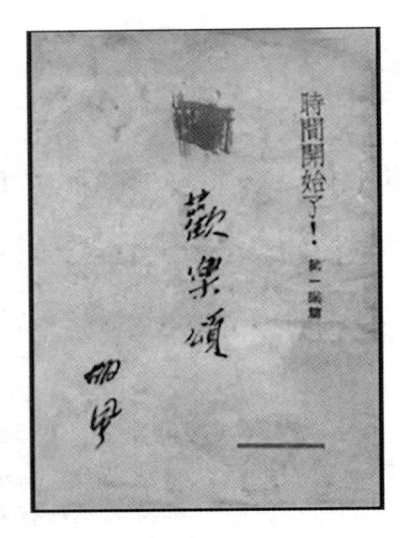

时间开始了

20世纪80年代初才最终完成发表；其他四个乐章都写于1949年11月之后的两三个月时间里，并很快在《人民日报》《天津日报》等报纸上发表和出版单行本。胡风80年代复出后对全诗做过修订和补充。

作为《时间开始了》这部交响乐的开篇，第一章"欢乐颂"起笔不凡，定下了全诗气势磅礴的基调，记录的是第一届中国人民政治协商会议隆重、庄严、热烈的会场，撷取了出席会议的"中国大地上最无畏的战士/中国人民最亲爱的儿子"毛泽东坚定、果敢与伟岸的影像，也释放了抒情主人公高亢激昂的情绪。胡风是第一届政治协商会议代表，在会场上不但感受和捕捉到了与会者普遍的欢欣鼓舞，更在中国从黑暗走向光明的途程中有着对比鲜明的切身体会，其自肺腑所迸发的兴奋之情可想而知，在写给妻子梅志的信中，他如是说："这是我生平第一次最有激情的作品，差不多是用整个生命烧着写它的。还要写下去，这几天就成天在感情底纠结里面。好幸福又好难受呵。""大海"是最先闪现在胡风脑海中的意象，他把会场描绘成"一片沸腾的海/一片声浪的海/一片光带的海/一片声浪和光带交错着的欢悦的生命的海"，毛泽东便"屹然地站在那最高峰上"，"他向世界发出了声音"，"他向时间发出了命令：'进军！！！'"这的确是一个开天辟地的崭新时代，"一切愿意新生的/到这里来吧/最美好最纯洁的希望/在等待着你！""欢乐颂"是诗人献给新时代、新中国的礼赞，我们从中感受到了普天同庆的欢乐气氛和众志成城的开拓精神。

如果说"欢乐颂"的主旋律是欢快、激昂和充满热望的，那么"光荣赞"就进入交响乐中低沉有力的部分，开始了漫长的民族苦难与挣扎奋斗的回忆，对中国人民艰苦卓绝、不屈不挠的革命意志进行了歌颂。在"光荣赞"中，胡风叙事抒情并重，讲述了同是第一届政治协商会议代表的李秀真、戎冠秀和李秀莲的苦难史、成长史，这三位忍受了无数苦难的工农代表"在狞笑的敌人刺刀中间走进走出"，"冒着危险抢救了伤员"，"和男人一样地学习、战斗/行军、突围"，"终于走到了/这光荣的胜利的大旗"；胡风还深情回忆起自己的母亲，"千千万万的旧中国的苦女人里面的一个"，为贫穷、痛苦与疾病攫取了一生，"她在梦里也不会想到/生活还会有另一种过法"。"光荣赞"是胡风献给工农代表、献给广大劳动妇女、献给天下母亲的赞歌，诗歌以几个小人物的遭遇透视大时代的转折。在这一乐章，诗人内心情感出现了明显的波动，即由压抑到爆发、由沉默到呐喊、由悲痛到欢乐、由低落到高亢。多少世纪以来，劳动人民辛辛苦苦却没有生的希望，虽然令人绝望心碎，但始终没有放弃，终于在共产党旗帜的引领下，以勤劳、英勇、智慧和纯洁"把我们这个忍受苦难忍受够了的祖国完完全全从苦难解放出来，复活起来/改造成没有贫穷、没有苦难、没有冤屈、没有哭泣、没有羞耻、放光的、歌唱的、欢笑的、幸福的大天地！"与描写宏大历史场面和讴歌人民领袖的"欢乐颂"不同，"光荣赞"重在讲述平凡个体的生活经验，所叙之事、所写之人俱来自现实生活且有很强的代表性，诗人所抒发的情感也都能落到实处，真诚饱满而富有感染力。

第三章"青春曲"是整部交响乐中最温暖轻柔、也最有风采的一部分。诗人将这一充满温暖、甜蜜想象的乐章安放在《时间开始了》的中间，是有意调节平衡整部长诗的韵律和节奏，舒缓一下激越奔放的感情。政协会议上首都北京的少先队员向主席团献花的场景触动了诗人的情思，这一章先后借小草、晨光、雪花、月光下行走的爱人、睡了的村庄来相继抒发对阳光、生活、土地、祖国和建设者的赞美与热爱之情，那深情充盈的句子饱含着诗人对青年一代的美好祝福和对祖国美好

三 诗歌

愿景的描画:"云彩对着你做过天真幻变的好梦雨露/雨露对着你流过甜蜜幸福的眼泪/百种千种鸟儿在你身上唱过恋歌/千种万种鸟儿在你身上做过游戏/我知道你尽情地笑过,笑得热也笑得沉醉"。这一乐章满是醉人温暖的画面、温馨曼妙的情调,其中洋溢着的骄傲与幸福感、流露出来的知遇感恩的心理不仅仅是诗人当时的由衷体会,也是他身边众多朋友目睹祖国发生日新月异变化后的共同感受。若是考虑这样的创作因素,即诗人是在走出囹圄之后的80年代才最终完成了这一乐章的写作的,则"祖国守卫着我/祖国环绕着我/祖国拥抱着我/我睡了/要睡得更好/要睡得更安静/要睡得更深沉/我的力量要长得更强大更新鲜/为迎接祖国的又一个幸福的黎明"等一类的表达及由此唤起的静谧祥和的情感,就不但有诗人瞩目未来幸福和凝视年青一代成长的乐观、寄望,亦显然融入了诗人自身历尽沧桑后回首往昔荣辱而生的通透、达观。

第四章"英雄谱"(原名"安魂曲")是对1949年9月30日全体政协代表参加天安门广场上英雄纪念碑奠基典礼的书写。"英雄谱"也好,"安魂曲"也罢,都会唤起人们庄重、严肃、虔敬的感情:"肃穆的音流升起了","我也化成了肃穆的音流里面的一缕"。诗人在这一乐章并没有凌虚蹈空地亟亟于"安魂"的弥撒演绎,而是任思绪从现实的立碑场面荡开,进入一段又一段深情实在的历史回忆中,那纷至沓来的英雄和魂灵都是与诗人有过亲密交往、给过诗人深刻影响的同学、战友和师长,他们分别是"走向了工人兄弟"的杨天真、"拿起了武器去面对敌人"的扶国权、"把血肉的生命献给了人民"的宛希俨、"活在走向斗争的爱情里面"的丘东平,在追思这几位牺牲于民族解放事业中的烈士时,诗人既不回避他们曾经有过的精神低落或者性格弱点,也不隐瞒自己曾经的无知、幻想与幼稚,由是生动地刻画出一个个有血有肉的灵魂来。诗人继而在诗中大篇幅地缅怀了引导自己走上革命文艺道路、引领自己走近劳动人民的日本作家小林多喜二和精神导师鲁迅先生,实际上以此梳理了自己的精神成长史,"向自己唱着悼念的歌",也再好不过地在诗中践行了其"主观战斗精神"的理论主张。当上述为民族解放、为人类幸福而付出了全部热血和情感的英灵电影镜头般地逐一浮现在诗人脑海之际,当这些先行者伴着"欢乐的雄雄圣火""欢乐的雄雄圣乐"而相继"来到新生了的祖国的中轴""来到开始了的历史的起站",这也意味着这些为人民、为祖国、为共产主义事业献身的前辈的精神不可朽灭；因此，这一乐章哀而不伤，忧而不哀，悲而能壮。诗人由对先烈的心祭而最终通向对人民、劳动、爱、战斗、创造、真理、群星和大宇宙的不朽的放声高歌，诗人无比的力量和信心显然来自"时间开始了！／祖国新生了！／人民站立起来了"的现实震撼和精神历练。

末章"胜利颂"（原名"又一个欢乐颂"）书写 1949 年 10 月 1 日开国大典的盛大气象，呈现集合在天安门广场上的 30 万人民群众欢呼人类史上伟大胜利的壮观场面，全诗意境恢宏，以锐不可当的气势、高昂而富号召力的表达将激越的情感推向了最高峰。这一章与首章"欢乐颂"遥相呼应，让欢乐与胜利贯穿始终，在把颂歌献给"一个新生的赤子""一个开荒的始祖"毛泽东的同时，又放开眼界对"欢乐颂"有超越升华，更侧重于对中国共产党领导下的革命事业的讴歌、侧重于对创造历史的人民大众的赞美。这一章有对共产党、毛泽东领导下的波澜壮阔的中国工农革命斗争的深情回顾，有对中华人民共和国成立的热情咏唱，有对党领导下的人民大众的积极战斗与创造的真情赞美，有因盛大检阅场面而生的万丈激情，有对共产主义革命事业的百倍信心。诗人对蓬勃生机的社会主义新中国和共产主义未来充满了期待，对勤劳、英勇、纯真和智慧的中国人民寄予了美好希冀："光荣属于劳动者！光荣属于战斗者！光荣属于创造者！""同志们万岁！""我们就会是永远胜利的！"诗人任由情感的热焰熊熊燃烧，听凭真挚的礼赞排山倒海，都在昭示着其压抑不住的饱满激情和充沛信心。

"歌诗合为事而作"。诗人是最敏于感受和捕捉时代脉跳的，《时间开始了》便是诗人之情与时代之情、人民之情携进共振的结晶。这部宣告新时代到来、奏响新时代乐章的史诗当然是胡风毕生诗歌创作的巅峰之作，也是中国政治抒情诗中不可多得的佳作。正如诗人绿原评价的那样："当时歌颂人民共和国的诗篇实在不少，但从眼界的高度、内涵的深度、感情的浓度、表现的力度等几方面进行综合衡量，能同《时间开始了》相当的作品未必是很多的。"

（乔世华，辽宁师范大学文学院教授；
刘继鹏，辽宁师范大学文学院硕士研究生）

《到远方去》：时间的"远方"与空间的"远方"

李广良

1952年11月23日，19岁的邵燕祥写下了这首《到远方去》。

到远方去

"远方"，即使对这个时代来说，仍然是一个激动人心的词！当高晓松说出"这个世界不只有眼前的苟且，还有诗与远方"时，"诗与远方"就成了许多人梦寐以求的价值！然而，作为"眼前的苟且"的相对者，"诗与远方"对于"这个世界"究竟意味着什么？是苟且者在苟且于日常的平庸之时的内心渴望呢，还是抛弃当下的苟且而毅然决然地远行呢？是艺术家的想象还是行动家的实践呢？我们真的有勇气到

"远方"去吗？我们真的就不会患得患失吗？也许，当我这样思考的时候，我就永远也到不了"远方"。

　　对我们这个时代的人来说，即使我们的足迹已经遍及世界，我们也未必能理解当年人心中的"远方"。那个时代的青年怀有着"远大的"理想，那是美妙的共产主义社会，那是历史时间的终点。在此意义上，"到远方去"就是要去到共产主义的"远方"，而对这个意义上的"远方"的渴望是那个时代的普遍的"诗情"，使这个"远方"早日到来则是几乎所有青年的奋斗的动力。

　　当然，还有另一种"远方"，那是地理空间意义上的"远方"，那是遥远的大西北。对北京的年轻人来说，祖国的大西北正是那荒凉的、古老的、神秘的、野性的"远方"。那里有荒漠、戈壁滩和雪山，有荒凉的古道，有雄关和铁血的故事，有盐池和油田，有所有激发青年人对"远方"的想象和激情的元素。

　　19岁的邵燕祥"青春正好"。作为记者与诗人，他对时代的变化极为敏感，而"诗情""人意"也正蕴蓄于此对"时代"的敏锐意识之中。他后来回忆说："我为什么会在1952年秋天写出《到远方去》？那时我在中央人民广播电台当编辑。新闻单位一般比较敏感，我在政治空气中呼吸到了第一个五年计划即将开始的信息，唤起跃跃欲试的激情。这时朝鲜战争也已停战，我意识到中国将以建设工业国的新篇章，改变几千年农业社会的面貌，那才是真正翻天覆地的大变动啊！"所谓"真正翻天覆地的大变动"其实就是一个"新时代"的开始，而此"新时代"就是共产主义的开端，胡风的名句"时间开始了"概即此意也！

　　不过，共产主义的"时间"意义上的"远方"，这个时代政治理想中的"远方"，在这首诗中毕竟只是隐含着的，诗中的"远方"正是地理意义上的"远方"。然而，这个"地理"意义上的"远方"仍然是具有政治意义的，因为这个"远方"是从"北京"这个"政治中心"辐射开来的"远方"，是从"天安门广场"辐射开来的"远方"！"北京"也好，"天安门广场"也罢，在此都是一种神圣政治意义的象征符号。在我们的时代，人们用"眼前的苟且"和"诗与远方"对立，而在邵燕祥的诗中，"远方"却是"北京天安门"向着大西北的进军，是神圣理想的"长征"目的地。

三　诗歌

诗的首节是如下的诗句："收拾停当我的行装，马上要登程去远方。心爱的同志送我，告别天安门广场。"这是书写"登程去远方"前与"心爱的同志"告别的场景，这里值得注意的就是"告别天安门广场"的"情节"。这一情节的显然是精心设计的，极其不合乎"常理"。我们习惯的告别一般都是在家门口、小村口、单位门口、火车站等处，诗歌却把"去远方"的出发点安排在"天安门广场"，这究竟意味着什么？是一次体制的安排？还是年轻人对共和国的号召的响应？无论如何，这是一次全新的"去远方"，没有生离死别，没有慷慨悲凉，没有被迫与不满，没有历史上的任何一次"去远方"的个体悲情，具有的只是一种集体主义的情怀，一种充溢着新的精神时代的壮歌。

接下来，诗人写道："在我将去的铁路线上，还没有铁路的影子。在我将去的矿井，还只是一片荒凉。但是没有的都将会有，美好的希望都不会落空。在遥远的荒山僻壤，将要涌起建设的喧声"。"告别天安门广场"，诗人将去到"铁路线上"。"铁路线"是"道路"，"去远方"的人一定要踏上"道路"。然而，是循着既有的道路，还是开辟新的道路？新、旧时代的分野在此！"新时代"要走的是革命的道路，是工业化的道路，是新的文明的道路，是连接北京与"远方"的道路。"新时代"是"建设"的时代，而"建设"就是要于无路处开辟出道路，于地下挖掘出矿石，于荒野上建起城池，所有"美好的希望"都是要通由"建设"而变成现实，于是"在遥远的荒山僻壤，将要涌起建设的喧声"。

当"建设的喧声""涌起"的时候，诗歌史上的一种新的"声音"出现了。"那声音将要传到北京，跟这里的声音呼应。广场上英雄碑正在兴建啊，琢打石块，像清脆的鸟鸣。"这不是《诗经》中的声音，不是楚辞、汉乐府、唐诗、宋词的声音，不是任何凄切悲凉哀怨不平的声音。这是"新时代"的声音！这是"共和国"的声音！这是"建设"的声音！"同声相应，同气相求。"这"远方"之地的"建设"的声音，一定会与北京的声音相"呼应"，与天安门广场上"兴建""英雄碑"的声音相"呼应"，因而与中国近代史的宏大声音相"呼应"，与中国人民解放史上所有英雄的声音相"呼应"。这"呼应"是一种新的生发，在这生发之中，必有新人、新世界的生成。

然而此刻,"心爱的同志,你想起了什么?哦,你想起了刘胡兰。"在这离别的时刻,为什么想起的是刘胡兰而不是别的?为什么不是即将远行的战友的事业,不是辽阔而贫瘠的大西北的开发,不是正在兴建的纪念碑上的其他英雄,而偏偏就"想起了刘胡兰"?对此我们可以进行无穷的想象,在想象中有动人心魄的生命之流的奔涌。关键是"如果刘胡兰活到今天,她跟你正是同年。你要唱她没唱完的歌,你要走她没走完的路程。我爱的正是你的雄心,虽然我也爱你的童心。"诗进行至此,在这整篇诗歌的中心,有两个"心"——"雄心"和"童心"喷涌而出。这是"心爱的同志"的"心",但也是中国人民解放史上所有英雄的"心",是英勇就义的刘胡兰烈士的"心",是写下《到远方去》的诗人邵燕祥的"心"。正是一代代英雄们的"以心印心""以心传心",才有祖国的事业、革命的事业、社会主义的事业的代代相传。

正是在这种革命的"道统"、革命者的"以心传心"的感召下,于是有了这样的诗句:"让人们把我们叫做,母亲的最好的儿女,在英雄辈出的祖国,我们是年轻的接力人。"作为祖国的"年轻的接力人","青年团员走在长征的路上",他们"将在河西走廊送走除夕,将在戈壁荒滩迎来新年"。这就是革命者的"去远方",是青年团员的"去远方"。在这担负着艰巨任务的革命的"去远方"中,中国诗歌中的"远行"主题获得了全新的思想意义和文学表达。

诗的末节是如下的句子:"我们要坚守誓言:谁也不许落后于时间!那时我们在北京重逢,或者在远方的工地再见!""谁也不许落后于时间!"这是多么奇特的"誓言"!这是多么惊才绝艳的诗句!没有一种新的历史时间观念和新的历史创造的激情,这样的句子是完全不可能的!在共和国诗歌史上,能够与这样的句子争艳的也许只有胡风的"时间开始了",这是只有在 20 世纪 50 年代的中国才可能生成的句子。也只有理解了这样的句子,我们也才能真正理解《去远方》的思想与艺术特色,才能理解邵燕祥诗中的"时间"和"远方"。

所有真正的诗人一定要心有"远方",而且一定要踏上远去的征途。然而,在"远方"与"中心"之间,在时间的"远方"和空间的"远方"之间,还必须有一颗自由的、诗意的、能思的心灵。没有思想、智慧、激情和想象力,所谓"远方"终究只是一个抽象的理念

三　诗歌

而已。

　　无论如何,我们都应该保有对"诗与远方"的激情和想象,都应该在真实的生活实践中书写我们的"诗意",走向我们的"远方"。

(作者系云南师范大学哲学与政法学院教授)

赤子情深：一曲写给延安"母亲"的赞歌

邓玉环

20世纪五六十年代中国当代文学史上，出现了一种新的诗歌创作潮流——政治抒情诗。诗人们满怀对社会主义新中国的热爱，用最热烈、最赤诚的情感赞颂祖国、歌唱社会主义，表达对新中国的赞美，诗歌创作具有一种激情澎湃、昂扬向上、直抒胸臆的文学风格。贺敬之与郭小川、闻捷、蔡其矫、公刘、白桦、邵燕祥、流沙河等著名诗人成为该时期诗歌创作的中坚力量，他们通过自己的创作呈现出一体化时代里诗歌艺术的种种探索。

贺敬之的政治抒情诗主要有两类，一是以《放声歌唱》（1956年）、《十年颂歌》、（1959年）《雷锋之歌》（1963年）为代表的大型抒情诗；二是以《回延安》（1956年）、《桂林山水歌》（1957年）、《西去列车的窗口》（1963年）等片段式的抒情短歌。1956年发表的《回延安》脍炙人口，60多年来一直被广为传颂，这首诗作为红色经典被列入2016年最新编人教版八年级下册语文教材，它的艺术生命力可谓历久弥新。此诗内容通俗易懂，抒写诗人回到阔别10年的革命圣地延安时的喜悦之情，赞颂了延安在中国革命史上的伟大贡献和新中国成立后的巨大变化，诗作采用陕北"信天游"的民歌形式，语言质朴，感情热烈，极具感染力。

为何回到延安，诗人会如此心潮澎湃、激动万分？为何延安的一切在他的眼中都那样美好，为何延安在诗人心中如同伟大的母亲一样让他深深地眷恋？诗中那种喷薄而出、浓烈赤诚的情感源于何处？如果不了解旧中国苦难深重的历史，不了解诗人童年和少年时代的成长经历，不了解延安对于贺敬之人生的重大意义，就无法深刻领会诗人对延安

三 诗歌

放歌集（包括《回延安》）

"母亲"发自肺腑的真情实感，无法感同身受诗人对党、对人民的深情厚谊。

　　陕西延安尽管有着古老的文化历史，但如果没有中国共产党的到来，这座古城始终是块默默无闻之地。1937年1月，中共中央进驻延安，从此，延安成为抗日战争和解放战争的指挥中心和战略总后方。在这片黄河之滨，不仅有以毛泽东为代表的一大批卓越的共产党领导人，还汇集了文学和艺术领域的精英。当时的鲁艺名家荟萃，如茅盾、曹葆华、冼星海、艾青、何其芳、陈荒煤、周立波等，还有一批著名的文艺工作者，抗日救亡运动中真正的民族精英都生活和战斗在这里。

　　贺敬之作为一个出身底层的小知识分子，他家境贫寒、求学之路艰难，曾在川鄂两省过着颠沛流离的流亡生活。1940年春，15岁的贺敬之为寻求人生的希望和新的出路，和李方立、吕西凡、程芸平冒着生命危险，经历了40天艰难曲折的"小长征"，终于来到心中的革命圣地，并幸运地考入了鲁迅艺术学院学习。时代的动荡和个人生存的艰辛，使贺敬之对延安的一切都格外珍惜。新的生活、新的事物、新的知识，引领他进入一个全新的世界，受到众多名师指点教导的他努力学习、迅速成长。

惠特曼、马雅可夫斯基、涅克拉索夫等的诗歌对贺敬之的影响很大，他刚入学三个月，就创作出《十月》《雪花》等6首新诗。第二年诗歌创作更加勃发，创作了大量反映家乡黑暗生活和人民奋起反抗的诗歌，后收录到诗集《乡村的夜》，写出了歌唱延安新生活的长诗《我走在早晨的大路上》。他在诗歌创作上的熠熠才华受到了何其芳的高度赞赏，何其芳称之为"17岁的马雅可夫斯基"，这是对他才华的极大认可。胡风也曾说他的诗"别人很少能写得这样"。延安大生产运动在1943年达到高潮，贺敬之为慰问三五九旅写的歌词《南泥湾》获得了巨大成功；1944年贺敬之与王大化、马可、水华等创作的大型秧歌剧《惯匪周子山》被中央西北局文委授予一等奖，贺敬之也获得了"乙级文教英雄"称号；1944年创作的《刘巧团圆》被中国评剧院改编为评剧电影《刘巧儿》风靡一时；1945年贺敬之作为主要执笔者创作的歌剧《白毛女》不仅轰动一时，后在1951年荣获斯大林文学奖二等奖，是中国新歌剧发展史上的里程碑，具有不可磨灭的历史意义。贺敬之在延安生活了6年，这6年时间是他从少年走向青年最重要的人生阶段，也是他在文学艺术上迅速成长并取得重要成就的关键时期，他曾经说过："我的真正的生命就是从这里开始。"才20出头，贺敬之的名字就从延安传遍了祖国大江南北。

离开延安10年后的1956年初春，团中央书记胡耀邦去延安，主持西北五省区青年造林大会，《中国青年报》特邀贺敬之一同前往。贺敬之怀着无比激动的心情完成了《回延安》，诗中浸染着诗人那一片火热的"赤子之情"。全诗情感浓烈、直抒胸臆，"心口呀莫要这么厉害地跳，／灰尘呀莫把我眼睛挡住了……／手抓黄土我不放，／紧紧儿贴在心窝上"。一开篇，诗人就描绘了最激动人心的一个场景：与亲人久别重逢时刻，他心跳剧烈，终于回到了朝思暮想的延安的土地上！中国人对"土地"的情感最为深厚，离乡在外的游子甚至会携带着一捧家乡的泥土，它象征着生命之根和血缘之情，寄托着辗转反侧的思乡情意。延安

三 诗歌

对于贺敬之来说是他的革命摇篮，魂牵梦绕的第二故乡，如今再一次见到她，感触万千、心潮澎湃。黄土贴心、梦回延安、搂宝塔山、千呼万唤，连续性的动作一气呵成，现实、梦境此时合而为一，诗人重回"母亲"怀抱激动得无以言表，"满心话登时说不出来，／一头扑在亲人怀"。贺敬之把久别重逢的动人场面放在诗篇开端，奠定了全诗的情感基调——重回"母亲"怀抱的喜悦和对延安"母亲"的深情赞颂。

清人袁枚《随园诗话》中说："诗人者，不失其赤子之心者也。"《回延安》表现了作者对"母亲"延安的一片赤子之情，全诗有鲜明的抒情层次，第一部分写回到延安时的兴奋和激动，延安亲人的欢迎场面亲切热烈；第二部分追忆当年在延安如火如荼的生产和战斗生活，书写诗人与延安"母亲"的血肉关系，表现对延安"母亲"的感恩和赞颂；第三部分诗人描绘与亲人见面欢聚的场面，三代人欢聚一堂追忆保卫延安的革命历史，共话十年来国家的发展变化；第四部分表达了诗人目睹延安旧貌换新颜的欣喜与赞叹之情。延安是英雄的城，是中国人民的骄傲，"枣园的灯光""延河的波浪"既是写实，又具有鲜明的象征意味。无论是对过去的深切回忆，还是对延安今日建设成就的赞美，一以贯之的始终是归来的赤子对母亲的深切爱恋。贺敬之重返延安时已近中年，身份和地位也发生了变化，可是他仍然以一片赤子深情重回母亲怀抱，和延安的父老乡亲如亲人一般毫无隔阂，这种亲情极其宝贵，同时也具有重要意义。继承革命传统，永远不忘革命根据地人民的养育之恩，这是一位真正的共产党人最朴素最动人的赤子情怀。

这首诗同样值得读者关注的是，诗人采用"信天游"的民歌形式歌颂延安，这本身就是对延安"母亲"养育之恩的报答，形式与内容的完美结合，让这首政治抒情诗具有艺术的永恒魅力。1942年5月，针对延安知识分子和文化人中弥漫着的脱离实际的"浪漫主义"、脱离群众、某种程度上轻视民间文艺的倾向，毛泽东在延安文艺座谈会上做了著名的讲话，明确了文学艺术的源泉是人民生活这个中心，这次讲话作为对贺敬之文学道路的思想指引意义非凡。1942年后贺敬之诗风为之一变，显然是受了延安文艺座谈会的影响，这也是他对解放区新生活进一步熟悉的结果，诗歌的基调由主要对黑暗的泣诉变为主要对光明的讴歌，在诗歌的形式上，他开始学习陕北信天游，进行民族化的探索。

赤子情深:一曲写给延安"母亲"的赞歌

政治抒情诗在美学上恪守"工农兵文艺"的范式,贺敬之主张应以民歌形式"开一代诗风"。贺敬之在给《处女地》编辑井岩盾的信中说:"民歌一直是我所迷恋的,不可缺少的精神食粮。在我心目中,它永远是我学习写作的光辉榜样。"[①] 他主张"把诗歌的发展放在人民喜闻乐见的民族传统基础上"。"诗,不能不是民族的,不能不是人民的。"贺敬之在利用"信天游"传统形式的基础上,又赋予了新的内容,对语法结构、节奏、诗句的组织都有创新性的发展。

《回延安》的每一节都由两句构成,按照"信天游"的特点,往往第一句起兴,有时候两句诗兴、比连用,或比兴、夸张连用,通常也要注意押韵和对偶。例如,"树梢树枝树根根,/亲山亲水有亲人",以"树"起兴;"羊羔羔吃奶眼望着妈,/小米饭养活我长大",以"羊羔吃奶"起兴,这些"兴"的意象取自民间生活,将之与诗人和延安,以及延安的父老乡亲的血肉关系进行对照,比喻延安对诗人的养育之恩。"杨家岭的红旗啊高高地飘,/革命万里起高潮",上句起兴指明延安作为革命中心,将革命的火种撒播全国;"白生生的窗纸红窗花,/娃娃们争抢来把手拉",上句起兴也兼有描写环境的作用。"信天游"中"比兴"的表现手法,拓展了诗歌艺术的想象空间,使感情表达有更充沛的力量。

诗中出现大量拟人化了的意象,杜甫川、柳林铺和红旗在"唱""笑""招手",延安就是母亲,"手把手儿教会了我,/母亲打发我们过黄河","革命的道路千万里,/天南海北想着你",新延安"披彩虹""迎春风""换新衣";"千万条腿来千万只眼""一口口的米酒千万句话""革命万里起高潮"等句运用了豪迈的夸张;"一条条""一座座""一盏盏""一排排"的排比使诗句整饬而有气势。拟人、排比、夸张、对偶等是民歌中常用的修辞手法,灵活多样的修辞艺术为这首诗增添了亲切活泼的感情色彩和豪迈的民族气概。

米酒、油馍、木炭火、土炕、土窑洞,白窗纸、红窗花,这些具有陕北地方特色的、散发着热腾腾烟火气的生活意象并列组合,热闹欢欣

---

① 王宗法、张器友:《中国当代文学研究资料·贺敬之专集》,江苏人民出版社1982年版,第6页。

三 诗歌

的氛围让诗人感到无比亲切幸福。这首诗里很自然地出现了陕北方言，如"几回回""树根根""羊羔羔""白生生""一口口"等典型的叠音词，还有口语化的"紧紧儿""手把手儿"等儿化音。诗人对陕北风土人情的意象组合描写，更增添了这首诗的生活趣味和乡土气息，使之具有民族音乐般质朴欢快的美感。

《回延安》是诗人满怀赤子深情写给延安"母亲"的一曲赞歌，这首红色经典之作以朴素赤诚的情感打动着一代又一代的读者，散发着永久的艺术魅力。

（作者系华南师范大学文学院副教授）

《"小兵"的故事》：少年心事当拿云

卓 娜

柯岩《"小兵"的故事》发表于《人民文学》1956年第4期，由《帽子的秘密》、《两个"将军"》和《军医和护士》三首叙事短诗组成，在1980年全国儿童文学评奖中被评为一等奖，通过对儿童的行动与内心世界的揭示，勾勒出他们对未来美好理想的憧憬，歌颂了他们的勇敢与智慧。如今重读，依然可以被柯岩轻松活泼的诗歌语言所感染，能感受到激进的诗行里饱含着精神之昂扬、信念之坚定，洋溢着蓬勃向上的朝气，充满着革命激情与建设祖国的热情，可谓"少儿心事当拿云"。

柯岩（原名冯成保，曾用名冯恺，满族），在共和国初期就活跃在文坛的女作家，先后在中国青年艺术剧院、中国儿童艺术剧院任专职编剧，创作了大量的小说、剧本、诗歌等，其中有许多优秀的儿童文学作品，其中儿童诗歌的成就最大。新中国伴随着新民主主义国家的成功建立，每个历史的见证者与参与者，他们的内心都荡漾着乐观的革命理想。相应地，如何创建现代民族国家更是成为了共和国初期文学迫切讨论的主题。柯岩正是这一时代的佼佼者，她积极引导青少年树立正确的人生观、价值观和世界观，以及培养孩子们积极的审美意识。继1955年发表的三篇儿童诗歌之后，于1956年发表的《"小兵"的故事》再次引起文坛的关注，诗人以"社会主义现实主义文学"的美学准则，创造出了具有新中国气象的儿童文学。

柯岩以童心、童真、童趣入诗，为孩子们搭建一个积极向上且响应国家发展与需求的审美空间。柯岩对小读者的心理有着精准的把握。"和所有的作家相比，儿童文学家最幸福。因为他的工作对象的灵魂像一张白纸，有最广阔的空间由他挥洒笔墨……在所有作家中，儿童文学

三 诗歌

"小兵"的故事

家又最痛苦,因为他的工作对象难对付而且不讲情面。成年读者可能出于理智,出于需要,甚至出于礼貌去读一本书。而儿童读者却是几乎完全出于兴趣"。[①]《"小兵"的故事》组诗便以儿童的视角,融入日常生活的儿童游戏体验,表现出孩子们在游戏中争当解放军的童稚可爱以及对崇高理想的热爱。诗歌语言轻松活泼充满童趣,读起来不仅趣味盎然,又体现了共和国初期意气风发的文学基调和昂扬进取的时代精神风貌,深受全国青少年的喜爱。其中以《帽子的秘密》艺术成就最高,1961年人民美术出版社还以《帽子的秘密》为柯岩诗集命名,该诗集被翻译成多国语言。《帽子的秘密》首先设置一个悬疑,以哥哥新帽子的帽檐总是莫名其妙破了又破,这一叙事情节吸引小读者的注意力。于是身为弟弟的"我"决心要一探究竟,向妈妈揭发哥哥的秘密。原来哥哥和同学们互相假扮海员,所以常常弄坏妈妈奖励的新帽子。结果,"我"不小心被发现当作"奸细",奋起抵抗表达自己长大后要当解放军的雄心壮志。这一连串的事件安排得紧凑又自然。

---

① 柯岩:《柯岩文集第七卷·文论》,四川文艺出版社2003年版,第236页。

两个水兵向哥哥敬礼,
报告抓到了什么"奸细",
哥哥看也不看我一眼,
就下命令把我枪毙。
我生气地说:"我不是什么奸细,
我是你的弟弟!"
可是哥哥皱着眉说:
"是奸细就不是弟弟!"
这么欺负人还能行?
我就又踢又打吵个不停,
两个水兵只好安慰我,
我说:"反正我不能叫你们枪毙,
不管它疼还是不疼,
我长大了要当解放军,
随便说我是奸细就不成!"

水兵们都哈哈大笑,
哥哥也只能把命令取消,
大伙说:"这可不是个胆小鬼,
欢迎他参加我们'海军部队'。"①

  这是全诗叙事的高潮,刻画了一个不失英勇有梦想有追求的小小少年形象。诗歌充满童趣的语言十分贴近儿童的口语化语言,例如"随便说我是奸细就不成""这可不是个胆小鬼",且第一人称叙事又很容易调动小读者的想象趣味,尽快融入诗歌的语境之中,"我长大了要当解放军"涤荡着年幼小读者的心,极大丰富了儿童的精神世界。《"小兵"的故事》的其他两组《两个"将军"》和《军医和护士》,从诗歌的题目就可以看出来,这三首诗歌主题的紧密性,未来的"小兵"是"海员""将军""军医""护士",寄托着诗人无限的希冀与祝福,少

---

① 柯岩:《"小兵"的故事》,《人民文学》1956年第4期。

三　诗歌

儿的"拿云之志"应当与国家未来息息相关。而将这一些主题明显具体的意象融入儿童诗，不仅需要诗人有一颗赤子之心，还需要诗人具备一双"慧眼"，敏感捕捉儿童生活的精彩瞬间。《两个"将军"》的场景描写特别生动可爱，生活气息扑面而来：

> 他一天对我下一百次命令，
> 哪一次慢一点都不行，
> 一会儿"稍息"，一会儿"立正"，
> 一会儿跑步一会儿停。
>
> 一会儿下令："向妹妹进攻！"
> 一会儿下令："向弟弟冲锋！"
> 他一刀砍伤了妹妹的小泥人，
> 我一枪刺破了弟弟的大布熊。
>
> 弟弟哭着要报仇，
> 带着妹妹来反攻，
> 小桌小凳当坦克，
> 炮声震耳轰隆隆。[①]

诗歌的动作描写可谓精彩地还原了"小兵"们平日在家打闹的"革命"场景之激烈。"下令""进攻""冲锋""反攻"这一系列带有斗争色彩的词语，让人想起在抗日战争中浴血奋战的革命先烈保家卫国的英勇身姿。诗歌主题是孩子们争当"将军"的崇高理想，而这一崇高理想又具象化到孩子们平日生活里边去，令人倍感亲切。《军医和护士》的诗歌风格也是如此：

> 弟弟一听笑出了声
> 他说："哈"！我会当医生。

[①] 柯岩：《"小兵"的故事》，《人民文学》1956年第4期。

我在幼儿园,
天天给小朋友打针。

弟弟就留下来当军医,
我拿树枝给做了一个听诊器。
妹妹拉住"将军"不撒手,
她说:"我……我会给洋娃娃洗衣服。"

我们大家一考虑,能力虽小挺积极。
"报告'将军',收下当护士吧,
派她跟医生去学习。"①

可见,诗人柯岩凭借高超的艺术技巧,创作的儿童诗歌不仅读起来令人忍俊不禁,还散发着强烈的奉献意识和英雄意识。诸如将儿童游戏的日常生活场景纳入诗歌,渲染儿童在游戏中扮演的社会角色,展示了他们纯真稚嫩的心灵里,早已有了对未来的希望与梦想。诗人以祥和快乐营造了如此健康积极向上的审美空间,从而也展现了社会主义现实的土壤对儿童成长的滋润,同时也表达了儿童对党和国家的热爱之情。

应该说,《"小兵"的故事》响应共和国初期文化的政策需求,具有鲜明的时代特征与时代精神气质,又具有跨时代的意义与价值。早在共和国成立之初,"中国新诗进入了一个特殊时期:它不仅成为文化调整政策的对象,更承担了在这一调整中歌唱与礼赞的使命"。②战时中国儿童文学显然已不适应新时代的需求,急需注入新血液,柯岩的儿童诗歌正是这种历史召唤下的产物,《"小兵"的故事》便应运而生,带着时代赋予的新使命,浸润着起码两代儿童的心灵。此时,文坛依旧深受苏联文学的影响,提倡"社会主义现实文学","写实"和"叙事"成为各种题材的写作主流倾向。柯岩也深受主流倾向的影响,不赞同单纯的"童心论",儿童诗歌也要扎根在现实主义的土壤里,不回避崇

---

① 柯岩:《"小兵"的故事》,《人民文学》1956 年第 4 期。
② 程光炜:《中国当代诗歌史》,中国人民大学出版社 2003 年版,第 3 页。

三 诗歌

高。"我们马克思主义者是阶级论者……各种思想无不打上阶级的、时代的烙印。儿童是人类的未来，每个阶级都用自己的理想教育下一代，争夺下一代。"[①] 这是柯岩一辈子始终坚定不移的创作理念。《"小兵"的故事》组诗是柯岩的成名作之一，深入贯彻了柯岩的写作理念，让人为共和国最初岁月里人民澎湃的革命激情而心生感慨。《帽子的秘密》便以"我"被误认为"奸细"这样一种叙事题材入诗，可见1949年以后左翼诗歌文学主流力量的延续，只不过昔日抗击外敌的革命激情已经转化为建设新型民族国家的万分憧憬和迫不及待。共和国成立初期，正值百废待兴的艰难时刻，投身于其中的建设者柯岩深感为祖国花朵构建一个有崇高理想、有未来想象的审美空间也是刻不容缓的任务。因此，对于儿童文学创作者柯岩来说，如何在童真童趣中提取符合时代精神气质的元素是一大考验。这不仅要求创作者保持一颗赤子之心去创造童真的诗意，又要求创作者拥有极强烈的主旋律意识，柯岩的革命激进姿态也是极其鲜明的。《帽子的秘密》全诗最后的主旨升华便集中体现了柯岩对小读者的期冀：

　　　　真正的海员坚强勇敢，
　　　　热爱祖国热爱劳动，
　　　　你们能不能学习英雄
　　　　不看帽子要看行动！[②]

诗人激发少年学习英雄、缅怀革命先烈，做有志少年，传承爱国精神。而"不看帽子要看行动！"则是全诗的诗眼所在，点明主旨又紧扣以"帽子"展开的游戏情节。句子简短有力，又类似一个"标语""口号"般好记忆，起到很好的教化作用。《两个"将军"》诗歌的收尾也是如此：

　　　　我也决定去跟他当兵，

[①] 柯岩：《柯岩文集第七卷·文论》，四川文艺出版社2003年版，第127页。
[②] 柯岩：《"小兵"的故事》，《人民文学》1956年第4期。

>就把道理跟哥哥说清。
>哥哥低下头想了半天，
>说："我也要当他那样的'将军'。"

　　诗歌内容是30年代"配合一切革命斗争"的儿童观和儿童文学观的延续，又肩负"塑造新儿童"的伟大历史使命。通过对两种"将军""工作作风"进行比较，然后以"我也要当他那样的'将军'"点明主题，在诗歌情节的对立冲突中显示了诗人的价值判断和审美取向。

　　此外，强调"纪律性"又是《"小兵"的故事》组诗集中体现的主题特征。如《军医和护士》一诗的结尾处强调了严守纪律的重要性：

>"将军"说："嗯，可以倒可以，
>只是你们得守纪律，
>好好地给战士们看病，
>妨碍练兵决不允许。"①

　　柯岩的儿童诗充满积极的审美教育意义，体现出崇高的理想与严格的纪律性，为祖国花朵开辟了一个爱国爱党爱民爱军的审美空间。柯岩认为"少年儿童还在思维不成熟的年龄阶段，因此他们的感情还在浅层次，具有比较大的直观性，常常容易被外在美所打动。如何帮助他们逐渐透过外表而注重内在，如何教会他们区别真正的美与丑，把外在的英雄气概与内心的怯懦，外表的忠诚与内心的卑鄙揭示给他们看，是作家常常表现的主题"。② 通过《"小兵"的故事》，小读者可以感悟到争当解放军是一件多么光荣的事情，为了实现理想，一定要勇敢行动起来，还得服从组织的纪律。20世纪50年代，"儿童"本质上是作为现代观念启蒙的重要对象，"塑造社会主义新儿童"成为历史使命，而儿童文学必须是在共产主义教育的基础上进行的。柯岩创造的儿童组诗在一定程度上能够培养小读者积极进取的人生态度，又能为共和国培养一

---

① 柯岩：《"小兵"的故事》，《人民文学》1956年第4期。
② 柯岩：《柯岩文集第七卷·文论》，四川文艺出版社2009年版，第310页。

三 诗 歌

批优秀的"储备军"。对于刚刚成立不久的中华人民共和国来说，创造这样符合主流意识形态的儿童文学，是能够感染新中国新时代的读者，也是深受当时主流文坛和读者喜爱的。

无疑，文学艺术应是社会意识形态的一种表现形式，必须与崇高的社会理想相结合。应该说，20世纪50年代柯岩创作的《"小兵"的故事》是柯岩最为成功的代表作，她将儿童叙事诗的表现手法发挥到了炉火纯青的地步，以叙事为基础进行抒情，符合建国初期主流文坛提倡的以"叙事"与"写实"为主的创作倾向，有小叙事诗的特点，当然，由此也不免落入过度依赖线性时间叙述的弊端，造成艺术空间的单一性，同时也遭到了当今一些学者的质疑，即以简单的二元对立的思维塑造引导儿童成长，显然会有时代的语境与局限性。但放置在文学史意义上来讲，柯岩的儿童叙事诗还是具有开创性意义的，她能够与时俱进，紧跟社会时代步伐，一直创造真正的属于人民的文学。可以说，柯岩"为人民的文学"的创作理念贯穿始终，在五六十年代，柯岩写了大量的富有教育意义和生活情趣的儿童诗和戏剧，从《相亲记》《娃娃店》《"小兵"的故事》《我的爷爷》到《"小迷糊"阿姨》等，再到70年代末《周总理，你在哪里》传出了时代强音；即便是20世纪80年代，个人主义极度膨胀的年代，当信仰迷失、回避崇高成为文坛的风向时，柯岩用《中国式的回答》谱写了一首生命之歌、青春之歌，坚持引导人们回归共产主义理想、社会主义理想；长篇小说《寻找回来的世界》涉及问题少年，体现着一个知识分子的力量和担当。90年代出版有中篇小说集《道是无情》、长篇小说《他乡明月》等，及电视连续剧本《寻找回来的世界》《仅次于上帝的人》《红蜻蜓》，都是切近社会现实的力作。

柯岩以锐意进取的探索与奉献精神，践行了自己文学与人生的理想。作为其追求光明与希望的一种方式，《"小兵"的故事》就让人能感受到共和国初期文学独有的强烈的召唤力量，诗歌旨在为儿童心里植入一颗光明、希望的种子，助力他们的成长，为中华民族的复兴肩负起使命意识。诗歌以其"思想的深度与活力"（柯尔立治语）而有着独特的文学价值与社会意义。

（作者系中国社会科学院研究生院文学系硕士研究生）

《一个和八个》:一场特殊的精神较量

邓玉环

作为中国当代"十七年"政治抒情诗的代表者之一,郭小川被誉为"战士诗人",他的诗歌总是充满了昂扬的斗志和激越的革命情感。郭小川创作于1957年的叙事诗《一个和八个》,长达1200余行,在中国新诗史上,它是一首题材独特、引人入胜、充满张力的叙事长诗,他曾在日记里写道:"这是一首真正用心写的诗。"恰恰就是这首诗,让郭小川十多年间深受其苦并付出了沉重代价,"成为后半生解不开的心结"。诗人在世期间,这首诗并未发表过,它首次刊发于1979年第一期的《长江文艺》上,这是一首搁置22年方得发表的诗歌,作者当时已去世两年多。《一个和八个》不仅在郭小川的人生中具有重要意义,在中国当代诗歌史上也占有不容忽视的地位,它所经受的22年的坎坷经历被打上了鲜明的时代烙印。

这首长诗题材独特,强烈充沛的情感与曲折离奇的故事情节相融合,读来一波三折,令人心情激荡,这其实也是一部革命小说的绝佳题材。八路军某营教导员王金被当作奸细抓进随军监狱,与八个犯人关在一起,这八个犯人中有三个土匪、四个逃兵和一个敌特分子。王金是一个被诬陷的"好人",他与另外八个"坏人"完全不同。王金的"傲慢"使他与其他八个犯人格格不入,最初八个犯人对王金的态度充满敌视,尖锐对立,为挫败王金的傲气和锐气,他们对他"咬牙切齿地诅咒和辱骂"。在夜行军时,王金以其坚定的革命本色感化了除敌特外的其他七个犯人。关系缓和后王金对犯人们讲述了他十分复杂的案情:他曾在天津被日本人抓住,遭受严刑拷打但坚贞不屈,阴险的敌人并不处死他,而要派遣他回八路军当奸细,遭到王金断然拒绝。在日寇宪兵

三　诗歌

一个和八个（2015）

　　司令部监牢过道他与叛徒王世臣打过照面，叛徒作为打入我军内部的奸细被识破后，供称王金在他之前已叛变，和他一样是潜伏在八路军中的奸细。王世臣偷偷给王金写过一封信进行试探，但王金根本不明白这封信有何含义，面对叛徒的指认，王金无法证明自己的清白，他从日寇屠杀中死里逃生的过程十分离奇且无人作证，故而他的辩词令人难以置信。

　　因战事紧张，这九个犯人跟随部队转移，他们也随时面临最终的审判，死亡的阴云笼罩在每个人心上。锄奸科长虽然不能完全确定王金是否是真正的奸细，但革命紧张时刻无法耗费时间精力加以确证，于是九个人被一起执行死刑。正当行刑时刻，部队遭遇日寇袭击，在生死关头王金沉着冷静率先英勇抗敌，其他七个犯人也效仿而奋勇杀敌，终于将敌人击退，受伤的锄奸科长被救。王金的表现完全证明了他是被冤屈的，他是个真正的革命者，故事结局最终是光明圆满的。这个故事在1984年被搬上了银幕，即使是在20世纪80年代，故事情节的特殊性依然让它显得有些"刺眼"。电影学者倪震把它的主题概括为"冤屈和忠诚"，他说，这是"关于一个人的忠诚受到怀疑，在极度危险和冤屈中，用血和生命去证明自己清白无辜"的主题，而这个主题在"文化大革命"前的中国革命文学史上是罕见的。

关于这首诗的创作缘起，在1959年接受批判时郭小川有过说明："远在二十年前，我就听了这样一个故事：'王明路线'或'张国焘路线'肃反时，押了一批犯人，都是被冤枉的好同志。一次，敌人围攻时，这批'犯人'就起而抵抗，大部分壮烈牺牲，只剩下几个人逃生。这同样的故事，后来还听说过几回。"①

其实这首诗的出现并非偶然，它是时代文艺政策与诗人的创作追求、个人经历发生合力共振的结果。首先，时代文艺政策提供了一个创作氛围相对宽松的空间。1956年文艺创作"百花齐放，百家争鸣"方针的提倡，鼓舞了期望在创作上有所突破的作家们，当时22岁的王蒙发表了小说《组织部来了个年轻人》，对政治体制的弊端有所触及。创作干预生活、表现人性，揭露阴暗面的作品成为风气，到1957年5月达到高潮，《一个和八个》初稿就在这个时候完成的。其次，这种题材内容独特的诗歌并非郭小川创作的特例，就在1957年4月，他的长篇叙事诗《深深的山谷》发表，诗作讲述了一位从思想到心灵与革命秩序、战争环境格格不入的知识分子，由于精神上的绝望而跳崖自杀。因为题材新颖、人物独特，获得了圈内的好评，也使他坚定了自己文学创作的理念。就在这个时代契机和外部环境促使下，郭小川用了7天时间写就了1200行的诗作初稿，并一直坚持修改，在1957年11月20日改定了作品。明知道这首诗的题材敏感，发表有一定风险，但他之所以坚持想发表，是因为他不相信在反右派斗争中，挨整的都是坏人。他的心愿是试图告诉那些在运动中挨整的好人，"受了冤屈我们应该如何对

---

① 郭小川：《我的思想检查》，《郭小川全集》第11卷，外编，广西师范大学出版社2000年版，第134页。

三　诗歌

待"。① 郭小川与妻子杜惠的不平经历也是激发诗人创作动机的深层因素。1943 年,"(郭小川)在 3 月开始的整风运动的审干阶段受审,次年审查结论为:无政治历史问题。杜惠被隔离审查,在社会部监狱关押,至 1945 年 8 月释放,结论为:无政治历史问题"。② 杜惠并无政治历史问题,却在监狱中度过了两年零五个月,夫妻二人共同的"受冤"经历,不能不说也是此诗创作的一个深层动因。

"我打算写一个坚定的革命家的悲剧。"这是经过诗人深思熟虑、反复酝酿的结果。但这首诗却让他深受其苦,从 1959 年到十年"文化大革命",包括被中央立案审查的 1974—1975 年,甚至去世的 1976 年,他屡次遭受批判,这首诗成了诗人心中的一个伤疤,甚至一想到这首诗就感到恐怖。这首诗经历奇特,郭小川的女儿郭晓惠在人民文学出版社 2015 年 7 月版的《一个和八个·写在书前》中说:"这首诗的经历,也使其负载的价值,远远超出了文学的范畴。"

文学作品与产生的时代密切相关,但要成为历久不衰的经典之作,它不能只是时代的传声筒,必定有其超越时代的永恒意义和文学性价值。"相比他此后创作的《甘蔗林——青纱帐》《祝酒歌》《厦门风姿》等,《一个和八个》形式上可能没那么新颖、夺目,但却充沛着更加内在的张力和人性的魅力。"(《一个和八个·写在书前》)《一个和八个》中有血与火的战争考验,有冤屈与忠诚的矛盾斗争,有个人的情绪对时代政治局势的抵触,有革命者的人生信仰与犯罪分子反动派的精神较量,多种矛盾冲突加剧了诗作内在的张力和紧张感。郭小川遭受了多次批判,有人指责他在诗中"把土匪写得多么好""党的组织连土匪不如",郭小川自己也做了深刻的思想检查:"它的确是歪曲了我党我军,诋毁了肃反运动,美化和赞扬了反革命分子、叛徒和杀人犯。——这个罪行是极端严重的。"③ 这些检查文字也许是迫于形势不得已写下的,但诗中的确有一种或隐或显的情绪存在,正如洪子诚在《中国当代文

---

① 郭小川:《一个人和一个时代:郭小川画传》,《郭小川纪念文集》,广西师范大学出版社 2000 年版,第 288 页。

② 郭小川:《郭小川全集》第 12 卷,外编,广西师范大学出版社 2000 年版,第 373—374 页。

③ 郭小川:《在两条路线斗争中——关于我解放后十七年来的基本情况》,《郭小川全集》第 12 卷,外编,广西师范大学出版社 2000 年版,第 101 页。

学史》中指出的，虽然作品的显性话语是"'克服'精神上的'危机'和实现转化"，其故事本身却体现了"在情感上对个体价值的依恋，对人的生活和情感的复杂性的尊重。"

郭小川关注的是战争年代人的生活，思考的是人性的复杂性。八个"土匪、奸细、逃兵"，固然无法无天、"枉生为人"，但王金相信，"如果有一支钥匙／打开他们的心灵的门扉／他们在生活的真理面前／也未尝不可能有一点愧悔。"王金，正如诗人给予他的这个名字，他有金子般高贵的心灵和纯粹的革命信仰，就是在和八个犯人关在一起的屈辱时刻，他也没有完全失去理智、颓唐崩溃，而始终不忘自己是一个坚定的革命战士，不忘自己的责任，思考此时还能为党做什么贡献。正因为他具有坚强的革命意志和坚定的革命信仰，面对八个"坏人"的敌视和仇恨，他毫不畏惧。就在无处申冤令人窒息的沉重苦闷中，改造这八个犯人的思想、打开他们心灵的门扉，让他们认清罪行悔过自新，竟成了王金新的"战斗任务"，他依靠丰富的思想工作经验去感化和教导这些人。他相信，因为"阴郁的天空有时忽然透了亮／在一个很短很短的瞬间／一条干瘪的小河一下高涨／在那潮湿的霉烂的败草中／突地出现一支美丽的荧光。"这些"坏人"或许并非天生就坏、彻头彻尾反动，他们的人性可能并未完全泯灭。他顺着"大胡子"的话劝导他们："只有香的／也就是为人民服务的／才是真正的美好的人生／当然，就是好人最后也会死／可是临死前他还会感到欣幸。"他是个乐观的共产主义战士，对党的忠诚之心和大无畏的革命精神，让他充满自信和满足："我活着的一生值得我死后欢愉／因为我没辜负作为战士的声誉。"他将自己的生死置之度外，克服了自身精神上的"危机"，也最终拯救了自己。

诗作中充满了昂扬激越的情感、叙事引人入胜，每段六行、格式整饬，多处用到了对比的手法：王金清秀外貌与强大内心的对比，王金高尚睿智的品格与犯人粗鲁无赖的人格形成对比，犯人认罪态度前后变化形成对比，开篇含冤入狱与结尾平冤昭雪形成对比，等等。王金中等身材形象清秀斯文，他曾受地下党委派在天津海河上当码头工人，很快就成了"经得起沉重的马"，通过对比突出他吃苦耐劳的精神和钢铁般的意志力。他之所以能够赢得八个犯人的尊重，成功打开他们的心扉，就是靠170里夜行军中所体现出的过人的精力和忍辱负重的坚定品格。而

三　诗歌

"大胡子""粗眉毛"等其他七个犯人，从最初的破罐子破摔到后来的奋起抗日，思想上发生的巨大转变，也揭示了人性的复杂和精神变革的多种可能性，这些人没有被塑造成概念化和符号化的"反面人物"。王金不是万能的，八个犯人中的敌特分子最终顽抗逃跑被打死，更增强了故事的真实性。但是，在一个认为"人性论"反动而且虚伪的年代，人的复杂性是被拒绝讨论和关注的问题。

21世纪的今天，当我们重新解读这首红色经典之作，《一个和八个》特殊题材、作品主题与时代历史的关联，是其最为引人瞩目的部分。郭小川曾经多次检讨自己"说别人不敢说的话，写别人不敢写的题材"的创作追求在今天看来绝不是一种缺陷，已成为这首诗的一枚闪光的徽章，历经坎坷的《一个和八个》最终给予了诗人最好的历史回报。

（作者系华南师范大学文学院副教授）

"祖国"的"存在"及其"意象"

李广良

一

在所有以"歌颂祖国"为题的诗歌中，舒婷的《祖国啊，我亲爱的祖国》（1979）毫无疑问是最杰出的，是独一无二的。事实上，所有真正的诗都是独一无二、不可复制、无可替代的，因为诗的本质就是人的"独一无二"的"存在"（"此在""缘在"）在"语言"中"一次性地""实现"或"涌现出来"。在某种意义上，"诗"不是诗人"写"或"创作"出来的，而是"存在自身"在诗人"出神"之际"一跃而出"，然后"安居"在"语言"中，使得这些"句子"成了自身的"家园"。在这个"家园"中，除了最纯粹的"存在"之外，别无其他。

然而，在诗歌中，"存在"借以实现其自身的，并不是概念语言，而是"意象""意境"或王国维所说的"境界"，没有"意象"或"境界"，"存在"就只是一个没有获得"感性显现"的抽象哲学"理念"，而不是具有"缘构"或"原发"意义的"此在""缘在"。许多歌颂体的所谓"诗歌"之所以难以打动人心，就是因为其中的"存在"要么还未达到"理念"的层次，要么仅仅保留在"理念"的层次上而没有获得现实的"意象"。"意象"者，"存在"之"意—象"也，即"最高心灵境界"与"丰满的色相"之"合一"。宗白华先生说："中国艺术意境的创成，既须得屈原的缠绵悱恻，又须得庄子的超旷空灵。缠绵悱恻，才能一往情深，深入万物的核心，所谓'得其环中'。超旷空灵，才能如镜中花，水中月，羚羊挂角，无迹可寻，所谓'超以象外'。"此处之"缠绵悱恻"，即是诗人之"最高心灵境界"，无此则不

三　诗歌

祖国啊，我亲爱的祖国（2018）

能"深入万物的核心"；此处之"超旷空灵"，即是"丰满的色相"，无此则没有"存在"的"具象化""肉身化"。[①]

在中国古典诗歌中，并无以"祖国"为题者。有人把杜甫之《春望》、李清照之《夏日绝句》、范成大之《州桥》、林升之《题临安邸》、陆游之《示儿》甚至苏东坡之《念奴娇·赤壁怀古》等都列入"歌颂祖国的古诗词"之中，窃以为非也。古人有"父母之邦"，但"父母之邦"并不等于现代的"祖国"，因而屈原并不是现代意义上的"爱国主义者"，伍子胥、韩非等并非现代意义上的"卖国贼"。"中国"之成为我们的"祖国"是"中国"作为现代民族国家崛起以后的事情，我们对于"祖国"的理性认知和情感体验，也都是在"中国"崛起于"世界民族之林"的过程中形成的；我们的"生活""生存""存在"，也

---

① 参见宗白华《中国艺术意境之诞生》，《美学散步》，上海人民出版社1981年版，第65页。

就是我们作为"中国人"的"生活""生存""存在",作为"祖国"的"儿女"的"生活""生存""存在"。当种种"缘构"于"祖国母亲"与"儿女"之际的"存在现象""进入"文学艺术之中以后,我们也就有了以"歌颂祖国"为题的小说、散文、电影、戏剧和"诗歌",这是一种"现代性"的文学艺术现象。

二

　　舒婷的《祖国啊,我亲爱的祖国》这首诗的"最杰出性"和"独一无二性",首先就在于它是一首"诗",有着纯粹的"诗意"。现代文学史上有许多奇葩的"颂歌体"诗歌,只有"颂歌"而没有"诗意",所谓"颂歌"其实只是虚假的、令人作呕的"谄媚"。即使在专题性的"歌颂祖国"的诗歌中,也多是装腔作势、虚情假意、声嘶力竭的"赞颂""表态",以及"辉煌历史"和"建设成就"的"排比""罗列""夸张",这些往往只是某种"态度"的表达,与"存在"的"实相"无关,与心灵的感动无关,因而根本就没有纯粹"诗意"的表现。但舒婷的这首《祖国啊我亲爱的祖国》却不是以"政治表现"为目的的"颂歌体",而是"诗之作为诗"的本真显现,其中所有的只是浓烈的"诗意"的抒发。

　　其次,这首诗中有一种"忧患意识"。一般的"歌颂体"爱国诗歌,都在有意或无意地营造"盛世欢歌"的氛围,似乎"我们伟大的祖国"到处响彻的只是"欢乐""美好""繁荣""富强"等"主旋律"。与这种肤浅的歌颂不同,诗人舒婷的"祖国之爱"中渗透着深沉的"忧患意识"。"作易者,其有忧患乎!"发源于《周易》形成时代的"忧患意识",其实是华夏民族的"存在自觉",因为正是"忧患"使人在日常生活中发现和返回他的"自我",使人时刻激发并保持"存在"的"勇气"和"激情"。这种"忧患意识"以及源于"忧患意识"的"勇气"和"激情",奔流于舒婷的所有诗篇之中,赋予舒婷诗以非凡的力量和深度。就这首"爱国诗"而言,舒婷的"家国之思"与"忧患意识"紧紧地牵缠在一起,她书写了"祖国"所面临的"严峻现实",揭示了"祖国"的"存在"的"艰难性"。"我是你河边上破旧的老水车,数百年来纺着疲惫的歌;我是你额上熏黑的矿灯,照你在历

三 诗歌

史的隧洞里蜗行摸索。我是干瘪的稻穗，是失修的路基；是淤滩上的驳船，把纤绳深深勒进你的肩膊，——祖国啊！"这里，舒婷以"河边上破旧的老水车""额上熏黑的矿灯""干瘪的稻穗""失修的路基""淤滩上的驳船"5个"意象"，生动形象地开显了彼时"祖国"的"存在者状态"，具有一种"现实主义"的力量。

最后，这首诗的"我—你"关系对"我爱你，中国"之"我—你"关系的超越。在"我爱你，中国"的"经典"爱国语句中，"中国"和"你"是同位语，而"你"是"爱"的宾格。这一语句表达了一个关系判断，其中的"我"与"你"是"关系者项"，"爱"是"关系项"。在普通逻辑学中，"关系项"有三种："对称性关系""非对称性关系"和"反对称性关系"。"我爱你，中国"中的"爱"属于哪一种？我以为是"非对称性关系"。在这种关系中，不管"我"的"爱"是多么强烈，"我"与"你"（"中国"）之间仍然构成了"二元对立"的格局，"我"仍然是"我"，"你"仍然是"你"，"我"的"爱"可能因为种种原因而得不到"你"的回报，因而"我"很可能滋生出"幽怨""失望""悲愤"等种种"消极"情感。而在舒婷的笔下，并没有"我爱你"这样的"表白"，相反，她用了"我是……"这样的存在句，其中又分为两种：一是如"我是贫困，我是悲哀"这样的纯粹的存在句，二是如"我是你河边上破旧的老水车""我是你挂着眼泪的笑涡"这样的"我是你……"句型的存在句。而无论是哪一种句式，其中的"我"都不是"我爱你，中国"中的主客二元对立之"我"，反而都是"你"（"中国"）的存在状态。换言之，在舒婷的笔下，"我"和"你"其实都是"祖国"，前者是"祖国"的"存在性"的"意象"，后者是"祖国"的"存在"实体，二者之间可以说是"水即是波，波即是水"的关系。当然，此诗题名为"祖国啊，我亲爱的祖国"，似乎也隐含"我爱你，中国"的命题，其实并非如此。

三

这首诗的开端是一个存在句——"我是你河边上破旧的老水车，数百年来纺着疲惫的歌"，诗的结尾是一个感叹句——"祖国啊，我亲爱的祖国！"开始于"存在"的书写，终结于情感的抒发，在"存在"

与"真情"之间的,就是一系列"祖国"的"意象",是"最高心灵境界"与"丰满的色相"合一的"意象"。

全诗的第一个是"我",其后的每一节的第一个字还是"我"。这个开端处的"我"并不是诗的主题,诗的主题恰在于由"我"所引导出的"你"。"我"不是一个孤零零的"绝对自我",而是在"存在系动词"("是")的带动下走向("去是")"你"("祖国")的"我"。而"你"也不是一个孤零零的"绝对客体",而是要在历史和现实中展开的"存在者"及其"存在"。在诗中,"存在者"及其"存在"的呈现不是通过概念的辩证运动进行的,而是通过"意象"来开显的。通过"意象"的开显作用,"祖国"就成了一个鲜活的生命体,一个有着"血肉之躯"的"此在"。

全诗分四节,第一节回顾"祖国"古老沉重的"历史",第二节同样描写"祖国"的过去,第三节描写"现实",第四节则展望"未来"。这样的结构安排显然是富有深意的。"祖国"不是柏拉图式的超时间的"理念","祖国"的"存在"一定是在"时间""历史"中实现、展开的。"祖国"的"存在"的"历史性",意味着"祖国"的"生命"的"现实性"及其"可能性",而生命的"现实性"和"可能性"在诗中都显现为丰富的"意象"。

在第一节中,"祖国"的"意象"为"破旧的老水车""熏黑的矿灯""干瘪的稻穗""失修的路基""淤滩上的驳船"等,这是"贫穷落后的祖国"的"意象"。在第二节中,"祖国"的"意象"是"'飞天'袖间千百年来未落到地面的花朵",这是"人民对美好生活的渴望"的"意象"。在第三节中,"祖国"的"意象"为"簇新的理想""古莲的胚芽""挂着眼泪的笑涡""雪白的起跑线""绯红的黎明"等,这是"复兴中的祖国"的"意象"。在第四节中,"祖国"的意象为"伤痕累累的乳房""喂养了""迷惘的我、深思的我、沸腾的我",这是"祖国与我的关系"的"意象"。这些"意象"所显现的"祖国",既带着"生存"的忧患与艰难,又带着"希望"与"美"的憧憬和渴望,因而是一个多重性、复杂性、立体性的"中国"。这样的写法,真实地表现了诗人对"祖国"的浓烈的"爱意",展示了"我"(爱者)和"祖国"(所爱者)之间的生动势态。

三 诗歌

对诗来说，书写"爱意"从来都是困难的，尤其是书写对"祖国"的"爱意"。这首诗中的"爱意"书写采用了两种手法：一种是"意象化"的书写，以象抒意，把"一往情深"隐藏在丰富的"意象"之中；另一种是"感性化"的吟咏，直接地抒发"我"对"祖国"的"爱意"。第一种如上文所述，第二种则体现在"祖国啊"的感叹之中。诗的每一节，都用"祖国啊"作为结尾，每一声"祖国啊"句子相同，但其意义大有不同。第一节的"祖国啊"是深沉的感叹，表达的是"悲哀"之意；第二节的"祖国啊"是痛苦的呼唤，表达的是"希望"之意；第三节的"祖国啊"是欣喜的呼唤，书写的是"喜悦"之意；第四节的"祖国啊！我亲爱的祖国"是庄严的誓词，倾吐的是"献身"之意。这种"祖国啊"的反复回旋，一方面是诗人的真情流露，另一方面是每一组"意象"的生成与激发。

"我和我的祖国，一刻也不能分离。"正是基于这种存在论意义上的"不可分离性"，我们才"情动于中而形于言"，才用诗歌，用音乐来表达、书写、抒发"我"对"祖国"的情感，揭示"我"与"祖国"之间的本真的存在论关系，这才是源本意义上的"祖国之歌"。也正是因此，才有了舒婷的这首杰作，其意义远在所谓的"政治抒情诗"之上。

（作者系云南师范大学哲学与政法学院教授）

何以"思念大山"?

李广良

李钢的诗只有两个主题:"山"和"水"。早期是"山",后期是"水"。从"山"到"水"似乎是对"山"的背叛,但其实"山"从来都是"水"的发源地,"水"从来都是"山"的隐秘的渴望。在中国文化中,"山水相依"一直是文学、音乐乃至山水画的最美意境,甚至是中国哲学最深沉的思想源泉。子曰:"智者乐水,仁者乐山。"看似在"仁"与"智"、"山"与"水"之间存在着生命"气性"的对立,其实"仁"与"智"、"山"与"水"之间从来都是相互生成,相互支持,并从而构成生命之整体的。李钢的诗歌写作之从"大山"走向"大海",正是在"山"与"水"的对立统一中实现了个人生命的整体升华。

《思念》是李钢早期诗歌的代表作之一,原载于《〈山中〉二首》,《萌芽》1981年第2期。此诗以"思念"为题,似乎极寻常,自古至今有无数以"思念"为题的诗篇,在时间的长河中,"思念"就一直流淌在"诗"的历史中,从未断绝。我读过的今人诗歌中就有舒婷的《思念》,那是"在灵魂的深处"颤动着的极致的"相思";还有海子的《思念前身》,那是在"庄子就是我"和"母亲如门"之间的"存在"之思。李钢的《思念》与其他任何人的"思念"都不同,他"思念"的是"大山"。

李钢的诗以"思念"为题,但整首诗的四节中有三节都以"思念大山"开头。诗人并没有点出自己所思念的"大山"是哪座山,是秦岭还是昆仑?是太行还是长白?是井冈还是沂蒙?我猜想是陕西的某座山,但这并不重要。对"诗"来说,这"大山"的意象比某个特殊的

三 诗歌

白玫瑰（收《思念》）

"山"的意象要重要得多。"大山"之为"大山"，可能是因为其确实高大雄峻，绵延万里，也可能只是因为他在诗人的经验中显得"大"。无论如何，"大山"对中华民族都具有特殊的意义。如果没有"大山"的高大、绵延和丰富多彩，中国的诗歌、绘画、音乐，乃至古代的修仙实践、现代的中国革命都将显得多么的贫乏啊！山中的生存和斗争是艰难的，但人在山中所经验的，却有着平地上所没有的"高""深""奇""险"等品格，还有所谓"山人"的"仙性"寓意和"野性"现实。

李钢用"思念大山"来展开他的"思念"。标题的"思念"是没有对象的，"思念大山"的"思念"却是对象化的，"无对象"的"思念"和"对象化"的"思念"之间形成了强烈的反差。正是这一反差反而激起了我们对于"思念"的反思。每一个人都有"思念"的经验，每一个"思念"都是由"思念之所思"、"思念之增上缘"和"思念之能思"三者构成的。"思念之所思"即思念的对象，如爱人、亲人、大山、河流、乃至"前生"等。这个思念总是因某个"物"，例如一个茶杯、一张相片或一朵花而"激发"的，这个"物"就是"思念之增上缘"。但这个"物"之所以能起到"激发"的作用，乃是因为每个人都是"能思者"，在其生命的深层结构中潜存着"思念"的"种子"或

"亲因缘",这些种子在生命的某个时刻"成熟"了、"现行"了,从而引发了一段"惊心动魄"的"思念"。"思念"有不纯的、相对的,也有纯粹的、绝对的,当纯粹的、绝对的"思念"在人生的某个时刻"涌现"出来,并"现身""凝固"在文字中,那就是"思念"的"诗化"。当然,对于某首诗来说,诗人可能并没有完整地书写出"思念"的三要素,他也不会对这三者同等地书写。李钢在这首诗中,就只是在书写着他的"思念之所思"——"大山"。

李钢在"思念大山"。诗的首节,"思念大山"的句子之后,是"思念化成雾气的年月"。"雾气的年月"何意?是那些年月的山中的"雾气"呢?还是被"雾气"遮蔽了光亮的那些年月呢?"雾气"是不透明的遮蔽者,然而接下来却是"思念透明的山的韵律","那山的韵律是怎样清脆地顺着深沟流下,捕捉我们躲在岩缝里的乳名"。在"雾气的年月"里,却有着"山的透明的韵律",而在这"山的韵律"中,是成长中的山里孩子的"歪斜的影子"和山楂果的"苦涩记忆"。首节最末的句子是"当我们在迷途上奔走的时候,当我们用火把召唤星空的时候",这样的诗句是意味深长的。在"迷途"上"奔走"和用"火把"召唤"星空",不正是"大山"经验中最深刻的部分?对"大山"的"思念"中如果失却了"迷途"和"星空",那还是诚挚的思念吗?

李钢继续"思念大山"。诗的第二节,"思念大山"的句子之后,是"思念雪地上最后一个脚印"和"思念被风筝牵走的童贞",然后自然地带出了"童贞发出带花纹的笑,永远印在奇异的蘑菇上"。在这里"思念"的对象仍然是山里的孩子,是他们留在雪地上的"脚印",是他们放飞的"风筝"和留在蘑菇上的"带花纹的笑"。这是山里孩子质朴的"欢乐",诗人在"思念"这些"欢乐"。然而与"欢乐"相伴的,还有"沉闷的山石"、"带刺的灌木"和"小狼怯懦的眼睛"。此节最末的诗句是"那无虑的天真遗失在山谷里了,而那稚气的欢乐抛置在山坡下了",阅读这样的诗句给人惊心动魄的体验。山里的生存不仅是"成长",还是"遗失"和"抛置"。那遗失了的"无虑的天真",那"抛置"了的"稚气的欢乐"不是最令人思念的吗?"思念"的对象竟然是已经失去了"存在性"的东西,这不是"思念"最令人痛切的本质吗?

三　诗　歌

　　李钢继续着他的"思念"。诗歌进入第三节，"思念大山"的句子之后，是"思念编织着神话的叶脉，思念弥漫在山林间的黎明"。"神话的叶脉"何意？"思念"何以编织这"神话的叶脉"？也许当年确曾"倾听"并"沉浸"在"神话"里，而神话中就有着美丽的"仙女"，这"仙女"现如今就在"思念"中显现。然而山里并没有"仙女"，有的其实是一个美丽的"少妇"。"我们伏在草丛，隔着紫色的气波，窥视一个少妇汲水的身姿，让那脸上的霞光缭乱了双眼，在野石榴的羞涩里，心开始慌乱，发出成熟的响声"。在这里，"思念"的图景鲜明而生动，散发着动人心魄的韵致。大山中的"少妇"很美，少年们在"窥视"中走向"成熟"。然而，"我们走到了山路尽头，第一次展望山以外的世界"。这也许是所有山里孩子的"宿命"：生命中永远背负着难以割舍的"大山"，想象的却是"大山"以外的"世界"；生命的"本源"在大山中，却在"大山"之外寻找生命的"归宿"。所以在此节的最末，仍然是最为沉重的"发问"："但插进石壁的猎叉为何鸣咽呢，但挂在树梢的布衫为何飘动呢？""思念"的对象竟然是我们自觉地割舍的东西，这难道不是"思念"最令人深感无奈之处吗？

　　李钢继续着他的"思念"。诗歌进入最后一节，在这里，终于没有了"思念大山"的句子，有的是直接与"思念"的交流。"思念，流溢着酒香的思念，你蒸发在野性的阳光里吧！你融化在粗犷的急雨里吧！"但这其实还是在"思念大山"，"大山"就隐身在"野性的阳光"和"粗犷的急雨"里，而"思念"却带上了浓浓的"酒意"。"思念"与"酒意"之间有着本质性的关联，因为二者皆指示着"时间"，指示着"生存"的"时间性"和"境域"构成性。诗章在"我的山中的伙伴呵，我的永不消敞的山中岁月呵"的喟叹中结束，李钢的《思念》也终于画上了句号。

　　然而，"思念"本身是不会终结的，人只要还活着，就永远在"思念"中。李钢的"思念"从"思念大山"开始，在"永不消淌的山中岁月"中结束，似乎是从"空间"书写开始，在"时间"书写中结束。其实不然，因为紧接在最初的"思念大山"之后的是"雾气的年月"，这"雾气的年月"才是真正与"永不消淌的山中岁月"相呼应者。但是，"思念大山"仍然是这首诗中最闪光的句子，因为"思念"的时间

· 306 ·

性需要一个"对象"作为依托。而且,没有永恒的"大山"的依托,个体的"思念"就不过是一串虚浮的影像而已。只有依托于"民族精神"的"大山",我们的"思念"才能获得永恒的意义。

（作者系云南师范大学哲学与政法学院教授）

《太阳和他的反光》：
神话符号与民族文化记忆

赵彦芳

江河的《太阳和他的反光》最初发表在1985年的《黄河》的创刊号，并立刻成为当时诗坛的焦点，此诗一反朦胧诗一己的、经验的、抒情的、伤痛的风格，带来了民族的、文化的、史诗的、刚性的气息，通过对中国远古神话的创新表达，为之注入现代精神，将传统从历史深处带入80年代的现场，从而重塑民族的文化记忆，为华夏民族探寻文化之根，也为华夏民族未来的走向寻找重新出发的精神起点。在21世纪的今天，阅读《太阳和它的反光》，仍然能经由神话中的人物形象，随着其澎湃的诗情、宏大的气魄和深沉的哲思潜入历史长河的深处，体味我们每个个体所由之而来的传统，也在阅读过程中不知不觉实现了个人对中华民族共同精神的认同。

《太阳和他的反光》是一组由12首短诗构成的组诗，以中国上古神话为素材，在现代人的视角下，反思神话中所蕴含的民族精神，完成了对汉民族神话符号系统的建构，绘制出一幅充满现代意识的神话图谱。江河曾明确宣告，"我要写这个古老大陆的神话，写中国的史诗！"在他的笔下，神话不再只是上古的文献资料，如《山海经》《墨子》《淮南子》《列子》中的原始、荒诞、粗陋的故事，而是蕴含着华夏民族最根本的生命隐秘和文化基因。江河的意图恰恰就在于此，通过重写神话，由故事到哲学，进入象征界，描摹华夏民族的人生意识和宇宙意识，塑造民族精神。

希腊神话中的英雄广为人知，盗火给人类的普罗米修斯、勇于担当的俄狄浦斯王、足智多谋的奥德修斯……奥林匹斯山上完整的神话谱系

太阳和他的反光

蕴藏着希腊民族的生存意识、价值准则，并构成希腊文化的"土壤"和"武库"，如加拿大文艺理论家弗莱所说，神话以原型的威力对西方文化持久地发挥着效力。相比之下，中国神话在古代文献中只有寥寥几句的记载，在民间也只是零零散散地流传着，仅仅停留在故事的层面。江河从夸父逐日、吴刚伐桂、后羿射日、精卫填海等这些上古神话中开掘出了蕴含着中华民族不畏艰险、坚持不懈、勇于牺牲的英雄主义精神。

《山海经》里关于夸父的记载是纲要式的，"夸父与日逐走，入日；渴，欲得饮，饮于河、渭；河、渭不足，北饮大泽。未至，道渴而死。弃其杖，化为邓林。"只是简单勾勒了夸父所为，但夸父的所思所想所感，我们无从知晓，这个动作化的扁平的符号里并不包含着华夏民族精神层面的内容。在江河笔下，夸父成为在有限里追求超越的英雄，是"烈士暮年，壮心不已"，他无所畏惧，与日赛跑，"上路的那天，他已经老了/否则，他不去追太阳"；他不问结局，坚持不懈，在奔跑里获

· 309 ·

三　诗歌

得了青春的胜利，逐日就是追逐青春，身虽死，却为后人留下了不肯屈服的精神。人们常常引用海明威笔下桑地亚哥的"人可以被毁灭，但不可以被打败"，以获得精神上的鼓舞，但我们自己的文化传统里就有我们自己的桑地亚哥，逐日的夸父恰恰体现了中华民族坚忍不拔和不懈追求的精神。

　　刑天的故事在《山海经·海外西经》里是这样记载的，"与帝至此争神，帝断其首，葬之常羊之山，乃以乳为目，以脐为口，操干戚以舞。"简短的文字虽留给人们广阔的想象空间，但作为华夏民族精神的象征意义的缺席却不无遗憾。在陶渊明的笔下，"刑天舞干戚，猛志固常在"，刑天的强大的生存意志让人震撼，这又何尝不是华夏民族的强大的意志力的体现？在江河的笔下，刑天敢于挑战权威、英勇搏斗到最后时刻，虽死犹荣，"光荣随河水滚滚流去／旷野弥漫着野兽轻微的呼吸"。

　　江河在神话里的英雄们身上不仅发现了不屈、坚韧，还着力突出英雄们身上的达观和超脱，以及与世界之间那种根本性的和平而又诗意的关联，这也是华夏民族的一种基本的生存态度。夸父和太阳不是敌对的，"他把自己斟满了递给太阳，其实他和太阳彼此早有醉意"，夸父和太阳似乎更是惺惺相惜的朋友，彼此不可分离。精卫投石入海，也少了恨意，多了亲昵，女娃不再是被淹死的，而是被和她一起玩耍的大海收了回去，"让这瞬间的微笑波光粼粼地展开"，女娃化为鸟，鸟儿教她"溅开黎明、敲响黄昏"，她享受"端庄地站在阳光里有多好，蓬松地在风中流动有多好"。勇猛的刑天也有一份从容和博大，"以后的事情他没想／天上的月亮，很圆"。移山的愚公，认准了自己的使命，"他的话语象蚕丝微明铺展，安静得虫鸣清晰，他说：把山移走"。江河冲淡了愚公顽固和执拗的特点，使之具有了坚定、平静而庄严的气质，可以穿越时空，让世世代代的子孙听到他那"年轻时的声音"。江河的诗歌，在描绘原初的人与自然生存图景的同时，力图传达中国精神中泰然自得、天人同根、天人合一的智慧，从而使原初单一的英雄形象更加丰富。

　　曾经，我们忽视甚至遗忘我们自己民族文化里的英雄基因，江河返回上古神话，着力塑造了一批灌注着现代意识和民族精神的上古英雄，在20世纪80年代的文化场域里唤起人们对自己文化的关注和理性的思考，也表达了江河对于华夏民族未来的殷切期望。

《太阳和他的反光》:神话符号与民族文化记忆

"史诗"是我们理解《太阳和他的反光》的一个关键词。史诗,在西方的文学标准里,是一种崇高的文体,如黑格尔所说,"史诗就是一个民族的'传奇故事'、'书'或'圣经'"。史诗这种文体关乎一个民族的原始精神,在黑格尔看来,每一个伟大的民族都应该有这样绝对原始的书。但是,在西方的史诗标准下,包括黑格尔在内的许多学者认为,"中国人却没有民族史诗",[①]"欧洲所有的重要文类,在中国都可以找到,只有史诗例外"。[②] 西方标准下的中国无史诗说与中国无悲剧说一样,深深刺痛着中国的学者、诗人和作家,构成 20 世纪中国文学的一个巨大的伤口。江河曾质疑:"为什么史诗的时代过去了,却没有留下史诗。作为个人在历史中所尽可能发挥的作用,作为诗人的良心和使命,不是没有该反省的地方。"[③] 他是自觉追求史诗创作的,"我最大的愿望,是写出史诗。"《太阳和他的反光》就是他努力的产物。不仅是江河,在 20 世纪 80 年代的诗坛上,一些诗人,如杨炼、海子、欧阳江河等,都怀着极大的热忱和勇气尝试为中国文学、尤其是汉族的文学补上民族史诗这一空缺的文体,古人的遗憾不能再延续。杨炼的《礼魂》,欧阳江河的《诺日朗》,海子的《太阳·七部书》等,都返回民族的历史深处,探求民族的文化之源,努力找到让华夏民族独立于世界的精神资源。他们的创作,后来被学界称为"文化史诗",构成当代文学史上一道独特的景观。

史诗的特点,除了英雄形象外,还体现在民族集体意识的弘扬、恢宏的历史感和空间感、修辞风格上的崇高等方面,《太阳和他的反光》具备了这些史诗的特性。

江河、杨炼等诗人的史诗书写,告别了朦胧诗的"小我",跳出了个人的痛苦哀怨的倾诉和愁苦面容,转向民族的大我,甚至扩展到人类、宇宙,走向一个宽阔的审美和艺术空间,进而体认中国传统文化精神中深刻和积极的方面。江河在这方面有着明确而自觉的意识,"我的诗的主人公是人民……我和人民走在一起,我和人民有着共同的命运,

---

① [德]黑格尔:《美学》第三卷下册,朱光潜译,商务印书馆 2006 年版,第 170 页。
② 李达三、罗钢等主编:《中外比较文学的里程碑》,人民文学出版社 1997 年版,第 241 页。
③ 江河等:《请听听我们的声音——青年诗人笔谈》,《诗探索》1980 年第 1 期。

三 诗歌

共同的梦想，共同的追求"。他的诗作里，贯彻的始终是民族的意识，即使写"我"，也是将"我"作为民族共同体中的一员来写。比如在《祖国啊，祖国》这首诗中，"只要有群山、平原、海洋/我的身体就永远雄壮、优美/只要有深渊、黑暗和天空/我的思想就会痛苦地升起，飘扬在山巅/只要有蕴藏，有太阳/我的心怎能不跳出，走遍祖国"。这里的"我"和民族国家的苦难、光荣紧密结合在一起的。在《太阳和他的反光》中，江河返回到民族的洪荒时代，去探求民族最初的精神风貌。在夸父、后羿、刑天等身上，江河寄寓了他对华夏民族整体的精神气质的理解。华夏民族的"大我"是坚韧的，如夸父，如愚公，在生存的有限性里决不气馁，努力向着无限去攀升。华夏民族的大我是充满自我反思精神的，这是江河在现代意识下返回去打量中国传统时所强调的。比如吴刚，"那被砍伐的就是他自己/他和树像两面镜子对视……断了又接上砍了又生长/伤势在万籁俱寂的萌萌之夜/悠然愈合"。华夏民族的大我是乐观积极的，苦难和不幸无法阻止他们对未来充满美好的期待，在夸父的身后是"漫山遍野滚动着桃子"，后羿为新生的宇宙祈福："天上的太阳/地上的废墟/以光结盟/热力不得破坏/荒凉不得蔓延"，他在拯救黎民于水火的悲壮历程中实现自身人格的超越。这种积极浪漫的姿态、开阔的胸襟和昂扬的情怀，使得《太阳和他的反光》充满了对民族的自豪感和强大的自信心。

"太阳"意象，贯穿在《太阳和他的反光》整个组诗里。太阳，正是民族魂的象征，充满光明和希望，由太阳而来的理想主义的色彩以及各个短诗里将英雄看作太阳的反光，将他们崇高悲壮的生命历程和太阳的光辉联系在一起，不仅照亮民族的历史，也从历史的深处照彻当下，从而获得像太阳一样永恒的意义。太阳意象，以及江河在这些改写的神话史诗里所塑造出的远古洪荒时期那种亘古的时空感，打通了历史和现在，由此形成了诗歌的恢宏的时空感。比如《补天》里，女娲"从不敢遥远的地方走来"，她走过"大地的殿堂"，"步态有如秋天"，她的手指"如虹"，"滑过山腰"；《开天》里，时间悠悠而漫长，"混沌的日子/幽闭/而无边"，盘古的目光"辽远"，"晴朗的快感碧波万里"……这些文字具有巨大的包容量，其深厚而强大的文化、情感的力量在总体上强化了《太阳和他的反光》整体的庞大的思维格局，突出了诗歌的崇高感。

80年代的中国，思潮纷纭、新旧历史交替，江河的诗歌难能可贵的地方在于他没有成为西方思潮的盲目追随者，而是在吸纳西方诗歌和思想的基础上，更加清醒地意识到民族精神特质对于一个民族的重要性。他深入中国的传统文化中，读中国的历史、神话、诗歌，在广阔的祖国大地上行走、体验，努力在诗歌里建构民族性和传统性，建构中国人的集体文化记忆。当然，江河在《太阳和他的反光》里并没有只是局限于传统，他对于古老神话的重写是灌注着现代意识的，传统，只有结合着时代去创新，才会保存其活力。今天，在消费主义的娱乐气息里，阅读《太阳和他的反光》，体味江河诗句里流露出的浓重的文化使命感，沉浸在我们民族最原初的深层的文化和心理结构里，知晓我们的来路，才不至于迷失方向。

（作者系扬州大学文学院教授）

四

话剧、戏剧

《马兰花》：一部里程碑式的儿童剧

刘 平

《马兰花》是一部优秀的儿童剧作品，创作于 1955 年，编剧任德耀，由中国福利会儿童艺术剧院在上海首演。1956 年年初由中国儿童艺术剧院在北京首演。至今已经六十多年，其间曾多次重排演出。中国儿童艺术剧院 2016 年在《马兰花》首演六十周年之际第五次重排此剧，已成为该剧院的保留剧目。中国儿童剧被外国（如日本、苏联等）搬演，也以《马兰花》为嚆矢。它的影响之大，不仅在儿童剧创作中史无前例，即使在整个中国戏剧中也是少见的。《马兰花》的多次"开花"，使广大的儿童观众受到高尚情操的感染，在每个孩子的心里绽放了艺术之花。

马兰花

一

《马兰花》，三幕童话剧，剧本取材于中国民间故事，描写大兰小

四　话剧、戏剧

兰两姐妹与马郎的爱情故事。"马兰花"是一种有灵性的花,"是大自然赤诚的儿子,是力量和智慧、勇敢与真诚、善良友爱的化身"(陈颙导演语),是勤劳、善良人的朋友,是马郎的"命根子"。而马郎则是大山森林之子,是一种生命力量的象征。在大山脚下,住着王老爹夫妇和他们的两个女儿——大兰和小兰。小兰聪明、贤惠、善良、勤劳;大兰却生性懒惰,好逸恶劳。一天,王老爹去山上砍柴,险些从悬崖跌下,是勤劳、勇敢的小伙子马郎搭救他脱险。马郎把他的宝物"马兰花"交给王老爹,请他送给喜欢它的女儿作为定情之物。大兰听父亲说马郎聪明能干,长得漂亮,就想嫁给他。但一听说马郎没有房子、土地,也没有金银财宝和绫罗绸缎,就反悔了,把"马兰花"扔在地上。小兰很珍爱地捡起"马兰花",爱不释手,表示愿意嫁给马郎。王老爹问小兰靠什么生活?小兰说:"我会纺线织布,还能耕地种田,只要有手,什么都会有的。"在美丽的大森林中,小兰与马郎举行了婚礼,与鹿娃子、小猴、喇叭花、狗尾巴草等朋友和睦相处,男耕女织,生活非常幸福。一年后,小兰带着马郎送给她的"马兰花"回家看望父母。大兰非常嫉妒小兰的幸福,在老猫的唆使下,在送小兰回家的途中把她推下河里。老猫乘机抢走了"马兰花"。大兰装扮成小兰回到马郎身边,马郎和小伙伴们都发现了她与小兰的不同。在朋友们的帮助下,马郎打败了阴险狡猾的老猫,夺回了"马兰花"。马郎想念小兰,手举"马兰花"嘴里念着口诀:"马兰花,马兰花,风吹雨打都不怕,勤劳的人在说话,请你现在就开花"。"马兰花"开了,小兰随着流淌的河水回到了马郎身边,被害的小鸟也飞回来了。朋友们奔走相告一片欢呼,山林里重又显现出快乐、美丽、祥和的情景。该剧借助拟人化的手法,编织了一幅富有情趣的神奇故事,赞扬勤劳、善良与质朴,批评懒惰与自私,在起伏跌宕、悲欢离合的故事中,表达善良与正义的情感,歌颂勇敢与奋进的精神,寓教于乐,深受孩子们的喜爱。该剧的演出受到周恩来、宋庆龄等领导的肯定与赞扬。

有人说,《马兰花》是"爱的艺术,美的艺术"。它根据民间童话故事改编,其组织手法(善恶、报应、重重磨难之后获得幸福)和反复使用的法宝(宝物、奇遇、仙人助法惩罚坏蛋)基本没有脱开中国民间童话的传统构架。但是,在作者的重新编排下,它已成为一部有着自身独特风格和崭新面貌的现代童话剧。其主要特征：一是它的思想意识是新的。它摆脱了传统童话作品中人物类型化的倾向，致力于对艺术形象作个性化的刻画，塑造了可亲可信的、具有复杂情感的艺术形象，避免了说好就一味地好，说坏就一味地坏的倾向。如对小兰的描写，既写出她勤劳、纯真、善良、美好的一面，也写了她软弱、轻信的一面；对大兰的描写，既写出了她懒惰、贪婪，又写出她干坏事时的犹豫和受别人诱惑的被动行为，以及事后的悔恨。作者一方面借助民间传说的童话故事让幻想的翅膀在作品中自由飞翔，另一方面又巧妙地把他对现实生活的体验注入光怪陆离的童话故事中去，通过人物表达出来，拉近民间传说与现实生活的距离，使作品显示出一种强烈的现实意义，打通舞台演出与孩子们欣赏的情感通道，让孩子们在欣赏艺术的过程着受到潜移默化的心灵触碰，启示他们逐渐懂得什么是幸福？应当怎样对到劳动，如何认识人生的道理等。

二是《马兰花》的表现形式是新的。如作品中对爱情的描写。在儿童文艺领域，对爱情的描写是被视为禁区的。但任德耀在这部作品里却大胆地触及了这方面的内容。剧中不仅描写了马郎与小兰的爱情，也描写了喇叭花与狗尾巴草的恋情，还描写了他们结婚的场面。但作者写得很智慧，在描写爱情时淡化了男女之间的性爱，而代之以一种纯真的情愫和美好的向往。这样描写非但不会导致孩子们想入非非，反而能使他们的情感得到升华，让纯洁的心灵在爱与美的浸染下变得格外崇高。

有人说："童话剧《马兰花》在中国话剧的民族化和儿童化方面，是一次创造性的成功的尝试。"（周来：《鲍·库里涅夫与〈马兰花〉》）1956年3月在北京举办"第一届全国话剧汇演"时，《马兰花》作为开幕式的首演剧目和广大观众见面，并荣获了各种奖励，受到了国内外话剧界人士的一致好评。周恩来总理、北京市长吴晗、文化部长茅盾等领导都曾先后看过《马兰花》的演出并给予热情地赞扬与鼓励。

有人说，《马兰花》是"我们创造出的一件既有深刻思想内涵又有精美艺术表现力的儿童戏剧佳品"，"它呼唤真善美，鞭挞假恶丑，使一切正直、善良、勤劳、勇敢的人们都热爱它"（陈颙：《〈马兰花〉第四度排演艺术总结》）。

有人说，《马兰花》"既保持了民间传说的淳朴意境，更增添了浓

四　话剧、戏剧

郁的童话趣味。剧本突出了对人生向上、和谐奋进的精神……对生活在急骤变化、相竞奋进的社会中的新一代的孩子们更具有导向、熏陶、美育的作用，可使他们从中认识生活价值，分辨美丑，学会互爱，团结奋进"（范景宇：《一株小草的悲欢离合》）。

二

中国儿童剧的萌芽时期是19世纪二三十年代，以黎锦晖先生的儿童歌舞剧《葡萄仙子》和《小小画家》为代表，只流行于小学课余文艺活动中。真正进入戏剧领域，建立剧场艺术，则是从抗日战争初期的孩子剧团成立开始的。之后有专门演出儿童剧的团体新安旅行剧团、重庆育才学校戏剧组等，昆明、成都、上海等地也都有儿童戏剧的演出活动，一时蔚然成风。当时的儿童剧实际只是儿童演的剧，即由少年儿童担任演员演的戏，内容方面并不全是描写少年儿童的生活，其中还有很大一部分是由少年儿童演戏给大人看，用以宣传抗战、反映社会生活。这是抗战时期特殊环境的产物。在这方面，任德耀创作的《马兰花》起到了很大的扭转作用和路标作用，即儿童剧不但由儿童演员演出，所描写的内容也应该是少年儿童的生活，从思想到艺术都应从儿童的童心、童趣出发，表达儿童的乐趣，让孩子们看了高兴和感动，这才是真正的儿童剧。《马兰花》的出现真正的现实意义也在于此。

《马兰花》的出现，与宋庆龄先生有着非常密切的关系。抗战胜利后，一直关心少年儿童成长的宋庆龄想筹建一个儿童剧团，让更多的孩子有戏看。当时她选定由董林肯根据鲁迅先生翻译的苏联小说《表》改编成同名儿童剧。她委托戏剧导演黄佐临物色适当的人选来从事《表》的排练。黄佐临先生推荐了张石流和任德耀。1947年2月，任德耀和张石流同宋庆龄见面。宋庆龄在同他们的谈话中谈到了儿童剧，谈到小朋友对戏剧的浓厚兴趣。她说："我们现在的国家，并不是中山先生理想中的国家。无数孩子在受冻挨饿，我们不仅要在物质上帮助他们，而且要给他们精神食粮，要让他们看到未来，看到光明。"

1947年4月10日，在上海成立了儿童剧团，名为"中国福利会儿童剧团"，任德耀担任负责人。他牢记宋庆龄的话，于1955年2月创作《友情》，3月创作《马兰花》，受到宋庆龄的赞扬与鼓励。

《马兰花》：一部里程碑式的儿童剧

中国儿童艺术剧院从1956年演出《马兰花》至今，曾五次重排，每次都不是简单地重复，而是不断地探索、突破，开掘新的意蕴，不断地丰富剧本的内容。尤其是1990年由陈颙和尚鸿佑导演的第四次演出，"整个进入了一个新的境界"。[①] 首先是在体裁样式上，导演把《马兰花》由童话剧改为童话音乐剧，开掘主题深意，把"对正直、善良、友爱、勤劳的淳朴民风、美德的呼唤与讴歌"作为重点，延伸马郎与小兰婚姻的社会意义——大自然之子与人间美好情操的结合，而不再是"民间故事中的男女之情的爱情故事"，"这种爱更宽泛、深厚，是天上人间善良美好品质与精神的结合，将产生无穷的欢乐与幸福，创造出人世间更纯洁的美"（陈颙：《〈马兰花〉第四度排演艺术总结》）。为此，导演对原剧作了一些改动，一是改变了马郎形象古板、书生气，缺乏蓬勃的生气，突出了马郎的豪迈、粗犷、活泼、勇敢的"山野气"；二是改变了小兰形象过于空洞、娇柔的倾向，突出了小兰的纯真、质朴、勤劳、宽厚的乡土气。马郎与小兰的结合是从"对相互美的吸引"到"两颗纯净心灵的呼应"，是"大自然与人间美好的一对生命结合"。因此，他们的结婚场面"决不是温文尔雅，而是质朴着透着情趣，幸福着横溢着豪情、洒脱、奔放"（陈颙：《〈马兰花〉第四度排演艺术总结》）。在内容开掘的基础上，在艺术形式上增加了优美的唱段，如《砍柴歌》《马郎与小兰对歌》《迎亲船歌》《欢快的动物之歌》等，赋予该剧舞台演出新的艺术趣味。其次是在人物创造上，导演大胆想象，把剧中主要反面角色老猫一化为四，增强了舞台上的诡异色彩。把小鸟变的苹果树，一化为六，让笔墨更为浓郁，突出了时代的气氛。有人把这一版的《马兰花》演出称为"当代的《马兰花》"，意义是深刻的。[②]

在中国戏剧史上，《马兰花》的影响是深远的，长久的，影响了一代又一代少年儿童的成长。每次演出，孩子们看戏时都特别投入，随着剧情的进展，小观众们时而爆发出阵阵欢乐的笑声，时而为小兰遇到暗害而发出焦急的惊呼。当骗人害人的老猫被马郎追得四处奔逃，无路可

---

① 刘厚生：《〈马兰花〉的舞台艺术》"序"，载黄祖培、郭小梅《〈马兰花〉的舞台艺术》，中国戏剧出版社1994年版。
② 刘厚生：《〈马兰花〉的舞台艺术》"序"，载黄祖培、郭小梅《〈马兰花〉的舞台艺术》，中国戏剧出版社1994年版。

四 话剧、戏剧

走逃到观众席躲藏起来时。马郎对着观众席大声问:"小朋友们,你们看到老猫了吗?"剧场里无数个稚嫩甜脆的声音一起喊着:"在那儿——"这时剧场里立刻沸腾起来,孩子们为追捕坏蛋老猫而激愤地离开了座位,"抓住它!抓住它!"有的人扯老猫的衣服,有人拽老猫的尾巴。演出结束后,上台给演员献花的孩子就是不给老猫和大兰献花。还有的孩子看到小猴敢于向树公公承认撒谎的错误,也向爸爸妈妈承认了自己曾经撒过谎的错误。剧作家沈虹光说,她后来走上戏剧创作之路,与她少年时代看《马兰花》有很大关系。当她看到孩子们帮着马郎捉老猫的场景时,那一刻彻底震动了她,想不到戏剧有这么大的力量?!小时候看过《马兰花》的孩子长大了,结婚了,又带着自己的孩子来看;后来成了爷爷奶奶,又领着孙子孙女来看。《马兰花》的种子在一代又一代人的心灵中生根、开花、结果。

在中国儿童剧发展史上,《马兰花》已成为名副其实的一部里程碑式的作品。

(作者系中国社会科学院文学研究所研究员)

《茶馆》:为时代留影存照

乔世华

在老舍的众多戏剧当中,发表于1957年的三幕话剧《茶馆》是最为有名的一部,堪称其戏剧代表作。《茶馆》三幕戏涉及清朝末年、北洋政府时期和国民政府三个时期,尽管前后有半个世纪的时间跨度,但剧作并没有以一个矛盾集中统一的中心故事来穿针引线,而完全靠剧中数十位不同行当、身份的小人物的言、行、性、貌的"展览"来作为剧情推动器。正如老舍所看到的那样,"一个大茶馆就是一个小社会。这出戏虽只有三幕,可是写了五十来年的变迁。在这些变迁里,没法子躲开政治问题。可是,我不熟悉政治舞台上的高官大人,没法子正面描写他们的促进与促退。我也不十分懂政治。我只认识一些小人物。这些人物是经常下茶馆的。那么,我要是把他们集合到一个茶馆里,用他们生活上的变迁反映社会的变迁,不就侧面地透露出一些政治消息么?"[1]

老舍的构思的确精巧,他以老字号裕泰茶馆作为切入口,由往来于这茶馆中的70多个形形色色的人物的言与行,侧面透露出旧时代北京政治的、经济的、社会的、文化的等诸方面有意味的信息来。他写作《茶馆》是要"葬送三个时代",[2] 剧作很成功地实现了这个宗旨,观众从中看到了过往时代的荒谬、腐朽与没落,也感受到了新时代的希望和美好。比如,第三幕中康顺子对在西山当了八路的养子康大力的评价满是欣慰与欣赏:"看他那两只大手,那两只大脚,简直是个顶天立地的男子汉!"如此赞美已不仅止于对单单一个人,更是对其所代表着的鲜

---

[1] 老舍:《答复有关〈茶馆〉的几个问题》,《剧本》1958年第5期。
[2] 老舍:《答复有关〈茶馆〉的几个问题》,《剧本》1958年第5期。

四 话剧、戏剧

茶馆

活新生的政治力量的认可；茶客们的常言"想要活命得上西山"就得到了王利发家人的认同，王利发自杀前便安排家小跟随康顺子一起投奔北京西山八路军。剧作终结之时，茶馆中说数来宝的艺人傻杨那段劝慰小丁宝的数来宝更让人看到了人心所向和光明所在："小姑娘，别这样，黑到头儿天会亮。小姑娘，别发愁，西山的泉水向东流。苦水去，甜水来，谁也不再做奴才。"剧作对共产党和新生的人民政权的积极肯定和揄扬是显而易见的。

当然，从《茶馆》奏响的旧时代葬歌中感受新社会的美好，这不会是剧作问世至今六十余年时间里众多观众产生浓厚热情和兴趣的唯一动因。"形象大于思想"的艺术定理对于《茶馆》同样适用，因为《茶馆》实际蕴涵的丰富意义已远远超出了老舍的创作初衷。

《茶馆》三幕戏中，一般认为气韵最为生动的一幕就是第一幕，这一幕正值裕泰茶馆的鼎盛时期，也最能体现旧时茶馆的社会功能、最能传递出老中国特别是老北京的各种社会文化信息来。《茶馆》第一幕如是介绍茶馆当日的社会功能："这种大茶馆现在已经不见了。在几十年前，每城都起码有一处。这里卖茶，也卖简单的点心与饭菜。玩鸟的人们，每天在遛够了画眉、黄鸟等之后，要到这里歇歇腿，喝喝茶，并使鸟儿表演歌唱。商议事情的，说媒拉纤的，也到这里来。那年月，时常有打群架的，但是总会有朋友出头给双方调解；三五十口子打手，经调人东说西说，便都喝碗茶，吃碗烂肉面，就可以化干戈为玉帛了。总之，这是当日非常重要的地方，有事无事都可以来坐半天。"这一幕中，我们就品鉴到了出入茶馆的众生相：有享受着"铁杆儿庄稼"的旗人常四爷和松二爷提着鸟笼子来茶馆消歇，有令官府和黑道人物都要畏惧三分的吃洋教饭的马五爷在这里独自品茗，有无事的茶客在此下棋闲谈，还有一班有头有脸的打手前来茶馆调停张宅李府因为一只鸽子而引发的拿刀动杖的纷争，更有说媒拉纤的刘麻子不失时机地兜售洋货和贩卖人口……作为晚清封建社会里中国人重要的社交活动场所，茶馆集结着的是比较精致、悠闲、懒散与暧昧难明的传统文化、社交文化、市民文化与享乐文化。老舍在后来就茶馆的文化载体功能有更进一步的解说："茶馆里有着高度集中的文化。中国人是聪明的，在封建社会他们的聪明才智得不到发挥，只好钻研品茶、玩鸟、放风筝……在茶馆里可以听到各种新闻，学到各种知识，其中每一项都可以写出本书来"。[①]对老北京诸种文化景观都至为熟悉的老舍，得益于老北京的文化滋润，而能以自己的如椽巨笔生动传神地描画出过往年代里北京有特色的人文景观来。

在人物安排上，老舍令主要人物贯穿始终，让次要人物父子相承，对无关紧要的人物招之即来挥之即去，如是七十余个人物的登场有条不紊、主次分明。《茶馆》中的几个贯穿始终的人物都有故事有色彩，且随着剧情推进、时间变迁而发生着符合自身性格逻辑的变化。以裕泰茶馆掌柜王利发来说，作为生意人他精明能干、八面玲珑、巧于算计，但又并非一成不变，在第一幕中还一味逢人请安说好话，到第二幕时已经开始为成天打仗影响生计而骂起娘来了，到第三幕更是满腔愤慨与委屈："皇上，娘娘那些狗男女都活得有滋有味的，单不许我吃窝窝头，谁出的主意？"茶馆房东秦仲义早年一心一意实业救国，那时摩拳擦掌豪情冲天，但在后来处处碰壁，暮年之时不免感慨"有钱哪，就应该吃喝嫖赌，胡作非为，可千万别做好事"。旗人茶客常四爷性格刚强、

---

① 李晋荣：《郑榕："〈茶馆〉伴我一起成长"》，《光明日报》2019年6月4日第9版。

四 话剧、戏剧

心直口快，因为一句"大清国要完"而遭缧绁之祸，但也因此成为自食其力的劳动者，不卑不亢。裕泰茶馆的帮手康顺子在第一幕中是被出卖给庞太监的命运不能自主的农家女孩，到第二幕在摆脱了庞太监的魔爪之后变得自立自强，在第三幕反抗三皇道淫威的斗争中更是凛然不可侵犯。尽管这四个贯穿始终的人物在性格、想法、为人处世、命运走向上截然不同，但他们都有理想、有追求、有风骨、有底线，他们都不甘于命运和外部势力的捉弄与摆布，拼尽力气要活出自己的尊严来。就像王利发，在苦苦撑持茶馆而难以为继时也绝不肯向吞噬他的黑暗势力低头："这是我的茶馆，我活在这儿，死在这儿！"其自觉自愿的殉道精神令人感佩。在对这几个主要人物赋予深深同情和赞赏的同时，老舍亦毫不留情面地塑造了一群跳梁小丑，如第一幕和第二幕戏中的特务宋恩子、吴祥子，人贩子刘麻子，打手二德子和算命先生唐铁嘴以及第三幕戏中作为他们接班人的小宋恩子、小吴祥子、小刘麻子、小二德子、小唐铁嘴等。这样一种父子相承的角色安排可并不是"龙生龙凤生凤，老鼠生儿会打洞"式的血缘歧视，而主要是为着方便观众能在纷至沓来的众生相中迅速辨认出来这一特殊职业群体的脸谱和性格："在舞台上，父子由同一演员扮演，就容易使观众看出故事是联贯下来的，虽然一幕与一幕之间相隔许多年"，这是"帮助故事的联续"（老舍：《答复有关〈茶馆〉的几个问题》）。

其实，不论是在剧中表现主要人物身上的坚强、韧性与奋斗品质以掘发中华民族一直以来生生不息、薪火相传的精神血脉，还是以漫画化的夸张手法勾勒出那些职业和秉性代际相传的次要人物以剖视传统文化中的糟粕与"劣根"，均是老舍对旧时代旧社会进行深刻审视的题中应有之意。而对时代变迁之宏大主题的巧妙表达、对个体生存状态与命运变化的深切关怀、对旧文化盛衰起落的敏锐洞察，都是《茶馆》历久弥新、散发迷人魅力的关键所在。

顾名思义，"话剧"是要通过"话"来塑造人的，大手笔的老舍在台词设计上就充分做到了话到人到、人靠话"造"，他笔下每个人都说着符合他们身份、最能展示他们性格和反映时代色彩的话，从而给人留下深刻印象。以同样靠嘴吃饭的刘麻子和唐铁嘴来说，他们都巧舌如簧、能说会道，但又各有不同：唐铁嘴是低三下四，奉承为先，骗吃骗喝，作为他"名言"的那句"大英帝国的烟，日本的'白面儿'，两大强国侍候着我一个人，这点福气还少吗"，让其卑劣无耻还沾沾自喜的嘴脸暴露无遗。刘麻子则是欺上瞒下，察言观色，无利不起早，有奶便是娘；在贩卖人口时他还会见缝插针地向松二爷兜售洋表："一句话，五两银子！您玩够了，不爱再要了，我还照数退钱！东西真地道，传家的玩意！"说得松二爷心动了，再不失时机地添上一把"柴火"，显得很义气似的强卖出手："您先戴两天，改日再给钱！"在拉纤说媒时，对迫不得已出卖女儿的乡下人康六是压低价钱的恫吓利诱："找遍了你们全村儿，找得出十两银子找不出？在乡下，五斤白面就换个孩子，你不是不知道！"对挑剔的买主庞太监是抬高价钱的表忠示好，发誓二百两银子"物"有所值："乡下人，可长得俊呀！带进城来，好好地一打扮、调教，准保是又好看、又有规矩！我给您办事，比给我亲爸爸做事都更尽心，一丝一毫不能马虎！""贩卖人口，一世缺德；别人落泪，他吃他喝"，这是老舍对他的"判词"，刘麻子到后来丢掉性命也与利欲熏心总是"火中取栗"不无关系，如是下场也可看出老舍对这个不干好事的恶人的憎厌。

《茶馆》不过三万字的精简笔墨，就举重若轻地把半个世纪里北京丰富多彩的社会风俗、市井生活、各色性格都栩栩如生地呈现在读者与观众面前，从而构成一幅别具神韵的晚清民国时期中国社会的"清明上河图"。在这幅活色生香的图卷中，三教九流五行八作、纷繁世相百态人生也都得到立体的展演，中外观众尽可以通过老舍精心营造的"茶馆"这个缩微文化盆景来吟味芸芸众生的悲欢，来感受已然消逝了的老北京的文化况味，更体悟经典所蕴含的跨越时空的艺术力量。

《茶馆》剧本最初发表在1957年7月24日出版的《收获》杂志创刊号上，1958年3月29日，焦菊隐、夏淳导演的《茶馆》首度由北京人民艺术剧院搬上舞台，有于是之、蓝天野、童超、郑榕、英若诚、黄宗洛等知名艺术家加盟的演员阵容可谓无比强大，对奠定《茶馆》的经典地位功不可没。焦菊隐版《茶馆》自此成为北京人艺的保留剧目，迄今已有超过700场的演出纪录。北京人艺1999年为纪念老舍诞辰100周年，又推出了全盘采用老舍文学剧本的林兆华版《茶馆》。此外，从2017年开始，还相继有王翀的校园版《茶馆2.0》、李六乙的川话版

四　话剧、戏剧

《茶馆》和孟京辉的颠覆版《茶馆》等多个演出版本。上述几个版本的《茶馆》舞台剧每次公演之时，都必然会引发广大观众观看与议论的热情，这足以证明了《茶馆》原著本身强大的艺术生命力和召唤力，这也意味着"一部《茶馆》，半部中国话剧发展史"的文学佳话还将继续流传。

（作者系辽宁师范大学文学院教授）

"布谷鸟":唱响青春理想之歌

刘 平

1956年夏到1957年反右斗争前夕,中国当代话剧史上曾出现过一个虽如昙花一现、却具有重要意义的时期,这就是"第四种剧本"时期。

1956年,整个国内形势从群众性的阶级斗争转到了大规模的经济文化建设上来,这是历史的必然要求。但是,当时党和政府部门有些人的思想作风和工作作风远远不能适应新形势的需要。思想上的主观主义,理论上的教条主义,工作上的官僚主义,组织上的宗派主义,严重地妨碍了事业的发展。在文艺界,中华人民共和国成立以后越来越"左"的批判运动,形成了"舆论一律"的局面。这种"舆论一律"在政治上破坏社会主义民主,创作上导致公式化、概念化的泛滥。

1956年,毛泽东在最高国务会议上提出了"百花齐放、百家争鸣"的方针,第一次明确提出:"艺术上不同的形式和风格可以自由发展,科学上不同的学派可以自由争论","艺术和科学中的是非问题,应当通过学术界的自由争论去解决"。(《关于正确处理人民内部矛盾问题》)在毛泽东"双百"方针的鼓舞下,学术界首先表现出前所未有的活跃和解放。许多在历次文艺运动中没有解决好的问题,被重新提出来探讨和争论。如工农兵方向问题,政治倾向和艺术真实性的关系问题,世界观与创作方法的问题,干预生活、歌颂与暴露的问题,体裁、题材和风格多样化的问题,以及文艺批评的简单化、庸俗化,文艺创作中的公式化、概念化等问题。这些问题的探讨和争论为文艺创作的"百花齐放"打开了一座希望的大门。于是,一批突破禁区,大胆干预生活,真实地描写现实生活中的新人的作品便接连问世,从而开始了当代戏剧史上"第四种剧本"的创作时期。

四　话剧、戏剧

"第四种剧本"的领头羊是杨履方的《布谷鸟又叫了》。

布谷鸟又叫了

杨履方，原名杨光化，1925年8月3日生于重庆市璧山县。学生时代就爱好戏剧，并积极参加一些政治活动和学生运动。1947年考进上海实验戏剧学校（上海戏剧学院的前身）编导研究班。1949年5月参军，入苏南军区文工团任编剧兼导演。1952—1969年先后在华东军区、第三野战军解放军艺术剧院（南京军区前线话剧团前身）任编剧。1969年复员到安徽省马鞍山市话剧团任编剧，1978年调武汉军区胜利京剧团任创作员，后任文工团艺术研究室创作员。他的创作以戏剧为主，还有诗歌和散文。剧作有：独幕剧《抢购棺材》（1948年）、《阴魂不散》（1948年），多幕剧《海防万里》（与人合作，1955年）、《布谷鸟又叫了》（1956年）、《不夜乡》（独幕剧）、《我们的队伍向太阳》（1963年）、《焦裕禄》（1965年）和京剧《千秋节》（1979年）等。

《布谷鸟又叫了》（以下称《布》剧）是杨履方的代表作，写于1956年，发表于《剧本》1957年第1期。剧情描写江南某村成立高级社后，激发起社员极大的生产积极性，大搞积肥运动，变冬闲为冬忙，连围着锅台转的妇女们也成了生产劳动的"半边天"。主人公童亚男是一个活泼开朗的姑娘，她与小伙子们又竞赛又对歌，人称"布谷鸟"。

童亚男的未婚夫王必好是团支委，但他思想狭隘、自私，向童亚男提出了荒谬的五项条件，限制童亚男唱歌，也不准她与青年申小甲来往。为阻止童亚男与申小甲一起去学拖拉机，王必好毫无道理撤下童亚男的指标，并偷来申小甲的日记要挟童亚男。童亚男一怒之下与他决裂，同时对申小甲的爱情也苏醒了。王必好串通另一个团支委孔玉成，非法开除了童亚男的团籍。"布谷鸟"哑然了。王必好和孔玉成以权谋私的行为引起社员们的不满，也引起了老党员郭家林的注意。支部书记方宝山发现这种错误现象后，严厉批评了王必好和孔玉成的错误行为，撤销了王必好的团支委职务，支持童亚男去学拖拉机。童亚男获得了学习的机会，也获得了申小甲的爱情，"布谷鸟"的歌声又响起来了，从心灵里唱出了一代青年建设社会主义的壮志豪情与追求理想目标、实现人生价值的快乐。

　　该剧反映的是特定历史阶段的生活现实，但全剧充满着农村的生活情趣和喜剧色彩，赞扬了新时代中的一代青年在党的领导下，虚心学习，积极要求思想进步，以青春的激情投入社会主义建设的精神风貌，尤其在对女主人公童亚男的刻画上，一扫公式化、概念化的创作模式，把她活泼、热情、敢爱、敢恨的性格描写得有血有肉，真实可信，深受观众喜爱。有人说《布》剧"是一部优美的、横溢着生活激情和劳动欢乐的抒情喜剧"，"是近年来反映农村生活的剧本中的好作品之一"。有人说，作者通过对"布谷鸟"和她的爱情生活的描写，"展示了江南沃野在农村合作化以后欣欣向荣的生活图景"，"从她身上，我们看到摆脱了压迫和剥削的农村青年新型性格的光辉"。1957年6月6日，吴强在《文汇报》发表《看了〈布谷鸟又叫了〉》一文，热情洋溢地称赞这个作品："这个戏不落陈套，就是说，我们的作家不是像许多作家说的那样，先在屋子里制定出一个四方端正的框子，然后把生活现象像搭积木一样，按规定的图式一块一块地装塞进去……（它）跟那些公式主义的概念化的作品是两种不同的面貌，那些公式主义的概念化的作品制作得再好，也不过是精心制作的人头木偶。"

　　这个戏的创作充分显示了现实主义戏剧创作的生命力。谈到该剧的创作，作者说："1955年到1956年，在农业合作化运动高潮时期，我以《新华日报》记者身份，到苏南、苏北的一些农村去体验生活，我

四 话剧、戏剧

不仅被农业合作化运动中涌现出来的大量的新人、新事、新气象所深深感动,也看到了农业合作化运动中的阻力和干扰。我想,从与阶级敌人破坏合作化运动做斗争的角度,来歌颂合作化道路的作品已经不少了,而从与人民内部的旧思想、旧做风作斗争的角度,来歌颂走合作化道路的作品还不多,于是,我就试图通过青年男女的生活、爱情、劳动与理想等问题以及由此而产生的矛盾与斗争,用喜剧的形式,揭示'人才是建设社会主义的宝贝'、'要关心人'这个主题思想。"[①]

该剧于1956年6月由南京军区前线话剧团首演,导演漠雁。上海人民艺术剧院也于这一年上演了此剧,由黄佐临导演,产生了很大影响。该剧在全国广为上演,并被改编为歌剧、戏曲和拍成电影。

黎弘(剧作家刘川)看了南京军区前线话剧团演出的《布》剧之后非常激动,在1957年6月11日的《南京日报》发表了一篇评论文章,题目叫作《第四种剧本》。文章借对《布》剧的评论对当时戏剧创作中存在的问题和不良倾向,诸如戏剧创作中的公式化、概念化等问题提出了尖锐批评,同时也旗帜鲜明地阐明了自己的主张。文中说:"记得有人说过这样的话:我们的话剧舞台上只有工、农、兵三种剧本。工人剧本:先进思想和保守思想的斗争。农民剧本:入社和不入社的斗争。部队剧本:我军和敌人的军事斗争。这话说得虽有些刻薄,却也道出了公式概念统治舞台时期的一定情况。观众、批评家和剧作者自己都忍不住提出这样的问题:到底我们能不能写出不属于上面三个框子的第四种剧本呢?"(黎弘:《第四种读本——评〈布谷鸟又叫了〉》)这段话后来被人歪曲为刘川反对写工农兵。实际上,刘川的观点很明确,他反对的只是公式化、概念化地描写工农兵,并不反对真实地描写工农兵的生活。这从他对《布》剧的赞扬可以得到证明。

在人物塑造上,当时很多剧作存在着按人物的阶级出身和政治地位确定人物思想的做法。这样,作品中的"人"已不是生活中活生生的人,而是概念的化身。《布》剧大胆地突破了这种人物塑造的老框框,它"完全不按阶级配方来划分先进与落后,也不按党团员、群众来贴上各种思想标签",它是按照实际生活的本来面目来写人。刘川说:"作者

[①] 杨履方:《关于〈布谷鸟又叫了〉一些创作情况》,《剧本》1958年5月号。

在这里并没有首先考虑身份，他考虑的是生活，是生活本身的独特形态！"为此他呼吁剧作家要忠于生活，尊重生活，"让思想服从生活，而不让思想代替生活"（黎弘：《第四种剧本——评〈布谷鸟又叫了〉》）。

当时，许多剧作中经常出现"长篇大论的思想争论"，许多作者在戏剧冲突的组织中，不是"恋爱观点"的争论，就是"生活态度"的争论；不是政治观点的分歧，就是方针政策的分歧，他们是通过这种争论和分歧向观众"说教"。刘川对此非常不满，他指出《布谷鸟又叫了》情节安排上"出奇"的地方就在于：女主人公"布谷鸟"起先是如何委曲求全，想跟团支委王必好和好。后来她在痛苦和眼泪中得出结论：她应该爱的是青年拖拉机手申小甲。观众完全被剧中几个人的感情纠缠抓住了，直到最后，才恍然大悟：原来这是贯穿着两种思想观点、两种生活态度的斗争。"作者悄悄地向我们说了一教——一场不可抗拒的、巧妙的说教！""既是向观众说教而又听不见教条，这就是作者出奇的地方。"

但是，《布谷鸟又叫了》的命运并没有因观众的赞扬而一帆风顺。在1957年反右扩大化中，"干预生活"的口号成为了修正主义文艺思潮的变种。许多讽刺、批评党和政府某些干部工作作风、生活作风的作品被认定为"应修正主义之'运'而生的毒草"，是"右派反党反社会主义的'武器'"。在这次打击中，被称为"第四种剧本"的几部代表作品——杨履方的《布谷鸟又叫了》、岳野的《同甘共苦》、海默的《洞箫横吹》——侥幸地成了"漏网之鱼"。但是在1959年第二次对"修正主义文艺思潮"的批判中，它们被列为"扫荡"之列。

这次"扫荡"，与当时极"左"的文艺思潮有直接关系。《布》剧在全国广泛地演出，受到大多数观众的赞扬，也有一些人反对。1958年秋，该剧的豫剧改编本在河南演出时，一些人就表示了不满。当年11月，河南商丘县委刘学勤等四人在《文艺报》第22期发表了《〈布谷鸟又叫了〉是个什么样的戏?》，对剧本提出批评，认为这个剧本"在思想倾向上存在着问题"。这年秋天，柯庆施突然对《布》剧发出了疑问："有这样的农村干部吗？这是对农村干部的歪曲！"柯庆施的发问是对《布》剧进行围剿的一个信号。不久，姚文元在《剧本》1958年第12期上发表了《从什么标准来评价作品的思想性——对〈布

四　话剧、戏剧

谷鸟又叫了〉一剧的一些不同意见》一文,对《布》剧的主题思想和人物进行了全面否定。接着,《文艺报》和《戏剧报》也发表了类似的批判文章,对《布》形成了三面夹攻的形势。为此,《剧本》杂志从1959年3月号起,组织"关于《布谷鸟又叫了》的讨论",一直进行了四个多月,继姚文元的文章之后,又发表了陈恭敏、王世德、彤云、叶涛、陈白尘等多篇文章。

陈恭敏对姚文元文章中抓辫子、打棍子、无限上纲的批评方法极为反感,勇敢地站出来,写出《对〈布谷鸟又叫了〉一剧及其批评的探讨》①一文,与姚文元展开了针锋相对的辩论。文章从《布》剧的主题、对童亚男形象的认识、支部书记方宝山是否典型、作品是否歪曲了党团组织四个方面,对姚文元的文章进行了全面反驳。他认为《布》剧"无论就作者的主观动机或就作品的客观效果来看,它的基本思想是正确的。主题虽然不够集中,但有积极意义。作者对旧意识残余的抨击是有力的,对工作中的缺点的批评是善意的,在探索掌握多种喜剧因素的结合,对待落后现象的讽刺、嘲笑的分寸上是恰如其分的,这种热情探索,提供了很好的创作经验"。在对作品作政治结论时,他认为"应该特别慎重,要提倡实事求是的精神,互相探讨的说理态度,不应该随便扣帽子"。他特别尖锐批评姚文元的评论属于"庸俗社会学的典型例子"。

陈恭敏的文章击中了姚文元的要害。一年后,姚文元又发表一篇洋洋万言的文章《论陈恭敏同志的"思想原则"和"美学原则"》,摆出一副学阀的样子,给陈恭敏横加了许多罪名,说:"陈恭敏所宣扬的那一套'思想原则'和'美学原则'是错误地夸大领导和群众的矛盾,否认社会主义社会人民内部矛盾中的阶级斗争;歌颂资产阶级的个人主义、个性解放;反对无产阶级的共产主义的集体主义思想;在批判'简单化、脸谱化'的借口下,反对文学作品要有鲜明的无产阶级立场,反对对人物性格作阶级分析,反对文学作品创造优秀的正面人物形象;把生活中非本质的现象同本质的现象混淆起来,反对典型化,反对对生活现象进行马克思主义的分析;否认社会主义文学要以歌颂光明为

---

① 陈恭敏:《对〈布谷鸟又叫了〉一剧及其批评的探讨》,《剧本》1959年3月号。

主……所有这一切,都是资产阶级政治观点和艺术观点的表现,它说明陈恭敏同志受了资产阶级思想和资产阶级文艺思想很深的侵蚀。"姚文元在这里显然不是在评价文学作品和辩论问题,而是在对陈恭敏和《布》剧做最后的政治宣判。果然,从那以后,《布》剧成了毋庸置疑的毒草,改编的电影被迫停映,陈恭敏的发言权也被剥夺。本来,陈恭敏在读了姚文元第二篇文章之后,又写了《给姚文元同志的公开信》进行答辩。可是当时的形势使陈恭敏的公开信已无处"公开"了。

随着《布》剧的被围剿,《同甘共苦》《洞箫横吹》等作品也一同被批判,均遭到灭顶之灾。《第四种剧本》一文的作者黎弘也险些受到开除党籍的处分。

1962年"广州会议"期间,林默涵代表中共中央宣传部为《布谷鸟又叫了》和《洞箫横吹》平了反,批评了姚文元的文章。陈毅激愤地说:"干部就批评不得?!县委书记的老虎屁股就摸不得?!"然而,"文化大革命"中这个剧本再次被打成"毒草",改编的电影被江青列为"反党反社会主义"的影片,有关人员(包括陈恭敏)均受到株连迫害。海默1962年在周恩来总理和陈毅副总理的亲自关怀下恢复名誉,可是在"文化大革命"中又成了"反革命",1968年被迫害致死。直到"文化大革命"结束后的1979年,《布》剧才真正获得了平反,作者也获得了彻底解放。

(作者系中国社会科学院文学研究所研究员)

《绝对信号》：开启新时期小剧场话剧新航程

刘 平

一

《绝对信号》是新时期话剧在探索、实验过程中出现的代表性作品，也是新时期小剧场话剧开拓性的作品。

新时期（"文化大革命"以后）话剧，在经历了《屋外有热流》（1980）和《灵与肉》（1980）等剧的探索与实验之后，戏剧艺术家进一步增强了进行实验戏剧创作的自觉意识，而观众对实验戏剧的欢迎也激发了创作者的创作热情。

《绝对信号》，原名《在守车上》，是刘会远根据自己在部队里四年押运生活体验创作的一部四幕话剧。1982年，高行健与刘会远合作，在原剧本的基础上进行加工创造，便诞生了小剧场话剧《绝对信号》。剧中只有5个人物：老车长、见习车长小号、失足青年黑子、待业女青年蜜蜂和车匪。故事发生在一节夜行货车的守车上。车匪唆使黑子干坏事偷东西，并利用黑子与小号的关系混上守车伺机扒窃，被老车长察觉，于是戏剧冲突就在守车与劫车、防范与伺机作案之间展开，实际上这是一场"心术战"，也是正义与邪恶两股势力争夺"青年人"的一场搏斗。在老车长等人的启发帮助下，黑子终于醒悟，他与老车长和小号一起制服了车匪，制止了盗车事件。剧中还穿插了黑子、小号与蜜蜂姑娘之间的爱情纠葛，展示了他们各自的理想和人生追求。

1982年11月，北京人艺术剧院在剧院的三楼宴会厅改造的小剧场演出了无场次小剧场话剧《绝对信号》，由林兆华导演，立刻在剧坛引起了强烈反响。

《绝对信号》

有人说:"北京人民艺术剧院最近上演的无场次话剧《绝对信号》,是话剧舞台艺术的一次新的、全面的探索。它以别具匠心的舞台演出处理,吸引了观众与话剧界的同行。它的成功将引起我们认真的思索,对舞台艺术的各个部门的创造——尤其是导演艺术的创造,会带来更深的影响。"[1]

有人说,《绝对信号》的试验演出,"确实在话剧舞台艺术的探索道路上迈出了可喜的一步,为话剧艺术的改革和创新生起了一颗耀眼的信号"。[2]

有人甚至把《绝对信号》的演出"看作是中国话剧艺术发展道路上的一个里程碑"。[3]

---

[1] 张仁里:《话剧舞台上的一次新探索》,《人民戏剧》1982年第12期。
[2] 王敏:《对舞台真实的执著追求》,《作品与争鸣》1983年第3期。
[3] 童道明:《〈绝对信号〉的理论启示》,《〈绝对信号〉的艺术探索》,中国戏剧出版社1985年版,第189页。

四　话剧、戏剧

《绝对信号》的成功，关键在于创作观念的转变。创作者是想通过演员与观众的交流、凸显剧场的艺术功能，并通过对戏剧表现力的开掘，彰显戏剧的艺术魅力。该剧的导演林兆华和编剧高行健在给曹禺的信中说："在电影和电视的冲击之下，话剧要葆其青春，我们不能不研究这门艺术自己所特有的艺术手段和艺术魅力。加强作为台上的演员同台下的观众的交流——剧场的交流，我们以为便是办法之一。"我们的目的是"试图在话剧表演艺术上取得更大的真实感和更强的感染力，既真实自然，又在表演上让观众有戏可看"。"我们还给自己提出了另一个课题：在近乎戏曲的光光的舞台上，只运用最简朴的舞美、灯光和音响手段，来创造出真实的情境。也就是说，充分承认舞台的假定性，又令人信服地展示不同的时间、空间和人物的心境。"[①] 曹禺在回信中热情地支持了他们的这种探索、实验。

该剧在艺术上的探索与实验，是从打破镜框式舞台的"第四堵墙"开始的。为了重点刻画、表现人物情感的内在矛盾，舞台创作和演员表演学习中国戏曲的艺术手法，以"写意"代替"写实"，充分发挥"假定性"的作用，舞台美术"能省略的都省略掉"了，舞台上的布景就几把椅子，一个硬铺。导演说："这个戏布景并不重要，音响、灯光是灵魂。"强调"走戏曲的路子。戏曲舞台的时空变化，是演员演出来的，环境随着人走，人在景也在，人无景也无"。"灯光设备都裸露着，再放些可以移动的脚灯，哪里需要就往哪里打。追光不够，就用大手电筒。"[②] 但音响要"节奏鲜明，要'说话'"，要"和演员一起表演"。[③] 该剧的演出，是在"充分承认舞台的假定性"的前提下，使话剧舞台的时空观念更自由、更大胆地打破"四堵墙"的限制，充分发挥演员的表演技能，简化了外部戏剧动作，突出了人物之间相互观察、猜度、试探等复杂的心理活动，并在灯光、音响的配合下，借用电影蒙太奇的

[①] 林兆华：《林兆华、高行健给曹禺的信》，《〈绝对信号〉的艺术探索》，中国戏剧出版社1985年版，第6页。

[②] 林兆华、高行健：《再谈〈绝对信号〉的艺术构思》，《〈绝对信号〉的艺术探索》，中国戏剧出版社1985年版，第120页。

[③] 冯钦：《实验·探索·创造》，《〈绝对信号〉的艺术探索》，中国戏剧出版社1985年版，第174页。

手法，将舞台上所表现的现实与人物的回忆、想象、内心独白及梦境"外化"，在同一舞台时空中自由转换和重叠，既给观众一种视觉上的冲击，同时也给观众以情感上的碰撞。特别是音响效果，不仅发挥着调整全剧的节奏、控制场上气氛的作用，而且对突出人物的心理变化也起到了非常重要的作用，在话剧表演上确有突破。

新时期戏剧的探索与创新，剧作家的观念转变很重要，而导演、表演和舞台美术方面的创新与突破，也是不可忽视的重要方面。确切地说，在戏剧的探索与实验过程中，剧作家和导演、表演及舞台美术方面的创造是不能截然分开的，是缺一不可的。他们之间是互动的关系。正是他们的密切合作，才有了相互间的启发，才有了一台戏的创作成功。《绝对信号》一剧的"艺术构思"，就是导演林兆华和编剧高行健多次长谈之后获得的。林兆华说："这个戏的构思要与全体演职员在共同探索中去完成。使这个创作集体真正感觉到这个戏的个性，并形成一股集体冲击波，演出的完整性才能实现。"① 从这一点来说，导演在一个戏的舞台演出过程中又是起着主导作用的。因此，导演观念的转变，对于戏剧的探索与实验是很关键的一环。

我国传统话剧的导演方法基本上是学苏联斯坦尼斯拉夫斯基的导演手法，其美学观念是以"再现"为原则，以"写实"为表现方法。从20世纪80年代开始，我国话剧导演的美学观念有了明显的变化。其标志是："导演创作中时代意识增强了，艺术观念上出现了飞跃，导演艺术家的创造意识觉醒了。"② 在创作的美学原则上由"再现"向"表现"转化，在艺术表现方法上由"写实"向"写意"转化，并寻求两者之间的有机结合。具体地说，就是导演艺术家在从事二度创造时，不再是简单地复述剧作者的思想观念，把剧本直译成舞台艺术语汇。他们强烈地要求在舞台演出中表述自己对生活的理解，表达自己的主观感受，用自己所追求的艺术观念去解释剧作，用自己的形式去创造舞台的新样式。

---

① 林兆华、高行健：《再谈〈绝对信号〉的艺术构思》，《〈绝对信号〉的艺术探索》，中国戏剧出版社1985年版，第111页。

② 徐晓钟：《导演创造意识的觉醒》，《向"表现美学"拓宽的导演艺术》，中国戏剧出版社1996年版，第48页。

四 话剧、戏剧

《绝对信号》的试验成功，拓展了戏剧"假定性"的作用，也强化了"剧场性"的效果。其直接的结果：一是为实验戏剧的发展奠定了基础；二是促生了新时期小剧场戏剧的发展。当时，上海青年话剧团导演胡伟民在北京看了《绝对信号》的演出后，非常欣赏小剧场这种戏剧形式以及该剧的探索、实验精神。回到上海不久，他也开始了小剧场戏剧的实践，于1982年12月在上海导演了第一个小剧场话剧——《母亲的歌》。《母亲的歌》的演出在上海青年话剧团的排练厅进行，采用"中心舞台，四面观看"的形式，采用中性的舞台景观来破除生活幻觉：房屋的四堵墙被拆除，中间只有一根支柱用来悬挂将军的遗像；6个有所分割又互相依存的表演区——客厅、卧室、厨房、阳台、庭院、门口，既各个相通又各个透明，360度内任何一个角度上的观众，都能同时对6个表演区一目了然。室内的陈设，都是些积木式的家具……在这里，写实与写意交融，可谓你中有我，我中有你，没有大幕，没有乐池，演员和观众的心贴近了，在最远视距不超过十米的情况下，观众可以清晰地看到演员的眼神，听到他们的呼吸，有利于感受演剧艺术直接交流的魅力，检验表演的真伪。这样，观众一面在时时沉潜于剧情的幻觉之中，一面又时不时地意识到这是在演戏。

新颖的演出形式吸引了很多观众。话剧界的同行，还有滑稽戏、京剧界的同仁也为之惊动，都想一睹为快，极大地鼓舞了小剧场话剧的创作与演出。

二

在中国话剧发展史上，明确打出小剧场话剧旗号的社团，是田汉1927年创办南国社，创办"南国小剧场"进行话剧演出，演出过《苏州夜话》《南归》《湖上的悲剧》《火之跳舞》等剧目。《绝对信号》是我国第二次小剧场戏剧浪潮中的第一个浪头。它的出现，带动了全国小剧场戏剧在一些大中城市如雨后春笋般地发展起来，演出形式也多种多样。

1984年12月，哈尔滨话剧院和大庆市话剧团联合演出了根据美国电影《卡萨布兰卡》的文学剧本改编"实验剧目"《人人都来夜总会》（编剧杨利民、梁国伟，导演高兰，副导演邹学东）。

1985年，广东省话剧院以小剧场方式演出了《爱情迪斯科》。同年，南京市话剧团也打出了"小剧场戏剧"的旗帜，将一个原来经常演出曲艺的小型剧场改建为一个小剧场，名为"百花艺苑"，首次演出了《打面缸》、《窗子朝着田野的房子》和《弱者》三个独幕小戏。此后他们坚持每年都有新剧目上演，成为全国小剧场戏剧演出最多的一个话剧团体。

1986年，大连话剧团以小剧场方式演出了苏联话剧《女强人》（编剧阿尔布卓夫，导演高杰）。

1987年，沈阳话剧团演出了苏联话剧《长椅》。

1988年，是小剧场戏剧的丰收年。这一年，中国青年艺术剧院把原来的一个小礼堂改建为一个小剧场，取名"黑匣子"，当年演出了《火神与秋女》（编剧苏雷，导演张奇虹）和《天狼星》（编剧卫中，导演高惠彬），十分叫座。曹禺第一次走进这个"黑匣子"时，曾说过一段意味深长的话："今天来到这间黑咕溜秋的房子里……倒叫我想起许多事，它使我想到在纽约看到的一些戏，那剧场比这间还小一倍……可见事在人为。我的意思还不在这儿，而在于小剧场的搞法，是一个路子。"这一年，中央实验话剧院在绘景室里演出了《女人》（编剧邢进，导演吴晓江）；宝鸡市话剧团演出了《去年的中秋节》；南京市话剧团演出了《天上飞的鸭子》（编剧赵家捷，导演郝刚）。

1991年，中央实验话剧院在建办公楼时也盖起了一个小剧场，1992年演出孟京辉导演的《思凡》。

1995年，北京人民艺术剧院把原来的职工食堂改造成一个小剧场，给小剧场话剧一个固定的场所。还有更多的民营戏剧组织利用废旧的车间或仓库作小剧场进行戏剧的实验演出……

1996年，中国青年艺术剧院租用坐落在北兵马司胡同的航天部第三集团礼堂，改造成"青艺剧场"。2001年改为"北兵马司剧场"（简称"北剧场"）。

2000年，王景国在上海创办小剧场——"真汉咖啡剧场"。

2004年，北京朝阳区文化馆创建了"9剧场"。同年，王景国在上海创建了"下河迷仓"实验剧场。

2005年，国家话剧院的东单先锋剧场开业。

四 话剧、戏剧

2008年，孟京辉租用东直门的东创影剧院，创办"蜂巢剧场"。

2009年，王翔在东棉花胡同创办"蓬蒿剧场"。同年，繁星在宣武门路口创办"繁星戏剧村"，内有5个小剧场。

2011年，唐虓珲在北京朝阳区百子湾地区创办"木马剧场"。

2013年，武汉创办了"红椅剧场"。

2014年，李羊朵在鼓楼西大街创办"鼓楼西剧场"。

此外，北京还有：枫蓝小剧场、方家胡同46号、地质礼堂小剧场等。上海有：艺术沙龙、D6空间；武汉有：十七排剧院；广州有：十三排剧院；深圳有：09剧场，等等。这些小剧场的出现，带动了小剧场话剧的创作与演出。

三十多年来，小剧场戏剧已从《绝对信号》的"星星之火"渐成"燎原之势"，出现了许多小剧场戏剧的优秀剧目，举办过多次全国性小剧场话剧优秀剧目展演和学术研讨会，成为中国话剧创作与演出的一个重要组成部分。

（作者系中国社会科学院文学研究所研究员）

狗儿爷的"梦"与农村改革

刘 平

刘锦云的话剧《狗儿爷涅槃》发表于《剧本》1986年第6期,署名锦云。首演于1986年10月12日,导演:刁光覃、林兆华,主演:林连昆、谭宗尧、王领、梁冠华、王姬。该剧一经演出便引起轰动。

狗儿爷涅槃

20世纪80年代的中国剧坛,兴起了"探索戏剧"的热潮,创作者(包括编剧、导演、演员及舞台美术设计)打破传统话剧的艺术形式,大量借鉴外国戏剧及传统戏曲的表现手法,创作出一批优秀的戏剧作

四　话剧、戏剧

品，如《屋外有热流》（马中骏、贾鸿源、瞿新华）、《魔方》（陶骏、王东哲）、《街上流行红裙子》（贾鸿源、马中骏）、《十五桩离婚案的调查剖析》（刘树纲）、《一个死者对生者的访问》（刘树纲）、《WM（我们）》（王培公）、《蛾》（车连滨）、《狗儿爷涅槃》（锦云）、《中国梦》（孙惠柱、费春放）、《桑树坪纪事》（陈子度、杨健、朱晓平）等。其中，北京人民艺术剧院演出的《狗儿爷涅槃》（导演刁光覃、林兆华，主演林连昆）是比较突出的代表作品。

　　《狗儿爷涅槃》的成功首先是剧本的文学性。该剧虽然是一部现实主义创作风格的话剧，但它的叙事角度和表现方法以及舞台演出风格，又与传统的现实主义话剧有着明显的不同，尤其是对狗儿爷这一形象的塑造更为明显。剧作的独特之处在于，它是以一个人的一生反映着时代的变化，而不是以时代的变化去看人生。这样一来，人物就成了剧作中真正意义上的"主角"，他的命运变化不仅可以让人们透视时代风云的变化，也吸引着观众对时代发展历程的反思及对人物命运的思考。

　　该剧讲述的是关于农民狗儿爷的生活和命运变化的故事。狗儿爷（本名陈贺祥）因为没有自己的土地，给地主当了半辈子长工。因此他一生的心愿就是能有自己的土地，能住上地主祁永年家那样的"门楼"（宅院）。他的一句刻骨铭心的话是："有了地，没的能有；没了地，有的也没。"土地改革圆了他的"梦"，他不但分到了好地，有了属于自己的牲口，连地主祁永年家的高门楼也姓了"陈"。正当他心满意足，实现发财"梦"的时候，"一场合作化运动除了门楼都归了大队"。狗儿爷内心不甘，思想上怎么也想不通，抑郁成疾，因此他疯了。在神思恍惚中，狗儿爷念念不忘的就是"土地"。他独自一人住在小山坡上，开垦荒地，种植庄稼，却被人说成是"资本主义的尾巴"，要"割掉"。狗儿爷拼命抗争着。"文化大革命"后，土地、牲口又回到了狗儿爷的手中，他又一次看到了"圆梦"的希望。可是，当改革开放之风吹进农村大地，农民尤其是农村里的年轻人立刻不安分起来。狗儿爷的儿子陈大虎不愿过那种"土里刨食"的生活，要开办采石场。因为狗儿爷家的"门楼"挡道，不能拓宽道路供汽车运输。陈大虎决定推倒"门楼"。狗儿爷不仅失望，而且十分生气。但儿子不听他的话，他一气之下便一把火烧了"门楼"。

狗儿爷的"梦"与农村改革

这是一部散文体的话剧,在结构形式上采用了叙述体的手法。狗儿爷既是戏的主角,又是叙述的主体(讲述人)。剧情就狗儿爷同儿子发生矛盾后,要烧掉"门楼"开始的。他一边一根接一根地划着火柴一边"唠叨"("叙述")着心中的苦闷:"娘的!一辈子不走运,临了儿连根洋火都划不着,邪了,邪了……"好容易划着了,他想去点燃一个用柴草扎成的火把。正在此时,地主陈永年的幻影突然出现在他的眼前,嘲笑着狗儿爷——

  祁永年:烧了,烧了,你"了"啦?哈哈!
  狗儿爷:你笑什么?
  祁永年:我笑你。
  狗儿爷:笑我啥?
  祁永年:笑你不如我。
  狗儿爷:(蔑视地)我会不如你,嗯?我会不如你?

由此,狗儿爷的"思绪"又回到了从前,怀念起自己"发家致富"当财主的"历史"。

1949年前,八路军的队伍打到了狗儿爷的家乡,大炮一响,吓跑了地主祁永年。狗儿爷乘机收了地主家的二十亩芝麻,中华人民共和国成立后又分到了房子和地,小日子越过越红火。媳妇在战乱中没了,他又续娶小寡妇冯金花……

在这个戏中,狗儿爷的回忆和思辨,他的内心独白,构成了戏剧事件的主要情节线。在结构形式上,剧作采用了叙述体的手法,将全剧统摄在主人公狗儿爷的心理叙述之中,以揭示人物的命运与深层意识。从老年的狗儿爷对他青壮年生活的回忆写起,其中独白、旁白与心理外化交叠出现,从而消除了叙述与往事、幻觉不同时态的限制,扩大了生活容量,省略了与主人公无关的内容(如社会的和政治的),着重表现狗儿爷在得到土地与失去土地过程中的心理状态和人生态度,并通过他的人生经历和心灵历史,折射出社会的变革与发展。剧作不仅真实地描写了作为农民的狗儿爷的勤劳与朴实,也写出了他思想上的狭隘与自私,成功地塑造了狗儿爷这一具有典型意义的人物形象。剧中通过狗儿爷的

四　话剧、戏剧

土地情结以及他与地主祁永年在思想上情感上的那种千丝万缕的关系的描写，揭示了这一人物丰富的文化内涵和复杂的思想情感，即封建文化、小农意识与中国农村发展的密切关系。作为被剥削者，狗儿爷无比仇视并痛恨着地主，但在他的灵魂深处，他做梦都想着能过上祁永年那样的地主生活。这一人物形象的复杂性，引发了人们对中国的农民问题以及中华民族历史与现实的深入思考。

该剧的结尾，狗儿爷一边把点燃了柴草扎成的火把投向"门楼"，一边恨恨地大喊着："明天，明天，你们有你们的明天，我有我的明天……""明天——好热闹，好热闹……（狂呼）门楼——我的门楼！"尽管狗儿爷一把火"烧"了门楼，可是，他真的能够"涅槃"吗？

在舞台演出中，导演大胆地运用戏剧假定性，借鉴中国传统戏曲和说唱艺术（如评弹艺术）的表现方法，将表现与再现、写实与虚拟、荒诞与象征有机地融为一体，使主人公的内心独白能和观众直接交流，并外化为有意味的戏剧情景。为此，导演与舞台美术设计密切配合，把剧本规定的物质环境进一步虚拟化，使整个舞台为演员的表演提供充分的表演空间，把影影绰绰的景片放在暗处，让扮演狗儿爷的演员林连昆有更多的机会处于能和观众面对面交流的舞台明处，形成电影上的特写镜头。比如狗儿爷在失去心爱的土地后，满腹委屈地跑到父亲的坟前"哭诉"一场戏，导演便借鉴京剧《玉堂春》里"三堂会审"的表现手法，让狗儿爷面对观众跪着向他爹诉说"咱的地没啦"的痛苦。这样的场面调度和狗儿爷那如泣如诉的大段独白，具有强烈的舞台演出效果，对刻画人物性格、突出戏剧主题起到了重要作用。

该剧的成功与表演方面的创新也有密切的关系。剧中林连昆（饰狗儿爷）的表演，与传统话剧的表演方法有很大的不同。他在塑造人物时，不光要有斯坦尼斯拉夫斯基的"体验"，也有中国传统戏曲的"体现"。林连昆说："话剧表演中的'体验'和'体现'是不可分割的。光有'体验'没有'体现'，观众会看不明白；光有'体现'没有'体验'，观众又会感到不真实。"他在扮演狗儿爷这个人物时，就充分运用"体验"与"体现"相结合的手法，借鉴中国戏曲中的一些表现手法，在高度假定性中，自然地驾驭角色不同心理层次与状态，既演出了狗儿爷的形，又演活了狗儿爷的神，把这个人物成功地"立"在了舞台上。

《狗儿爷涅槃》的成功，与锦云的生活经历和创作积累分不开。锦云，原名刘锦云。1938年生于河北省雄县一个农民家庭里。1963年毕业于北京大学中文系。尔后，在京郊农村工作16年，教过中学，当过县社干部，后在北京市委宣传部工作。1982年开始任北京人民艺术剧院专业编剧。1992年起，任北京人艺第一副院长兼党委书记。锦云从小就喜欢看戏，在大学读书期间曾写过独幕剧《毕业前夕》。毕业后，他先是写小说，曾发表中、短篇小说20余篇，其中短篇小说《笨人王老大》（与王毅合作），获全国短篇小说一等奖。其话剧创作的成就最大。从1985年起，他连续创作出话剧《山乡女儿行》（与王梓夫合作，1984年）、《狗儿爷涅槃》（1986年）、《背碑人》（1988年）、《乡村轶事》（1989年）、《阮玲玉》（1993年）、《风月无边》（1999年）、《甲申长陵梦》（2004年）、《日出而作》（2008年）等和戏曲《杀妃剑》等。

除《阮玲玉》《风月无边》《甲申长陵梦》和戏曲《杀妃剑》外，锦云的话剧所写的都是农村生活。谈到创作体会，锦云说："像是酒里泡药，农村生活沤出了我。命运注定，我干什么都忘不了这块生我养我的土地。"他还说："每当我构思或是落笔的时候，眼前脑际总抹不掉那个遥远的故乡小村空场上用碌碡、门板、苇席搭成的戏台。"[①] 因此，他对农村、对农民有着一种特殊的感情。不论是进城读书还是当干部或写作，他无时无刻不在关心着农民的命运，思考着他们的进路，并满怀激情地去表现他们的生活。锦云写农民，不仅写他们的勤劳、善良与追求，也写他们的自私、愚昧与落后。狗儿爷的悲剧就反映了这一点。创作于1988年的话剧《背碑人》是作者沿着这种创作思路的进一步思考。剧作通过运生的成功与失败，反映了一代农民在改革大潮中的奋斗、迷失与追求。剧的结尾，运生背起那沉重的石碑，迈着沉重的脚步"去找自己"，而不只是"去找妈妈"，也具有深刻的现实意义。

《狗儿爷涅槃》1986年10月12日由北京人民艺术剧院首演，立刻产生了强烈反响并获得一致好评，被誉为"一部震撼心灵的杰作"，狗儿爷形象"可以和阿Q相提并论"，是"大作家、大导演、大表演艺术

---

① 锦云：《生活不负我》，《戏剧报》1987年第6期。

四 话剧、戏剧

家奉献了一部我们时代的艺术精品"。[1] 戏剧家曹禺说:"两个小时的戏让人过了一生。这个戏既是悲剧,让人看着狗儿爷的一生而感伤,又看到了八十年代的发展,令人悲喜交加,感慨万分。"(《北京人艺推出新戏〈狗儿爷涅槃〉》)有人还以"新的戏剧现实主义"评价这部戏[2]日本著名导演千田是也看戏后也激动地说:"我们多年的追求、实践布莱希特的演剧方法,现在看到在这个戏中得到了创造性的体现。"[3]

该剧曾应邀到上海、天津、新加坡、日本等地演出,均获得成功。它的出现,是新时期话剧在艺术创作上所取得的重要成果,是新时期探索话剧走向成熟的标志性作品。

(作者系中国社会科学院文学研究所研究员)

---

[1] 陈可雄:《"农村生活沤出了我"——记〈狗儿爷涅槃〉编剧锦云》,《文汇》月刊1987年第1期。

[2] 童道明:《新的戏剧现实主义——话剧〈狗儿爷涅槃〉观后》,《光明日报》1986年11月13日。

[3] 方华:《他——始终注视着那片土地》,《剧本》1987年第10期。

《恋爱的犀牛》：诠释"恋爱"之道

刘 平

《恋爱的犀牛》是一台由民营话剧社团——孟京辉戏剧工作室创作演出的小剧场话剧，编剧廖一梅，导演孟京辉。

恋爱的犀牛

该剧于1999年在北兵马司剧场（北剧场）首演，由郭涛、吴越、唐旭、靳志刚等人演出，一经上演便收获很好的口碑，上演两周后，场场爆满，350人的小剧场常常要挤进去400多人，剧场的过道里每天不

四 话剧、戏剧

得不加许多椅子，有人宁愿买站票也要进场。在1999年夏天最热的两个月里，创下了连演40场、上座率百分之一百二十的奇迹。2011年，该剧参加文化部在上海举办的"全国小剧场优秀剧目展演"，观众反响强烈，获得优秀剧目奖牌。至2012年该剧已演出1000场，即使是今天演出观众依然踊跃，已经成为新时期以来小剧场话剧的一部经典作品。

新时期以来，小剧场话剧的创作与演出出现了"红火"势头，其原因：一是小剧场话剧适应时代要求，满足观众审美要求；二是小剧场话剧创作风格多样，显露出强劲的探索、实验的势头；三是小剧场话剧演出运作方式灵活，多以自由组团演出为主，票房收入可观。

《恋爱的犀牛》孟京辉戏剧工作室演出

中国的小剧场话剧诞生于20世纪20年代，最有名的是田汉1927年在上海成立的"南国社"，曾演出过《苏州夜话》《南归》《湖上的悲剧》《名优之死》等话剧，影响遍布大江南北。1949年后小剧场话剧曾沉寂了几十年，至20世纪80年代初在中国舞台上再次兴起，以《绝对信号》《屋外有热流》等为代表，立即受到戏剧界的热情关注，也受到观众的欢迎。此后，小剧场话剧的创作势头发展旺盛，已成为整个话剧创作的重要一翼。受此影响，民营话剧社团也大量出现，其话剧作品影响了大量年轻观众，同时也为话剧事业发展培养了一批编剧、导演、演员等方面的人才。但是，有一个问题始终没有得到很好地解决，即与观众的关系问题。对于那些相对比较写实的小剧场话剧作品，观众比较喜欢，也容易接受。而那些实验性很强的剧目，大多数观众并没有完全接受。不管创作者如何自鸣得意，然而这种演出只能在"小圈子"里进行。有人说，实验戏剧是"小众戏剧"，没必要考虑观众的接受问题。有人甚至指责观众：看不懂是你水平低。还有人看到观众看不懂、带着一脸的疑惑走出剧场的神情他才高兴。渐渐地，大多数观众便离"实验的"小剧场戏剧越来越远了。但《恋爱的犀牛》的出现却让观众眼前一亮。由此也促成了实验戏剧创作者观念上的转变。

《恋爱的犀牛》的成功，与导演孟京辉的戏剧观有直接关系。孟京辉被称为"先锋戏剧"导演，他说："实验戏剧不排斥商业性，我觉得那种专门排给外国人看，让那些似懂非懂的洋鬼子给颁个奖，或者到国外艺术节转一圈，回来演出都没人看的戏没什么价值。以前，我也愿追这个时髦，或者弄一些让人看不懂的戏，看着观众丈二和尚摸不着头脑的样子，心里还无比快意。后来我才觉得，戏剧必须是观众能迅即了解，即刻感受并产生共鸣、共同创造的艺术。以前为了自己个人的需要，没有考虑观众的戏现在看来没什么意义。"①

然而，此前孟京辉的创作观念并非如此。他排演《秃头歌女》时，在演出快要结束时，突然停顿三分钟，观众也不知发生了什么事。他说："当时就是想和观众较劲，我就是不让你好好欣赏。"他曾导演过《思凡》《阳台》《我爱×××》《放下你的鞭子·沃伊采克》《爱情蚂蚁》等剧，除《思凡》外，其他都没有产生太大的影响。1997年，孟京辉获得日本一个奖学金，在日本看了很多戏，对他启发很大。回来后就导演了《坏话一条街》《一个无政府主义者的意外死亡》，创作观念发生了明显的变化。他说："我感觉我需要一种更多人的交流，但是在和更多人进行交流的时候，不可能完全像以前那样很任意、很任性。你必须将很任性的东西，在美学上让更多的人接受。更多的人其实是支持你的人，没有这些人你就无的放矢了。我感觉，我的先锋、前卫就表现

---

① 孟京辉：《孟京辉夫妇：一对不肯老去的"文青"和"愤青"》，《北京晚报》1999年6月4日。

四 话剧、戏剧

在和更多人接触上。"[①]《恋爱的犀牛》就是他在这样的创作思想指导下创作的。

《恋爱的犀牛》是一出实验戏剧，讲述了两个爱情偏执狂在爱的欲望旅程中所发生的故事。剧中的男主角马路是犀牛饲养员，爱上了性感神秘、做秘书工作的女孩明明。为了获得明明的欢心，马路为她做了能做的一切，并努力地改变着自己。比如天天洗澡、换袜子、学电脑、献花、嚼口香糖……以至对其他的女孩都失去了兴趣，为此受到同伴的嘲笑，说他过分夸大了一个女人和另一个女人之间的差别，在人人都懂得明智选择的今天，他仿佛是人群中的犀牛——实属异类。可明明并不爱马路，她心里爱的是艺术家陈先，尽管陈先并不爱她，不断地羞辱她、折磨她，都不能改变她爱他的决心。但马路的爱也不能改变明明对他的冷漠态度。从内容上说，剧中的人物多少有些类似于英国作家王尔德的剧作《莎乐美》中的莎乐美、叙利亚少年、约翰的性格，叙利亚少年爱着莎乐美，莎乐美爱着约翰，而约翰爱着上帝。在有些人看来，越是得不到的东西越觉得珍贵。看得出来，《恋爱的犀牛》的作者讲这个故事并不在于关注马路与明明的恋爱结果，而是在嘲笑一切的世俗观念而赞美这种执着于爱的精神。编剧廖一梅说："没有偏执就没有创造。"她希望看过戏的观众能感到在生命中有一些东西是值得坚持，是可以坚持的。这大概就是该剧吸引观众思考的原因吧！此外，剧中还有讲述"恋爱训练培训班"的段落，讲述有关恋爱的种种方法、技巧和表达方式，幽默、滑稽、幼稚、可笑，也为全剧增添了轻松、活泼、欢快的乐趣。

该剧的成功与孟京辉的导演风格有很大关系。孟京辉是一个很有个性的导演，其导演风格，常常是从追求形式感出发，以形式裹挟内容，在舞台上展现一种形式美。并在关注社会现实的过程中与时代保持着一定距离，用反讽、黑色幽默和激烈的手法，在戏中体现出一种诗情和激情，表现出一种反抗，使作品产生一种具有爆发力的"狠"劲儿，吸引观众来参与。《恋爱的犀牛》的演出就体现着他的这种艺术风格，整个演出集戏剧、音乐为一体，强烈的形式感，夸张的表演，幽默、戏谑的语言，既是前卫的，又是现实的。张广天为这个戏写的几首歌，既加

[①] 孟京辉、解玺璋：《关于"实验戏剧"的对话》，《剧本》1999年第10期。

强了该剧的音乐性和节奏感，也有助于故事的表达，渲染了剧中的情绪，感染着观众去思考并产生共鸣——

  这是一个物质过剩的时代，
  这是一个情感过剩的时代……
  我们有太多的事情要做，
  我们有太多的东西要学，
  我们有太多的声音要听，
  我们有太多的要求需要满足。

  这首歌经由郭涛（饰马路）那质朴无雕琢的嗓音唱出来，比一般的流行歌曲更耐听。它不仅渲染了剧情，而且也感染着观众，使原本一个普通的爱情故事具有了吸引观众的艺术感染力。

  爱情是蜡烛，给你光明，
  风儿一吹就熄灭。
  爱情是飞鸟，装点风景，
  天气一变就飞走。
  爱情是鲜花，新鲜动人，
  过了五月就枯萎。
  爱情是彩虹，多么缤纷绚丽，
  那是瞬间的骗局，太阳一晒就蒸发。
  爱情是多么美好，但是不堪一击。

  听着这样的歌，联想到自己，看看周边的人们与家庭，人们会情不自禁地去思考剧中发生的一切，品评剧中的人物，顿时会产生一种感同身受的情绪。
  当明明对马路展示了一点儿好的脸色，马路就突然诗兴大发——

  一切白的东西和你相比都成了黑墨水而自惭形秽，
  一切无知的鸟兽因为不能说出你的名字而绝望万分……

四 话剧、戏剧

……
你是不同的，唯一的，柔软的，干净的，天空一样的，
你是我温暖的手套，冰冷的啤酒，
带着阳光味道的衬衫，日复一日地梦想。
你是纯洁的，天真的，玻璃一样的，
你是纯洁的，天真的，什么也污染不了，
你是纯洁的，天真的，什么也改变不了，
阳光穿过你，却改变了自己的方向。
我的爱人，我的爱人，我的爱人，我的爱人……

正是这样近似疯狂的挚爱情绪，让马路做出了非凡的举动。当明明得不到陈先的爱而痛苦万分、与马路发生一夜情，而后又很决绝地要离开马路时，马路为对明明表达真心不但把自己买彩票中奖的500万送给明明，还亲手杀死了自己心爱的犀牛，把犀牛的心献给明明。可是，明明都毫不犹豫地拒绝了。于是，马路便以爱的名义绑架了明明，"不准她离开自己"。

演员的表演都很成功，郭涛的表演特别值得一提。憨头憨脑的马路，为讨好明明笨手笨脚地学打字，嘴里咀嚼着明明爱吃的那个牌子的口香糖，为向明明表白心迹而杀死心爱的犀牛，以致最后粗暴地绑架明明以达到自己的目的。郭涛以质朴的形象，毫不做作的表演，把一个犀牛一样的偏执的人——马路的个性表现得淋漓尽致，以至有人感到他似乎就有犀牛一样的性格，给观众留下了深刻的印象。

《恋爱的犀牛》自1999年首演后又有过多个演出版本，甚至演到了首都剧场的大舞台。如今仍然常演不衰，成为蜂巢剧场的保留剧目，创造小剧场票房奇迹，同时也具有"造星"的能力。从1999版的主演郭涛、吴越，到2003版的段奕宏、郝蕾，2004版的王柠，再到2008版的张念骅、齐溪，2012版的刘畅、黄湘丽以及在剧中出演配角的李乃文、杨婷、廖凡、刘晓晔、赵红薇、王泷正……如今都已是影视中或舞台上耀眼的明星。每一任主演的"马路"和"明明"都各有特色。导演孟京辉评价说，郭涛质朴、有激情；吴越美丽、清新又带点儿神经质；段奕宏激情、狂暴，像子弹打进墙壁；郝蕾性感、不顾一切；王柠

飘逸、捉摸不定；张念骅有着"拉丁式"的眼神和强烈地奋不顾身；齐溪则怪异、内转腾挪般游走；刘畅和激情的极限做着挑战；黄湘丽则轻盈而美丽。

2012年8月7—12日，《恋爱的犀牛》在保利剧院以13年来的五版演员阵容完成它的千场纪念版演出。13年间，《恋爱的犀牛》在世界36个城市累计演出达1000场，巡演里程226800千米，观众人次达36.8万人。至今每年都安排演出。该剧还被翻译成英文、意大利文、罗马尼亚文、韩文，每年都在世界各地的剧团和民间剧社上演，更是全国高校剧团排演最多的一出戏。

《恋爱的犀牛》的成功促使孟京辉又导演了《盗版浮士德》，剧中借用浮士德的名义，把他作为一个符号，在"为中国当下的观众解开歌德的密码"的同时，"编造自己的一套新密码"。它立场鲜明，对资本主义的前世今生采取了批判的态度，大凡科学主义、殖民主义、文化霸权、体现着商业社会基本价值的电视文化、包括女权主义中国版的精英文化等，无不在冷嘲热讽之列。思想意趣上的纵横淋漓，结构谋篇上的不拘不羁，加之歌曲和现代舞的运用，使该剧达到了某种自由的境界。它不仅为创作者展示自己的思想提供了方便，也为舞台的形式表达提供了充足的空间。

《恋爱的犀牛》演出的成功，无疑鼓舞了那些热衷于实验戏剧创作、又被观众问题所困扰的戏剧人。这之后民营话剧团体不断涌现，除此前出现的牟森的"戏剧车间"、林兆华戏剧工作室、郑铮的"火狐狸剧社"、苏蕾的"星期六戏剧工作室"和上海的现代人剧社等外，又出现了李伯男导演工作室、戏逍堂话剧工坊、盟邦戏剧工坊、三拓旗剧团、龙马社、田沁鑫戏剧工作室、黄盈工作室、陈佩斯的大道文化公司等，创作演出的剧目也逐年增多，接连出现了《非常麻将》（李六乙编导）、《情感操练》（火狐狸剧社）、《切·格瓦拉》（黄纪苏等编导）、《玩偶》（程博峰编导）、《我不是李白》（盟邦戏剧工坊）、《有多少爱可以胡来》（戏逍堂）、《剩女郎》（李伯男）、《隐婚男女》（李伯男）、《托儿》（陈佩斯大道公司）、《圆明园》（张广天编导）、《单身公寓》（上海现代人剧社）、《花事如期》（龙马社）、《两只狗的生活意见》（孟京辉导演）等，其演出都收到了比较好的剧场效果，对新时期话剧

四　话剧、戏剧

的发展起到了推动作用。

《两只狗的生活意见》孟京辉戏剧工作室，刘平　摄

（作者系中国社会科学院文学所研究员）

《刘胡兰》:让英模戏生出艺术翅膀

刘 平

刘胡兰是一个英雄人物,以刘胡兰英雄事迹为题材创作的艺术作品很多,但是,写这样的英雄人物如何写出吸引人的艺术性?这是艺术家们一直在努力追求的创作目标。有的写英雄的戏,思想很积极、先进,但因为缺少艺术性,舞台演出却不感人;还有的戏不敢写矛盾,写不出鲜活的思想,照本宣科地"讲述好人好事",写不出英模人物活灵活现的个性和行为的深层意蕴,舞台上所展示的超不出新闻报道,甚至不如读报告文学感动人。这样的问题一直是写英模戏的一个"瓶颈"。在这方面,以刘胡兰英雄事迹创作的豫剧《铡刀下的红梅》是一个比较成功的案例。

豫剧《铡刀下的红梅》,是王红丽的河南小皇后豫剧团于2001年创作的剧目,至今已演出18年,年年演出,常演不衰。前不久笔者又看了这个戏,剧场里很多观众都是含着热泪看完这个戏的,演出结束掌声经久不息。感动之余我一直在想,是什么原因让这个戏具有了如此的剧场效果?那就是:创新——开掘主题立意,用艺术的手法塑造鲜明的人物形象,让"老故事"展现出"新风貌"。

《刘胡兰》的故事,上过小学的人都知道,"生的伟大,死的光荣"已经深入人心。那么,如何让这样一个家喻户晓、人人皆知的革命英雄故事在舞台上展现出新意,产生吸引人的艺术魅力?却不是一件容易的事。更何况此前已有描写这个故事的话剧和电影等多种艺术形式。

《铡刀下的红梅》的成功就在于,不是简单地展现英雄不畏牺牲的伟大壮举,而是贴着人物的情感写,写出了英雄的成长过程,把个人的生活遭遇与理想追求联系起来,凸显英雄的志气和品德的力量;把实现

四　话剧、戏剧

铡刀下的红梅

个人理想与解放劳苦民众联系起来，突出英雄的思想高度和信仰的力量；把坚守人性道德与残害无辜行为对立起来，揭露敌人的丑恶与无能，占领道德制高点，突出人性的力量。

一　把教科书的叙述形象化

要把教科书上记述刘胡兰英雄故事的文字写成一部大戏，难度是很大的。豫剧《铡刀下的红梅》的办法：一是把教科书的讲述形象化，增加艺术上的可看性；二是把英雄回归普通人，写出刘胡兰成长道路的情感发展，让人物接地气、更可信；三是从精神层面写出刘胡兰走向成熟的过程，突出英雄人物的独特个性。如敌人杀害村长石大川和妇救会主任玉嫂的场面，在教科书上就用几句话叙述，在剧中却用一场戏来展现，敌人的残害革命者的暴行就在刘胡兰的眼前进行，实际是为刘胡兰的成长奠定思想基础。看到自己平时敬佩的长辈惨死，刘胡兰的心灵产生一种"震憾"——其结果不是"被吓到"，而是革命的意志更坚定了——"庙里庙外两步路，生死之间一道沟。出庙时玉嫂牵我手，村长抚我头。顷刻间玉嫂献身护战友，村长热血为党流。……玉嫂啊——

《铡刀下的红梅》，刘平摄

你教我要为理想去奋斗，村长啊——你常说革命何须怕断头。胡兰紧跟英灵后，粉身碎骨不低头"。敌人指着革命者的尸体问她——

"刘胡兰，都看见了吧？是死是活，就看你的了。"

"好！我说，我说！"刘胡兰把村长石大川的台词唱了一遍："云州西村小延安，何惧阎匪逞凶残。共产党就在敌人面前站，八路军不日就要凯歌还。"这几句唱绝不是简单的"重复"，而是用行动向敌人表明了自己的态度——老村长怎么说我就怎么说，老村长怎么做我就怎么做——"我要继承烈士的遗志，同惨无人道的敌人斗争到底！"加上一句伴唱"八路军不日就要凯歌还"，形成一种强大的气势，表明了人民群众声援的力量，其寓意就是，"蒋匪军，你们蹦跶不了几天了！"观众一下就被剧中的气氛感染了，并引起他们对刘胡兰的担心，不知她怎样同敌人较量？能不能逃脱敌人的"魔掌"？

二　增加生活细节，丰富故事的趣味性

如何让刘胡兰的精神感动人，豫剧《铡刀下的红梅》的办法是：用生动的细节把刘胡兰的"伟大"用形象呈现在舞台上，去感染观众。该剧写革命者视死如归的坚定，也没有把敌人写成"草包""笨蛋"，

四　话剧、戏剧

《铡刀下的红梅》1

　　而是在"棋逢对手"的"较量"中见出胜负高下。

　　一听刘胡兰的"回答",大胡子连长暴跳如雷:"铡死她!"如果按照大胡子的思维,这件事很简单,管她是不是共产党,一刀铡了就完了。刘胡兰呢?也按教科书上所说,视死如归,大义凛然,英勇就义,革命烈士的形象就完成了。但编剧为了凸显本剧的艺术性,没有这样简单地处理,而是以敌人的"老谋深算"给剧情的发展设置了起伏跌宕的"一波三折"的情节,增添了该剧吸引人的艺术魅力。

　　随着一声"慢",特派员出现了。"我就不相信,刘胡兰小小的年纪,她会是共产党?!"她"充其量是受共党蛊惑,被八路军利用而已,这有什么说不清楚的"。他的办法与大胡子的粗鲁、莽撞不同,而是以"温和的"面孔出现,用甜言蜜语去"诱导"刘胡兰说出共产党的秘密,以软硬兼施的手段"笼络"人心达到他的目的。他先是以"自白转生"运动的"好处"苦口婆心地劝乡亲们:"自白转生运动,是拯救我们灵魂的运动,如果连一个孩子都拯救不了,乡亲们哪,岂不是辜负了阎司令长官,对我们的一片苦心了吗?"这样描写不仅表现了敌人如狐狸一般的狡猾,他们并非都如大胡子一样的"饭桶"无能;同时也增加了革命者的警觉力,让他们在同敌人的较量中长智慧,练胆量,认清敌人的伪善，坚定革命意志。面对敌人的软硬兼施的种种花招，刘胡兰开始可能还一下子摸不透敌人的用意，只是很警惕地防备着。但当特派员哄骗她说出共产党员县长顾长河的下落时，她立刻明白了敌人的用意，她暗下决心绝不上当，任凭你如何残暴，严刑拷打，绝不屈服。大庙审讯一场最典型。特派员不打不骂，心中却有着更恶毒的办法，让刘胡兰在数九寒天穿着单衣在庙外冻着。"你什么时候说出顾长河在哪里，你就可以回来"。刘胡兰坚定地说："我不会回来的！""不！你会回来的，我等着你"戏，就是这样"揪着"观众的心往下演，刘胡兰的命运就像一块石头"悬"在观众的心头。

刘胡兰虽然有着"不服输"的倔强性格，但是，在"雪似剑风如鞭""刺骨穿髓裂心寒"的恶劣天气中，穿着单衣的她很快就要被冻僵了，就在她快支撑不住的时候，她想到了妇救会主任玉嫂和村长石大川为保护乡亲们英勇牺牲的壮烈场面——"活，要像玉嫂村长那样去活""死，要像玉嫂村长那样去死"。她要接受党的考验。此时她的眼前又浮现出她带领儿童团员训练的场景，想到那次拿着一个"铜板"去向老支书交党费的经历，想到全村乡亲们的"期盼"和无声的支援。她咬牙坚持着。

在这场"较量"中，特派员的"输"和刘胡兰的"赢"，表面上的效果是显示了刘胡兰的韧性与顽强，暴露了敌人的阴险、残暴与无能，而背后却蕴含着深刻的寓意，"连个孩子都斗不过"，这是对特派员的"嘲笑"，也说明国民党所宣扬的一切"自白理论"的失败。这是人格的比拼，信仰的较量，也是人性的胜利！它留给观众的思考是，国民党的失败是必然的，因为他们没有人性，他们拥有大量武器和武装部队，不去跟八路军打仗，却在一个孩子面前"耍威风"，怎能不失去民心，被广大民众所唾弃?！而共产党、八路军从弱到强，一步步夺取胜利，就是因为他们处处为民众着想，背后有广大民众的支持。

这就是剧作家在这个戏中深入开掘刘胡兰英雄故事所产生的思想效果，它通过描述刘胡兰英勇就义的背后故事，不仅使刘胡兰的形象更鲜活，而且让刘胡兰的英雄故事闪烁出思想的光芒，把人物的行动升华为精神力量！

三 让英雄回归普通人，增强可信度

《铡刀下的红梅》之所以感人，还在于让英雄回归普通人，增加了可信度。以情感化反衬敌人的残暴，以人性批判反人性的行为，以人物的浓浓情感揭示斗争的残酷性，以此沟通历史上的英雄情怀与今天观众的情感渠道。比如一顶军帽、一块铜板、一个发卡和一根辫子等细节的设置与描写，就是从细微处突出了人物性格的成长过程。

一顶军帽，写清了刘胡兰与共产党领导顾长河的关系，而敌人也是从这顶军帽发现了刘胡兰与顾长河的关系，并开始对刘胡兰的审讯的。

一块铜板，表达了刘胡兰从小就心向共产党，拿着一块铜板去交党费，想早日成为共产党员的革命理想。

一个发卡，写透了刘胡兰与妹妹爱兰子的姐妹情，让人看了禁不住热泪盈眶。因为妹妹帮助刘胡兰赶走了"来相亲"的小男人，刘胡兰想奖励妹妹一个发卡。结果却让假扮货郎的汉奸溜进了村，险些耽误大事。因此她恨这个发卡，让妹妹丢掉，妹妹开始舍不得，后来又含着泪去踩发卡。把姐妹俩真实的情感写得活灵活现，与观众的感情产生了交流。

一根辫子，写足了刘胡兰与奶奶的祖孙情；同时，也写出了刘胡兰干革命的坚强决心。县长顾长河说，参加革命的女同志留辫子，行军打仗不方便，要剪掉。开始刘胡兰舍不得，当她明白了参加革命就是要"把一切献给党"的道理，就义无反顾地表示："顾县长，放心吧！只要是党的需要，别说是一条辫子，就是要我的一腔血！我也会毫无保留地把它献给党！"

但这根辫子跟奶奶的关系，却产生过起伏跌宕的情感波澜。刘胡兰从不让奶奶剪辫子到主动让奶奶剪，既写出了刘胡兰与奶奶浓浓的祖孙情，也反映出刘胡兰为革命奉献一切的坚定信念。第一次是奶奶想剪刘胡兰的辫子，因为她自作主张退掉了婚事，奶奶认为是"这辫子"把她娇宠坏了，要剪掉，刘胡兰苦苦哀求奶奶不要剪。第二次是刘胡兰主动要奶奶剪辫子。那是特派员无法从刘胡兰的口中得到情报，就把奶奶抓来逼迫刘胡兰。在即将与奶奶"分别"之时，刘胡兰"拜

《铡刀下的红梅》2

托"奶奶三件事：一是，把那块铜板交给顾县长，作为自己的第一次党费；二是欠妹妹爱兰子一个"发卡"，请奶奶补上；三是求奶奶剪自己的辫子——"儿求奶奶把我的辫子剪，剪下来我的辫子奶奶你收藏。念儿把它贴在心上，就好像儿替奶奶抚胸膛。想儿把它捧在手掌，就如同儿陪奶奶拉家常。"写出了刘胡兰"视死如归"的心理准备与大无畏的革命精神。

而奶奶和刘胡兰临别前的大段唱腔也感人肺腑——"紧紧将儿怀中抱，滚滚热泪涌如潮。我的兰子啊奶奶的好宝宝，儿受折磨如同把奶奶的五脏掏。""好奶奶，亲奶奶，莫痛哭，莫嚎啕。豺狼在嚎叫魔鬼在狞笑，咱祖孙有泪、可不能在敌人的面前抛。"

这样写，作为人物成长的"典型环境"的一部分，既突出了人物性格成长的合理性与真实性，又以"接地气"的"人之常情"让观众动容，增加了该剧的动人效果和可看性。这样写，就超出了英雄人物戏剧的描写范式，通过人物的心理矛盾和情感冲突展现英雄人物成长的细节真实，让"老故事"展现"新风貌"，进而完成人物高尚行为的精神升华，并增加了吸引人的艺术魅力。该剧连演18年不衰就是充分说明了这一点，它确实是英模戏创作的一个比较成功的典范。

四　话剧、戏剧

《铡刀下的红梅》3

（作者系中国社会科学院文学所研究员）

《红岩魂》:塑造可亲可敬的英雄形象

刘 平

在众多以经典小说《红岩》为题材创作的艺术作品中,重庆话剧院2018年首演的话剧《红岩魂》是一部具有独特艺术特点的作品。

红岩魂

话剧《红岩魂》(编剧王宏亮,导演梁东华)是在几年前红岩联线厉华创作的《红岩魂形象报告剧》的基础上创作的,但两者之间有很大的不同。《红岩魂形象报告剧》旨在按照历史的真实记录红岩革命烈士在对敌斗争中可歌可泣的事迹,在全国已演出两千多场。话剧《红

四 话剧、戏剧

岩魂》则是艺术地讲述红岩革命烈士的感人故事，塑造鲜明生动、血肉丰满的红岩革命烈士的形象。它与原"报告剧"最大的不同是，在艺术的真实中，在红岩革命烈士的感人事迹的基础上，突出了革命烈士的理想信念和精神追求的内容，让红岩革命烈士艺术化地走进观众的心灵。

话剧《红岩魂》以"11·27"——那场发生在重庆歌乐山上惨绝人寰的大屠杀为历史背景，以革命烈士陈然、刘国鋕、王朴、小萝卜头、江竹筠等在狱中坚贞不屈斗争的典型事例，铺陈戏剧情节，以艺术的手法开掘人物心灵深处的心理与情感交织的闪光点，刻画人物性格，塑造有血有肉、可亲可敬、可信感人的光辉形象。剧中描写最动人的是王朴、刘国鋕、小萝卜头、江竹筠的艺术形象，表现了他们青春、热血、信仰和忠诚，真挚温情地展现了共产党人高尚的革命情怀和不朽的人格魅力，生动地诠释了伟大的红岩精神，让革命烈士的故事闪耀出理想和人性的光辉。同时，在讲述故事的过程中，逐步串起了"狱中八条"的形成过程，给人们提出了警示。

该剧的开场是大学生小周为完成毕业论文，在张爷爷的带领下一步步走进了红岩烈士的斗争生活。在创作方面的一大亮点是，以普通人的故事，写出接地气的情感，与观众的情感相沟通。在艺术手法上采用了对比的描写手法，以革命者信仰的坚定反衬叛变者的投机行为；以革命者的亲情反衬敌人的无情；以革命者的人性反衬敌人的兽性，给观众留下了深刻、鲜明的印象。

剧中王朴这个人物，在描写红岩题材的作品中很少被提及。他是一个富家子弟，其母金永华是重庆江北县首富。他因追求真理而参加革命工作，瞒着母亲加入中国共产党，担任重庆北区工委委员，成长为一名坚强的革命战士和优秀的领导者。剧中没有描写王朴的革命工作，而重点描写了他在被捕前同母亲和妻子的一次"团聚"。他的理想追求与思想境界是在与妻子褚群和母亲金永华的对话中体现的。

　　王朴：（有意义地）我想，等孩子出生后，他一定不用再过担惊受怕的日子了。

　　褚群：王朴，我和孩子在等你回家。

《红岩魂》中张爷爷与小周,重庆话剧院,刘平 摄

《红岩魂》中王朴与母亲和妻子,重庆话剧院,刘平 摄

王朴因叛徒出卖被捕,他在狱中与妻子有一段"心灵"对话:

四　话剧、戏剧

《红岩魂》中王朴与妻子，重庆话剧院，刘平　摄

　　王朴：小群，我想我回不去了，对不起，以后我不能陪在你和孩子身边了。

　　褚群：你说过，要带我和孩子去看看新中国，我们再也不分开。你说话不算话！

　　王朴：小群，原谅我不能兑现诺言，舍你们而去，当你们看到新中国的时候，便会明白我此时的心情。我不想让我们的孩子再去承受苦难，我想让所有的孩子，都能得到幸福。咱们的孩子好吗？

　　褚群：他已经会叫爸爸了。

　　王朴：真想抱抱他，他还没有见过我呢。儿子的名字，我想好了，就叫"继志"，继承的"继"，志向的"志"。小群，好好教育我们的孩子，让他长一身硬骨头，做一个对国家有用的人。

　　褚群：嗯……等儿子长大了，我要告诉他，他的爸爸，是个英雄。

　　王朴：亲爱的妻，莫要悲伤，答应我，一定要幸福，你还年轻，你的幸福就是我的幸福。

王朴对母亲金永华说：

　　王朴：娘，我永远记得您对我说的话，做一个对国家有用的人，现在儿子做到了。（金永华哭着点点头）娘，别哭，您的身体不好，儿子不想娘伤心。我的理想就要实现了，您应该高兴。娘，您要永远跟着学校走，继续支持学校，一刻也不要离开学校，弟弟妹妹也交给学校。

　　金永华：娘听你的，娘和弟妹们一定跟着学校走！

　　王朴：娘，我以后不能侍奉您了，大学毕业后，我忙着学校的事情，亏欠您太多，儿子不孝，让娘伤心，今生养育之恩，儿子来生再报。

　　（跪下磕头）

　　金永华：我的儿啊！

　　朴实的话语，表面上波澜不惊，却在人物内心涌动着汹涌的波涛，冲击着观众的心灵。母亲金永华表达对儿子"爱"的方式，不是"溺爱"，也不是"宠爱"，而是支持儿子的事业。只要儿子想干的事，她就支持。为儿子的学校捐款，为儿子办公司捐款。当儿子说需要2000两黄金为革命的武装斗争买武器时，她犹豫了，因为这是她家的全部家产。她"考虑了两天两夜，最终决定，变卖家产资助革命"。她盼着儿子的事业成功，早日回家团聚。中华人民共和国成立后，党组织要归还她的黄金，还要照顾王朴残疾的妹妹，金永华老人都拒绝了。她说："我把儿子交给党是应该的，现在享受特殊是不应该的；我变卖财产，奉献给革命是应该的，接受党组织归还的财产是不应该的；作为家属和子女继承烈士遗志是应该的，把王朴烈士的光环罩在头上作为资本向组织伸手是不应该的。"她是一位高尚无私的母亲，她以儿子为"良师"，申请加入了中国共产党。当这位老母亲在儿子的墓碑前背诵"入党誓词"时，观众真的被感动了。

　　刘国鋕也生长在经济富裕的家庭。其兄刘国鋕是商人，听说弟弟被捕心急如焚，去找徐远举求情，想花钱保释弟弟出狱。徐远举对他说："我真是搞不懂，你们刘家，有钱有地位，令弟张口革命闭口革命，他

· 369 ·

四　话剧、戏剧

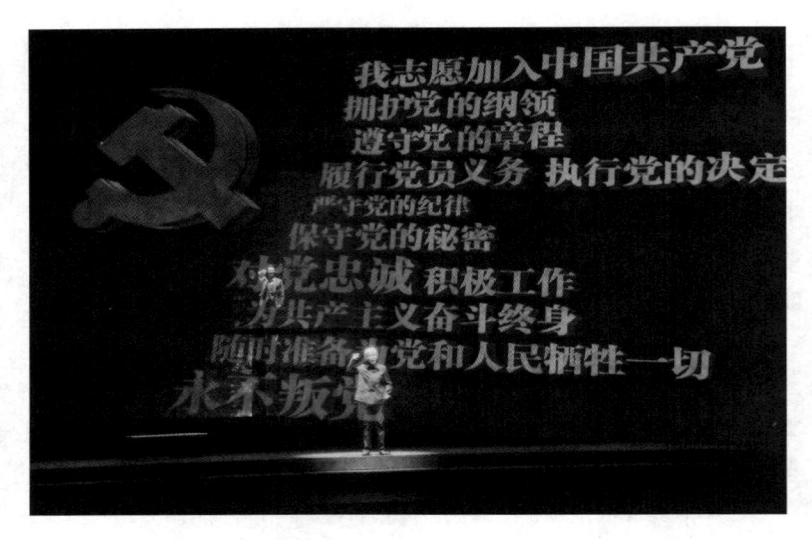

《红岩魂》母亲金永华在儿子王朴墓前宣誓，重庆话剧院，刘平　摄

到底要革谁的命？"刘国锜对弟弟的行为也不理解，他劝弟弟：

刘国锜：国鋕，把字签了，咱们一家团聚。全家人都在家里等着你呢！

刘国鋕：我真想跟你一起回家。我真想你们。要是有一天我走了，我没有别的遗憾，就是舍不得你们！

刘国锜：（楞怔）说了半天，你？

刘国鋕：哥，今后，只有你替我为妈尽孝了。

刘国锜：你不能走那条路！你不能……你不能！签字吧……哥求你了！（猛然跪下）

刘国鋕：（怔）五哥！

（刘国鋕去拉哥哥，刘国锜不起，刘国鋕也跪下）

刘国鋕：哥，你怎么可以给我下跪呢？该跪的是我，是我呀！我对不起你们，我连累了家里人。我让你们不得安宁，让你们痛苦。你骂我吧，你替妈打我吧！

刘国锜：国鋕，五哥一直宠你、疼你，什么事情都依着你。我们是亲兄弟，我们是家里的希望呀。妈不能没有你，哥不能没有你，我们家不能没有你！你怎么就那么死心眼呢？

　　刘国鋕：哥，我不是死心眼。我是为了我的理想。

　　……

　　刘国鋕：哥，即使我死了，只要理想还在，我就等于没死，要是为了活着，牺牲了理想，和死有什么分别？哥，给我寄一张全家福吧，以后想你们了，我就拿出来看看。

　　刘国鋕：五哥，你不要再管我，也不要再来了。告诉妈妈，儿子不孝！

　　革命者为了实现革命理想不能在母亲身边尽孝，他们为国尽忠而忍痛抛弃亲情，但是，当他们自责地说出"儿子不孝"时，却让观众的心灵感到一种被针扎的难受。他们的"不孝"不仅饱含了对母亲的深深的情感，而且更是对国家、民族的大"忠诚"！

　　小萝卜头也是剧中塑造的一个感人的形象。他从小跟父母亲生活在敌人的监狱里，没有见过外面的"世面"。一天，他陪母亲去看病才第一次走出监狱看到外面的世界，让他惊讶不已——"我看见好多人，他们穿的衣服五颜六色，好看极了。我还看见好多铺子，有卖书的铺子、做衣服的铺子、吃饭的铺子、卖杂货的铺子……"外面的世界是如此漂亮、热闹，可是他却不得不待在监狱里，他感到"这里一点都不好玩，有什么好待的？外面多好玩啊，自由自在"。为此，他放飞了自己心爱的"小蝴蝶"，他把自己的"梦想"寄托在"小蝴蝶"身上，去过自由自在的生活。王朴叔叔给了他一块糖，他从来没有吃过，"怎么还有这么好吃的糖！等我出去了，我要吃好多好多这样的糖！"他还有很多很多可爱的"梦想"——"好想现在就去看海……"就是这样一个天真烂漫的孩子，他有什么"罪"？可是敌人依然不放过，残忍地杀害了他。那一刻，观众的心真的无法平静。

　　江竹筠与徐远举的斗争，则是理想、信仰的斗争，也是意志的较量：

　　徐远举：江小姐，怎么样？我们再谈谈？

　　江竹筠：（虚弱地）徐远举，你不用枉费心机了。

　　徐远举：真是难以想象，你这样一位弱不禁风的女人，竟能承

四 话剧、戏剧

《红岩魂》中小萝卜头放飞的蝴蝶，重庆话剧院演出，刘平 摄

受男人未必能承受之痛，为了那点共党机密何苦呢？我徐某人也是怜香惜玉之人。

（江竹筠不理）江小姐，今天早上我得到消息，共军已经突破我白马山防线，直逼重庆。

江竹筠：真是遗憾，你的好日子没有几天了。

徐远举：可你今天还在我的手上，真是可惜。

江竹筠：今天坐牢的是我，而明天坐牢的一定是你！此时此刻，我满怀期待，而你则是惶惶不可终日。

徐远举：恐怕明天，你的尸骨早已被弃之荒野，与草木同朽了。

江竹筠：可我的灵魂不朽，而你，会永远和耻辱为伴。

江竹筠在凶恶的敌人面前坚强不屈，可是一想到年幼的儿子却忍不住"泪如雨下"：

云儿，妈妈和你生前没有再见的机会了。妈妈以后不能亲手抚育你、不能陪你一起长大了，是妈妈不好，妈妈对不起你。云儿，只希望你能健康幸福，好好读书，这是妈妈最后的希望。云儿，妈妈要和你说永别了，你要记住，你的妈妈是永远爱你的，儿子，我永远爱你！

革命者在监狱中，一方面同敌人进行不屈不挠的斗争，另一方面也在同叛徒做斗争，同时也在反思：党的组织为什么会遭到这样大的破坏？那么多优秀的同志为什么会遭到敌人逮捕？一个直接的原因就是党内出了叛徒，尤其是党的领导干部的投敌叛变。剧中江竹筠同叛徒涂孝文和刘国定的斗争就是这样的明证。

叛徒涂孝文是一级党组织的书记，是江竹筠的领导。他平时教育党员说得头头是道，但在实践中并不实行。这些人尽管组织上入了党，思想上并没有入党。一旦被捕就贪生怕死叛变投敌，为保全自己不惜牺牲同志，致使党组织遭到破坏。

王朴：党内的领导干部，虽然人数不多，可一旦他们出了问题，就会给党造成极大的破坏，整党整风、纯洁队伍势在必行！

陈然：王朴说得对！堡垒最容易从内部攻破，党遭受这么大的损失，是自己人打垮了自己。

因此，他们希望党吸取这样的教训，加强党的建设，保持党组织的纯洁。为此，他们总结出"八条"意见：

刘国鋕：（殷切地、谆谆地）我们的党已经取得了政权，一定要防止领导成员的腐化。

难友：要加强党内教育和实际斗争的锻炼。

难友：注意路线问题，不要从右跳到左。

陈然：不要理想主义，对上级也不要迷信。

难友：不能轻视敌人。

王朴：要重视党员，特别是领导干部的经济、恋爱和生活作风问题。

江竹筠：要严格进行整党整风，保持党的纯洁。

四　话剧、戏剧

难友：等重庆解放了，一定要惩办这些叛徒特务！

刘国鋕：现在有几条意见了？

陈然：八条！

刘国鋕：这是我们留给党，最后的八条意见……

《红岩魂》革命烈士牺牲前总结的"狱中八条"，重庆话剧院，刘平　摄

　　革命烈士留给党的"八条意见"，是红岩革命烈士们在严酷的斗争中的体验，是众多革命烈士的生命和鲜血换来的，也是他们在生命的最后时刻用血与泪凝结而成的。触目惊心、振聋发聩！即使在今天仍是力透纸背、充满警醒。它不断地叩问着今天过着幸福生活的人们：无数风华正茂、为理想和信仰而牺牲的革命者，把他们用鲜血换来的新时代交到我们手中，我们应该如何爱惜、如何建设、如何让这来之不易的幸福生活传之久远，让明天的新时代永葆青春、永不变色！

　　这一点正是该剧的独特之处，也是它在今天的舞台上出现的伟大的现实意义。它能感动千千万万的观众，正说明它作为现实主义艺术创作的巨大的艺术魅力。

　　该剧的成功，与导表演的倾情创造和舞台美术各方面的紧密配合密切相关。在表现形式上，该剧更加注重人物内心的开掘，把英雄人物还原于活生生的普通人,重点描写他们在普通的生活中所做出的不普通的、惊天动地的英雄壮举。在舞台呈现上,该剧改变过去革命题材的表现手法与形式,全剧没有一滴血,没有一声枪响,重在通过人物内心世界的塑造,将革命志士的家国情怀、坚如磐石的革命意志体现出来。打通英雄人物与观众的情感交流通道,让英雄走近观众,让观众走进英雄的内心世界,共同完成艺术审美的创造,通过塑造可亲可敬的人物形象体现出话剧创作吸引人的艺术魅力。

(作者系中国社会科学院文学研究所研究员)

五

电　影

《红孩子》的"英雄"叙事

陈 涛

作为一部经典的红色儿童电影,《红孩子》在一代人的记忆中书写了浓墨重彩的一笔。这部影片由长春电影制片厂摄制,苏里执导,陈克然、宁和、王和永等出演,于1958年上映。影片根据时佑平的小说《苏区小司令》改编,讲述了1934年红军北上抗日后,留在苏区的红军子弟苏保和小伙伴们与白匪军展开英勇斗争的故事。影片在1957年剧本创作时原名为《红色少年行》,后来才改成《红孩子》。这部作品在上映后好评如潮,片中的几位"红孩子"(苏保、细妹、虎崽、水生、金根、东伢子等)也成为那个时代英雄少年的经典形象。

今天重读这部影片,我们依然会被其明朗、生动、朴实、自然的风格所打动。然而,也有一些今天的观众对这部影片具有负面意见,例如豆瓣评论中有人觉得它"过于鼓吹阶级斗争",片中这些杀白匪的"红孩子"如同《闪闪的红星》中挥镰刀杀人的潘东子一样,令人觉得"有些恐怖","失去了童心和本真"。这样一种意见所针对的,其实并非只有《红孩子》,也包括《小兵张嘎》《鸡毛信》《闪闪的红星》《英雄小八路》等同时期其他一些红色经典儿童影片。那么,这样一部电影,究竟是"儿童"的还是"成人"的?当它在不同代际的观众中流转之时,应当如何评价它的艺术特色?针对这些问题,我们一方面将《红孩子》放在1949年后"儿童电影"的意识形态与文化语境中讨论,另一方面借由叙事学理论剖析影片所具有的"英雄"叙事模式。

从"苦儿流浪"到"社会主义新人"

要理解《红孩子》的"成人"色彩,就得回到中华人民共和国成

五 电影

红孩子

立后"儿童电影"的社会文化语境当中。1949年前后,少年儿童电影在主题和意识形态上发生了明显的变化:如果说1949年之前中国少儿电影最突出的主题是"苦儿流浪",那在中华人民共和国成立之后,电影的核心主题便转为"社会主义新人"的确立。1949年新旧时代交替之际,私营电影制片厂"昆仑"和"文华"曾分别拍过两部儿童片:"昆仑"拍摄的是根据张乐平漫画改编的《三毛流浪记》,而"文华"拍摄的则是取材于苏联作家班台莱耶夫小说的《表》。两部作品都是描写旧社会流浪的"苦儿"悲惨命运的电影。然而在1949—1953年期间,除了赵丹导演过一部《为孩子祝福》之外,儿童片创作基本上处于停滞状态,这引发了社会各界的不满。[①]

基于这种情况,从1953开始,在电影局的推动下,一大批优秀的少年儿童电影涌现出来,也塑造了大量深入人心的经典形象。这些影片中的代表作包括1954年的《鸡毛信》、1955年的《祖国的花朵》、1958年的《风筝》和《红孩子》,以及1963年的《小兵张嘎》和《宝葫芦

[①] 参见孟犁野《新中国十年电影艺术史稿》(1949—1959),中国电影出版社2003年版,第147页。

的秘密》、1964年的《小铃铛》等。这些影片主要以战争年代的苏区、战地与和平年代的学校、工矿等作为故事发生的场景,塑造在高度政治色彩的时代环境中迅速成长的"小英雄"形象。这些电影,强调新中国的儿童必须"经历锻炼成长"且"即将承担国家重任",因此将其"直接推向民族的解放和独立与国家的生产和建设空间,以成人作为儿童的模范"。也正因如此,电影中的儿童"逐渐以成人自居,很大程度上抹去了成人与儿童之间的心理特点与言行差异"。[1] 由此可见,中华人民共和国成立后十七年间的儿童电影,是政治意识形态重要的宣传工具。

这样一种电影创作的主流,同电影理论界的宣传和引导息息相关。例如,在1960年6月《电影艺术》上发表的《以共产主义思想教育儿童》一文中,作者秦榛旗帜鲜明地指出,在电影中"以什么思想教育少年儿童和下一代,这反映出一个国家的社会制度,也反映出电影创作着的世界",而"我们必须在影片中以共产主义思想教育儿童,塑造出具有共产主义精神品质的英雄人物,以作为儿童们学习的榜样"。在这样的理论指导下,儿童电影的创作逐渐形成了一种政治化、成人化、训育化的电影观念。而作为这样一种创作理念的典范性电影,《红孩子》和《鸡毛信》《地下少先队》《刘胡兰》等影片一起,被当时认为是正确而优秀的杰作。这些影片中小主人公往往被当成共产主义英雄来塑造,不仅坚毅果敢、斗志昂扬,而且爱憎分明、威武不屈,既能带领群众(尤其是小伙伴们)发动革命,又能在关键时刻挺身而出舍己救人。他们的行为或成就,甚至超越了很多成年英雄的银幕形象。

而《红孩子》的电影主题曲《共产主义儿童团团歌》,集中歌颂了这样一群"社会主义接班人"的"革命小英雄"。作为第二次国内革命战争时期中国共产主义儿童团的团歌,这首脍炙人口的歌曲激励了一代少年儿童的成长。它的曲调源于苏联少年先锋队队歌《燃烧吧,营火》,由乔羽作词、张棣昌作曲。随着电影的热映,这首《共产主义儿童团团歌》也传遍了中国大地;由歌词所演变的"我热爱中国共产党,热爱祖国,热爱人民,好好学习,好好锻炼,准备着:为共产主义事业

---

[1] 李道新:《空间的电影想象与想象的电影空间——新中国建立以来儿童电影的文化特质及其观念转型》,《当代电影》2011年第11期。

五 电影

贡献力量"！也成为中国少年先锋队的誓言。

"英雄" 叙事母题与结构

如果从叙事学的角度对《红孩子》进行更深一层的分析，我们便会发现，《红孩子》其实具有"英雄"故事的典型叙事模式，这体现在叙事母题、叙事结构和叙事时间等方面。

从叙事母题的角度来说，正如大量史诗和小说中的英雄故事，《红孩子》中最主要的母题便是英雄的"成长"。而围绕这一母题，电影在情节上安排了一些小的母题，包括磨难、寻找、复仇、死亡、胜利等。围绕这些母题，影片设置了丰富的细节，令情节的展开和事件的发生更为精彩。在大量中外史诗作品中，英雄的成长需要经历种种磨难和锻炼；与此类似，这部影片前半段一直在强调几个"红孩子"所遇到的挫折和坎坷，例如深山野林中迷路并遇到狼、食物和水都遭遇短缺、彼此之间发生争吵等。这些围绕"磨难"母题的细节设计，不仅增加了剧情的吸引力，而且令主人公们的"成长"变得更加可信。影片在后半段则突出了"复仇"和"革命"的母题，先是安排"红孩子"们先打流动哨而得了第一支枪，随后贴标语、打匪徒，在不同的战斗内容中不断成长，最终在深夜进入村庄救出李主席，最终取得胜利。然而不幸的是，东伢子在这个过程中牺牲了。这些具体情节的安排，都符合大量文艺作品中"英雄"叙事的母题特征。

而从叙事结构的角度来说，电影也符合"英雄"故事的情节结构。从影片开头苏维埃赤卫队上山后乡亲们被杀（起，上代英雄离开或去世），到"红孩子"成立"红色少年游击队"并缴获敌人枪支（承，主要英雄诞生与成长），再到李主席被捕后孩子们的沉寂（转，英雄磨难与受挫），到最后小英雄们深夜进入村庄救出李主席并取得最终胜利（合，英雄胜利与归来），电影基本上是按照经典"英雄"史诗故事的叙述模式，一步一步推进的。这样一种叙事结构，也令这部影片在情节上焕发出经典的魅力和光彩，因此成功吸引了大批儿童和成人观众。

除此之外，电影在叙事时间的时序、时距、频率等方面都包含了一些精妙的处理。例如，影片在"红孩子"们寻找红军的过程中不断拉长这一"时距"，以数个全景镜头拍摄几个主人公的"穿山越岭"，优美的自然风光和激昂的主题曲强化了这一过程中的抒情性，令观众得到一种情感上的共鸣与认同。再如，影片善于使用蒙太奇的手法来交代故事，一方面在平行叙述中凸显了正反两边人物的对比，另一方面也借由交叉蒙太奇表现了紧张刺激的战斗场面。这些手法和技巧，都显示出影片导演和编剧深厚的艺术功力。

历史的经典与记忆

这部红色儿童电影的经典意义，因为一些特殊的历史事件而得以强化。1958年2月14日，毛泽东主席参观了长春电影制片厂，不仅询问了影片创作生产情况，而且视察了几部电影的拍摄情况：他先到第六摄影棚观看了《红孩子》的摄制情况，随后到第一摄影棚观看了袁乃晨执导的影片《悬崖》的现场拍摄，并到混合录音室观看了戏曲艺术片《火焰山》的录音。在视察《红孩子》时，毛主席同小演员们一一握手，并留下了几张珍贵的照片，其中一张是他与饰演细妹的小演员宁和的合影，后来成为1950年5月《大众电影》的封面。这是毛主席唯一一次视察电影制片厂的经历。

许多年后，在2007年10月29日播出的中央电视台《流金岁月》节目现场，《红孩子》的几位主创人员回忆起这段难忘的经历，也透露了当时大量场景中"以虚带实"的拍摄方式。当毛主席在摄影棚里走了一圈后，指着一些油纸做的树叶和麻做的青草问："这场戏怎么不到实景中去拍呢？"导演苏里说："因为季节关系，所以在棚里搭了景。"影片中的几位"红孩子"，其实都是来自北京市的中小学生；拍摄完这部影片后，有的小演员继续在银幕上成就艺术人生（例如扮演苏保的陈克然继续出演了多部长春电影制片厂的作品），也有的小演员后来退居幕后（例如饰演细妹的宁和担任了科教片编导），有的小演员则再没拍过电影（例如扮演东伢子的关敬熙去了北京市一所中学当老师）等。当半个世纪过去，现在的青少年所崇拜的偶像早已不是当年的那群"红孩子"，但是在那个红色的年代，这样一群性格鲜明、充满理想的小伙伴，是属于一代人共同的童年记忆。

（作者系中国人民大学文学院副教授）

《青春之歌》:激进的生命与意志

田 泥

  1959年上映的《青春之歌》改编自杨沫同名长篇小说,由著名表演艺术家崔嵬与陈怀皑合作导演,是反映知识分子参加革命的电影,故事以九·一八到一二·九这一历史时期为背景,以学生运动为主线,成功地再现了30年代觉醒的知识分子为抗击日本帝国主义的侵略、拯救危难中的祖国所进行的顽强斗争。《青春之歌》作为"国庆十周年献礼片"被列入拍摄,由于周扬、陈荒煤等领导坚持由杨沫自己来改编、由北京电影制片厂来拍摄,1959年年初杨沫亲自把小说改编为电影文学剧本。北京市委第一书记彭真指示邓拓、杨述等领导"一定要用最好的胶片,把《青春之歌》拍好"。电影拍摄不到半年就告捷,并迅速火爆,堪称奇迹。陈毅看后激动地说:"什么是国际水平?这就是!"周恩来总理饶有兴致地看完此片后,把本来由陈伯达扣上的小资情调的帽子给掀了:"很真实,当年我们就是这么走上革命道路的呀。"当时影片24小时滚动播放,在中国引起了巨大反响,也受到了日本等国外观众的热烈欢迎。这部影片于2010年被中宣部教育部列入百部爱国主义优秀影片,至今仍然深具影响力。

  《青春之歌》刻画了众多栩栩如生的艺术形象,展示了激进时代发展中的生命形态与革命意志,表达了中华儿女的家国与民族情怀及革命热情。同时体现了50年代电影创作实践,即强调"家国同构""政治—道德一体化"等叙事策略,从国家、民族、历史、社会、个人多个层面为主流意识形态话语深入人心提供了多种有效的范式。电影固然延续着"五四"母题鲁迅式样的"娜拉走后怎样"、20世纪二三十年代流行的"革命+恋爱"模式,但更强调了林道静选择走上革命道路的

青春之歌

必然性：故事以林道静的思想变化作为主线，讲述她是怎么由一名小资产阶级知识分子逐步转变为一名无产阶级斗士的过程。当然，具体是以林道静先后与三个重点人物的交集来贯穿、辐射与推动整个故事情节，进而展示其成长轨迹与革命历程的。

第一关键人物"诗人兼骑士"余永泽出场。小资产阶级出生的林道静，母亲是佃户女儿，生下她不久被逼出家门，回到热河跳河自杀。林道静中学毕业后，父亲破产后离家出走，她被养母逼做党部委员胡梦安的姨太太，选择逃离家庭，投奔表哥不得，暂时栖身于学校，又遭到校长余敬唐的骚扰，走投无路时，在北戴河波涛汹涌的夜跳海自杀，关键时刻被来自北大学生余永泽（于是之饰）救下。余永泽多情有才学，家境殷实，在当地有钱有势，林道静对未来充满了希望。之后因不满校方对学生运动的态度，林道静愤而辞职，辗转来至北平。几经周折与磨难，两个有情人终于走到一起。但随着生活的激情消逝，她与丈夫的冲

五 电影

突逐渐成为显性矛盾。除夕夜余永泽冰冷地对待走投无路的佃户魏三大伯,而林道静因接济了魏三大伯,遭到了无情的斥责与嘲讽,燃起了两人冲突的导火索。面对现实的处境,余永泽主张"少谈主义,多做具体问题",为谋求未来的安稳,他处处钻营,只想保全自己,但林道静渴望独立自由,不甘平凡的生活,关心国事、有强烈爱国心,积极参加集会活动。而卢嘉川被余永泽逼出门被捕牺牲,成为了两人冲突的爆发点,林道静彻底认清了余永泽的自私自利,并与其彻底决裂。从此,林道静走上了一条极不平凡且充满危险和考验的革命之路。

第二关键人物卢嘉川(康泰饰)出场。北京大学学生领袖卢嘉川爽朗、潇洒、诚恳、机敏,是一个有革命追求的爱国者,他站在学生运动的前端,为了革命理想为了救祖国人民于受苦受难中,随时做好了牺牲奉献的准备。林道静在当教员的时候,邂逅共产党人卢嘉川,明晰了作为被压迫群体中的一员不仅要反抗,还要宣传爱国、唤起人心。之后林道静不屈服于苟且偷安的学校政策,压抑自己的爱国之情,离开北戴河来到北平,意外重逢了卢嘉川。卢嘉川开导她,"只有投身到集体斗争中去,把个人的命运和大众的命运联系在一起,才有出路"。林道静大量研读苏联社会主义时期的小说,随之思想有了大的进步,充满了对马克思主义的信仰。卢嘉川从初始的启蒙到重逢的精神开导,深化了林道静对于革命的理解。她上街游行,参加秘密集会,冒着生命危险帮卢嘉川保管秘密文件和传递信件。时刻牢记着卢嘉川的话:"革命的烈火是扑不灭的,共产主义像初生的太阳,一定会照遍全世界!"卢嘉川被捕后,她张贴卢嘉川藏在家里的标语,还邮寄传单到许多学校,根本没有顾及个人的安危。

第三关键人物江华(于洋饰)出场。从北平回到定县避难,当教员的林道静遇到了江华(北大的李孟瑜),林道静成长道路上的又一位引路人,在卢嘉川牺牲后担当起引领和教育林道静的责任。江华稳重有城府,踏实、有魄力、坚毅果决,他纠偏了林道静之前革命是知识分子事情的理解,认识到革命工作不能脱离劳动人民,工人与农民才是更广大的无产阶级所拥有革命的力量。在江华的引导下,林道静意识到"中国革命的基本问题就是农民的问题",并一道参与了发动与组织农民搞麦收斗争。

电影为了凸显共产党员的正面形象，抽离了小说中卢嘉川与林道静的情感戏份，也淡化了林道静与江华的爱情。如果说卢嘉川、江华引导林道静走上革命的道路，余永泽、胡梦安、戴愉、白莉萍等反派人物衬托出她投身革命的果敢与社会环境的恶劣，那么林红（秦怡饰）则让林道静真正体悟到一个女共产党人的坚贞不屈与高洁精神。被捕后的林道静在狱中严词拒绝了胡梦安的利诱，被敌人施以压杠子、灌辣椒水、铁条炮烙，直至昏死过去，决不投降。在患难中得到了难友林红的鼓励："一个革命者不要说是坐牢，哪怕牺牲自己的生命，他不但不觉的冤枉，而且觉得光荣。"林红在失去丈夫后，仍积极乐观组织反抗。在狱中纵然被迫害得遍体鳞伤，依然保持着乐观主义精神，她是革命之火的承继者，对革命充满坚定的信念。摄影的光打得清晰，而不是"高大全"的红光，拍出了林红的棱角感，展现了一个革命者的精神气节。在瞿希贤亲自创作改编的《五月的鲜花》合唱声中，林红走出牢房，踏着国际歌的节奏，义无反顾地走向刑场，充满了对敌人的蔑视与大义凛然。这一切更加激发了林道静对共产党员的崇高敬意。出狱后她继而成为中国共产党，参加抗日民族统一战线，继续领导学生运动。

电影有节奏地叙述了林道静思想历程三次大的转变，展现了林道静由一个小资产阶级的个人主义者，成为一名当之无愧的共产党、无产阶级斗士的全过程。其实，最初从原生家庭出走，林道静反抗的是包办婚姻（封建枷锁），到从与余永泽婚后的安然生活中出走（女性的独立），再到从乡下出走（革命的召唤），林道静从个人的反抗走向了群体抗争，从个人的奋斗走向了为伟大的共产党理想革命事业的奋斗，不仅彰显了旧社会知识女性由单纯的反叛旧社会秩序，脱离封建道德后走向哪里的问题，也指正了只有在共产主义的引导下，将个人的得失与为国家、民族、人民的解放的斗争结合起来，才能够实现女性的解放与独立自主。无疑，林道静的人物形象具有典型性，她的转变正是知识分子在新民主主义革命时期与抗日救亡时期前后，知识分子由追求个性解放到追求民族解放的过程，也是知识分子意识到只有在中国共产党的领导下，紧紧依靠广大群众，才能够打倒封建统治，实现民族解放和个人的独立自主。这里蕴含着对国民党反动派卖国政策的批判，也有对余永泽等个人主义知识分子的辛辣讽刺。

五 电影

　　《青春之歌》在艺术上做出了有效的探索，镜头语言一反50年代我国银幕镜头运用比较静止的习惯，大胆运用了许多推拉摇移和变焦镜头，除夕晚上白莉萍家运用很长的横移镜头，同时和着悲愤的救亡歌曲，凸显了年轻人的沉痛情绪。摄影师聂晶注重景物的选择为主题服务，影片的用光也很讲究。在拍摄中采取了若干度仰角的拍摄，显得正面人物形象"高大全"，尤其是对电影中的女主角林道静的特写，强烈的红光投射，刻意突出女英雄气概，尽显其高大上的特质，整个故事都透着激越的英气。还有就是光线对人物的倾斜，在电影有场林、余两人吵架的一组镜头里，对余永泽采用了底侧光布光，将人物的面部半明半暗上阴下亮，强化其卑鄙自私丑陋的心理。这样正反角色两者形成了强烈的对比。谢芳善于通过自己的眼神、表情准确地揭示人物细微的感情变化，电影更是将其眼睛弄得亮晶晶，体现了蜡烛和灯光的效果。在色彩运用上启用红色系列，林道静的腮红、唇红及红色毛衣都是中国革命的红。在陆绍阳看来"电影艺术家摸索出的'红光亮'、'敌远我近、敌暗我明、敌小我大、敌俯我仰'等拍摄手法，虽然是极刻板和教条的，但也为这根从废墟上生长出的'枝条'，增添了意外的光泽。"[①]

　　当然，《青春之歌》的创作模式有"三突出"的范式，即"在所有人物中突出正面人物来；在正面人物中突出主要英雄人物来；在主要英雄人物中突出最主要的即中心人物来"。其实，早在崔嵬拍《青春之歌》之前，他就为剧组定下了一个原则："林道静是戏中绝对的主角，一切要有利于刻画主人公的形象，一切让林道静听见，一切让林道静看见。"在崔嵬和陈怀皑的导演阐述中有这样一段："确定电影以林道静的命运为主要线索，有了总体的定向，情节选择和结构便围绕着林道静这个核心人物进行。如此，电影中的余永泽（自由主义知识分子）、卢嘉川（马克思主义理论导师）、江华（与工农结合的共产党实干家），就是对应着知识女性林道静成长发展的时期不同选择出场的标杆人物。而电影最后渲染着激进革命者林道静的英雄形象，诸如从庄严宣誓入党的林道静的近景镜头，切换到飘动的共产党党旗，又渐次叠化为无数面飞动的红旗，紧接着镜头切换为行进的队列中，中景里身着红毛衣的林

---

① 陆绍阳：《光影60年新中国电影成长史》，《学习时报》2009年7月6日。

道静,将一叠传单撒向人群。最后林道静、江华、王晓燕以及无数的北大师生走在游行队伍的最前列,他们率领着无数群众以雄辉的气势行进,镜头渐次推移为林道静的特写镜头。但不可否认,这部激荡人心弥漫着战火硝烟的气氛与高蹈的革命激情意志的电影,带有十七年电影的固化模式,存在有刻板的形象塑造,无论是静止的凝视镜头,还是移动的或迟缓或急促的镜头,有戏剧化的表演痕迹,甚至会让观众产生游离于外的感觉。

应该说,《青春之歌》是由印刷小说走向视觉的历史文本,具有革命浪漫主义情怀与时代气息及特质,紧紧贴合主流影片制作的潮流,围绕革命、解放、情感、人性、社会问题的交织,在个性化的想象与细节表达,以及以何种手法突破传统意义上的类型框架,自有其历史的局限性。《青春之歌》尽管有戏剧化程式化的动作与表情,但仍然真实呈现了一个女知识分子向共产党员转变的思想轨迹与生命轨迹。电影主要通过知识女性个人的命运来反映历史图景与社会环境,体现了家国情怀与民族同构的主题表达,展示了一场青春与革命的洗礼,具有多重意义:在电影里林道静是作为反抗的姿态与形态出现的,从反抗家长式样的封建专制家庭的束缚,争取婚姻自由到信仰共产主义,替劳苦大众反抗阶级压迫,再到在民族危机中对统治阶级的反叛,逐渐升级到更为高度的反抗。这有力地展现了一个女知识分子走向革命道路、成为坚定的共产党员的光辉历程。林道静的反抗既是个体的行为,又是群体革命力量的体现,具有民族史诗意义。而激荡着革命的青春,才是践行时代使命与实现价值的体现。从这个意义上来说,"追求理想与精神信仰并奔放着的青春",就是透过历史的缝隙,力求探究获得精神支柱和信仰支撑的青春。知识分子迸发出激进的革命意志与精神,支撑他们为了广大劳动人民、国家富强、民族振兴乃至人类的事业而担当。

《青春之歌》聚焦知识分子参与革命进程,塑造了知识分子群体形象,不仅反映了在阶级矛盾、民族矛盾空前尖锐的年代,知识分子的觉醒和分化,也诠释了知识分子介入社会现实的本土实践,在狂飙突进的年代,他们不仅参与革命,也体现出了多重身份的重合与激进的革命意志。这部明显带有十七年印迹的电影,高蹈着革命激情,主调是政治性的、无产阶级的、宣扬马克思主义的。诸如"打倒日本帝国主义!""打

五 电影

倒汉奸卖国贼！"这些激荡着属于20世纪30年代的声音，是知识分子青春与革命的撞击，也是中华民族的心声。走在时代前列的民国先进的知识分子，是中国最先接受马克思主义思想的实践者，他们以一腔热血救亡图存、敢为天下先，为广大无产阶级受难大众谋幸福，以青春以生命谱写了中国大地热血儿女拯救时代拯救中华民族的心曲。电影《青春之歌》无疑是革命经典的代表作，具有不可磨灭的精神内涵和艺术魅力，激励我们为了美丽中国梦，奏响新时代自我革命的青春之歌。

（作者系中国社会科学院文学研究所研究员）

《英雄儿女》的"崇高"风景

陈 涛

中国电影史上有很多经典的作品都表现了"崇高"的形象与情感,但如果只能选择其一,相信很多人脑海中都会浮现出这样一个画面:在抗击美帝国主义军队的朝鲜战争中,王成(刘世龙饰)为阻止敌军占领战略高地,准备携带炸药纵身跳入敌群。随着战场上的声音(枪声、爆炸声、冲杀声、炮火声等)沉寂下来,磅礴大气的音乐作为画外音逐渐增强,令这一场景具有了一种史诗般的雄壮之感。在交响乐声中,手持爆破筒越出战壕的王成挺身站立,仰拍的视角令其格外高大。王成背后射出的万丈霞光,从云层中透彻下来,形成神圣的光环。在脸部特写镜头中,露出视死如归的神情,最终为国捐躯。可以说,这组镜头创造出强烈的视听冲击力,充分表现出一种"崇高"的视听美学。

这一英雄牺牲的场景连同此前"为了胜利,向我开炮"的台词,塑造了中国电影史上最经典的英雄形象之一,感动了一代又一代的中国人。饰演王成的演员刘世龙,于不同时期的各式舞台上不断重复这一经典段落,每每都能引发共鸣与掌声;观众们虽然可能会认为这样一种极端戏剧化的表演方式同"现实"相去甚远,但依然被一种崇高而厚重的情感或气质所感染。这样一种"崇高"的美学,更是通过电影中的经典插曲《英雄赞歌》得以传承。在"红色歌曲"的歌单里,《英雄赞歌》似乎是必不可少的。在那一代人的青春记忆中,大多数的"红歌"都来自电影的插曲,例如1956年《上甘岭》的插曲《我的祖国》、1963年《冰山上的来客》的插曲《花儿为什么这样红》、1974年《闪闪的红星》的插曲《红星照我去战斗》、1965年《地道战》的插曲《毛主席的话记心上》、1978年《江姐》的插曲《红梅赞》、1979年

五　电影

英雄儿女

《小花》的插曲《绒花》等；而《英雄赞歌》则是这些歌曲中"崇高"感最为强烈的作品，其歌词用了大量气势磅礴的意象来比喻英雄的形象与气概："烽烟滚滚唱英雄，四面青山侧耳听。晴天响雷敲金鼓，大海扬波作和声……为什么战旗美如画，英雄的鲜血染红了它；为什么大地春常在，英雄的生命开鲜花……"这一歌曲同电影中以"特殊材料制成"、用毛泽东思想武装、打击美帝国主义霸权的王成形象相辅相成、"音画并行"，构成了红色经典文化中浓墨重彩的一笔。

　　因此，这部影片的重要价值，在于集中而深刻地体现了红色经典文化中"崇高"的美学特征。这样一种崇高性，一方面彰显了特定历史时期中国文艺的美学观，具有一定的时代化特质；另一方面也如同一条"血缘线"般联结了不同代际的中国观众，体现出强烈的民族性。就故事内容来说，《英雄儿女》是中国电影中"抗美援朝"题材影片的典范；而另一部可与之媲美的作品，便是1956年同样由长春电影制片厂出品的影片《上甘岭》。与沙蒙和林杉导演的《上甘岭》不同，《英雄儿女》并未以过多篇幅来描绘战场搏杀的残酷,也并不追求战争再现的写实风格,其叙事和表现则具有更多的浪漫主义色彩,并使用了大量的意象和具有诗意的画面。某种程度上来说,这部电影作为一部拍摄于"文化大革命"前夕(1964年)的作品,弱化了对战争本身的描绘,更强调对崇高的理想主义和自我牺牲精神赞美。

《英雄儿女》讲述了抗美援朝战场上一对"英雄兄妹"的故事:志愿军战士王成英勇牺牲后,他的妹妹王芳(刘尚娴饰)在政委王文清(田方饰)的帮助下坚持战斗,最终和养父王复标(周文彬饰)以及亲生父亲王文清在朝鲜战场上团圆的故事。这部影片是根据巴金1961年的小说《团圆》改编而成。抗美援朝战争期间,巴金曾两次亲赴朝鲜前线,生活和采访了近一年时间,并先后创作了一批小说和散文作品,《团圆》就是其中优秀的代表作之一。《团圆》在1961年第8期《上海文学》发表后,收到当时文化部主管电影的副部长夏衍的关注,并推荐给了电影局长陈荒煤;此后不久,长春电影制片厂便决定将其搬上银幕。

《团圆》这一小说大约2万字篇幅,以第一人称的视角,再现了朝鲜战场上一段感人故事:志愿军某师政委王文清当年在上海做地下工作,因被捕与女儿离散,来到朝鲜前线后,偶然发现军报的女记者王芳就是自己的亲生女儿,但没有急于认亲。后来王文清接待来自祖国的慰问团,见到了收养女儿的老工人王复标,由其说明缘由,并终于和女儿团聚。巴金的小说更多侧重于家庭关系,且缺乏战争中的戏剧化情节;这一点经由毛烽和武兆堤的编剧,强化了"王成"这一崇高的英雄人物形象。

从人物原型来说,"王成"这一形象拥有多重来源,如抱着炸药与美军同归于尽的志愿军特级战斗英雄杨根思、曾在战斗中呼喊"向我开炮"后被美军俘虏的志愿军战士蒋庆泉、"红山包"战斗中视死如归而壮烈牺牲的副指导员赵先友,等等。融合了多位战斗英雄的特质后,王成的人物形象从更大范围内代表了中国人民志愿军英雄的群体形象。这一成功的银幕形象,不仅成为新中国英雄谱系中重要而不可或缺的一个,也令《英雄儿女》被作为部队强调战士军纪的音像教材而广泛使用。《英雄儿女》在塑造战争场景的崇高感时,较为突出的一点是对于

五 电影

风景的再现。影片在开场并没有表现被残酷战争破坏的朝鲜，反而以近两分钟的空镜头（三个连续的慢摇镜头）展示了朝鲜在暮春时节的优美风光：群山叠翠，江水潺潺，盛放的金达莱遍布山野。电影在叙事过程中也多次穿插风景的空镜头，如在一个场景中仰拍晴朗的天空和巍峨的高山，镜头切换时变为俯拍的葱绿原野与蜿蜒流水，景物淡出后切换为政委王文清望向窗外沉思的背影。可见导演有意识地将优美的风景镜头穿插于残酷的战争中，并结合主人公的视角与心绪，表达了将士们对于美好和平生活的向往。

与此相对，电影虽然保留了对于战争场面的刻画，但大都略去了敌人倒下和死亡的镜头，也基本不用近景或特写去描写。可以说，影片有意识地将战争的残酷性降到最低，而以优美的自然景观来表达。这样一种方式，某种程度上是受到苏联同时期或更早的"诗电影"风格的影响：卡拉托佐夫导演的《雁南飞》（1957年）或邦达尔丘克导演的《一个人的遭遇》（1959年）等电影不仅借由白桦林、雁南飞、燕麦地等意象塑造了战场的美好风景，而且借由画面、音乐和光影的配合创造出浓郁的诗意风格。

这样一种诗意，在电影中集中体现在"英雄赞歌"这一高潮段落中。电影借由远景、中景、特写等镜头的娴熟组接，将青山、松柏等风景意象同以王芳为首的合唱团相互融合剪辑，尤其伴随着"风烟滚滚唱英雄，四面青山侧耳听"的歌声，将青山拟作观众，松柏象征战士的高洁品格。借助歌词"四面青山侧耳听"和"大海扬波作和声"，四周环境的风景成为中朝为保护朝鲜和平英勇斗争的荣耀见证；在这一见证下，"风烟滚滚唱英雄"所歌颂的英雄也并不仅仅指王成个人，而是志愿军集体。在第二次的主歌部分，电影又使用了联想蒙太奇，借由战士的神情叠化为王成在战场上浴血奋战的英雄形象；随即在回到合唱的场景时，又以蓝天、白云、青山等风景进行隐喻，塑造了具有强烈诗意特征的崇高美学。

"英雄赞歌"这一经典场景，经过多年再次出现在冯小刚导演的电影《芳华》中。在这部2017年上映的作品中，负伤的刘峰（黄轩饰）在布满伤员的战场上休息，目光呆滞，生无可恋；画外音诉说着他的心理状态："他渴望牺牲。只有牺牲了，他平凡的生命才可能被写成一个英雄故事，他的英雄故事可能会被谱成曲、填上词、写成歌，流行到一个女歌手的歌本上……"画面一转，切到刘峰所在的文工团在战争前线演出的场景，林丁丁和其他成员正在演唱《英雄赞歌》。战士们端坐整齐，合唱歌曲的副歌部分，绿树和炮筒环绕四周，夕阳为每一个人镀上了一层崇高的光辉。

　　细究起来，两者在战争事件或历史背景上并不相同。《芳华》所再现的是对越自卫反击战，而《英雄儿女》描写的则是朝鲜战争的故事；《英雄赞歌》所歌颂的英雄事迹并非来自刘峰（或对越自卫反击战），《芳华》电影旁白也就成为不可信（或暧昧）的叙述者。此外，两者所歌颂的"英雄"也具有很大的差别：与王成反抗美帝国主义、发扬爱国主义精神的英雄王成不同，刘峰是因为"犯了错误"而离开文工团，在战场上又只想结束生命，成为英雄的目的也只是为了私人情感。因此，《芳华》在解构"崇高化"战争话语的同时，以更为平凡的个人主义质疑了"英雄"的传统定义。

　　然而从艺术手法来说，《芳华》在场景的设置、镜头的调度、演员的表演、镜头的运动、服装化妆道具等各方面都表达了对于《英雄儿女》的致敬，因此在艺术手法和风格上保留了"崇高"美学的诸元素。观众也能够从叠化的方式、交响化的音乐、刚毅的动作，尤其是风景的再现等方面感受到20世纪五六十年代中国"英雄主义"影片中蕴含的崇高美学与情感。《芳华》作为一首强调"怀旧"情结的"青春之歌"，表达了我们在今天重读经典的方式之一：无论"经典"的主题内容和政治话语发生了怎样的变化，其艺术美学与手法依然能够被新一代的观众和读者所传承和欣赏。而在中国式"崇高"美学谱系的建构方面，《英雄儿女》无疑占有重要的一席之地。

（作者系中国人民大学文学院副教授）

为什么《烈火中永生》是一部"好看"的电影

陈 涛

电影《烈火中永生》由水华执导,赵丹、于蓝等主演,于 1965 年上映。影片根据罗广斌、杨益言所著的红色经典小说《红岩》改编而成,以许云峰、江姐的斗争活动为中心,表现了艰难的地下革命和严酷的狱中斗争,歌颂了身陷囹圄的共产党人坚贞不屈的革命信念和献身精神。影片塑造了江姐、许云峰、华子良、小萝卜头、双枪老太婆等令人难忘的角色,至今仍被不同代际的观众津津乐道。

作为 20 世纪 60 年代红色经典影片的高峰之作,《烈火中永生》塑造了浮雕般的中国共产党革命者的群像。全片洋溢着视死如归的英雄主义气概,其蕴含的革命牺牲精神、乐观主义精神已经熔铸为中华民族的精神财富。我们在今天重读这部经典的红色影片,除了依然能够被这样一种革命精神所感召之外,也会深深折服于它在叙事和影像方面的吸引力。某种程度上来说,正是由于它非常"好看",所以才具有了跨越时代、经久不衰的艺术魅力。尤其,我们在革命故事和英雄主义的主题之下,能清晰地发现它的类型化特征;也正是这些类型化的电影元素,才令其成为一部"好看"的作品。

英雄传奇与谍战元素

《红岩》作为当代文学中一部优秀的革命英雄主义长篇小说,在情节和人物上一方面继承了中国古代侠义小说中的文化遗产,另一方面借鉴了西方游侠传奇的叙事要素。从身份上来说,虽然《红岩》或《烈火中永生》中的革命英雄们大都是共产党员,同古代侠义小说或西方游侠传奇所塑造的民间侠客有所不同。然而江姐、许云峰、华子良、双

为什么《烈火中永生》是一部"好看"的电影

烈火中永生

枪老太婆、小萝卜头等形象都充满了民间文学式的传奇色彩和瑰丽想象，不仅性格鲜明突出，而且往往身怀绝技。这些熠熠生辉的角色大都有真实的人物原型，如华子良的原型人物是山东阳谷人韩子栋、小萝卜头的原型人物是革命烈士宋绮云和徐林侠的幼子宋振中、双枪老太婆的原型人物是川东华蓥山游击纵队的创建者与领导者之一陈联诗，等等。然而，这些原型人物的生平事迹同电影（或小说）的戏剧化和浪漫化之间具有一定的张力，电影（火小说）将更多的传奇性赋予了这些角色，如电影中双枪老太婆是顶级的神枪手，对敌的时候基本上百发百中，尤其一枪击毙叛徒甫志高，令很多观众拍手叫好。类似于这样的人物和情节设计，都为小说或电影增添了浪漫化的传奇色彩。

与此同时，电影在叙事和表现上具有很多"谍战"类型片的典型技巧，尤其在表现敌我双方斗智斗勇的谍战情节时，充分发挥了电影视觉和听觉表现的长处，用以表现敌我双方斗智斗勇的紧张感，令电影的

· 397 ·

五 电影

可看性变得更强。此外，在表现渣滓洞中反动派对江姐的残酷拷打与折磨时，电影巨细靡遗地描述了不同种类的刑罚方式，尤其以大量特写展示了刑具的样子和行刑的过程，令观众有了更为直观而真切的感受，由此也更加钦佩江姐"钢铁一般的意志"。而在电影后半段对狱中抗争的叙述和描写中，作品一方面不断使用平行蒙太奇来突出监狱内外的世界，以令观众不断期待最终"越狱"的结局；另一方面又以交叉蒙太奇来表现秘密信件（尤其是由许云峰传递给江姐）的过程，制造了紧张和刺激的观影效果。可以说，影片中大量的叙事技巧和视听语言，都借鉴了悬疑片和谍战片的元素，增加了影片的可看性与吸引力。

而这样一些叙事和表现手法，又影响了后来的大量的国产谍战题材影视作品。从《保密局的枪声》《特殊身份的警察》到《风声》《听风者》，从《潜伏》《麻雀》到《胭脂》《面具》，谍战已经成为重要的影视题材和类型。在这些作品中，无论是对于英雄形象的光影塑造、传递或捕获信息的手法，还是敌我之间谍战节奏的营造、对于逼供刑罚的描摹等，都能够在《烈火中永生》里找到灵感和影子。

实际上，《烈火中永生》只是新中国成立后十七年电影中"谍战片"或"反特片"谱系的代表作之一。在1949—1966年的十七年间，新中国出品了三十几部反特片或谍战片，这些影片大都由"八一""长春""珠江"等电影制片厂出品，所反映的题材可按照历史背景大致分为四类：第一类是讲述革命战争年代，我党人员潜伏到敌人内部，里应外合战胜敌人的故事，例如1958年的作品《古刹钟声》等；第二类是表现新中国建立前夕和建立初期，我党与国民党残余军队和匪徒展开斗争的故事，例如《烈火中永生》或1958年的《英雄虎胆》等；第三类则是反映抗美援朝时期，我党与美蒋派遣的特务展开斗争以保证抗美援朝顺利进行的影片，例如1960年的影片《铁道卫士》等；第四类是叙述和平建设年代，公安部门与国（境）内外窃取情报、搞破坏的敌特展开针锋相对斗争的故事，例如1965年的电影《秘密图纸》等。这些影片在叙事模式和表现手法上都具有类型化的特征，但情节惊险曲折，具有很强的可看性，也深受观众的喜爱。

诗意化的剪辑与场面调度

谍战元素的类型化特征以及英雄传奇的叙事模式，只是《烈火中永生》这部电影"好看"的部分原因。在场面调度和剪辑方面，这部电影延续了水华导演个人化的诗意风格，并在艺术上展现出完整、流畅和朴素的特征。

在场景的选择方面，影片采用了室内（摄影棚）和室外（自然）两类不同的场景，其中室内场景在光影上具有很强的造型性，而室外场景则更多表现出一种自然化和诗意化。在室内场景的打光方面，电影可谓精雕细琢，如在表现徐鹏飞的邪恶而锐利的眼神时只打亮了他上半部的脸庞，这样一种源自黑色电影的布光一方面突出了演员的眼睛，另一方面也隐喻了其分裂而阴森的性格；在表现江姐受刑的一场戏中，主光源并不是两旁熊熊燃烧的火焰，而是位于江姐头顶的灯光，这样一种布光一方面勾勒出江姐身体和脸庞的轮廓，另一方面也营造出一种常见于西方绘画中耶稣受难的神圣感，增加了画面的艺术感染力。

而在室内场景的调度方面，电影安排了咖啡厅、报社、茶馆、渡轮等不同的室内空间来传递信息，这一方面增加了场景的丰富性，另一方面也将大量市井元素融于其中。尤其，不同场景中的声音——诸如街道上卖报童的吆喝声、独轮上游客背负行李的喘息声、茶馆里倒茶的声音和擦皮鞋声等，不仅营造了更为真实可信的环境，而且彰显了市井和底层的特征，同国民党官员奢华的西式生活空间（及其喝洋酒抽香烟的西式生活方式）形成了对比。此外，水华导演非常善于利用摇臂镜头配合演员的精准走位，不仅令每一场戏都准确而完整地表达出戏剧冲突和张力，而且有效烘托出场景氛围和情感效果。

而在室外的场景中，电影往往以运动的空镜头表现巍峨的群山、青翠的树林、奔流的江水等自然意象，并将这些镜头同人物沉思中的脸庞进行叠化或交融，起到情景交融、境由心生的效果。尤其在长江三峡渡轮上的一场戏，电影用了大量镜头拍摄三峡秀美的风光，观众通过颠簸的画面能够看到江面的帆船、两旁的青山和层叠的白云——这样的"闲来之笔"虽然似乎同主线剧情或内容关系不大，但却透露出主人公（及导演）对于祖国山河的热爱之情。随即，江姐聊到了她的丈夫和孩

五 电影

子，此时山水的空镜头和抒情的音乐似乎点明了个人"小家"与祖国"大家"之间相互依存、荣辱与共的关系。而作为这一渡轮的场景同下一个客车场景的过渡，镜头先是切到滚滚向前的江水上，继而又叠化为客车滚滚向前的车轮——这样一种以镜头来连缀和匹配"流动性"的剪辑方式，不仅在视觉上营造出流畅而连贯的匹配效果，而且象征了革命浪潮滚滚向前并终将胜利的态势。

可以说，在《烈火中永生》这部电影里，无论是光影方面的造型特征、场面调度的运动张力，还是自然风光的情景交融、充满隐喻色彩的蒙太奇，都彰显了整部作品的诗意化特征。而这样一种诗意，这也是水华导演的作品一以贯之的风格。

从世俗爱情到革命情谊

如果我们将《烈火中永生》同《红岩》进行比较，便会发现电影对于原小说中大量的细节都进行了删减。其中在人物方面，《红岩》中的知识分子党员刘思扬本来是仅次于江姐和许云峰的角色——小说不仅依靠他的经历将场景从前半部的渣滓洞过渡到后半部的白公馆，而且从他的视角进行和铺展一些重要的故事与情节。而随着小说《红岩》的情节推进和矛盾冲突加剧，这一人物不断积累斗争经验，最终完成了从资产阶级富家子弟到一个合格革命者的成长历程。然而，在电影摄制的1964年，由于意识形态管控的日益严厉，电影删去了这一具有部分"小资情调"的人物形象，认为其性格中"懦弱"和"易动摇"的特质同影片所要歌颂的英雄人物格格不入。而这一人物同《青春之歌》中的林道静还有所不同：刘思扬没有林道静"黑骨头白骨头"的两重出生，无法改变自己的阶级血缘，因此"即便他在行动上是革命的，电影也不会让他成为非无产阶级身份的英雄"。①

除此之外，小说《红岩》中有五对主人公是恋人或夫妻，他（她）们分别是彭松涛和江姐、华子良和双枪老太婆、刘思扬和孙明霞。而电影《烈火中永生》只突出了江姐和双枪老太婆这两个坚持革命的寡妇，

---

① 陈由歆：《退出银幕的知识分子形象——以〈烈火中永生〉为例谈"十七年"电影范式》，《电影文学》2012年第11期。

并且丝毫没有表现或渲染夫妻之间的世俗情感。当江姐得知了丈夫被杀害的消息，双枪老太婆安慰她"孤儿寡母照样闹革命"，显示了革命高于一切的价值观。从 20 世纪二三十年代"革命＋恋爱"的左翼文学到十七年时期以"革命情谊"取代"世俗爱情"，这样一种情感话语的变化，明显地体现在《烈火中永生》对男女关系的处理上。电影中的双枪老太婆与伪装成疯子的华子良本是夫妻，但当她得知丈夫尚在人间时，说了一句"真想马上见到他"，然而随即就表示"不，还是等全国解放的那一天吧"，此时电影镜头从她的中景迅速转向了旁边的众游击队员。而待到影片结尾处，胜利后的夫妻俩终于相见，双枪老太婆和华子良两人也只是相互握手，这同其他革命同志并无二致。可以说，无论是刘思扬这一知识分子形象的删除，还是革命情谊取代世俗爱情，电影中大量区别于原小说的改编方式，都反映了特殊历史背景下意识形态和话语机制的强大作用。

　　因此，借由《烈火中永生》这样一部英雄主义的"谍战片"，我们既能够看到中国式类型电影的大众属性，又体现了特定历史语境下的意识形态特征。而这样红色经典影片在内容、形式、风格和美学方面的这样一种复杂性，也为我们提供了一读再读的契机。

（作者系中国人民大学文学院副教授）

《闪闪的红星》:"红色"意蕴与奇观

陈 涛

《闪闪的红星》是由八一电影制片厂摄制的一部儿童题材的红色影片,于1974年10月1日上映。该片根据李心田同名小说集体改编,王愿坚、陆柱国执笔,李昂、李俊执导,祝新运、赵汝平、刘继忠等主演。电影讲述了20世纪30年代艰难困苦的环境中,少年潘冬子在党和前辈的教育、帮助下逐渐成长为革命小英雄的故事。

对于这样一部经典的红色电影,我们在"重读"时,除却主题和叙事等层面的内容,更应当关注其形式和美学方面的特征。"红色经典"之所以经典,不仅在于内容和意识形态方面的引导性价值,而且同其艺术语汇和美学风格密不可分。尤其是对于"文化大革命"时期的文艺作品来说,我们往往会以"三突出""高大全""双结合"等典型概念进行刻板化评价,然而其艺术语汇往往包含了更为复杂的特质。正是基于这一观点,本文从"红色"这一形式出发,重读这一经典影片所包含的丰富美学意蕴。

"红色"的意蕴

作为一种极富表现力的视觉语言,色彩在电影中具有十分重要的作用。"文化大革命"时期故事片中的色彩往往兼具现实与象征的双重作用:一方面,这些影片通过色彩来表现秀丽竹林、苍茫群山、辽阔大漠、丰收盛景,以一种真实性的方式呈现人民生活;另一方面,电影也会用一种形式主义的方式来运用色彩,有选择性地采取不同色彩、光影甚至色调,来彰显特定造型、传达象征意义,甚至构成影片整体视觉风

闪闪的红星

格。《闪闪的红星》也不例外。在影片中，江西竹林青翠的绿色、当地民居砖瓦的青色、土豪胡汉三衣衫的黑色等鲜明的色彩都令观众留下了印象，然而支撑起整部电影灵魂的还是红色。影片中众多红色的衣饰与道具（例如红领巾、红袖章、红衣衫、红领徽、红色的党旗以及漫山遍野的映山红等），具有强烈的造型和表现作用。尤其是片名中突出强调的"红星"，作为影片的核心意象，成为感召和引领主人公不断进步的动力和目标，而电影主题曲《红星歌》的歌词也清晰地点明了这一核心意象的象征意义。

除却造型和象征作用，"红色"在影片中也表达了强烈的抒情意味。电影借由色彩的运用，令画面点染成深远的意境，并具有强烈的情感色彩。例如，核心意象"闪闪的红星"不仅隐喻了革命、正义和希望，而且寄托了少年主人公对红军父亲的思念和追随革命的信念。尤其在"小小竹排江中游"这一经典场景中，坐在竹排上的潘冬子小心翼

五　电影

翼地取出用油纸包着的红星，阳光下的红星闪着璀璨的光芒，同波光粼粼的江面相互辉映，表达出画外音歌曲中"红星闪闪亮，照我去战斗"的歌词意境。碧波、青山、翠竹、红星构成了诗意的画面，与优美的旋律和歌声相配合，共同表现出强烈的抒情色彩。

此外，漫山遍野的映山红不仅彰显了春天的季节（及其所隐喻的革命胜利之意涵），而且作为红军归来的场景发生地，配合主题曲共同营造和烘托出一种欣欣向荣、蓬勃向上的气氛和精神。值得一提的是，电影中前后两次出现的"映山红"场景在视听表现上具有差异性：前一次是潘冬子想象中的画面，作为画外音的歌声来自童声齐唱，音乐节奏较为欢快，画面则以冬子的脸部特写为主；后一次是现实中的画面，已经加入红军的冬子身着军装，同父亲和其他战士走在一起，歌声则由童声引入，继而以男女声合唱为主，音乐风格也从节奏感变为抒情性，配合交响乐器传达出一种壮阔宏伟的史诗感。

作为"文化大革命"时期的一部"样板"式影片，《闪闪的红星》在"抒情性"和"三突出"之间进行了很好的平衡。根据导演李俊的回忆，影片一方面"不可能不受到'三突出'的影响"，大量情节（包括小小竹排、米店、母亲牺牲等）都是为了突出潘冬子这一主要英雄人物形象；另一方面，影片试图将"好的镜头、好的光线、好的色彩"同人物塑造相结合，因此"画面尽量拍得美一些"。① 正是这样一种在"抒情性"风格和"三突出"情节之间平衡的做法，为这部影片赋予了一种独特而崇高的美感，也令其具有了更为深远的影响力。

"全红"的奇观

在这部影片中，"红色"不仅具有表现、抒情和象征的作用，而且在几个重要场景中构成了视觉上的整体色调，有意识地凸显了一种"全红"奇观。这样一种"全红"视觉效果的达成，不仅源于色彩和光影的配合，而且需要借助红色滤镜完成。

在冬子妈妈入党的影片段落中，整个房间都充盈着暖红色的光辉：一方面，导演将墙上悬挂的红色党旗作为画面中最重要的色彩构成，传

---

① 李俊、狄翟：《〈闪闪的红星〉：文革故事影片的"样板"》，《电影艺术》1994年第6期。

达了强烈的视觉冲击;另一方面,这一场景设置了两个重要的红色光源:一个是党旗背后窗口照射进来的主光源,另一个是从侧面窗户照射进来的红色线性光。在这里,电影大胆地借鉴了黑色电影中"百叶窗"式的线性侧光,并创造性地将其转化为红色,令场景中三个人物的脸呈现出一种立体感。红色布景、道具和灯光的配合,令场景中的一切都"沐浴在党的红色光辉下"。而演员的位置也是经过精心设计的:三人中只有潘冬子的脸是朝向主光源的,因此红色照亮了他全部的面庞,也符合"三突出"的人物塑造原则。

紧接着,当吴修竹开始讲述"从今以后,又是毛主席领导我们的党,指挥我们的红军"时,伴随着画外音《东方红》旋律的悠然响起,窗外透入的红色光芒变得更强,冬子和妈妈也在红光之中深情而充满希望地呼唤:"毛主席!"此时,在下一个镜头中,伴着画外音旋律的渐强与激昂,画面中出现了一轮盈盈升起的红日,呼应了"东方红,太阳升,中国出了个毛泽东"的歌词内容。这一镜头加入了鲜明饱和的红色滤镜,令画面成为一种"全红"的奇观。这一"全红"的画面,并非再现该场景窗外的现实景象,而是具有强烈的象征意涵,或者说,从前一镜头中的红光到后一镜头的红日,任何自然的光源都无法提供如此纯正和完全的"红色"。这一"全红"奇观在20世纪70年代的其他一些电影中也有类似的体现,例如1975年的《海霞》在开头和结尾处的沙滩都加了红色滤镜,令其具有了强烈的情感色彩和象征意味;而1979年的《小花》在片尾出现了长达四分钟的"全红"画面,整个战斗场景都用以红色滤镜进行渲染。这些场景不仅将红色作为基本色调和光调,而且运用滤镜将整个画面处理为"全红",彰显了这些影片强烈的形式主义风格,也从某种程度上呼应了"祖国山河一片红"这一"文化大革命"时期的经典话语。

这样一种"全红"奇观的塑造,同中华人民共和国成立后胶片和染印技术的更新与突破密不可分。自从1953年新中国第一部彩色影片《梁山伯与祝英台》制作完成,我国的彩色胶片经历了从国外引进到自主研发的过程,而彩色电影生产技术的突破同其他工业、军事领域的技术革新一样,被纳入"自力更生"的语境中,成为民族自豪感的源泉。因此从某种程度上来说,同影片《第二个春天》中造出"争气船"、

五　电影

《火红的年代》炼出"争气钢"一样,新中国影片中色彩(尤其是红色)所体现出的"自力更生"的民族自豪感,是彩色片本身所具有的重要象征意义。① 然而事实上,正如建国后的其他一些影片(《渡江侦察记》《平原游击队》《青松岭》等),《闪闪的红星》并未采用国产胶片,而是使用了进口的美国柯达公司的伊斯曼胶片,这主要是考虑到其更好的显色能力。正因如此,观众不仅能够看到"全红"的奇观,而且发现影片在色彩上具有高饱和性和高对比度的特征——于是绿水、青山、红星、蓝天等意象变得更加鲜明突出,电影镜头也处处表现出一种"如画"的视觉效果。这样一种使用进口胶片的做法,似乎脱离了民族主义的诉求,却体现出当时审美主义或美学追求的重要性,从侧面说明了色彩对于当时艺术创作和文化宣传的作用。

"火红"的情状

本片中另一处重要的段落是"火海献身":冬子妈妈为了掩护乡亲们转移,不幸被白匪放火烧死。电影并未正面表现冬子妈妈在火海中的形象,而是以全景和远景拍摄了着火的小屋,同时冬子和乡亲们的脸庞被火光照射得通红,"火红"的愤怒从火海传递到人们的脸上,再传递给银幕前的观众。这一场景的画外音是影片中另一首经典的插曲《映山红》:与第一次出现(潘冬子和妈妈在冬日山里盼望红军)时的抒情性不同,此次的歌曲在风格上昂扬激愤,歌词"映山红哟映山红,英雄儿女哟血染成;火映红星哟星更亮,血染红旗哟旗更红"不仅直接塑造了"英雄儿女"的形象并填补了画面中未出现主体的空白,而且将多种不同的"火红"意象(红星、红火、映山红、鲜血、红旗等)熔于一炉,突出了"革命鲜花代代红"的主题。

在这一场景中,"火"的意象成为一种"情感"的动力,将诸多"红色"的激情通过蔓延(火焰、火光、火红)的方式进行了传递。学者包卫红在《火热的电影》(*Fiery Cinema*)中围绕"火"的意象勾连1915—1945年的中国电影文本、美学和事件——从以《火烧红莲寺》

---

① 参见李念芦、李铭、张铭《中国电影专业史研究——电影技术卷》,中国电影出版社2006年版,第100—102页。

为代表的"火烧片"到中国第一部动画长片《铁扇公主》中的火焰山,从左翼电影点燃的"革命之火"到淬火而生的作为现代建筑材料的玻璃,从战时重庆的真枪实炮到《木兰从军》"胶片被焚"事件,"火"不仅具有不断变形的"原生质性"(plasmatic),也是伯格森哲学的重要概念"生命力"(élan vital)的隐喻。① 延续这一观点,在红色电影(尤其是"文化大革命"故事片)中,"火"具有了更为丰富的意涵,"火红"的激情成为一种不断在银幕内外蔓延的"动力"与"情状"。

一方面,"火红"作为一种颜色上的视觉装置,成为推动观众情感的"动力"(force);它与影片动作、声效、剪辑等多种手段一起,构成了"动力发生性"(dynamogenesis)的综合体。根据苏联导演和理论家爱森斯坦(Sergei M. Eisenstein)的观点,电影的众多视觉语言能够"产生动力",尤其是表现为"杂耍"的特征。这样一种"动力"是超越叙事的,能带给观众以视觉和体感的冲击与吸引。② 另一方面,作为一种视觉"动力","火红"促成了"情状"(affect)的感染。法国哲学家德勒兹(Gilles Louis Reue Deleuze)将电影分成三类:"运动—影像"(movement-image)、"时间—影像"(time-image)和"情状—影像"(affect-image),而后者强调观众由对影像的感知而生发的情感动力,并在下一步的主客体关系中,催生为实际的动作。③

在《闪闪的红星》"火海献身"这一经典段落中,高强度的"红色"同燃烧的"火焰"一起,配合激昂的歌曲,共同推动了银幕内外"同仇敌忾"的情绪与情感。"红色"的火焰不仅激发了影片中人物(冬子和其他群众)的革命情绪,而且唤醒了观众热血沸腾的情感,于是也"点燃"了观众的"怒火"。这样一种从银幕内"感染"(affect)到银幕外的情感,彰显了"火红"影像(色彩、特写、声音、道具等)的"情状"特质。而电影也在此为这种情绪和情感提供了行动指南:这一段落在结尾处,画面从火焰的意象叠化为飘扬的红旗,清晰地点明

---

① Bao Weihong, *Fiery Cinema: The Emergence of an Affective Medium in China*, 1915—1945, Minneapolis: University of Minnesota Press, 2015.
② Sergei Eisenstein, "Montage of Attractions", *The Drama Review*, 1974, 18 (1): 78.
③ 参见[法]吉尔·德勒兹《电影1:运动—影像》,谢强、马月译,湖南美术出版社2016年版。

五 电影

了"复仇"与"革命"的路径：只有共产党和红色政权，才能打倒反动派和土豪劣绅，建立幸福美好的新中国。

从红星到红旗，从红灯到红花，从红霞到红歌，我们对于"文化大革命"电影的记忆，似乎沉浸在一片红色之中，正所谓"祖国山河一片红"。而《闪闪的红星》作为"红色"经典的代表性影片之一，在这一片红色记忆中尤为闪耀。然而，正如本文借由"重读"所强调的，"红色"不仅仅是内容、主题或意识形态的表达，更是形式、风格和视觉美学的建构：从造型到象征，从抒情到奇观，从动力到情状，"红色"的意蕴不仅是复杂和多元的，而且同材质与传播密不可分。

(作者系中国人民大学文学院副教授)

"三位一体"的优美《小花》

陈 涛

1979年上映的电影《小花》取材于长篇小说《桐柏英雄》，讲述了两位"小花"的传奇故事：1930年桐柏山区的一户姓赵的贫困人家，将不满周岁的女儿小花卖给了人家，当晚伐木工人何向东将地下党员董向坤和周医生的女儿董红果寄养在赵家；因董红果和小花同岁，于是改名也叫小花。多年后，解放军进入桐柏山区，已经18岁的赵小花（陈冲饰）到部队寻找两年前为躲避抓壮丁投奔革命队伍的哥哥赵永生（唐国强饰），却没想到赵永生因负伤掉了队。而赵永生的亲妹妹小花被卖以后，又被何向东赎出，收养在何家，改名何翠姑（刘晓庆饰）。成长为游击队长的翠姑，在一次战斗中救了身负重伤的赵永生，但并不知道他就是自己的亲哥哥。而后在攻打县城的战斗中，小花与哥哥相逢；翠姑也在一次偶然的机会与养父谈起小花找哥哥的事情，才得知自己被卖的身世。翠姑在一次战斗中为营救小花身负重伤，在奄奄一息中念叨着哥哥。战斗结束后，小花和亲生父母相认，并接过哥哥手中的枪，决心迎接新的战斗和胜利。

这部影片由北京电影制片厂制作，张铮执导，唐国强、陈冲、刘晓庆等主演。影片在1979年上映后，迅速引发了全国范围内的观影热潮，几位主演也成为炙手可热的大众偶像。作为一代人的回忆，在重读这一红色经典作品之时，笔者所关注的焦点并非内容层面（例如情节与人物），而是美学（形式与风格）上的特征。《小花》在美学风格上呈现出一种杂糅性：一方面，它延续了"十七年"文艺作品"革命现实主义和革命浪漫主义相结合"的创作要求，甚至具有"文化大革命"时期"三突出"的部分特征；另一方面，它以"意识流"（心理蒙太奇）

五　电影

小花

等现代主义电影技巧打破了"文化大革命"电影美学的桎梏，呼应和践行了"电影语言的现代化"这一倡导。与此同时，它包含了大量具有抒情与隐喻色彩的视听意象，在画面和音乐两方面都突出了"诗意"的美学特征。这三种美学风格的统一与融合，令这朵《小花》呈现出一种与大多数"崇高"式红色经典作品所不同的"优美"风格。

革命现实主义与革命浪漫主义相结合

《小花》的原小说《桐柏英雄》是1972年由作家前涉执笔完成的，主要描写了1947年我军由战略防御向战略反攻这一历史转折时期，在桐柏山区与国民党反动派英勇奋战的宏伟场面与动人故事。1979年，当这一作品被改编并搬上银幕时，主创人员一改以往的军事片常规，而选择突出赵永生和"双生花"的兄妹之情。影片不仅将原小说盘根错节的情节枝蔓进行了删减，而且突出了两个"一根筋"式人物的寻觅过程（正如影片原名《觅》所强调的重点）。

这样一种"取材"而非"改编"的做法，表现了革命现实题材"浪漫化"的美学追求。1958年，毛泽东曾提出以"革命现实主义与革命浪漫主义相结合"作为社会主义文学艺术的创作方法，要求文艺家站在无产阶级的立场上,将现实和理想、革命实践和历史趋向结合起来,塑造壮丽动人的艺术形象,热情地歌颂革命的新生事物,抨击反动的腐朽事物。而后,"文化大革命"电影也继承了这样一种创作思想,尤其将革命叙事作为影片的核心故事结构,突出强烈的阶级矛盾。《小花》创作于"文化大革命"结束后不久,又脱胎于"文化大革命"时期经典的军事小说,因此延续了这一创作思想。从"革命现实主义"的角度来说,影片不仅突出了赵永生三兄妹同国民党军官丁书恒(葛存壮饰)之间尖锐的敌我冲突与矛盾,而且几次再现了敌我之间颇为真实和残酷的战争场景。这样一种革命叙事,延续了"文化大革命"时期《闪闪的红星》等影片的创作思路。

与此同时,影片又具有"革命浪漫主义"的鲜明特征。无论是赵永生还是两位"小花",都在不断的成长过程中被赋予了浪漫主义的革命情怀,成为当时银幕上真善美的理想化身。影片尤其善于运用色彩来渲染情感性,烘托出浪漫主义的情怀:一方面,导演运用了不同色彩来转换时间和空间(倒叙、回忆等画面都适用黑白,而现实时空则采用彩色),不仅令电影在结构上严谨清晰,而且强调了过去对于现实的影响或意义;另一方面,影片采用了色彩强烈的滤镜来渲染气氛和塑造人物,如在最后一场"人桥"战中,导演为摄影机添加了红色滤镜,一方面饱和的红色以强烈的色彩冲击烘托出战争的激烈与残酷,另一方面也将翠姑负伤流血的体验以视觉刺激的方式传达给观众。此外,影片中大量光影、造型和构图等元素都具有热烈奔放的浪漫主义特征。

诗意: 抒情与怀旧

章柏青在《一朵新颖别致的小花》[①]一文中曾说,《小花》在艺术上的"显著特点就是敢于写人的情感,敢于以情感人,具有抒情诗般的清新风格"。配合主题上的"兄妹情",影片在视听手法上尝试以多种形式来烘托抒情气氛,增强了艺术感染力。电影中的大量场景,如粉色小花地毯上两个女主人公踩水车谈心、兄妹在青翠的竹林中团圆相见、翠姑奄奄一息时蓝色滤镜下波光粼粼的海面和阳光透过树叶的亮斑

---

① 参见章柏青《一朵新颖别致的小花》,《电影评介》1979 年第 8 期。

五 电 影

等，都表现出强烈的抒情特征。

这样一种抒情性，尤其体现在两首经典的插曲上：《妹妹找哥泪花流》和《绒花》。两首歌曲分别对应于两位女主人公"小花"：《妹妹找哥泪花流》所歌唱的是赵小花内心的真情实感，表达了对于亲情的歌颂，浪漫、温情且具有一定的民歌味道；而《绒花》则是何翠姑的写照，以悠扬的旋律和拟人化的手法讴歌了翠姑勇敢坚毅、舍己为人的高尚品格。

在影片中，这两首歌的抒情性不仅体现在音乐方面，更表现为画面与声音的相互融合与促进。影片在一开始便出现了《妹妹找哥泪花流》这首歌曲，伴随"妹妹找哥泪花流，不见哥哥心忧愁。望穿双眼盼亲人，花开花落几春秋"的歌词和李谷一抒情而婉转的歌声，电影画面呈现了短镜头所构成的平行蒙太奇，一边是残酷的战争场景，充满了攻城略地的艰辛和炮火隆隆的残酷；另一边是赵小花在战士队伍中焦急寻找哥哥的中景或脸部特写。观众通过歌词了解到赵小花的心情，也明晰了赵永生参加革命的动机（"当年抓丁哥出走，背井离乡争自由；如今山河得解放，盼哥回家报冤仇"）。因此，整个段落恰如一首优美的抒情诗，不仅完成了深化主题、推进叙事的目的，而且传达了浓浓的抒情色彩。

而《绒花》的影像呈现则更为诗意化。翠姑为救身负重伤的赵永生，艰难地抬着担架走在崎岖的山路上。伴随着歌声，她咬牙一步步跪着上山，膝盖也磨破了，献血染红了山道的石阶。影片在这一段落中并没有进行更多的故事情节推进，而是放大了翠姑翻山越岭的细节，镜头一方面展示了起伏的山峦、挺拔的青松、陡峭的奇石等黄山上的俊美风景，另一方面以多种景别（例如特写、中景、近景、远景等）、角度（例如俯拍、过肩、仰拍、倾斜等）、运动（例如推、拉、跟、摇、旋转等）拍摄翠姑的动作和神态。这样一种交叉蒙太奇的使用方式，曾经出现在《战舰波将金号》的"敖德萨阶梯"或《罗生门》的"樵夫上山"等经典段落中，能够拉长这一刻的艺术表现性和感受力。而"绒花世上有朵美丽的花，那是青春吐芳华。铮铮硬骨绽花开，滴滴鲜血染红它"的优美歌词，以主人公的视角自然地倾诉心声，旋律优美并带有淡淡的忧愁，形成了一种细腻含蓄的美感，赞颂了主人公崇高的思想、美好的心灵。

《妹妹找哥泪花流》和《绒花》作为两首经典的插曲，一直传唱至今。尤其在2017年年底上映的《芳华》带领观众又一次重温《绒花》这首老歌，韩红演唱的片尾曲借由空灵的嗓音和饱满的情感，再一次带观众重回那些逝去的时光，体会上一代人在战火、集体和红色中所谱写的"青春之歌"。《绒花》作为一种怀旧的契机，串联起两代人的"芳华"，在不同历史语境之间传达出当代中国的诗意与感动。

电影语言的 "现代化"

《小花》在上映之初，很多学者和批评家以"意识流"来指称影片所使用的一些具有现代主义特征的技巧和手法。① 例如：小花奔跑中对往事的回忆，借由黑白影像配合闪回手法，重现了兄妹二人早年生离死别的场面；小花闯入部队驻地而没有找到哥哥时，她茫然失望与赵永生激烈的战斗场面进行组接，营造出一种富有心理张力的联想效果；兄妹相认时，竹林中仰拍的旋转镜头与回忆中兄妹躺在草垛上俯拍的旋转镜头相互交错，构成了一种记忆和现实的交织……根据影片的副导演黄健中的表述，这些手法是有意借鉴外国电影的形式技巧的尝试，但希望避免"邯郸学步"和"囫囵吞枣"。②

因此，影片中大量的影像技巧，来源于法国新浪潮和苏联"诗电影"的影响。尤其，影片频繁使用短镜头的切换、无技巧剪辑和大量的闪回来增加叙事的跳跃性和节奏性，准确地表现了特定情境下人物的感情变化和意识流动，将过去与现代、幻象与现实、情节与意识交织在一起，这是《广岛之恋》《筋疲力尽》《去年在马里昂巴德》等法国新浪潮和"左岸派"电影所擅长的手法。而色彩的对立（黑白呈现过去、色彩呈现现在）、旋转镜头（仰拍竹林的旋转、俯拍人物的旋转等）和隐喻性意象（例如频频出现的各种山花、鸟儿、松柏、青山、翠竹）都是《雁南飞》《一个人的遭遇》《这里的黎明静悄悄》等苏联"诗电影"常见的技巧。《小花》大量借鉴了这些现代主义电影的拍摄和剪辑方式，并结合东方式的亲情描写以及"革命现实主义和革命浪漫主义结合"的艺术要求，创造性地创造出一种复合性的现代影像美学。

---

① 参见夏志厚《从〈小花〉看"意识流"手法》，《电影艺术》1980年第10期。
② 参见黄健中《思考·探索·尝试——影片〈小花〉求索录》，《电影艺术》1980年第1期。

五 电影

这样一种做法，同当时的社会历史语境与文艺创作背景息息相关。1979年之后，随着中国的改革开放，中国电影也开始学习西方现代电影的美学技巧和拍摄手法。为了丢掉"文化大革命"时期文艺创作的弊病与积习，中国电影界不断向外国现代电影理论与作品汲取养分。在理论上，中国电影"洋务派"高举巴赞和克拉考尔等"纪实美学"的大旗来反对"电影工具论"和"三突出"原则；而在创作上，则积极向意大利新现实主义、法国新浪潮、德国新电影等具有"现代"电影特征的流派和作品学习。正如张暖忻和李陀深具影响力的文章《谈电影语言的现代化》所说，20世纪70年代末和80年代初电影"现代化"的进程，是"从电影艺术的表现形式这一方面着眼的"，即"对电影语言进行探索"。[①] 这样一种"现代化"电影语言的探索，无疑在《小花》中显现出卓越的成效。

因此，双结合、诗意与现代主义，作为《小花》风格层面的"三位一体"，令其焕发出独特的艺术魅力。它也提醒我们，红色经典并不是扁平化、单一性的，而是具有复杂的思想内涵和艺术特征。在今天重读红色经典的意义，并不仅仅在于以怀旧的姿态反思现实，也不止于弘扬其中蕴含的精神内涵，更应当认识到其内容和形式在多个层面上的复杂性。

(作者系中国人民大学文学院副教授)

[①] 张暖忻、李陀：《谈电影语言的现代化》，《电影艺术》1979年第3期。

《庐山恋》:爱国主义的时尚恋歌

陈 涛

《庐山恋》是 1980 年上海电影制片厂出品,由黄祖模执导,张瑜、郭凯敏主演的故事片。影片讲述了一位侨居美国的前国民党将军的女儿周筠回到祖国庐山游览观光,与共产党高干子弟耿桦巧遇,两人一见钟情并坠入爱河的故事。

庐山恋

《庐山恋》在中国影史上的经典地位,同"爱情"这一主题或类型息息相关。作为"文化大革命"后第一部以爱情为主题的大众电影,《庐山恋》一经上映便掀起了热潮。这部作品引发了人们对于美好爱情的憧憬与追求,其中一些桥段甚至成为当时青年男女恋爱的"教学示范"。尤其电影中的轻轻一吻,也被人们以"新中国影史第一吻"津津

五 电影

乐道。尽管事实上它既非新中国电影史上的第一吻,也非改革开放后的银幕第一吻。在上映后的40年内,《庐山恋》促使很多不同代际的观众前往庐山体验爱情,也成为庐山风景区的最佳旅游"宣传片"。举行这部电影首映式的"庐山东谷电影院"后来改名为"庐山恋电影院"并专门放映该影片,至今已连续放映近万场,创造了"世界上在同一影院连续放映时间最长电影"的吉尼斯世界纪录。2018年8月18日,《庐山恋》被评为"改革开放40周年中国十大优秀爱情电影"。

毋庸置疑,《庐山恋》是影史上最好的"爱情片"之一;然而很多人其实忽略了这部电影所传达的另外一种情感——爱国主义。事实上,《庐山恋》将20世纪80年代初的现代化国家想象包含在青春时尚的爱情故事中,令国家和民族认同作为一种日常生活化的方式得以建构。那么,《庐山恋》是如何巧妙地将爱国主义融于影片的"时尚"元素中,从而引发观众的认同呢?对于这一问题,我们从三个角度进行剖析。

爱情叙事:"我爱祖国的清晨"

《庐山恋》在人物背景的设置上就充满了象征意义:男女主角一方是共产党将军的儿子,另一方则是国民党将军的女儿。两位父亲原本因为大革命的风暴而成为战场上的敌手;最终两家抛开过去的恩怨,以共同的"建设祖国"使命走在一起。电影中周筠的父亲,具有华侨和国民党的双重身份。这样的一种人物设置,一方面寄寓了中国人民对祖国统一的美好愿望,另一方面也表达了海外华人对于中国作为"祖国"的认同。电影以主线故事表达了一个观点:中国作为一个民族国家自始至终都存在着,这种民族国家的认同根深蒂固地存在于所有海内外的华人心中。

正是源于这种国族认同,《庐山恋》在表现周筠和耿桦的爱情时,重复最多的台词便是"I love my motherland"(我爱祖国)和"I love the morning of my motherland"(我爱祖国的清晨)。这两句台词之所以选择用英文而非中文表达,除了情节设置(耿桦是备考清华建筑系的学生,周筠帮助他纠正英文发音)的需要之外,更关键的是为了凸显了周筠作为海外华人和国民党家属的国家认同。尤其,当耿桦和周筠陶醉于庐山壮美的日出奇景时,周筠主动问耿桦"你还记得那句英语吗",于是两人动情地重复着这句话，声音在山谷中久久地回荡。借由这两句台词的吟诵和感受，两人的男女之爱得以升华为更崇高的爱国主义情感。和第一次周筠在林中教耿桦英文的情形不同，在该场景中，这两句英文同庐山红日、中式服装（而非西式的贝雷帽和牛仔裤）等符号一起，构成了能够"询唤"观众爱国主义情感和认同的再现系统。

除了台词，电影还使用了大量的歌曲来表达民族认同。这些歌曲一方面穿插于爱情叙事之中，另一方面也抒发了海外华侨对于祖国的情感。例如两位主人公在休息的时候，收音机响起《啊，故乡！》的插曲："每当明月升起，升起的时候，我深深地怀念亲爱的故乡。那里有美丽的绿水青山，那里是抚育我生长的地方。"这时耿桦说"这首歌真动人"，而周筠则更加一语中的："是啊，在那里，我们都很喜欢这首歌。"这里的"那里"无疑指的是美国，而"我们"则代表了海外的华侨。这首歌不仅促进了两位男女主人公的爱情，更引发了观众（尤其是海外华人）的情感共鸣。《飞向愿望的故乡》《庐山恋歌》等电影中的其他歌曲也都具有类似的作用。通过诗词与歌曲的吟诵、演唱和欣赏，《庐山恋》将爱情叙事与国家认同巧妙地熔于一炉，创造出一种共同性的情感体验。

为了更好地塑造这一情感体验，影片的导演和摄影采用了"炫光""反射""频闪""焦点控制""后景虚化"等手法，来制造一种颇具现代主义特征的影像风格。与当时很多追求"纪实"性的影片不同，《庐山恋》探索了一种不寻常的"现代化"路径：它以一种具有强烈造型性和抒情色彩、包含大量象征符号和雕琢设计痕迹的视觉风格，受到了观众的瞩目。

自然风景： 作为一种国家民族符号的庐山

除了被认为是一部"爱情片"，《庐山恋》也常被冠以"风景故事片"的类型；由此可见庐山"风景"对于这部影片的重要作用。电影的片头便是一组庐山风光的写真，烟雾缭绕、峰峦叠嶂的远景镜头令观众心旷神怡。整部电影不仅借由男女主人公的爱情故事将芦林湖、枕流石、花径、御碑亭、龙首崖、三叠泉、庐山植物园等著名景点串联起来，而且围绕每一处地点都设计了与之相辅相成的恋爱细节和景点介

五 电 影

绍,令电影中的庐山风景不仅具有了"认知绘图"的作用,而且成为一种富有浪漫色彩、储存爱情记忆和认同的"感官地理"。

与此同时,影片中的庐山也具有国家民族符号的重要作用。从政治上来说,庐山在新中国的历史语境里有着特殊的意义:1959年7月2日到8月1日中国共产党中央政治局在江西庐山召开扩大会议,而在8月2—16日召开了中国共产党第八届中央委员会第八次全体会议;这也就是著名的"庐山会议"。对于新中国来说,"庐山会议"令庐山不仅限于一个地理概念,而是具有重要的政治意义。

此外,电影不断通过周筠的话来强调自己的父母对于庐山秀丽风景的热爱、对庐山传统文化如唐诗、书法、古建筑等因素的痴迷,将庐山的一些古典文化元素(尤其是汉族文化)同海外华人的爱国主义情操联系在一起。周筠说:"我从小在美国长大,到了祖国,到了庐山,头一次享受到心灵上的安宁。"因此,对于周筠及其父亲来说,庐山代表了"祖国"这一概念。

而由庐山所象征的"祖国",除了汉族古典文化的面向之外,还包含了一种"现代化"的想象。耿桦在影片一开始时便在为庐山风景画速写,但他的钢笔画上却并非只有现实性的自然风光——他在画面的中心处添加了现代化的城市建筑群。这一速写画面可以被视为祖国"现代化"建设的蓝图,也代表了男女主角(及其父母)希望为国家发展贡献力量的心愿。而男女主角之所以都选择"建筑学"作为自己的专业,也是为了达成这一心愿。

因此,电影将强烈的爱国主义情感投射到庐山的秀美风景中,银幕上的庐山已然不再只是一个客观存在的现实场所,而是具有了主观化和情感化的色彩,成为能够凝聚和塑造"地方认同"的诗意空间。电影理论家巴拉兹(Béla Bálazs)曾强调,电影中的风景绝不仅仅是自然客观的写实,更能传达剧作(dramaturgical)目的或表现诗意效果;而温蒂·达比(Wendy Darby)也认为电影风景作为一种再现系统,能够成为一种建构主体认同的工具。因此,电影中的庐山风景,一方面成为叙述和折射主人公内心情感世界的载体,另一方面作为政治和文化符号建构了一种明确的国家民族认同。这样一种风景的意义,也从电影内传递到观众中,在人们观赏银幕风景的过程中得以不断生产和循环。

时尚再现："思想开放"与"精神污染"的时装

《庐山恋》的经典性，离不开另外一个重要的因素：时装。在这部影片中，张瑜一共更换了43套服装，几乎每次场景转换之后都会更换一套时装。20世纪80年代初，刚刚经历改革开放的中国社会，在时尚方面开始面对国外潮流的冲击和影响。在这种情况下，《庐山恋》中的墨镜、贝雷帽、喇叭裤、牛仔裤等，都令当时的观众连呼时髦，给予当时社会以强烈的"震惊体验"。而在短暂的震惊之后，大众纷纷开始模仿张瑜的穿着打扮和发型。从"观看"到"行动"，《庐山恋》引领了大众审美观和价值观的巨大转变。

事实上，影片中张瑜所穿的靓丽时装，大部分都是剧组从香港购买的。通过香港这一中转站，影片将欧美的"洋装"搬上了中国的大银幕，上演了一出精彩的时装秀。尤其是影片中的一套喇叭裤套装，迅速引起人们的效仿；而同一年另一部电影《幽灵》的女主角邵慧芳也穿着紧身的喇叭裤出现在当年《大众电影》第10期的封面上。可以说，邵慧芳和张瑜等银幕偶像，赋予了喇叭裤等"洋装"以青春时尚的气息和自由奔放的时代精神。

然而，喇叭裤等西式"洋装"在当时所遭遇到的态度并非只有欢迎和追捧，还包括严厉的非议和批评，甚至一度被认为是来自资本主义世界的"精神污染"。"时装"的意义，从来都不仅限于单纯的穿戴功能，更包含了重要的文化象征内涵。银幕上的"时装"更是如此。在影片男女主角初见时，周筠被坐在枕流石上的耿桦所吸引，此时电影以一种想象蒙太奇将耿桦置换为一个身着古装的书生，令周筠眼中的他具有了中国古典文化的象征性和吸引力。与此相反，当头戴贝雷帽、身穿红色喇叭裤的周筠邀请耿桦"一起去玩"时，他在打量了周筠身上的衣服之后，却表现出望而却步的姿态。意识到自己穿着"有问题"的周筠在第二天换上了一套较为"保守"的衬衫和长裙，这才引起耿桦更多的好感。这样一次换装的行为，作为周筠口中的"一次屈服"，表现出周筠（以及耿桦）的文化认同与选择：如果说"洋装"体现的是美国文化和资本主义元素，那中式服装则包含了一种社会主义的意识形态。而随着接下来两人的相处，影片中便再也没有出现贝雷帽和牛仔裤

五 电影

等西方服装。

无论在银幕内外,"洋装"都再现了"思想开放"或"精神污染"的西方文化。1985年《报告文学》杂志中曾发表过一篇题为《北方牛仔裤》(常扬作)的文章,其中这样描述作为"洋装"的牛仔裤所经历的舆论变化:"牛仔裤啊牛仔裤,你曾遭受过多么大的非难,似乎你真是糖衣裹着的炮弹,对无产阶级有着颠覆的威胁。然而,现今人们的观念变化了,它不再是炮弹,而是漂亮、新美的衣装。"可以说,在《庐山恋》等电影的影响下,20世纪80年代初大众对于西式时装的刻板印象得以松动,时装变革悄然进行,人们也逐渐告别了压抑美的时代。

总之,从意识形态的角度来说,《庐山恋》中的爱情叙事、自然风景和时装再现,都包含了一种爱国主义的建构。"文化大革命"结束后,社会运动和"阶级斗争"已经不再是国家意识形态作用的机制;而在此时,《庐山恋》将爱国主义情怀与现代化话语融入美好而时尚的爱情中,令国家符号和民族认同得以融入每一个人的日常生活中。从这个角度来说,在重提爱国主义精神的今天,作为一部"爱情片"、"风景片"和"时装片"的《庐山恋》,具有特别的典范性价值。

(作者系中国人民大学文学院副教授)

人性之美与民族精神底蕴的展示

田 泥

1985年由张暖忻担纲导演的《青春祭》上映后，很受追捧，这部改编自张曼菱中篇小说《有一个美丽的地方》的电影，于1986年与《湘女潇潇》《黑炮事件》等一同赴美参加了"首届中国电影新片展"，因为关注的是人类对于"美"与"情"的追求，深受美国观众喜欢。先后获得"1986年法国赛特国际电影节评委特别奖"、第六届香港电影节金像奖评出的"十大华语片"。并于2018年在第八届北京国际电影节女性力量单元展映。直至今日，这部兼具民族特色与现代意味的实验电影，仍然被视为不可多得的经典之作。

电影结构与小说结构基本一致，围绕女知青的生命轨迹，即进入傣乡、在傣乡与离开傣乡这样的一个时间与空间，来进行故事的讲述。影片一开始是几组傣族外景的空镜头：鳞次栉比的竹楼，高大粗糙的仙人掌丛，异域风格的缅寺，挂着红布条的大青树。紧接着展现的是少女"洗澡""对歌""赶摆""杀牛祭谷"等生活场景，充满了对大自然的敬畏与对生活的热爱。应该说，导演艺术地通过视觉元素，诸如以民族符号化的筒裙、白鹭、大青树、竹楼中跳动的火焰、丰收时的篝火等，呈现勃发的生命气象，将自然的美与人性的美妥帖辉映。其中有这样一组镜头：主镜头是傣族姑娘们劳作后像鱼儿一样脱光了衣服在河里游泳，反镜头是穿着汉族灰色服饰女主角李纯（李凤绪饰）的近景，同时伴着李纯的画外音独白以及审视的目光。这一深具意味的镜头，将因不同境遇与空间而导致迥异的女性生命状态做了清晰的比对，也反映了傣族原乡充满和谐的生态环境，造就了自然人性之美的绽放。

在"文化大革命"特定年代，在"知识青年上山下乡、接受贫下

五 电影

青春祭

中农再教育"的号召下,父亲受到冲击的17岁女知青李纯,来到远离革命中心的傣乡插队落户,避开了严酷的政治风暴,逐渐地融入了傣族的风土人情和傣家生活中,感受到人间久违的温暖,拥有了自足的生活空间。房东大爹(松涛饰)和老奶奶(玉甩饰)的悉心照顾,让她原本冷落的心热了起来。看着寨子里最美的小普少(姑娘)依波(玉妲饰)青春靓丽,身着漂亮的筒裙,与小伙子对歌,而自己却老套古板,不懂生活。正是依波激起了她爱美的冲动,加上房东大爹的鼓励,她穿上了用床单改成的筒子裙,戴上了耳环,与傣族姑娘媲美,获得了自信。在一次赶集去邮局发信时,李纯与在邻寨插队的博学多才男知青任佳(冯远征饰)相识,并慢慢成了朋友兼知己。任佳与安于傣寨生活的李纯不同,他渴望回到城市,督促李纯也认真复习功课考大学。在全寨庆祝大丰收的夜晚,她跟村民们围着篝火载歌载舞,任佳来看她。之后,房东家的大哥(郭建国饰)喝醉了酒,跟腿部受伤借宿在家中的任佳打了起来,她才得知大哥爱上自己。为了逃避情感纠葛,去别的村寨当了小学老师。不久大爹来探望，告诉她伢（奶奶）因她的不辞而别与思念生病，她赶回傣寨探望，老奶奶已经离世。"文化大革命"结束后，李纯考上了大学，再次回到了傣寨，心意相通的任佳与傣寨的乡亲们却被泥石流吞没了，一切已是物是人非，她陷入了无尽的悲伤。

影片一方面用富有象征意味的镜头呈现了傣寨生活唤起了李纯女性意识的觉醒，并以李纯等知青鲜活的生命形态，来解释在舒张的生存环境中，被禁锢的人性得以释放与表达，也展示了他们对爱与美还有真的追随，以及自我价值实现的过程，诸如李纯投身于劳动，并在业余时间研读医书，煎熬草药救治了蘑菇中毒的安虎，赢得了傣寨乡亲们的认同。另一方通过对知青面临着不同选择的展示，真实地展现了知青融入与出走的一段生命历程，连同他们的青春与梦想、现实与未来，也预示了中国大地正悄然发生着转变。

电影是现实世界的表象，而人类及其生活的环境永远是赋予电影存在意义的主要因素。法国新浪潮之父巴赞认为，电影是重新构建和组合的过程，但导演所使用的元素其灵感源自现实生活。张暖忻追求再现客观现实，并尝试以主观情感与情绪来表现现实。她在《〈青春祭〉导演阐述》中发表了创作构想："既发掘了我们这一代人多年来对生活的感受和思考，又提供了一种很优美而又独特的形式来表现它。""这部影片将是一首抒情散文诗。整部影片都是李纯的回忆，是她记忆中怀念的东西，因而不是原来的生活本身。影片要强调这种主观性，是一篇如梦似幻的回忆。'梦幻'就要有强烈的主观色彩，抒情意味。在表现上避实就虚。"①

当然，张暖忻也在极力追求纪实效果，她大胆启用傣族本色表演，除了李纯和任佳经过专业训练外，其他主要演员大爹、大哥、伢、哑巴和依波都是当地傣族人，他们讲着傣族语言，演得都十分自然质朴。电影正是通过对傣寨日常生活场景与民俗风情的展示，真实地将一个美丽地方的风土人情与自然风貌呈现给观众，散发出浓郁淳朴的傣族人民真挚的情感与人性的美好。例如"伢"没有对白，只有动作表演，声音从影像剥离，却强化了人物的内心活动与行为方式。她对汉族知青李纯

---

① 张暖忻：《〈青春祭〉导演阐述》，《当代电影》1985年第4期。

五 电影

充满了关切。李纯上工,伢默默地把芭蕉叶包好的饭团和热乎乎的糍粑送到她手里。李纯收工回来,伢又急忙为她舀饭热汤。李纯穿上了傣家的花筒裙,伢高兴地亲自给她扎上银腰带,还怜爱地抚摸着她的头发,亲切地碰了个脑门。又如放牛的哑巴布比,站在水中双腿布满了蓝色的刻纹,面孔丑陋,看起来很可怕,其实他内心善良:他走下河,摘下一朵荷花,带着真挚的微笑,来到李纯面前,放在她身边,再走上岸,向远处的牛群走去。依波公主般的气质和傣族姑娘们摇曳在腰肢的欢笑,让人舒服和愉悦。大哥的挑衅和任佳的呵护为她开启了男女之爱的大门。

影片运用纪实性加抒情的散文叙述,淡化戏剧的手法与传统模式,重视情感表达,通过对傣族社会生活场景与民俗风情的展示,呈现了傣乡令人心醉的人与自然、人与人的和谐之美。张暖忻以温情脉脉的现代眼光,对历史洪流中的原乡进行审视,在展现傣乡自然生命形态的同时,又极力渲染知青迷惘的情绪,反衬出极端革命年代对人性的禁锢,并隐含了温和的批判。

应该说,这也正是张暖忻打造中国电影的现代话语实践。早在1979年第3期《电影艺术》上发表了《谈电影语言的现代化》,张暖忻、李陀便提出纲领性的艺术宣言,即"电影语言现代化",要向西方学习先进的电影表现手法,具体而言就是追求电影语言、影像、形态及手法的现代表达。受法国新浪潮的影响,张暖忻在《青春祭》电影里几乎采用的均为自然光,摄影采取了自然光的流动,如烛光和月光,色调平和恬静纯净、如梦似幻。而当刘索拉、瞿小松将现代城市音乐嵌入电影《青春祭》,同时将傣族独有的原始音乐元素丁琴、铓锣、象脚鼓、傣歌、赞哈等,巧妙地运用到影片音乐中去,悠扬开阔,既有民族的原始色彩又富现代抒情色彩。这也意味着张暖忻要赋予电影更多的现代内涵与时代特质,旨在展现原始的边地与现代文化革命性的撞击。刘索拉将顾城的诗歌《安慰》谱成了曲,为电影增添了异质,"青青的野葡萄/淡黄的小月亮/妈妈发愁了/怎么做果酱/哦妈妈/我说妈妈妈妈别忧伤/在那早晨的篱笆上/有一个甜甜的红太阳/太阳,太阳/妈妈,妈妈"(《青青的野葡萄》)电影中共有三次诗意的吟唱:李纯在单调的生活中传达对母亲与家的思念;傣族孩子在课堂的合唱,充满了生命的力量;片尾歌声进入画面,寄予了对未来的无限期待与美好向往。诗意的吟唱显出了温情的力量，体现了原始与现代文化形态融合又冲突的精神内涵。

当初，导演张暖忻想用一种新型的城市化音乐，打破当时邓丽君对大陆歌曲的影响，也打破当时革命歌曲对城市音乐的影响，于是选择了有着游学美国、英国的经历刘索拉，把美国"百老汇"的元素混同在傣族少女穿梭的画面中，这样的主题歌作曲引领了那个时代的潮流。电影中有一爱情的场景，就是画面与音乐的有机融合：在一个月夜，李纯和任佳二人坐在池塘边，看着远处傣族青年唱着傣歌寻求意中人。任佳问她："你现在想什么？"李纯："我，我在想，天凉了，我们该回去了。"李纯的言不由衷，应了任佳对傣寨人的描述："心里怎么想的，嘴里就怎么说，不像汉人那样，说起话来，总是拐弯抹角，羞答答的？""《青春祭》，调情调得又笨拙又精彩。那些我们陌生的自然景色，那些傣语对话，使调情的内容变得模糊，给人一种选择调情语言的安全感；老巫师的演唱，老孔雀舞蹈家的起舞和铜锣声，牛群声，火烧干柴声，使红卫兵式的调情变得神秘朦胧了。"① 在傣寨原乡背景故事中，汇入了城市音乐的律动，而骚动青春的脉动里有着传统与现代的交融。

《青春祭》拍摄那年，中国刚步入改革开放不久，当时人们的思想意识还受制于时代。电影描述的插队知青是"文化大革命"结束前后的青年，他们对各种新生活方式都充满了好奇与期待，试图挣脱禁欲、束缚与刻板的生活，但又充满了拘谨与不适，带有青涩的情调与反叛。电影真实地展现当时女性的内心渴望与行为拘谨的矛盾性。电影里有李纯的道白："美原来是这么不一样，从小到大，人们总是告诉我们不美就是美。我常常无缘无故地反复洗一件新衣服，希望它显得旧一点，我从来没有想过一个女孩子应该打扮自己。"终于李纯挽着高高的发髻，穿白衫筒裙，赤裸双脚，出现在依波面前，在依波的眼睛里，李纯已经是一个十足的小普少。大爹高兴地说：什么鸟进什么林，穿上筒裙，才算是竹楼里的人了。而李纯则发出这样的感叹："穿筒裙好像灰姑娘穿上水晶鞋"，"想不到一身衣服有那么大的魔力"。这都是当时年轻革命女性的真实心理。"而暖忻那一代则是生在自觉与被迫之间的一代，她

---

① 刘索拉：《张暖忻的〈青春祭〉及其他》，《当代》2001年第6期。

五 电影

们又要当斗士又要穿筒裙,穿上筒裙后又怕有'孔雀开屏,后面的屁眼就露出来'(电影里引用鲁迅的话)。"[①] 的确,张暖忻试图表达出女性的这种压抑与骚动,体现她们萌动的女性主体意识。

但电影对小说中女主人公"我"的形象地塑造,并没有突出小说中那种青春少女对世界充满好奇之感的朦胧感之美,而是凸显其情感的波动与精神的迷惘,以及复杂而矛盾的心理与情绪,来侧面展示其进入傣族原乡对生活的重新认识。电影与同类题材不同之处在于,以诗化抒情的方式切入生活,讲述知青以认同的方式,融入了新天地的生活,受到傣乡人的热爱,汲取沃土养分,与人民产生了纯真的感情;展示了傣寨人温文尔雅的心态和美好的心灵、文化心理结构与古朴风情的文化价值,从而揭示出中华民族的深刻底蕴与思想内涵,指正了一个伟大的民族本应该拥有人与自然、社会与人的和谐共存的生命图式。

当然,电影在展示了与自然界的和谐共生是傣寨人的存在原则,也并没有回避傣寨所面对疾病与灾难的无奈。如安虎随老哑巴放牛摘蘑菇吃中毒后,他的妈妈在大雨滂沱中采取的是原始的祈福方式,求神灵保佑,这是寻求外界神秘力量的拯救,并非诉诸人的精神理性;而最终李纯以完美的拯救逆转了可怕的死亡后果。这里隐含了潜在的对原始文化中落后思想的批判。而电影最后的泥石流场景,既是一种生态预警,展现了大自然的灾害对傣寨造成巨大的破坏,也正好呈现了青春中李纯的适意与迷惘、固守与逃离情状,连同那雨林的大青树、婆娑的筒裙,篝火和凤尾竹,幻化为高低远近虚实深浅的青春影像,都透着困惑与徘徊。之后是诸多缓缓平摇的中长镜头。李纯站在高压凝重的画面中,巨大泥石流遗迹的灰色几乎吞没了她,但随即画面切至傍晚斜阳的自然景致中,全景摇镜头下的群山座座的连亘、行行白鹭的飞翔中,金色的稻田以及层层的彩云又透出了生机,将李纯悲伤怅然之情豁然散开。而李纯的独白"岁月流逝,人世变迁,但我相信,那里永远是水长青、草长绿",是一个时代里发出的青春与美好的撞击声,也是对一个民族精神底蕴绵延的希望、坚定与信仰。

电影的叙述张力,正是来自这种散文性在纪实美学里的真实表达,

[①] 刘索拉:《张暖忻的〈青春祭〉及其他》,《当代》2001年第6期。

也在隐喻地昭示：无论是人类的存在、自然的存在，还是社会存在，都会面临不可避免的困境；人类战胜威胁生命的重大疾病或灾难，不仅要有坚强的意志，更需要冷静的对未来对现代科学的信心。一个国家一个民族的精神定力与文化基石，就在于能够以内在精神力量与生存意志的抗力，去积极应对一切、征服一切。

  因此，尽管电影以女性的视角进入，演绎了插队知青到遥远傣寨的生活转变与心理转变，也衍化为一代人对社会历史文化的反思。"年轻人的欢乐是傣寨的光荣。"这或许就是电影的主题，而人性之美与爱的启蒙，更是激荡了知青生命激情的样式。但毫无疑问，这部新时期的电影超越了时代束缚，也逸出了单纯的知青经验表达，充满了对自然、生命、民族、精神和社会共生存在的别样思索。

（作者系中国社会科学院文学所研究员）

《一个都不能少》的"纪实"冲动

陈 涛

  《一个都不能少》是根据施祥生小说《天上有个太阳》改编的一部剧情片，由张艺谋导演，上映于1999年。电影讲述了13岁的小女孩魏敏芝成为水泉小学的代课老师后，为了高老师临走前交代的"学生一个都不能少"的嘱咐，想方设法进城寻找一个辍学打工男孩的故事。影片获得十余项国际电影奖项，包括金鸡奖、百花奖、华表奖、威尼斯金狮奖以及圣保罗国际电影节观众评选最佳影片奖等。

  这部电影深入农村小学的现实场景，对偏远乡村教育的状态、情境和存在的问题进行了准确而到位的现实描摹，在当时激发了社会各界的同情心，也令社会大众对我国教育的盲区（落后地区的教育问题）予以了更多关注。党的十八大以来，脱贫攻坚作为全面建成小康社会的底线目标被纳入"五位一体"总体布局和"四个全面"战略布局，而乡村教育问题也得到了极大的改善。在消除整体贫困目标已经达成的今天，我们重读这部曾引发巨大社会反响的电影，不仅需要关注主题和思想层面的表达，更应当明晰它在形式和美学上的"纪实"冲动，即一种正面现实、记录现实和还原现实的强烈兴趣与冲动。这样一种"纪实"冲动，不仅强调对社会原生态样貌的呈现，而且在风格上主张现实主义甚至自然主义的拍摄方式，反对类型片模式和精英化表达，拒绝情感渲染和戏剧冲突。"纪实"冲动一方面解释了这部作品在当时（除主题层面外）引发社会热议的原因，另一方面也再现了20世纪90年代中国电影的风格转型与艺术追求。

"纪实"美学的真与假

  张艺谋导演开始践行"纪实"风格，是在20世纪90年代之后。

一个都不能少

1992年，《秋菊打官司》扛起了现实主义大旗，影片中大量使用了自然光、偷拍、方言等"纪实性"元素，呈现出强烈的纪实性风格。与之相比，《一个都不能少》把纪实性推到了极致：它不仅进一步学习和借鉴了纪录片以及意大利新现实主义的拍摄技巧，而且进行了很多创新性的处理。

一方面，影片几乎全部采用非职业演员，这些演员都是从日常生活中找到的，他们在电影中也都保留了本身的名字。根据影片剧组人员所述，这些演员的挑选花费了很大的功夫：女主人公魏敏芝是从赤城县38所中学的一万多名中学生里选出的，因为她"有一种近乎'不吝'的自信，而且有农村孩子的好脸色，脸蛋上挂着两片纯朴而动人的红晕"；9名小学生演员则是从两万左右农村孩子中选出来的；高恩满老师是当了几十年农村中心小学的老师；田正达村长则是在延庆县广撒网

· 429 ·

五 电影

后，在试镜了200多位村长后选中的。这些来自群众的非职业演员，不仅具有一种本色而质朴的魅力，而且在最大限度上创造了一种真实感。

为了弥补非职业演员欠缺表演功力的问题，《一个都不能少》更多采用即兴表演的方式来完成相关情节。在拍摄时，演员只得到一个大概的事件，并按照日常生活的情况进行自由发挥。这样一种"不说戏"和"不看剧本"的方式，令演员的表演摆脱了对影视剧的模仿腔调，呈现出更为自然而松弛的状态。与此同时，这种拍摄方式也令电影在情节上无法追求细节性的规定情境，而只能沿着大方向和目标进行叙事。

另一方面，电影完全采用自然化真实场景，强调不加设计的环境氛围。影片在真正的农村小学、农家、街道和火车站进行拍摄，不采用人工布景和搭景，尽力去除所有刻意营造的痕迹。根据张艺谋的访谈，"故事要求在什么地方，我们就在现实中的什么地方拍"，例如"故事中要求一场戏在火车站的广播室，我们就在一个真的火车站的广播室拍，电影中扮演广播员的是现实中真的广播员"；于是电影在场景上呈现出一种纪录片式的真实感。

为了配合这样一种自然真实的场景，影片在场面调度上采用了大量纪录片和意大利新现实主义的拍摄手法。电影不仅将摄影机"搬到大街上"，而且往往在离主人公较远的地方设置机位，采用大量的固定长焦镜头来进行偷拍，以此实现对于现实群众的最小化干预，也有效避免了直视摄影机等可能导致观众视觉不适感的画面，保持了时空与环境的真实性。此外，影片在绝大部分篇幅中都采取自然收音，只有在极少数的抒情段落中才出现渲染性音乐，一方面维持了电影纪实化的整体风格，另一方面也凸显了重要段落画龙点睛式的作用。

因此，整体上来说，电影一方面借鉴了大量意大利新现实主义作品中的拍摄手法（例如真实场景、"将摄影机扛到大街上"、自然光影、方言、现场收音等），另一方面又将这些手法进行了更为严苛而极端化地使用，进一步弱化了影片的戏剧张力并强化了影片的纪实性。这样一种风格，又同传统意义上的纪录片并不相同。纪录片强调事件与材料都是真实的，与此相反，剧情片的故事与材料都是假定的。而这部影片则呈现出介于两者之间的一种样态：一方面，从演员到场景，电影的材料都是真实的；另一方面，影片的故事是虚构的，演员也在"扮演"这一故事中的人物。这样一种介于真和假之间的悖论，构成了这部电影独特的纪实美学。

"新写实主义"的风格来源

《一个都不能少》所体现出的"纪实"冲动，并非个案式的表达，而是代表了20世纪90年代很多中国电影的风格追求。在当时，占据主流地位的除了主旋律电影和商业电影两种类型外，还有以"第五代"导演为代表的"民族和历史寓言"类作品，例如《大红灯笼高高挂》《霸王别姬》《摇啊摇摇到外婆桥》《秋菊打官司》《阳光灿烂的日子》等。而在这样一种形势下，张元、贾樟柯、娄烨、管虎、王小帅等"第六代"或"新生代"导演纷纷采用纪实化的镜头和自然照明的光影，再现当代中国社会的城市发展和生活现实。从《北京杂种》到《头发乱了》，从《冬春的日子》到《小武》，从《邮差》到《周末情人》，从《巫山云雨》到《男男女女》，这些影片表现出与张艺谋、陈凯歌、李少红、田壮壮等作品完全不同的纪实性风格。而《一个都不能少》，在某种程度上正是借鉴了这些作品拍摄手法和美学风格的结果。

从风格上来说，20世纪90年代以来的这些具有"纪实"冲动的电影美学，同此前的"社会主义现实主义"风格有所不同，呈现出一种新的现实主义特征。这样一种"新现实主义"，大致具有几个美学方面的来源：

首先是20世纪80年代后期中国文学界兴起的"新写实主义"小说。"新写实主义"这一文学概念的最早提出，是在1988年10月由《钟山》和《文学评论》主办的"现实主义与先锋派文学"研讨会上；学者们对业已出现的一批带有"新"意的现实主义小说[①]展开讨论，并将其风格称为"新写实主义"。此后，《钟山》杂志在1989年第3期的卷首语中对"新写实小说"的风格特征进行了总结："新写实小说的创作方法仍然以写实为主要特征，但特别注重对现实生活原生态的还原，真诚直面现实，直面人生。"

其次是在20世纪80年代中国电影届对巴赞"纪实美学"和意大利

---

① 例如刘震云的《塔铺》、池莉的《烦恼人生》、刘恒的《狗日的粮食》等。

五 电影

新现实主义的引荐与译介。中国电影理论界在70年代末和80年代初对巴赞和克拉考尔的"纪实美学"进行了全面的翻译,第一篇介绍巴赞理论的文章是1979年李陀和张暖忻的论文《谈电影语言的现代化》,也借此展开了中国电影"现代化"的探索和讨论。在创作方面,巴赞的纪实美学首先影响了第四代导演张暖忻、郑洞天、吴贻弓、吴天明等人,他们主张"丢掉戏剧的拐杖""提倡纪实性",追求"开放式结构"和"质朴自然的风格",强调使用"长镜头""景深镜头""自然光"等影像技巧,表达了"还原现实生活"的创作理念。而第五代和第六代导演也随即在巴赞的理论和意大利新现实主义中汲取养料,并转化为各自不同的美学风格。

最后一个来源是我国在80年代末和90年代初兴起的"新纪录片运动"。这一运动直接来源于北京边缘艺术家群体,他们中间有画家、摇滚人、先锋诗人、艺术摄影家、无名作家、实验剧场导演等。1988年,吴文光拍摄了身边的流浪艺术家们,成为中国新纪录片开山之作《流浪北京》。这一运动的代表人物还包括时间、朱传明、雎安奇、蒋樾等人。《四海为家》《江湖》《我毕业了》《铁路沿线》《彼岸》《北京弹匠》《八廓南街16号》《老头》等纪录片,都怀着对于现实社会的责任感和文化情结,主张以"实验和独立的姿态""平静而淡定"的镜头语言,"真实地记录生活,展示生活的'原生态'",并力求"让普通人、边缘人、社会底层群体站出来说话"。而到了90年代末,"新纪录片运动"逐渐分解为两个不同方向:一是以电视台为平台,以栏目为主要生存形式的电视纪录片;二是独立制作,在体制外运行和传播的纪录片电影。

反商业化的"真诚"美学

《一个都不能少》虽然讲述了一个简单而温暖的故事,但在主题上尖锐地批判了当代社会中的诸多现实问题:除了农村贫瘠的基础教育外,还有物质主义的泛滥、电视的霸权主义和城乡发展的巨大鸿沟等。尤其,从影片故事的发展脉络中,我们不难发现贯穿于故事始终的是一条无形的压力——金钱。张慧科辍学是因为没有钱;魏敏芝竭尽所能寻找张慧科,一方面出于老教师的嘱咐,另一方面则是代课费和奖金的动力；而电视台之所以对魏敏芝先拒后纳，原因还是收视率背后的金钱利益。电影中大量的纪实性镜头，类似于一种人类学的调查手段，记录和展示了社会中"无钱者"的尴尬和人们对金钱的痴迷。

这样一种对于拜金主义和物质主义的批判，不仅体现在内容方面，而且同影片在风格方面的选择密切相关。张艺谋在谈到《一个都不能少》的创作初衷时所说："今天，只要谈到电影，'商业''娱乐''挣钱'已经成为我们主要的话题。在我们的物质生活大幅度提高的同时，我们似乎也添了许多的浮躁。"作为对于这样一种电影市场化现状的抵抗，《一个都不能少》从内容到形式上都追求一种"平实而简单"的风格，目的是"在今天电影市场的需求下……希望电影除了好看之外，还能告诉大家什么，让大家想什么，关心什么，爱什么"。这样一种追求，显示了"纪实"冲动的影片对于现实的态度：不仅记录、还原和再现，而且介入、反思和批判。这样一种追求，更突显了影片对待现实的真诚态度；这样一种真诚，是难能可贵的。

从另外一个角度来说，《一个都不能少》也是中国当代教育电影谱系中的重要一页。改革开放后，大量的教育题材电影以直面现实的勇气和关照，一方面揭露了现实中的教育问题和积病，另一方面也歌颂了很多美好的教师形象。从1987年陈凯歌导演的《孩子王》到1994年何群导演的《凤凰琴》，从2003年杨亚洲导演的《美丽的大脚》到2006年吕乐导演的《十三棵泡桐》，从2009年彭家煌和彭臣导演的《走路上学》到2015年肖洋导演的《少年班》，这些教育题材的影片涉及了我国的教育资源、教育者、教育体制等不同层面的社会现状，成为中国电影市场化趋势中的一股"清流"。

总体来说，《一个都不能少》作为20世纪90年代末"新现实主义"电影的代表作之一，采用了纪录片式的影像风格并借鉴了意大利新现实主义的拍摄手法，表达了一种对于当代中国社会现实，尤其是教育现状的关照与思考。这样一种"纪实"冲动，在商业化、奇观化和大片化的当代电影市场中，具有积极的榜样作用。

（作者系中国人民大学文学院副教授）

烽火岁月的妇女解放华章

田 泥

2009年上映的电影《战争中的女人——沂蒙六姐妹》，与电影《云水谣》《集结号》《风声》等共同构成了新世纪个体与集体记忆中的战争表达，这部被誉为"中国版的《这里的黎明静悄悄》"，由导演王坪执导，获得第13届电影华表奖的优秀故事奖。编剧苏小卫也凭借此片获得第13届中国电影华表奖优秀编剧奖、第10届中国长春电影节最佳编剧奖。影片具有时代指征意义，也有极强的现实意义。影片以沂蒙山的烟庄一个女人的特殊婚礼开始，揭开了序幕，并以沂蒙妇女支援革命前线的明线与男人们参战隐线两条线索来延展叙述，讲述了在解放战争时期孟良崮战役中，沂蒙山区六位姐妹带领全村人民支援革命前线的英雄事迹，不仅展示了在烽火岁月中激荡人心、惊心动魄的场景，也表达了人民群众对革命战争的支持与奉献，深具典型性。

显然，电影的"故事核"，即电影主导思想，是要展示战争中沂蒙女性的精神面貌与生命姿态，蕴含着历史的真实与浪漫的革命情怀。在电影的指称里，"沂蒙六姐妹"是具有象征意义的，它是具象的，也是一个群体聚合。电影叙事中不仅有真实版的人物李凤兰的故事，还有现代"花木兰"李桂芳的革命经历，更有众多的平凡女性参与了这段历史的建构。"沂蒙六姐妹"为了获得自由与幸福，以生命书写了自我解放与革命解放的实践，表达与演绎了家国情怀，建构着中华民族的积极的女性形象，也为女性本土话语实践提供了更大的空间。

苏联电影《这里的黎明静悄悄》（1972年）改编自鲍里斯·瓦西里耶夫创作的"遭遇街谈巷议"同名的中篇小说，被导演斯坦尼斯拉夫·罗斯托夫斯基搬上银幕，影片讲述了1942年，瓦斯科夫准尉及五

战争中的女人——沂蒙六姐妹

位女战士意外地与德军小股部队遭遇，面对占绝对优势的敌人，准尉和女兵们英勇抗争，以生命谱写出一曲战地悲歌。而《战争中的女人》并非虚构，而是基于现实的非虚构。编剧苏小卫在沂蒙当地采访，并以真实事迹为蓝本，整合了历史当中的现实题材，因此，影片中几乎所有的情节都有原型。应该说，在抗日与解放战争中，在沂蒙大地上反抗的女性构成了整个革命战争时期的群像，构筑了一个时代的壮丽风景。这些女性群体历经了战争和死亡的洗礼，体现了高洁的民族与家国情怀。

《战争中的女人》是基于真实的近乎非虚构故事，但又是艺术创造。"沂蒙六姐妹"各具情态，形象丰满。李春英是一个具有中国传统美德的女性形象，朴实、任劳任怨、坚忍，得知丈夫在前线牺牲了，默默忍着悲痛，选择继续战斗。妇救会长王兰花泼辣、明快，是识字班的学员。父亲是一名地下党员，在传递情报时被敌人杀害了。她坚定投身革命，带领村里仅有的妇女和老人忙着艰巨的支前任务，并鼓励爱慕自己的四喜积极参战。叛逆的童养媳黑燕善良、单纯，7岁时被卖到了地

五　电影

主家当童养媳，小丈夫只有1岁，受尽折磨，为做军鞋又挨了婆婆的打，但她并不屈服，召集小鹤、秀秀、月芬点燃自家草棚，以"调虎离山"计救大壮。秀秀当兵的哥哥大壮探望生病的娘，结果中了爹的计被锁在地窖。她着急求援兰花，又告知了黑燕，共同参与"解放"哥哥的行动。"假小子"小鹤憨直、厚实，父母为了掩护革命的后代牺牲了，她和爷爷相依为命，小鹤没有自觉的主张，但关键时刻也绝不含糊。

　　而最为动容的无疑就是新娘张月芬。在写意的画面中，张月芬带着青春的气息，有着对新生活的想象，进入了人们的视线。由于丈夫参军缺席，在出嫁的时候，只能够按照规矩，由嫂子抱着公鸡进行拜堂，完成了象征性的婚姻仪式。张月芬选择了坚守与等待，并加入了革命战争的救死扶伤，但张月芬至死也没有等到丈夫，维系她和丈夫的只是一个"绣荷包"和枕头上的印痕。丈夫唯一的一次匆忙探亲，也因她外出借粮而错过。为了追赶丈夫，她拼命奔跑过。即便站在冰凉的河水里，用肩扛着门板跟姐妹们给战士们搭桥，她依然抬起头来找寻丈夫的身影。张月芬是一个从封建传统文化转向革命文化的承载者。

　　电影中的"沂蒙六姐妹"实是抗日战争与解放战争中的真实女英雄及支前模范形象叠合。张月芬原型李凤兰是蒙阴县李保德村人，在革命战争年代，为了支持丈夫参军打仗，按当地风俗举行了"拜公鸡堂"。之后，她一人照顾公婆，耕种田地，苦等12年，直到解放以后，她才知道丈夫在战场上牺牲的消息。但面对年迈的婆婆，她选择了留守。至丈夫战场牺牲未谋一面，终生未嫁，领养了两个孩子。李凤兰拥军支前，汇入了革命的洪流中，完成了一生的守护与留守，成为了"永远的新娘"。

　　其中还有由当年陈毅元帅亲自命名的"沂蒙六姐妹"原型，在1947年孟良崮战役前，离孟良崮不足30千米的蒙阴县小山村烟庄，六个当时只有十八九岁的年轻姑娘，即张玉梅、伊廷珍、杨桂英、伊淑英、冀贞兰、公方莲。她们出身苦寒，有的是童养媳，有的是逃荒户的女儿。由于村庄的男人上了前线，六姐妹主动挑起拥军支前重担，发动全村男女老幼，在战役期间又冒着枪林弹雨，整天为支前忙碌，为部队筹军粮、纳军鞋、护理伤病员等。据不完全统计，在孟良崮战役期间，她们带领全村为部队烙煎饼15万斤，筹集军马草料3万斤，洗军衣

8500多件，做军鞋500多双等，还要为战士唱歌，搞宣传，鼓舞士气，为战争胜利做出了突出贡献。1947年6月10日，当时的鲁中军区机关报《鲁中大众报》以《妇女支前拥军样样好》为题，报道了这支模范群体的革命献身精神。从此，"沂蒙六姐妹"的名字声震整个沂蒙山区。时至今日，她们依然被认为是中国革命历史中的传奇。

电影还"嫁接"了主导了孟良崮战役中"火线桥"的原型李桂芳，她是在抗日与革命战火中成长起来的女战士。李桂芳所在的岸堤一度成为山东革命中心，被誉为"小延安"。早在抗日战争爆发时期，山东省委、八路军山东抗日游击四支队领导机关、抗大一分校，初期驻岸堤街。她出身贫寒，九岁就雇给本村地主家看孩子，挨打受骂是常事。而革命之火在山东的蔓延，成就了她的反抗。1938年她不顾地主的阻挠和威胁，毅然参加动委会。1939年春报名参加夜校。秋天李桂芳当选为妇救会长，开始组织妇女抗日救国。1940年李桂芳报名参军，分配到沂南县被服厂民运部做民运工作。1941年成为八路军山东纵队野战医院作看护员。李桂芳女扮男装，以打草、放牛作掩护，负责看护伤员。还和放牛的王大爷，从日军盘踞的村落，救出药材所所长张长耕。1947年5月孟良崮战役打响之前，时任沂南县艾山乡妇救会长的李桂芳，奉命5小时内搭一座桥，以配合我军包围孟良崮，突袭敌人。危机时刻，她立即召集邻村女干部们研究方案，并组织32名妇女，准备搭火线桥。5月12日晚，一支部队朝大河急进，后面的大部队也一路小跑即刻到来，李桂芳见状大喊一声：架桥！并率先跳入河中，30多名妇女迅速行动，4人扛一扇门板，站在河中当桥墩。32名妇女集体泡在泥水中，双脚踏在河底的沙石上，忍受着刺骨寒冷，默默地成为32座坚固的桥墩，支撑起一座真实的"女人桥"，战士们见状，犹豫不决。李桂芳大声喊道："同志们快过桥，别耽误了时间。"等士兵飞奔而过，她们都瘫倒在河岸边的沙滩上。

这些真实史实有机地被容纳在了电影《战争中的女人》里，影片坚守人民立场与民间气息，凸显日常生活场景，取代了惯常的对"战争"的宏大叙事，而是将镜头聚焦了六位平凡女性，展示她们日夜摊煎饼、做军鞋、救死扶伤、强送粮草与弹药等日常生活，尽可能地隐去惨烈的画面。尤其是妇女们在河边为战士洗衣服的场景中，战士们衣服

五　电影

的鲜血混入河流，在冷蓝色的画面中，这流动的红色显示出战争的残酷与气氛的压抑。紧接着战争爆发，进入危机生死关头，故事推向了高潮——架"浮桥"，妇女们跳入冰冷的河水，在炮火声中以血肉之躯扛起了一座生命桥，为战士们开辟了一条前进的道路。

电影以纪实的形式真实呈现了血与火年代中的生命状态，洋溢着革命集体主义精神与乐观的浪漫主义精神。其中有身着红色衣服的张月芬，穿梭在行进的部队队伍中，还有她在冬天的荒地里，望着开拔的队伍，找寻丈夫的身影的画面。在影片中还有依照情节反复吟唱的《送郎参军》插曲：

> 春风吹，
> 柳叶青，
> 我送哥哥去当兵。
> 哥哥你参军去前方，
> 我在后方生产忙，
> 冬有棉衣夏有粮，
> 请你把心放。
> 送哥哥到军营，
> 参加队伍真光荣……

这既渲染了电影的主题表达，也渲染着沂蒙妇女情绪与时代情绪，传达了她们无私与期盼的心声，表达了真正的军民血浓于水，一同患难与共、生死相依的情感。而电影中的《沂蒙山小调》以管弦乐形式始终贯穿，表现出女性的隐忍、悲壮与坚守，营造了凝重的荡气回肠的审美韵味，衬托出战争中的女人们，以勇敢无畏的姿态，选择了革命，肩负起历史的重任，经受了战争的洗礼，谱写出了一曲生命的赞歌。

电影最后，当月芬和嫂子执行完抬担架任务后，携着胜利飞奔回家时，看到的却是"满门忠烈"牌匾下父子三人的牌位跟院子里的白幡。随着牌匾、烟袋、光荣证空镜头的反复回切，影片在《沂蒙山小调》悠长哀恸的音乐中，推出了连续冷色调长镜头，冬日雪花的飘飞，与长跪不起在院子里的婆媳三人、孙子臭及整个村庄的人们，还有苍茫北方雪地，构成悲凉肃穆的画面。将沂蒙姐妹的情感与战争的残酷性烘托糅合在一起，在激进的革命情绪渲染中，通过环环紧扣的悲剧性情节和具象化的隐喻，深刻揭示出了她们悲情而崇高、惨痛而瑰丽的生命样态，更是一种对战争带给女人们无端伤痛的强有力地控诉。

无疑，这是一部将女性群体作为主体叙述的电影，也突破了传统意义上的电影《青春之歌》（1959年）《江姐》（1978年）等对女英雄的叙述模式，避开了对女主人公的中心叙述。事实上，如果从人类的高度来看，女性了孕育了历史与文化，是最贴近自然的存在；女性的生存现实与历史构成了人类的绵延。女性承载了历史，也以激越的生命雕刻了时间。而女性自我解放的历史也是由许许多多的平凡中的女性书写的。我们说，战争带给所处时代人们以精神创伤，也带来了血与火的洗礼。事实上，回溯沂蒙六姐妹们的成长轨迹，可以发现，她们身处革命根据地中心，具有了进步的思想意识与女性自觉，是一种历史的必然；尽管其女性意识依然依托在人的解放与社会解放的脉络中，还处于懵懂的状态，甚至依然被裹挟在不平等的社会环境中。战争带来了致命的伤害，也迫使她们融入更大的社会空间中，并发挥着重要的作用。而点燃她们生命激情的是革命根据地政府通过妇女会、识字班的运转，大力倡导妇女解放，要求男女平等，要把女性从受压迫剥削的底层阶级与封建传统文化钳制中解放出来。可以说正是这种革命意识形态文化，将她们的生命照亮。尽管有不同的人生境遇与生命体验，但她们在民族危难的时刻，将小我融入时代洪流，融入民族独立与自我解放。"沂蒙六姐妹"们不仅参与到解放战争中，也汇入女性自我解放的道路，在社会变革中携带着女性自我解放的时代特质，在传统文化与革命文化的脉络中，参与、推动了民族与国家进步征程，进而推动了人类解放事业。更具有典型性的是，体现了她们独有的反抗精神与主体意识的觉醒，这与她们的社会处境是贴合的。正是千千万万沂蒙姐妹投身革命，成就了中国女性解放与革命解放乃至新民主主义运动的本土实践，也推进了人类的解放与进步。在中国新民主主义革命以及社会主义革命和建设中，中国妇女做出了巨大贡献。毛泽东充分肯定和赞誉妇女的作用，指出："中国妇女起来之日，就是中国革命胜利之时。""沂蒙六姐妹"们的现实意义在于，女性从个体走向集体、走向群体，融入时代革命洪流，立下了丰

五　电影

功伟绩，以生命作笔书写了时代丰碑，也参与到妇女自我解放乃至人类的解放。

如果说《这里的黎明静悄悄》是以"诗情的悲壮之美"呼唤现代人高尚的情怀和超越自我的冲动，那么《战争中的女人》是"一曲烽火岁月的妇女解放华章"，不仅彰显了中国女性的坚韧、贞正与善良，也蕴含了中华民族气魄与精神力量。她们的精神荡涤我们的心灵，也指引我们永远前行。

（作者系中国社会科学院文学研究所研究员）

附录一　新中国文学大事记（1949—2019）

石　佳　整理

1949 年

七月

1949 年 7 月 2—19 日，中华全国文学艺术工作者代表大会（第一次文代会）在北平开幕。大会代表共计 824 人，实际出席代表 650 人。毛泽东、朱德、周恩来亲临会场并讲话。郭沫若作题为《为建设新中国的人民文艺而奋斗》的总报告；茅盾作题为《在反动派压迫下斗争和发展的革命文艺》的报告，论述了国统区的十年文艺运动；周扬作《新的人民的文艺》的报告，论述了解放区的文艺运动。会议宣布中华全国文学艺术界联合会正式成立，通过章程，选出全国委员会。

十一月

1949 年 11 月 20 日，胡风组诗《时间开始了》第一乐章"欢乐颂"在《人民日报》副刊"人民文艺"刊登，全诗 400 余行。发表后反响很大，不久被翻译成俄文，刊登在苏联的《十月》杂志上。12 月 30 日出版单行本。《时间开始了》是一组撼人心魄的长篇政治抒情诗，包括"欢乐颂"（1949 年 11 月 11 日）、"光荣赞"（1949 年 11 月 26 日）、"青春曲"（1949 年 12 月—1951 年 4 月）、"安魂曲"（1949 年 12 月 31 日，后改名为"英雄谱"）和"又一个欢乐颂"（1950 年 1 月 13 日，后改名为"胜利颂"）五个乐章交响乐式的结构，共 4600 余行，热情歌颂了共和国的成立，为当代"颂歌"创作开了先河，被称为"开国的绝唱"。

1951 年

一月

1951年1月26—28日,《人民日报》《光明日报》刊载对电影《武训传》的评论文章。1月25日《文艺报》4卷1期发表贾霁批评电影《武训传》的文章《不足为训的武训》,指出这部电影"有严重思想错误"。4卷2期《文艺报》又发表了杨耳的《试谈陶行知先生表扬"武训精神"有无积极作用》。

四月

1951年4月11日,魏巍的战地通讯《谁是最可爱的人》在《人民日报》第一版刊登。毛泽东阅后批示:"印发全军。"后入选全国中学语文课本,影响了一代又一代中国人。文中用三个故事,让全国人民了解到中国人民志愿军的革命精神、战斗精神、英雄精神。自此,"最可爱的人"成为人民军队光辉的形象代名词,延续至今。

五月

1951年5月20日,毛泽东同志为《人民日报》写的重要社论《应当重视电影〈武训传〉的讨论》发表。社论说:"《武训传》所提出的问题带有根本的性质……承认或者容忍这种歌颂,就是承认或者容忍污蔑农民革命斗争,污蔑中国历史,污蔑中国民族的反动宣传为正当的宣传。"

1952 年

三月

1952年3月15日,苏联各报发表苏联部长会议授予1951年文学艺术方面有卓越成绩者以斯大林奖金的决定。中国作家获奖的有:丁玲的小说《太阳照在桑乾河上》(二等奖),贺敬之、丁毅的歌剧《白毛女》

（二等奖），周立波的小说《暴风骤雨》（三等奖）。

五月

1952年5月23日，全国文联召开文艺座谈会，纪念《讲话》发表十周年，到会的有郭沫若、周扬、丁玲、冯雪峰、梅兰芳等。《人民日报》发表题为《继续为毛泽东同志所提出的文艺方向而奋斗——纪念毛泽东同志的〈在延安文艺座谈会上的讲话〉发表十周年》社论，社论指出："一方面反对文艺脱离政治的倾向——这种倾向，实际上是使文艺去为资产阶级的利益服务；另一方面，反对以概念化、公式化来代替文艺和政治正确结合的倾向——这种倾向实际上是破坏了文艺为政治服务的真正目的。这两个方面，就是我们今天文艺工作中的两条战线的斗争。"

十一月

1952年，诗人邵燕祥写下了《到远方去》这首诗，共242行，后经重新删改压缩，定稿时只有40行。《到远方去》在《中国青年》半月刊上发表。1955年邵燕祥出了第二本诗集，书名为《到远方去》，收入不到20首诗，均是写作于1952—1954年，从社会主义建设中汲取诗情的作品。

1953 年

一月

1953年1月11日，《人民日报》转载周扬为苏联文学杂志《旗帜》撰写的（载于该刊1952年12月号）文章《社会主义现实主义——中国文学前进的道路》。

八月

1953年8月23日，中国文学艺术工作者第二次代表大会在北京怀仁堂开幕。出席大会的正式代表581人，列席代表189人。郭沫若致开幕词。周恩来总理做《为总路线而奋斗的文艺工作者的任务》的报告。

周扬作《为创造更多的优秀的文学艺术作品而奋斗》的报告。

1954 年

一月

1954 年 1 月，刘知侠创作的《铁道游击队》由上海新文艺出版社公开出版，立即在读者中引起强烈反响，成为抗日战争经典文学作品。曾被译成英、法、俄、日、朝等多国文字，并被多次搬上银幕，教育、鼓舞了一代又一代中华儿女。

七月

胡风自 3—7 月撰成《关于解放以来的文艺实践情况的报告》（三十万字"意见书"），7 月 22 日面交时任国务院文教委员会主任的习仲勋，由习转呈中共中央。

九月

1954 年 9 月，《文史哲》发表李希凡、蓝翎《关于〈红楼梦简论〉及其他》，批评了俞平伯在《红楼梦》研究中的唯心主义观点。《文艺报》1954 年第 18 号转载了这篇文章并加按语："作者是两个在开始研究中国古典文学的青年；他们试着以科学的观点对俞平伯先生在《〈红楼梦〉简论》一文中的论点提出了批评，我们觉得这是值得引起大家注意的。""作者的意见显然还有不够周密和不够全面的地方，但他们这样地去认识《红楼梦》，在基本上还是正确的。"

十月

1954 年 10 月 16 日，毛泽东给中央政治局委员和其他人写了《关于"红楼梦研究"问题的一封信》。信中指出："事情是两个'小人物'做起来的，而'大人物'往往不注意，并往往加以阻拦，他们同资产阶级作家在唯心论方面讲统一战线，甘心作资产阶级的俘虏。"随后，全国展开了对《红楼梦》研究中的资产阶级立场、观点、方法的批判，同时展开了对胡适思想的批判。

十二月

1954 年，王愿坚的第一篇小说《党费》，发表于《解放军文艺》1954 年 12 月号上，由此开始了文学创作生涯。《党费》讲述了 1934 年闽粤赣边区艰苦时期的一个感人故事，多次被选入中学语文课本，影响深远。

1955 年

十二月

1955 年，任德耀创作儿童剧《马兰花》，一举成名。1955 年 12 月《马兰花》首演，1956 年 6 月由中国儿童艺术剧院公演，获 1956 年全国话剧会演演出一等奖、1954—1979 年全国少年儿童文艺创作评奖剧本一等奖。这部老少皆宜、优美感人的童话剧，成为中国文艺史上一部经典。

1956 年

三月

1956 年，诗人贺敬之回到阔别已久的延安，感触万千，心潮澎湃，写下了激情洋溢、脍炙人口的政治抒情诗《回延安》。

四月

1956 年 4 月 28 日，毛泽东在中共中央政治局扩大会议上讲话，正式提出把"百花齐放、百家争鸣"作为繁荣和发展当代中国文化、科学事业的一项基本方针。

柯岩的儿童组诗《小兵的故事》发表于《人民文学》1956 年第 4 期。包括三首短诗：《帽子的秘密》《两个"将军"》《军医和护士》。

五月

1956 年 5 月 2 日在最高国务会议第七次会议上作总结讲话时进一

步阐明了"双百方针"。26 日陆定一在怀仁堂向文艺和科学界做报告，指出："题材问题，党从未加以限制。只许写工农兵题材，只许写新社会，只许写新人物等，这种限制是不对的。文艺既然要为工农兵服务，当然要歌颂新社会和正面人物，要歌颂进步，同时要批评落后，所以文艺题材应该非常宽广。"

1956 年 5 月—1957 年 6 月，学术界就美学问题展开热烈讨论。《人民日报》《文艺报》《新建设》《学术月刊》《光明日报》和《文汇报》等报刊，先后发表了蔡仪、朱光潜、李泽厚等人撰写的讨论文章，并形成了各自不同的美学观点。

九月

1956 年 9 月 8 日，《人民文学》9 月号发表何直（秦兆阳）的《现实主义——广阔的道路》一文以及王蒙的小说《组织部新来的青年人》。

十二月

孙犁《铁木前传》写成于 1956 年，发表在《人民文学》1956 年第 12 期，是当时所有写农业合作化运动的作品中，最具艺术风采的一部。

1957 年

一月

1957 年 1 月，《青春万岁》的部分章节在《文汇报》连载，个别章节在《北京日报》上发表。同年，反右斗争开始，《青春万岁》的出版事宜被冻结。

冰心的《小橘灯》在 1957 年 1 月发表于《中国少年报》，小橘灯象征着蕴藏在人民心中的希望和火种，象征着光明。

七月

1957 年 7 月，老舍创作的《茶馆》发表于《收获》杂志创刊号，《茶馆》是老舍戏剧创作的高峰，也是中国话剧史上的精品之一。

八月

1957年8月7日,《人民日报》发表报道《文艺界反右派斗争的重大进展,攻破丁玲、陈企霞反党集团》。11日,《文艺报》第19号发表《文艺界反右派斗争深入开展,丁玲、陈企霞集团阴谋败露》一文。

十一月

梁斌的代表作《红旗谱》于1957年11月在中国青年出版社出版,在全国范围内形成轰动效应,好评如潮。被改编成戏剧、电影、电视剧等多种形式,被翻译成英、俄、日、法、朝、越、西班牙等多国文字。《红旗谱》是一部展现党领导的农民革命的历史画卷和壮丽史诗,先后多次再版。是当代文学史十七年时期长篇小说"三红一创"(《红旗谱》《红岩》《红日》《创业史》)的领头作品。

1958 年

一月

1958年1月,周立波的长篇小说《山乡巨变》开始在《人民文学》上连载。6月,由作家出版社出版。这部小说完整地描写了湖南省一个叫清溪乡的农业生产合作社从初级社到高级社的发展过程,艺术地展现了合作化运动前后,中国农民走上集体化道路时的精神风貌和新农村的社会面貌,剖析了农民在历史巨变中的思想感情、心理状态和理想追求,从而说明农业合作化是中国农村的第二次暴风骤雨。

杨沫的长篇小说《青春之歌》由作家出版社出版。

《人民文学》1、2月号,在《作家谈"写真实"》的专栏发表6篇批判"写真实"的文章。

三月

茹志鹃创作的《百合花》于1958年3月在《延河》杂志刊发,受到了读者的喜爱和专家的好评。

1958年3月22日,毛泽东在成都会议上提出收集民歌,并说:"中国诗的出路,第一条是民歌,第二条是古典,在这个基础上写出新诗来,形式是民歌的,内容是现实主义和浪漫主义的对立统一。"

《宝葫芦的秘密》是作家张天翼的最具代表性的童话之一,发表于《人民文学》1958年第1—4号。是十七年时期儿童文学幻想艺术的高峰之作。

五月

1958年5月,毛泽东在中共八大二次会议上提出,无产阶级文学艺术应采用"革命现实主义和浪漫主义"相结合的创作方法。

八月

赵树理创作的《"锻炼锻炼"》发表于《火花》1958年8月号,紧接着《人民文学》在9月号上转载。小说在读者中间反响热烈,但也存在不同意见。《文艺报》1959年春召开座谈会,并开辟了"文艺作品为何反映人民内部矛盾"专栏,以7、9、10三期相继发表12篇文章,对此篇小说展开争鸣。

1960 年

六月

柳青《创业史》最早是以连载的形式发表在1959年的《延河》杂志上,每期两章。1960年6月在中国青年出版社出版,随即在文坛内引起高度关注和热烈争议。小说以梁生宝互助组的发展为线索,表现了我国农业社会主义改造进程中的历史风貌和农民思想情感的转变。

七月

林海音最具影响力的成名作《城南旧事》于1960年出版。本书是以其以7—13岁的生活为背景的一部自传体短篇小说集。全书通过作者英子童稚的双眼对童年往事的回忆,表达了作者对童年的怀念和对故乡的思念。

1961 年

一月

1月9日，吴晗的历史剧《海瑞罢官》发表在《北京文艺》1月号。31日，上海《文汇报》发表细言的《关于悲剧》一文，接着在该报展开了关于悲剧问题的讨论。《关于悲剧问题的讨论——有关论文综述》发表于《戏剧报》第9、10期合刊，报道了悲剧问题讨论的情况。

六月

1961年，徐光耀的小说《小兵张嘎》在《河北文学》第6期发表，1962年，中国少年儿童出版社又出版了单行本。随后小说重印20多次，发行100多万册。1963年，北京电影制片厂将剧本拍摄成电影，影片上映后大受欢迎。1980年，小说和电影分获第二届全国少年儿童文艺创作一等奖。

十二月

《红岩》是现代作家罗广斌、杨益言创作的一部长篇小说，1961年12月首版，是一本以共产党人为争取中国人民解放而进行的壮烈斗争为题材的优秀长篇小说。

1962 年

六月

1962年6月25日，在《文艺报》重点选题会上，邵荃麟明确提出可以写"中间人物"的主张。

八月

1962年，8月2—16日，中国作协在大连召开农村题材短篇小说创作座谈会（又称"大连会议"），由邵荃麟主持，茅盾、周扬、赵树理等参加。主持人邵荃麟在会上发表"矛盾往往集中在中间人物身上"的讲话。

1964 年

《英雄儿女》是 1964 年由长春电影制片厂制作并出品的一部战争片。由武兆堤执导,刘世龙、刘尚娴、田方等主演。影片改编自巴金小说《团圆》。

1965 年

十一月

11 月 10 日,姚文元的《评新编历史剧〈海瑞罢官〉》在《文汇报》发表。

1966 年

二月

1966 年 2 月 20 日,江青以举行部队文艺工作问题座谈会的名义,邀请一些部队文艺工作者听她"一人谈",并在刘志坚、李曼村参与回忆,陈亚丁、黎明主要执笔的给总政汇报的谈话记录稿的基础上,整理成《林彪同志委托江青同志召开部队文艺工作座谈会纪要》,经毛泽东修改之后,作为中共党内文件发出。4 月 10 日,中共中央批转了经中央军委批准上报的林彪委托江青召开的《部队文艺工作座谈会纪要》。

1967 年

五月

1967 年 5 月 23 日,现代京剧《智取威虎山》等 8 个"样板戏"同时在北京舞台上演,历时 37 天,演出 218 场。6 月 18 日的《人民日报》发出"把革命样板戏推向全国去"的号召。

1972 年

四月

1972年4月，浩然的长篇小说《金光大道》第一部由人民文学出版社出版。

1978 年

一月

1978年1月，《诗刊》发表《毛主席给陈毅同志谈诗的一封信》。文艺界热烈展开形象思维问题的讨论。

徐迟的报告文学《哥德巴赫猜想》在《人民文学》第1期发表。

五月

5月27日，中国文学艺术界联合会第三届全国委员会第三次（扩大）会议在京举行。这是在粉碎"四人帮"以后文艺界的第一次全国性会议。会议于6月5日闭幕。

八月

8月11日，上海《文汇报》发表短篇小说《伤痕》（作者卢新华）。22日，《文汇报》开展对小说《伤痕》的讨论。本月，大型文学刊物《十月》（北京出版社主办）创刊。

十一月

11月19日，张光年《驳"文艺黑线"论》一文在《人民日报》上发表。

1979 年

二月

《怀念萧珊》写于 1978 年 8 月至 1979 年 1 月，发表于 1979 年 2 月 2—5 日香港《大公报》，是巴金新时期散文创作中"缅怀故人"的一篇力作。

《许茂和他的女儿们》是农民作家周克芹所著的长篇小说，发表于《红岩》1979 年 2 期。

七月

1979 年 7 月，蒋子龙的短篇小说《乔石长上任记》发表在《人民文学》第 7 期。

高晓声的短篇小说《李顺大造屋》发表在《雨花》第 7 期。

《祖国啊，我亲爱的祖国》是当代诗人舒婷于 1979 年创作的一首抒情现代诗，发表于 1979 年 7 月，表现了经过"文化大革命"后人们对于祖国的认识、思考和情感。

十月

1979 年 10 月 30 日至 11 月 16 日，中国文学艺术工作者第四次全国代表大会在北京举行，邓小平代表中共中央和国务院向中国文学艺术工作者第四次代表大会致祝词，邓小平在致辞中指出："我们要继续坚持毛泽东同志提出的文艺为最广大的人民群众、首先为工农兵服务的方向，坚持百花齐放、推陈出新、洋为中用、古为今用的方针，在艺术创作上提倡不同形式和风格的自由发展，在艺术理论上提倡不同观点和学派的自由讨论。"周扬作了题为《继往开来，繁荣社会主义新时期的文艺》的报告。第四次文代会选举茅盾为中国文联名誉主席，周扬为主席。

1980 年

一月

《人到中年》是谌容发表于《收获》1980 年第 1 期的中篇小说，客观而真实地展现了一代知识分子的艰难人生和生存困境，获第一届全国优秀中篇小说奖。

《犯人李铜钟的故事》是现代作家张一弓创作的中篇小说，首发于 1980 年《收获》第 1 期，1981 年获第一届全国优秀中篇小说奖。

二月

《陈奂生上城》是作家高晓声创作的短篇小说，发表于《人民文学》1980 年第 2 期上。获得 1980 年全国优秀短篇小说奖。

三月

《蒲柳人家》是当代作家刘绍棠创作的一部中篇小说，首次发表于《十月》1980 年第 3 期。

五月

1980 年 5 月 7 日，谢冕的《在新的崛起面前》在《光明日报》发表。

八月

《乡场上》是何士光创作的短篇小说，首发于 1980 年 8 月号《人民文学》。

1981 年

四月

张洁的长篇小说《沉重的翅膀》自 1981 年在《十月》第 4、5 期连载发表，到 1984 年出版单行本。《沉重的翅膀》是反映中国四化建设、工业改革的第一部长篇小说，为第二届茅盾文学奖获奖小说。

1982 年

三月

《人生》是作家路遥创作的小说,也是其成名作。原载《收获》1982 年第 3 期,获 1981—1982 年全国优秀中篇小说奖。

话剧《绝对信号》的编剧为高行健、刘会远,剧本发表于《十月》月刊 1982 年第 5 期,由北京人民艺术剧院 1982 年 11 月以小剧场的形式首演于北京。

1983 年

一月

1983 年 1 月 10 日,《当代文艺思潮》编辑部和中国文联理论研究室在京联合举行座谈会,讨论《当代文艺思潮》第 1 期发表的徐敬亚的文章《崛起的诗群》。

《今夜有暴风雪》是当代作家梁晓声创作的一部中篇小说,原刊于《青春》文学丛刊 1983 年第 1 期,获 1983—1984 年第三届全国优秀中篇小说奖,并被改编为同名电视连续剧搬上银屏。

1984 年

一月

1984 年 1 月 3 日,胡乔木在中共中央党校作题为"关于人道主义与异化问题"的讲话,《理论月刊》发表了讲话修订稿。《人民日报》(1 月 27 日)、《红旗》第 2 期转载全文。

《北方的河》是当代作家张承志所创作的一部中篇小说,1984 年发表于《十月》第 1 期。

五月

1984 年 5 月 15 日,刘再复的《论人物性格的二重组合原理》在

《文学评论》第 3 期发表。

七月

《棋王》是作家阿城的处女作，发表于《当代文学》1984 年第 7 期。

1985 年

一月

江河的诗歌《太阳和他的反光》最初发表在 1985 年的《黄河》的创刊号，并立刻成为当时诗坛的焦点。

三月

1985 年 3 月，刘索拉的中篇小说《你别无选择》在《人民文学》第 3 期发表。

四月

1985 年 4 月，《中国作家》第 2 期发表王安忆的中篇小说《小鲍庄》、莫言的中篇小说《透明的红萝卜》。

张贤亮的中篇小说《男人的一半是女人》发表在《收获》第 5 期。

七月

1985 年 7 月 6 日，阿城的《文化制约着人类》发表在《文艺报》。

九月

1985 年 9 月 15 日，黄子平、陈平原、钱理群的《论"二十世纪中国文学"》在《文学评论》第 5 期发表。

1986 年

三月

王蒙的长篇小说《活动变人形》发表在人民文学出版社的《当代》

杂志。1987年由该社印成单行本出版。

四月

1986年4月16日，《红旗》第8期发表陈涌的文章《文艺学方法论问题》，对刘再复"主体性"文学观点提出批评。《红旗》《文艺报》《文论报》《文学评论》《当代文艺探索》《文艺理论与批评》也发表诸多文章对二人的观点及文学主体性问题进行讨论。

六月

《狗儿爷涅槃》剧本发表在《剧本》1986年第6期，同年10月12日上演。

路遥的《平凡的世界》首发于《花城》1986年第6期（第一部），由中国文联出版公司结集出版第一、二部（1986年）、第三部（1989年）。这是一部全景式地表现中国当代城乡社会生活的长篇小说。作者在近十年的广阔背景上，通过复杂的矛盾纠葛，刻画了社会各阶层众多普通人的形象。劳动与爱情，挫折与追求，痛苦与欢乐，日常生活与巨大的社会冲突，纷繁地交织在一起，深刻地展示了普通人在大时代历史进程中所走过的艰难曲折的道路。本书于1991年获得茅盾文学奖。

1987年

八月

1987年8月，池莉的小说《烦恼人生》发表在《上海文学》第8期。

十一月

1987年11月，王朔的小说《顽主》发表在《收获》第6期。同期还发表了格非的小说《迷舟》。

十二月

1987年12月17—18日，《文学评论》编辑部召开朱寨主编的《中国当代文学思潮史》出版座谈会，该书由人民文学出版社出版。

1988 年

九月

宗璞的《南渡记》于 1988 年 9 月由人民文学出版社出版，是四卷本长篇小说《野葫芦引》的第一卷，并可独立成篇。本书以抗日战争时期西南联合大学的生活为背景，主要描写了抗日战争时期中国知识分子的生活、情感经历、人格操守和思想。

1991 年

一月

史铁生的《我与地坛》发表于《上海文学》1991 年第 1 期，是一篇优秀的长篇哲思抒情散文。

《红色的起点》初版在 1991 年 1 月由上海人民出版社出版，是收录"叶永烈精品书系"的"红色三部曲"中的第一部作品。

1992 年

六月

余华的《活着》发表于《收获》1992 年第 6 期，这是一部充满血泪的小说。余华因这部小说于 2004 年 3 月荣获法兰西文学和艺术骑士勋章。

1993 年

一月

1993 年 1 月，王蒙在《读书》发表评价王朔作品的文章《躲避崇高》。同时，电视剧《爱你没商量》引起对王朔创作的争议。《文学报》开辟专栏"如何看待王朔现象"，《文艺报》选摘了各报刊评价王朔的文章。

五月

1993年5月,贾平凹的长篇小说《废都》由北京出版社出版。

陈忠实的长篇小说《白鹿原》由人民文学出版社出版。

花城出版社推出"先锋长篇小说丛书":收入余华的《在细雨中呼喊》(原名《呼喊与细雨》,发表在《收获》1992年第5期)、苏童的《我的帝王生涯》、格非的《敌人》、孙甘露的《呼吸》、吕新的《抚摸》、北村的《施洗的河》。

《上海文学》第6期在"批评家俱乐部"栏目里发表王晓明等5人的对话《旷野上的废墟——文学和人文精神的危机》,由此引发了"人文精神"大讨论。

1997年

二月

《抉择》是当代作家张平著的长篇小说,1997年在《啄木鸟》刊发,获第五届茅盾文学奖,后被改编成成电影《生死抉择》。

1999年

六月

《恋爱的犀牛》是由孟京辉执导,郭涛、吴越、李乃文等主演,于1999年6月7日在中国青年艺术剧院青艺小剧场首演。

七月

由《萌芽》杂志主办的以中学生为主的新概念作文大赛在上海举办。之后形成惯例,每年7月举办该年度作文大赛。

十二月

1999年年底,网易举办首届网络文学大奖赛,这也是中国第一个网络文学大奖赛。

2000 年

十月

2000年10月12日，居留法国的华裔作家高行健获2000年度诺贝尔文学奖。"授奖词"称高行健以"刻骨铭心的洞察力和语言的丰富机智，为中文小说艺术和戏剧开辟了新的道路"。

2003 年

一月

《革命百里洲》是2003年1月1日中国青年出版社出版的图书，作者是赵瑜。

五月

2003年5月23日北京作家高洪波、何建明、毕淑敏、王宏甲、陈永康、梁秉堃、商泽军、王霞八位作家组成采访团深入抗"非典"一线，在慰问战斗在一线的医生护士的同时，体验生活获取写作素材。

2004 年

四月

《狼图腾》一书自2004年4月问世以来，连续16个月高居国内畅销书榜前三甲、国内原创小说榜第一名。截至8月底总销售量，已突破100万册。《狼图腾》不仅在国内引起各阶层读者的阅读兴趣和思考，同时，在国际上也引起越来越多的出版机构的重视。《狼图腾》的法文版已经售出，韩文版即将面世，德文版和日文版以及其他小语种版也正在洽谈中。西方主流媒体《时代周刊》《泰晤士报》《意大利邮报》《南德意志报》纷纷给予报道和评论，认为该书通过蒙古草原狼的精彩故事，反映了人与自然和谐相处的环保意识和游牧文化与农耕文化的差异。

2005 年

一月

2005年1月,莫言因《红高粱》等作品荣获本年度的意大利诺尼诺国际文学奖。莫言的小说《红高粱》早在1997年就由意大利历史悠久的爱纳乌迪出版社翻译出版,2002年其又翻译出版了其小说《丰乳肥臀》,该出版社还以《养猫的人》为名翻译出版了莫言的短篇小说集。莫言成为意大利读者最熟悉的中国当代作家。诺尼诺文学奖是意大利较重要的文学奖之一,成立于1975年,今年已经是第三十届,意大利著名导演埃尔马诺·奥尔米为本届文学奖评委主席,正式颁奖仪式于1月29日举行。

二月

2005年2月,贾平凹推出最新长篇力作《秦腔》,在作家出版社出版。贾平凹说《秦腔》"写的是一堆鸡零狗碎的泼烦日子"。有的评论家认为《秦腔》将和《白鹿原》一样成为中国乡土写作的经典。但也有评论家指出,小说过于缓慢的节奏和过于地域化的语言风格,可能成为普通读者的阅读障碍。

十一月

"刘心武揭秘《红楼梦》"系列讲座在央视"百家讲坛"热播后,刘心武又一次因《红楼梦》进入公众视野。

2006 年

一月

铁凝的《笨花》于2006年1月在人民文学出版社出版,本书截取了清末民初至20世纪40年代中期近五十年的历史断面,以冀中平原的一个叫笨花的小乡村的生活为蓝本,以向氏家族为主线,用现实主义的手法,将那段历史巧妙地融于"凡人凡事"之中。

三月

2006年3月,白烨在"新浪博客"上的《"80后"的现状与未来》一文中的一些看法,引起韩寒在博客中的强烈批评,众多文艺界人士卷入"韩白论争",由此使"80后"现象凸显于文坛。

2007 年

三月

2006年12月,德国汉学家顾彬以"中国当代文学是垃圾;中国作家相互看不起;中国作家胆子特别小……"等过激言辞炮轰中国文学之后,2007年3月在北京召开的世界汉学大会上,他又将中国当代文学比作廉价的"二锅头",而把中国现代文学比作"五粮液",并认为中国当代作家"不专业"的问题出在不懂外语上。此语一出,立即遭到了中国学者和作家的强烈抗议。

九月

《素年锦时》是当代作家安妮宝贝创作的散文小说集,首次出版于2007年9月。

2009 年

十月

阿耐的长篇小说《大江东去》表现30年来的改革历程,获得了中宣部"五个一"工程奖。孔二狗、唐家三少、我吃西红柿等人的写作吸引了较多网络读者。重点文学网站正在加强与传统文学的交流,努力提高网络文学质量。

2010 年

三月

张炜的《你在高原》由作家出版社于 2010 年 3 月出版，10 卷 450 万字，被称为"中外小说史上篇幅最长的纯文学作品"，获第八届茅盾文学奖，获《亚洲周刊》评出的 2010 年"世界华文十大小说"榜首。

十月

《人民文学》从第 2 期起设立《非虚构》栏目，10 月启动"人民大地·行动者"非虚构写作计划，力倡走出书斋、走向生活的"非虚构"写作。该刊推出的梁鸿的《中国在梁庄》、萧相风的《词典：南方工业生活》、慕容雪村的《中国，少了一味药》，引起了较大的社会反响。

2012 年

五月

流潋紫的《后宫·甄嬛传》因为电视剧的热播再次成为阅读热点。本年上映的国产影片中有 38 部改编自文学作品，如麦家的《暗算》（影片名为《听风者》）、曹文轩的《三角地》、陈忠实的《白鹿原》、方方的《万箭穿心》、刘震云的《温故一九四二》（影片名为《一九四二》），以及改编自网络小说的《搜索》等，这被认为是继 20 世纪 80 年代之后"文学改编影视的第二次浪潮"。

十月

2012 年 10 月 11 日，莫言获得诺贝尔文学奖，成为首位获得诺贝尔文学奖的中国籍作家。这是 2012 年中国文学界的重要事件，引发了公众对当代文学的关注热情，也带动了评论界对相关问题的讨论。

2013 年

四月

梁鸿的《出梁庄记》对农民、农民工、城市"蚁族"、城中村等诸多层面的考察，贯穿着对乡土、对农民的深情和对社会建设的深入思考。

2014 年

十月

2014 年 10 月 15 日，习近平总书记主持召开文艺工作座谈会并作重要讲话。习近平在讲话中深刻阐述了文艺和文艺工作的地位作用和重大使命，创造性地回答了事关文艺繁荣发展的一系列带有根本性、方向性的重大问题，对在新的历史条件下做好文艺工作作出了全面部署，对繁荣发展社会主义文艺，建设社会主义文化强国具有重要指导意义。

2015 年

一月

2015 年 1 月 16 日是湖北女诗人余秀华命运的分水岭。她的《穿过大半个中国去睡你》等诗作发布后，几乎一夜间占领了微信朋友圈，两家出版社出版了她的诗集《月光落在左手上》《摇摇晃晃的人间》。这一年，余秀华频频亮相，俨然诗坛的一颗新星。

八月

2015 年 8 月 23 日，第 73 届雨果奖在美国华盛顿州西雅图市揭晓。中国作家刘慈欣凭借科幻小说《三体》获最佳长篇故事奖，这是亚洲人首次获得雨果奖，也是中文作品和中国作家第一次在国际科幻作品大奖中获得奖项。

2016 年

四月

2016 年 4 月,曹文轩获颁"国际安徒生奖"。这是继莫言获 2012 年诺贝尔文学奖,阎连科获 2014 年度卡夫卡奖,2015 年刘慈欣获雨果奖之后,中国作家再度斩获世界文坛重量级奖项。西方主流文学界的认可,使中国当代文学开始摆脱"影响的焦虑",上述获奖作家及其作品也具备了进入经典之林的可能性。

八月

《茧》是作家张悦然著长篇小说,2016 年 8 月出版,赢得了媒体和评论界的关注以及各大榜单的佳绩。《收获》主编将之视为"一部会改变人们对 80 后作家整体印象"的作品。

2017 年

2017 年 3 月,《人民的名义》成为刷爆全网的现象级作品,衍生话题更是引爆各大社交平台。4 月,已故作家陈忠实名作《白鹿原》的同名电视剧播出,不迎合热点、不随应潮流,前后打磨十六年,作品呈现鲜明的中国气派、文化自信和艺术良知,是文学经典改编影视剧的又一典型案例。据亚马逊数据显示,剧集热播期间,《人民的名义》《白鹿原》原著销量大幅增长,延续了近年来影视作品引领阅读潮流的趋势。

2019 年

二月

春节档《流浪地球》开启了"国产科幻第一年",全球年度票房排名第四;暑期档《哪吒之魔童降世》真正落实了"国家崛起"的说法,票房创造国产动画新纪录;国庆档 3 部主旋律电影《我和我的祖国》《中国机长》《攀登者》破 50 亿票房。面对"影视寒冬"的说法,国产电影摆出一副拒绝的姿态。上述电影有一个共同的特点，即它们都不约而同地找到了本土文化的支撑，在中国传统文化和现代价值观的基础上创作，融合了厚重和创新，表现了国产电影的创作信心，激发了观众的内心共鸣。中国电影多年的追求在2019年实现了重大突破，真正接近于弥合想象、技术呈现和情感触动之间的差距，让电影看起来好看而完整。

十月

2019年是路遥诞辰七十周年，中国社会科学院文学研究所、陕西省作家协会等联合主办了"卅年重聚说路遥——纪念路遥诞辰七十周年"研讨会。路遥的写作践行了人民本位的原则，以执着精神，践行"深入生活，扎根人民"的创作旨向。作家高建群曾评价路遥的写作，即使有一天我们的生活中没有《平凡的世界》里的"人生"，路遥的作品依然不会过时，他的作品探讨的是人类永远需要思考的"我想飞得更高"的问题，这是贯穿人类始终的问题。

附录二 《博览群书》"重读红色经典"栏目编者按

刘跃进

编者按一：

新中国文学广泛承载了历史赋予的使命，形象记录了人民的情感形式与社会发展变迁，深度介入了中国社会现实。为践行"不忘初心、牢记使命"的主题教育精神，《博览群书》与中国社会科学院文学所合作推出"重读红色经典"专栏，由中国社会科学院文学研究所主持，聚焦新中国成立以来的优秀文学经典，回到历史现场，总结文学经验，展示革命情怀，弘扬民族精神。这项工作主要由社会科学院文学所当代文学研究室科研人员承担。本栏目邀请国内专家共同参与，将陆续推出4期，系统介绍柳青、赵树理、路遥、陈忠实、蒋子龙、张洁、铁凝等作家的作品。学者们对这些作品的导读，既是与作家的对话，也是与历史和现实的对话，试图多方面勾勒出新中国文学的丰富画面，用以唤起我们的文学记忆与时代情感，获得更为丰富的精神给养。

新媒介读图时代，重读文学经典，悟守我们初心，既是为满足当下人民群众日益增长的文化需求，也是为寻找民族文化生长点、复兴中华民族精神、构建人类命运文化共同体做出的另一种探索。

编者按二：

在历史的长河里，乡土中国的镜像成为了一种标识，存留在人们固化的思维中。但改革开放的号令，成为一种重启历史的端口，催生了中国现代化发展的脉动，并从两个界面展开：一个是城市工业改革，另一个是农村改革。这成为了改革初期的双翼，也预示着新中国的崛起。改革不仅是物质的，也是思想的，更是精神的。改革激荡了中国人的意志，也铸就了中国当代精神，成为人民主体创造的动力源。改革贯穿历史与现实，是激活人民生命活力、智慧与社会发展的法宝。改革构筑的是美丽新中国，就是要把"中国梦"变成为我们的现实。改革是为了人民的幸福，也关涉到中华民族的复兴。

文学所学者们奉上的六篇文章，跳脱出纯粹学理的窠臼，介入文学现实，直击历史现场，展现了社会转型中的中国大地景观，聚焦了乡土—现代中国的走向与命运，也传达出人民的内心世界以及他们对美好生活的向往。如此，也合围切中了本期"重读红色经典"的主题关键词：改革与民生。

我们倡导要从经典中汲取精神给养，获取人民的智慧与经验，迎接新时代中国面临着的各种挑战，肩负起历史的重任，以进一步深化改革，完成自我的革命；但另外我们也要固守母体文化与民族根性，绵延五千年的荣光与血脉，撑起中华民族的脊梁，坚实地走向未来，并创造更大的辉煌与奇迹。

编者按三：

对于整个人类来说，战争与和平构成了两种基本的生活方式，也衍生了人类生命演化的两大主题。新中国的诞生，荡涤了旧世界的污秽，迎来了生命华章的序曲。历史翻开新的一页，意味着一个新世界的展开。在历史的天空中，新中国文学成为一种记录方式，塑造着中华民族新的整体形象，其间既有在历史跨度中对战争的勾勒，藉以表达中华民族的精神、意志、人格、气节、情感等，诸如使抗日的故事，悄然飘送古典伦理的回声，蕴含有纯洁与美好的感情，展示千百年来相近处境下中国优秀文化难以磨灭、代代相传的精神底蕴。同时也探索在和平的日子里中国精神的积极因子，展示人民在革命与建设的逻辑进程中，在新与旧的冲突、变迁中，以无悔的青春与情感结构深深打下时代的烙印，凝聚一代新人的初心与初情，充满了对社会主义建设的信仰与高度的责任心，将革命意志及精神顺理成章地融入日常生活之中，成为坚实的主体，镌刻属于自己的新中国的丰碑。

附录二 《博览群书》"重读红色经典"栏目编者按

本期中国社会科学院文学所的学者们传达了人民的理想信念、朴实的生命与情感形式及精神信仰追求。"战争与和平、信仰与情感"成为本期"重读红色经典"主题,旨在揭示中华儿女在历史新时段中的生命姿态与精神气象。

新时代开启了新征程,也预示了中华民族新主体的出现。在全球格局中,如何不忘初心与初情,增强自主创新能力,肩负起参与构建人类命运共同体的使命,成为一个新的时代课题。对于我们来说,日常生活之中永葆革命者的激情与意志,坚定理想与信仰,以生命和智慧铸就属于我们的辉煌,不啻是向新时代交出的最好答卷。

编者按四:

一个民族绵延的秘密,就在于其具有坚实的精神内核,能够穿透岁月与历史的叠嶂。一个国家的诞生与繁荣同样需要一个强有力民族的支撑,当然更需要有以人民为主体为依托。一个民族一个国家的文明基底不在于形式的存在,更在于其携带有内在的文化、观念、伦理、历史、记忆等构成的内涵。

中华伟大民族是由一代代的中国人民,以顽强不息的生命意志,坚实的精神品格,铸就了光荣与梦想。在战火纷飞艰苦卓绝的革命年代,在抗日与解放战争时期的战场上敌我冲突的氛围里,中华儿女在战斗中获得身心成长,在革命信念、精神磨炼上"追赶"革命理想,洋溢着革命乐观主义精神;我们也可捕捉到,从高涨激进的新中国城乡建设与改革场景中,从生活丰富多样性的诸多侧面烘托出,一个具体的新历史时代所表现出来的创造精神,以及人民对走向幸福生活的憧憬与向往之情。

而在新中国"转变"和"成长"的这两个主题当中,中国人民积天地精神之精华,在历史与现实的衔接处,秉持家国情怀,创造了无与伦比的奇迹,也将精神向度的追寻构成一条隐线,贯穿在城市与乡村中,由此形成自己的精神生活乃至塑造自己精神结构的冲动,这是现代中国城乡建设共同的精神诉求。

本期中国社会科学院文学所学者奉上的文章,"民族精神"与"精神生活"成为核心关键词,我们倡导与时代同行,发掘中国精神底蕴及内核所在，弘扬中华民族精神；赓续与发展优秀的传统文化，进行创造性地转换与创新；创造符合中国社会发展逻辑及时代发展潮流的文化，以满足人民日益增长的精神生活需要。

新时代是一个兼容并蓄的时代，也是产生新型文明的时代。我们反观历史、观察现实，探究中华民族的历史命运和文化命运，打开中华民族传统文化的库藏，审视自己民族的文化传统、人伦精神、思维方式，以及伦理文化的特征，获得文化自信与精神资源，体现人类意义上的代际性、持久性与公共性价值的追求。我们要以中华民族精神与文明为支撑，也要以激越的主体姿态为中华文明注入新时代的内涵，赋予中华魂的再塑造，并承担建构人类意义和价值的功能，进行本土格调的主体性精神建构及实践，实现我们伟大的中国梦。

编者按五：

新中国70年是风雨与梦想之路，也是光荣与梦想之路。文学经典作为时代的见证者，记录了这样的历程，承载了历史记忆，也彰显了现实精神。经典携着春泥筑巢，让激情与理性、理想与现实安顿；经典透着生命的亮色，击穿世俗的羁绊，让美好想象飞驰。

伊塔洛·卡尔维诺在《为什么要读经典》中说："经典是这样一种东西，它很容易将时下的兴趣所在降格为背景噪音，但同时我们又无法离开这种背景噪音。"经典意在将尘世中懵懂的人们唤醒，点燃与激起生命的热情，赋予生命、信仰、历史、记忆等，以崇高以庄严，我们回到经典，就回到了自己。

经典之所以成为经典，是因为它们蕴藏了天地之心、生存之道、文化之魂、文学之美，才能代代相传。岁月翻转，时光流逝，经典早已在时间与空间中定格，成为永恒，如明镜一般照亮我们的行程。而经典经我们的传播，更具生命力。我们对接红色经典，以实践行初心，就是以"人民为中心""人民立场""人民利益"为根本立场。

本期学者们的文章，切中了"时代与选择、使命与意识"的关键词，揭示了文学作为转换与承载时代精神的利器，重申了人之生存尊严与价值，乃至文化中国重建的全面实现的理性声音。正是为了进一步弘扬经典，满足读者的多重需求，我们拟定在"重读红色经典"栏目继续推出系列导读，涉及各个门类，诸如散文、报告文学、戏剧及电影等，以飨读者，共享经典之精神及荣耀。

我们重回经典，就是对初心的检视，回到经典，就是接续生命与智慧力量。"取法其上，得乎其中。取法其中，得乎其下"，经典盛着生命的荣光自有光亮，也携带有丰厚的文化积淀和人性内涵，塑造着我们伟大中华民族文化精神，并致力于人类精神生活的根本性问题。

编者按六：

文学如何介入现实，并且以怎样的方式介入现实，这是一个常新与永恒的命题。新中国文学70年，我们回溯其流变与历程，可以发现，它既有充分表现出一种"崇高"的美学，也有一种虚幻"现实"的艺术样式，尽显文学与现实的张力，我们被一种崇高而厚重的情感或气质所感染，也会为振聋发聩的呼喊与冷峻的思考所唤醒。我们知道，作品主题与时代历史的关联，文学生产与产生的时代密切相关，但要成为历久不衰的经典之作，它不能只是时代的传声筒，必定有其超越时代的永恒意义、艺术价值和社会价值。

本期学者们围绕"崇高与记忆，人生与时代"关键词，透过多重展示生命形态与拷问灵魂及良知的经典之作，发掘其现实意义与文化启示所在。从人的心理状态和人生态度以及人生轨迹，来反映时代的变化，并通过个体人生经历和心灵历史，折射出社会的变革与发展；也以透视时代风云的变化，对时代发展历程的反思，来对人物命运进行思考。从深层的文化和心理结构中，打捞存储在我们中华民族文化里的精神基因，彰显中国人的坚韧、勤劳与善良，揭示所蕴含的中华民族气魄与精神力量。同时传达出一种精神构想，呼唤通过对中国传统、历史、文化等资源的整合，获得创新表达，并为之注入现代精神，将传统从历史深处带入新时代的现场，从而重塑民族的文化记忆，为华夏民族探寻文化之根，也为华夏民族未来的走向寻找重新出发的精神起点。

编者按七：

《左传》襄公二十五年记有孔子一句话："言之无文，行而不远。"一切文学的存在，就是要真实客观地对历史、生活和思想进行记录。而文学的力量来自通过纯粹的文字把真实的存在和存在的真实开显出来，呈现生命的复杂性和完整度的感知，并找寻到生命存在本身的价值与意义。

新中国文学用最热烈、最赤诚的情感赞颂祖国、歌唱社会主义，表达对新生活的赞美，呈现人民激越的生命形态与精神气度，也将革命英雄志士的家国情怀、坚如磐石的精神意志体现出来。同时力求尊重生活的真实和人性的真实，既展现困窘的生活、战争、人性之恶等给人们带来的身体和心灵的创伤，揭示家庭、社会环境、时代状况对人的存在的影响，也从经历了人间疾苦而仍然坚强善良的人们身上发掘温暖、爱与信仰的力量，深刻地体现了坚韧的"存在的英雄主义"精神。如此，更能够接近人性，更触动人们的心弦，更好地发掘了人物形象普遍的社会意义所在，践行了文学积极探索社会改进的初心与使命。

本期学者们正是围绕"生存与现实、英雄与时代"关键词，倡导了重读红色经典的意义，并不仅仅在于以怀旧的姿态反思现实，也不止于弘扬其中蕴含的精神内涵，更应当认识到其内容和形式在多个层面上的复杂性，以挖掘隐含其中的社会的、艺术的、美学的多重价值。同时，呼吁文学直面现实和问题、勇于与时代同频共振，去追踪、分析和深入地评判，参与中国故事的讲述，助力中华民族的发展，影响人们的认知和感受，为历史留下珍贵的文学记忆。而作为艺术创造者，不能够只纠结于自我情绪表达，要从关注自我转向他人和社会，转向推动民族生活文明进步的事物，转向时代的召唤，记录国家民族的共同情绪、梦想的夙愿，实现以文字介入现实、推进社会变革的追求，为人类生存和社会发展提供强大的新动能。

编者按八：

人类的存在与发展在征服中绵延，也面临着生态、环境及自身精神等危机，人类如何战胜威胁生命的一切灾难与困境，就成为一个永恒的命题。中华民族在不断发展的过程中，中华儿女以坚韧的斗志、不屈的精神，抗衡着一切阻力，诸如战争、贫困、疾病与灾害等，同时也在完成自我的反思与拯救，克服了摆在面前的所有艰难险阻，创造了各个时代的奇迹，铸就了人类史上的"传奇"。相应地，各种艺术形式传递给

附录二 《博览群书》"重读红色经典"栏目编者按

我们战胜一切困难的信心和力量，不论是凸显人物身上的坚强、韧性与奋斗品质以掘发中华民族一直以来生生不息、薪火相传的精神血脉，还是以代际价值观来对社会进行深刻审视，以及对时代变迁之宏大主题的巧妙表达、对个体生存状态与命运变化的深切关怀、对旧文化盛衰起落的敏锐洞察，从苦难经历获取特殊的价值，深究人性、勘探人道，反思历史，直面现实，追寻、思考乡土中国出路及人的命运。这一切都是经典历久弥新、散发迷人魅力的关键所在。

本期学者们围绕"生命与存在、发展与问题"关键词，强调真实透视生命存在与精神存在，以及普遍性存在的问题，关乎乡村，关乎城市，关乎整个中国。尤其是要对自然生态、社会生态与精神生态予以关注，一方面要凸显人民意志和品德的力量，突出英雄的思想高度和信仰的力量，另一方面揭露社会与文化痼疾所在，在审美道德层面，激发人性中的温暖、美好与希望，更彰显出经典所蕴含的跨越时空的艺术力量。同时也重申让真实的乡土浮现，是文学回馈人民的一种方式；而以真实为起点，才能建设美丽中国，才能讲好中国故事，才能够让中华民族更加坚挺、走向复兴！

编者按九：

笛卡尔说，"人是理性的动物"；黑格尔把理性作为人区别于动物的显著标志，"人之所以为人，全凭他的思维在起作用。"新中国艺术家们秉持理性精神，饱含革命的激情，对人民、英雄、国家、民族等予以歌颂，展示了激进时代发展中的生命形态与革命意志，表达了中华儿女的家国与民族情怀及革命热情，但在对现代化建设中的巨变而生发的由衷喜悦同时，依然保持着审慎和警醒，在高声赞美的声音中渗透着深沉的"忧患意识"，将家国之思之情与"忧患意识"紧紧地牵缠在一起，对所面临的"严峻现实"，以理性揭示了存在的"艰难性"：既对充斥着商业社会的消费文化、精致利己主义、物质主义等进行有力批判；也屡屡大声疾呼、善意提醒、理性分析，指出人类必须学会节制自己的欲望，修复与维护生态，注入了更多有益的关乎环境建设、文化发展、人类生活方式的生态美学思考。

本期学者们围绕"激进与意志、理性与价值"关键词，回到历史现场与社会语境，对经典中所蕴含的精神追求、思想感情、心理诉求、美好愿望等，深度挖掘并获得了充足的空间表达；进一步阐明了当代中国人不仅要拥有激进的意志，也要拥有足够的理性，以构建具有协调发展特质的社会，使每一个人在这个社会中都有他的价值，无论是对自然、社会，对自我还是对宇宙来说，其生命本身就是有意义的。当然，每一个拥有理性的人去做有益于社会和生命的事情，将更具存在的意义和价值，也更能够助力中华民族复兴。

编者按十：

人类在发展过程中时常会遇到各种各样的危机。危机会威胁人类的生存和社会的进步，但危机也会促使人类反思存在的问题，促使人类回到理性的发展轨道。在当前形势下，消除共同面临的危机，是全人类的责任，此时需要的是善良、友爱、真诚和勇于承担的精神，需要的是充分合作与相互信任。为此，构建新的应对全球性危机机制，以应对和遏制人类公共危机就尤为迫切和紧要。这涉及国家制度、文化传统、民族信仰、人口结构、自然资源与生态文化等各方面，但世界所有民族和个体的智慧、信仰和意志，必将给予人类以应对并最终战胜所有苦难的力量和希望。

本期学者们围绕"苦难与希望、危机与机遇"的主题，深入探讨和总结了在漫长的民族苦难与艰苦奋斗的历程中，中国人民以坚苦卓绝、不屈不挠的革命意志，在中国共产党的领导下，经受多重灾难与战争的洗礼及考验，共同铸造一个充满活力、蒸蒸日上的新中国辉煌的历史经验。新中国艺术家兼具现实主义与浪漫主义精神，富有多元的创造性和审美性，以充满激情和想象力的多重文本形式，不仅讴歌和赞美了人民革命、社会主义建设和人民群众在创造历史中的杰出贡献，表现了新的历史时间观念与时代使命，抒发了创造新历史的豪迈激情，而且表达了对于中国社会现实存在的机遇与发展的思考，对未来中国与世界人民协同发展、共同创造人类福祉寄予了深切的希望与坚定的信心，其文本彰显出深刻的思想价值和永恒的艺术价值。

附录二 《博览群书》"重读红色经典"栏目编者按

编者按十一：

梁启超在《少年中国说》中指出："少年智则国智，少年富则国富；少年强则国强，少年独立则国独立。"儿童教育为立国之本，关系到国家未来的发展走向。伴随着新中国的崛起，各种艺术形式均强调儿童承载着国家的未来、人民的期盼，必须"经历锻炼成长"且"即将承担国家重任"，将其"直接推向民族的解放和独立与国家的生产和建设空间"，积极引导儿童树立正确的人生观、价值观和世界观，培养其积极的责任意识与审美意识。艺术家们在新的历史使命召唤之下，生动展示新的时代特性与内涵，从红色记忆、传统文化、民族精神、民间资源中发掘儿童成长的精神给养，为其注入新鲜血液与灵动力量，在他们的心中植入光明、希望的种子，使之从小树立中华民族复兴的使命意识，以崇高的信念助力他们的成长。

围绕"民族与希望、教育与成长"的主题，本期学者们阐述了红色年代如何构筑了整个一代人共同的童年记忆和几代人共同的经典记忆。学者们指出，红色儿童经典不但关联着共和国数代儿童的童年集体记忆和文化记忆，而且在向世界讲好中国故事和输出中国文化方面发挥重要作用。学者们同时强调，爱是儿童文学的重要主题，因为爱是一个人在世的最基本的情感需求，是一个孩子健全人格的基础，透过生动而丰富的儿童艺术形象，儿童文学作家们深刻地表达了爱的博大、生命的顽强以及对美好生活的不竭的渴望。

编者按十二：

中国共产党是作为中国先进生产力的代表走上历史舞台的，在近一个世纪的时间里，党领导人民艰苦奋斗，实现了中华民族从站起来、富起来到强起来的伟大历史性飞跃。在革命战争年代，党领导人民以大无畏的革命精神投身于民族的解放事业；中华人民共和国成立后，党领导人民投身于社会主义建设的宏图大业；在改革开放年代，党领导人民投身于中国特色社会主义的伟大事业；中国特色社会主义进入新时代以后，党以"不忘初心、牢记使命"的大誓愿，带领人民为"两个一百年"奋斗目标而勇猛精进。"百年光阴石火烁，人间已非旧时颜。"党在长期历史实践中形成和凝固的伟大革命精神、乐观主义精神、艰苦奋斗精神、集体主义精神、为民牺牲精神等，都已经融入了中华民族的血脉之中，成为华夏儿女继续奋斗的精神动力。

与中国革命、建设和改革开放的历史变革相应，近百年来的中国文学也一直随着时代的发展而进步。革命的文学家们以其对共产主义的坚定信仰和对时代变化的敏感，用革命文学的笔法，书写了中国共产党领导人民进行伟大历史实践的真实经验，塑造了浮雕般的革命者群像，表现了革命者丰富多彩的内心世界，抒发了共产主义的豪迈情怀。共产党人对历史规律的深刻把握和对历史精神的深刻理解，凸现了中国共产党在每一个历史关头的大义担当，从而形成了中国文学史上最为宏大的"红色文学"浪潮。

"红色文学"之所以为"红色"，就在于她是植根于中国革命的历史和现实的文学，是中国无产阶级、中国人民及其先进代表的革命文学，是中国共产党人的精神、使命和实践的文学表达，是20世纪以来中国先进文化的代表。"红色文学"由一系列文学经典构成，这些诞生于不同历史时期的经典，都曾经在文学史和现实生活中发生过重要的作用，至今还在塑造着我们的心灵，影响着我们对世界的理解。对这些作品进行新的诠释，是文学研究者义不容辞的神圣责任，对新时代文学创造和精神文明建设都具有极其重要的意义，我们很荣幸地为此做出了自己的努力和贡献。

我们与《博览群书》共同推出的为期一年的"重读红色经典"栏目就要圆满结束了，衷心感谢所有参与此栏目的学者！感谢一直陪伴我们的同仁！不久的将来，本栏目所有导读文章将结集出版，以飨读者。我们将在此基础上继续砥砺前行，进一步传播红色经典文化，弘扬中华民族精神。